致远学术文丛

A STUDY OF WANG CHANG AND THE QIANJIA LITERARY CIRCLE

王昶与乾嘉文坛研究

选家眼中的文学图景

The Literary Landscape
in the Eyes of Selected Writers

龙 野／著

社会科学文献出版社
SOCIAL SCIENCES ACADEMIC PRESS (CHINA)

目 录
Contents

下编 王昶的文学编选与乾嘉文坛

绪　论
考据时代背景下的学者型文人

　　清朝是中国最后一个统一的封建王朝，前期社会经济发展较快，政治相对稳定，出现过以"康乾盛世"为代表的鼎盛时期。清朝是中国古代社会思想文化的总结与集大成时期，学术史上的重要流派及其思想几乎都得到了清代学者的关注，并在近三百年中产生了不同程度的回响。诸如先秦诸子学、两汉经学、魏晋玄学、隋唐佛学、宋明理学等在清代都有学者进行研究与阐释，其中又以经史考据学最受关注、影响清代学风最深。清代思想史上展开的学术争论多与经史考证紧密相关。例如，今文经学与古文经学、汉学与宋学的争论及融合均持续时间较长，在清代学术史上具有广泛的影响。

　　在反思宋明以来学术弊病、整理前代典籍的过程中，清代学者逐步形成了以征实为特点的学术风气。考据学（也被称为"朴学"）是清代最具代表性的学术，能与先秦诸子学、两汉经学、魏晋玄学、隋唐佛学、宋明理学等并列。学术思潮与文学相表里是中国文化的显著特点。文学是一定历史时期政治、学术、文化的反映。时代的学术风气往往影响到文人的价值观念，也会相应浸染到文学的诸多层面，对理论、创作、批评等产生影响。换言之，无论是出于经世致用，抑或学随术变，学术思想的变化都深刻地影响着文学的走向。受具体学术思潮与风气影响，清代文学领域存在不同观点的争鸣、借鉴与融合，呈现出丰富的面向。例如，诗学领域的宗唐宗宋、文章领域的学骈学散、词学领域的取法南北宋等，清人均有过广泛而深入的讨论，体现出清人学术与文学紧密相关的特点。

　　乾嘉时期是清代思想文化发生重要转折的时期，以考据学为代表的汉学派在此期间占据学界主导地位，成为清代学术最显著的表征，并影响到后人对清代学术的整体认识。乾嘉时期考据盛行，强调实证，这种学术思想的出现与强盛的国力、文字狱以及儒学"内在理路"① 转变等多种因素有关。乾嘉学术风气的转变对思想、文化、艺术等领域产生深远影响，文学也不例外。因重视实学、强调学问，诗歌领域的学人之诗与诗人之诗渐趋融合；古文领域，义理、考据、辞章理论提出，考证之文大量涌现；词学领域，对于声律的研讨渐趋严密，探究声韵学的著作蔚为大观，词选编纂过程中对作者生平的考证均体现出考据精神，折射出时代的光影。尽管在乾嘉思想史、经学史等方面学界已经取得了较多研究成果，但就文学研究而言，与顺康时期及道咸以后两个时段相比，对乾嘉文学的研究相对薄弱，出现了"两头大，中间小"的现象。邬国平在 21 世纪初期评价清诗研究的整体面貌时指出："在我们文学史研究中存在一种情况，往往认为乱世文学比治世文学有价值，服务于经世治国的文学比表达人生多种需求及追求审美愉悦的文学更加重要因而地位也更高。对康、雍、乾、嘉时期的诗歌总体评价不高，多少反映出了这种批评意识。"② 受类似观念的影响，当时的学界对乾嘉文章学、词学的评价也普遍不高。近年来，学界在清代文学研究上取得了较大进展，针对乾嘉时期的文学也有了一些令人瞩目的新成果③，但研究相对薄弱的面貌至今仍然存在，这大概也与乾嘉文学的复杂性有关。以诗歌为例，乾嘉诗人多是学问广博的学者，他们在经史、小学、金石、天文、历法等方面的知识学问对此阶段的诗歌创作均产生过影响，这些学问今人多不能兼通。学问与诗歌的关系如何渐趋紧密，其演变为道咸之际偏于学宋调的学人诗的轨迹如何，学问与性情（性灵）在诗歌中的

---

① 余英时：《论戴震与章学诚》（增订本），北京：生活·读书·新知三联书店，2000，自序，第 3 页。

② 邬国平：《清诗的优势与研究》，《苏州大学学报》2005 年第 3 期。

③ 从整体上研究乾嘉文学且较有代表性的论著，文学思想领域有刘奕《乾嘉经学家文学思想研究》（上海古籍出版社，2012）、张昊苏《乾嘉文学思想研究（1736—1820）》（中国社会科学出版社，2022）等，诗学领域有王宏林《乾嘉诗学研究》（百花洲文艺出版社，2018）、蒋寅《清代诗学史（第二卷）：学问与性情（1736—1795）》（中国社会科学出版社，2019）等，综合性研究有李瑞豪《乾嘉时期的"文人游幕与文学"研究》（北京大学出版社，2020）等。

关系①，与学问密切相关的各种文学思想与创作的多元共生关系等，均有待进一步展开研究。

　　乾嘉学术是在自清初对明末学风的批评与反驳中逐渐演进形成的。在明末清初的大变革中，许多有识之士意识到讲学的空疏，经世致用逐渐取代空谈心性的学问，成为社会上的共识，即出现了"理学的衰颓与实学的兴起"②的显著趋向。在梁启超看来，清代社会的这种趋向表现在学术主潮上就是"厌倦主观的冥想而倾向于客观的考察"及"排斥理论，提倡实践"。③实际上，明清之际的钱谦益、顾炎武、黄宗羲等已对晚明以来的空疏学风进行批评与重建，其共同点是学术文化风气日趋于"实"。这种批评与重建的过程绵延一百余年，经乾嘉学者发展趋于成熟。王鸣盛《知不足斋丛书序》云："前明末季，士无实学，专以浮夸相尚，或空谈义理，或泛猎华藻，澜倒波翻，学术之敝坏极矣。我国家行实政，崇实学，士生其间，一切门户标榜、叫嚣营竞之陋习，磨揉迁革，划刷殆尽。于是乃相率杜门扫轨，平心易气，以穿穴于传注训诂、辨证援据之中，百数十年以来，穷经考史之学彬彬继起。"④此语道出了清初至乾隆年间学术趋向的变化，也透露出乾嘉经史考据之学兴起的内在逻辑。翁方纲在论诗时也强调了这种趋于"实"的导向，《志言集序》云："士生今日，经籍之光，盈溢于世宙，为学必以考证为准，为诗必以肌理为准。"⑤这种看法实际上代表了乾嘉以降诗学日趋于学术化的倾向。后来的金石题跋诗、经史考证诗等均反映出这一趋势。同样，文章学领域也深受考据风气影响。刘师培《论近世文学之变迁》云："及乾嘉之际，通儒辈出，多不复措意于文，由是文章日趋于朴拙，不复发于性情，然文章之征实，莫盛于此时。"⑥在刘师培看来，乾嘉

---

① 学问与性情（性灵）的关系是清代文学家尤其是乾嘉时期理论家与作家普遍面对的，在诗学领域体现得尤为明显。近年来，有学者就此展开过较细致的探讨，如蒋寅《清代诗学史（第二卷）：学问与性情（1736—1795）》第四章"性灵诗学思潮的回响"中的"才情与学问之争的泛起"部分（第490~495页），可参看。

② 黄爱平：《朴学与清代社会》，石家庄：河北人民出版社，2003，第1页。

③ 梁启超：《中国近三百年学术史》，北京：东方出版社，2004，第1页。

④ 陈文和主编《嘉定王鸣盛全集》第11册，北京：中华书局，2010，第467页。

⑤ （清）翁方纲：《复初斋文集》卷四，《清代诗文集汇编》第382册，上海：上海古籍出版社，2010，第53页。

⑥ 刘师培：《中国中古文学史讲义》，南京：凤凰出版社，2011，第255页。

文人多是通儒，强调实证，文章趋于朴实，不太重视情感的表达。这反映出乾嘉学术对文章创作的影响。此外，乾嘉学术对文人心态、价值取向等也有直接影响。梁启超指出："乾、嘉间之考证学，几乎独占学界势力……所以稍微时髦一点的阔官乃至富商大贾，都要'附庸风雅'，跟着这些大学者学几句考证的内行话。"① 此类风气也影响到一般的文学创作。在乾嘉学者看来，朴实精确的考证能体现出学问，使文章流传于后世。因此，乾嘉文人创作时有一种普遍的心理预期，即文章中的学问关乎其传世行远，考据是彰显学问的重要方法。在这种观念的熏染下，乾嘉学人大量创作考、辨、释类文章，或在文中融入大段的考证性文字。

乾嘉学术注重考据实证，与晚明以来"王学"影响下注重主观的学风有着明显的差异。晚明的思想解放促进了强调表现个体性灵的文学思想与创作风气的流行。以与文学相关而又极受士人重视的经学为例，孙鑛、钟惺等注重以文学的眼光看待经学，出现了"六经皆文"②的趋向，将儒家经典视为文学进行批点，以寻找其中的文法。这种做法无疑受到了科举考试中八股文写作与评点的影响。从纯粹的文学角度看，这当然是文学观念的进步，然而在正统的经学研究者看来，这种做法是对以往经学阐释范式的解构，甚至给儒家意识形态带来了巨大的挑战。这种"以经为文"的观念在乾嘉学者的经学研究中被排斥，以汉学家为主体的四库馆臣对此进行过严厉的批判。③ 在他们看来，"学风败坏""非圣侮经"的做法造成了明代士人治学的空虚。晚明士人对待儒家经典尚且如此，遑论其他。因此，乾嘉学者延续清初学者征实的学风，将其进一步发扬光大，并在对晚明学风的批判中走上了一条崇尚考据的道路。

因清代学术内在的演进逻辑以及乾嘉时期特殊的思想环境，乾嘉学者埋头于经史子集的整理与研究，奉行征实的考证之学，并推动它成为清代最盛行的学术，影响深远。法国学者丹纳（Hippolyte Adolphe Taine）指出

---

① 梁启超：《中国近三百年学术史》，第 25 页。
② 详参郭绍虞《中国文学批评史》下册第五章第一节"孙鑛评经（茅坤附）"相关论述，北京：商务印书馆，2010，第 306~312 页。
③ 可参阅杨晋龙《从〈四库全书总目〉对明代经学的评价析论其评价内涵的意义》之"科举制度影响经学研究"一节，《中国文哲研究集刊》第 16 期，2003。

"作品的产生取决于时代精神和周围的风俗"。① 其意在强调时代、环境等
对作品产生的重要影响。受实证学风影响，乾嘉时期的文学整体上注重考
据与学问，偏重于"实"，而不是强调"虚"。例如，乾嘉以降的诗学理论
中普遍注重"质实"，对王渔洋"神韵说"偏于"虚"的批评就是典型代
表。"实"固然有其好处，但"虚"也是文学审美重要的特性，缺少了
"虚"，文学也就失去了颇具魅力的一面。以诗歌为例，受征实学风的影响，
乾嘉时期的正统诗论颇注重表现带有普遍儒家群体性的"性情"，对有鲜明
个性特点的"性灵"等大体是排斥的。例如，袁枚的"性灵说"重视与强
调个体性灵，与官方主流诗学相去甚远，受到了较多批评。主流的诗歌创
作多强调以学问入诗，使得诗歌中具有鲜明个性特点的情感性渐趋隐晦。
当然，这不是说正统的诗学理论不强调情感，只不过更重视群体性的伦理
情感，而非个人情感。重学问的倾向也反映在当时的文学批评中，正统的
理论家提出的诗文理论大多注重学问。这也导致乾嘉时期的主流文学在具
备学术性的同时，相对缺乏文学性。大体而言，与明末清初的文学相比，
乾嘉文学普遍缺乏个性，不免显得刻板。②

　　值得指出的是，乾嘉文学是清初文学向道咸以降文学过渡的重要一环，
体现出明显的承前启后性。具体而言，乾嘉是清代诗学由顺康间以唐诗为
宗向道咸间以宋诗为宗缓慢演变的时期，各种诗学倾向的多元共生现象及
其演变过程、学人之诗与诗人之诗的争论与融合、学问与性灵的关系等均
在此时呈现，这是诗论家与诗人需经常面对的。乾嘉时期是文章学发生演
进的关键时期，古文与骈文的关系由畛域分明、相互竞争逐步走向援骈入
散、散中带骈、骈散并重。③ 单就散文内部而言，乾嘉考证之文与唐宋八大
家古文的离合差异关系等亦在此阶段显现出来。乾嘉时期是清代词学发生
明显变化的时期，词学与乾嘉考据学有着紧密的关系，如浙派词学就深受
乾嘉考据学风的影响。④ 乾嘉时期是浙西词派经历鼎盛后逐渐向常州词派过

① 〔法〕丹纳：《艺术哲学》，傅雷译，合肥：安徽文艺出版社，1998，第 70 页。
② 这是从大体上而言，乾嘉文学中也有注重个性的作家如扬州八怪的郑燮、性灵派的袁枚
　等，但并非主流，他们之所以在文学史上显得珍贵，较大程度上也是因为他们在当时文
　学艺术领域显示出的特异性。
③ 曹虹：《清嘉道以来不拘骈散论的文学史意义》，《文学评论》1997 年第 3 期。
④ 陈水云：《乾嘉学派与清代词学》，《文艺研究》2007 年第 5 期。

渡的时期，浙派词学的发展与新变、词学理念与词学编选的关系等均在此时期呈现。诗歌、古文、词等文学样式受乾嘉学风影响而呈现出新变的过程，都值得深入研究。在乾嘉时期的文学家中，选择一位在诗歌、古文、词学等领域均有影响力的人来探讨这种过渡时期文学的特点，无疑是有意义的。本书认为，王昶就是一位有着这样价值的学者型文人。

王昶是乾嘉年间著名的学者、文学家。他一生涉猎广泛，著述等身，在文学、金石、方志、书院教育、铜政等多个领域取得了令人瞩目的成就，尤其在金石学、文学领域有很大的影响。他一生精力大多消耗在军营及官场，其经史研究之书未定稿，成就无法与惠栋、戴震、王鸣盛、钱大昕等并论；其诗学处于沈德潜"格调说"的遮蔽下，变化不为人所熟知；其古文编选提倡学者考据之文，对后世的影响远不如姚鼐的桐城派选本；其词学也是追踪朱彝尊、厉鹗的浙派词论，变革的努力不被重视；其与经史相关的金石考据成就也比不上钱大昕、孙星衍、阮元等人。站在今天的视角来审视，单就某一领域而言，王昶算不上乾嘉时期真正意义上的第一流人物，但活跃在乾嘉时期的著名学者、诗人、词人、文章学家大多与王昶有交游，他凭借高位主盟坛坫，引领一时风气，成为当时具有领袖气质的人物，深度参与乾嘉时期的学术与文学活动。王昶与乾嘉学术文学主流紧密相关，其著述情况反映出乾嘉学术风气与文学概貌，有着重要的研究价值。具体而言，可从学术、诗学、文章学、词学、金石学等领域摘要叙述王昶在乾嘉文坛的价值。

从乾嘉学术领域看，王昶早年在吴地与惠栋等人研讨汉学，受吴派学术方法影响颇深。他是乾嘉汉学的早期提倡者之一，在当时影响颇大。王昶并未参与《四库全书》的纂修，但他与纪昀、陆锡熊、翁方纲、戴震、邵晋涵等人均有较密切的交游，深度参与了乾隆中期汉学兴盛的过程。诸如在扬州卢见曾幕府参与汉学著作的校勘工作，在京师参与秦蕙田《五礼通考》的纂修，以及晚年主持编纂《金石萃编》等均与乾嘉汉学的兴盛紧密相关。致仕后，王昶主讲娄东书院、敷文书院，是以耆年高位引领乾嘉汉学的重要学者之一。

从诗学领域看，王昶师从格调派领袖沈德潜，在乾嘉诗坛多元共生的环境下针对具体问题做出调整，沿"格调说"而又寓变化，是格调派在乾隆中后期至嘉庆初的领袖人物。王昶的诗学交游与编选活动呈现出乾嘉诗学的主流面貌及演变趋势。例如，他论诗注重学问，强调学人之诗与诗人之诗的统一，与乾嘉主流诗学一致，并对道咸以降的宋诗派重学问有一定的影响。他对袁枚"性灵说"的批评体现出乾嘉诗坛学问与性情的矛盾，是正统诗学对新变诗学的反驳。他论诗注重雅正，主张博学兼采，分体论诗，学习对象在取法汉魏盛唐的基础上，下及宋元明及清初诗学大家的优秀作品，取法范围更广，对沈德潜"格调说"有补充与修正。他编选其一生交游的重要诗人的作品成《湖海诗传》一书，选诗以唐音为宗，强调雅正，兼采近宋调的诗作及学问诗，在体现出其诗学思想的同时，客观上也反映出诗坛变化的趋势。这显示出王昶的诗学选本与乾嘉之际诗坛的主流面貌紧密相关，也体现出后期格调派理论家在诗坛由宗唐向宗宋缓慢过渡的趋势下的一种自我调整与变化。同时，王昶选诗时做了一些删改，也体现出其诗学观念与审美倾向。

从词学领域看，王昶继承朱彝尊、厉鹗崇尚南宋的词学思想，提倡骚雅，注重格律，是浙派词学在乾嘉间的重要代表人物。他对朱彝尊、厉鹗的词论均有新的拓展，在重视格律、骚雅的基础上更强调词的品格，有以"温柔敦厚"诗教说来论词的倾向。王昶还是清中期重要的词选家，继承朱彝尊《词综》的词学理念，编纂《琴画楼词钞》《明词综》《国朝词综》《国朝词综二集》等重要的词学选本，其中呈现出明显的浙派词学思想。同时，王昶是清中期推动浙派词学趋于鼎盛的重要领袖。他推尊词体，将词与《诗经》《楚辞》等经典并提，注重词的"比兴"与"寄托"，对常州词派以比兴寄托论词有影响，体现出清代词学由浙西词派向常州词派过渡的内在演进逻辑。王昶还重视词的教化与颂扬盛世的功能，将"温柔敦厚"的诗教理论融入词学，从教化层面以诗论词，提高词体地位与增强词的教化功能。这些均与最高统治者提倡风雅的举动相关联，具有反映清中期统治阶级词学理念的"镜面"功能。这表明王昶词学理论及编选活动在清中期具有重要地位与研究价值。此外，将王昶编纂选本中的词作与词人词集定本进行比勘，可以发现其中存在明显的删改痕迹，这对于了解浙派词学在乾嘉间的面貌有特殊的意义。

从文章学领域看，王昶是乾嘉汉学家中著名的古文家与选家。他是乾嘉汉学的重要代表，尤其留意收集反映乾嘉考据学成就的学者之文。他将生平交游者的古文辑成《湖海文传》一书，以学术性文章为主，兼及文学性，注重考据实用，体现出乾嘉学术的主流风貌。《湖海文传》实际上是乾嘉学者之文的重要展现，其中逗露出清代中期文章在考据学影响下的演变历程。清代考据学影响下的散文在一定意义上呈现出"破体"的特征。例如，《湖海文传》所选乾嘉学者的碑传类文章在介绍传主生平时往往会大量罗列其重要的学术著作、学术观点，并确定其在学术史上的贡献、具体地位，而不再是居乡为善、赈济贫困等空洞的内容。这种传体文章的写法实际上反映出学术对文体的浸染。又如记体类文章，乾嘉学者的写法也在较大程度上反映出"破体"，他们往往会在游记、书院记等文章中融入考据，以代替唐宋游记的风景描写、书院记的修建缘起。将此类文章收入《湖海文传》中，反映出王昶的独到眼光，即通过甄选"考据"文章来呈现乾嘉学术的主流风貌。

从金石学领域看，王昶上承清初学者顾炎武、朱彝尊等人以金石考证经史的思想，积一生之力汇编金石碑拓及诸家考证成《金石萃编》，并加自己的按语，以资考据经史，该书被认为是乾嘉间金石学的集大成者。其编选中体现出的以金石考证经史的观念和方法也与当时学界主流学风有着紧密的联系，反映出其时金石学兴盛的面貌。

要言之，王昶是在诗歌、古文、词、金石等多个领域均产生了重要影响的学者型文学家。他的文学创作、交游及编选活动是我们了解乾嘉文学以及文学与学术关系的一个重要窗口。通过研究王昶的文学与学术活动尤其是其文学编选，可以对王昶形成全面的认识，有助于增进对乾嘉学者型文人的了解，对探讨乾嘉文学演变的趋势也有独特的意义。

一　王昶生平概述

王昶（1725—1806），字德甫，一字琴德，号述庵，又号兰泉，[①] 别署

---

① 漆永祥在《汉学师承记笺释》中不同意江藩的说法，认为兰泉、琴德皆王昶号，琴德非字。参见（清）江藩撰，漆永祥笺释《汉学师承记笺释》，上海：上海古籍出版社，2006，第 214、333 页。实际上，笔者认为不能视江藩及周注记载有误，王昶印章印文确有"别字兰泉""琴德一字兰泉"者，可参阅林申清《中国藏书家印鉴》，上海：上海书店出版社，1997，第 109 页。

定香居士。江苏青浦（今上海市青浦区）朱家角人。乾隆十九年（1754）进士，官至刑部右侍郎，以一品致仕。王昶远祖为齐国贵族齐陈氏，至田（陈）无宇之子田书改姓孙。① 田（孙）书之孙孙武任吴国大将，始迁吴。南宋初，端辅公入赘王氏，从外家姓王。② 先世居浙江兰溪，王昶高祖王懋忠（1578—1648）始迁青浦珠街阁（朱家角）。王懋忠名入《几社二录》，与宋实颖（1621—1705）、顾有孝（1619—1689）等有交游，撰《樊圃诗集》《樊圃诫言》若干卷，沈德潜《国朝诗别裁集》选其诗 2 首。王懋忠属于明末遗民，其诗歌多有眷恋故国之处，朱昂题《樊圃诗集》后云："泣金仙于冷露，凭吊秋风；沉宝鼎于深渊，流离戎马。庾信则江南哀赋，杜陵乃同谷悲歌。细柳新蒲，行曲江而凄怆；残山剩水，望京国以萧条。义士采薇，略见首阳之操；忠臣颂橘，空招楚泽之魂。"③ 以屈原、庾信、杜甫等人行迹遭遇及诗文相类比，指出王懋忠诗歌带有遗民之悲与诗史价值。王昶曾祖王之辅为青浦名医，祖父王玙、父王士毅均无功名，以行医为业，诗书传家，兼治《周易》。王昶《与程绵庄廷祚》云："某自先曾祖以来，世治《周易》。"④ 他的《易》学有家学渊源。王昶妻邹氏曾生一子，名肇春，早夭。此后侍妾许玉晨、陆湘（芸书）、湘碧、渚红等均未生子，故以从兄之子肇和为嗣，肇和有子王绍基、王绍濬（另有王绍祖一说）。

（一）青浦与苏州：王昶学术、文学思想的养成期

根据王昶一生的活动轨迹，可大致将其生平分为五个阶段。⑤ 第一个阶段是青浦乡居与苏州紫阳书院求学时期，起于雍正二年（1724）迄于乾隆十八年（1753）。其间，王昶主要是居家课读与前往苏州求学，偶尔坐馆养家。在苏州求学期间，王昶结识了一些重要的学者与文学家，受到吴地学

---

① 陈厉公之子公子完（陈完）在陈国竞争君位失利后，逃亡至齐国。在先秦时期，田与陈的读音相同，故又称田氏。

② （清）王昶：《世谱前录小序》，《春融堂集》卷三十七，《清代诗文集汇编》第 358 册，上海：上海古籍出版社，2010，第 387 页。

③ （清）王昶：《蒲褐山房诗话新编》，周维德辑校，济南：齐鲁书社，1988，第 261 页。

④ （清）王昶：《履二斋尺牍》卷二，南开大学图书馆藏清抄本。

⑤ 赵杏根《乾嘉代表诗人研究》（首尔：新星出版社，2001）中将王昶生平分为五个时期，笔者此处划分与其有相似处，也存在差别。

术文学传统的熏陶，这对其学术与文学思想的形成至关重要。王昶于乾隆三年（1738）前后从蔡珑（1686—1766）等人习举子业，开始为科举考试做准备。乾隆十二年（1747）王昶首次参加江南乡试，报罢。其间结识了王鸣盛（1722—1797）、吴泰来（1722—1788）①、江昱（1706—1775）等人。从此时期起，他与同辈间的文学与学术交往渐趋频繁，他们志同道合，组成了固定的文学与学术性团体。18世纪初期，苏州是当时汉学萌兴之地，也是当时江南乃至全国学术的重镇，聚集了大量专业化、家族化的学者群体。这些专业的学者群体在重视学术的达官贵人的组织引领下，聚集在一起从事汉唐儒家典籍的整理与校勘，成为一股重要的学术力量。乾嘉汉学中吴派的形成深刻地影响了18世纪后期清代学术的走向。

乾隆十三年（1748）前后，王昶结识惠栋（1697—1758）、沈彤（1688—1752）、李果（1679—1751）、顾栋高（1679—1759）等吴中汉学名宿，与他们的交往使王昶对吴派汉学的治学方法与理念有了深入的体认。惠栋是乾嘉吴派汉学的领军人物，其家三世传经，治学专主汉儒，强调无征不信、实事求是。惠栋对《古文尚书》等皆有研究，尤精于《易》学，曾助卢见曾编刻《雅雨堂丛书》，对早期汉学的传播起到了重要作用。惠栋在诗学上也颇有造诣，其祖父惠周惕曾从康熙诗坛领袖王士禛学诗。惠栋受祖父熏陶，也服膺"神韵说"，曾注《渔洋精华录》。惠栋还为卢见曾校勘《国朝山左诗钞》《感旧集》等。沈彤是著名的经师、古文家，精于"三礼"之学，并传方苞古文之法。李果是著名的经学家、诗人，亦精于古文。顾栋高通群经，治学严谨，尤邃于《春秋》之学。王昶在苏州求学与坐馆期间，惠栋等人对他的学术理念与治学方法影响颇大。后来，王昶与王鸣盛、钱大昕（1728—1804）等一同将吴派汉学的理念及学术方法推广到京师，并在全国范围内扩展，对吴派汉学的传播与拓展起到了重要的作用。

王昶在苏州求学与坐馆期间还曾结识厉鹗（1692—1752）。厉鹗是著名的词人，也是继朱彝尊之后最重要的浙派词学领袖。他在朱彝尊论词的基

---

① 吴泰来生年，据王昶《吴企晋净铭轩遗集序》中"君长余二岁"（《春融堂集》卷三十九）可知，吴氏生于康熙六十一年（1722），与王鸣盛同岁，月份稍晚。

础上提倡南宋的慢词，标举姜夔、张炎等人，倡导清空骚雅，使得浙西词派以扬州为中心出现了兴盛的局面。厉鹗曾在天津查氏水西庄、扬州马氏玲珑山馆等地编著书籍，对清中期宋诗与南宋词在江浙地区的推广均有重要作用。与厉鹗等人的交往使王昶对浙派诗学及词学理论有了更直接的认识。尤其在朱昂的苹华水阁，王昶大量接触寓居吴地的浙派词人，形成了以南宋为核心、注重骚雅与精研词律的词学观，对他后来编选《明词综》《国朝词综》等选本有重要的影响。

乾隆十四年（1749）是王昶人生中的重要一年。此年他入苏州紫阳书院求学，遇到了两位授业师——王峻（1694—1751）、沈德潜（1673—1769）。沈德潜对王昶的诗名与诗学取径产生过重要影响。王峻诗学上与虞山二冯及赵执信接近，他在批点《谈龙录》时对王士禛"神韵说"颇为不满。① 王峻对王昶的影响主要体现在史学上。沈德潜以诗坛盟主退隐吴中，王鸣盛、吴泰来、王昶、钱大昕、赵文哲（1725—1773）、曹仁虎（1731—1787）、黄文莲（？—约1789）七人均在其门下学诗，沈氏编有《七子诗选》，"吴中七子"由此名闻海内。王昶在诗学上继承了沈德潜的"格调说"，奠定了他诗学理论的基础。乾隆十八年（1753），王昶应江南乡试，中《易》房第十一名举人。此年王昶与严长明（1731—1787）、程晋芳（1718—1784）等相识。

在这一时期内，王昶较为系统地学习了儒家经典，确立了以汉学为宗、重视经史考据的治学方法。王昶追随沈德潜学诗，奠定了其以汉魏盛唐为宗的诗学取向。王昶与朱昂等人在苹华水阁研究词律，受厉鹗等人熏陶，确立了其浙派词学的宗旨。总体而言，这是王昶学术与文学的起步阶段，也是其在江浙交游的开始，一些后来在学术与文学上产生重要影响的才俊如王鸣盛、钱大昕、赵文哲、曹仁虎等大多是王昶在苏州求学期间结交的。

（二）京师与扬州：王昶人生中的两个命运关键地

乾隆十九年（1754）至乾隆三十三年（1768）是王昶人生的第二个阶

---

① 邬国平：《赵执信〈谈龙录〉与康雍乾诗风转移》，《徐州师范大学学报》（哲学社会科学版）2012年第1期。

段。这是从王昶中进士至卢见曾"两淮盐引案"发生前的阶段。这一阶段以王昶召试授中书舍人为界，可分前后两个时期。中进士后的前三年，王昶生活并不顺畅，多是寄居高官幕府编书、坐馆，在后十年的京官生涯中则逐渐受到重用。乾隆十九年，王昶入京参加会试，应秦蕙田之邀纂修《五礼通考》中"吉礼"部分，结识了参与纂修的诸锦（1686—1769）、戴震（1724—1777）、郑虎文（1714—1784）等著名学者。这是王昶深度参与京师学术活动的开始。其间，王昶经常与金德瑛（1701—1762）、蒋士铨（1725—1785）等人诗酒雅集，接触到京师诗坛的"学宋"风气。王昶会试中第二十四名，殿试中二甲第七名，但因捡看入三等，归班候选，未能实授官职。王昶因此有短暂的济南坐馆之行，旋因祖母之丧回乡守制。

乾隆二十一年（1756）冬，王昶应卢见曾之邀前往扬州校书并教导其子孙，得以与同在官署的惠栋、顾栋高、程梦星（1678—1747）、马曰琯（1687—1755）、马曰璐（1701—1761）等交往。其间，王昶向惠栋问业，尽读其所著书。卢见曾时任两淮盐运使，有足够的财力扬扢风流，厉鹗、全祖望（1705—1755）、朱稻孙（1682—1760）、金农（1687—1763）、沈大成（1700—1771）等人均受到过他的优礼与接济。他是乾隆前期东南文学群体交往的核心纽带，对推动东南学术、文学的繁荣贡献颇大。他组织刊刻了大量的学术著作，如补刻朱彝尊的《经义考》、编刻《雅雨堂丛书》13种138卷，大部分是汉学著作。卢氏还资助惠栋、顾栋高等人的著述活动，对吴派汉学的兴起意义重大。扬州是浙派词人群体的大本营，王昶在扬州结交了大量浙派词人，如陆培、张四科、朱昂、江昱、储秘书等。王昶这一时期的词学交往为浙派词学在乾嘉词坛逐步走向兴盛奠定了基础。

卢见曾是对王昶人生轨迹产生过重大影响的人。乾隆二十二年（1757）高宗南巡，王昶随卢见曾迎驾，并至江宁献赋，召试一等第一，授内阁中书舍人。客居扬州期间，王昶担任卢见曾孙子的塾师，颇获优礼与资助。乾隆二十三年，王昶正式入京为官，应梁诗正（1697—1763）之邀，编纂《续文献通考》。后分别充《通鉴辑览》《西域同文志》纂修官。梁诗正是乾隆前期颇受信任的汉族大臣，参与主持过《御选唐宋诗醇》的编选，对乾嘉间宋诗的接受发挥了实质作用。因受朝廷重臣推荐，王昶任内阁中书舍人、直军机房，官至刑部江西司郎中。从乾隆二十四年至二十八年，王昶连续三次充任顺天乡试同考、两次担任会试同考官，仕途颇为顺利，交游也更广泛。除京师学术名宿外，王昶还结识了不少进京参加科举的文士，开始有意识地提倡风雅，延接人才。他常与士子置酒陶然亭，谈艺论文，与朱筠（1729—1781）主持都中坛坫，号称"南王北朱"，以虚己爱士著称。乾隆三十年（1765），王昶兼直经咒馆，参与翻译《首楞严经》。乾隆三十三年（1768），王昶充《续三通》馆纂修官，撰定条例。这段时间，王昶仕途及人生较为顺遂，但因卢见曾"两淮盐引案"而发生转变。

乾隆三十三年六月，因卢见曾贪污一案，王昶以言语不密获罪，拟徒。案发时，纪昀在内廷风闻消息，转告姻亲卢见曾须防范朝廷查抄，卢氏因而得以转移家产。据事后调查，王昶也曾向卢荫文透露消息，因此被革职。《乾隆帝起居注》记载，乾隆三十三年七月，"初十日乙未，大学士傅、尹奉谕旨，据刘统勋等奏：'查办两淮盐引一案，卢见曾先得信息，藏匿资财，讯问伊孙卢荫恩［文］，据供：伊亲纪昀系先告知两淮盐务有小菜银两一事，现在查办，伊即于六月十四日差家人送信回家。后复见郎中王昶谈及，王昶告伊并非小菜银两，乃系历年提引事发，随又雇人送信回家。嗣复见刑部司员黄骏昌，传说高恒现已查抄家产，伊叔卢谟心惧，随于六月二十七日起身回家'等语。所有漏泄此案情节之纪昀、王昶、黄骏昌均着革职，交刘统勋等分别严审具奏"。[①] 事实上，乾隆即将核查两淮盐务亏空的消息最早是由军机处行走赵文哲与时任候补中书舍人徐步云（1734—1824）谈及。徐步云是卢见曾在扬州安定书院的弟子，获知消息后便立刻通知卢氏。卢荫文后来见到王昶，询问相关情况，王昶提及此为历年提引之事，卢氏得以知悉机密。如前所述，王昶颇受卢见曾礼遇，故在盐引一案中出于报答人情而泄露消息，因此被革职。在"两淮盐引案"中，王昶的殿试阅卷官刘统勋（1698—1773）并未给予他特别照顾。当时恰逢缅甸之乱爆发，因阿克敦（1685—1756）与王昶有师生之谊，其子阿桂（1717—1797）时任定边副将军、兵部尚书，指挥对缅甸作战，于是向朝廷奏请以王昶、赵文哲充任军中书记。从某种意义上说，卢见曾、阿桂是改变王昶

---

① 《乾隆帝起居注》第 27 册，桂林：广西师范大学出版社，2002，第 309 页。

命运的人物。在高宗南巡召试时，卢见曾提供过巨大帮助，使王昶获取第一，任内阁中书，入直军机处；在"两淮盐引案"中，卢见曾因涉案使王昶的仕途突然中断，阿桂则给了他凭军功重入仕途的机会。

（三）滇蜀边徼：王昶的西南从军时期

乾隆三十三年（1768）九月至乾隆四十一年（1776）初是王昶人生的第三个阶段，他经历了八年戎马生活。王昶先后经历了对缅甸、大小金川的征战。其中，乾隆三十六年（1771）前是参与征缅作战；乾隆三十六年九月之后，则是入蜀平定大小金川叛乱。随军期间，王昶主要从事文书工作，并对当时的作战经过有较为详细的记载，如《滇行日录》《蜀徼纪闻》等日记就对重要战争有记载。因为亲历战争，亲身闻见，王昶所记多真实可靠。王昶从军的八年中，其创作因与战争相关，也具备重要的史料价值。班师后，王昶因军功授鸿胪寺卿，极一时之荣。

自然地理环境对于诗歌创作有重要影响，王昶从军后诗风一改早年的平淡清丽，转而学杜、韩、苏、陆的豪放诗风，摹写西南边塞雄奇壮丽的景物，如《过瓮子洞遂抵倒水岩，皆水石奇绝处》《日暮过大迟滩》等。总体而言，王昶在此阶段的诗歌艺术成就比早期高，正是山川游历带来积极因素，他的才情得以发挥，创作颇有新意，比如书写边疆奇特山水交通工具的《溜筒》《竹索桥》《皮船》等，写边地高原奇特气候景象的《六月初二日雷雪》《六月初三日雪》等，均具有独特性。一些诗歌如《破翁古尔垄》《克僧格宗》《军次美诺》等大多是对战争形势、经过的直接描写，对于研究清缅战争、平定大小金川叛乱均有重要价值。

此外，王昶从军期间写了大量书信，其中一些记载了战役的情况，具有较高的历史价值。例如，《履二斋尺牍》卷三中一封寄给外甥的家信《与蒙泉蒋甥》对战况有详细描写："在战地久，多不忍闻见者。前二月间官军扑日耳寨，亡者百余，其伤者二百余人，相国命呼名而藉之。有贯肩脾者，折手足者，达奚击去齿及颊颏者，洞腹铅子坠而未出者，呻吟叫号，血漉漉然下渗，不二刻，地为之殷红。又三月日耳破，循山径步行下，径旁积僵尸，兵九番一，几数里许，脝肛胀矜，息弗不可以出入。又四月攻东玛，未克，收军回，其伤者叫号悲泣，搅日夜乃绝，不能箸而食，枕而卧也。此如入地狱,视诸变相,甥谓我何以堪诸?"① 因是家信,王昶以亲历者的笔触还原了战争的残酷与双方伤亡的情况。这种记载是征大小金川之战的史料,颇具价值。

(四)凯旋晋秩:王昶任职京师及地方时期

乾隆四十一年(1776)春至乾隆五十八年(1793)冬,是王昶人生的第四个阶段。这在一阶段,他主要是在京城任官,其间外任江西、陕西、云南等地,后又回京任刑部右侍郎。这一时期的王昶结束了从军西南的行伍生活,收获过军功带来的荣耀,经历了壮年的春风得意,对人生的起伏有切身体验。乾隆四十一年(1776)五月,王昶升任鸿胪寺卿,赏戴花翎,仍在军机处行走。乾隆四十一年七月,擢通政司副使,并奉命纂修《金川方略志》。乾隆四十二年三月,擢大理寺卿。短时间内连续擢升,可见王昶颇受乾隆的宠信。从军西南之后,王昶重返京师任官,并与此前的旧友如钱载(1708—1793)、朱筠、翁方纲等雅集,治经史、金石之学,品论诗词,重新提倡风雅。

乾隆四十五年(1780)春,乾隆南巡江浙,王昶扈从至杭州。三月,王昶被任命为江西按察使,并同侍郎阿扬阿谳事青州等地。八月,丁生母钱氏忧,回乡守制。守制期间曾至杭州,受聘编纂《西湖志》《青浦县志》。乾隆四十八年(1783),起复。初授直隶按察使,未到任。寻改陕西按察使,与巡抚毕沅(1730—1797)共事。乾隆四十九年(1784)四月,甘肃回民田五等作乱,王昶奉命赴长武防御,并负责调度兵伍过境事宜。乾隆五十一年(1786),河南伊阳县民秦国栋等杀害县令后逃亡,时王昶已改授云南布政使,因乾隆有先拿获秦国栋等方可赴新任的旨意,王昶奉命赴商、洛一带督缉秦国栋等人。同年八月,王昶赴任云南布政使。在任期间,辑有《云南铜政全书》五十卷(今未见),对清代云南的铜政文献做了较为详细的梳理。乾隆五十三年(1788)冬,乾隆帝以王昶年老,调其任距本籍较近的江西布政使。乾隆五十四年(1789)二月,擢刑部右侍郎。其间曾往曲阜祭祀少昊陵、颜子墓及仲子祠、任子祠等,又往湘、楚等地

---

① (清)王昶:《履二斋尺牍》卷三,南开大学图书馆藏清抄本。

谳事。乾隆五十七年（1792）八月，王昶充顺天乡试副主考，因不愿为权贵子弟开方便之门得罪朝中重臣，受到排挤。乾隆五十八年（1793）春，王昶循例请求归乡省墓获批，五月抵家。岁暮返京，遂以精力就衰为由请求致仕。

在这段时间内，王昶在京师与朱筠、翁方纲等联主骚坛。王昶在法源寺主持过几次大的雅集，参与者多是当时著名的诗人。例如，乾隆四十一年（1776）冬，在王昶斋中有"消寒小集分赋邝湛若砚"的活动，朱筠、翁方纲、程晋芳、许宝善、吴锡熊、吴省兰、陆德灿、洪朴、胡梅、张彤、黄景仁、吴蔚光等知名诗人参与；乾隆四十二年（1777）六月，王昶与朱筠、钱坫、徐书受、金冲、胡量、张彤、王复等于陶然亭雅集；同年八月十七日，再与朱筠、翁方纲等四十六人雅集陶然亭，此年秋冬之间还数次在郑学斋雅集；乾隆四十三年（1778）春，与翁方纲等在陶然亭雅集。

乾隆四十七年（1782）王昶守制乡居时，与廖锦文等有檀园修禊之会。又应邀编纂《西湖志》，多次与志局的门弟子及友人雅集。乾隆四十九年（1784）冬至乾隆五十年（1785），王昶任陕西按察使时，多次参与毕沅组织的东坡生日唱和雅集。乾隆五十三年（1788）王昶任江西布政使期间，翁方纲恰任江西学政，二人与各自门生也多次雅集唱酬，论及西江诗派。王昶晚年主讲敷文书院时，钦慕杨维桢《西湖竹枝词》唱和事，组织门生以柳枝词为题唱和，响应者众多，刻有专门的诗集。

王昶从青年时候起就对苏轼的文章与人品极为钦佩服膺。在西安期间，与毕沅等在东坡生日多次举行纪念唱和活动。例如，乾隆四十八年（1783）有《苏文忠公生日，秋帆中丞招企晋、东有、友竹、稚存亮吉、渊如、敦初、家半庵开沃、程彝斋敦，集终南仙馆作》；乾隆四十九年六月经过凤翔时，有《凤翔东湖谒苏文忠公祠三首》，年末有《苏文忠公生日再集终南仙馆作》；乾隆五十年（1785），毕沅调任河南巡抚，由王昶继续主持东坡生日纪念活动，有《苏文忠公生日招同人集廉让堂即事四首》。这种推崇东坡的唱和现象在当时成为一种风气，翁方纲、洪亮吉、吴锡麒、吴嵩梁等人均举办过类似的纪念活动，客观上推动了诗坛对宋诗的接受。这些活动对诗坛创作的走向都有着潜在的影响。

（五）先生归来：王昶主讲东南书院时期

乾隆五十九年（1794）至嘉庆十一年（1806）是王昶人生的第五个阶段。王昶致仕后，先后主讲太仓娄东书院、杭州敷文书院，造就了许多人才。其间，他在门客与学生的协助下，编纂了大量有影响力的文学与学术著作，以著述的方式影响乾嘉文坛与学界。

王昶致仕乡居期间，曾多次受邀参与苏州、杭州、太仓等地雅集。例如，乾隆六十年三月，王昶在苏州，门人金学莲等邀请他参与雅集，与会者有蒋业晋、蒋莘、蒋征蔚、陆鼎、戈襄、王汝翰、戴敦元、许宗彦、张兴载、张兴镛等，多为王昶门人。此外，瞿兆骙招饮辋师园，蒋业晋招王昶、王鸣盛、钱大昕等同集虎丘塔影园，皆有唱和。此年秋，王昶再次前往苏州与同人聚会，诗酒唱和。嘉庆元年（1796），王昶进京参与"千叟宴"，与同在京师的翁方纲、吴锡麒、邵晋涵、罗聘、伊秉绶、赵怀玉、桂馥、盛大士、彭元瑞、那彦成、沈初、吴省钦、英和等人雅集。嘉庆二年（1797），王昶至杭州与阮元等相会，秦瀛招王昶同潘庭筠、万福游龙井寺，同游者还有陈韶、华瑞潢、袁钧、汪淮、邵志纯、杨秉初、俞宝华、钱泳、施曾培等。

嘉庆五年（1800）正月，王昶出任杭州敷文书院山长。其间，王昶提携后进，造就了一批人才。此年五月，王昶评点了《同岑诗选》，对于格调派诗学在浙江地区的传播起到重要作用。王昶晚年的文学与学术活动中，对乾嘉文坛产生影响最大的是编纂了一系列选本。他与师友后学交往时留心收集文献，陆续编纂了一些重要的选本，其中《琴画楼词钞》前已出版，而《湖海诗传》《湖海文传》《国朝词综》《明词综》《金石萃编》等书尚未完全定稿。嘉庆七年（1802）春，有感于年老失明，岁月无多，王昶招朱文藻等至三泖渔庄编纂《金石萃编》及《大藏圣教解题》等，并延请门人陈兴宗、钱侗、陶梁等校勘《湖海诗传》《续词综》等书。参与者还有工于诗学的彭兆荪、史善长，擅长词学的郭麐，精于金石学的赵魏、汪照、王涛等。这种编纂活动为格调派诗学、浙派词学以及金石学在乾嘉之际的拓展做出了重要贡献。

二　王昶的学术与著述

吴地学术在清代以"吴派"汉学闻名，是乾嘉汉学的重要发源地之一。吴派汉学注重实学，提倡通经复古。这种学术思潮的出现既受到政策因素的影响，也有学术内在发展的逻辑。吴地通经致用的学术取向在晚明东林党及复社领袖身上已有体现。明末清初吴地学者提倡宗经，恢复汉学注疏的传统①，每月文社均有五经研习会，以擅长某经者主讲，士子共同研讨经义。吴地这种重视汉唐经学的传统在清中期仍在延续，王昶的学术思想受惠栋等吴派汉学先驱及自身交游的影响，呈现出以汉学为主而又兼容并蓄的格局。

（一）兼容并蓄的学术视野

1. 以汉学为主

王昶在治学方面受到了惠栋等人的影响，以汉学为宗。乾隆十四年（1749），王昶入苏州紫阳书院求学，治学注重经史考据。王昶中进士后，又与诸锦、秦蕙田等交往，参与纂修《五礼通考》，并与著名学者戴震结交。参与编纂《五礼通考》期间，王昶与当时聚集在京师的一些著名学者交往，对于吴派汉学思想向北方传播发挥了重要作用。

王昶是乾嘉吴派汉学思想早期传播的推动者。戴震云："今之知学者，说经能骎骎进于汉，进于郑康成氏，海内盖数人为先倡，舍人其一也"②，将王昶视为吴派汉学的提倡者。美国学者艾尔曼将王鸣盛、王昶、钱大昕并称为"三位 18 世纪最有影响的汉学家"③，也注意到王昶在传播汉学方面的影响力。王昶治学上崇信汉唐的经传注疏，在与孔继涵的书信中提及其学术宗法与取向时说："仆《易》宗王氏，《诗》宗毛、郑氏，《周礼》宗郑、贾氏。此后宋、元儒先之说及己有所见者，采之附注于章末，以庶

---

① 张溥等人在晚明时文领域注重恢复汉唐注疏，已经显露出吴派汉学的萌芽。
② 《戴震全集》第 5 册，北京：清华大学出版社，1997，第 2591 页。
③ 〔美〕艾尔曼：《从理学到朴学——中华帝国晚期思想与社会变化面面观》，赵刚译，南京：江苏人民出版社，1995，第 87 页。

几于信而好古之谓。"① 强调其研究《周易》用王弼注，《诗经》用毛亨与毛苌传、郑玄笺，《周礼》用郑玄注、贾公彦疏。由此可知，王昶的学术宗尚是以汉唐儒者传注为宗，因汉唐学者离儒家"原典"产生的时期不远，解说更可信，宋元儒者论说仅是附注，以资参考。

王昶在指导门生时云："凡习经，先通汉唐注疏，再阅宋元以后经说，始不堕于俗说。"② 强调在读经时以汉唐注疏为主，然后学习宋元经学家的经说。在王昶看来，汉唐注疏与宋元经说有源流、主次之分，只有由源及流，方不至于流于俗说。又云"经学端以注疏为宗"，"《书》宗九峰，而仲达《正义》援引奥博，且郑注多在其中，不得以宗孔氏訾之"，"《诗》以毛、郑为宗"，"《礼》必兼《周礼》《仪礼》……其孔、贾之传郑学，则独有千古"，"孔子作《春秋》，大指尽于三传，而左氏最长，杜氏又最宗左氏，学者以此服膺可也"，③ 均明确提出以汉唐学者的注疏为宗，也反映出王昶经学上重视汉唐注疏的立场。

此外，王昶在治经方法上也主张与汉儒一致。汉代经学传承重家学与师承，王昶治经取汉唐注疏，赞同汉儒治学专主一经，然后旁及他经的做法。他说："夫学者必不能尽通诸经也，尽通诸经乃适以明一经之旨。而一经之中分茅设蕝，若汉人之《易》既异乎宋元矣，汉人中若京、孟，若荀、虞，又各不同，不守一师之说深探力穷之，于彼于此，掠取一二说焉，必至泛滥而无实，穷大而失居。推之他经皆然。"④ 主张治经应先治一经，明一经之旨方能旁通他经，专主一经而深探，学问方能有根柢。又云："通五经实所以通一经，孔、孟谓博学要归反约，故孔子之后，自周以历秦汉千有余年，山东大师多以一经相授受，仞其师说，虽父子兄弟亦不肯兼而及之。……盖以兼通必不能精，不精则必不能致于用也。"⑤ 阐述了专主一经与博通五经的辩证关系。他尤其强调治经专一的重要性，认为只有专才能精，才能致用。这反映出王昶治经的最终归宿在于"致用"，并非仅仅关注

---

① （清）王昶：《与孔洪谷主事书》，《春融堂集》卷三十二，第 352 页。
② （清）王昶：《示戴生敦元》，《春融堂集》卷六十八，第 658 页。
③ （清）王昶：《示长沙弟子唐业敬》，《春融堂集》卷六十八，第 658~659 页。
④ （清）王昶：《与吴竹堂书》，《春融堂集》卷三十二，第 346 页。
⑤ （清）王昶：《与汪容夫书》，《春融堂集》卷三十二，第 352 页。

经学本身。

王昶在与汪中（1745—1794）的信中指出："今之学者，当督以先熟一经，再读注疏而熟之，然后读他经。且读他经注疏，并读先秦两汉诸子并十七史，以佐一经之义，务使首尾贯串，无一字一义之不明不贯。熟一经再习他经，亦如之，庶几圣贤循循恺恺之至意。"① 劝汪中在治经时不要务博，而是专主一经，精通一经后，旁及他经以及两汉诸子、十七史。其目的在于帮助发明一经之义，务必使其首尾贯通，经义明了，方能触类旁通。王昶治学以《易》为主，造诣精深后，再由《易》旁及他经，所撰《群经揭橥》（一说《九经揭橥》）即使用这种方法。

值得一说的是，尽管王昶治学方法以汉学为宗，但他在具体问题上并不盲从。例如，在"欲说经先须识字"理念的指导下，清代学者的经学阐释以许慎字学为基础，甚至不乏迷信《说文解字》者。到殷墟甲骨文出现后，这种局面才有所改变，学者逐步建立起新的古文字学。王昶精于《说文解字》之学，从三代彝鼎上鸟虫书的形态与《说文解字》记载有异出发，对唯《说文解字》为准的做法提出了质疑。他在与江声（1721—1799）的论学书信中指出：

> 古文传世绝少，惟三代鼎彝所刻，往往类虫书鱼迹，意即科斗之遗欤？以今《汗简》《钟鼎款识》《宣和博古图》《啸堂集古录》诸书所载，尚有数百字，寻其形声、左右，与《说文》多不符。盖《说文》本之小篆，小篆始于秦，与孔子时所用之字，其不尽合明矣。自许氏至晋王羲之，垂一百八十年，已由大小篆而隶楷，而行草，屡变其体。若由李斯上溯孔子，计二百四十余年，由孔子上溯仓颉，又二千余年，其变殆不胜计。……其间象形、谐声，似不得执许氏以论秦以前之经，况许氏阅八百三十余年，又为徐氏兄弟所增损，非复南阁祭酒之旧哉？②

此札强调文字在几千年的发展进程中存在形体上的演变，不能一概据

---

① （清）王昶：《与汪容夫书》，《春融堂集》卷三十二，第352页。

② （清）王昶：《与江艮庭论六书书》，《春融堂集》卷三十二，第348页。

《说文解字》训释先秦之经文。尤其是对"象形""谐声"两类文字，王昶并不完全赞同江声《六书说》中的看法。后来殷墟甲骨文及战国文字被发现，也证明许慎《说文解字》中的一些字存在错误。王昶在甲骨文尚未出土的乾嘉时期已能据三代彝鼎的文字做出此类判断，确实具有远见，这也对后来的文字学家取金文来研究《说文解字》起到了先导作用。① 类似的看法，王昶还在《答许积卿书》中论及："识字所以读经，《说文》之字，非必即同孔子之经也。……必谓《说文》之文，本即孔子之书，用以释经且以绳诸家之谬，已恐未然，况许氏之文又为徐氏所乱乎。"② 对盲目以《说文解字》去考订经书之文的做法持怀疑态度。这体现出王昶在遵守汉代经师治学方式的基础上，对具体的问题也能实事求是。此外，王昶主张以汉代的谶纬资料阐释儒家经典，不同于宋儒一概摈弃谶纬的态度，也体现出其以汉学为主的理念。

2. 兼及佛学

王昶的学术思想较为宏通，还表现在他以汉学家身份兼治佛学，且有较深的造诣。在前代诗文家中，王昶以白居易、苏轼自期，曾云"玉局香山是本师"。③ 白、苏均以儒学为宗，旁及释、道。白居易曾在《和梦游春诗一百韵并序》诗中云："外服儒风，内宗梵行。"④ 实际上此语也颇适用于苏轼，东坡钦佩香山，在出入儒释方面也与其相似。王昶对白居易、苏轼这种出入儒释的境界颇为向往。虞山屈季超曾取苏轼"出处依稀似乐天"⑤ 诗句镌刻小印赠予王昶，王昶晚年常随身携带，可知他在"外服儒风，内宗梵行"的取向方面与白、苏相近。王昶号"兰泉"，除与其父梦兰得子有关外，还有一个重要原因就是王昶对佛教的喜好。"兰泉"便取自支道林（314—366）诗"兰泉涣色身"。⑥ 王昶书斋取名为蒲褐山房，可能

---

① 张舜徽：《清人文集别录》，武汉：华中师范大学出版社，2004，第 183 页。
② （清）王昶：《答许积卿书》，《春融堂集》卷三十二，第 348 页。
③ （清）王昶：《九月杪移居教子胡同》，《春融堂集》卷七，第 85 页。
④ （唐）白居易撰，朱金城笺校《白居易集笺校》，上海：上海古籍出版社，1988，第 863 页。
⑤ （宋）苏轼：《苏轼诗集》，（清）王文诰辑注，孔凡礼点校，北京：中华书局，1982，第 1762 页。
⑥ （晋）释支遁：《四月八日赞佛诗四首》其三，《支道林集》，明末吴家驹刻本。王昶《题兰泉书屋壁》"爱吟支道林语"句下自注："兰泉净［涣］色身，支公语也。"就指出其号与支道林诗句有关，参见（清）王昶《春融堂集》卷一，第 20 页。

也与苏轼诗"坐依蒲褐禅，起听风瓯语"① 有关。《蒲褐山房杂诗八首》其二"坐参蒲褐禅，起听风瓯语"② 直接引用苏轼诗句（只有一字不同），道出了其书斋署名蒲褐山房的缘由。

王昶早年与江浙两地的僧人如振华长老、静苏上人、性恒上人、释明中、释篆玉、释宝源等有较密切的交往，后又与药根上人、释逸云、慧照上人等人交游，参悟禅机。乾隆二十九年（1764），朝廷以三藏圣教中颇有俚俗烦琐者，命刘统勋主持删订。刘统勋以王昶素通佛理，便命其与汪孟鋗（1721—1770）共同负责。两人依次取经、律、论按日排列，凡六阅月毕事。次年，王昶直经咒馆，奉命将大乘佛教经典翻译成满文、蒙古文、梵文、汉文四种文字。王昶负责解释经书中的汉魏六朝文义。他对自己的佛学造诣颇为自信，曾说："今天下士大夫能深入佛乘者，桐城姚南青范、钱塘张无夜世荦、济南周永年书昌及余四人。其余率猎取一二桑门语以为词助，于宗教之流别、性相之权实，盖茫如也。"③ 受命参与翻译大量佛经的经历使王昶对佛教诸派流别、性相之权实颇为熟悉。他还编有佛教史书籍《桑门全史》（详见周郁滨《珠里小志》），惜今已不传。

王昶的友人中也不乏主张儒释调和者，如罗有高（1733—1779）、汪缙（1725—1792）等均是乾嘉时期信奉佛教的知名学者。王昶认可儒佛互补，他在为罗聘（1733—1799）的《正信录》撰序时（此文未收入《春融堂集》）指出：

> 盖吾儒谨于视听言动之非礼，至于克伐怨欲之不行，归于意必固我之俱无，合于喜怒哀乐之未发，此即"摄心为戒，因戒生定"之法也。惟性与天道，为夫子所罕言，学者不得而闻，而从心不逾之妙，亦未详切示之，故世疑"忽然超越""大彻大悟"，或为吾儒未及。不知儒者言性，即"觉性澄圆"也；言诚，即"真心"，即"实理"也；言仁，即"大慈悲"也。存心养性，至于"肫肫其仁，渊渊其渊，浩浩其天"，"上天之载，无声无臭"与"十方圆明，获二殊胜"相等。

① （宋）苏轼：《苏轼诗集》卷十六，第831页。
② （清）王昶：《蒲褐山房杂诗八首》，《春融堂集》卷七，第88页。
③ （清）王昶：《再书〈楞严经〉后》，《春融堂集》卷四十五，第465页。

然朱子释格物致知，谓"用力之久，一旦豁然"；又释曾子一贯，谓"真积力久，将有所得"。盖资禀有清浊，工夫有久暂，其间时节因缘，未可俱令其一荐直入耳。法门如八万四千毛孔，皆可还原。《楞严》之圆通，《维摩》之不二，诸祖之话头，皆是也。如来谓"彼等修行，实无优劣"。其后李延平令人观未发时气象，二程子半日静坐，至门外雪深三尺，亦示人以法门也。然此方之当机及古佛之发愿，不无差别，故文殊特拣耳根第一，而大势至之净土次之。"都摄六根，净念相继"，与"一归何处""有句无句"，其为摄心穷识，同一作用而已。①

文中认为儒家"喜怒哀乐之未发"与佛教的"摄心为戒，因戒生定"的修行法门有相似之处。儒者言性，即佛教中的"觉性澄圆"；儒者言诚，即佛教中的"真心""实理"；儒者言仁，即佛所说的"大慈悲"；儒者讲存心养性，即等同于佛教中的"十方圆明，获二殊胜"。王昶此论调和儒、释，是对《正信录》中"儒释同源"一章的发挥。王昶认同佛教与儒学并不悖戾，反而能相资为用的观点，与戴震等严格区分儒、释之辨者不同，体现出其思想的融通之处。王昶对儒、佛的态度是以儒为本，儒佛兼济。王昶晚年邀请朱文藻编纂《大藏圣教解题》②，惜未成书。据相关目录记载，今南京图书馆有此书残抄本，存卷一、卷九、卷二十至二十三，凡六卷。其中，卷一为续藏经大乘般若部，卷九为小乘阿含部之单译经，卷二十至二十三为此土著述，卷首附有《佛经刻石记》《南藏刻经碑记》等六篇碑文。③ 王昶作为士大夫而旁涉佛学，反映出乾嘉时期佛学在士人群体中的流传状况。

王昶学识渊博，思想通达，并不以儒学自限。他以汉学考据为治学方法，以程朱理学为修身准则，近于惠士奇"六经尊服郑，百行法程朱"④

---

① （清）罗聘：《正信录》，上海：国光印书局出版社，1931，第6~7页。
② 按，有人认为此书是朱文藻纂，笔者认为王昶因晚年失明不能亲自操刀，故延请朱文藻编订。关于朱文藻编订此书之事，详见（清）梁同书《文学朗斋朱君传》，载（清）胡敬辑《东里两先生诗》之《朗斋先生遗集》卷首，清道光二十五年（1845）崇雅堂刊本。
③ 来新夏：《清代目录提要》，济南：齐鲁书社，1997，第74页。
④ （清）江藩：《国朝宋学渊源记》卷上，《汉学师承记（外二种）》，北京：生活·读书·新知三联书店，1998，第187页。

的取向。王昶遵信汉学，但对宋明理学并不排斥，无门户之见。他晚年养病时曾取薛瑄、王守仁、魏校、崔铣、顾宪成、高攀龙、黄道周、冯从吾、刘宗周、孙奇逢、李塨、黄宗羲诸家著述研读，试图阐发圣学要旨。易宗夔云："王兰泉贯通诸学，不名一家。诗宗杜、韩、苏、陆，侍宴赓歌皆称旨。词拟姜夔、张炎，古文力宗昌黎、眉山，碑版之文照四裔。治经与惠氏栋同，深汉儒之学，《诗》《礼》宗毛、郑，《易》学荀、虞。言性道宗朱子，旁及河津、余姚诸家，不区门户。"① 其中指出了王昶学术上的博采众长。

（二）以金石证经史的理念

清代学者重视金石文字与经史研究的关系，或强调金石之文"其事多与史书相证明，可以阐幽表微，补阙正误"②，或指出"金石之学，与经史相表里"③，或认为"金石之学，上必本于经，下必考于史"④，形成了以金石材料考证经史的共识。王昶也持以金石文字考证经史的理念，与乾嘉考据学紧密相关。

1. 以金石证经学

（1）石经与版刻经书的校勘。由于年代久远、语言文字演变等原因，儒家经书在流传过程中出现了一些错讹。较早的石经具有稳定性，颇受学者重视。清初学者顾炎武、朱彝尊、万斯同等均利用石经对版刻儒家经书进行校勘。乾嘉时期，王昶也大量采用这种方法。如《金石萃编》卷十六收《石经残字》六种，王昶进行了校勘：

> 《公羊传》昭公二十五年云："人以为蕡。"何休注云："蕡，周埒垣也。"今太学辟雍作"则"字，即指太学石经而言也。《易·系辞》"洗心"，《经典释文》云："京、荀、虞、董、张、蜀才作'先'，石经同。"《诗·淇奥》"绿竹"，《释文》引《韩诗》作"蕌，音徒沃

① （清）易宗夔：《新世说》，台北：文海出版社，1968，第121页。
② （清）顾炎武：《亭林诗文集》，上海：上海古籍出版社，2011，第77页。
③ 陈文和主编《嘉定钱大昕全集》第9册，南京：江苏古籍出版社，1997，第396页。
④ （清）王昶：《示戴生敦元》，《春融堂集》卷六十八，第658页。

切，石经同"。《广韵》上声四十五厚，"斗"字，注云："《说文》作'𣁬'，有柄，象形。石经作'斗'。"此皆据汉石经而言也。①

王昶以《公羊传》《经典释文》中所引及经文与熹平石经相校勘，发现多能相互印证，由此证明《石经残字》保留了儒家经典的早期面貌。石经刻于东汉，是官方定本，包含了今文经学的资料，因此有重要的校勘价值。王昶认为，尽管石经只残存少量文字，但对研究汉代经学颇有意义，不能因其残缺而不予重视。

又如，《金石萃编》收有《石刻十二经并五经文字九经字样》，王昶撰有跋文三卷，对唐石经文字与明国子监及毛氏汲古阁所刊"十三经"进行了校勘，同时校以《经典释文》《说文解字》《尔雅》《玉篇》等书所引相关经文，在跋文中——罗列其文字异同。如《周易·乾卦》：

> 乾上乾下。……"闲邪存其诚"郑康成作"以存其诚"。"君子进德修业"今石经"脩"作"修"，下"脩辞""脩业"并同。"可与几也"李作"可与言几也"。"欲及时也，故无咎"郑作"及时，故无咎"。"圣人作"马融作"起"。"穷之灾也""之"，郑作"志"。②

王昶先列唐石经《周易·乾卦》经文，并在小注中遍举《说文解字》、嘉庆石经、明代国子监本、毛氏汲古阁本、刘歆父子本、京房、荀爽、董遇、孟喜、马融、郑玄、李鼎祚、王肃等诸本的文字差异，详考其异同。实际上是通校诸本差异，以见其优劣。

唐《石刻十二经》中收"御删定礼记月令"，为李林甫注，与《新唐书·艺文志》所载悉合。今传宋椠本《礼记·月令》多用郑玄注，王昶梳理了唐玄宗所删、李林甫所注的《礼记·月令》与《五经正义》本郑玄注"月令"篇的流传情况，指出其差异，进而推断从五代至南宋仍流行唐玄宗删定本。这对于了解唐玄宗删改经文、唐代至宋代"月令"篇的接受状况

---

① （清）王昶编《金石萃编》，《续修四库全书》第 887 册，上海：上海古籍出版社，2002，第 106 页。

② （清）王昶编《金石萃编》，《续修四库全书》第 889 册，第 395 页。

颇有意义。

王昶将《石刻十二经》与《经典释文》所引石经之文相校勘，充分意识到唐《石刻十二经》与后世通行版刻差异的校勘价值：

> 是刻十二经，以校陆氏《释文》，颇多异同。盖如《易》《书》《诗》《三礼》《三传》，多用《正义》本，《正义》与《释文》已有字句不同之处，故石刻亦然。然《正义》成于唐初，自宋以来，绝鲜善本，今世所行，庸有踳驳。惟石刻历久不易，虽经后人凿改一二，而唐时诸经真面尚存，得以考知古本，良可宝也。①

尽管历代学者对经部著作的校勘在四部中最为严格精审，但因流传时间久远，记载经典的工具由竹简变为纸笔、雕版，其书写的书体也经历了蝌蚪文、篆书、籀书、隶书、楷书，传写过程中难免出现舛讹。且汉魏间出现了较多增删甚至伪造经典的情况，尤其是北朝少数民族政权使用了一些俗字，使经文出现了差异。贞观间，孔颖达等奉敕撰《五经正义》，对儒家经典进行了订正，形成了官方定本；后世五经文字多以《五经正义》本为准，与《经典释文》存在差异。王昶认为，《五经正义》自宋以来就绝少善本，唯独石刻文字历久不易，虽偶经后人凿改，但唐代诸经的真面目尚存，比宋以后木刻本《五经正义》的错误少，具有较高的校勘价值。王昶强调石经文字可与古书所载的一些经书传注文字相印证，能够纠正明代国子监本、汲古阁《十三经注疏》中注疏部分的舛误，颇具价值。

（2）以纬书印证经书。王昶以金石文字材料考证经学还表现在他充分利用石刻中的谶纬资料尤其是"纬"的部分对经学典籍进行印证。谶纬一词常联称，实际上二者有别。四库馆臣在《易纬坤灵图》提要中指出："儒者多称谶纬，其实谶自谶，纬自纬，非一类也。……后人连类而讥，非其实也。"② 在有汉学背景的四库馆臣看来，纬书与经相表里，在经学阐释上有其价值，故而反对将谶纬一并排斥的做法，这是对纬书学术价值的

---

① （清）王昶编《金石萃编》，《续修四库全书》第 889 册，第 393 页。
② （清）永瑢等：《四库全书总目》，北京：中华书局，1965，第 47 页。

肯定。

吴派汉学家注重以纬书资料证经，以东吴"三惠"最具代表性，其影响扩展到浙江一带。刘师培在《南北考证学不同论》中指出，"吴中学派传播越中，于纬书咸加崇信"。① 钱穆也认为苏州学派多信纬术，强调"王昶《孔庙礼器碑跋》谓纬书可以证经"，② 这是对"以纬书证经"理念的归纳。王昶在《韩敕造孔庙礼器碑》跋文中大量引用了经史、碑文中的"谶纬"材料去参验六经，并举《史记》、《汉书》、孟喜注《易》、贾逵注《左传》、赵岐注《孟子》、许慎《说文解字》、郑玄注《周礼》和《毛诗》等大量使用纬书的例子，证明谶纬不被大儒所弃；又博引百余条汉以来的碑碣所载纬书资料，以印证汉代社会颇重"内学""谶辞烦于汉末"的说法，证明纬书材料对于考证经书的重要性。③

王昶认为纬书所载资料与经书多相合，对于阐释经书有补充作用，不应对纬书资料存有偏见。他说："汉时碑刻多用谶纬成文，论金石者概讥其谬，不知纬与经原无大异，经所不尽，政当以纬补之。若以纬书荒渺，则六经之言，其似纬书所云，曷可胜纪？将尽删之，可乎？"④ 这实际上是肯定了纬书的价值。王昶《示长沙弟子唐业敬》云："《公羊》《穀梁》间有别解，何休承之，亦皆出自孔门弟子，义深文奥，墙仞难窥，不可以偶涉谶纬，辄仿陋儒指斥。"⑤ 明确表示并不排斥谶纬解经，与其重视金石谶纬材料的做法一致。这种理念在王昶的后辈学人中得到了延续。例如，孙星衍的《尚书今古文注疏》《孙氏周易集解》就颇重视谶纬材料。在杭州诂经精舍求学的徐养原、汪继培、周治平、金鹗、李富孙等均写过《纬侯不起于哀平辨》⑥，可能就是孙星衍命题。王昶以谶纬考证经学的方法是以金石文字考证经书的重要组成部分。

2. 以金石考证史学

以金石考证史学的方法自宋代起就颇受学者关注，当代学者也有尝试。

① 刘师培：《国学发微（外五种）》，万仕国点校，扬州：广陵书社，2013，第245页。
② 钱穆：《国学概论》，北京：商务印书馆，1997，第273页。
③ （清）王昶编《金石萃编》，《续修四库全书》第886册，第609页。
④ （清）王昶编《金石萃编》，《续修四库全书》第886册，第612页。
⑤ （清）王昶：《示长沙弟子唐业敬》，《春融堂集》卷六十八，第659页。
⑥ （清）阮元编《诂经精舍文集》，北京：中华书局，1985，第346~353页。

例如，唐长孺撰有《跋敬史君碑》，资以考论魏晋南北朝士族的构成、兴衰、演变等。[①] 高敏利用此碑文对东魏、北齐的中央、地方僧官制度进行研究。[②] 王昶《金石萃编》中颇重视以金石考证历史。

（1）以金石补史书之阙。古代史书限于编纂体例，在详略取舍上有一定标准，书传主生平履历时摘要着笔，子孙所附者也需有较大影响，不会全部详述。而碑文一般会详列墓主生平履历、子孙情况等，多能补史书所略。

王昶跋《裴道安墓志》云："碑叙裴氏先世，已详《裴光庭碑》。其述积事，惟《新唐书》附《裴行俭传》，所载甚略旧史无传。但云光廷旧史作'庭'子积以荫仕，累迁起居郎，后授祠部员外郎，卒。碑则云开元初，举孝廉，授左千牛备身，转太子通事舍人，补太常寺主簿，迁京兆府司录。丁太师忧，服除，拜起居郎，迁尚书祠部郎。视史较详也。"[③] 注意到碑文所载裴积历官等比史书记载更详，可以补充正史的不足。

王昶在《司马昞墓志铭》跋文中指出《魏书·司马叔璠传》不载景和袭爵，也未载景和之子，都是正史的疏漏。而参看《司马昞墓志铭》及《司马景和妻墓志铭》，可知其所袭爵位是"宜阳子"，这表明墓志"可以补史之疏"。[④] 又王昶跋《高阳令杨著碑》云："石经立学，《水经注》以为光和六年，《后汉书·灵帝纪》《蔡邕传》并以为熹平四年。《隶释》云：'盖诸儒受诏在熹平，而碑成则在光和。'今此碑年月已泐，然著卒与沛相同时，定为建宁元年无疑。则所谓受诏定经者，乃桓帝时事，尚在蔡邕、堂溪典等奏求正定六经文字之前，可补范史所阙。"[⑤] 关于石经立学的时间，《水经注》与《后汉书》记载有异，王昶根据杨著死亡的时间与担任沛相的从兄相差无几，定碑所刻时间为建宁元年（168）；又考证受诏定经是汉桓帝时事，在蔡邕、堂溪典奏请正定六经之前，指出碑文所载，可补范晔《后汉书》记载之不足。这样的例子尚多，如《段志玄碑》《令狐德棻

① 唐长孺：《山居存稿》，北京：中华书局，1989，第110~118页。
② 高敏：《从〈金石萃编〉卷30〈敬史君碑〉看东魏、北齐的僧官制度》，《南都学坛》2001年第2期。
③ （清）王昶编《金石萃编》，《续修四库全书》第888册，第557页。
④ （清）王昶编《金石萃编》，《续修四库全书》第887册，第326页。
⑤ （清）王昶编《金石萃编》，《续修四库全书》第887册，第31页。

碑》所载均可以补《旧唐书》《新唐书》的疏漏等。

（2）以金石纠史传之误。王昶注重以金石材料纠史传之误。例如，王昶跋《太尉杨震碑》云："碑称'长子牧，富波侯相'，而《世系表》称'牧，荆州刺史、富波侯'。考杨氏二侯：太尉孙赐临，晋侯；曾孙众先，封宜阳侯，更封蓊亭，未闻侯富波者。又考王霸以建武二年封富波侯，十三年改封向侯，而《郡国志》称'富波侯国，永元中复'，则牧实相非侯，《新唐书》误也。其称牧荆州刺史，殆亦承传中'高舒至荆州刺史'之文，皆当以碑为正。"①《太尉杨震碑》中明确记载其长子"牧，富波侯相"，而《新唐书·宰相世系表》记载"牧，字孟信，荆州刺史、富波侯"②。大概是《新唐书》中富波侯后脱漏了"相"字，王昶据碑文纠正了《新唐书·宰相世系表》的错误。③

王昶跋《上尊号碑》中指出碑文记载的黄初年间诸臣的历官和封爵均与史传记载有异，碑文记载更详细，可补正史。此外，碑文还可纠正史之误："惟《公孙瓒传》书鲜于辅虎牙将军，阎柔渡辽将军；《夏侯尚传》书迁征南将军，领荆州刺史，假节，都督南方诸军事；《常林传》书迁少府；《许褚传》书迁武卫将军；《曹休传》书迁征东将军，领扬州刺史，进封安阳乡侯，并在文帝践阼后，是则陈寿纪事之误，读史者所宜知也。"④王昶认为黄初诸臣封爵的时间当在魏文帝称帝后，陈寿的记载是错误的。

此外，如《温彦博碑》记载罗艺授予温彦博的官职为"通□舍人"，据《隋书·百官志》记载，隋时尚未设中书舍人，因此王昶以为碑文"通□舍人"所泐之字应该是"事"字，这就纠正了《旧唐书·温大雅传》所附记温彦博官职的错误。又《贞和上塔铭》中记载李暠的官职为吏部尚书，而《旧唐书》本传载其任工部尚书、兵部尚书，并未记载其任吏部尚书⑤。《新唐书》载其以奉使称职，转吏部尚书，与塔铭中内容相符。王昶据碑文

---

① （清）王昶编《金石萃编》，《续修四库全书》第887册，第70~71页。
② 《新唐书》卷七十一下，北京：中华书局，1975，第2347页。
③ 按，范晔《后汉书》卷五十四《杨震传》中明确记载"震五子。长子牧，富波相"，王昶未引以为据。
④ （清）王昶编《金石萃编》，《续修四库全书》第887册，第222页。
⑤ 《旧唐书》卷九记载开元二十七年四月"吏部尚书李暠为太子少傅"，王昶未引以为据，参见《旧唐书》卷九《玄宗纪下》，北京：中华书局，1975，第211页。

及《新唐书》，认为《旧唐书》记载有误。这也是以碑证史的例子。

（3）"碑史互证"与"以碑校史"。王昶注重碑文与史书互校互证，如跋《赵芬碑》据《魏书·赵逸传》《北史》与碑文的差异，指出宾育是赵煦的字，而非名，体现出史书也能更正碑文的错误。王昶指出，史书称赵融为赵逸十世祖是误载，应据碑文纠正为七世祖，就是"以碑校史"的例子。王昶跋云：

> （芬）除蒲州刺史，史不详何年，碑则云开皇五年。史但云归第后数年卒，碑于"卒"字泐，不能辨。参考碑、史，则当在开皇五年以后之数年，约略在十年左右也。以碑校史，彼此详略，皆可以互证矣。①

王昶据碑文与《隋书》之详略差异，考知赵芬于开皇五年（585）除蒲州刺史，卒于开皇十年（590）前后。这显示出碑文可用于校勘正史，正史所载也可以纠正、补充碑文缺泐。

王昶还重视对金石中政治史、制度史资料的考证与梳理。如《郎官石柱题名考》先列官名，将其设立时间、人员、品秩、负责掌管之事等条列于下，并考证官员的生平履历。"其姓名之在新旧两《唐书》有传者，考其历官与碑合否，又参以唐书《宰相世系表》及《全唐诗》小传，补两书所未备。"② 王昶以两《唐书》的《宰相世系表》及《全唐诗》小传等对郎官的生平、历官等进行考证，对有异者进行揭橥，碑史互校，以备后人详考。

《唐宋诸碑系衔并食邑实封》则是对唐宋诸碑刻的标题及撰人、书人、篆额人中官位显赫者的系衔、食邑实封与史书所载制度不相符情况的具体考察。系衔之例有"功臣""检校""散官""职事官""勋官""封爵""鱼袋""食邑实封"等，王昶详取正史职官志、政书等有关职衔设立的时间、何官可称该衔的诸多记载进行排比。如"检校"下，王昶先引《宋史·职官志》《文献通考》《朱子语录》等关于检校设立的记载，复引碑传

① （清）王昶编《金石萃编》，《续修四库全书》第887册，第467页。
② （清）王昶编《金石萃编》，《续修四库全书》第889册，第632页。

所载，论证"检校之缘起"源于隋朝，"其用以入衔，则始于唐初"，"唐之检校不尽加之于尊官"，"检校二字"，宋南渡后尚用以入衔，① 对检校的起源、演变以及南宋时仍以之入衔的梳理与考证援据精博，对于研究唐宋官制均有意义。后来，汪士铎《历代官制特进诸吏检校行守试判知答龚伽生》② 中就加以引用。王昶对"散官""食邑实封"等其他系衔的考证与此相似。王昶以金石文字考证经史的实践，"皆本本原原，极为赅洽，为考据之渊薮"③，获得了后人赞许，反映出王昶的学术思想及乾嘉学术的主流面貌。

（三）王昶的著述

王昶一生勤于著述，涉及面广。严荣《述庵先生年谱》、秦瀛《刑部侍郎兰泉王公墓志铭》、阮元《诰授光禄大夫刑部右侍郎述庵王公神道碑》、江藩《国朝汉学师承记》、钱林《文献征存录》等所载其著述互有出入，多是摘其重要者予以介绍。王昶著述中有生前未出版者，张祥河（1785—1862）云："王述庵先生身后未刻书甚多，先大夫寓书阮芸台相国各醵金为倡，郡人踵之，刻《湖海文传》一种。忆余弱冠时，从先生借读《碧云楼诗选》，亦是未刻者，闻倪观察良耀录其副，余在吴门怂恿付梓。"④ 其中提到了王昶生前还有许多著述未及刊行，部分由后人刊刻出版。从王绍基《湖海文传跋》等文的叙述可知王昶确实有较多书稿未刊，而其中大部分今已不存。

学界已经有人对王昶著述情况做过考察，张家欣、陈恒舒等⑤均有文章论及。笔者在前人研究的基础上，选择王昶所著、所编中较重要者予以介绍。王昶参与纂修者如《五礼通考》《大清一统志》等，所辑他人作品如

---

① （清）王昶编《金石萃编》，《续修四库全书》第 887 册，第 523 页。

② （清）汪士铎：《汪梅村先生集》卷三，《续修四库全书》第 153 册，第 620~622 页。

③ （清）李慈铭：《越缦堂读书记》，由云龙辑，北京：中华书局，1963，第 1059 页。

④ （清）张祥河：《关陇舆中偶忆编》，《丛书集成三编》第 68 册，台北：新文丰出版公司，1997，第 530 页。

⑤ 张家欣：《王昶著作年表》，载南京大学古典文献研究所编《古典文献研究》第 9 辑，南京：凤凰出版社，2006，第 295~303 页；陈恒舒：《王昶著述考》，载《国学研究》第 28 卷，北京：北京大学出版社，2011，第 341~380 页。

《陈忠裕公全集》等，应邀选评他人作品者如《同岑集》等，其文章单行
又见于《春融堂集》者，如《游珍珠泉记》《游鸡足山记》等，单行诗集
如《兰泉书屋集》《琴德居集》等收入《春融堂集》者，尽管卷数、内容
可能存在差异，但因无法详考，不复列出。部分著作仅是王昶作序，并非
其所编，如《秦云撷英小谱》等，亦不列入。据此标准，王昶著述可分为
亡佚、存世两类（见表1）。

表 1　王昶著述存世与亡佚举要

存世者（含残损）	亡佚者
《后蜀毛诗石经残本》一卷	《群经揭橥》不分卷
《蔡中郎年表》一卷	《五代史注揭橥》不分卷
《阿文成公行状》一卷	《青浦王氏世谱》（卷数不详）
《春融堂杂记八种》八卷	《王氏世谱前录》（卷数不详）
《直隶太仓州志》六十五卷	《师友录》（卷数不详）
《青浦县志》四十卷	《属车杂志》二卷
《天下书院总志》二十卷（残）	《适秦日录》一卷
《校老子》一卷	《重游滇诏纪程》一卷
《孔子暨七十二子赞》一卷	《西湖志》（卷数不详）
《祠墓规条》十卷首一卷*	《红桥小志》（卷数不详）
《塾南书库目录初编》六卷	《陕西成安旧编》五十卷
《金石萃编》一百六十卷	《云南铜政全书》五十卷
《金石萃编未刻稿》三卷	《归葬小志》一卷
《大藏圣教解题》（残）	《朝闻录》（卷数不详）
《述庵诗钞》十二卷	《郑学斋丛语》（卷数不详）
《述庵文钞》四十卷	《桑门全史》（卷数不详）
《春融堂集》六十八卷	《娄东诗传》
《琴画楼词钞》二十五卷	《四家文类》
《明词综》十二卷	《困学编》
《国朝词综》四十八卷	《碧海集》**
《国朝词综二集》八卷	《碧云楼诗选》
《唐诗录》不分卷，十五册	《兰若集》***
《湖海诗传》四十六卷	《骈体文传》****

续表

存世者（含残损）	亡佚者
《湖海文传》七十五卷	
《青浦诗传》三十四卷	
《王昶存稿》不分卷（时文）	
《履二斋尺牍》八卷	
《述庵论文别录》一卷	

注：* 《祠塾规条》今存，清乾隆四十五年（1780）刻本，吉林大学图书馆藏。周郁滨《珠里小志》卷十、光绪《青浦县志》卷九均录有《祠塾规条自序》及《塾规》，均为删节版。

** 《碧海集》在王昶著作中凡两见，其一为《秋暮偶作并示书院诸生》末首诗之小注："时将刻《碧海集》及《诗约》。"（《春融堂集》卷二十二）；另则见于《履二斋诗约凡例》："惟伤时感事、指陈痛斥之词，已采入《碧海集》中，不皆登也。"今未见，可能已亡佚。

*** 《兰苕集》，见于王绍基《湖海文传后识》。今未见，可能已亡佚。

**** 《骈体文传》，见于王昶《湖海文传凡例》。今未见，可能已亡佚。

王昶的存世著述，大致可分为以下三类：其一，撰著者，包括《述庵诗钞》《春融堂集》《春融堂杂记八种》等；其二，编选者，包括《湖海诗传》《青浦诗传》《湖海文传》《琴画楼词钞》《唐诗录》《明词综》《国朝词综》《国朝词综二集》等；其三，纂修者，包括《天下书院总志》《青浦县志》《直隶太仓州志》等。[1] 以下摘要介绍其《述庵诗钞》《履二斋尺牍》《王昶存稿》《唐诗录》等与文学相关的几种著述。

（1）《述庵诗钞》12卷，施朝干编。卷首有吴泰来乾隆四十八年（1783）腊月所作序、施朝干乾隆五十五年（1790）七月所作序及三泖渔庄小像一幅、沈德潜题诗一首。据施朝干序言，此书参照王士禛《渔洋诗钞》、汪琬《尧峰诗钞》体例编纂，分古体、近体两类。其中前七卷为古体诗，后五卷为近体诗。各体诗歌大致按时间排序。每卷后标有编校者，依次为钱世锡、孙星衍、吴霁、杨芳灿、苏去疾、吴森、杨伦、汪大经、杨揆、徐书受、张彤、张兴镛，均是王昶门人。

《述庵诗钞》中有以下几点值得重视。一是《述庵诗钞》中《上之回》《卢雅雨运使招同张补山、陈楞山、朱稼翁三征君，金寿门布衣、张喆士通判、董曲江庶常、王载扬秀才、沈学子、陈授衣两上舍及江宾谷集苏亭，

---

① 另有王昶112通书札的清稿本藏于柳州市图书馆，详见刘汉忠《王昶信札稿本述略》，《江苏图书馆学报》1993年第5期。

赋江字四十韵》《为袁子才题〈随园雅集图〉四十韵，即用其体》等124题176首诗①未收入王昶晚年删订的《春融堂集》，其中一些诗歌对于研究王昶的交游有较大的价值。二是《述庵诗钞》中一些作品的诗题与《春融堂集》所收录的存在较大差异。例如，《述庵诗钞》中《晚入张氏横云山庄晤一泉上人》，《春融堂集》中本诗题作《晚入清河义庄再晤一泉》，后者表述为"再晤"，且地点在清河义庄内，与前者的"横云山庄"不同；《述庵诗钞》中《同沙斗初、家凤喈、吴企晋过上沙，入水木明瑟园，还望碙上草堂有作》在《春融堂集》中题作《同企晋、斗初过上沙，入水木明瑟园，还望碙上草堂》，少了王鸣盛。又如，《述庵诗钞》中《潇照书堂寓园杂咏》《蒲圻港口驿作》《泊徐州》《故山》《午日》，《春融堂集》中诗题分别作《澄怀园杂咏》《宿临湘万年庵》《宿迁》《故园》《五日》等，差异颇大。此类例子颇多，不一一列举。三是《述庵诗钞》中多数诗歌字句与《春融堂集》本存在较大差异。例如，《韩蕲王庙》一诗内容与《七子诗选》本、《春融堂集》本的差异颇大；《春融堂集》本《皇甫林吊陈黄门子龙故居》实际是由《述庵诗钞》中《过陈黄门故居》二首合并精练而成，文字也有改动。《述庵诗钞》中《晚至宏济寺有作》首四句作："沿缘石城门，小泊宏济寺。兰若晚萧寥，钟鱼隔岚翠。"②此诗《春融堂集》卷三题作《晚登宏济寺》，首四句作："蹑屐登空岩，重上宏济寺。精庐晚萧寥，钟鱼隔岚翠。"③两诗差异颇大。这样的例子亦复不少，多是王昶晚年编订《春融堂集》时对诗歌进行删改所致。

此外，《述庵诗钞》中有一些诗可能是编选者误收。例如，卷一《寄怀邵玉蕖》（首句"卧病秋光残"）一首又见于《湖海诗传》卷十三，系于黄文莲名下，诗题作《寄怀王德甫效山谷体》。两者内容大多相同，仅《述庵诗钞》本"钟梵生禅宫，竹木森樵径"句，《湖海诗传》本作"松萝樵径深，梵呗禅林回"。由诗中"坐忆泖湖西，碧玉光千顷"等句描写王昶居住地泖湖的景物来看，此诗是黄文莲赠王昶无疑，大概编选者误将其编入《述庵诗钞》，未及细核。

---

① 为避免烦琐，此处不一一罗列。
② （清）王昶：《述庵诗钞》卷一，乾隆五十五年（1790）经训堂刻本。
③ （清）王昶：《春融堂集》卷三，第39页。

（2）《春融堂集》68 卷，是书为王昶晚年删订平生作品而成的诗、文、词集，含诗集 24 卷、词集 4 卷、文集 40 卷，其卒后一年方刊竣。有嘉庆十二年（1807）塾南书舍刻本及光绪十八年（1892）珠溪文彬斋补刻本等。塾南书舍刻本卷首有嘉庆四年（1799）门人鲁嗣光序，法式善、赵怀玉文序，吴泰来、王鸣盛诗序，钱大昕词序。珠溪文彬斋补刻本附以《春融堂杂记八种》及严荣编《述庵先生年谱》2 卷，合称《春融堂集》十种。乾隆五十八年（1793）王昶致仕时，乾隆有"岁暮苦寒，宜俟明年春融回籍"之语，王昶为感念君恩，因以"春融堂"名集。《春融堂集》经王昶晚年删订，是其一生重要诗、文、词创作的精华。需要指出的是，王昶生平所撰诗文未收入《春融堂集》者颇多，笔者曾辑得部分集外佚文①。将《春融堂集》中诗文与其早年作品相校勘，多存在文字差异。例如，诗歌部分，《七子诗选》本、《述庵诗钞》本与《春融堂集》本同题诗就存在差异②；《春融堂集》中所收文与其所撰初稿也存在差异。《春融堂集》还存在一些讹误，李慈铭等均有揭橥（详见胡玉缙《许庼经籍题跋·春融堂集》）。然仍有未尽者，如《春融堂集》卷六十四《王原传》中写道，"平阳府知府马思赞请以天下钱粮加一火耗作为正供"，平原知府当为马朝瓒，非藏书家马思赞。今后在整理《春融堂集》时，当纠正这些讹误。

（3）《春融堂杂记八种》为王昶笔记类著述，包括记载王昶从乾隆三十三年（1768）至乾隆五十七年行程履历的 8 种著作，依次为《滇行日录》《征缅纪闻》《征缅纪略》《蜀徼纪闻》《商洛行程》《雪鸿再录》《使楚丛谭》《台怀随笔》。有嘉庆十三年（1808）塾南书舍刻本、光绪五年（1879）上海申报馆铅印本、光绪十八年（1892）补刻本。又有《小方壶斋舆地丛钞》本、《古今说部丛书》（无《商洛行程》）本等。《滇行日录》记载王昶因两淮盐运使卢见曾贪污案被发配西南随阿桂征缅的行程，起始于乾隆三十三年（1768）十月初十，迄于乾隆三十四年（1769）三月

---

① 笔者在收集王昶相关资料时辑得王昶集外文约 11 万字。

② 诗题之异者，如《七子诗选》本《题汪蘅圃〈乘槎图〉》，在《春融堂集》本中，诗题改作《题郑上舍迂谷廷旸〈乘槎图〉》，所题图画的主人也明显不同；文字之异者，如《七子诗选》本《塞上曲》等诗与《春融堂集》本相校存在文字差异。《述庵诗钞》本与《春融堂集》本诗歌的文字差异前已提及，此处不赘。

初五。《征缅纪闻》记录乾隆三十四年（1769）七月二十日王昶随定边将军阿桂自腾越前往边境对缅作战，止于乾隆三十五年（1770）正月十九日。《征缅纪略》则是对《征缅纪闻》的精缩。《蜀徼纪闻》记载乾隆间平定大小金川叛乱之事，始于乾隆三十六年（1771）九月二十五日，迄于乾隆三十七年（1772）三月三十日。尤以记载小金川战事颇详，惜仍有缺漏。《商洛行程》是记载王昶奉旨追捕匪徒秦国栋等人经历的日记，始于乾隆五十一年（1786）闰五月初八，迄于同年八月二十五日。《雪鸿再录》记载乾隆五十三年（1788）三月王昶由云南布政使改江西布政使时赴任沿途所历之事，始于是年六月十二日，迄于十月二十八日。《使楚丛谭》记载乾隆五十五年（1790）七月王昶以刑部右侍郎往湖南、湖北谳事所历之事，始于乾隆五十五年七月三十日，止于乾隆五十六年（1791）二月二十日。《台怀随笔》记载乾隆五十七年（1792）王昶扈从清高宗巡幸五台山之事，始于是年三月初八，迄于四月十六日，多记载祭祀之事及沿途风光。

《滇行日录》《征缅纪闻》《征缅纪略》记载王昶随军征缅时亲眼所见西南边境的地理山川、民俗、气候等，《蜀徼纪闻》记载乾隆年间平定大小金川叛乱的始末，均颇有史料价值，对于了解王昶的生平经历及当时的政治、军事等均有助益。这些笔记中间或录有诗作，然时间与《春融堂集》中诗作时间有差异，在考证王昶生平时需仔细辨别。

（4）《履二斋尺牍》8卷，两册，清抄本，南开大学图书馆藏。是书以工楷抄写，无格，每页十六行，行二十四字。个别页偶有字迹磨损漫漶。每卷卷首题"履二斋尺牍卷之□"，下钤"梅园藏本"白文方印。卷一至卷四为第一册，卷五至卷八为第二册。是书未题抄写者，"梅园"亦未详姓氏。然书内卷七最后一通书信《与谢方升》中提及："梅园极蒙见爱，渠亦感恩知己，亟欲追随莲幕。但弟读礼两年，久与外间不通音问，今荷圣恩，重莅监司之任，一切书札往还，较为繁琐，其间交谊之浅深，性情之同异，惟渠颇知其略，携以同行，实为得力。是以前经面致，今复专札奉闻，惟希鉴谅。"① 则此"梅园"或为专掌王昶记室之人。熟悉王昶与友人书信往返情况之人藏有此书是符合情理的，惜信息有限，其名氏暂时无法

---

① （清）王昶：《履二斋尺牍》卷七，南开大学图书馆藏清抄本。

详考。此书抄写颇为工整，偶有抄错字者。例如，卷一《与汪康古孝廉》，"古"字，抄写者误作"吉"字；卷二《与蔡淞南先生玳》，"蔡"字，抄写者误作"葵"字；等等。大部分书札的写作时间自乾隆十九年（1754）王昶入京参加会试至乾隆四十九年（1784）王昶至长武平叛，记录了此30年间王昶与师友、同僚间的部分往来书信，凡325通。但书信并非严格按照时间顺序编排，一部分书信写作于王昶中进士之前，如《与徐鹤沙》约作于乾隆十八年（1753），上年徐氏向学使雷铉推荐王昶，王昶写此信表示感谢与婉拒。

《履二斋尺牍》中大部分书信是问候起居、恭贺同僚升迁等，也有一部分书信有比较重要的价值。兹以戴震与惠栋、卢见曾的关系为例说明。卷二《与惠定宇》云："含桃欲绽，节序渐温，伏惟起居安善。前雅雨先生以《经义考》见贻，并招往芜城，词意甚切。但听雨主人凤承袊契，未可遽为缓颊，幸以愚忧致之。凤喈、晓征时有书来，属候近履。……又新安戴君东原，其学于《经典》、《说文》、六书、算学，靡不精通，近今罕有其匹，知尊丈所急欲知者，故并以闻。知文从即日往邗沟，恐至鳟溪，未获相见，何时向通德门一奉桥衡耶？"[1] 书信开首有"含桃欲绽，节序渐温"句，含桃即樱桃，南方花季在二月，据此知书信约作于乾隆二十年（1755）春。卢见曾组织刊印朱彝尊《经义考》的初印校勘本在此时刊竣，先以书赠王昶，并招其往扬州。因王昶尚在祖母丧期，故未赴卢见曾之招。此年夏，戴震馆于纪昀北京寓所，时惠栋尚未识戴震，故王昶在致惠栋信中提及戴震，以做中介。这表明在乾隆二十二年（1757）戴震南下扬州客居卢见曾幕府前，惠栋就已经通过王昶等人对戴震有所了解与关注。[2]

又卷二《与卢雅雨》云："某听鼓应官，略无宁刻……戴君东原博古通经，当今学者，凤承奖借，感激良深。今复以失意南归，秦大司寇、金少宗伯诸公咸为扼腕。第以长安米贵难居，不获代谋善地，惟执事万间广

---

① （清）王昶：《履二斋尺牍》卷二，南开大学图书馆藏清抄本。

② 据戴震《题惠定宇先生授经图》云："先生执震之手言曰：'昔亡友吴江沈冠云尝语余，休宁有戴某者，相与识之也久。冠云盖实见王子所著书。'"则惠栋之前已听沈彤提起过戴震。详见（清）戴震撰，杨应芹编《东原文集》（增编本）卷十一，合肥：黄山书社，2008，第285页。

厦，人士倾心，谅能稍资馈粥，不待某之觊缕也。"① 此信似作于乾隆二十二年（1757），有三方面理由：其一，此年正月王安国卒，戴震失去东席，与札中"今复以失意南归"相合；其二，王昶时任中书舍人，故有"听鼓应官"等语；其三，此年秦蕙田在刑部尚书任、金德瑛在礼部侍郎任，与札中所述官职相合。乾隆十九年（1754）春，避仇入京的戴震与王昶在秦蕙田处同校《五礼通考》中"吉礼"部分"时享"类，两人相聚五个月左右，因王昶前往济南而分别。乾隆二十一年（1756），戴震馆于吏部尚书王安国京邸，为其子王念孙授读。乾隆二十二年（1757）正月，王安国卒，戴震没有好的去处，秦蕙田、金德瑛等也未能相助，故而稍后只能失意离京南下。王昶信中言戴震"夙承奖借"是客气话，实则卢、戴二人之前不相识，王昶则与卢见曾交游颇密。戴震南返前，王昶写信给卢见曾，为戴震做介绍，希望卢见曾能接济戴震。

书信中还有一些内容涉及王昶的诗学理念。例如，卷一《与梦谢山座主》："自入都来，见当代工词翰者皆袭取范、陆、萧、杨之余唾，以矜独得，又有杂出于打油、《击壤》，心窃鄙之。兹得夫子主持风雅，宏奖风流，揭汉魏盛唐之旨，提唱天下，俾人知正始尚存，群言渐熄，相率而趋于复古，是不特江南人士之幸，实当世文运昌明之会也。"② 这是乾隆十九年（1754）王昶入京后写给时任江苏学政梦麟的信，提及他所见诗坛状况。其时京师多浙派诗人，诗歌学南宋，王昶继承沈德潜"格调说"诗学，故对时人专学浅俗、理学色彩较浓的南宋诗的倾向较为鄙视，反映出其诗学倾向。王昶在书信中曾提及修《西湖志》时他对选诗的看法。如《与杨西和》："足下选诗，此时当自有法，盖因名胜内如孤山、苏堤，诗题不下数百，则虽有佳篇，亦当裁汰；若一邱一壑，吟赏绝少，则诗词即不甚工，亦当录入，此因地而不得不变通也。又如西河、竹垞，其诗美不胜收，转当酌量简汰；若畸人逸士偶传篇什，即有疵颣，亦宜润色以存一家之言，此因人而不得不变通也。至于采诗之法，先取大家、名家各集选之，再及零星脞碎之本。盖大家、名家必不可遗，而零星脞碎者披沙取宝，往往十不得一，且此等

_____

① （清）王昶：《履二斋尺牍》卷二，南开大学图书馆藏清抄本。
② （清）王昶：《履二斋尺牍》卷一，南开大学图书馆藏清抄本。

小家本属搜罗不尽。"① 此为王昶与门人杨伦（1747—1803）讨论编纂《西湖志》的采诗原则，对了解王昶编选意图及理念也有帮助。此类体现其文学观点的书信还有《与门人吴廷韩》《与作明再从侄》《与周仲育》等，不赘。

（5）《王昶存稿》，一册，不分卷，上海图书馆藏。是书为王昶时文集，封面题"王昶存稿"，内页目录题"青浦王昶存稿，惜阴居易子谨订"。白纸黄格抄本，每页六行，每行二十字，正文中抄有小字评语，文后有师友尾评，部分文章有残缺。前有嘉庆元年孟冬仁和门人吴霁序。略云："我师述庵先生以时文冠于庠，食于廪，联举乡会试，文名固已不胫而走。及至乾隆己卯试差，蒙睿赏，拔置一等第一。庚辰、壬午又皆拔置一等第三。是以连充乡会试同考官者凡五次，圣天子稔其能文，而海内之景仰可知矣。顾先生为文，少时则如鸾渟鹤峙，云蒸霞蔚，后则铲削风华，归于清妙，宗仰在徐思旷、包长明之间。既而醇古澹泊，周旋规矩，则考试差时之作也。时文多不自收拾，往往零落散去。及致仕归，始于吴中得旧作一册，盖清妙幽隽之作为多。同学欲梓而行之，索序于余。余以癸未会试出先生门下……诸作当日书坊争相刊刻，业已纸贵洛阳，群奉为模楷，而乡会试闱墨亦备见于诸选中，故是册俱不复编入云。"② 序中对王昶时文的风格变化有所揭示。由序可知，此稿不包括王昶乡会试时文。

因王昶时文不易见，故附其篇名如下：《有朋友事［自］远方来不亦乐乎，人不知而不愠不亦君子乎》《未若贫而乐，富而好礼者也，子贡曰：〈诗〉云"如切如磋，如琢如磨"其斯之谓与》《吾与回言终日，不违如愚，退而省其私，亦足以发，回也不愚》《周监于二代，郁郁乎文哉》《子曰道不行……我无所取材》《齐一变至于鲁，鲁一变至于道》《富而可求也》《虽执鞭之士吾亦为之，如不可求》《求仁而得仁，又何怨》《麻冕》《子绝四，毋意，毋必，毋固，毋我》《巽与之言能无说乎，绎之为贵》《沽之哉沽之哉，我待贾者也》《便便言唯谨……与上大夫言訚訚如也》《红紫不以为亵服，当暑，袗绤绤》《必表而出之》《以吾一日长乎尔二节》《棘

---

① （清）王昶：《履二斋尺牍》卷七，南开大学图书馆藏清抄本。
② （清）王昶：《王昶存稿》卷首，上海图书馆藏清抄本。

子成曰二节》《不得中行而与之，必也狂简乎，狂者进取，狷者有所不为也》《不如乡人之善者好之，其不善者恶之》《子曰善人教民七年二章》《或问子产……饭蔬食，没齿无怨言》《子贡曰夫子自道也……我则不暇》《子问公叔文子一章》《蘧伯玉使人于孔子一章》《子曰真我知也夫，子贡曰何为其莫知子也》《子路宿于石门二章》《子曰赐也……曰然》《躬自厚而薄责于人则怨远矣》《固相师之道也》《上也学而知之者》《吾见其人焉[矣]，吾闻其语矣》《齐景公有马千驷二段》《尝独立，鲤趋而过庭……学礼》《楚狂接舆三章》《楚狂接舆……凤兮凤兮》。凡 36 篇。这些作品对于了解王昶的时文创作有重要的价值，其中附有师友沈德潜、彭启丰、陈兆仑等评语，如第一篇文后陈祖范（1676—1754）评云："以欧、曾之笔写程、朱之理，古色幽光，味之无□。"[①] 这些评语对于了解乾隆前期的时文评价倾向颇有价值。

（6）《青浦诗传》34 卷，乾隆五十九年（1794）经训堂刻本。此书是王昶修《青浦县志》时的副产品，其中诗 31 卷，附以词 3 卷，是青浦地域诗歌总集的重要选本。录晋代陆机（261—303）、陆云（262—303）兄弟以至修志时已病故的青浦诗人，凡 300 余人，王昶为其中 100 多人撰有诗话。此书选大家、名人诗为多，以陈子龙（1608—1647）的 123 首居第 1 位。卷一为"职官"，即为官青浦者之诗歌，起自屠隆（1543—1605），止于王希伊，凡 13 人；卷二至卷三十选陆机以下至乾隆间李大成等活动于青浦一地男性诗人作品；卷三十一选管道昇以下至乾隆间青浦闺秀、释子、道士、仙鬼之作；卷三十二、卷三十三、卷三十四为词作，起于王粲，止于陆凤池。据王昶《青浦诗传序》云，乾隆四十六年（1781）至四十七年他在编辑《青浦县志》时，乡人多以青浦乡贤的诗来献，县志编成归还诗稿时，王昶有感于这数十家诗人之诗皆无专集行世，即使偶尔有刊刻者，板片亦久毁。这些诗作归还各家后，有可能难以表见于世，于是辑成《青浦诗传》一书。序云："于是或因人以核其地，或因地以存其诗，其有本贯非吾邑而所居实在邑者登之，亦有居非在邑而本贯属邑人亦亟登之。人必为吾邑之人，然后可为吾邑之诗，犁然划然，分茅设蕝，而无致借才异地之

---

① （清）王昶：《王昶存稿》，上海图书馆藏清抄本。

讯。考核精审，别为诗话以记之，綦详綦慎，盖与志之作传相等。至录其诗，凡啁噍躁突者汰之，空疏陈腐者去之；留连光景，羌无故实者裁之；牵率应酬、庸俗鄙倍，一切剿削。得人三百余家，为卷三十二。至以寓公来者都为一集，不复分类。又附以词二卷，亦皆清虚骚雅，微婉顿挫，足为倚声者法，可谓盛矣。"① 道明《青浦诗传》的编选体例、选诗标准。

（7）《唐诗录》不分卷，有稿本、残抄本两种。稿本藏于北京大学图书馆古籍部，蓝丝格写稿本。每半页十行，每行二十一字，书口有"考祥书屋"字样，取自《周易·履卦》第六爻"视履考祥，其旋元吉"语。考王昶有"履二斋"，则此"考祥书屋"有可能是王昶的书屋。书前有晚清名臣无竞居士张之洞（1837—1909）咸丰十一年（1860）题记、王昶乾隆四十九年（1784）所撰《唐诗录序》。书末有乾隆五十九年（1794）王昶初稿编完的题记。据王昶序言："夫诗至于唐，虽足以极一时之盛，而作者既多，雅、郑糅杂，漫不加择，泾渭鲜分。唐诗之选，殷璠、高仲武等既嫌泥于一隅，荆公《百家》又觉拘于偏见，均未能观其会通，抉诸家之面目，以征一代之文献。爰思就唐三百年间之诗，鳞次选录，厘定去取，晨编夕纂，用付钞胥。盖欲求篇章之珠泽，文采之邓林，世所传诵，或在摈弃；他选所忽，搜举勿遗。庶使学诗者于升降之故、正变之声，知有区别而得其指归焉。"② 可知，王昶选唐诗之目的在于辨明雅、郑，使学者对唐诗的升降之故、正变沿革有所考见，以便于学习唐诗。书之体例仿《全唐诗》及《全唐诗录》等，前列小传，杜甫诗内偶引钱谦益语。此书另有残抄本藏于湖北省图书馆，著录为"考祥书屋唐诗读本不分卷"，佚名辑，十册。一些名人如李白、杜甫、孟浩然、高适、岑参等均不在残选中。残抄本曾由民国藏书家徐行可（1890—1959）收藏。此书对于了解王昶的唐诗观具有重要价值。

王昶的著作中，有《述庵论文别录》一卷，为摘录《春融堂集》中相关论文之作而成书，乾隆六十年（1795）金学莲（1775—?）序刻本，袁廷梼（1764—1810）等编。其中所选文章，偶有未入《春融堂集》者，如

---

① （清）王昶：《青浦诗传自序》，《春融堂集》卷四十一，第415页。
② （清）王昶编《唐诗录》卷首，北京大学图书馆藏清稿本。

《履二斋诗约凡例》《娄东书院浅说》①。将所选文章与《春融堂集》中相关文章相校勘，题目及内容均有差异。如此书中《为学示戴生敦元》，《春融堂集》本题作《示戴生敦元》，盖王昶晚年编集时有删订。

王昶另有《西崦山人词话》（以下简称《词话》）一书，冯登府（1783—1841）旧藏，有冯氏道光十年（1830）、二十年（1840）题识，另有民国十七年（1928）吴梅（1884—1939）题识。全书凡114则内容。② 此书当为王昶编《明词综》《国朝词综》时所作札记，对于了解王昶的词学观念有帮助，其材料主要引目前人词选及词话，如王世贞《艺苑卮言》、杨慎《词品》、钱谦益《列朝诗集小传》、陈维崧《妇人集》、王士禛《香祖笔记》及邹祇谟和王士禛辑《倚声初集》等。其中有几处值得注意。首先，《词话》稿本有直接引钱谦益之语者，如卷一"有明词当以刘文成、杨升庵慎为上乘"条，手稿将其抹去，而在眉端添补两条词话，其中一条涉及瞿佑：

> 钱谦益云：凌彦翀作梅词《霜天晓角》、柳词《柳梢青》各一百首，号"梅柳争春"。宗吉一日尽和之，彦翀惊叹，呼为小友，宗吉以此知名。③

又马洪条，眉批亦录钱谦益语：

> 钱谦益云：浩澜善咏诗，而调词尤工。皓首韦布，含吐珠玉，褒然若贵介王孙也。其词有《花影集》，自谓四十余年仅得百篇云。④

又严嵩条，因其中涉及酬夏言词，眉批录钱谦益语：

---

① 此书南京图书馆藏本有《娄东书院浅说》一文，上海图书馆藏本无。按，王水照、侯体健编《稀见清人文话二十种》（复旦大学出版社，2021）已将《述庵论文别录》收入，可参看。
② 彭国忠已将此书内容整理刊布于《词学》第21辑，上海：华东师范大学出版社，2009，第285~305页；另裴风顺《王昶词及词集研究》后亦附有《西崦山人词话校笺》（第56~89页），惜文字、断句有舛误。
③ （清）王昶：《西崦山人词话》卷一，上海图书馆藏清稿本。
④ （清）王昶：《西崦山人词话》卷一，上海图书馆藏清稿本。

钱谦益云：少师喜为长短句，在南宫时，与属吏虞山杨仪梦羽唱和，今所传元相《桂翁词》及《鸥园新曲》，皆梦羽序而行之。少师得君专政，声势烜赫，诗余小令草稿未削，已流播都下，互相传唱。殁后未百年，黯然无闻。《花间》《草堂》之集，无有及贵溪氏名者，求如前代所为"曲子相公"，亦不可得，可一慨也。①

此类明确录钱谦益评语者，凡三见，皆录自《列朝诗集》。另外，还有一些评语录自《列朝诗集》稍做删改而未明言，如卷二"杨安人黄氏"条；有的引钱谦益诗，如卷二"顿少文"条；等等。钱谦益因列"贰臣"，诗文集遭禁毁，按理说王昶不应该录其语。大概因《词话》为未刊稿，故去取尚不审慎。但在正式刊刻的《明词综》小传中，王昶删去了钱谦益的名，或直接换成其他著作中的相似评语。如前揭瞿佑条、马洪条相关评语，王昶就分别引用了比钱谦益时代更早的明代田汝成《西湖游览志余》与杨慎《词品》，而不再引用钱谦益之语。又前揭严嵩条上眉批涉及钱谦益评夏言者，《明词综》卷三"夏言"小传后词话引用了钱谦益之语，删去了"在南宫时……皆梦羽序而行之"一段文字，"钱谦益云"改为"钱氏云"。可见正式刊刻时，王昶出于谨慎对评语做了修改。

其次，稿本《词话》的内容与《明词综》词话的内容存在差异，可分为两种情况。第一种情况是一些稿本《词话》中的错误在《明词综》中得到了纠正。例如，稿本《词话》卷一陈继儒条，引其词"《增字浣溪沙》云'报道绿纱窗底下，蕉月分明'，山居乐事可想见也"。词牌作"增字浣溪沙"，误。《明词综》作《浪淘沙》是正确的。又如《词话》中杨琬的名字，"琬"字误，《明词综》作"杨炎"，正确。又《词话》论及俞彦：

王阮亭士禛云："俞少卿彦填词持论极严，且以刻烛赓韵为奇，不无率语。"既而谓其"清浊抑扬，备审源委，不趋佻险，独见典型"，"近代词人，当以少卿为当行第一"，殊非笃论。②

---

① （清）王昶：《西崦山人词话》卷一，上海图书馆藏清稿本。
② （清）王昶：《西崦山人词话》卷一，上海图书馆藏清稿本。

《明词综》卷五"俞彦"条引作："《词衷》：少卿刻意填词，工于小令，持论极严，且以刻烛赓唱为奇，不无率露语。至其备审源委，不趋佻险而遵雅淡，独见典型。"① 经过核实，可知《词话》所引以上评语出自《倚声初集》。据《倚声初集》所附评语的体例，凡王士禛评语，后皆有"阮亭云"以与邹祇谟评语相区别。但在《倚声初集》中，上引评语并无"阮亭云"等字样，因此评语的作者应该是邹祇谟。《词话》将此条评语作者归为王士禛是错误的，《明词综》将其归为邹祇谟则正确。

第二种情况是《词话》中的内容正确，而《明词综》中的内容错误。例如，稿本《词话》卷二关于陈子龙的词评："邹程村云：'大樽诸词，神韵天然，风味不尽，如瑶台仙子独立却扇时。'又云：'《湘真》一刻，晚年所作，寄意更绵邈凄恻。'"② 而《明词综》中"邹程村"作"王阮亭"。查《倚声初集》此条评语，并未明言是王士禛语，据前揭《倚声初集》的体例，评语的作者当是邹祇谟。由此看来，《词话》的内容可能更准确。这样的例子有待一一细核。

王昶另编有《湖海诗传》《湖海文传》《琴画楼词钞》《国朝词综》，这些选本是考察其文学活动的重要材料，本书下编将做重点考察，此处从略。

三　相关研究概况

学界有关王昶的研究以词学为主，集中于王昶及其词学编选与清代中期浙派词学理论的关系方面，其他领域的研究则相对不足。以下从诗学、古文、词学、金石学等方面分类概述学界有关王昶及其文学编选的研究情况。

（一）有关王昶诗学的研究

有关王昶诗学的研究主要集中于其诗选理论及选本的诗学倾向。早期

---

① （清）王昶辑《明词综》卷五，《续修四库全书》第 1730 册，第 657 页。
② （清）王昶：《西崦山人词话》卷二，上海图书馆藏清稿本。

一些诗学史著述在论及王昶的诗学思想时，大多将其视为沈德潜"格调派"的后续来附论，注意到其诗学理论与沈氏"格调说"的延续性。例如，朱则杰的《清诗史》在"沈德潜和格调派"一节中简要论及王昶的诗歌编选，指出《湖海诗传》在选诗上对《国朝诗别裁集》的继承，"王昶后来编撰《湖海诗传》一书，则又承接沈德潜《清诗别裁集》之后，对清中叶的诗歌做了一番总结"。① 严迪昌的《清诗史》将王昶列入"吴中七子"介绍，并置于沈德潜之后，他认为"吴中七子"中"唯王昶被誉为一代'通儒'，主盟坛坫，可谓归愚老人宗统一脉继传者，于诗界关系较深"，指出继沈德潜之后，王昶在诗坛中也具有重要影响。② 同时，严迪昌指出王昶的诗歌近体创作有可取之处，绝句胜于律诗。林秀蓉认为王昶的诗学理论来源于沈德潜，并与"沈德潜共倡雅音，力挽诗道"，强调王昶在乾嘉之际批评性灵派后学，倡扶雅道的努力。③ 赵杏根认为王昶的诗学理论对沈德潜诗论有发展，但更注重经史学问对诗歌（尤其七古）创作的重要性。他指出王昶选诗好以己律人，这是对钱仲联关于《湖海诗传》"选录标准，略同于《别裁集》，代表格调派的观点"④ 的延续。赵杏根还延续了清人尚镕的看法，强调王昶选诗对袁枚存在"不公正批评"，认为"王昶只是沈德潜一派的继承人，或者说是这一派的代表，但是还够不上诗坛盟主的资格"，⑤ 揭示了王昶在袁枚过世后对其性灵诗学的批评，是其具眼处，惜未深入展开。王玉媛指出王昶是继沈德潜之后"格调派的副将"，但王昶与沈德潜诗论存在一些差异，王昶学诗的取法对象并无唐、宋的局限，在坚持格调等外在因素的基础上，更偏重才学，在诗教上更注重诗人的人品。⑥ 这种看法在其2022 年出版的专著《清代格调派研究》中得到了进一步阐发。⑦

　　也有研究者注意到王昶的诗学与沈德潜及格调派存在差异。例如，刘诚认为王昶在论诗、选诗上与沈德潜存在差异，王昶能以宽容之心看待

① 朱则杰：《清诗史》，南京：江苏古籍出版社，2000，第 220 页。
② 严迪昌：《清诗史》，杭州：浙江古籍出版社，2002，第 695 页。
③ 林秀蓉：《王昶诗论探研》，《辅英学报》第 14 期，1994 年 12 月，第 237~244 页。
④ 钱仲联：《梦苕庵论集》，北京：中华书局，1993，第 170 页。
⑤ 赵杏根：《乾嘉代表性诗人研究》，博士学位论文，苏州大学，1999，第 18 页。
⑥ 王玉媛：《论清代格调派副将王昶》，《厦门教育学院学报》2009 年第 4 期。
⑦ 具体参阅王玉媛《清代格调派研究》，合肥：安徽大学出版社，2022。

《湖海诗传》所选诸家诗人创作的偏诣，所撰诗话中的评语不同于泛泛评论，"不以一种特定的格调绳人，继《国朝诗别裁集》后，这部《湖海诗传》以其对诗人及作品的评述表明了王昶与严立规范的沈德潜的不同"，①这实际上指出了王昶在选诗方面对沈德潜的突破。蒋寅《清代诗学史》第二卷肯定了王昶论诗以宗唐为主，兼采宋元，无门户偏见，无党同伐异习气，《湖海诗传》已体现出融合唐宋的趋势。②刘和文认为王昶论诗承沈德潜宗唐诗论，《湖海诗传》以此为选诗原则，是清代学唐诗论的嗣响。但同时指出王昶的选本"所收兼及宗唐、宗宋诗作，有融合二者之趋势"，对沈德潜宗唐诗论有修正。可惜限于篇幅，刘和文对王昶在何种条件下接受宋诗、在哪些层面对沈德潜唐诗论进行修正等未予以详细论述。③王兵认为《湖海诗传》是"对神韵派和格调派诗风的折中"，"对唐诗重才思与宋诗重学问的调和"，④诗学理念整体上呈现出兼容并包的特点。王英志等则在清代唐宋诗之争及流变的背景下探讨王昶的诗学理论与编选，指出其"嗣唐正轨，不废宋诗，尤推苏黄"，⑤即以唐为宗，兼取宋诗的诗学取向。这种论述总体上正确，但并未注意到王昶对苏、黄的态度不一样。例如，王昶欣赏黄庭坚的七言古诗，但对其瘦硬通神的律诗则持否定态度。夏勇指出："《湖海诗传》体现了王昶唐宋兼宗、平正宽容的诗学观，这较之沈德潜的宗唐诗学观，已然有了很大的差别。它从一个侧面反映出在清中叶趋于融会贯通的文学、文化氛围中，以王昶为代表的沈德潜后继者之诗学取向的深刻转变。"⑥这种看法强调王昶对宋调的采纳是符合事实的，但"深刻转变"之评则不够精确。王昶总体上是宗唐的，他对唐诗传统的强调要超过宋诗，对宋调的容纳是因诗坛对宋诗价值的接纳不断加深，为弥补格调派的不足，他认为有必要顺时调整，但这并不意味着他将唐诗与宋诗传统放在同等重要的地位。

---

① 刘诚：《中国诗学史（清代卷）》，厦门：鹭江出版社，2002，第 242 页。
② 蒋寅：《清代诗学史（第二卷）：学问与性情（1736—1795）》，北京：中国社会科学出版社，2019，第 147 页。
③ 刘和文：《清人选清诗总集研究》，苏州：苏州大学出版社，2017，第 119 页。
④ 王兵：《清人选清诗与清代诗学》，北京：中国社会科学出版社，2011，第 227~231 页。
⑤ 王英志主编《清代唐宋诗之争流变史》，北京：人民文学出版社，2012，第 449 页。
⑥ 夏勇：《清诗总集研究通论》，博士学位论文，浙江大学，2011，第 277 页。

李文玉对王昶在《湖海诗传》编纂过程中对格调派、性灵派、肌理派、宗宋派的不同态度进行考察，认为王昶重视格调派、离析性灵派、融通肌理派与宗宋派。李文将选本置于乾嘉诗学环境中进行论述，对乾嘉诗坛大方向的把握基本可靠，但对王昶与性灵派、宗宋派、肌理派的关系表述则不够准确。① 吕姝焱对《湖海诗传》的版本、编刊及续书进行了梳理，并探讨了选本中呈现出的王昶的布衣诗学观。② 蓝青对清代学者李慈铭评点《湖海诗传》做了辑录与初步考察，对读者了解此选本颇有帮助。③

此外，有部分学位论文从综合角度研究王昶的诗学，涉及诗学思想、创作、选本考察等方面，取得了初步的成果，有一定参考价值，但也存在不足。④ 还有一些论文涉及王昶诗学，例如，武云清注意到王昶、袁枚二人的诗学矛盾，将其定义为王昶与袁枚之争⑤，但这不符合当时诗坛真实情况。实际上，王昶对"性灵说"的批评主要是在袁枚过世后进行的，意在扭转"性灵说"在诗坛的流弊。

（二）有关王昶古文及其选本的研究

有关王昶古文及选本的研究较为薄弱，成果也较少，有待进一步推进。孟伟对《湖海文传》"讲求实学，兼顾词章之美"的编选目的、宗旨进行

---

① 李文玉：《〈湖海诗传〉研究》，硕士学位论文，苏州大学，2013。
② 吕姝焱：《〈湖海诗传〉的版本、编刊及其续书——兼谈"文在布衣"的先行与"布衣诗学"的延宕》，载《中国诗学》第 26 辑，北京：人民文学出版社，2018，第 155~169 页。
③ 蓝青：《李慈铭〈湖海诗传〉未刊评点辑录》，载《中国诗学》第 30 辑，北京：人民文学出版社，2021，第 263~271 页。
④ 硕士学位论文方面，例如，江照斌《王昶及其诗观研究》（1999）从生平、学术成就、诗坛地位、对诗歌原理的看法、《湖海诗传》的选诗标准及评论态度等方面进行论述。黄治国《王昶诗歌研究》（2010）从生平交游、诗学思想、诗歌内容、艺术特质等方面展开梳理，指出王昶对学问的重视、以学问入诗，与乾嘉诗学主流一致。武云清《王昶诗歌研究》（2010）从王昶生平、著述、交游、文学主张、诗歌题材意蕴与艺术特色等方面展开研究。肖士娟《王昶诗歌及其诗学研究》（2011）从诗学主张、诗歌创作、诗学编选三方面展开探讨，指出王昶将其师主唐与肌理说主宋相结合，以袁枚派主情与翁氏主理相互补，形成了不拘于宗唐还是主宋的诗歌理论，讲究诗歌情、理、趣交融，服务于清真雅正的诗境和温柔敦厚的诗教。博士学位论文方面，例如，卫新《清代吴门诗派和吴中诗派研究》（2013）认为王昶并未完全传承沈德潜诗学，而是博采众长，兼容并蓄，形成了自己的诗学思想与创作技法。
⑤ 武云清：《论王昶与袁枚之争》，《文艺评论》2014 年第 4 期。

了简单梳理，① 但限于行文未能展开深入研究，因而揭示有限。一些研究涉及《湖海文传》的文章观念，如刘奕认为《湖海文传》是经学家的文章选本，将其与以姚鼐《古文辞类纂》为代表的桐城派古文家选本在选文分类上进行比较，揭示乾嘉汉学家古文观念与桐城派古文家的差异。② 这种看法对当时考据风气影响下的汉学家古文观念以及创作的特点与倾向有准确的认识，但也有欠完备处。比如，"说经之文"并不能涵盖全部汉学家创作的特色，王鸣盛、钱大昕等对方苞"义法"的批评就主要从史传叙事繁简的角度出发，而不是"说经"。学者的经史考据之文才是乾嘉时期主流的文章面貌，不能仅仅限于"说经之文"。阮红环、武海军以《湖海文传》选文为考察对象，认为其反映出"清代汉学家的古文理论"。③ 此文注意到汉学家古文选本"以经史为本，以考据为文""文体与学问关系的辨析"等方面，但将其视为"汉学家的古文理论"似乎稍欠恰切，这仅是一种选文倾向，与古文理论尚有距离。石帅对《湖海文传》的编排体例、内容选择、文献价值以及"文以明道"的文道观、"文以尚用"的功能观等文章学思想做了初步梳理。④

（三）有关王昶词学的研究

词学是王昶研究中学者关注最多、成果颇丰的领域，主要表现在词学理论、词学编选、词学创作三方面。在词学理论方面，研究者多将王昶视为继朱彝尊、厉鹗之后浙派词学的重要代表人物与选家，对王昶从词与音乐相结合的角度来尊词体、强调词品与人品合一等均有研究。严迪昌指出，王昶以高位引领词坛，在沟通"浙派词人群体"、传播浙派词学方面具有重要作用，认为"王昶可以说是'浙派'全盛期的一个总结性人物"，"《国朝词综》则是清代'浙派'词风集大成、总结性的备览之编，并有'定于

---

① 孟伟：《清人编选的文章选本与文学批评研究》，博士学位论文，复旦大学，2006。
② 刘奕：《乾嘉汉学家古文观念与实践之探析——义法说的反动与"说经之文"的提出》，载曹虹等主编《清代文学研究集刊》第1辑，北京：人民文学出版社，2008，第286~342页。
③ 阮红环、武海军：《〈湖海文传〉与清代汉学家的古文理论》，《新闻爱好者》2010年第8期。
④ 石帅：《王昶〈湖海文传〉研究》，硕士学位论文，广西师范大学，2016。

一尊'的倾向"，① 对其在浙派的地位与其选本的意义均做了精要的概括。高建中等人执笔的《中国词学批评史》（重版时改名为《中国古典词学理论史》）清代部分指出王昶词论在继承浙派词学"尊词体"的同时，在"更直接地服务于浙西词派'醇雅'主张的内容"等方面有进一步的推进。但同时认为王昶"所'尊'者，主要是外在的形式和诗教的传统"，对词学的独立地位缺乏充分的认识，即"过于注目诗词之同，极易促成不加分辨地将论诗说移之于词"，② 实际已注意到王昶以诗教论词的倾向。丁放指出，王昶、吴锡麒、郭麐等人的共同特点在于"推崇'浙西派'前期作家的词风与词论"，并对王昶论词强调"词导源于《诗经》""词品与人品的结合"等做了论述。③ 陈水云指出，王昶对朱彝尊词学思想的继承，同时也批评其独尊南宋的词学思想过于狭隘，宗南宋的热情有余，变革浙派的努力却稍显不足。④ 此外，夏志颖指出，王昶在论词重诗教、重人品等方面借鉴了沈德潜的诗学理论⑤，这是对高建中等人关于王昶以论诗移之论词的进一步拓展。

有研究者注意到王昶词学理论的新变。朱惠国认为王昶的词学思想受具体时代环境、社会文化及词论家个性的影响，与朱彝尊、厉鹗等浙派词学领袖存在差异，王昶对"醇雅"的强调体现出中期浙派词学的新变。⑥ 彭国忠以《西崦山人词话》为基础考察王昶词论对浙派词学的发展，主要表现在对"雅"的含义界定更具体化并赋予其丰富的内涵、对柳永及艳词的认可、对寄托说的突破等方面。⑦ 李庆霞从"变'骚雅'为'醇雅'""强调人品与词品的联系""强调'清雅闲适'环境的重要性"等方面对王昶词学理论的新变及其在乾嘉词坛的影响等做了梳理，对朱惠国、彭国忠

---

① 严迪昌：《清词史》，南京：江苏古籍出版社，1990，第 330、332 页。
② 徐中玉主编《中国古典词学理论史》，上海：华东师范大学出版社，2005，第 220 页。
③ 丁放：《金元明清诗词理论史》，合肥：安徽大学出版社，2000，第 379~384 页。
④ 陈水云：《清代词学发展史论》，北京：学苑出版社，2005，第 153 页。
⑤ 夏志颖：《沈德潜与乾嘉词坛》，《湖北第二师范学院学报》2012 年第 3 期。
⑥ 朱惠国：《从王昶词学思想看中期浙派的新变》，《中山大学学报》（哲学社会科学版）2009 年第 4 期。
⑦ 彭国忠：《试论王昶词论对浙派的发展——以稿本〈西崦山人词话〉为论》，《兰州大学学报》（社会科学版）2011 年第 3 期。

的观点进行了补充论述。① 梁雅英在考察《国朝词雅序》的异文和《国朝词综序》关系的基础上梳理了王昶对汪森和厉鹗词学观念的继承与修正。②

关于王昶的词学编选研究主要集中于《明词综》《国朝词综》等选本，以选词倾向、词学审美、删改词作等为核心。郑谊慧认为，王昶词学受到厉鹗、沈德潜的影响，对《明词综》的选词特点、不足与价值均有较系统的研究。她认为王昶《明词综》实现了朱彝尊编纂《词综》时未选成明词的遗憾，"使唐、宋、元、明、清初词的发展成为一个完整的'词史'"，对《明词综》在词学史上的地位有充分的认识。③ 孙克强在论及清词"流派的反思"时指出："浙西词派中期的代表人物王昶具有强烈的宗派意识，尤其是在其编选的几部词选中，以尊南宋、尚清雅为标准，排斥其他风格。"④ 沙先一认为，王昶等人词学编选对以戈载为代表的吴中词派有潜在（非直接）影响，但戈载等人也批评《国朝词综》词律不严谨。⑤ 陈水云指出王昶"词综"系列词选是以考证方法编纂词集，并论述了乾嘉学术影响下王昶的"复雅"（复古）词学理念。⑥ 姚蓉在考察浙派中期主要词人时，对王昶的词学理论与活动做了简要论述，指出王昶《国朝词综》等选本进一步延续了朱彝尊《词综》的工作。⑦ 有研究者对王昶早期选本的文学价值进行了研究，如李庆霞认为王昶《琴画楼词钞》在保存浙派词人词作、宣扬浙派词学观点方面具有重要价值，是人们了解浙派中期词人精神世界和艺术风貌的重要渠道。⑧ 孙欣婷从文献保存功能、批评功能、词史建构、清词经典化等方面简要论及王昶《琴画楼词钞》《国朝词综》等选本，并介绍了词选的基本情况。⑨

---

① 李庆霞：《论王昶词学理论的新变及其影响》，《合肥学院学报》（社会科学版）2013年第6期。
② 梁雅英：《论王昶〈国朝词雅序〉异文与〈国朝词综序〉的关系》，《中国词学学会第八届年会暨2018年词学国际学术研讨会论文集》，无锡，2018，第243~256页。
③ 郑谊慧：《王昶词学思想及其〈明词综〉探析》，《东方人文学志》2004年第1期，第121~136页。
④ 孙克强：《清代词学》，北京：中国社会科学出版社，2004，第33页。
⑤ 沙先一：《清代吴中词派研究》，北京：人民文学出版社，2004，第47~50页。
⑥ 陈水云：《乾嘉学派与清代词学》，《文艺研究》2007年第5期。
⑦ 姚蓉：《明清词派史论》，桂林：广西师范大学出版社，2007，第158页。
⑧ 李庆霞：《〈琴画楼词钞〉的文献学及词学价值》，《嘉兴学院学报》2014年第4期。
⑨ 孙欣婷：《清人辑选清词总集研究》，博士学位论文，武汉大学，2015。

　　张仲谋、叶晔以《明词综》等选本为考察对象，揭示了其编选过程中对明词的删改问题。张仲谋以《明词汇刊》与《明词综》的校勘为基础，对《明词综》的改词与编选特点做了精要论述，既指出《明词综》在保存明词上的价值，也指出其删改的局限，强调研究明词不能仅仅以选本为基础。① 叶晔通过比对《明词综》与明人词集的文字差异，在张仲谋等人研究的基础上，更广泛地分析了王昶在声律、格调等方面存在的改词现象，认为这是清代中兴词学观在前人词选中的局部体现，既有潜在的心理背景，又有明确的学术动机和目的，对后世词学研究产生了较大影响。② 林友良对王昶词学理论、创作、词学编选进行考察，其中对《明词综》的改易原词现象、类型的区分及其改词模式所呈现之词学意义的考察最为出彩，对《国朝词综》及《国朝词综二集》的考察则相对简略，这是目前关于王昶词学研究相对完善的著作。③

　　一些硕士学位论文对王昶的词学及词选做了研究，体现出王昶词学理论、创作研究的兴盛面貌。④ 有的论文则对王昶词的创作做了探析，如戴扬本从清代前期词风的角度来考察王昶的词学创作，可以对王昶词形成大致认识。⑤ 陈水云对《明词综》成书的经过进行了详细考察，认为此书在康熙年间已经开始编纂，王昶在朱彝尊、汪森等人原稿的基础上，结合自己所选明词而成。该文肯定了汪森、沈进在成书过程中的贡献。⑥ 还有一些其他零星涉及王昶词学的著作及文章，不赘述。

---

①　张仲谋：《〈明词综〉研究》，《中华文史论丛》第 78 期，2004。

②　叶晔：《清代词选集中的擅改原作现象：以〈明词综〉为中心的考察》，《中国文化研究》2006 年第 1 期。

③　林友良：《王昶词学研究》，新北：花木兰出版社，2011。

④　这方面的代表有符樱《清词综系列研究》（2004）、裴风顺《王昶词及词集研究》（2009）、宋良容《王昶与乾嘉时期环太湖词坛研究》（2011）、卜茹雯《王昶词学思想及其实践》（2012）、袁俊《王昶词学研究》（2013）、刘婷婷《王昶〈明词综〉与〈国朝词综〉研究》（2009）、敬鸿章《清代雍乾时期上海词坛研究》（2014）等。其中符樱、刘婷婷对王昶词学编选删改原作方面的研究较为细致，宋良容探讨了王昶词学活动对江南词坛的影响，都有一定的参考价值。

⑤　戴扬本：《清虚骚雅、微婉顿挫——清前期词风与〈琴画楼词〉》，《词学》2008 年第 2 期。

⑥　陈水云：《〈明词综〉编纂考》，《文献》2014 年第 5 期。

（四）有关王昶金石学的研究

关于王昶金石学的研究主要集中于《金石萃编》一书。李学勤《影印〈八琼室金石补正〉序》① 一文在介绍《八琼室金石补正》一书时附带论及《金石萃编》，对清代补正此书的情况有较详细的介绍。曹泳兰论及王昶《金石萃编》，并举例说明乾嘉时期学者以金石文献考证经史方面的贡献，但对王昶的金石学及《金石萃编》本身的相关论述尚不深入。② 宋凯从《金石萃编》的成书背景、基本内容、编纂体例、学术成就等方面进行了较为详细的论述，对此书在考证史书上的价值的论述是其亮点。③ 但其文对《金石萃编》在经学考证上的价值仍论述不足，对其与乾嘉主流学术之关系的关注也不够。赵成杰《〈金石萃编〉与清代金石学》从《金石萃编》编纂成书、引书、续补考等几个维度对王昶的金石学及其与清代金石学的关系进行了较深入的研究，是首部正式出版的有关王昶金石学的研究专著。④ 刘瑞欢对王昶在云南做官时的金石寻访、金石交游和金石研究等活动及其成就进行了梳理与总结。⑤ 还有一些论文涉及王昶的金石学，如殷全增《王昶〈金石萃编〉考据题跋析例》从经史、文体、书学等方面对王昶的金石考据体例进行了梳理。⑥ 姚文昌《王昶〈金石萃编〉所见乾隆石经文字探析》指出王昶在校勘开成石经时，以乾隆石经为重要参校本，但对其文字来源存在错误认知，实际用于参校的本子是和珅授意磨改之前的拓本。

---

① 李学勤：《影印〈八琼室金石补正〉序》，《古籍整理出版情况简报》第 134 期，1985。
② 曹泳兰：《乾嘉石刻学研究》，博士学位论文，北京大学，2006。
③ 宋凯：《〈金石萃编〉研究》，硕士学位论文，山东大学，2013。
④ 赵成杰：《〈金石萃编〉与清代金石学》，北京：中国社会科学出版社，2019。此书在其 2016 年博士学位论文基础上修改而成，相关内容还以单篇论文的形式发表过，如《澳大批本〈金石萃编〉考论》（《中国典籍与文化》2016 年第 1 期）、《〈金石萃编〉引书考》（《经学文献研究集刊》第 17 辑）、《〈金石萃编〉的传播与接受》[《江苏科技大学学报》（社会科学版）2017 年第 2 期]、《〈金石萃编〉之续补及其金石学意义》（《美术学报》2017 年第 5 期）、《〈金石萃编〉成书考》（《版本目录学研究》2018 年第 9 辑）、《〈金石萃编〉续补考》（《岭南学报》2018 年复刊第 9 辑）、《〈金石萃编〉校订考——以罗振玉、罗尔纲、魏锡曾为中心》（《中国书法》2019 年第 2 期）等。
⑤ 刘瑞欢：《王昶宦滇时期的金石学成就》，硕士学位论文，云南大学，2020。
⑥ 殷全增：《王昶〈金石萃编〉考据题跋析例》，《中国书法》2019 年第 18 期。

王昶误解了彭元瑞《石经考文提要》文本，对后世产生了影响。① 还有一些研究从其他角度探讨《金石萃编》的价值，如郭伟其梳理了《金石萃编》中蕴含的中国艺术史方法。②

（五）综合类

首先，王昶生平和学术方面。相关研究主要是集中在王昶生平传记的梳理。代表性论著有凌耕《王昶传》，陈祖武《王昶传》③，陈祖武、朱彤窗《朴学大师王昶》④。此外，孙文娟对王昶与王鸣盛、钱大昕、赵文哲、吴泰来、曹仁虎、黄文莲等人的交游做了考察。⑤ 巴兆祥等对王昶在青浦方志文化形成过程中起到的重要作用进行了梳理，认为王昶从方志理论、分工细化、编纂体例结构创新方面构建青浦方志文化的内涵与价值，助推了青浦方志文化的承上启下发展。⑥ 李金松对王昶幕府的集会及幕宾做了考索，对王昶的幕府成员及活动有较为清晰的认识。⑦

其次，王昶著述研究。张家欣《王昶著作年表》是较早以系年形式对王昶著述进行扼要梳理的文章。⑧ 陈恒舒《王昶著述考》将王昶一生所著、所纂、合编以及整理他人的 104 种著述，无论存亡，皆撰写提要进行介绍。此文虽偶有遗漏（如《碧云楼诗选》《王昶存稿》《碧海集》等就未列入），但仍是目前关于王昶著述最全面的考察。⑨ 陈明洁在整理点校《春融堂杂记》的基础上，对其版本及内容上的差异做了考察，指出部分版本

---

① 姚文昌：《王昶〈金石萃编〉所见乾隆石经文字探析》，载虞万里主编《经学文献研究集刊》第 25 辑，上海：上海书店出版社，2021，第 223~231 页。

② 郭伟其：《〈金石萃编〉卷二十中所见中国艺术史方法论》，《新美术》2006 年第 4 期。

③ 详见张捷夫主编《清代人物传稿》上编第 9 卷，北京：中华书局，1995。

④ 详见陈祖武、朱彤窗《乾嘉学派研究》，石家庄：河北人民出版社，2005。

⑤ 孙文娟：《王昶交游考：以"吴中七子"为代表》，《琼州学院学报》2014 年第 6 期。

⑥ 巴兆祥：《王昶与青浦方志文化》，《上海地方志》2022 年第 2 期。

⑦ 李金松：《王昶幕府集会文学活动及其幕宾考述》，载程章灿主编《古典文献研究》第 24 辑下，南京：凤凰出版社，2021，第 123~138 页。

⑧ 张家欣：《王昶著作年表》，载南京大学古典文献研究所编《古典文献研究》第 9 辑，南京：凤凰出版社，2006，第 295~303 页。

⑨ 陈恒舒：《王昶著述考》，载《国学研究》第 28 卷，北京：北京大学出版社，2011，第 341~380 页。

的讹误。这些论著对了解王昶的著述情况与学术思想等均有意义。①

此外，有一些硕士学位论文对王昶的创作及理论等有综合探讨。② 一些论文探究了王昶的创作心态。例如，武云清认为王昶基于生存需要和人格修养在创作中形成了"吏隐"心态，参悟禅理成为其生活的重要组成部分，体现出乾隆时期江南士人的"作客"观念。③ 王昶从军滇蜀时期心态和人生哲学发生了很大变化，诗文中表现出"内自省"、"心灰色死"与渴望归乡等多种情绪。④ 蔡锦芳对八位画家为王昶三泖渔庄所绘的图像进行了考察，认为这对于了解王昶的精神世界和朱家角人文景观的文化底蕴都有较高的学术价值。⑤

从学界的研究看，目前有关王昶的诗学、古文、词学理论、创作、编选等均有不同程度的涉及，但以文学选本为核心来深入细致考察王昶文学活动与乾嘉文坛演进关系的论著还不足，有待深入推进。本书在前人研究的基础上，坚持理论与文献相结合，在乾嘉学术与文学的背景下探讨王昶的学术思想、文学主张与文学编选，深入考察其与乾嘉文坛之关系。尤其注重以王昶的文学选本及编选活动为核心，揭示其在乾嘉文学演进过程中的价值。在诗学领域，考察《湖海诗传》的选诗倾向，探究王昶对沈德潜诗学的继承与发展，梳理《湖海诗传》与乾嘉诗学演变趋势的关系；并将《湖海诗传》所选诗歌与诸家本集进行校勘，以揭橥其文献价值。在古文领域，考察《湖海文传》的编选与乾嘉学术的关系，尤其是乾嘉重考据、征实的学风对《湖海文传》选文的影响，并考察乾嘉汉学家古文与桐城派古文的具体差异等。此外，以代表性作家作品为例，揭示《湖海文传》所选文章与诸家文集定本的差异，并考察这种差异在研究乾嘉学术与文学上的

① 陈明洁：《〈春融堂杂记〉内容版本及校勘述略》，《历史文献研究》2014 年第 1 辑，第 284~293 页。

② 这方面的硕士学位论文有张家欣《王昶诗词研究》（2006）、张生奕《王昶诗文研究》（2009）、王慧华《王昶的文学文献学研究》（2009）等，从不同角度对王昶的文学理论、创作及文献成就等做了基础性研究，但均不够深入。

③ 武云清：《王昶的禅学之嗜与"吏隐"心态》，《西北师大学报》（社会科学版）2017 年第 6 期。

④ 武云清：《从军滇蜀时期王昶的心态与诗歌创作》，《中国诗歌研究》2017 年第 1 期。

⑤ 蔡锦芳：《王昶〈三泖渔庄图〉考述》，《广西大学学报》（哲学社会科学版）2022 年第 3 期。

价值。在词学领域，本书通过校勘王昶词学选本与诸家词集定本来考察其改词现象。例如，通过《明词综》的改词来探究王昶对明词的建构；通过《琴画楼词钞》《国朝词综》系列选本的删改词作现象考察王昶以浙派词学理念构建清代词学的意图。通过以上几方面的细致梳理，笔者希望较全面地呈现出作为选家的王昶眼中的文学图景，为乾嘉文学研究带来助益。

王昶的文学理论与创作

第一章

王昶的诗学与乾嘉诗坛

乾隆、嘉庆两朝是清代前期向后期过渡的阶段，也是整个清代文学演进的重要时期。单从诗学上看，清代四大诗学中的格调、性灵、肌理三种诗论均在此时期形成，另有厉鹗等提倡的浙派、以钱载为代表的"秀水派"诗人群体出现。与清前期、后期诗学偏于一尊不同，乾嘉时期的诗学流派总体上在竞争中并存，诗坛的诗学取向更趋广博与多元化。王昶是乾隆中后期至嘉庆前期重要的格调派诗人与选家。他在诗学上继承沈德潜的"格调说"，又与提倡宋诗的厉鹗、杭世骏、金德瑛、钱载等诗人有较密切的交往，与提倡"性灵说"的袁枚、提倡"肌理说"的翁方纲以及姚鼐等桐城派诗人交游颇多。正是这种广泛而复杂的诗学交游使王昶的诗学呈现出以唐为宗、注重学问而又兼容并包的特点。

第一节　王昶的诗学思想与乾嘉诗坛的主流风貌

王昶是乾嘉间重要的诗人与选家，也是沈德潜之后东南诗坛的领袖。他早年与王鸣盛、钱大昕、赵文哲等人入沈德潜门下，被称为"吴中七子"，传承格调学。步入仕途后，王昶官至刑部右侍郎，以高位扬拔士类，宏奖风流。致仕后主讲江苏娄东书院、浙江敷文书院，门生著录达两千多人，对江浙一带的诗学影响尤大。王豫（1768—1826）云："豫谓自文恪后，以大臣在籍持海内文章之柄，为群伦表率者，司寇一人而已。"① 认

---

① （清）王豫编《群雅集》卷六，清嘉庆十二年（1807）种竹轩刻本。

为王昶是继其师沈德潜之后，以高位持文章之柄的文坛领袖。舒位（1765—1816）将王昶比喻为《水浒传》一百零八将中的"入云龙"公孙胜，认为他与钱载并列乾嘉诗坛"掌管诗坛头领"①，对其在诗坛地位的描述颇为贴切。王昶一生诗学交游颇广，乾嘉间格调派、浙派、性灵派、秀水派、肌理派等重要派别的代表诗人多与其交游，这从其编选的《湖海诗传》中可以看出。王昶并没有专门的论诗著作传世②，他在诗坛并不是以诗论家或批评家的身份著称，而是凭借编选一些有影响的诗学选本在乾嘉文坛占据重要一席。

王昶为指导子侄及门人作诗，曾编过《唐诗录》《履二斋诗约》《碧海集》以及唐、宋、元、明及清初诗坛大家诗选等选本③，多选历代著名诗人优秀的诗作。这些诗选能够反映出王昶的诗学理念，可惜大多未流传下来。王昶批点的文学作品，笔者经眼者多为文、词，如古文有王鸣韶《鹤溪文稿》四卷、吴玉纶《香亭文稿》十二卷等，词有《练川五家词》五卷等。王昶批点的诗集、诗选，今天亦不易见到。2005 年中国嘉德春季拍卖会曾出现苏州过云楼旧藏的题为沈德潜过录、王昶批点的《渔洋山人精华录》四册线装书，颇为珍贵。④ 王昶《湖海诗传》及附带的《蒲褐山房诗话》主要是存师友旧情，并非以表明其诗学思想为首要目标。因此，我们探讨其诗学主张主要依据的是保留在《春融堂集》中的序跋、论诗诗与书信等，从中可以大致总结出王昶的诗学宗尚与论诗主张。

一　温柔敦厚：源于格调派的诗论底色

"温柔敦厚"是中国古代诗学一个重要传统。《礼记·经解》云："孔子曰：'入其国，其教可知也：其为人也，温柔、敦厚，《诗》教也。'"⑤

---

① （清）舒位：《乾嘉诗坛点将录》，清宣统三年（1911）长沙叶德辉刻本。
② 笔者未见王昶专门论诗之书，其门人金学莲等编有《述庵论文别录》，是辑选《春融堂集》中的论诗文之语而成之书，今有刻本传世。
③ 王昶《履二斋尺牍》卷二《与作明再从侄》云："仆有唐宋元明及本朝大家诗选，因无副本，俟刻就寄归雒诵，盖诗家正法眼藏也。"此选本可能就是《碧云楼诗选》一类选本。
④ 辛德勇：《紫霓白雪，五色纷若——2005 年嘉德公司古籍善本春拍漫览》，载辛德勇《读书与藏书之间》，北京：中华书局，2005。
⑤ （清）孙希旦：《礼记集解》卷四十八，北京：中华书局，1989，第 1254 页。

孔颖达《礼记正义》疏云："《诗》依违讽谏不指切事情，故云'温柔敦厚'，是《诗》教也。"① 其中提到了讽谏的艺术，强调在诗歌中即使有"刺"，也应以含蓄委婉的方式表达，在语言形式上保持"温柔敦厚"。在儒家诗教传统中，诗歌是言志的载体，包含"美"与"刺"两个方面："美"一般是歌功颂德，相对容易表达；"刺"属于讥刺过失、批评时政，体现出诗人的政治关怀及忧患意识，表达方式上往往显得微妙。儒家诗教理想化的状态是"上以风化下，下以风刺上，主文而谲谏，言之无罪者，闻之者足以戒"②，"美"与"刺"是对立统一的，不可偏废。但是，"刺"属于讽谏朝政得失，须具备一定的"礼"。古人认为，诗歌可以表现出诗人的人格修养，评论家往往将诗品与人品并提，所谓诵其诗而知其人。从汉代的《诗大序》开始，"温柔敦厚"便成为儒家诗教的核心，是历代官方诗学的主流。特别当文艺思潮个性化倾向较为突出时，往往有人以儒家诗学观对其进行批评与匡正。

清朝早期官方文化政策制定与晚明的文化思想密切相关。晚明时期，尽管一些学者提倡重视儒家经典，但因王学的流行，思想界出现了自由化倾向。具体到文学领域，公安派、竟陵派的文学思想中均不同程度地推崇自我③，无论是公安派的"独抒性灵"，还是孙鑛、钟惺等人的经学、文学评点等，多主张以经为文，提倡自我见解，本质上都是对传统儒家诗教的疏离。在正统的文人看来，这种思潮给经学与文学带来了巨大的危害。④ 有人甚至认为明代之所以亡国，除了政治上的党争、科举上的八股取士外，另一个重要原因就在于思想文化上的管控过于松散。

清王朝定鼎中原后，统治者意识到文治（或者说以意识形态掌控文学）

---

① （汉）郑玄注，（唐）孔颖达疏《礼记正义》，北京：北京大学出版社，2000，第1598页。

② （汉）毛亨传，（汉）郑玄笺，（唐）孔颖达疏《毛诗正义》，北京：北京大学出版社，2000，第15页。

③ 当然竟陵派也有"厚"的一面，注重学问与性灵的结合，纠公安派之不足，但最终实现的程度不好。

④ 钱谦益就从经学、史学、诗学等领域对此进行过抨击。前文已涉及经史领域，此仅引其评竟陵派的言论。《列朝诗集小传》评价竟陵派"浸淫三十余年，风移俗易，滔滔不返"，"鬼气幽，兵气杀，着见于文章，而国运从之，以一二轻才寡学之士，衡操斯文之柄，而征兆国家之盛衰"，认为明朝国运之衰与竟陵派盛行有密切的关系。参见（清）钱谦益《列朝诗集小传》丁集，上海：上海古籍出版社，1983，第571页。

的重要性，特别强调文学在百姓教化上的作用。在康熙朝，诗学上已注意到要重视儒家温柔敦厚的诗学思想。① 施闰章（1619—1683）的五言诗被王士禛誉为"温柔敦厚，一唱三叹，有风人之旨"②。乾隆前期占主导地位的沈德潜"格调说"核心是"温柔敦厚"的诗教。"温柔敦厚"是沈德潜诗学对诗歌内在功用的本质界定，也是诗歌审美中追求蕴藉闲雅、反对发露叫嚣的外在追求。沈德潜以"温柔敦厚"为核心的诗论包括"美"与"刺"两方面。沈德潜早期的诗学理论中对"刺"有所强调，因当时面临"文字狱"禁锢知识分子的具体环境，"美刺"说实际上只剩下了"美"，而"刺"消失了。从沈德潜晚年有意识地删削早年带"刺"的诗歌，在编选"别裁"系列选本，尤其是重订《国朝诗别裁集》时主动减少带"刺"的诗歌，并删除过激或对现实不满的评语的举动，就可以看出这种变化。③

王昶的诗学源于沈德潜的"格调说"，在诗歌的功用与审美追求上均注重"温柔敦厚"的儒家诗教。《与顾上舍禄百书》中云："辱示新刻《花稿诗钞》，和而不靡，雅而不嗲，甚矣有合于温柔敦厚之旨也。"④ 认为顾诒禄（1699—1768）的诗兼具"和"与"雅"的特质，符合"温柔敦厚"的儒家诗教。顾诒禄是诗人张大受（1660—1723）的外孙，也是沈德潜早期弟子，王昶以"温柔敦厚"论其诗，实际是对其人品与诗作的肯定。又如《潘榕皋三松堂诗集序》云："凡乐之作，由人心生。乐播于音，音著于诗，其心冲然粹然，合乎温柔敦厚之旨，然后著为咏歌，朱弦而疏越，一唱而三叹，自非守道之笃而养心之至者不能。"⑤ 也强调"温柔敦厚"的诗教。以乐论诗见于《乐记》，诗、乐、舞一体是儒家诗教的重要内容。王昶借此论诗，认为诗歌应纡曲地表达心志，这样才合乎温柔敦厚之旨，声调疏越和缓，一唱三叹，方为合作。

又如《蒋瑞应六十咏怀诗小序》云："瑞应自为诗，以道年华之晼晚，境遇之寥落，一唱三叹，初无抑塞不平之意见于楮墨，非所谓温柔敦厚，

---

① 康熙《御选唐诗序》云"是编所取，虽风格不一，而皆以温柔敦厚为宗"［《御选唐诗》，康熙五十二年（1713）内府朱墨套印本］，就体现出重视儒家温柔敦厚诗教的思想。

② （清）王士禛：《带经堂诗话》卷十二，北京：人民文学出版社，1963，第194页。

③ 邬国平：《〈国朝诗别裁集〉修订与沈德潜诗学意识调整》，《文学遗产》2014年第1期。

④ （清）王昶：《与顾上舍禄百书》，《春融堂集》卷三十，第329页。

⑤ （清）王昶：《潘榕皋三松堂诗集序》，《春融堂集》卷四十，第406~407页。

得于诗者深欤?"① 推崇其诗歌的温柔敦厚，即使晚境寥落，不尽如人意，但诗人并没有不平之意流露于文字，而是一唱三叹，以诗歌曲折地表达自己的内心与道德修养。这种评价体现出王昶论诗注重人品与诗品统一。布衣诗人沙维垿工诗，与张岗、李果齐名，王昶对三人诗歌评价颇高。其中张、李或以澄澹称，或以清远闲放名，近于温柔敦厚的标准。沙维垿的诗歌则才力雄杰，或沉雄而踔厉，或抑塞而悲壮，有无聊不平之忧思。王昶对沙维垿有所规劝："自今以往，窃愿进而为澄澹清远之旨以与两君子合，以庶几于安贫乐道者，则斗初之可传又将不仅以诗也夫。"② 消除诗中的无聊不平，安贫乐道，使诗歌与诗人的人格修养相一致，这也是"温柔敦厚"诗教对诗人的浸润。王昶还评价吴省钦任四川学政时"省风入诗，乃一归于温柔闲雅，协于赋、比、兴、风、雅、颂之旨，淫与过、凶与慢，无有也。其得大〔太〕师之教者欤"。③ 这些皆从乐教与诗教合一的角度强调诗歌的温柔敦厚、诗风的冲和闲雅。

　　王昶在用于指导后学的诗歌选本中也贯彻了这样的思想。比如，应门人袁廷梼（1762—1809）之请而刊刻的《履二斋诗约》就是在不断修正增删基础上形成的用于指导弟子的诗歌选本。在《履二斋诗约凡例》中，对于七言古诗，王昶云："惟伤时感事、指陈痛斥之词，已采入《碧海集》中，不皆登录，于此盖有微意焉。"论七律云："若少陵《诸将》，义山《曲江》《东师》④ 等什，金石为声，轩翥宇宙，然不尽录，与录七言古诗意同。"⑤ 王昶分体论诗，《碧海集》中曾收入部分优秀的七言古诗，不乏"伤时感事、指陈痛斥"的作品。尽管有的作品艺术成就高，但属于儒家诗教中"刺"的部分，过于发露叫嚣，不符合"温柔敦厚"的诗教。可能因《碧海集》是专门收雄豪壮阔一类诗歌的选本，从诗歌风格上考量，王昶将杜甫、李商隐这类诗歌收入其中尚无大碍。但对于指导弟子的选本，有鉴于乾嘉间的"文字狱"，特别是沈德潜因编选《国朝诗别裁集》被乾隆申斥

①　（清）王昶：《蒋瑞应六十咏怀诗小序》，《春融堂集》卷四十二，第 427 页。

②　（清）王昶：《沙斗初布衣白岸亭诗集序》，《春融堂集》卷三十八，第 392 页。

③　（清）王昶：《吴冲之白华诗钞序》，《春融堂集》卷三十八，第 395 页。

④　按，"东师"，当为"师东"，即李商隐《随师东》诗。

⑤　（清）王昶：《履二斋诗约凡例》，《述庵论文别录》，上海图书馆藏清金学莲刻本。

的例子在前，王昶当然会更加谨慎。所谓"于此盖有微意焉"，大概就与当时的意识形态环境有关。因此，王昶并不赞同弟子写此类怨刺诗。在儒家诗教的理论阐释中，变风变雅是乱世才出现的作品，所谓"至于王道衰，礼义废，政教失，国异政，家殊俗，而变风、变雅作矣"①，在乾嘉盛世怎么适合出现此类声音？王昶说："使工部遭际太平，则《咏怀》《北征》可以不作；又使太白从容侍从，则孤愤诸篇亦无由而发。"② 其主旨是与袁枚探讨诗歌创作受人生经历和历史境遇影响风格会发生改变，但王昶的言外之意是盛世不应该有此类作品。故而王昶认为这类诗并不适合后辈取法，他们应学"温柔敦厚"的盛世之音。七律也是如此，即使是杜甫、李商隐这样的大家、名家，他们的《诸将》《曲江》《随师东》等杰作因为涉及对现实的讽与刺，王昶也不录入《履二斋诗约》。这表明他并不赞同弟子写此类讽刺诗作，因为这与"温柔敦厚"的儒家诗教相违背，与沈德潜"格调说"雅正的要求也有距离，尤其不符合乾嘉间文字狱迭起的政治文化环境。

沈德潜的《唐诗别裁集》中并未选入杜甫的《诸将》、李商隐的《曲江》和《随师东》一类讽刺之诗，说明沈德潜在后期诗论中也不提倡此类讽刺作品。③ 在选诗上，王昶继承了沈德潜的诗学理念，甚至更趋于保守。有沈德潜《国朝诗别裁集》被乾隆申斥的前车之鉴，王昶在指授弟子学诗与选诗时显得更为谨慎。这反映出其诗学理论和沈德潜"格调说"均与乾嘉间的思想环境紧密相关。实际上，乾嘉诗学中普遍缺乏"刺"，诗人更多地强调"美"，儒家的"美刺"理论在乾嘉时期发生了明显的变异。统治者需要"美"的诗学理论来点缀盛世，乾隆强调"忠孝"诗学④，实际上也是出于此目的。"刺"的消隐使读者很少看到乾隆朝诗歌中有讽刺政治、反映民生疾苦的作品，这不能不说是一个遗憾。在创作中主动回避批判性，

① （汉）毛亨传，（汉）郑玄笺，（唐）孔颖达疏《毛诗正义》，第16页。
② （清）王昶：《答简斋先生书》，载《袁枚全集》第6册，南京：江苏古籍出版社，1993，第342页。按，孤愤，王校本作"孤者"，经核原刻本，当作"孤愤"，径改。
③ 从创作上看，沈德潜早年还有一些"刺"的作品，反映民生疾苦。王昶比沈德潜更谨慎，几乎没有讽刺的作品，应该说是特殊的环境造成的。
④ 乾隆作为最高统治者提倡"忠孝"是从褒扬明代殉难诸臣开始的，因此当时很多著名诗人有意与最高统治者保持政治意识上的一致，诸如沈德潜的"教忠堂"、蒋士铨的"忠雅堂"以及翁方纲等人的诗论中也强调忠孝，此类作品就更多了。

使王昶的诗论明显存在不足。值得强调的是，乾嘉时期仍有一些人不以"温柔敦厚"的诗教说为本，而是注重表现自我，既为当时的诗坛带来了生机，也带来挑战，这以袁枚的"性灵说"思潮最为醒目。关于这一点，将在下文另做阐发，此处不赘。

二　首重学问："学、才、气、声"论的提出

乾嘉学术强调博通经史，许多诗人首先是知识渊博的学者，兼有学人与诗人身份。学问对此时期的诗歌创作与批评均产生了重要影响。乾嘉诗学家首先需要考虑的问题是如何处理好学问与性情（性灵、才情）的关系。两者在诗学中应如何排序是当时诗坛争论十分激烈的话题。

王昶是著名的学者型诗人。他论诗首先注重学问，这与乾嘉时期众多学人的主张相近。吴泰来《述庵诗钞序》转引王昶论诗之语云："吾之言诗也，曰学，曰才，曰气，曰声。学以经史为主，才以运之，气以行之，声以宣之。"① 王昶强调"先贵学问博，次尚才气优"②，在王昶的诗论里，"学"被置于首位。王鸣盛《蛾术编》"四大名家论诗"条③也引述王昶的论诗主张，并将王昶与高启（1336—1374）、王士禛、沈德潜并列为论诗四大名家，可见其对王昶"学、才、气、声"四者兼备诗论的推崇。王昶重视诗歌的"学"，强调经史的根柢作用，在谈七言古诗的创作时尤其如此。《答门人陈太晖书》云："要如洪河大江，九曲千里，奔腾汗漫中，烟云灭没，鱼龙吟啸，无所不有。经史，云烟也，龙鱼也。以气运之，以才使之，如是乃为七言古诗之至。"④ 在七古创作上注重学问广博，强调经史学问，要以气运经史，以才驱使经史典故。又如《示朱生林一》云："其（七古）本领全在书卷，经、史、子、集、说部、释、道两藏，皆填溢胸中，资深逢源，乃如淮阴用兵，多多益善。'词源倒倾三峡水，笔阵横［独］扫千人军'，盖学与才，气与法，四者缺一不可。"⑤ 也是首先强调经史学问，

① （清）王昶：《春融堂集》卷首，第 3 页。
② （清）王昶：《秋暮偶作并示书院诸生》，《春融堂集》卷二十二，第 259 页。
③ （清）王鸣盛：《蛾术编》卷七十五，上海：上海书店出版社，2012，第 1100 页。
④ （清）王昶：《答门人陈太晖书》，《春融堂集》卷三十二，第 348~349 页。
⑤ （清）王昶：《示朱生林一》，《春融堂集》卷六十八，第 660 页。

注意学、才、气、法四者的有机结合，缺一不可。

值得注意的是，吴泰来、王鸣盛转述王昶的"论诗四言"中，前三者一致，只有最后者有别，或作"声"，或作"法"，或作"调"，这些均属于诗歌法则方面，有时可以通用。研究者多将王昶视为沈德潜"格调说"的传人，为何王昶未将明代格调派所推崇的外在形式诸如声调、诗法等排在首位呢？大概王昶认为有真学问，才能以学辅诗，才能出"真诗"，方能避免明代复古派流于形式模拟的弊病。王昶将"学"放在首位，并强调学以经史为主，体现出他对博学的重视。

重视诗歌学问的理论在前代诗人中已有体现。宋代的江西诗派颇重视学问，提倡无一字无来历。明人提倡经史、诸子与文学的关系，不过主要表现在探求文章"文法"的领域。① 清初学者顾炎武（1613—1682）、黄宗羲、朱彝尊等对晚明空疏学风进行过反思，均提倡经史学问，论诗也不例外。黄宗羲说："昔之为诗者，一生经、史、子、集之学，尽注于诗。夫经、史、子、集，何与于诗？然必如此而后工。"② 强调源于经史子集的广博学问对于诗歌创作的重要性。王士禛认为："为诗须博极群书。如《十三经》《廿一史》，次及唐、宋小说，皆不可不看。所谓'取材于《选》，取法于唐'者，未尽善也。"③ 指出诗歌须有广博的学问根柢，仅限于学《昭明文选》与唐诗是不够的。朱彝尊也说："诗篇虽小技，其源本经史。必也万卷储，始足供驱使。"④ 认为诗歌原本经史，必须胸中储蓄万卷，作诗时方能灵活运用。他还认为严羽主张"别材非关学"是不了解诗歌与学问的关系。朱彝尊的诗论对后来的浙籍诗人尤其是秀水派颇有影响。稍后的浙派⑤

---

① 晚明孙鑛、钟惺等人就以文的观念来批点经书，从经书中寻找文法，并非真正重视学问。这样的做法受到明末清初学者钱谦益、黄宗羲等人的批判，到了乾嘉年间，四库馆臣对其抨击更激烈。

② 《黄宗羲全集》第 10 册，杭州：浙江古籍出版社，2012，第 75 页。

③ （清）何世璂：《燃灯记闻》，载（清）王夫之等撰《清诗话》上册，上海：上海古籍出版社，1978，第 120 页。

④ （清）朱彝尊：《斋中读书十二首》，《曝书亭集》卷二十一，《清代诗文集汇编》第 116 册，第 196 页。

⑤ 浙派有广义与狭义之分。广义的浙派，自黄宗羲始，历经康、雍、乾三朝，前后百余年，涉及诗人众多；狭义的浙派，一般是指以厉鹗为首的学宋诗的诗人群体。此处用的是狭义上的概念。

诗人厉鹗也重视学问，他说："诗至少陵止矣，而其得力处，乃在读万卷书，且读而能破致之……故有读书而不能诗，未有能诗而不读书。"① 同样强调学问是写好诗的必备条件。类似强调学问的诗人还有很多，不一一列举。读清人的别集，会形成清人大多重学问的印象，有的甚至走向了极端。例如，翁方纲认为"士生此日，宜博精经史考订，而后其诗大醇"。② 这种过度强调学问，以考订入诗，如同博士解经的做法，就是未处理好学问与才情的关系。实际上，这也是清代诗人群体必须面对的首要问题。诗人之诗与学人之诗的分野在很大程度上就是对这两者的偏好不同所导致。

乾嘉学者重视经史学问，根本原因还在于统治者的提倡。尤其是从乾隆十五年（1750）开始实施的一些政策，使重经学逐渐由民间学者的个人坚持变为国家的选择。此年，朝廷下令让各地访求经师遗经，并视情况予以刊布。乾隆十六年（1751），朝廷下令荐举经学名儒，陈祖范、吴鼎、梁锡玙、顾栋高被征，授国子监司业，惠栋等也在荐举之列。征经学名儒，并授予官职，是汉代博士制度的一种形式，但在隋唐以后未曾使用过。故王昶云："唐宋来取士者，设科无虑百十数，从未以经学甄拔天下士，而皇上断然独创行之。其说经之书，又选于宰执，登于御览，令编修、检讨及中书舍人缮写校正，以藏诸内府，重其典者至矣。"③ 这样的政策具有明显的导向作用，使士子重视经史实学。昭梿《啸亭杂录》卷一"重经学"条载："上初即位时，一时儒雅之臣，皆帖括之士，罕有通经术者。上特下诏，命大臣保荐经术之士，辇至都下，课其学之醇疵。特拜顾栋高为祭酒，陈祖范、吴鼎等皆授司业，又特刊《十三经注疏》颁布学宫，命方侍郎苞、任宗丞启运等裒集《三礼》。故一时耆儒夙学，布列朝班，而汉学始大著，龌龊之儒，自蹙足而退矣。"④ 记载了这种政策给当时学风转变带来的影响。"朴学"时代就这样拉开了序幕，学风的变化也对诗风产生了影响。

重视学问在诗歌中的地位是乾嘉诗学家的主流看法。很多学者型诗人

① （清）厉鹗：《绿杉野屋集序》，《樊榭山房集》文集卷三，上海：上海古籍出版社，1992，第 742 页。
② （清）翁方纲：《粤东三子诗序》，《复初斋外集》文卷第一，《清代诗文集汇编》第 382 册，第 638 页。
③ （清）王昶：《与顾震沧司业书》，《春融堂集》卷三十，第 330 页。
④ （清）昭梿：《啸亭杂录》，何英芳点校，北京：中华书局，1980，第 15~16 页。

诸如浙派、秀水派、肌理派、桐城诗派等都对诗歌应重视学问表示认同。例如，浙派诗人杭世骏在《沈沃田诗序》中提出"有诗人之诗，有学人之诗"①，并认为学人之诗要高于诗人之诗，强调学问对于诗歌的重要性。著名的学者型诗人沈大成也注重学问与诗歌的关系，认为诗歌"其始发之于人而牖之于天，其继致之以学问而相之以鬼神"②，也注重学问的作用。钱大昕《春星草堂诗集序》云："诗亦有四长，曰才，曰学，曰识，曰情。"③虽然首列才情，但也将"学"列为诗学的四要素之一，可见对"学"的重视。惠栋在为吴泰来诗集撰序时指出："昔人言：诗之道，有根柢焉，有兴会焉。镜中之象，水中之月，相中之色，羚羊挂角，无迹可寻，此兴会焉；本之《风》《雅》，以道其源，溯之《楚骚》、汉、魏，以达其流，博之《九经》、《三史》、诸子，以穷其变，此根柢也。根柢原于学问，兴会发于性情。"④谈到学问与性情的关系，实际上本于王士祯之论（《突星阁诗序》）。所谓"根柢"，就是指诗歌的学问；"兴会"，大概指灵感（妙悟）。二者对于诗学而言孰先孰后是自严羽以降的评论家所探讨的重要话题。惠栋论诗首列根柢，以见学问对于诗歌的重要性。他认为根柢与兴会兼备，方能成为诗坛大家。

王昶论诗还注重才，即诗人的才情。在他为人所作的诗文集序及《蒲褐山房诗话》中可以看到大量推重诗人才情的评语。比如，《湖海诗传》中，评价商盘"才情横厉，出入于元、白、苏、陆诸家"（卷四）；评价纪昀"阅览博闻，才情华赡"（卷十六）；评价张埙"才情横厉，硬语独盘"（卷二十九）；评价毛上炱"出入唐宋，才情横厉"（卷三十三）；评价马纬云"绰有才情，工于绮丽"（卷三十三）；评价苏加玉"才情雄杰，骨力开张"（卷三十四）；评价姚椿"无所师承，而才情宏放，正如天马凌空，不宜羁勒"（卷四十四）；等等。从中可以看出王昶重视才情对诗歌创作的作

---

① （清）杭世骏：《道古堂文集》卷十，《清代诗文集汇编》第282册，第104页。
② （清）沈大成：《程舍人截园集序》，《学福斋集》文集卷四，《清代诗文集汇编》第292册，第55页。
③ 陈文和主编《嘉定钱大昕全集》第9册，第421页。
④ （清）惠栋：《古香堂集序》，载（清）惠周惕、惠士奇、惠栋《东吴三惠诗文集》，漆永祥点校，台北："中研院"中国文哲研究所，2006，第326页。

用。《春融堂集》中，评价蒋士铨"苕生才思涌如云，落笔能空万马群"①，肯定了蒋士铨的才情。

"气"也是王昶较为重视的，他在论七言古诗时提及："少陵云'顾视清高气深稳'，不深稳不可以为清高；昌黎云'妥帖力排奡'，不妥帖不可以言排奡，否则才豪气猛。"②引杜甫、韩愈之诗句为证：只有气深稳，才可以谈诗歌的清高；只有气妥帖稳当，才可以谈排奡，强调"气"对于诗歌创作的重要性。又如，论七律强调"八句中浅深次第，一气旋转；每句七字中，又须一气贯注"，注意到创作七律时"气"的连贯性。不仅八句之中需要连绵不断，不至气竭，每句七字中也需要一气贯注。"声调"是格调派最基本的要求，王昶承沈德潜的"格调说"，也重视声调、平仄等。总之，王昶论诗强调学、才、气、声四者结合，即诗歌要"傅以学问，辅以才气，壮以声调"，③方能成大家。

当然，提到才与学，或者说性情与学问，便不能不正视乾嘉时期甚至整个清代诗人面对的一个困境，即学问与性情在诗歌中到底哪一个应该优先，这是一个根本性的问题，清代诗学中很多争论的根源即学问与性情之争。④袁枚对沈德潜的不满涉及格调与性灵的分歧，王昶对"性灵说"的批判涉及传统与新变等，均围绕这个话题散发开来。前述惠栋序吴泰来《古香堂集》提及"根柢"与"兴会"的关系，在惠栋看来，学问与性情非常重要，只有处理好两者的关系，才有可能成为大诗人。钱大昕也重视"才"，他认为无论是严羽的"诗有别材非关乎学"，还是朱彝尊的诗篇原本经史都显得偏执，一则易流于空疏，一则易流于獭祭，"唯有绝人之才，有过人之趣，有兼人之学，乃能奄有古人之长，而不袭古人之貌，然后可以卓然自成一大家"，⑤只有具备绝人之才、过人之趣、兼人之学的人才能成为卓然大家。钱大昕这种不偏废的态度表明乾嘉时期诗论家对此问题

---

① （清）王昶：《舟中无事偶作论诗绝句四十六首》，《春融堂集》卷二十二，第251页。
② （清）王昶：《示朱生林一》，《春融堂集》卷六十八，第660页。
③ （清）王昶：《示长沙弟子唐业敬》，《春融堂集》卷六十八，第659页。
④ 关于这一问题，笔者在《论王昶对袁枚诗学的批评——兼及乾嘉之际诗坛传统与新变的矛盾》［《贵州师范大学学报》（社会科学版）2015年第3期］中曾略做揭示；蒋寅《清代诗学史》第二卷第四章"性灵诗学思潮的回响"做了更深入详细的论述，可参看。
⑤ 陈文和主编《嘉定钱大昕全集》第9册，第419页。

的认识不断深化。

三 以唐为宗：取法广泛的诗学路径

唐诗与宋诗是中国古代诗歌史上的两种范式，唐诗重神韵蕴藉，宋诗重理趣发露。两者风格差异明显，其中的重要原因在于宋人主动求新求变。美国著名文艺理论家哈罗德·布鲁姆（Harold Bloom）提出过一个重要的理论——"影响的焦虑"，即"诗的影响已经成了一种忧郁症或焦虑原则"，①大意是说前代优秀的诗人取得巨大的艺术成就，往往会给后来的诗人带来压力。这用来形容唐诗与宋诗的关系是比较贴切的。宋代诗人感叹在唐人巨大的诗学成就下写诗之难，因而有意识地开创了一种新的写诗范式，形成了与唐诗审美风格有别的诗风。明代诗坛宗唐，宋诗不显。直到明末清初，钱谦益等意识到以前后七子为代表的格调派模拟剽窃的弊病，开始有意提倡宋诗，使康熙初年的诗坛形成了一个学习宋诗的高潮。清初一些重要的诗人如王士禛、汪琬、吕留良、黄宗羲、吴之振等都提倡过宋诗，使宋诗开始受到重视。②但这种学宋的风气并没有持续盛行，从诗学发展的现实看，统治清初诗坛近五十年的"神韵说"、稍后沈德潜的"格调说"均是宗唐的理论。换言之，清中前期的诗学主流仍然是宗唐。经过乾嘉年间的过渡，道咸宋诗派及近代的"同光体"诗人大力提倡学习宋诗，以至"诗分唐宋"成为清代诗学史上的一段公案。

王昶早年受诗学于沈德潜，继承了其"格调说"，从他编选《唐诗录》等诗歌选本可知其论诗以唐诗为宗。但是，乾隆中后期的诗坛已经有一种明显的融合趋势，虽然各类诗人对唐宋诗的偏好有所不同，但大体上出现了不再公然划分唐宋诗町畦的现象，即使有，也基本不被赞同。与顺康间宗唐占据主流及道咸以后宗宋占据主流的情况相比，乾嘉时期的诗学取向

---

① 〔美〕哈罗德·布鲁姆：《影响的焦虑》，徐文博译，北京：生活·读书·新知三联书店，1989，第6页。

② 张健《清代诗学研究》第八章"主真重变与清初宋诗热"（北京大学出版社，1999，第362~403页）、蒋寅《再论王渔洋与清初宋诗风之消长》（卢盛江等编《罗宗强先生八十寿辰纪念文集》，北京：中华书局，2009，第545~563页）等曾对康熙朝的唐宋诗之争与诗坛风气的变化有深入研究，可参看。

总体上是以唐为宗，唐宋并取，甚至下及元、明及清初的诗学大家。例如，以厉鹗、程梦星为代表的浙派诗人在诗学上偏向取法宋诗，注重学问对诗歌创作的重要性。另有以钱载、王又曾、金德瑛、汪孟铜等为代表的秀水派诗人多取法黄庭坚，以瘦硬奇崛取胜。以翁方纲为代表的肌理派诗人主张效仿朱彝尊的诗学路径，由元代的虞集入手，进而学习金代的元好问，宋代的苏、黄，再取法杜、韩等，已体现出宗唐取宋的倾向。例如，在七律的取法上，翁方纲云："至唐人七律，若刘文房以下，即大历十子之伦，七律亦有佳篇，是宜随其质地所近，皆资取益。而学杜七律之正轨，则香山、义山、樊川以及东坡、山谷、放翁、遗山、道园，皆适道之圭臬耳。"① 主张学杜诗七律可以从唐宋诸大家入手，甚至下及元好问、虞集等人的七律，取法路径已经很广泛，是典型的唐、宋、金、元兼取。有的诗人如性灵派袁枚更是主张破除以时代论诗的做法，认为诗歌只写性情，不应区分唐宋。甚至沈德潜的弟子王鸣盛也一度主张不学唐宋，而应学自我。② 钱载、蒋士铨、赵翼等在诗歌取法上也相对广泛，下及宋、金、元。这些均表明诗坛的风气正在发生变化，宋诗的价值已被诗坛接受。浙派诗人群体将学宋诗的倾向推广开，对诗坛产生了较大影响。王昶与学宋的浙派、秀水派、肌理派诗人交游颇密，他对宋诗的认识逐步深化，对不偏离唐诗传统的宋诗有所接纳。

王昶在指导后学创作时主张："诗学如《古诗纪》、《乐府解题》、《全唐诗》、《宋诗钞》、《宋诗存》、《元诗选》三集、《明诗综》诸书，亦宜浏览其取法也。"③ 取法对象下及元、明，颇为广泛。他在与弟子谈及诗学取法时云："少陵诗殊不易学，至如昌黎、东坡、剑南、石湖、遗山、青邱及渔洋、竹垞皆可问途。"④ 主张可由唐、宋、金大家，及明代的高启，清代的王士禛、朱彝尊入手学习，取法对象已下及清初大家。王昶主张分体论诗，注意让弟子取法历代大家的各体裁优秀作品，即关注其是否"雅正"

---

① （清）翁方纲：《石洲诗话》卷十，上海图书馆藏手稿。
② 龙野：《王鸣盛"学宋"与乾嘉诗坛趋势关系考论》，《天津大学学报》（社会科学版）2021 年第 6 期。
③ （清）王昶：《示戴生敦元》，《春融堂集》卷六十八，第 658 页。
④ （清）王昶：《履二斋尺牍》卷七，南开大学图书馆藏清抄本。

可法，并不在意诗人所处的时代。在他看来，只要明清大家取法"正"，即可效法。他在评价诗人诗作时也兼及宋、元、明。例如，王昶为王元勋诗集作序时指其诗："大率引经据史，旁推交通，无不贯也。杜、韩以下，宋之苏、陆，元之虞、杨，明之高、李，无不效也，非好慕正而蓄积富者欤？"① 肯定了王元勋诗学取法广博。序吴嵩梁诗集云："子山为诗，上下唐宋，凡所谓名家、大家无不效焉，而于李、杜、韩、苏诸公，尤能登其堂而跻其址。"② 赞赏其取法广泛，兼学唐宋的诗学路径。又如，对于七言古诗，王昶主张"断以杜、韩、苏、陆为宗"③，"七言古诗变化多端……此必将杜、韩、苏、陆、元遗山、高青邱、李空同、陈卧子及本朝王贻上、朱竹垞诸家择而熟读，当自得之"④。主张七言古诗取法宜广，转益多师。由此可见，王昶主张诗歌的取法对象不仅下及宋诗，对明清大家的优秀诗作亦多有采纳。正是因为具备宽广的诗学视野，王昶在编选《湖海诗传》时能采入部分近宋调的诗作。

总之，王昶的诗学路径是以唐为宗，在注重雅正的基础上取法广泛。需要注意的是，以王昶为代表的"吴中七子"均曾在不同程度上取法宋诗，成为当时诗坛令人瞩目的现象，这与乾嘉时期诗坛的状况有密切关系。

第二节 王昶的诗学变化与乾嘉诗学趋势

在论述王昶的诗学思想时，不能不考虑一个问题，即从沈德潜到王昶，他们的诗学发生过哪些变化。沈德潜的"格调说"相对于明代前后七子的格调论，已经较为完善，更具包容性。他在平常论诗中虽然不排斥宋诗，但从诗歌雅正典范的角度出发，几乎不在选本中采选宋调诗，而处于乾嘉诗坛的王昶在选本中接纳宋诗，我们应该怎样看待这个问题？王昶是依靠沈德潜的提携成名后就背弃了其"格调说"，还是有其他原因？

王昶是沈德潜晚年诗学弟子及"格调说"的传人。他论诗以唐诗为典

---

① （清）王昶：《族子叔华诗序》，《春融堂集》卷三十九，第 404 页。
② （清）王昶：《吴子山香苏山馆诗序》，《春融堂集》卷四十，第 406~407 页。
③ （清）王昶：《示长沙弟子唐业敬》，《春融堂集》卷六十八，第 659 页。
④ （清）王昶：《示朱生林一》，《春融堂集》卷六十八，第 660 页。

范，注重雅正，提倡温柔敦厚，与沈德潜诗学大体相同，但若从细微处考察，两人又略有差异。王昶中年濡染过宋调，取法广泛，比沈德潜更为宏通。王昶的这种诗学变化同乾嘉时期唐宋诗学门户意识逐渐消弭相关，是他面对诗坛风气变化时的主动选择，有着很强的现实关切，体现出格调派诗学在清代中后期的演进轨迹。这与乾嘉诗坛融合唐宋，取法下及元、明、清的主流诗学相合。在考察王昶诗学与乾嘉诗坛关系时，有必要关注王昶诗学的变化。

一　王昶诗学取向的变化

在王昶走上诗坛的乾隆年间，清代诗学正发生变化。此前的清代诗坛在宗宋与宗唐的选择上有过激烈的争论，互有升降，最终宗唐成为主流。沈德潜的"格调说"一度成为乾隆朝的主流诗学，浙江地区的学宋潮流也颇为兴盛，经历争论后，乾嘉诗坛的唐宋诗取向呈现出不断融合的趋势。[①]王昶早期受沈德潜"格调说"的影响，论诗以唐为宗；同时面临诗坛对宋、元、明诗逐步接受与认同的现状，对符合唐诗雅正传统的宋调诗以及元、明、清的大家诗歌也有所接受，其诗学取向的变化受到唐宋并取风气的影响，打上了时代的印记。

王昶的诗学大体上经历了三个阶段：早年诗学受梦麟、沈德潜等影响，服膺王士禛的诗学，以汉魏三唐为法；中年后接触宗宋派诗人，渐染宋调，学习杜、韩、苏、陆，颇重视取法沉雄豪壮一类风格；晚年学李商隐等人，注重绵密精工，以纠正诗坛粗豪的弊病。总体而言，王昶论诗以唐为宗，兼取宋、元、明七子及清初大家。鲁嗣光论王昶诗："自魏、晋、六朝以迄元、明无不遍览，要必以杜、韩、苏、陆为宗。"[②]指出其诗以唐、宋大家为宗，兼取唐宋而下及元明，颇为广泛。谭献评价云："兰泉宦成，诗学日退，皮傅韩、苏，已非复吴下七子面目。"[③]注意到王昶晚年登上高位后，

---

① 傅璇琮、蒋寅主编《中国文学通论·清代卷》（辽宁人民出版社，2005）中编第一节"复古与集成"，王英志主编《清代唐宋诗之争流变史》（人民文学出版社，2012）中编"乾嘉时期唐宋诗之争流变史"等对此有较详细论述，可参看。
② 钱仲联主编《清诗纪事（乾隆朝卷）》，南京：江苏古籍出版社，1989，第5603页。
③ 钱仲联主编《清诗纪事（乾隆朝卷）》，第5605页。

诗学的取径与早年追随沈德潜时已有差别，诗风更多地偏向于韩、苏雄豪的一面，即接近宋调，与早年《七子诗选》中以汉魏盛唐为宗的面目不同。对王昶诗学持此类看法的人还有不少，他们都注意到王昶诗学对宋调的接纳。

需要说明的是，王昶早年是坚持宗唐的。他早年在吴地学诗时，受到张梁等人的赞许，诗歌以汉魏盛唐为宗；后来与王鸣盛、赵文哲、钱大昕等人在紫阳书院追随沈德潜学诗，也坚持汉魏盛唐的取向。这种取向与明代格调派接近，但范围更为宽广。沈德潜编纂《国朝诗别裁集》期间，王昶曾协助采诗，深受沈德潜雅正源流之说的影响，奠定了其以汉魏盛唐为宗的诗学取向，也为他后来编纂《唐诗录》等选本打下了基础。乾隆十九年（1754）前后，王昶入京参加会试，频繁接触在京师颇为活跃的金德瑛、蒋士铨、钱载、王又曾等宗宋派诗人。此时的京师，不再有沈德潜主持风会，活跃在诗坛的是秀水派诗人群体。在日常的诗酒交流中，王昶目睹了秀水派诗人在京师诗坛提倡宋诗尤其是宗法黄庭坚诗风的现象，并表现出不以为然的态度。他在《与彭芝庭少司马》中提出"诗道沦胥，往往以枯硬为能，以险涩为巧，心知其误而不敢为之附和"①，就是针对当时京师诗坛学黄庭坚瘦硬险涩一类诗风的现象而发。王昶虽未明确指出这是批评秀水派诗人群体，但他对京师诗坛刻意的学宋尤其是学黄庭坚瘦硬险涩诗风的倾向持否定态度。

当然，乾嘉时期诗坛风气也在发生变化。因受乾隆帝提携，沈德潜的"格调说"被奉为诗学正宗，成为具有官方意识形态的诗学，影响很大。但浙江一带有厉鹗等提倡宋诗，沈德潜的"格调说"并不能掩盖浙派诗学的声音。乾隆十五年（1750），《唐宋诗醇》刊刻问世后，诗坛风气的变化更为明显，苏轼、陆游的诗歌开始受到官方的肯定。特别是到了乾隆中后期，诗坛已经有一种融合趋势，宋诗越来越受到关注。性灵派、秀水派、肌理派诗人或主张诗歌不分唐、宋，或主张以唐为宗，唐、宋兼取，或主张学宋诗。诗坛出现了不按时代而是按诗歌体裁来选择优秀诗人诗歌的现象，对苏轼、黄庭坚七言古诗成就的认同，对何景明、王士祯、朱彝尊诗歌的

---

① （清）王昶：《履二斋尺牍》卷一，南开大学图书馆藏清抄本。

认可均反映出这一趋势。宋诗及宋以后优秀诗人的佳作日益被接受，人们在诗歌取法对象上不再简单以时代来划分优劣，甚至以出入唐宋为诗歌成就较高的评价标准。在这种背景下，王昶意识到诗坛的诗学取向逐渐走向融合，其诗学选择也与时俱进，浸染宋调，成为潮流中的一部分。王昶在创作中对宋代大家如苏轼、黄庭坚的七言古诗也有所学习，对宋诗的偏见逐渐有了改观。

更为重要的是，王昶认识到王士禛"神韵说"的不足与格调派面临的挑战，也意识到学陶、韦一派与学杜、韩一派在康熙以降诗坛上的竞争带来的弊病，于是效法沈德潜《唐诗别裁集》的做法，试图将两种风格融合起来，不予偏废。这实际上是试图将学问与性情、神韵与格调融合起来。而学杜、韩一派风格的诗，客观上开启了嘉道之后宋诗运动的序幕，提倡这一派风格的诗在一定程度上也体现出王昶对宋调的接纳。

二　王昶对宋调的选择与乾嘉诗坛的关系

王昶的创作及诗学编选中有取法宋诗的情况，应该如何理解王昶取法宋调的行为？他对宋调诗的取法并非背弃了沈德潜的格调诗学而改弦易辙，而是与乾嘉诗坛的主流走向存在紧密联系。梳理王昶接纳宋调诗与乾嘉诗坛的关系，对于了解王昶的诗学变化以及沈德潜之后格调派诗学的演进均有重要意义。

王昶中年的诗学不再拘泥于宗唐的藩篱，对宋、元、明及清初大家的诗歌多有接受。王昶取法宋诗的原因主要来自两方面。一是王昶认识到诗坛对格调诗学流于模拟、缺乏真实性情的批评。这实际上是格调派的一大弊病，过于强调形式上的"格调"，缺乏诗人真实情感的流露。宋诗的特点是善于拓展才情，尤其是长篇的歌行体与七古，诗人更能自由地抒发情感、表达个性。因此，在坚持唐诗雅正传统的基础上，适度取法宋诗可以避免格调派形式诗学的不足。从格调派内部而言，这种选择也符合其发展路径。二是清初以后的唐宋诗之争绵延颇久，无论是宗唐派还是宗宋派，都只重视各自推崇的诗风，排斥对方的审美风格。譬如，学习王、孟、韦、柳一派者多注重提倡清微淡远的风格，而排斥杜、韩雄豪的风格，反之亦然。这就导致诗坛两种风格无法整合。王昶认为将两种诗风并取融合，不偏废其一，才是学诗的正道，方能成为大家。这既是对诗坛发展的现实体悟，也受到宋荦（1634—1713）、沈德潜等人的影响。

王士禛的"神韵说"曾笼罩清初诗坛五十年，其选唐诗风格以清淡闲雅为主，多五言而少长篇古诗、排律，杜、韩笔下那种鲸鱼碧海、巨刃摩天的作品很少。对此，宋荦、沈德潜等均有微词。王昶作为沈德潜的诗学弟子，当然熟知诗学史上两派的优势与弊端，他有意识地让两种风格并存。王昶强调："若诗派，古今不一，大约南人明秀，其失也轻；北人雄厚，其失也粗。宜先取谢宣城、王摩诘两家之作以为准则，然后徐及于李、杜、韩、苏，始为无弊。"① 这比较接近王士禛、沈德潜的主张。谢朓以"文章清丽"② 著称，其诗精警工丽中不乏骨力；王维则清淡闲远，各体皆备。王昶主张由谢朓、王维入手，大概有由源及流、由正及变（杜、韩、苏等雄奇诗风属于诗之变体）的考虑，即强调先打好清雅闲淡的根柢，再学杜、韩、苏等雄豪的一面，这样才不至流于粗豪。王昶既重视五言诗轻微澹远接近唐诗的风格，也重视七言古诗的雄浑壮阔接近宋诗的风格。他在坚持唐诗雅正传统的基础上，取法杜、韩、苏、陆等偏于宋调雄豪壮阔的诗风，实际上是试图将唐宋两种诗风完美地融合起来，以解决乾嘉诗坛唐诗传统与宋诗传统的继承和接受问题。

需要说明的是，王昶后期取法宋调诗，对沈德潜独宗唐音的诗学取向有一定的调整，但他所取法的仍是接近唐诗雅正传统的宋调，而不是真正能代表宋调审美特征的一类诗。他是站在以唐诗为正、以宋诗为变的角度来接纳宋诗及元、明、清初大家的。对背离雅正的宋调，他明确予以反对。譬如，对于以厉鹗为代表的浙派，王昶肯定其学宋诗细密的长处，但对其刻意用典、追求枯涩的倾向并不赞许。他对秀水派刻意学黄庭坚及江西诗派瘦硬险涩的诗风明确提出反对，对取法元稹、白居易及杨万里浅俗诗风的倾向也表现出不满。他在乾嘉之际"性灵说"凌腾之际，与袁枚抗衡，以维护当时诗坛的雅正传统。在袁枚逝世后，他对性灵派后学的弊病进行了批评，意在匡正诗坛的错误倾向。此外，乾嘉诗坛还存在一种学习韩愈、

① （清）王昶：《履二斋尺牍》卷一，南开大学图书馆藏清抄本。
② 《南齐书》卷四十七，北京：中华书局，2011，第825页。

苏轼等豪放诗风以骋才的弊病，但往往因才情不够，流于叫嚣，与沈德潜的主张明显背离，王昶对此也明确反对。在他看来，以上几类学宋诗的倾向均背离了唐诗的雅正传统，与"温柔敦厚"的诗教不符，不值得肯定。他与王鸣盛、钱大昕等都对此现象提出过批评，主张重回唐诗雅正传统以纠正诗坛的弊病。换言之，王昶所取法的宋调，仍是符合唐诗雅正传统的宋调，这是在梳理王昶的诗学取向变化时需要明确的概念。

综上，王昶对宋调诗及元、明、清初大家的取法，是在诗坛唐宋并取局面形成，诗风逐渐向宏通发展演进的过程中做出的选择，是针对诗坛现状做出的一种调整。一方面，王昶试图调和唐宋、融通唐宋，拓展格调派诗人的取法途径；另一方面，他试图对格调派面临的挑战进行调整。针对当时诗坛各流派对格调派弊端的批评，王昶认为有必要在坚持唐诗雅正的基础上适度取法宋诗，乃至元、明、清诗中接近宋诗才情的部分。这是王昶为格调派探索新的诗学路径的尝试，意在弥补沈德潜诗学理论的不足。只有从这个角度去理解王昶的诗学选择与乾嘉诗坛的关系，才能真正把握乾嘉之际格调派诗学的演进轨迹。

第三节　王昶批评"性灵说"及其匡扶诗学的尝试

考察王昶的诗学，除了要梳理其中年的诗学变化，以及与浙派、秀水派、肌理派等诗人群体的关系外，还得关注他与袁枚诗学的差异及内在矛盾，这与乾嘉之际江南诗坛的面貌关涉颇深，涉及学问与性灵、传统与新变、雅正与低俗等关键的诗学话题，这也是影响乾嘉诗坛演进的重要因素。

王昶是沈德潜之后格调派的领袖，也是乾嘉之际格调派在诗坛上与性灵派领袖袁枚抗衡的重要代表。王昶致仕后，主讲江南一带书院，以格调诗学倡导后进，与袁枚领导的性灵派并立，使当时东南诗坛出现了"或宗袁，或宗王"[①] 的局面。袁枚、王昶分别是乾嘉之际性灵派与格调派的"旗手"，他们在江南一带各树坛坫，培养诗学后进，隐然存在一种竞争性。尽管王昶在袁枚生前与其交游颇密，两人未有过直接的论战，但二人在论

---

① （清）孙原湘：《天真阁集》，《清代诗文集汇编》第 464 册，第 446 页。

诗上存在明显的不同。

袁枚论诗主张性灵，首重才情；王昶论诗讲格调，首重学问。两人对学问与才情在诗学上排序的看法存在明显差异。袁枚"性灵说"过分强调才情，独抒性灵，不遵守先辈作诗轨范，创作上求新求变，相对忽视学问的作用，导致乾嘉之际诗坛形成了一股过分推崇自我性灵的风气，① 为诗坛带来思想解放的同时，也带来了流弊。王昶强调诗歌的雅正传统，面对袁枚过世后"性灵说"仍凌腾于诗坛的现状，出于匡扶诗教与维护吴派正统诗学的意图，对"性灵说"及其后学的创作流弊进行了批评，在编选《湖海诗传》时有意不选性灵派诗人的代表性诗作。关于王、袁的诗学矛盾，已有研究者做了初步探究②，但将其定义为"争论"，似与事实有出入。实际上，袁枚、王昶二人生前并无直接争论，王昶批评袁枚诗学是在袁枚过世后，对乾嘉之际吴地诗学产生了重大影响，关乎吴地诗学的走向，以下尝试进行梳理。

一　重学问与重性灵：王昶与袁枚论诗宗旨的差别

沈德潜过世后，王昶成为格调派的实际领袖与总结者。他在诗坛由宗唐向宗宋转变的总体趋势下，对格调派做了调整，即在坚持唐诗正宗的基础上，也适度接受宋诗、元诗、明诗的优秀遗产，取法范围比沈德潜更为广泛。他对学问诗的认可客观上也推动了此类诗歌在后来诗坛的涌现。乾嘉时期汉学兴盛，学人之诗与诗人之诗逐渐融合。乾嘉汉学注重学问，对诗歌创作与批评的影响比以往时代更为突出，因而学问与性灵（才情）的关系尤其受诗论家重视。一般而言，学者型诗论家多注重学问，而袁枚等人则更重视性灵。王昶与袁枚论诗的首要区别在于对学问与性灵、传统与新变的认识。

首先，二人对学问与性灵的认识存在差异。袁枚论诗首重性灵。他说："诗文之道，全关天分。聪颖之人，一指便悟。"③ 又云："自《三百篇》至

---

① 蒋寅：《乾嘉之际诗歌自我表现观念的极端化倾向——以张问陶的诗论为中心》，《复旦学报》（社会科学版）2014 年第 1 期。
② 武云清：《论王昶与袁枚之争》，《文艺评论》2014 年第 4 期。
③ （清）袁枚：《随园诗话》，顾学颉校点，北京：人民文学出版社，1982，第 488 页。

今日，凡诗之传者，都是性灵，不关堆垛。"① 强调天分、性灵对于诗歌创作的重要性，不那么重视学问对于诗歌创作的作用。应该说袁枚提倡性灵具有针对性，且前后针对的对象不同。在袁枚之前，浙派的厉鹗等人强调典故与学问，创作上流于艰涩；沈德潜重格调，难免有模仿之病。袁枚提倡性灵，反对过度推崇学问与格调，在一定程度上对浙派与格调派的弊病有所纠正。而乾嘉考据学兴起后，翁方纲提出"肌理说"，提倡以考据入诗，类似于博士解经与抄书，使诗歌的真性情被淹没，"都是性灵，不关堆垛"更多的是针对考据诗而发。其实，袁枚也曾认同诗歌必以学问为根柢，《续诗品》第三首《博习》便是强调注重学问。但袁枚为纠正浙派、格调派、考据派（主要指肌理派）诗歌之失，过度推崇个人的性灵，认为只要具备性灵，就可以写好诗歌，这样的诗歌也容易流于轻佻低俗。而性灵派后学多片面地效法与继承其重性灵才情的一面。

王昶论诗则首重学问，前文在论及王昶诗学理论时已有揭示。王昶论诗首先强调学问对于诗歌创作的重要性，将才情排在第二位，与袁枚将才情排在首位的主张明显不同。② 在王昶看来，只有以学问为根柢，诗歌才不至于轻飘。重学问当先博览经史，然后以才情驱使之，这种主张也与其汉学家身份有关。当然，王昶重学问，并非不重视才情，他强调学、才、气、声兼备，以才运学。比如，商盘、杨芳灿、吴嵩梁等人学问、才情兼备，他是较为欣赏的。只不过王昶论诗时将学问排在才情之前。

其次，二人对传统与新变的态度不同。袁枚论诗重"新变"。他在与沈德潜论及唐宋诗时指出："唐人学汉、魏，变汉、魏，宋学唐变唐。其变也，非有心于变也，乃不得不变也。使不变，则不足以为唐，不足以为宋也。……先生许唐人之变汉、魏，而独不许宋人之变唐，惑也。"③ 认为唐人变汉魏诗而成唐诗，宋人变唐诗而成宋诗，只有"变"才能形成独特风格，取得无法替代的成就。尽管袁枚说这是"非有心"，但实际上他有意识

---

① （清）袁枚：《随园诗话》，第 146 页。

② 值得说明的是，王昶《答袁简斋先生书》写道"弟常谓才、学、气、格，不可缺一"（《续同人集》文类卷三），将"才"放在首位，与其平时持论不同。大概有两种可能：一是因言说对象是性灵派领袖袁枚，袁枚论诗重才情，故王昶将"才"放在首位；二是有可能四者顺序经过袁枚改动。

③ （清）袁枚：《小仓山房诗文集》，周本淳校，上海：上海古籍出版社，1988，第 1502 页。

地强调了这种"变",即破陈出新,明确表示出对"变"的追求。"变"是性灵派论诗的重要观点,赵翼(1727—1814)也有相似的论述。《论诗》其二:"李杜诗篇万口传,至今已觉不新鲜。江山代有才人出,各领风骚数百年。"① 也强调破陈出新。

性灵派诗人袁枚、赵翼等重视"变",强调抒发自我,破除传统诗学轨范的束缚。在他们看来,过于遵守前人的轨范,容易导致模拟剽窃的弊病。袁枚信服萧子显"若无新变,不能代雄"之语,认为后人学杜甫、学韩愈,即之过近,最终大多流于模拟。《与稺存论诗书》云:"鄙意以洪子之心思学力,何不为洪子之诗,而必为韩子、杜子之诗哉?"② 注重要与杜、韩不同,要"变"杜、韩,写自己的诗。以此指导后学,就其终极的诗学追求而言是正确的,因为只有写出自己真实性情的诗才是真诗。但忽略对前人的模仿与学习,也是行不通的,创新需要建立在对传统深入了解的基础上。袁枚诗论过于强调自我,不遵循前人诗学轨范,王昶评其诗"矜新斗捷,不必尽遵轨范"即由此而发。③ 黄培芳云:"论诗主一'新'字,未尝不是,亦当有辨。……一味以轻脆佻滑为新,子才倡之于前,雨村扬之于后,几何不率风气日流于卑薄,是可叹也。"④ 指出袁枚、李调元等人刻意追求"新",在打破窠臼,给人一种"陌生化"审美感受方面,未尝不是一件好事,但一味以轻脆佻滑为新,也容易导致诗风日流于卑薄。这是对性灵派论诗过度求"新"的批评。诗歌过度求"新",缺乏学问根柢,难免存在纤佻谐俗的毛病,这在性灵派后学身上体现得颇为明显,他们在诗歌中过分推崇自我的流弊也更甚。

此外,袁枚论诗不遵前人轨范,认为诗无定格。在性情与格律上,他重性情而反格律。南宋诗人杨万里认为天分低拙的人,往往喜好谈格调而不解风趣,因为格调是空架子,容易模仿而得,但风趣专写性灵,非天才不能达到。袁枚赞同杨万里的看法,他在此基础上进一步提出:"有性情,

---

① 《赵翼全集》第 6 册,曹光甫校点,南京:凤凰出版社,2009,第 510 页。
② (清)袁枚:《小仓山房诗文集》,第 1848 页。
③ 钱仲联主编《清诗纪事(乾隆朝卷)》,第 5085 页。
④ 钱仲联主编《清诗纪事(乾隆朝卷)》,第 5092 页。

便有格律；格律不在性情外。"① 认为性情是本，有性情才有格律，格律是性情的外在显现。格律容易做到，而性情则必自天生。需要注意的是，袁枚此处的"性情"与儒家诗教的性情不同，实际指他所提倡的"性灵"。正因为每个人的性灵不同，故他论诗不遵前人轨范，而强调"变"。

王昶学诗于沈德潜，早年论诗以唐诗为宗，注重雅正传统。他在给梦麟的书信《与梦谢山座主》中说："自入都来，见当代工词翰者皆袭取范、陆、萧、杨之余唾，以矜独得，又有杂出于打油、《击壤》，心窃鄙之。"② 这是对乾隆十九年（1754）他首次入都时所见京师诗坛片面学南宋诗风气的批评。当时京师诗坛浙派诗人颇多，学南宋者、理趣诗者颇不乏人，王昶对此种不以汉魏盛唐为正宗的诗学取径颇不以为然。尽管他后来对宋诗的接纳比早期有所放宽，晚年甄选《湖海诗传》时选入一些近宋诗风貌的诗，但这是在辨明诗学正变源流的基础上，兼取接近唐诗风貌的宋诗。虽然王昶在取法上比沈德潜有所拓宽，但其宗唐的诗学基调并未被放弃。嘉庆四年（1799），王昶在为邹炳泰（1741—1820）诗集撰序时说："往者沈文悫公以风雅之传，教于吴下者七十余年，是时海内诗人或尚流易，以白乐天、杨诚斋为宗；或尚苦涩，以黄山谷、陈无己为法，于文悫之教互有出入。……自文悫殁后，迄今又几三十年，聪明秀杰之士，各以所好为诗，不复求宗于正轨，是以诗道日卑。"③ 在序中指出了与沈德潜同时代的诗论家有两种明显的取向："或尚流易，以白乐天、杨诚斋为宗"大概是指学宋诗中浅俗流易的一派，这一派后来又继之以袁枚的"性灵派"；"或尚苦涩，以黄山谷、陈无己为法"就是学黄庭坚、陈师道瘦硬苦涩一类的诗风，这大概是指康熙间学黄庭坚、陈师道等江西诗派的诗人，后来又变而为以钱载等人为代表的秀水派。这两类风格其实皆与清代的宋诗走向相关，接近于蒋寅指出的学"软宋诗"与"硬宋诗"的两种倾向。④ 在王昶看来，两种取法皆非诗学正路。

① （清）袁枚：《随园诗话》卷一，第 2 页。
② （清）王昶：《履二斋尺牍》卷一，南开大学图书馆藏清抄本。
③ （清）王昶：《邹晓坪午风堂诗序》，《春融堂集》卷三十九，第 403 页。
④ 蒋寅：《再论王渔洋与清初宋诗风之消长》，载卢盛江等编《罗宗强先生八十寿辰纪念文集》，北京：中华书局，2009，第 550 页。另可参阅蒋寅《清代诗学史》第一卷，北京：中国社会科学出版社，2012，第 634 页。

王昶强调诗学取法正宗的观念在其编选的《唐诗录》中呈现出来。他认为唐诗众多，雅、郑糅杂，需有所抉择："爰思就唐三百年间之诗，鳞次选录，厘定去取……庶使学诗者于升降之故、正变之声，知有区别而得其指归焉。"① 明确指出要指导学诗者辨明诗学升降、正变，以便以正驭变，得其指归。这反映出王昶论诗特别强调雅正传统。他在前揭《邹晓坪午风堂诗序》中指出"自文悫殁后，迄今又几三十年，聪明秀杰之士，各以所好为诗，不复求宗于正轨，是以诗道日卑"的现象，实际是针对嘉庆初年诗坛学宋诗浅俗、艰涩，以及性灵派后学创作过度求新求变，不遵守雅正传统做法的批评，尤其是针对袁枚过世后"性灵说"仍然凌腾的状况而发，表现出王昶对诗歌雅正传统的守护与重视。

此外，王昶承沈德潜的诗学，以儒家"温柔敦厚"的诗教为本，注重风雅。他论文学尤重人品，诗论中带有教化意识，这与其身居高位的身份意识有关。袁枚则对儒家温柔敦厚的诗教颇不以为然，对"艳诗"也持支持态度。他还公然宣称"好色"，以诗歌写男女之情。这些都是二人论诗的明显差异，多不可调和。因此，面对袁枚卒后"性灵说"仍凌腾的现实，王昶为维护吴派诗学的雅正传统，对其展开了批评。

二　门户意识与匡扶诗教：王昶对"性灵说"流弊的批评

在袁枚生前，王昶并未与他产生过直接的诗学论争。从现存材料看，二人晚年仍有交往，至迟在乾隆六十年（1795）时尚有往来。此年三月初九，袁枚至青浦朱家角王昶家，相聚颇惬。② 嘉庆七年（1802）夏，王昶《长夏怀人绝句》中仍怀及已过世五年的袁枚。尽管诗中对其古文不擅长写大手笔文章且常失实的缺点进行了委婉的批评，但仍将其当作友人怀念，可见二人交谊尚可。人们认为二人生前有争论，大概是因为江藩说王昶"因袁大令枚以诗鸣江浙间，从游者若鹜若蚁，乃痛诋简斋，隐然树敌，比之轻清魔"③。值得指出的是，江藩说王昶以五七言诗争门户是在嘉庆四年

---

① （清）王昶编《唐诗录》卷首，北京大学图书馆藏稿本。
② （清）袁枚撰，王英志整理：《手抄本袁枚日记》（七），《古典文学知识》2010 年第 1 期，第 159 页。
③ （清）江藩：《国朝汉学师承记》，北京：中华书局，1983，第 60 页。

（1799），此时袁枚已过世两年。关于王昶对袁枚的批评，王昶另一位弟子盛大士（1771—1838）的记载较为客观："某少时不及通谒随园，独于先生之诗，不敢妄有议苟。盖读破万卷书，不肯离烜其典博，自居于名家，而后人当奉之为大家者也。（随园诗，攻排者不少，述庵先生选旧雨诗传，若有甚不满于随园者，殆未免有门户之见耶？）"① 他指出王昶对袁枚的诗歌不满是在编订《湖海诗传》时，当时袁枚已过世。王昶在袁枚生前对其诗学不认同，但隐而未发，直到袁枚过世后才予以批评。因此，江藩指出王昶批评袁枚是事实，但这是在袁枚卒后，二人在袁枚生前并无直接论争。舒位说的"盛名之下，一战而霸"也应如此理解——王昶在袁枚生前对其诗学不认同，只是"隐然树敌"，直至袁枚过世后才予以批评，从而奠定自己的诗坛领袖地位。实际上这也是大多数批评袁枚诗论者的做法。

对于王昶在袁枚卒后批评其诗歌、诗论，有人颇不以为然。方濬师（1830—1889）《蕉轩随录》甚至直接指责王昶：

> 王述庵侍郎昶致袁简斋先生书，一则曰："执事以科第者英，文章老宿，作鲁灵光，岿然为东南士人所仰止。此固圣朝人瑞，微独坛坫增辉而已。"再则曰："弟选《湖海诗存》已断手，亦作诗话以发明之，中论大作，谓'如香象渡河，金翅擘海，足以推倒一世豪杰'。明岁勒成，当以呈教。"云云。今阅《湖海诗传》中《蒲褐山房诗话》，称其："太丘道广，无论贵郎、蠢夫，互相酬答。又取英俊少年，著录为弟子，挟之游东诸侯。更招士女之能诗画者共十三人，绘为《授诗图》，燕钗蝉鬓，傍花随柳，问业于前。而子才白须红氅，流盼旁观，悠然自得。"又云："谢世未久，颇有违言。吴君嵩梁谓其诗人多指摘，今予汰其淫哇，删芜杂，去纤佻，清新隽逸，自无惭于大雅。"云云。及观所选随园诗，仅二十首，随意编录，似未尝经心者。不特"香象渡河"数语，全行删去，且借存其诗而大肆讥讪。以为随园可议也，生前不应作诐词。即曰诐之于前，而后有悔心，何不并其诗删除之，

---

① （清）盛大士：《竹间诗话》卷三，天津图书馆藏初稿本。按，上引括号内部分盛大士以笔勾去，盖言语中对自己的老师王昶隐有批评，故而在斟酌后删去。

置之不论不议之列。乃既佩其才华，复妒其声望，而又不敢涂抹其盛名，遂故作抑扬语，欲掩前此贡谀之丑。①

在方濬师看来，《湖海诗传》选袁枚的诗多不经意，且改换评语（王昶评袁枚诗"如香象渡河，金翅擘海，足以推倒一世豪杰"之语见于袁枚编《同人集》文类卷三《答简斋先生书》），认为王昶对袁枚是生谀死讪，刻意抹其盛名，前后不一致，人品低下。陈康祺（1840—1890）也记载了王昶批评袁枚之事，认为王昶此举毫无必要。② 关于此问题，钱锺书也有论及，大体也同意王昶是身前借以扬名，身后攻讦。③《蒲褐山房诗话》所引吴嵩梁之语，出自《石溪舫诗话》："（袁枚）身后攻之者太甚，大半即其门生。故讣至扬州，予与山尊独为位哭之。先生尝以其诗见质，予谓'一代作家，而非正宗'。欲择其精华，厘为四卷，刊以行世，庶令后贤无可指摘。"④ 王昶将"欲择其精华，厘为四卷，刊以行世，庶令后贤无可指摘"表述为"汰其淫哇，删芜杂，去纤佻，清新隽逸，自无惭于大雅"，评论语气确实明显不同。

实际上，王昶在袁枚死后批评其诗论是有特定背景的。在袁枚去世后，诗坛很快就出现了批评"性灵说"的声势，其中不乏袁枚的弟子。⑤ 与章学诚（1738—1801）⑥、潘德舆（1785—1839）、朱庭珍（1841—1903）等痛斥袁枚的行为相比，王昶的批评相对平和一些。他主要是在编选《湖海诗传》时以对袁枚诗歌进行特殊处理方式来批评袁枚的。《湖海诗传》选袁枚诗23首，所选多是其少作，如《水西亭夜坐》《雨后步水西亭》《玉泉观鱼》《夜过借园见主人坐月下吹笛》《春柳》（末首属集外佚诗）等，

---

① （清）方濬师：《蕉轩随录·续录》卷五，盛冬铃点校，北京：中华书局，1995，第192~193页。

② （清）陈康祺：《郎潜纪闻三笔》卷十二，晋石点校，北京：中华书局，1984，第855~856页。

③ 钱锺书：《谈艺录》（补订本），北京：中华书局，1993，第530页。

④ （清）吴嵩梁：《石溪舫诗话》卷一，杜松柏编《清诗话访佚初编》第1册，台北：新文丰出版公司，1987，第11页。

⑤ 参阅简有仪《袁枚研究》，台北：文史哲出版社，1988，第313~329页。

⑥ 章学诚《文史通义》专门撰有《妇学篇》《妇学篇书后》《题随园诗话》等驳袁枚的放荡行为，又有《丁巳札记》等从人品上攻击袁枚。

都是近唐诗风格的写景之作。尚镕说，"王兰泉《湖海诗传》，专录子才少年未定之作而故没真面"①，认为王昶选诗不公允。实际上，王昶之所以选袁枚这些诗，而不选其有代表性的"性灵"之作，深层原因在于"袁诗早岁风姿骀宕，有晚唐人风格，及召试鸿博以后，猖狂恣肆，诗格日卑"②。袁枚早年诗作近晚唐，才情俊发，诗境芳菲，格调尚符合王昶宗唐的审美标准，而其后期最具个性的"性灵"之作过分强调诗人的主体精神与自我真实性灵，多轻浮率意之作，应世谐俗，多有男女之情，逸出儒家诗教风旨，且格调卑下，是王昶所反对的。因此，王昶有意在诗选中压低了袁枚在诗坛的地位，不将其放在卷首，刻意不选袁枚最具代表性的性灵诗以降低其影响，目的是纠正其"性灵说"流弊。

上文提及性灵派论诗重视对诗学传统的"变"。尤其在袁枚的推阐下，此派诗人重视独创，给当时的诗坛带来过积极的元素。有才情的诗人大多强调并注意在诗中抒写自我，以体现出内在真情与独特个性，对避免模拟蹈袭确实有好处。但这种强调独创的思潮到了性灵派后学之时出现了过度强调自我的趋势。例如，张问陶（1764—1814）主张："诗成何必问渊源，放笔刚如所欲言。汉魏晋唐犹不学，谁能有意学随园。""诸君刻意祖三唐，谱系分明墨数行。愧我性灵终是我，不成李杜不张王。"③ 表明了自己不学古人（也不学袁枚），放笔自言的追求；连三唐李、杜、张、王都不学，明显表现出作诗并不刻意以唐为法、重视自我性灵的倾向。又《论诗十二绝句》之十曰："文章体制本天生，只让通才有性情。模宋规唐徒自苦，古人已死不须争。"④ 又《冬夜饮酒偶然作》云："我将用我法，独立绝推戴。"⑤ 均反映出破除模拟唐宋诗人的既定诗法与格套（如何处写景、何处写情等）、自我抒写的主张。尽管张问陶否认在诗歌形式上学袁枚，但其论诗主张无疑受到了袁枚的影响。

袁枚过分推重天分，容易使无识少年入其环中，导致诗歌创作的空虚。

---

① 钱仲联主编《清诗纪事（乾隆朝卷）》，第 5097 页。
② （清）林昌彝：《射鹰楼诗话》，上海：上海古籍出版社，1988，第 150 页。
③ （清）张问陶：《船山诗草》，北京：中华书局，1986，第 278 页。
④ （清）张问陶：《船山诗草》，第 262 页。
⑤ （清）张问陶：《船山诗草》，第 296 页。

因袁枚、张问陶等人才大，这种弊端在他们的诗作中表现得尚不明显，甚至他们在这种追求下写出来的诗歌在乾嘉间取得了较大的成就，超过了许多诗人。但是其弟子后学过分推崇才情，否认学问，甚至拒绝学习古人写诗的规矩法度，否定格律声调，全以己意从事诗歌创作。凡天分稍优者，皆可作诗，频用俚俗之语，必然导致各种险怪俗调的出现，甚至芜秽轻薄，流弊不浅。谢堃（1784—1844）云："《随园诗话》专主性灵，言无所谓格律，一时风气遂为之颓靡。"① 指出"性灵说"给诗坛风气带来的不良影响。朱庭珍也对袁枚取法白居易、杨万里浅俗一派的做法提出批评，认为其"以鄙俚浅滑为自然，尖酸佻巧为聪明，谐谑游戏为风趣，粗恶颓放为雄豪，轻薄卑靡为天真，淫秽浪荡为艳情"；袁枚的"性灵说"不讲格律，不重学问，容易模仿，是学诗的快捷途径，因而受到无识青年的追捧，导致"谬种蔓延不已，流毒天下，至今为梗"。② 朱庭珍对袁枚诗学刻意求新，不重格律、学问所带来的流弊的批评可谓深刻严厉。

袁枚"性灵说"的这种流弊甚至对王昶的一些弟子产生过影响。比如，彭兆荪（1769—1821）《近日刊诗集者纷纷……漫题四诗于后》其二云："厌谈风格分唐宋，亦薄空疏语性灵。我似流莺随意啭，花前不管有人听。"③ 表示不喜欢格调派区分唐宋诗的做法，也厌恶空疏的性灵派作风，而自己作诗追求冲口而出，有感而发，自由抒写。这种做法已经初现不注重前贤轨范的端倪，本质上与性灵派追求自我的主张有相似性。彭兆荪是王昶故人之子，曾帮助校勘《湖海诗传》《陈忠裕公全集》等，两人交往颇密，但《湖海诗传》未选其诗。李赓芸（1754—1817）《西斋杂诗》其三有句云："年来颇耽吟，未暇讲格调。聊取适性情，唐宋知焉肖。"④ 李赓芸是钱大昕、王昶的弟子，作诗居然也无暇讲格调，率性而作诗。又如前揭王昶诗学弟子盛大士，虽少时未见袁枚，但对袁枚的诗歌实际也颇赞赏。这表明沈德潜格调派的再传弟子受诗坛风气的影响，诗学取向出现了新的变化。尽管王昶晚年对格调也不是非常强调，他以"学、才、气、声"

---

① （清）谢堃：《春草堂诗话》卷一，清道光十年（1830）扬州书局刻本。
② （清）朱庭珍：《筱园诗话》卷二，《续修四库全书》第 1708 册，第 31 页。
③ （清）彭兆荪：《小谟觞馆诗文集》诗集卷七，《清代诗文集汇编》第 492 册，第 85 页。
④ （清）李赓芸：《稻香吟馆诗文集》诗稿卷四，《清代诗文集汇编》第 435 册，第 745 页。

论诗，就有修正"格调说"的主观意图。与沈德潜诗学相比，格调在王昶诗学中的位置有下降的趋势，但他并非不讲格调。他十分注重诗学的雅正传统，而雅正在形式上往往又通过格调高雅来体现。自己的诗学弟子中有人写诗不讲格调，不守先辈轨范，率意吟咏，这是以诗坛大雅扶轮手自期的王昶所不能接受的。

　　王昶晚年主讲书院，有感于诗道榛莽，曾经作诗教导书院学子。《秋暮偶作并示书院诸生》其四云："诗道久榛莽，百鸟争啁啾。生平五十载，颇能辨源流。先贵学问博，次尚才气优。终焉协音律，谐畅和琳璆。所得敢自秘，劳子频咨诹。识途须老马，世幸毋訾尤。"[1] 其中"诗道久榛莽，百鸟争啁啾"实际上指出了当时诗坛上以性灵派诗人为主（当然不仅仅限于性灵派诗人）的诗歌创作中，不再遵守诗学正轨与先辈轨范，而是随意抒写，百家争鸣。王昶对此种现象表示忧虑，曾经编选《碧海集》与《履二斋诗约》以指导弟子，辨正源流，匡扶诗教。他主张学习前代诗人的优秀传统，《示朱生林一》云："仆近来不喜言诗，以作诗者多，学诗者少也。学诗先博学，博而约取，举古人诗反复循玩，融洽于心胸间，下笔自然吻合。"[2] 前半句实际上是针对当时诗人多放笔自言，不学习古人优秀传统、正宗诗法的做法而发。王昶批评"作诗者多""学诗者少"，表明他比较看重学习古人如何作诗，颇看重古人诗法。他主张博观约取，强调熟练学习古人诗。可见在传统与新变上，他更注重对传统的学习与继承。

　　鉴于不遵守雅正诗学传统的袁枚"性灵说"流播颇为广泛，王昶出于维护正宗诗学传统的考量对其进行批评。王豫《群雅集》云："（枚）晚年论诗专以性灵为主，谓规尚古始为摹拟剽窃。意欲抹倒王文简、沈文悫两家，单出独树，自竖眉目，以游戏为神通。此《蒲褐山房诗话》所以毛举其失也。"[3] 注意到袁枚"性灵说"的不守雅正诗学传统的弊病及王昶批评袁枚的意图。袁枚的诗学重新变，推崇性灵，对复古模拟诗学产生了较大的冲击。但过分推崇诗人的自我才情，忽视学问，其流弊也颇为巨大。尤其他推重性灵，与儒家诗教注重群体性与道德感的追求存在矛盾。法式善

---

① （清）王昶：《秋暮偶作并示书院诸生》，《春融堂集》卷二十二，第259页。
② （清）王昶：《示朱生林一》，《春融堂集》卷六十八，第660页。
③ 钱仲联主编《清诗纪事（乾隆朝卷）》，第5091页。

的弟子鲍文逵（1765—1828）评论道："随园论诗，专主性灵。余谓性灵与性情相似，而不同远甚。……若易情为灵，凡天事稍优者，类皆枵腹可办，由是谈街俚语，无所不可。芜秽轻薄，流弊将不可胜言矣。"① 指出性灵与性情的区别，并指出性灵派诗学过分推崇天资而不重视学问导致的低俗流易之病。朱克敬云："随园诗学香山而加以新巧，兼有公安、竟陵之长，亦兼有两家之弊。"② "性灵说"出现于乾隆年间，尽管在诗学主张上与公安派、竟陵派有差异，但它们本质上有相似的一面——在解放诗人主体的真性情的同时也带来了流弊。王昶批评袁枚的"性灵说"，除了争夺诗学话语权的门户意识外，也是为了纠正乾嘉之际诗坛"性灵说"的流弊，有着维护诗教雅正传统的考虑。值得强调的是，袁枚、张问陶等人的创作取得了较大的成就，其诗学中也有合理的成分，不应全盘否定。王昶批评"性灵说"流弊，有其特定的背景，对此我们应客观看待。

综上，对学问与才情、传统与新变的认识不同，是王昶与袁枚论诗的根本区别。袁枚卒后，"性灵说"仍呈凌腾之势，其流弊在嘉庆初的诗坛不断显现，王昶出于维护诗学雅正传统的考量，对袁枚的诗学展开了批评。这可视为格调派对性灵派、正统诗学对于新变诗学的一种纠驳。这种批评虽存门户之见，但也体现出王昶试图匡扶诗教的用心。

第四节　王昶的诗歌创作

王昶一生诗歌创作较多，在经过删汰的嘉庆刻本《春融堂集》中，存诗 24 卷，凡 2698 首，这还不包括十二卷本《述庵诗钞》、沈德潜选《七子诗选》、江昱选《三家绝句》及郑廷旸选《岱屿诗选》等别集、总集中的部分诗歌③。若算上此类诗歌，则王昶现存诗歌数量接近 3000 首。总体上看，王昶的诗歌取法广泛，题材较多，兼综博采，不名一家。乐府、五七

---

① （清）法式善撰，张寅彭、强迪艺编校《梧门诗话合校》卷七，南京：凤凰出版社，2005，第 209~210 页。

② 钱仲联主编《清诗纪事（乾隆朝卷）》，第 5104 页。

③ 仅以沈德潜选《七子诗选》为例，其中《怀曹来殷》《送吴頵云归杭州》《秋夕》《溧阳道中怀吴泽均》《秋怀寄吴泽均》《怀吴泽均》等诗就未收入《春融堂集》。

言古近体、杂言体等体裁均有。从题材上看，有山水诗、赠别诗、悼亡诗、军旅诗、应制诗、咏怀诗、题画诗、金石诗、园居诗等。王昶的诗歌创作与其诗歌主张一致，即坚持雅正传统，兼综博采，对历代优秀的大家诗人均有取法。鲁嗣光《春融堂集序》云："至于作诗，自魏、晋、六朝以迄元、明，无不遍览，要必以杜、韩、苏、陆为宗。"① 指出了王昶诗学取法广博，出入唐宋，以杜、韩、苏、陆为宗的特点。王昶诗歌创作中即体现出这种广博的取法路径。以下从王昶诗歌创作风格的三个阶段、七律和七绝艺术成就来探讨王昶诗歌的内容与艺术特点。

一　诗歌创作风格的三个阶段

清代学者李慈铭（1830—1894）对王昶诗歌的总体面貌有过评价："自《兰泉书屋集》至《述庵集》，虽气稍弱，而醇雅清切，律绝尤有风致。盖皆其未仕以前所作，得于山水之趣者为多。《蒲褐山房集》至《闻思精舍集》，则召试官中书直军机房后所作，已不免尘滞沓冗。《劳歌集》三卷，乃罢官后从征缅甸、金川时所作，戎马阅历，滇、蜀烟云，多入歌咏，诗又校［较］前为胜。《杏花春雨集》以后，则凯旋晋秩，自此扬历中外，致位九卿，老手颓唐，可取者鲜矣。"② 大致将王昶诗歌创作分为四个阶段，即未仕以前、召试军机至从军前、从军西南、自西南凯旋后。实际上，结合王昶的生平经历，将其诗歌创作大致分为三个阶段更符合其诗风的演变。第一阶段即早年诗歌创作注重清雅才情，近王、孟、韦、柳诗风的阶段；第二阶段即从军时期学杜、韩豪放一派诗风的阶段；第三阶段即晚年悠游林泉，学白、苏、陆闲适诗歌的阶段。王昶晚年仍在对诗歌进行删改，将《春融堂集》中的诗作与《述庵诗钞》及早年诗歌进行对比即可知。但这种调整主要涉及诗律更细、用字词更贴切方面，诗歌风格上的改变不大。因此，这并不妨碍我们讨论其诗风的三个阶段。

（一）早年的清雅诗风

王昶早年诗歌创作有一些不脱模拟痕迹。例如，《练时日》《帝临》《齐

---

① （清）王昶：《春融堂集》卷首，第 1 页。
② 钱仲联主编《清诗纪事（乾隆朝卷）》，第 5605 页。

房》《景星》等就是效仿《汉书·礼乐志》及《乐府诗集》"郊祀歌"中的相关"乐歌"而成，艺术价值不高。一些作品如《采莲曲》等与张若虚《春江花月夜》相近，学南朝乐府，风格清丽；《杨柳篇》是仿初唐四杰及何景明《明月篇》体式的七言歌行，借咏杨柳写宫女、思妇之思，格调高雅，辞藻清丽，其中涉及换韵，婉转可歌，颇有梁陈诗歌风貌。《杨柳篇》由咏杨柳而写宫女的塞北之思，由闺思而见风人之致。诗歌写战争导致青年男女南北相隔，由闺阁见杨柳而感伤"眉黛无人见"，实为伤春，是比兴，是对女子孤独寂寞的感叹。叶燮《原诗》卷四论及七古转韵与不转韵："七古终篇一韵，唐初绝少，盛唐间有之，杜则十有二三，韩则十居八九。逮于宋，七古不转韵者益多。初唐四句一转韵，转必蝉联双承而下，此犹是古乐府体。……此七古之难，难尤在转韵也。"[1] 叶燮指出了初唐七言歌行换韵的特点。这是源于汉乐府《饮马长城窟行》及南朝乐府《西洲曲》等乐府歌行。王昶的《杨柳篇》就继承了"转必蝉联双承而下"的结构，如《杨柳篇》中"乍见垂杨临玉甽，渐看细柳拂银塘。银塘玉甽春方早，妆成碧玉多缭绕"。下句句首包含上句中的词，以下"文禽幽鸟""挟瑟当垆""曲尘香絮""江南塞北""腰肢眉黛""青梅红杏""画桥云树"等均承上句之词而起，属于"蝉联双承而下"，注重对仗工整，化用历史典故或前人诗句意境，风格总体上颇为清丽，反映出王昶诗歌注重格调高雅、言辞华美、清秀温丽的特点。

王昶早年的诗歌创作以效法汉魏三唐为主，不免存在模拟的痕迹，但此阶段的诗歌中也有较为出色者，以山水诗歌最优。王昶的山水游览之作以汉魏三唐为宗。其弟子施朝干评价云："（王昶）早岁吟咏，一以三唐为法。"[2] 王昶早年与前辈诗人张梁等人唱和，张梁为人闲远高逸，专修净土宗，其诗"上拟柴桑而出入于王、孟四家，不规规字句之间，而一以闲远自得为宗"[3]，实际是取法王士禛"神韵说"的诗学路径。王昶有不少与其唱和的诗作，如《赠张行人大木先生梁》《奉酬张大木先生》《酬大木先生》等。王昶的诗学最早受张梁等人影响，接近于"神韵"诗风。

---

① （清）叶燮：《原诗》，霍松林校注，北京：人民文学出版社，1979，第71~72页。

② （清）王昶：《述庵诗钞》卷首，乾隆五十五年（1790）经训堂刻本。

③ （清）沈大成：《学福斋集》文集卷五，《清代诗文集汇编》第292册，第58页。

　　王昶的山水游览诗以陶渊明及王、孟、韦、柳为主要取法对象。关于这点，陆元铉在《青芙蓉阁诗话》中已经有所揭示："余观先生之诗，早岁吟咏，一以三唐为法，然尚不出渔洋流派。"① 指出王昶早年诗学审美风格接近王士祯的"神韵说"。王昶诗学确实受王士祯的影响较大，如《春融堂集》中大量收存山水游览诗的做法就比较接近《带经堂集》。王昶的七绝创作颇重视神韵，就有王士祯七绝的影子。稍后，王昶随沈德潜学诗，得其诗法，以汉魏盛唐为法。沈德潜提倡"格调说"，对王、孟、韦、柳诗风也颇为赞许，力图将"格调说"与"神韵说"合一。王昶继承了这种诗学取向。王昶认为人品清雅高致、宁静淡远，诗品与诗风才能高雅。因此他在创作时多注意以此类诗歌来表达冲淡高雅的情志。

　　王昶早年往来于苏州、扬州、南京一带，诗歌以江浙地区的山水名胜、诗酒雅集、离别赠友等为主要题材。这一时期王昶的诗歌多学六朝谢朓与唐代王、孟一派，其山水之作表现得最为明显，追求淡远清雅的风格。王昶年轻时就与僧人往来，对禅理颇为留意，其诗歌中有大量作品是写登临佛寺或与僧人交往的。此类山水游览诗歌往往带有禅意，整体上追求静谧、淡远与闲雅。例如，《东庵夜宿》："空山兰若静，况复近深秋。清露滴苔径，夜寒生竹楼。月高香梵寂，风急磵泉流。此夕东林社，翻经对惠休。"② 这是一首五律，写作者深秋之夜在山中佛寺投宿之事。首联写山中寺庙本就是极其安静的处所，更何况是接近深秋时节，显得更为宁谧，点出了时间、地点。颔联写景，与前面的"静"字相合。清露滴在长满青苔的小径上，这是一种听觉上的感受，连清露滴落在小径上的细微声响，诗人都能以耳朵辨明，正反映出山寺的宁静。深山中的秋夜本较山外显得寒冷，诗人借宿于僧寺的竹楼中，更是寒意渐生，这是触觉。通过听觉与触觉的描写来表现山中寺庙的寂静。颈联通过视觉、听觉来写山中之寂静。诗人眼中所见明月已升高，敬佛的檀香烟雾正在寂静中袅袅升腾，深夜急风起，磵泉缓缓流动，均衬托出山中寺庙的寂静。尾联跳出写景，点明自己在寺庙中翻看经书，与某位诗僧谈佛理。整首诗多用实词，每句之中，

①　钱仲联主编《清诗纪事（乾隆朝卷）》，第 5602 页。
②　（清）王昶：《东庵夜宿》，《春融堂集》卷一，第 20 页。

字与字之间连接较为紧密，体现出格调派诗人创作的特点，即注意诗歌字词之间衔接的严密。诗风总体上闲淡清远，是盛唐王、孟山水诗一派的风格。

又如五律《雨后同斗初、企晋、来殷过支硎山寺》："杳杳白云合，空山欲暮天。青松滴疏雨，碧涧响寒泉。风度竹房磬，灯明茆舍烟。爱看林际月，流影照溪田。"① 写诗人雨后同友人过访支硎山寺所见之景。首联写在山寺中眺望，傍晚的空山远处白云合拢，汇成茫茫云海的远景，注重突出视觉上的感受，交代了时间、地点。颔联写近景，青松上残留的雨水缓慢地滴落，雨后水涨，流向深涧，汇为寒泉，可以清晰地听到声音，注重写听觉上的感受。颈联听觉、视觉相结合，雨后风生，吹过寺庙中的竹房，敲响佛磬，灯火在茅舍中点明，照亮山中的烟雾。尾联写诗人傍晚看林际的寒月，流光照亮山中的溪水与稻田。整首诗的意境清远闲淡，宛如一幅展开的南宗山水画卷，也是典型的王、孟山水田园诗风格。《破山寺夜宿止公山房》二首："人语落花径，鸟啼修竹林。斜阳生暝色，寒涧泻清音"（其一），"清磬疏林外，禅灯暮霭中。夜寒凉露滴，解带听松风"（其二）。② 写的也是闲远清淡的意境，诗句均较为精练。这样的诗歌还有《玉屏僧居秋夜》《再过神清之室》《江上》《蓉溪晓泊》《枫隐寺宿》等，大多是清雅疏淡的风格。此类诗歌的缺点在于基本不用虚词，缺少灵动。在第几联写景、第几联抒情，都有规律可循，容易给人机械之感，呈现出格调派诗人作品之不足。

王昶的一些日常写景之作也呈现出清雅疏淡的风格。如五律《坐小吴轩》："绿阴语幽鸟，山馆晚初晴。苔径少人迹，云堂递梵声。篆香风外度，塔影水中横。何处吹长笛，微茫月已生。"③ 写诗人夜坐小吴轩所见的幽静景色，也是视觉、听觉等交替运用以摹写幽静的意境。首联"绿阴语幽鸟"是写听觉感受，"山馆晚初晴"则写视觉感受；颔联"苔径少人迹"属于视觉感触，"云堂递梵声"则属于听觉感受；颈联"篆香风外度"是味觉层面的感受，"塔影水中横"则是视觉感受；尾联"何处吹长笛"属于听

---

① （清）王昶：《雨后同斗初、企晋、来殷过支硎山寺》，《春融堂集》卷四，第48页。
② （清）王昶：《破山寺夜宿止公山房》，《春融堂集》卷二，第33页。
③ （清）王昶：《坐小吴轩》，《春融堂集》卷一，第25页。

觉感受，"微茫月已生"则是视觉感受。可见王昶的写景诗多注意运用视觉、听觉等相结合的方式来摹写，以达到从多方面呈现淡远清幽诗境的效果。诗中很少用虚词，意象紧密，大多通过实际意象片段的排列来呈现景物，如"幽鸟""少人迹""梵声""长笛"等意象均呈现出淡远疏静。颔联、颈联对仗精工，"篆香风外度，塔影水中横"等可称警句。尾联类似绝句，言近意远，颇具风致神韵，意境颇佳。

又如《晓坐泖上水亭》："遥夜清溪口，林端碧汉斜。凉波渺风露，开遍白莲花。山月堕深树，湖云生晓霞。沧浪传逸响，烟际有渔槎。"① 写清晨坐在泖湖水亭所见之景色。前两句写漫漫长夜的清溪口，树林耸立，碧天银河就像斜挂在树林上一样。三四句写水面凉波上的风与露渺然难见，吹开了湖面上的白莲花。五六为佳句，写夜色将残，晓光初现，山顶上的月亮慢慢落入树林深处，破晓的霞光从倒映在湖面的云层中生出。"堕""生"均展现了动态的过程，极其生动，用词恰切。"开遍白莲花"与"山月堕深树"句，可能化用了王士禛《再过露筋祠》"行人系缆月初堕，门外野风开白莲"②。末二句写从湖上传来声响，属于听觉层面，而诗人此时放眼所及，见到烟波浩渺之际，已隐约出现了打鱼的渔筏。整首诗风格清远闲淡，接近盛唐山水田园诗歌。此类风格的诗歌还有五古《支硎寺示静苏上人》《莲湖夜泊》《西林禅寺》《寒山寺》《天平山》《楞伽寺晚坐》《企晋招集遂初园》等，均清远闲淡，疏散啴缓。

王昶的一些诗歌也有"清"的风格，但与前述的闲淡稍显不同。如七律《落花》："断粉零香满绿墀，一番花信欲残时。何人解读伤心赋，有客重吟长恨词。紫陌春深风袅袅，红楼夜静雨丝丝。江南无限韶华景，禅榻茶烟入梦思。"③ 写暮春时节花朵凋残之际，粉色的落花铺满绿色的台阶，在此情境下是谁在解读《伤心赋》，谁在不断地吟诵《长恨歌》？暮春时节的落花会让人寄寓伤春之感。尽管这首咏落花的七律前半段有些许伤感，但诗的后半段基调较为平淡。在诗人看来，"紫陌春深"时节的"无限韶华景"均是在"禅榻茶烟"的幽闲意境中，寄寓着一种禅味，整体上并不

① （清）王昶：《晓坐泖上水亭》，《春融堂集》卷一，第26页。
② 袁世硕主编《王士禛全集》第1册，济南：齐鲁书社，2007，第251页。
③ （清）王昶：《落花》，《春融堂集》卷二，第35页。

让人感到低沉。整首诗色彩丰富，对仗精工，辞藻清丽，颇具清才。但因追求清雅平淡，在这部分诗歌中难免有"诗中无人"的弊病。

王昶有一些诗歌颇有真情实感。比如《吴门寒夜》其二："客路栖迟久，高堂问讯疏。谁人供负米，有梦忆牵裾。岁晚犹催织，天寒尚倚闾。回看慈母线，涕泪滴方诸。"① 描写年关将近，诗人从苏州返家时的情景。王昶未通籍时，家境贫寒，只能在苏州等地坐馆养家。在其早年书信中，经常可见其感谢友人赠米度岁之语，文集中有《固穷赋》写其早年贫困生活。此诗写王昶早年游食他乡，在外栖迟颇久，至年关尚在返家路上，不能在母亲身边尽孝的情感。"谁人供负米，有梦忆牵裾"写诗人不在老母身边，不知道谁帮着背米养亲。"负米"，用《孔子家语》中子路典故。诗人梦中时时挂念慈母，常回忆牵着母亲裙裾的情景。"岁晚犹催织，天寒尚倚闾"写母亲在年关时节仍在为儿子织衣裳，在寒冬中倚门望子归来，写得颇为真实。这些诗歌与山水登临诗不同，注重写内心真实的情感，因而颇为动人。

（二）中年的雄奇诗风

环境对诗歌的创作有重要影响，杜甫、陆游等入蜀前后作品风格差异明显。清初神韵派领袖王士禛奉使入蜀，其《蜀道集》也风格一变，颇多雄奇豪放的诗作。王昶从军西南，诗风发生了明显的变化。他本人也意识到这一点，《答袁简斋先生》云："第少时生长吴淞，家家烟月。若复急装短后，作金戈铁马之音，众必斥以为怪。至于负羽从军，历经滇、蜀，烽烟交警，山水崛奇。危苦之余，迫为险绝之作，盖出于不得已，其时其地实为之。"② 指出地域环境变化对诗歌创作的影响。他生长在江南，受自然、人文环境浸染，诗歌风格以平淡清雅为主，从军西南后诗风则变为险绝，尤其是七言长篇纵横变化，富于气势，这是随着环境的改变自然发生的。

王昶早年在吴地的诗歌中，尽管偶有一些七古如《苏文忠公赤壁图》

① （清）王昶：《吴门寒夜》，《春融堂集》卷二，第32页。
② （清）袁枚：《续同人集》文类卷三，《袁枚全集》第6册，第341~342页。

《莲花峰遇雨》《大风自扬州渡江望圌山残雪》等也有求奇、纵横铺展的尝试，但风格总体上仍接近其五言诗，呈现出清雅的一面。从军西南以后，王昶有一些诗歌仍然呈现出清雅风格，如《黄平州道中》其一："隔岭残阳雪已晞，风回石窦约云衣。人家渐有初春意，翠鸟啼烟竹半扉。"① 诗写初春时节途经贵州黄平州时所见景物，诗风清雅闲淡，饶有风致。但总体而言，王昶西南从军诗风格发生了明显变化，最有代表性的是雄奇风格的作品，尤其以古诗最突出。王昶说"今以悟吾诗，劳歌激慨慷"（《雷回滩》），认为从军的"劳歌"激发了自己慷慨的诗风。应该说西南边塞雄奇的山水激发了他的诗兴，成为其诗歌题材，对其诗风的变化起到了重要的作用。

雄奇瑰丽的西南边徼景物与故乡江南水乡旖旎的自然风光不同，在以从军为题材的诗歌中，王昶开始转变为学杜、韩、苏、陆的豪放诗风，以摹写西南边塞的雄奇景物。王培荀云："兰泉从军以后，始变而险峭。"② 注意到王昶从军西南后诗风发生了明显变化，具有险峭的特点。李调元云："王兰泉昶自从军金川而后，诗又一变，余乙巳三月归里，道出西安，兰泉时为臬使，召饮署中，出其《蜀中集》以示，如《大崖〔岩〕》、《楚卡》诸古体，直夺昌黎之席。"③ 也注意到王昶的从军诗尤其是古体诗诗风的变化，有与韩愈古诗相近的特点。吴骞评价兰泉"出塞诸诗，极规模少陵夔州以后之作"④，指出王昶从军诗有追模杜甫夔州以后诗作的特点。王昶的弟子盛大士云："从军诸作，语奇句重，缒幽凿险，洵足横绝一世。"⑤ 大致也是从古体诗出发而论，注意到王昶西南从军诗歌中有刻意学杜、韩诗歌语奇句重、缒幽凿险的特点。以下对王昶此类学杜、韩雄奇诗风的作品摘要进行分析。

王昶在南下途中创作的一些诗歌已有雄奇的特点。如经过楚地沅陵、桃源两县之间所写的《过瓮子洞遂抵倒水岩，皆水石奇绝处》二首：

①　（清）王昶：《黄平州道中》，《春融堂集》卷十，第129页。

②　（清）王培荀：《听雨楼随笔》卷二，魏尧西点校，成都：巴蜀书社，1987，第104页。

③　（清）李调元撰，詹杭伦、沈时蓉校正《雨村诗话校正》，成都：巴蜀书社，2006，第286页。

④　（清）吴骞：《拜经楼诗话续编》卷二，南京图书馆藏清抄本。

⑤　（清）盛大士：《竹间诗话》卷一，天津图书馆藏初稿本。

湍水从南来，锐石忽右拒。水为石所搏，奔流更东注。岂知限坡陀，欲走不得去。回旋蹴浪花，蓄势作驰骛。伟哉瓮子滩，滩势实最巨。何为一叶舟，竟往杀其怒。舟水相撞舂，进退屡淫豫。乘间突而前，能事诧径度。我身本穷薄，履险亦何怖。

大石如覆舟，小石如断臼。其色侔猪肝，其状肖熊首。其积累重巘，其裂豁破缶。谲诡非一形，争出扼溪口。三石更顾然，永结烟霞友。面面匀丹青，疏疏荫篁柳。临空露窍穴，大小靡不有。俾受篙师篙，真宰信非偶。①

第一首写诗人经过瓮子洞时所见的奇丽景色。湍急的流水被巨石所阻挡，奔流而东，又因坡度较陡，不能一泻而去，而在原地回旋作蓄势驰骛状，诗用比拟的方式写流水，摹写细腻。写乘坐一叶小舟渡滩的惊险也颇为入神，令人有身临其境的感觉。第二首诗对滩中随处出没的大小石头的形状、颜色等的描绘细致入微，有四个"其"字，写石头的"色""状""积""裂"，从不同方面写石头的奇特。诗歌还写到石头大大小小的窍穴，篙师划篙时可以用来支撑，因而让人感叹大自然造化的神奇。其他如五古《虎子矶》《自大勇溪至清浪滩长四十里，上有马伏波祠》等写湘、黔交界之地的奇险水路，描绘也逼真。

王昶诗歌中对西南边徼奇景的描写较多，细腻入神。如《日暮过大迟滩》："一石逼一浪，一浪盘一涡。千涡浪所聚，郁屈喷长波。水底更列石，急溜无由过。全江瓮而上，快泻龙腾梭。舟人理竹索，逆挽肩相摩。百丈系百指，彼此通招诃。谁知风霆震，欲语声先讹。溪回水云黑，后艇方蹉跎。中流纤忽碍，挂石如藤萝。"② 描写大迟滩的险峻难渡，石头逼浪回旋成众多旋涡，郁屈而成长波，以至急速下注的水流因为水底的巨石阻挡而无法通过的场景，描写入微。对舟人凭借竹索艰难渡过大迟滩的描写也颇细腻。诗歌所描写的边塞奇丽的山水景物、特殊交通方式均显得新奇。

---

① （清）王昶：《过瓮子洞遂抵倒水岩，皆水石奇绝处》，《春融堂集》卷十，第 123 页。
② （清）王昶：《日暮过大迟滩》，《春融堂集》卷十，第 127 页。

又如《夜闻滩声奇诡可怖诗以状之》："滩声欲抶羁人梦，万窍刁调浩呼汹。石林夜幽神鬼众，土伯山魈率其从。一足灵夔啸且踊，赤豹文狸互斗哄。嘻嘻出出聚蛮峒，偷使阴雷剧簸弄。势挟千岩各飞动，挟之不得折而趋。尻轮一驾风云俱，九地忽裂声呜呜。"① 写滩声的奇特与滩涂的凶险。王昶用神话中的"神鬼"来写滩声，增加奇幻性。在幽静的夜晚，众多神鬼登场，虎头牛身、长着三只眼睛和一对利角的土伯与人面长臂、黑身有毛、反踵独脚的山魈相伴而至；一只脚的灵夔边咆哮边跳跃，浑身带有赤焰般色彩的豹子与长满花纹的狸猫互相争斗哄叫。滩声仿佛这些神鬼嘻嘻出出聚在蛮峒中，偷取阴雷在玩耍一般。急流像要挟持沿岸的众多岩石飞动，未获成功后又弯折而向前奔趋，以尻为轮，风云并俱，三界之地均开裂，声音呜呜作响。在以上诗句中，王昶大量用典，以各种比拟来描绘滩声的奇特，符合其论七古"本领全在书卷，经、史、子、集、说部、释、道两藏，皆填溢胸中，资深逢源，乃如淮阴用兵，多多益善"② 的看法，体现出重学的倾向。如"土伯"之典出《楚辞·招魂》，"山魈"之典出《抱朴子·登涉篇》，"灵夔"之典出《山海经》，"赤豹文狸"之典出《九歌·山鬼》，"嘻嘻出出"拟声词取于《说文解字》，"尻轮"之典出《庄子·大宗师》，"九地"出扬雄《太玄经》。可见诗人驱使典故自如，学问渊深。

又如《军抵山神沟》："岩下哀碅玎琮鸣，溅人飞沫衣生棱。危石戴冰怒狮踞，乔柯冻雪乖龙横。层崖远迈羊肠恶，骏马十步九步却。"③ 诗句从声音、形状等角度对飞溅的涧水、雄奇如怒狮的危石、高大的乔木的描写较为细腻，用形象的比喻描写出春天的山神沟道路的险峻。《舁舆甚险偶为短歌》："下山走阪丸，上山逆水船。下用四夫夹，上用四夫牵。长绳系版当胸穿，舁者四耦相回旋。二十四足争后先，如鱼逐队蚁附膻。如羊倒挂禽齐骞，寻橦之戏将毋然。舆声格磔鸣秋烟，吾身托舆舆托肩。肩上竿木纽以缘，脚底细路歆而偏。俯视何啻千仞万仞悬，中有千石万石森戈铤。"④

---

①　（清）王昶：《夜闻滩声奇诡可怖诗以状之》，《春融堂集》卷十，第 127 页。

②　（清）王昶：《示朱生林一》，《春融堂集》卷六十八，第 660 页。

③　（清）王昶：《军抵山神沟》，《春融堂集》卷十三，第 160 页。

④　（清）王昶：《舁舆甚险偶为短歌》，《春融堂集》卷十，第 129 页。

诗中对山路的陡峭，下山如走阪丸、上山却如逆水行船的艰难状态的描述比较形象。对肩舆行经险峻路段的描写颇为逼真，尤其"如鱼逐队蚁附膻""如羊倒挂禽齐骞"等比喻形象生动。《白水岩瀑布》："舆中作梦骑长鲸，径度香海游层城。忽闻殷雷动万壑，到眼乃是奔泉倾。……怒者盘螭鳞甲横，飞者仙鹭翘修翎。疾者揭天枹鼓震，徐者蜿地游丝轻。杨花万点缀璅闼，珠颗百串垂帘旌。卷空如烟复如雨，水面尽化云英英。"① 起句想象奇特，气势阔大，而摹写白水岩瀑布从百丈高崖上落下的奇特景色颇显铺陈纵横；"怒者"等句分别写出了瀑布怒者、飞者、疾者、徐者等不同形态，比喻也很新奇。又写其像杨花点缀璅闼，如珍珠垂挂帘旌，在空中如烟如雨，落入水面如云英。从各种角度对瀑布进行了描绘，穷形尽状。这类诗歌还有《飞云岩》《游云溪洞》等。与王昶之前的清雅风格诗歌相比，这些长篇古诗在描写上更为细腻，融入古文的笔法，是其诗歌艺术的一种变化。

王昶的滇中诗歌还有不少涉及雄奇景物的描写，如《叠水河瀑布》《经高黎贡山》《再渡南大金江即事》等便是。其中《叠水河瀑布》描写腾冲著名的瀑布："玉龙奋迅空山裂，箭激长洪走凹凸。终古恒疑香海翻，悬空直恐银河竭。不雨频驰晴日雷，未寒先洒炎天雪。建瓴却借坠形高，鼓橐无虞元气泄。龈腭崩崖豁百寻，冲瀜急瀑回三叠。大盈江派此其源，下注槟榔快剑映。"② 诗中用玉龙、香海、银河来比喻叠水河瀑布的形状。以迅速奋激的玉龙来比喻奔涌的河水，仿佛使山都要开裂；河流又宛如飞箭一样在凹凸不平的山谷奔腾，令人怀疑是须弥山周围的海倾覆而成此水流，悬空而下的瀑布又让人担心银河下注，恐会竭尽。以"晴日雷"来写瀑布的声响，以"炎天雪"来写飞溅的水沫等，比喻新奇，想象奇特，纵横铺展，摹写奇丽。《经高黎贡山》③ 中，"举头峦影高巃嵸，如蛇之路山腰敧。旁伏猩狒兼猫狸，夔魍来往行人稀"，写山之高、路之盘旋弯曲、山中动物以及山之寂静；"天梯石栈通陬陕，三尺一级侔累棋。骏马行此旋倭迟，十步五步鸣酸嘶"，写上山之路的艰难；"猿公什伯相邀嬉，啸群连臂声嗄咿。

---

① （清）王昶：《白水岩瀑布》，《春融堂集》卷十，第131页。
② （清）王昶：《叠水河瀑布》，《春融堂集》卷十三，第156页。
③ （清）王昶：《经高黎贡山》，《春融堂集》卷十一，第136页。

呼烟山鹧兼子规，杂以怪鸟噎吁嘻"，写山中动物之声音；"盘旋渐下龙江湄，又见雪浪翻蛟螭"，写山下江水的翻腾之势，这些均是难见的奇特景象。

王昶的入蜀诗也有追求奇雄的特点。《过大岩二十八韵》："兹岩真横绝，如堂复如厂。忽疑地维断，顿使天宇掩。六扇宛负宸，千层肖刻榘。蕴灵高以奇，结体大且俨。句倨或磬折，上合乃唇弇。龟文叠原瓦，卦象凸离坎。突嵌黄琉璃，斜缀青菡萏。斑斑翟抟羽，累累翠晕厴。虎牙卓东峰，蛟尾曳西崦。纵横开九筵，逦迤接一揽。回峦象障袂，悬石骇垂颔。汍泉时滴滴，枯藓偶点点。风露晚不到，云日晓还淨。"① 诗写大岩的奇特景象，运用各种比喻，尽力铺陈摹写。写东面山峰挺立，如同虎牙，有山峰稍显平缓，如蛟龙的尾巴拖曳着西山，"黄琉璃""青菡萏""翟抟羽""翠晕厴"等多种颜色词从不同角度写岩中奇特的景物，颇给人视觉冲击。

《过楚卡戎葵山色绝胜书寄曹来殷吴冲之》写过楚卡时所见的奇特景物。首先写山在蛮荒之地，连《水经》等书都未记载，一直未有人吟赏。接着写其环境："卜居稀獠狑，入夜但夔魖。山灵岂不灵，宁免色怅惘。我行殊戚速，届此一停鞅。岚分天女眉，崖擘巨人掌。碧云兜罗绵，射目晕宝网。樕樗十人围，桧栝千寻上。浓绿染苍崖，新翠变黄壤。鹣鶂集其阴，麛麚得所养。潺潺百道泉，赴壑等修蟒。奔霆轧铿訇，夏雪走晃朗。势急断鲂鲂，地寒绝筱簜。缘溪红蔷薇，颇乘夏气长。枝穿荆榛丛，色与锦绣仿。"② 诗中描写细致入微，峰峦如天女之眉，断崖如同巨人裂开的手掌，碧空中云朵如兜罗绵一般洁白。对樕、樗、桧、栝等大树，绿色染满悬崖绝壁，由新翠到黄色土壤的色彩变化的描写也较为真实。诗人还从不同角度铺陈摹写鹣鶂、麛麚、泉水、雷声、夏雪、红蔷薇等，描绘出山色的奇胜。既有"岚分天女眉，崖擘巨人掌"等雄奇之句，也有"浓绿染苍崖，新翠变黄壤"等清雅之句，交错描写，颇为得力，有学杜、韩古诗的痕迹。

又如写冰雹的诗，也极力摹写情状。《雹》："东皇昨者虽异位，祝融讵敢扬彤斾？阿香殷殷回雷车，玉女一笑急电舒。冰坚泽腹阴所储，山神弗取腾空虚。弹丸脱手万弩俱，宛宛玉粒堆盘盂。飒飒琼佩锵襜褕，海藏

---

① （清）王昶：《过大岩二十八韵》，《春融堂集》卷十三，第162页。

② （清）王昶：《过楚卡戎葵山色绝胜书寄曹来殷吴冲之》，《春融堂集》卷十三，第162页。

忽涌鲛客泪。天宫齐献摩尼珠，夜光非同剜蚌壳。昼响绝类挏羊须，乱飘筚桥互的烁。急洒石屋纷模糊，匀圆万颗不可尽。"① 前数句从天帝"东皇"、火神"祝融"、掌管雷车的女神"阿香"、投壶引发天笑的"玉女"、"山神"等神话人物写起，分别用《九歌》《山海经》《续搜神记》《神异经》等神话人物的典故铺展，想象力丰富。接着用各种比喻来写冰雹的形态，写其如弹丸脱手、万弩齐发，又如玉粒堆在盘盂之中；其声音如琼佩击单衣，又如龙宫的宝藏库中忽然涌出的鲛人眼泪（珍珠）；又恰似天宫中齐献的能够在黑夜发光的摩尼宝珠，非普通珠宝能比拟。又写其乱飘的形态与数量之多，用赋体铺陈方式，尽力摹写冰雹的奇特。

　　王昶一些描写战斗场面的诗歌成就颇高。例如，《攻克罗博瓦四峰作》先写罗博瓦四峰的险奇，接着写海兰察与额森特、达兰泰等攻占两峰，普尔普攻占第一峰的情况，对作战进攻之艰难及士兵勇猛的场景描写逼真。王昶学杜、韩古诗，以散文之法叙述战争经过，如同一篇古文。此外，《克喇穆》也与此诗相似，如同一篇战争小记："其时四更月乃明，乘黑先已穿栟栌。千寻滑壁径本绝，树楂石角纷纵横。以手援手手捧足，鳞集硐下严无声。月高别队前后起，火枪金炮声铿訇。贼人叫呀分拒迎，捣虚谁觉奇兵升。拔刀突上超跃入，鲸鲵尽戮无留形。束苇下投两木栅，赤焰势掩朝霞赪。诸蕃望见心胆裂，欲溃而出围层层。黑云忽起澍雨降，对面不见峰峻嶒。诸军冒雨攻益急，贼乘以窜如鼯鼪。邀而击之血于硼，数获器物难方程。"② 对清军在四更天的月色下偷袭围攻叛军的战争场面描写细致真切，如士兵在陡峭的悬崖小径上攀爬，随时会遇到纵横斜出的石角与树枝，只能以手援手、以手捧足前进。诗歌对战争场面的描写纵横铺展，雄奇有力。

　　以上是对王昶从军诗中学杜、韩风格作品的分析，这些诗歌与其早期清雅风格差异颇大，成就也更高。这是山川游历给王昶诗歌带来的积极因素，使他充沛奔放的才情获得集中舒吐的机会。正如钱大昕评价王昶所云："既而从军蛮徼，所历皆险怪斗绝，公于下马草露布之余，挥洒千言，纪行

---

① （清）王昶：《雹》，《春融堂集》卷十三，第161页。
② （清）王昶：《克喇穆》，《春融堂集》卷十四，第168页。

书事，以诗当史，于未经人到之地，作未经人道之语，遂于李、杜、韩、苏而外，别开生面矣。"① 评价虽有阿私之嫌，但道出了西南奇绝的山川景物对王昶诗风变化的积极意义。王昶的从军诗除了艺术多样化方面的价值外，还有其他的价值。比如，书写边疆奇特山水交通工具的《溜筒》《竹索桥》《皮船》等，写边地高原奇特气候景象的《六月初二日雷雪》《六月初三日雪》等，均具有独特性。将西南边境独特的题材写入诗歌，使边疆诗歌创作在清代诗史中也具有独特的意义。这与当时被流放或外任的诗人对西北、东北等边疆地区书写一样，为清诗创作引入了新的描写对象，大大拓展了清诗的题材范围。此外，一些诗歌如《破翁古尔垄》《克僧格宗》《军次美诺》《喜官军收复美诺》《攻克罗博瓦四峰》《官军下日则》《克喇穆》《克色溯普》《望北路官军攻克宜喜二十六韵》《官兵下木思工噶遂克噶尔丹寺》等是对战争的形势、经过的直接描写，对于研究清缅战争、平定大小金川过程均有历史价值。

需要说明的是，王昶的古体诗尽管模仿杜、韩、苏的豪放雄奇，但因其受到江南诗风重清雅温丽的影响，雄奇中也不乏清丽风貌。同时，王昶诗学还受"温柔敦厚"诗教的影响，刻意避免叫嚣所致的粗豪等弊病，尽力在清雅与雄豪之间找到平衡，这大概是他追求的不偏不倚。

（三）晚年的闲淡诗风

王昶从西南归来后，取虞集的《风入松·寄柯敬仲》"为报［报道］先生归也，杏花春雨江南"② 之句，为诗集取名《杏花春雨书斋集》。王昶因军功被连续超擢，先出任京官，又任官陕西、江西、云南等地按察使、布政使，最后回京出任刑部右侍郎。这段时间其诗歌创作主要是任官各地行旅中的登临游览诗、雅集诗、题画诗等，成就相对来说不高。离开了西南雄奇的山川景物后，其诗风趋于清雅，与早期的诗风相比，更多了一份闲适。

一般而言，诗人大多在青年时期风格容易近唐诗，追求气格情韵，关

---

① 陈文和主编《嘉定钱大昕全集》第 9 册，第 364 页。
② 《虞集全集》，天津：天津古籍出版社，2007，第 269 页。

注山水，整个视角是外向性的；到了中老年，随着人生阅历的增加，理性思索在创作中的作用会慢慢增强。诗人也会将人生感悟写进诗歌，转而对时间、生命以及生活中的细节着墨更多。王昶晚年喜欢读《老子》《庄子》《离骚》等作品，将诗集命名为"存养斋集""卧游轩集"等本身就已包含对生命的感悟。这些诗歌写晚年的心境，颇为真实。王昶《偶成》云："归田何敢拟渊明？欲效香山亦未成。范陆新诗差可继，兴来觅句绕廊行。"① 诗中自述归田之后的诗歌不敢说上拟陶渊明，而学白居易闲适诗风也未取得成就，但自信可以上继范成大、陆游的"新诗"，大概指能够上继范、陆晚年隐居时的闲适诗风。② 这类诗歌主要表现的是王昶脱离官场后的生活，其叙述和描写的重心不再是与朝廷政务相关的题材，而是以表现晚年的居住状态、人生感悟等为主，如访友酬赠、雅集览眺、赋诗怀人等，写的是平凡而普通的日常生活细节，以抒发闲适存养的人生感悟。其诗歌不再像早年的创作刻意注重"格调"等，而是以兴到笔随，直白表达自我感悟为主，语言风格也趋于平淡。以下尝试讨论王昶晚年的诗歌创作。

王昶致仕还乡后，告别烦琐的官事，心情无疑是愉悦的。他为此写了五首绝句《还家即事》，其一："已惭马齿渐龙钟，更断闻根听不聪。只喜新秋风乍紧，半帆送我到吴淞。"③ 透露出辞官后迫切返家的心情，尽管诗人已年老多病，但因辞官归隐，心情还是不错的。先前从军西南及为官各地时，王昶渴望归隐，与渔樵为侣。真正归隐后，诗歌中便时时透露出这种闲适心情。比如《七月十八日》："风高曲树罢登临，独闭柴门一径深。雨霁池荷犹掩冉，烟浓岸柳尚阴森。静看绣鸭时时浴，凉把香螺细细斟。如许闲情谁得似？幸将华发谢朝簪。"④ 秋季，深闭柴门，雨过天晴，池中荷叶仍在摇曳，烟雾朦胧，岸边垂柳仍显阴沉，诗人细细品味清茶，闲静地看着绣鸭在河中洗澡。这是一种为官时难以获得的清闲，如今却成为现实，因此诗人感叹这种闲情有谁能够相比，自幸当时做出了致仕归隐的决

---

① （清）王昶：《偶成》，《春融堂集》卷二十三，第275页。
② 关于范、陆"新诗"，王昶未明确交代所指。推测可能是指范成大、陆游脱离江西诗派后形成自我特色的诗歌，尤其指其晚年隐居时有闲适风格的山水田园诗歌。
③ （清）王昶：《还家即事》，《春融堂集》卷二十二，第252页。
④ （清）王昶：《七月十八日》，《春融堂集》卷二十三，第266页。

定。《琴德居闲坐》："凉风忽起减恢台，薄薄微云送远雷。禽语时来池上树，蜗涎新界壁间苔。喜同野老添谭柄，远幸门生送酒材。欲学君苗焚笔砚，只将方便乞心开。"① 描绘诗人晚年闲适的生活状态。凉风突起的季节，春夏间的恢台之气减少，微云送雷，池边的树上传来鸟语，墙壁间的青苔上不时有蜗牛分泌的黏液留下的痕迹。在这种天气与村野老人交谈，又有门生从远方送来酒食，展现出一种闲适的状态。诗歌的领联描写细致入微，颈联等也颇有生活情趣，是王昶晚年生活的一种写照。

又如《雷雨》："雷雨中宵动满盈，朝来嫩日又新晴。寻香小蝶穿帘入，选树幽禽绕舍鸣。巷口稍淹沽酒路，桥头徐度卖花声。春衫不觉春寒峭，独向筼廊拄杖行。"② 诗写雷雨过后次日新晴，寻香的小蝴蝶穿帘而入，在树上来回跳跃寻找栖身处的鸟儿又绕着房子鸣叫，因大雨积水淹没了买酒的小路，桥头却缓缓飘来了卖花的叫唤声。新晴之日，诗人穿着春衫，独自拄着拐杖在筼廊中行走，并未感觉到春寒料峭。领联写景细致入微，颈联颇有风致。这首诗描绘的也是闲适的村居生活，风格闲淡。此外，《卧游轩晚坐》"考槃深处足盘桓，身世从容俯仰宽"③，写闲居心态，王昶以《诗经·考槃》的隐士形象来表达自己辞官归隐后从容的宽闲心态，也是其闲适诗的代表。

因云南铜政亏空案赔款，王昶晚年被迫将家宅入官，有移家之举。王昶将晚年精心构筑以栖隐的三泖渔庄上交朝廷，以抵欠款，这对于一个风烛残年的老人来说是不小的打击，但王昶处之泰然。《将移居宗祠作》："一檄来征百万钱，渔庄旧宅计难全。过桥翻喜移居近，入室犹欣奉祀便。半榻更无留客地，一篷剩有钓鱼船。如疑如梦真堪笑，已别滇池十五年。"④ 因朝廷催促赔款，渔庄旧宅皆难以避免入官作为抵偿，王昶并不悲观，反而认为移居宗祠后奉祀先人更加方便。他还将其视为梦，真堪一笑。这反映出晚年的王昶已经付诸达观，心态平淡。

当然，王昶的诗歌也有不足之处，因取径王士禛"神韵说"及沈德潜

---

① （清）王昶：《琴德居闲坐》，《春融堂集》卷二十三，第 266 页。
② （清）王昶：《雷雨》，《春融堂集》卷二十三，第 272 页。
③ （清）王昶：《卧游轩晚坐》，《春融堂集》卷二十三，第 274 页。
④ （清）王昶：《将移居宗祠作》，《春融堂集》卷二十四，第 279 页。

"格调说"，王昶的山水诗平淡清远，多数未写出真情实感；而"温柔敦厚"的诗教也使其情感表达颇为节制，表现面不够广阔。特别是军机处、军旅生涯与刑部任职经历，使王昶变得谨慎内敛，诗歌中的情感就更趋隐晦。上文将王昶的诗歌创作分为三个阶段是模糊的划分，实际上他的创作颇为复杂。王昶广博的诗学取向使其诗歌取得了较高的艺术成就，以七律、七绝为代表。

二　七律与七绝的艺术成就

王昶各体诗皆备，前面所述的七古长篇描写西南的奇特景物，往往有出人意表之处。但从艺术上看，其诗歌中成就最高的是七律与七绝，清代已有人注意到这一点。李调元认为其诗"清华典丽，经史纵横，然学、调其长，而才、气略短，总之近体胜于古体，七律胜于五律，而七律尤以从军诸诗为最"。① 指出了其七律成就最高，尤其以西南从军时的七律成就最大。李慈铭评王昶诗："律诗殊有佳者，七绝尤多绮丽之作。"② 也指出其律诗颇佳。这种判断符合王昶诗歌创作的实际情况。以下尝试对王昶七律与七绝进行探讨。

（一）高华沉实的七律创作

七律从初唐仅用于宫廷应制，经历盛唐诗人的拓展，题材不断走向成熟，艺术水平也越来越高，宋以后的诗人大多将七律视为最难而又最重要的诗体。经过明代复古派形式诗学的提倡与重视，到清代时七律艺术已经完善。沈德潜认为七律："贵属对稳，贵遣事切，贵捶字老，贵结响高，而总归于血脉动荡，首尾浑成。"③ 强调七律的对仗、用典、炼字、结响等，注重七律八句的连贯性。王昶继承了沈德潜关于七律的看法，并具有独到的认识："七言律诗难于高华沉实，通体完善，前不突，后不竭，八句中浅深次第，一气旋转；每句七字中，又须一气贯注，对工而切，调响而谐。

①　（清）李调元撰，詹杭伦、沈时蓉校正《雨村诗话校正》卷八，第 209 页。
②　（清）李慈铭：《越缦堂读书记》，第 767~768 页。
③　（清）沈德潜：《说诗晬语》，霍松林校注，北京：人民文学出版社，1979，第 216 页。

其间使事精确，剪裁组织，妃青俪白，铢两悉称。至立言有体，兼以慷慨磊落出之，更为合作。"① 近体诗尤其是七律本就是格调派素所推重的，王昶在七律上下过功夫，因此其七律的艺术成就颇高。

王昶律诗较多学王维、杜甫等人，既有天然神妙的，也有沉雄顿挫的，尤其后者效法杜甫七律更多，呈现出一种格调沉雄苍凉的面貌。他凭吊陈子龙的一首七律就体现出此类风格。陈子龙是松江人，也是晚明著名的文学领袖，因抗清被俘，始终不屈，押解途中投水自沉。乾隆四十一年（1776）陈子龙被赐谥"忠裕"，在文章、人品方面均备受推崇。王昶早年曾拜访过陈子龙的故居，并写有诗歌，但他后来对诗进行了修改。② 我们先来看乾隆五十五年（1790）的《述庵诗钞》本，标题作《过陈黄门故居》，有两首诗。其一："湘真遗阁久飘零，烟柳风蒲满夕汀。故里尚传元亮井，行人犹识子云亭。东吴宾客新坛坫，北里文章旧典型。太息华林残劫后，荒祠落日泣英灵。"其二："故国铜驼已寂寥，宁终瓶钵侣渔樵乙酉四月后，黄门已易僧服。申徒抱石心犹壮，正则怀沙恨未销。遗宅远连吴会树，灵旗怒卷海门潮。玉樊一种荒凉尽，更有何人赋大招谓存古太史。"③ 由这两首诗来看，应该是王昶早年诗歌的面貌，已有杜诗沉郁顿挫的风格。其中第一首颔联"故里尚传元亮井"用东晋著名诗人陶渊明隐居不仕的典故，尽管陶渊明有不与刘宋政权合作，诗文只书甲子的遗民行为，但与陈子龙起兵抗清的做法究竟有别，用典尚欠浑融；"子云亭"用陆机的典故，陆机虽然才名颇盛，但在东吴亡国后入洛，与陈子龙行迹终属不合。尽管这两首诗做到了"属对稳"，但同"遣事切"还是有一定的距离。且第二首中有明显的"故国"字样，陈子龙虽被赐谥"忠裕"，但在乾隆后期的政治氛围下，出现这样的字样毕竟不好。

王昶晚年在编订《春融堂集》时，几经斟酌，将这两首诗进行了合并精简，成为一首七律，即《皇甫林吊陈黄门子龙故居》："湘真遗阁久飘零，细柳新蒲满夕汀。正则怀沙魂未散，苌宏藏血墓谁铭？东吴宾客开坛

---

① （清）王昶：《示朱生林一》，《春融堂集》卷六十八，第 660 页。
② 蔡锦芳《清代学人王昶诗文述论》已经举例指出了这点，载董乃斌主编《文衡》（2010卷），上海：上海大学出版社，2012，第 163 页。
③ （清）王昶：《述庵诗钞》卷八，乾隆五十五年（1790）经训堂刻本。

坫，北地文章示典型。所惜玉樊俱泯灭，云旗风马共扬灵。"① 从整体上看，这首诗更为沉郁顿挫，宛然老杜诗风，用典也更贴切。例如，将"元亮井"的典故改为屈原怀沙，屈原忠于故国及楚王，楚国被攻陷后，他怀沙自沉；陈子龙也是在被捕后投水而死，两人在这一点上是非常接近的，因此这样用典就显得更为恰切。又如，"苌宏藏血"用周朝忠臣苌弘的典故，用在陈子龙身上也属贴切。"细柳新蒲"将原来的"烟"字改换成"细"，直接化用杜诗《哀江头》"细柳新蒲为谁绿"的诗句，借写早春的细柳新蒲都失去了故主，不知道为谁而绿，既是写陈子龙故居的景物，也寄寓了作者对陈子龙一生的感慨。此句不仅用杜诗之典，也学杜诗之沉郁顿挫的风格，是学杜诗学得较好的例子。再如，将"北里"改为"北地"，直接代指明代前七子领袖李梦阳，将陈子龙继前后七子倡导复古格调诗学的活动更精确地表现出来。尾联提及夏完淳（1631—1647），"云旗风马共扬灵"格调凄凉含蓄，比直接叙述的"玉樊一种荒凉尽，更有何人赋大招"更佳。整首诗格调苍凉浑厚，沉郁顿挫，一气贯注，比早年作品要好。这是王昶七律中成就较高的代表作，也是学杜诗的成功之作。诗歌经过王昶晚年的删改润色，是"晚节渐于诗律细"（杜甫《遣闷戏呈路十九曹长》）的体现，代表了王昶对七律精益求精的追求。

类似作品还有《韩蕲王庙》，是应沈德潜之命而创作的诗歌。此诗通过写南宋抗金名将韩世忠（1089—1151）的庙来表达忠君爱国的主流社会价值。沈德潜对王昶此诗评价较高，将其选入了《七子诗选》。②《七子诗选》本此诗作："蕲王古庙傍城东③，残碣犹书旧日功。半壁江山留战迹，一家妇女尽英雄。中朝冤狱悲三字，绝塞蒙尘痛两宫。驴背归来何限恨，灵旗日暮卷秋风。"④ 值得一提的是，这首诗在后来有不同版本。例如，乾隆五十五年（1790）刻《述庵诗钞》也收入此诗："貂蝉冕服古城东，忠勇犹镌旧日功。湖上骑驴心未已，庙中坠马恨何穷。旌旗横海兼三镇，桴鼓临

---

① （清）王昶：《皇甫林吊陈黄门子龙故居》，《春融堂集》卷一，第 20 页。

② 沈德潜赞赏王昶此诗之事，可参阅法式善《梧门诗话》卷一（台北：文海出版社，1975，第 4 页）及钱林《文献征存录》卷九（台北：明文书局，1985，第 582 页）。

③ "傍城东"三字，法式善《梧门诗话》本作"莽榛丛"，有可能是王昶诗更早的面貌，选入《七子诗选》时经过了沈德潜的改动，也有可能是法式善采入诗话时做过改动。

④ （清）沈德潜：《七子诗选》卷五，乾隆十八年（1753）写刻本。

江痛两宫。独有背嵬相对峙，灵帷日暮卷凄风。"① 除了个别字词未变外，整体来看内容改动颇大，相当于一首重新创作的诗歌。大概对这个版本仍不满意，王昶晚年在编订《春融堂集》时，又对此诗做了较大的改动："空堂神鬼半青红，飘扬云旗斗朔风。五国君臣终陷没，一家妇女尽英雄。庙中坠马仇难复，湖上骑驴恨未穷。闻说铁山碑十丈，几时剔藓读元功。墓在灵岩山下，有赵雄碑，甚高。"② 此版本显得更佳。

从前两个版本的文字对比可知，《七子诗选》本是此诗的早期面貌，《述庵诗钞》本是王昶后来做了改动。大概《七子诗选》本首联点出蕲王古庙的方位、提及残碣，略显质实，颔联、颈联、尾联等遣词造句均有此病，流露出写作时的稚嫩痕迹。"半壁江山留战迹"，指韩世忠在大半国土上留下作战痕迹，"一家妇女尽英雄"指以梁夫人为代表的韩家女眷也是抗击金人的英雄。这些都是实写，但"半壁江山"与"一家妇女"对仗欠工。"中朝冤狱悲三字"，指秦桧以"莫须有"三字诬陷岳飞下狱，韩世忠为之悲愤不平；"绝塞蒙尘痛两宫"指悲痛徽、钦二帝北狩，通过在岳飞冤狱、徽钦北狩两事上的态度刻画出韩世忠的忠君爱国形象。但"中朝"对"绝塞"对仗也不佳。从艺术上看，此诗的早期面貌还略显稚嫩。因此，王昶在《述庵诗钞》中进行了改写。但《述庵诗钞》本中有"独有背嵬相对待"，提及岳飞抗金的军队，也欠稳当，仍然属于使事不切。"湖上骑驴"应是直接化用《韩蕲王湖上骑驴图》的标题与画中意境，比"驴背归来"更好。从整体上看，《七子诗选》本、《述庵诗钞》本第一联起句都较为写实，而《春融堂集》本"空堂神鬼半青红，飘扬云旗斗朔风"不再从大的范围写起，而是以空旷的厅堂、飘扬的灵旗来烘托祠庙的荒寂，气势更为悲凉苍劲，风格更为沉郁含蓄。前两个版本句子与句子之间虽然对仗尚可，但谈不上属对稳，个别句子用典不恰切，未达到一气贯注、浑然一体的境界。《春融堂集》本经过修改后，诗歌整体上对仗更为工稳，用典也更符合韩世忠生平经历，境界更为阔大。

又如写方孝孺的诗《方正学祠》："亭空木末倚江边，祠外寒涛怒蹴

---

① （清）王昶：《述庵诗钞》卷八，乾隆五十五年（1790）经训堂刻本。
② （清）王昶：《韩蕲王庙》，《春融堂集》卷二，第 34 页。

天。南去冠裳随玉步，北来烽火恨金川。学宗吴柳文章古，名并齐黄节义全。恰与侍中遗庙近，云车相遇一凄然。"① 首联写景，描绘江边木末亭的空阔，祠堂边江涛愤怒腾涌，仿佛要踢踏天空一般。诗人用拟人化的方式写江涛之势，起句苍凉雄奇、气势宏大。颔联、颈联对仗工稳，从文章、忠义两方面对方孝孺生平大节进行了概括，与历史上方孝孺的生平出处相符。尾联提及同样在靖难中忠于旧主的右侍中黄观（1364—1402），写二人忠魂相遇，同诉凄然之意。整首诗风格沉郁顿挫，成就较高。受统治者提倡"忠孝"思想的影响，此类写忠义的诗歌在乾嘉年间成为一种潮流。王昶的七律作品既能延续格调派工稳的传统，也能自出新意，具备较高的艺术价值，在清代诗史上占有一席之地。

此类艺术成就较高的作品还包括写于西南从军时期的一些七律。王昶因"两淮提引案"牵连被发配充军，在前往西南的路上写了一些诗，颇能表露出他的心境。如《泊襄阳》："望里溪山罨楚云，萧条迁客竟何云。伤心赋早同开府，誓墓书真愧右军。铁鹿连樯江外渡，铜鞮旧曲夜深闻。莫辞堕泪碑前过，衫袖啼痕已不分。"② 首联写初冬时节诗人极目所望的楚地溪山皆被云雾掩盖，这种萧条的景象对于被发配至西南边徼的诗人来说是何等凄凉。颔联借庾信《伤心赋》来比喻诗人中年被发配充军，从宦非宦，归田不田，不得与家人团聚的羁旅之苦。又以王羲之誓墓之举自况，自愧未能像王羲之致仕归田。颈联写客船一排排连江而渡，诗人在深夜听到了《铜鞮曲》；尾联写从羊祜"堕泪碑"前经过时的伤心，不胜凄凉之感。整首诗用典妥帖，对仗精工，反映出诗人被发配充军时的迁客心情。

又如《寄查观察恂叔》四首诗雄浑高亢，兴寄苍凉。其一："烽火频年历瘴乡，又随定远过华阳。陌刀二百军锋锐，组甲三千杀气扬。星拂参旗开北落，地穷井络入西羌。书生参佐真何补，聚米凭君指战场。"其四："杜陆清才万古传，敢夸诗笔斗前贤。江山寥落身将老，戎马间关病未捐。远道惊心悲陟屺，余生回首念归田。只应共醉郫筒酒，欲诉牢愁更惘然。"③ 两诗均沉雄悲壮，格调颇高。前一首写从军西南时的军容及书生慷慨从军

① （清）王昶：《方正学祠》，《春融堂集》卷二，第30页。
② （清）王昶：《泊襄阳》，《春融堂集》卷十，第119页。
③ （清）王昶：《寄查观察恂叔》，《春融堂集》卷十三，第156、157页。

的情况。首联叙事，铺陈因战争随阿桂经过烟瘴之地。颔联对仗工稳，气势雄浑，有慷慨临戎、据鞍横槊的气概。后一首则表达出诗人欲以诗笔与同样曾入蜀的著名诗人杜甫、陆游比肩的愿望，流露出诗人中年充军的劳苦与渴望战争结束以早日返乡的心境。

王昶在云南与赵文哲互相唱酬的九首七律也是上乘之作。如《寄升之五次前韵》："爇尽松明当短檠，何时马首指归程。闻鸡起舞朝催战，扪虱雄谈夜论兵。师老难期旬日下，年衰羞逐众人行。杜诗：'老逐众人行'。羡君归憩萧闲甚，药里书签自在横。"① 颔联首句用祖逖、刘琨"闻鸡起舞"的典故，出自《晋书·祖逖传》，二人在少年时期即有志报国。诗人将自己与赵文哲比喻成祖逖、刘琨，当时王昶与赵文哲均在西南军中，经常天未亮就起来草檄，故与"闻鸡起舞"的情境颇相近。次句用王猛扪虱雄谈，纵论天下兵势的典故，典出《晋书·王猛传》。王昶以革职中书参军机，也常常谈兵势，用"扪虱雄谈"作比，尚属贴切。颈联则直接化用杜诗语句，用典自然。当时缅甸已暂时与清政府达成停战协议，赵文哲先行回至腾越，王昶羡慕其能够暂享闲暇，诗歌也写出了渴望战争结束早日归乡的期盼。与沉郁顿挫的七律相比，此诗风格相对典雅，成就也颇高。

王昶早年的七律中也不乏清丽之作甚至香奁体。王昶与吴泰来信札《与吴企晋》云："承谕补缀旧作，共成十首，录呈记室。……十兄《疑雨》之刻，不畏泥犁，洵为佳绝。弟亦非欲求两庑者，如已刷墨，幸示一二本。"② 信中王昶主动向吴泰来索要其弟吴元润选刻的王彦泓（1593—1642）《疑雨集》③，可见对香奁诗较为喜爱。信中提及其和吴泰来诗作，大概就是《春融堂集》中的《无题和企晋、策时》等 12 首诗。这些诗有香奁诗的影子，学李商隐《无题》，写得较为含蓄缠绵，才情清丽，风致颇

---

① （清）王昶：《寄升之五次前韵》，《春融堂集》卷十一，第 142 页。

② （清）王昶：《与吴企晋》，《履二斋尺牍》卷二，南开大学图书馆藏清抄本。

③ 此指乾隆二十三年（1758）长洲吴氏巢云阁写刻四卷本《疑雨集》（后有附录一卷），选刻者是吴元润，国家图书馆藏有刻本。此书卷一选五律 6 首、七律 53 首，卷二选七律 54 首，卷三选七律 62 首，卷四选五言排律 2 首、七言排律 4 首、七言绝句 64 首。附录部分为序、记、诗话之类。按，吴氏兄弟等喜香奁诗、艳体诗，与同时的袁树、吴蔚光及稍后的孙原湘等相似，表明在乾嘉时期，香奁体与艳诗还是有人在效法与模仿，其中不乏吴泰来等格调派诗人。

佳。《秦淮感旧示严秀才东有长明》等清雅之中颇具才情。早年写香奁体、无题诗创作的经历表明王昶不废才情，比沈德潜的创作取向更宽。其他七律如《奉命往云南办理靖边，左副将军云贵总督阿广庭先生桂、军务许侍御穆堂宝善招集朱竹君、曹来殷、程鱼门、沈南雷世炜两舍人暨梁孝廉兼士置酒饯别，慨然有作三首》《题升庵先生小像》等诗艺术成就也颇高，限于篇幅，不再详述。

（二）丰神蕴藉的七绝创作

七绝是近体诗中最能体现诗人才情的体裁，清初神韵派领袖王士禛就以擅长写七绝闻名于世。王昶早年一些七绝大概受到过渔洋的影响，其诗就有渔洋七绝的影子。王昶的老师沈德潜也颇重视七绝，曾说："七言绝句，以语近情遥，含吐不露为主。只眼前景、口头语，而有弦外音、味外味，使人神远。"① 认为七绝须语近情遥、含吐不露，有弦外之音方为上乘。王昶对七绝也有独到的认识："七言绝句全主风神，或洒脱，或疏放，或清丽芊眠，皆须事外远致。我友吴竹屿云：'读绝句竟，要令人悠然神往，或生微叹。'真知言也。"② 其中引友人吴泰来语以表示赞同，也认为七绝须事外远致，方能擅场。吴泰来是乾隆间学王渔洋神韵诗颇用力者，其对绝句颇有心得。王昶的绝句多清雅之作，尤其七绝，饶有风致，是其诗歌中成就颇高者。如《李长蘅流芳西湖小帧》其二："一桁遥山翠色浓，白云渺渺路重重。斜阳欲落微风起，吹过南屏寺里钟。"③ 这是一幅题李流芳（1575—1629）所绘西湖小景的七绝。王昶以简单的笔触写远处横卧的山翠色掩映，山间白云缥缈，道路重重；斜阳将要落山，微风渐起，吹来了南屏寺庙里的钟声。诗中抓住远山、白云、路、斜阳、南屏寺等意象来摹写画中之景，以少胜多。诗中的翠山、白云、斜阳、微风等均是画家可以画出来的，王昶题诗的妙处在于写出了绘画所不能表达的钟声，因而风致清雅，语近意远，饶有神韵。

又如七绝《题赵秀才升之文哲春感诗后》二首："试灯风定雨如丝，

①（清）沈德潜：《说诗晬语》，第219页。
②（清）王昶：《示朱生林一》，《春融堂集》卷六十八，第660页。
③（清）王昶：《李长蘅流芳西湖小帧》，《春融堂集》卷一，第28页。

寂寞西窗漏板迟。不分茶烟禅榻畔，夜深吟遍断肠词。""三年旧事不胜情，香炧灯昏百感生。料得小楼人独倚，杏花如雨扑帘旌。"① 这是题赵文哲七律《春感》诗（见《湖海诗传》卷二十六）的两首七绝，摹写春感之情。第一首写元宵时节风定之后细雨如丝，诗人倚靠在西窗听着雨水敲打漏板的声音，分不清是在茶烟中还是禅榻旁，在深夜中一遍遍吟诵着幽怨感伤的《断肠词》。"茶烟禅榻"化用杜牧《题禅院》"今日鬓丝禅榻畔，茶烟轻飏落花风"②，颇有风致情韵。第二首写回首三年旧事，感情不能自已，尤其在香烛灯芯将要燃尽、烛光昏暗之时，更是百感丛生。片片飘落的杏花如雨丝般扑向帘旌，小楼独倚看花，更增伤感。"香炧灯昏百感生"大概化用了李商隐《闻歌》"香炧灯光奈尔何"③。"料得小楼人独倚，杏花如雨扑帘旌"两句借鉴了词的意境，如同"蒙太奇"般的画面，诗句清丽，语近意远，令人读之有事外远韵，风致颇佳。

　　乾隆三十五年（1770）春，已是王昶从军西南的第三年，清政府与缅甸在上年十二月暂时达成停战合议，王昶在军中获得了短暂而又难得的空闲时间。此年春天，当地官员在昆明的客舍置酒连宵宴饮，其间有音乐演奏，王昶触景生情，写有《昆明客舍地主招寻，置酒连宵，偶成绝句，不自知其振触也》四首七绝，其二："春江哀雁久离群，玉碗金钗隔世分。又是棠梨寒食近，东阡肠断魏城君。"其三："小小朝云足断魂，六如亭下近黄昏。伤心一念偿前债东坡句，多少春衫染泪痕。"其四："滇池春涨浣征衣，京国分明万里违。谁识燕山亭下路？有人和泪寄当归。"④ 这几首七绝写得颇为伤感，流露出王昶的思乡之情。尤其第二首，将自己比喻成久离雁群，在春江旁哀鸣的孤雁，诗人与亡妻已成隔世，棠梨花开，寒食节将近，为家中亡人扫墓的时节也已不远，想到已经亡故的妻子，诗人不禁肝肠寸断。末句"东阡肠断魏城君"化用了苏轼《伯父〈送先人下第归蜀〉诗云："人稀野店休安枕，路入灵关稳跨驴。"安节将去，为诵此句，因以

---

① （清）王昶：《题赵秀才升之文哲春感诗后》，《春融堂集》卷二，第 34 页。

② （唐）杜牧撰，吴在庆校注《杜牧集系年校注》，北京：中华书局，2008，第 450 页。

③ （唐）李商隐撰，刘学锴、余恕诚集解《李商隐诗歌集解》，北京：中华书局，2004，第 2072 页。

④ （清）王昶：《昆明客舍地主招寻，置酒连宵，偶成绝句，不自知其振触也》，《春融堂集》卷十二，第 146 页。

为韵，作小诗十四首送之》其八："东阡在何许？寒食江头路。哀哉魏城君，宿草荒新墓。"① "魏城君"即苏轼的原配王弗，王昶在此处借指其妻邹氏。诗中闻曲伤怀，表达出对亡妻的怀念。第三首也类似，"朝云"是苏轼之妾，"六如亭"指朝云埋葬处；"伤心一念偿前债"是苏轼悼念朝云的诗句，王昶诗中化用苏轼诗句，借以悼念乾隆三十一年（1766）过世的亡妾陆湘。第四首则是想念尚在京城家中的姜室许云清。这几首诗同时还表达出诗人渴望还乡与亲人团聚的心情。诗歌情词凄切，婉转动人，是王昶成就较高的七绝。

前所举诗已有悼亡的成分，王昶的悼亡诗则更见真情。王昶一生经历了三次丧偶之痛，王昶为这些早逝的人生伴侣写有悼亡诗，情词真切感人。乾隆二十六年（1761）四月，王昶原配邹氏病卒，王昶写有七绝《悼邹孺人十六首》以示追念，其中一些诗虽平实，但颇为动人。其二："缭绕回廊散步迟，重门鼓角振秋飔。不堪试院煎茶日，正是红兰委露时。"② 诗写作者在担任乡试同考官期间，在试院回廊上散步，深宫的鼓角声通过迅疾的秋风传递过来，令人感到秋天的凉意。诗人在闱中阅卷之际，正逢妻子病殁。"试院煎茶"直接化用苏轼诗题，指担任考官；"红兰委露"直接用温庭筠"红兰委露愁难尽"（《和友人悼亡》）句之意。整首诗叙述平淡，感情节制，但读后仍然能让人感觉到诗人内心的伤痛。

乾隆三十一年（1766）七月，王昶侍妾陆芸书病卒，其时诗人正任乡试同考官，未能见陆芸书最后一面。出闱后，王昶写了七绝《悼亡十二首为芸书作》，稍后有《中秋有感》等诗以抒丧妾之痛，次年有《七月二十九日为芸书忌日，盖谢世已经年矣，风雨感怀，因作五绝》等诗追念亡妾，可见其内心眷念之深。这些诗文辞凄切，流露出王昶的真情，真挚感人。如《悼亡十二首为芸书作》其六："乌啼珠斗夜阑干，蕙帐萧萧掩玉棺。怅望蔷薇花外路，一灯如豆隔窗寒。"③ 首句写乌鸦在悬挂着北斗七星的夜空中啼叫，次句写亡妾的棺木在纱帐的掩映下显得异常萧瑟冷落，三四句写诗人怅然失落，看向房外长满蔷薇花的路，只见如豆的残灯隔窗传出寒

---

① （宋）苏轼：《苏轼诗集》，第1100页。
② （清）王昶：《悼邹孺人十六首》，《春融堂集》卷七，第84页。
③ （清）王昶：《悼亡十二首为芸书作》，《春融堂集》卷九，第108页。

冷的光芒。诗人只是客观写景，并未刻意写内心的伤痛，反而更能体现出其伤痛。尤其末句"一灯如豆隔窗寒"，给人不尽的想象，含蓄地表达出诗人的感情。

乾隆三十七年（1772）四月，王昶继配许云清病卒于京师。王昶当时正在军中忙于勘谳大学士阿尔泰、总督桂林互讼之事，得噩耗后写了悼亡诗十首，其十云："梦中何处见珊珊？路隔秦关更汉关。纵使飙轮真可驭，也知难越万重山。"① 诗中写两地遥隔，关山万里，即使真有像传说中的飙轮可驾驶，恐怕也不能飞越万重关山，道出了因两地相隔，无法见亡妾最后一面的痛楚，情词颇为感人。

王昶还有一些七绝写得颇佳，如《过吴江》《春感》《寄内四绝》《吴闻杂感》《山塘杂诗同朱上舍适庭昂及企晋、升之、来殷作》《观剧六绝》等，均清雅温丽，兼具才情神韵，风致盎然。另外，王昶还有一种风格苍凉沉雄的七绝写得颇为出色，如《塞上曲》六首是传统的战争闺怨题材，其五："绝塞秋高万马霜，边城寒色晓苍苍。夜深明月横沧海，独上高台望故乡。"② 诗写戍卒思乡，在边城绝塞的秋季，天气已十分寒冷，众多战马的身上也布满寒霜，凌晨所见，一片苍凉之景。夜深人静时，明月似挂于无垠的沙漠之上，诗人独自登楼，眺望故乡。整首诗苍凉雄壮，是另一种风格。王昶还有一些七绝，如《长夏怀人绝句》《舟中无事偶作论诗绝句四十六首》等诗歌写得相对平淡，相当于论诗诗，但也有价值。

除了成就较高的七律、七绝外，王昶还有一些五律佳作，如真情流露的悼亡诗《中秋前二日夜雨》其二："屋鼠饥还响，秋蛩冷不啼。可堪人寂寂，更听雨凄凄。乱竹捎檐重，浓云覆户低。断行今夕雁，何处觅双栖？"③ 写亡妾殁后的中秋雨夜，诗人在屋内独坐，寂静中听到老鼠声、雨声、竹子敲打屋檐的声音。在此凄凉的雨夜，诗人想到了离群独飞的大雁，实际写亡妾过世后自己的孤单，感情真挚。

此外，王昶一些反映现实的诗歌也值得一提。如乾隆五十三年（1788），乾隆命王昶赴任江西布政使时顺道查访各省水灾情况。王昶沿水路南下，

①　（清）王昶：《悼亡为许孺人作，殁于京师》，《春融堂集》卷十三，第163页。
②　（清）王昶：《塞上曲》，《春融堂集》卷一，第22页。
③　（清）王昶：《中秋前二日夜雨》，《春融堂集》卷九，第108~109页。

在经过江西德安时写了五律《屺恤》诗："屺恤非无策，流亡未有家。尚虚营版筑时沿江被水倾倒者尚须修葺，何以度年华？残雪余青嶂，荒田压白沙。黔敖虽有藉，蒙袂更堪嗟。"① 写被灾后即使有朝廷赈济，但很多流民仍无家可归的情状。尾联用《礼记·檀弓》齐国黔敖赈济，灾民蒙袂而来，不食嗟来之食的典故，比喻灾害下百姓生活的艰难。这说明王昶的创作也有现实关怀，可惜此类诗歌较少。王昶还写了一些褒扬忠孝的诗，反映出时代风气对诗人创作的影响，限于篇幅，不再介绍。

---

① （清）王昶：《屺恤》，《春融堂集》卷十九，第225页。

第二章

王昶的古文与乾嘉文坛

乾嘉时期考据之学兴盛，文章的学术性增强，文学性因素相对减少。有学者认为此时期是文章之衰世，"盛世之文不及初期，与此学风颇有关系"①，这大概是就文章的文学性渐趋隐退而言。值得指出的是，此时期文章也具备多样化特点。从实际创作情况看，乾嘉时期的古文家除了方苞、刘大櫆之外，比较著名的还有李绂、蒋恭棐、杨绳武、沈彤、李果、朱仕琇、钱大昕、袁枚、朱筠、姚鼐、鲁九皋、彭绍升、秦瀛、恽敬、王芑孙、陈用光、鲁嗣光、姚椿等人。其中，李绂来自江右地区，继承了江右临川文派的传统；蒋恭棐、杨绳武来自常州地区，有毗陵文派的传统；沈彤、李果等则可以视为经学家文人；方苞、刘大櫆、姚鼐等则是桐城文派中人；杭世骏、朱仕琇、钱大昕、袁枚等人的古文自成风格，不入桐城藩篱，颇享盛名。乾嘉间的古文领域既有汉学家的经史考据之文，也有桐城古文，还有形成自我风格的胡天游、朱仕琇等人的文章，呈现出多样化格局。总体上而言，此时期文章与乾嘉汉学关系紧密，其主流是考据之文。

第一节　王昶的古文理论

王昶是乾嘉间吴地重要的学者型文人，是沈德潜之后江南地区的文坛领袖。王昶因入仕相对较晚，在当时享有盛名的一些古文家如方苞、李绂、朱仕琇等，均未及交接。他的古文主要从学习蒋恭棐、杨绳武等江南古文

---

① 　郭预衡：《中国散文史》下册，上海：上海古籍出版社，2000，第517页。

家开始，"某少所严事者，若蒋编修恭棐、杨编修绳武之文"。① 蒋、杨二人均是常州人，继承了毗陵文派重经学的传统。蒋恭棐的古文创作近归有光之文；杨绳武的文章创作注重经史，以韩、欧、苏为宗。王昶还曾向沈彤请教，沈彤受古文法于方苞，也是当时较重要的古文家。刘声木（1876—1959）《桐城文学渊源撰述考》将王昶纳入桐城古文脉络，系于沈彤名下。他评王昶云："师事沈彤，受古文法。其为文规矩谨严，典赡详实；议论考核甚辨而不烦，极博而不芜，精到而意不至于竭尽，颇有古人高韵逸气"，"古文闳博渊雅，醇谨深厚，虽胎息'唐宋八家'，于古合以神而不袭其貌"。② 这是转引姚鼐、阮元、鲁嗣光的话。实际上，王昶并非桐城文派中人，他的一些古文理论甚至与桐城派文论存在明显区别。笔者认为，王昶的古文是汉学家考据之文与"唐宋八大家"之文的结合，其古文理论更多地带有汉学家的色彩。

一　重经史与博观约取

经史与古文的关系密切，历来受到古文家重视。从荀子开始，论文章就有宗经的主张。后来的古文家多认为经史是古文的基础，有根柢学问才能醇厚，议论才会有根据，才能上下推阐，反复抽绎其理，以更好地阐发"道"。尽管多数人强调"经不可以文论"，但仍有一些古文家主张从经史中寻找文法。

吴地古文家论文自明代就有注重经史的传统，多数古文家重视经史在古文创作中的作用。例如，唐顺之的古文以博学重经史为主；王世贞继承前七子"文必秦汉"的复古理论，重视经史在古文创作中的基础作用；钱谦益论文强调"经经纬史"③；复社文人论文提倡原本经史。清初的"毗陵四家"论文也重视经史，他们认为经学是古文之源。例如，陈玉璂《与张黄岳论文书》说："仆尝论古文一道，今日能文之士鲜不奉法唐、宋大家，

① （清）王昶：《与彭乐斋观察书》，《春融堂集》卷三十一，第344页。
② 刘声木：《桐城文学渊源撰述考》卷二，徐天祥点校，合肥：黄山书社，1989，第114~115页。
③ （清）钱谦益：《牧斋初学集》卷三十二，钱曾笺注，钱仲联校，上海：上海古籍出版社，2009，第922页。

上者秦、汉而止，不知昔人之所以得成其为秦、汉大家者，莫不本于经。"①
体现出重经的传统。再如，顾炎武论古文以经史为本，汪琬论古文以唐宋
大家为标的，重视经史之学。

　　王昶的老师辈中，蒋恭棐、杨绳武、沈德潜等均注重古文与经史的关
系。杨绳武认为"古人穷经不专为文章，而文章之道，亦非经不可"；又云
"今人言古文者动称八家，不知八家之于古文，委也，非原也。古文之原当
溯诸经"，②强调经是古文源头，实际是重视经史（蒋氏尤其注重的《尚
书》既是经也是史）对于古文创作的重要作用。沈德潜认为，"六经、马、
班诸史之类，文之源也。唐宋以下诸家，文之流也"③，高度注重经史的本
源性。

　　随着乾嘉汉学兴起，吴地的古文家自觉地坚持这种地域传统，更加重
视经史的作用。汉学家论学注重经史考据、实证，这种倾向对当时的古文
产生了影响。王昶论文重视经史的作用，既与吴中地区的传统、沈德潜等
人的影响有关，也与当时的学术风气有密切的关系。他论文重视经史的根
柢作用，《与门人张远览书》云：

　　　　夫学古文而失者，其弊约有三：挟谫闻浅见为自足，不知原本于
　　六经，稍有识者以《大全》为义宗，而李氏之《易》，毛、郑之
　　《诗》，贾、孔之《礼》，何休、服虔之《春秋》，未尝一涉诸目；于史
　　也亦以考亭《纲目》为上下千古，不知溯表、志、传、纪于正史，又
　　或奉张凤翼、王世贞之《史记》《汉书》，而裴骃、张守节、司马贞、
　　颜师古、李贤之注最为近古者，缺焉弗省，其失也在于俗而陋；有其
　　学矣，骋才气之所至，横驾旁骛，标奇摘异，不知取裁于唐宋大家以
　　为矩矱。而好为名高者，又谓文必两汉，必韩、柳，不知穷源溯流，
　　宋元明以下皆古人之苗裔，其失也在于诞而夸；其或知所以为文与为

①　（清）陈玉璂：《学文堂文集》，《清代诗文集汇编》第 143 册，第 295 页。
②　（清）杨绳武：《钟山书院规约》，《丛书集成续编》子部第 78 册，上海：上海书店出版社，
　　199□，□661 页。
③　（清）沈德潜：《李客山文稿序》，载吴宏一、叶庆炳编《清代文学批评资料汇编》上册，
　　台北：成文出版社，1979，第 400 页。

文之体裁派别，见于言矣，未克有诸躬，甚者为富贵利达所夺，文虽工，必不传，传亦益为世诟厉，其失也在于畔而诬。①

王昶论文继承了吴派古文家博学、重经史的传统，也与汉学家重视经史的主流一致。乾隆初，吴地兴起了经史考据的潮流，汉学家普遍重视经史与博学的传统。引文中王昶对"俗而陋""诞而夸""畔而诬"等古文三弊进行批评，反映出其重经史、博学、重人品的古文主张。王昶指出古文创作的首要弊端便是为文不原本六经与正史。许多初学古文者尽管重视经书，但以明代所定《四书大全》《五经大全》为本，不看李鼎祚之《周易集解》，毛亨与毛苌作传、郑玄笺注的《毛诗传笺》，贾公彦《周礼疏》和《仪礼疏》，孔颖达《礼记正义》，何休、服虔所注《春秋公羊传》《春秋左氏传》等与经书较近的汉唐义疏；对于正史，也仅仅限于朱子《通鉴纲目》，不知溯源于表、志、传、纪。或者仅以张凤翼、王世贞等删节版《史记》《汉书》为本，学习其中所谓的"文法"，却不曾涉猎裴骃、张守节、司马贞、颜师古、李贤的注。在王昶看来，这都是谫陋、不够博通的表现。

同时，王昶论文平允通达，并不偏执。明代文坛出现了秦汉派与唐宋派的论争。两派的争论异常激烈，均存在弊端。秦汉派重视先秦两汉的古文，主张以古语写时事，存在模拟貌袭的弊病；唐宋派主张取法唐宋古文大家的平易浅显，注重以文阐道，强调文章的文法与文脉的起承转合，也易流于模拟。明末清初古文家对此已有清楚的认识，对二者进行过调和。到了乾嘉时期，文坛所关注的焦点已不再是单纯的"秦汉"与"唐宋"之争，古文家多注重在以经史为本的基础上，由源及流，取法广泛，呈现出综合性的特点。王昶批评论文只注重秦汉、韩柳，而不关注自宋以来古文家的优秀作品的倾向，表明他并不以时代论文，而是博采众长，取法广泛。

除了重视经史外，王昶主张为文取法要注重博与约的统一。例如，在《示戴生敦元》一文中，王昶首先注重的是博学与约取的统一。"古文之学，世所传韩、柳、欧、苏、曾、王八家之外，两晋《文纪》、《唐文粹》、《宋文鉴》、《南宋文选》、《元文类》、《中州文表》、《明文授读》皆宜浏

---

① （清）王昶：《与门人张远览书》，《春融堂集》卷三十，第 335 页。

览，博观约取，以一家为宗。"① 明代茅坤《唐宋八大家文钞》问世后，古文学习者大多以八家为准。王昶认为应该博观遍览，从晋代至明代优秀的文章总集选本均值得参考，但也要注意约取，应以一家为宗，方有悟入，不至于驳杂无归，反映出王昶论文注重博与精的有机统一。又如《示长沙弟子唐业敬》云："古文自茅氏八家而外，如唐之独孤文公、李文公、皮子，宋之李泰伯、苏门六君子、朱子、周益公、陆务观、叶石林，皆自成一家言。至如元之吴、吴、揭、黄、柳、戴，明之宋、王守仁、王慎中、归、唐，均可师法。若既本经纬史，又于诸家中择一性所嗜者，熟复而深思之，久之深造自得，旁推交通，自尔升堂入室。"② 在古文取法对象上，王昶并不局限于唐宋八大家，也主张对八家之外的众多自成一家的唐、宋、元、明古文家进行学习。他强调应选择与自身性情相近者学习，以一家为宗，忌杂忌浅，要熟读深思，注意约取。这种既注重广博，又强调约取的为文路径是王昶研习古文的切身体会，符合文章创作基本规律。"博"主要是从取法范围而言，"约"则主要从取法的贴切度方面而言。王昶还说：

　　吾学文以道为体，然法不可不效也。于韩取其雄，于柳取其峭，于苏取其大，于欧、曾取其醇懿而往复。又取《尚书》《仪礼》为学韩本；取《檀弓》《公羊》为学柳本；铭、颂取诸《易》与《诗》矣，《太元 [玄]》及《易林》辅之；赋取诸屈原，下逮宋玉、贾谊、扬雄之徒；纪事莫工于《史记》，《五代史》其继别者，旁推交通，兼综条贯，如是而吾学为文者始全。凡学，要于博观而约取，不约则不专，不专则不精；专乃能熟，熟乃能养。是文也将徘徊蕴蓄于胸膈间，与神明相附丽，得之心者融，宣之手者顺，纤微曲折，意态顺逆之间，将不期合而自合，不期工而自工。譬诸善庖者，庖一鼐和齐焉，濡之实之，嗜味者以为甘。非然，若大官之庖，虽多，使人噫哕焉尔。嗟乎！取诸也约，守之也专。③

　　① （清）王昶：《示戴生敦元》，《春融堂集》卷六十八，第 658 页。
　　② （清）王昶：《示长沙弟子唐业敬》，《春融堂集》卷六十八，第 659 页。
　　③ （清）王昶：《困学编题词》，《春融堂集》卷四十四，第 449 页。

　　王昶首先强调学文以道为本体，这实际上是古文家的一种基本认识，也是韩愈"文以明道"、周敦颐"文以载道"的另一种表述。王昶还强调注意古文之法。而学古文之法，首先就需要取诸家之文的长处，如韩愈古文的雄，柳宗元古文的峭，苏轼文章的大，欧阳修、曾巩文章的醇懿与往复迂回等，须长时间涵泳体会。同时，还须清楚唐宋大家之文源于经史。例如，韩愈文章的奇崛雄肆源于《尚书》的佶屈聱牙与《仪礼》的奇辞奥旨，柳宗元古文的简峭源于《礼记·檀弓》《公羊传》的简练自然。古文中的各种文体也是一样，要有本有辅。学"颂"体，必须先取法于《周易》与《诗经》，并以《太玄经》及《易林》辅之；学"赋"体，需先取法于屈原之赋，同时辅之以宋玉、贾谊、扬雄等人的赋；纪事（叙述）类的史家之文则首先取法于《史记》，辅之以擅长叙事的欧阳修《五代史》等，旁推交通，兼综条贯。如此取法，各体文方能兼擅，才能实现博与约的统一。

　　此外，王昶在与王芑孙的书信中曾就论文"戒杂""以自得为贵"谈及自己的体会：

　　　　惟自顾生平学术，为古文之颣有三：一累于制举义，再累于应酬骈体，三累于文移案牍。柳子厚论文戒杂，杂则断不能精，今日月逾迈，老老大大，即极力洗刷而无从。且作文以自得为贵，《学记》言"藏焉，修焉，息焉，游焉"；杜元凯言"优而柔之，餍而饫之，涣然冰释，怡然理顺"者，皆此志也。匪致虚守寂，反复涵泳，殚勿忘勿助之功，俟资深逢源之趣，其孰能几于此？①

　　王昶回顾自己的创作经历，向王芑孙提及了时文、应酬骈体、文移案牍等对写作古文的损害。写古文注重平常的涵养，日常的骈文、应酬之文、文牍等过于杂乱，均会给古文创作带来不利影响。因此，王昶引柳宗元之语，强调了论文与创作均需"戒杂"，杂则不能专精。同时，文章还要"以自得为贵"，在模拟效仿古人的基础上，需要形成自身独特的风格，方

---

　　① （清）王芑孙：《愒甫未定稿》卷八附答书，《清代诗文集汇编》第442册，第374页。

能传之久远。

二　注重古文的世教功能

王昶注重培植士风、扶持世教，论文强调人品与文品统一。例如，在与毕沅等讨论《续资治通鉴长编》时强调辨忠奸，弘扬元祐、庆元年间士人君子的人格，以扶持世教。在《金石萃编》中考证元祐党人及庆元党禁相关史事，反映出其重视世教的用心。与重视世教相关，王昶论文学注重人品，在诗歌、古文、词领域均如此。单就古文而言，他注重作者自身的道德修养，强调人格与文品的合一。比如，王昶钦佩苏轼的人格魅力与诗文成就。他认为苏轼所撰师友行状、神道碑、墓志铭虽不多，但在实际功用上要远远胜过韩愈。王昶将苏轼的《范景仁墓志铭》《富郑公神道碑》《司马温公神道碑》与韩愈所撰董晋、郑儋等人的行状相比较。"今董、郑诸人之状具在也，能使人廉而立乎？能使人闻而奋起乎？以此益自信苏胜于韩。足下必又曰：'此非文之故，人之故也。'则又不然。夫文以传人，必人以重文，人不足重，弗作可也。且是时若宣公之笃棐，晋国之德望，西平之忠烈，人足以重文者岂鲜也哉？释此不为，乃惟郑与董诸人之为，毋亦不量其人大小轻重，谓曾受其辟，遽以文与之欤？抑谓次第其官爵勋伐，足以重吾文欤？抑利其谀墓之金，如刘叉所讥者欤？无一而可也。"[1]王昶认为，文以传人，传主、墓主的人品、气节、功勋等必须有值得表彰的地方，如果没有，可以不作此类碑传。他主张行状、神道碑、墓志铭等必须使人看后"廉而立""闻而奋起"，这样的文章才有意义。这表明王昶是从扶持世教的角度出发来探讨韩愈、苏轼墓志铭等文章的优劣，文学性反而是其次。实际就古文的成就而论，王昶并不否认韩愈行状、墓志铭、神道碑一类文章的艺术性，只不过他觉得若传主其人品行有瑕疵，则有损撰写者的人格气节，对后世也无"使顽者廉，懦者立"的功效，故而他认为苏轼所撰墓志铭等的成就要高于韩愈。

但朱筠对此并不赞同，曾与王昶有过争论。姚鼐也不赞同王昶之说，其《与陈硕士》云："顷见王述庵集，论子瞻诸铭在昌黎上，此何其谬邪！以此

---

① （清）王昶：《与朱竹君书》，《春融堂集》卷三十，第 333 页。

叹解人难得。时之为诗文者，多乱道耳。"① 此信作于嘉庆十九年（1814）甲戌，此时王昶已过世八年。朱筠、姚鼐更多的是从古文的艺术性或者说文法的角度来比较韩愈、苏轼墓志铭的创作成就，而王昶更多的是从扶持世教、培植士气的角度出发而论。王昶与姚鼐在墓志铭看法上的差别，还可以在姚鼐为袁枚撰墓志一事上体现出来。因袁枚生前公然提倡"好色"，有广收女弟子等行为，与儒家风教出入较大，卒后人品备受争议，章学诚等人就对其展开了猛烈的抨击。当时，有人曾建议姚鼐不要为袁枚撰写墓志，但姚鼐顶住压力，为袁枚作墓志铭。② 并且他认为应该述其善，而不是记其恶。这种见解把文学与人品分开来看，与王昶强调墓志需择人而作，被撰写对象的品德、事迹须有功世教的看法明显不同。

王昶在与前辈古文家沈彤论文时指出："窃谓墓志不宜妄作，志之作与实录、国史相表里，惟其事业焯焯可称述，及匹夫匹妇为善于乡而当事不及闻，无由上史馆者，乃志以诏来兹，以示其子孙，舍是则皆谀辞耳。苏文忠公不喜为墓志、碑铭，惟富郑公、范蜀公、司马温国公、张文定公数篇，其文感激豪宕，深厚宏博无涯涘，使顽者廉，懦者立，几为韩、柳所不逮。无他，择人而为之，不妄作故也。"③ 这也是从扶持世教的角度出发而论。古文中的碑传一类文体属于私家撰述，因其与《史记》纪传体相近，故历来为古文家所看重。王昶认为墓志铭一类作品的叙事应该与史书相一致。从创作上看，王昶所撰墓志的传主确实是知名人物或品德有助于世教者；从编选角度而言，王昶辑《湖海文传》选碑传类文章也注意扶持世教。此外，王昶在《阮籍论》中批判阮籍写劝进表、毫无气节；因史达祖人品不佳，进而否定其词品；批评陆游没有气节，为讨好韩侂胄撰写《南园记》。④ 这些均表明王昶注重士大夫气节，注重文学作品的教化作用。换言之，在王昶的古文主张与观念里，儒家的伦理教化占据重要的地位。

① （清）姚鼐：《姚惜抱尺牍》，龚复初标点，何铭校阅，上海：新文化书社，1935，第71页。
② （清）姚鼐：《姚惜抱尺牍》，第50页。
③ （清）王昶：《与沈果堂论文书》，《春融堂集》卷三十，第330页。
④ 分别参见（清）王昶《阮籍论》，《春融堂集》卷三十三，第356页；（清）王昶《江宾谷梅鹤词序》，《春融堂集》卷四十一，第416页；《论诗绝句》其二十："跃马弯弧志渐衰，归朝且喜近三台。已成太傅生辰颂，更擅南园作记才。"批评陆游无气节，见《春融堂集》卷二十二，第250~251页。

王昶在人格方面对韩愈所撰墓志等古文的评价，可能与其师沈德潜论文强调人品有关。沈德潜曾经评点过唐宋大家古文，特别强调文品与人品的统一。如沈德潜并不欣赏韩愈的《上于襄阳书》等文，未将其选入所编文选。沈德潜在《唐宋八家文读本》凡例中说："若昌黎《上于襄阳书》、后二次《上宰相书》《与陈给事书》《代张籍与李浙东书》之类，此又因其推挫浩然之气，当分别观之。"① 他认为韩愈的这些文章有谄媚的成分，缺乏浩然之气，因而并不认同。王昶所说的韩愈所写墓志铭不能让人"廉而立""闻而奋起"等实际上与沈德潜的看法是一致的。需要说明的是，沈德潜、王昶论文重文品与人品统一的取向同乾隆时期官方文艺思想注重忠孝、强调文人的人品等有关。乾隆论人论文均强调忠孝，主张人品与文品相合，深刻影响到 18 世纪文学家对文学的看法。

三 注重碑传类文体的体例

除了前述王昶认为碑传类文章要重视传主有可以传世的品质，具备"使顽者廉，懦者立"等劝世功用外，王昶还特别重视碑传类文章的撰写之法，如《湖海文传》卷四十四收有沈彤《与顾肈声论墓铭诸例书》、杭世骏《复梁少师书》、王元启《论汪涵存墓志书》、王芑孙《与彭允初书》等讨论墓志、碑文体例的书信。王昶在与人论文时也曾提及墓志铭、碑文的撰写规范。如《与沈果堂论文书》：

> 得其人矣，而行文之法又不可以不审。窃谓韩、柳、欧、苏集为俗本所乱，如韩之《曹成王》《刘统军》《权文公碑》皆神道也，而题不具书；柳惟《志宗直殡》则直志尔，其《秘书郎姜君》《襄阳丞赵君》《主簿韩君》皆有铭而不书铭；及韩之《考功卢君》《司法李君》皆无铭，乃书墓志铭，其舛误如是。至碣与碑同，宜有铭词，而韩之《法曹张君》、柳之《独孤君》两文皆不著铭。《独孤君碣》末列友人名姓，与其《先侍御神道表》同例，盖皆表也。表例无铭，而韩之

---

① （清）沈德潜编《唐宋八家文读本》卷首第七条"凡例"，清乾隆十五年（1750）苏州小郁林刻本。

《房使君郑夫人殡表》则用韵如铭。其他若《郓州溪堂》以序缀诗，《汴州东西水门》以记缀词，体制如此错出者甚众。今之学者弗参互考订，而潘氏《金石例》、王氏《墓铭举例》等书，世亦不复传习，是以虽号为能文词者，每有作辄缪盭不合于古。①

王昶精于金石之学，浏览过大量的古代墓志铭，他尤其注重碑传类文体的体例。王昶认为韩、柳、欧、苏之文集均存在为俗本所乱的问题。有的本来是神道碑，篇名却不书"神道碑"；有的是墓志铭，题中却不书"铭"字；有的文章后本无铭，但标题有"墓志铭"字样；等等。辨析墓志铭、墓表、神道碑差异的著作如《金石例》《墓铭举例》《金石要例》等是王昶颇为重视的。乾嘉学者治学注重义例与体例，实际上是源于乾嘉汉学家治学时普遍采用的归纳法。但姚鼐对这种碑传类文章体例的区分并不赞同，持不同看法。《古文辞类纂·凡例》云："碑志类者，其体本于《诗》，歌颂功德，其用施于金石。周之时有石鼓刻文，秦刻石于巡狩所经过，汉人作碑又加以序。序之体，盖秦刻琅邪其矣。茅顺甫讥韩文公碑序异史迁，此非知言。金石之文，自与史家异体。如文公作文，岂必以效司马氏为工耶？志者，识也。或立石墓上，或埋之圹中，古人皆曰志。为之铭者，所以识之之辞也。然恐人观之不详，故又为序。世或以石立墓上，曰碑曰表；埋，乃曰志。及分志、铭二之，独呼前序曰志者，皆失其义。盖自欧阳公不能辨矣。"②

此外，王昶论文还注重"真"，这尤其体现在墓志、碑传类文体上。王昶曾指责过袁枚替人撰写墓志失实的情况："小仓诗境尽芳菲，巨制穿碑稍见讥。原与时贤供拊掌，休将国史论从违。"③看似为袁枚开脱，实则指出袁枚不善于驾驭鸿篇巨制，撰写碑文失实、无法与国史相表里的缺点。当时也有其他古文家指出袁枚古文失实的情况，如彭绍升《与袁子才先辈论〈小仓山房文集〉》④即举袁枚文集中失实、错误之例，对其进行批评。王

① （清）王昶：《与沈果堂论文书》，《春融堂集》卷三十，第330页。
② 吴孟复、蒋立甫主编《古文辞类纂评注》，合肥：安徽教育出版社，2004，原序，第17页。
③ （清）王昶：《长夏怀人绝句·钱唐袁明府子才》，《春融堂集》卷二十四，第283页。
④ （清）彭绍升：《二林居集》卷四，《清代诗文集汇编》第397册，第408~409页。

昶云："（吴嵩梁）又谓其神道碑、墓志铭诸文纪事多失实。予谓岂惟失实，并有与诸人家状多不合者。即如朱文端公轼、岳将军钟琪、李阁学绂、裘文达公曰修，其文皆有声有色，然予与岳、裘二家之后俱属同年，而穆堂先生为予房师李少司空友棠之祖，且予两至江西，见文端后裔询之，皆云未尝请乞，亦未尝读其所作。盖子才游屐所至，偶闻名公卿可喜可愕之事，著为志传以惊爆时人耳目，初不计信今传后也。"① 除批评袁枚神道碑、墓志铭诸作与传主家传不合，还认为袁枚有借公卿可喜可愕之事以惊爆时人耳目，并未考虑过是否符合事实的情况。王昶认为墓志、碑传类作品应该与史书相表里，必须注重其真实性，能传信后世。当然，这与王昶强调实证、注重实事求是的治学态度相关。

四　对古文与时文关系的认识

明清时期，古文与时文的关系颇为密切，有以古文为时文者，亦有以时文为古文者，两者关系一直受到古文理论家关注。王昶也曾与友人谈及古文与时文之异同：

> 今足下邮古文见示，然后知足下曩以古文为时文，今复以时文为古文也。夫所谓文者，理与词已耳。词非理不立，理非词不达。为古文辞，必反复绸绎其理，必旁推交通，不致有缺略渗漏，以薪裨于世教。而时文限之以题，理常有所不可尽，而义多有所不获宣，甚者乃为逆探钩取，若吐若茹，以诧其灵敏儇巧，名为阐圣贤之言，实于圣贤立言大旨转相悖戾，盖其不同如此。古之取士或以诗赋，或以经义，体制、格调本去古文甚远，一旦舍其所业，从事于古文，得门而入也较易。今之时文皆粹然圣贤之理，体制、格调多与古文合，且非夙习于古文，时文亦不能以工。浸淫渐渍久之，遽欲以此为古文，则毫厘疑似之间，愈近而实愈相远，其故又不在辞在气，不在理在神。昔康昆仑请学琵琶于河西女子，令三年不近音乐，乃授以指法；近陈宫詹邦彦少工董文敏书，晚思效颜鲁公，及下笔辄复似董，乃以左手作字，

① 　（清）王昶辑《湖海诗传》卷七，《续修四库全书》第 1625 册，第 601 页。

冀忘其故习。夫昆仑女子之琵琶，同此节族勾剔焉尔；颜、董之书，同此波磔戈折焉尔，然必忘之而后习之，所谓毫厘疑似，愈近而愈远，忘之不尽，终无以得其真。文小技尔，然时文、古文不同者如此，似同而实不同又如彼。①

宋代已有人关注讨论时文与古文的关系，甚至有人认为宋人已经有以时文为古文的现象。但时文与古文的关系真正受到广泛关注，一般认为是在明代中后期。古文与时文互相影响渗透，对明清两代文章学产生了深远影响。大体而言，以古文为时文受到古文家的赞许，而以时文为古文则普遍受到批评。因明清八股文代圣人立言，其实是阐述"理"，尽管限于字数要求，不需要像古文那样反复抽绎，旁推交通，以便把理说透，但它在格调、体制上多与古文相合。故以古文之法写时文，往往有助于时文。反之则不行，因为时文的气与神同古文有别。时文一般以含蓄不尽为妙，古文则需要畅达，反复抽绎，说尽其理。方苞就因用近于时文的写作方式去创作古文而被人批评，钱大昕《与友人书》转述王若霖之语评方苞"以时文为古文"②，认为这是深中其病。姚鼐也承认方苞古文有此缺点。他在与弟子管同的书信中云："作古文者，生熙甫后，若不解经艺，便是缺陷。本朝如李安溪，所见不出时文，其评论熙甫，可谓满口乱道也。望溪则胜之矣，然于古文、时文界限，犹有未清处。大抵从时文家逆追经艺、古文之理甚难；若本解古文，直取以为经义之体，则为功甚易，不过数月内可成也。"③ 姚鼐认为归有光以古文为时文，取得较大的成就，而方苞在古文创作上未能摆脱时文的影响，未分清古文与时文的界限。在从古文入时文易，从时文入古文难的认识方面，姚鼐的看法实际与王昶比较接近。王昶认为必须熟悉古文写作，时文才能写得好。若仅仅浸淫时文，想以时文为古文，则往往看上去相似，实际上差异越来越大。王昶认为，要去除时文对古文创作的影响，必须绝笔不为时文，并且要湛于经史以养其本，才能写出好的古文。这也是大多数古文家的共识。

---

① （清）王昶：《与彭晋函论文书》，《春融堂集》卷三十，第 331 页。
② 陈文和主编《嘉定钱大昕全集》第 9 册，第 576 页。
③ （清）姚鼐：《惜抱轩尺牍》卷四，卢坡点校，合肥：安徽大学出版社，2014，第 68 页。

第二节 王昶与乾嘉古文流派取径的异同

在明代文坛，文章领域普遍强调复古，但在以何种古文为取法范本时，常夹杂着地域文学传统因素，出现了秦汉派与唐宋派两种不同取向。秦汉派主张学习秦汉作者的文章，甚至取法儒家经书的文法；唐宋派则主张由唐宋大家入手，进而上溯至秦汉。在批评家看来，明代的秦汉派、唐宋派成员均存在模拟弊病，缺乏自己真实的面貌。针对这种现象，清代文人大多意识到文章真性情与真面目的可贵。钱大昕《半树斋文稿序》云："文之古，不古于袭古人之面目，而古于得古人之性情。性情之不古若，微独貌为秦、汉者，非古文；即貌为欧、曾，亦非古文也。"① 主张文章要有真实面貌，不应只从形式上模拟古人，模拟秦汉、唐宋者皆非真古文。清代学者总体上不再刻意模拟秦汉派与唐宋派，而是试图消弭两者的畛域，建立清人的文章学观念。

在王昶的古文取径与乾嘉其他文派的异同上，有两点值得注意。其一，以王昶为代表的汉学派古文家的取径是以韩愈、欧阳修、曾巩等唐宋大家为宗，而参以唐、宋、元、明知名文人的文章。在取法唐宋大家文章方面，汉学家与姚鼐等桐城派文人有下述相异地方。姚鼐《古文辞类纂》为彰显"文统"观，于南宋、元代作家皆不取，明、清两代只取归有光、方苞、刘大櫆等人，取径颇严；而汉学家古文取径方面更为宏通广博。其二，以王昶为代表的汉学派古文家在对待"以考据为古文"② 的态度上与以桐城派为代表的其他文章流派存在差异。

一 王昶古文取径与桐城派古文的异同

乾嘉文人在清初文人的基础上进一步认识到秦汉派、唐宋派古文之争

---

① 陈文和主编《嘉定钱大昕全集》第9册，第423页。
② "以考据为古文"是指清人文集中考据入古文的现象，并不包括经史著述中的考证。受时代学风影响，乾嘉时期的文人大多会在古文写作中融入考据。汉学家较为普遍地将考据融入古文，甚至繁缛拖沓；袁枚反对考据入古文，认为二者水火不容，而姚鼐等则主张有限度地接纳考据入古文。这体现出乾嘉文人对考据入古文的不同态度。

的弊端，大多对这种门户之见持反对态度，《四库全书总目提要》中就体现出这种观念。乾嘉汉学家总体上并不以时代论文，而是对历代出入经史大家、坚持雅正的文人皆有取法，强调文章须有特色。王昶的古文取径能够代表吴派汉学家古文的基本面貌，既与乾嘉时期其他文章流派的取径有相近的一面，也存在明显的差异。乾嘉时期的古文流派以桐城派在后来最负盛名，以下着重比较王昶与桐城派，以见汉学家古文与桐城派古文在取径上的异同。

（一）相近者：以唐宋大家为本

经过明代文人的激烈争论，清代文人对秦汉与唐宋文章的认识不断深入。清代文人强调文章要有真情，大多认同经唐宋上溯至秦汉的文章创作取法路径。尤其是清代科举时文领域普遍强调"以古文为时文"的重要性，主张由唐宋古文的文法来入手改造时文的写作，使时文发挥出代圣人立言的功用。在此背景下，清人编选的唐宋八大家古文选本颇多。① 王昶的古文注重取法唐宋大家，以韩愈、欧阳修、曾巩为宗。他在《与门人吴廷韩》中指出："古文则断以韩、欧、曾三家为鼻祖。"② 韩愈、曾巩在唐宋八大家中湛深经术，欧阳修则颇得《史记》叙事神韵，均是学秦汉之文而自具特色者，成为后人学习的榜样。王昶编选过《四家文类》一书，选取韩愈、柳宗元、欧阳修、苏轼四家，他在自序中提及这四家是"文之最也"③。这是王昶为家族子弟编选的古文读本，最能代表其古文取法路径。王昶的创作坚持以韩、欧为宗。他在《与曹来殷》中说："近刻意为古文，亦得百纸，似与韩、欧门径颇涉其藩。"④ 书信中自道其古文以韩愈、欧阳修为典范，认为二人分别是唐代与宋代最杰出的古文大家。乾隆三年（1738），朝廷刊刻《御选唐宋文醇》，体现出官方对唐宋大家之文的推崇，对乾嘉文坛起到重要的影响，进一步确立了乾嘉间古文家论文以唐宋八大家为宗的共

---

① 据付琼《清代唐宋八大家散文选本考录》（商务印书馆，2016）统计，清代关于唐宋八大家古文选本存世者有 48 种，数量较为可观，可见清人颇重视唐宋八大家散文。
② （清）王昶：《履二斋尺牍》卷一，南开大学图书馆藏清抄本。
③ （清）王昶：《春融堂集》卷四十一，第 414 页。
④ （清）王昶：《履二斋尺牍》卷三，南开大学图书馆藏清抄本。

识。譬如，杭世骏《古文百篇序》指出："为古文而不源于八家，支离嵬琐，其失也俗。"① 认为古文创作由八家入手方可免俗。

梳理明清古文演进史，可知桐城派受明代唐宋派文人尤其是归有光等人影响颇大。桐城派自方苞以降，古文创作的取法对象主要以唐宋八大家为核心。方苞奉果亲王之命编选的《古文约选》选西汉文 39 篇、东汉文 4 篇、后汉文 2 篇、韩愈文 72 篇、柳宗元文 45 篇、欧阳修文 58 篇、苏洵文 32 篇、苏轼文 34 篇、苏辙文 20 篇、曾巩文 26 篇、王安石文 26 篇。其中，唐宋八大家文共选入 313 篇，占比超过 85%，与两汉文相比处于绝对优势地位。刘大櫆以为"八家之外无文"②，其所编《唐宋八家古文约选》（已佚）以唐宋八大家文为主而增附李翱、晁补之、归有光三人之文。其存世的《唐宋八家文百篇》则专选八大家之文。③ 姚鼐的《古文辞类纂》选文也以唐宋八大家为主，并采录《楚辞》《史记》《汉书》之文，明清则取归有光、方苞、刘大櫆之文。姚鼐古文取径相比方苞、刘大櫆虽较宽，但其核心仍是以《史记》、《汉书》与唐宋八大家文为宗。

从前文所述可知，在以唐宋大家为核心的取径上，以王昶为代表的汉学家与姚鼐等桐城派文人及袁枚均相近，其区别在于取法的广博与狭隘。相对而言，桐城派更强调从文章的升降上论文，取径颇为严格；而汉学派古文家更强调取法的广博，对南宋、元、明时期重要作家的古文也有取法。

（二）相异者：取法宽与严

乾隆年间，多数文人在古文的取法上持较为宽广的态度。例如，朱仕琇年轻时喜欢读荀子、扬雄、庄子、屈原、《左传》、《史记》、韩愈、李翱等，后来取法西汉，也学欧阳修、曾巩，入仕途后又泛滥于元明诸家。他在《与胡稚威书》中写道："仕琇治古文，自晚周下迄元、明百余家，虽不能尽识，亦尝行其崖畔，知其升降所由。"④ 可见他对秦汉、唐宋文皆有

① （清）杭世骏：《道古堂文集》卷八，第 81 页。
② （清）萧穆：《刘海峰先生〈唐宋八家文选〉序》，《敬孚类稿》卷二，《清代诗文集汇编》第 729 册，第 600 页。
③ 李兰芳：《刘大櫆十卷本〈唐宋八家古文约选〉考论》，《古籍研究》第 74 辑，2021。
④ （清）朱仕琇：《梅崖居士文集》卷三十，《清代诗文集汇编》第 336 册，第 491 页。

取法，并下及明代，颇为广泛。

王昶的古文取径以韩愈、欧阳修、曾巩为宗，并参以元明诸家，颇为广泛。在《示长沙弟子唐业敬》中，王昶认为除了唐宋八大家外，元代的吴澄、吴莱、揭傒斯、柳贯、黄溍、戴表元，明代的宋濂、王守仁、王慎中、归有光、唐顺之等，均可以师法。① 类似的观点他多次提及。例如，他在《与门人吴廷韩》中指出："古文则断以韩、欧、曾三家为鼻祖，而参以虞道园、吴草庐、王遵岩、归震川，已足窥文章堂奥。北地赝古之习，殊不足效。"② 虽然王昶强调以韩、欧、曾等大家为宗，亦主张取法元明大家，但拒绝前后七子形式上机械模拟秦汉文章。

桐城派强调古文"文统"，论文颇为严格。在桐城派文人看来，北宋以后至明代归有光，古文的传承几乎断绝。因此，前揭方苞《古文约选》、刘大櫆《唐宋八家古文约选》等作为后学取法的古文选本，取径均较为严格而显狭隘。姚鼐继承与发展了方苞、刘大櫆的古文理论，论文以韩、欧等八大家为宗，吸收《史记》等秦汉文章，对六朝、南宋、元代及明代的文章都不太重视（归有光除外）。他轻视六朝之文是因其以骈体为主，不喜南宋、元、明之文则因其气体卑弱。姚鼐编《古文辞类纂》未选南宋、元代之文，明代仅取归有光，清代则仅取方苞、刘大櫆之文。这种北宋以后"文统"断绝，直至归有光等方能遥继的看法，在桐城派文人中颇为流行。例如，戴钧衡《重刻方望溪先生全集序》指出："是以古文之学，北宋后绝响者几五百年，明正、嘉中，归熙甫始克赓之。"③ 无论是方苞、刘大櫆，还是姚鼐的古文取径体系，元代的吴澄、吴莱、揭傒斯、柳贯、黄溍、戴表元，明代的宋濂、王守仁、王慎中、唐顺之等，均不在其中；王昶提倡弟子学习浏览的两晋《文纪》、《唐文粹》、《宋文鉴》、《南宋文选》、《元文类》、《中州文表》、《明文授读》等选本大多也不属于桐城派文人的取法范围。受姚鼐影响的鲁九皋也喜欢平淡的文风，其古文取法北宋欧阳修、曾巩，元代的虞集，明代的杨士奇、归有光；不喜柳宗元、王安石、"三苏"之文，"明中晚以后诸名家文字，偶一寓目，中心即有所梗，因遂

① （清）王昶：《示长沙弟子唐业敬》，《春融堂集》卷六十八，第 659 页。
② （清）王昶：《履二斋尺牍》卷一，南开大学图书馆藏清抄本。
③ （清）方苞：《方望溪先生全集》卷首，上海涵芬楼藏戴氏刊本。

废弃不观"，① 对中晚明诸家文大多不取。由此可知，在桐城派的古文取法对象里，几乎没有南宋、元代文人，明代仅有归有光，取径颇为严苛。即使是与桐城派接近的一些文人，其取径也相对狭隘。这与以王昶为代表的汉学家文人取径颇广的做法存在明显不同。

二　乾嘉文人对"以考据为古文"的批评

除了取径上的差异外，以王昶为代表的汉学家在对待"以考据为古文"的态度上也与其他古文流派存在明显不同。随着明末清初知识分子对明代学风进行深入反思，学术由"尚虚谈"向"崇征实"过渡。清初的顾炎武、黄宗羲、朱彝尊、阎若璩等人在创作中多强调求实，拉开了清代"以考据为文"现象的序幕。至乾嘉时期，汉学家文章普遍强调经学与文章的合一。张燾《西庄始存稿序》指出王鸣盛"以实学为文，合经与文而为一"。② 这种经与文合一的倾向其实是乾嘉汉学家文章的共同特征。赵怀玉在为《春融堂集》作序时指出王昶文章融训诂、词章于一体，与经与文合一的意思相近。训诂是经学的重要组成部分，在文章领域主要体现为考据。王昶创作了一些考据文章，其古文理论并不刻意强调考据，但他在《湖海文传》中收入了较多考证性文章，表明其文学编选理念对考据类文章或者说对以考据为文是持肯定态度的。在乾嘉文坛，围绕着考据与古文的关系发生过激烈的争论，影响到乾嘉文章的演进历程，这与王昶的古文观也颇有关系，很有必要对其进行梳理。

乾嘉汉学家在文章中过度强调考据的做法成为一时风气，但也引起了当时及后世文人的批评。他们对以考据为古文的批评主要集中在重学轻文、晦涩难懂等方面，已有研究者做了初步探讨，对人们了解乾嘉时期古文的基本面貌有帮助。③ 考据学征实的意识对乾嘉汉学家创作影响颇大。与清初文人相比，乾嘉文人所面临的考据与古文之矛盾更为突出。乾嘉以降，许多重要的学者型文人围绕考据学到底该不该进入古文展开过争论。这种对

---

① （清）鲁九皋：《答陈绎堂书》，《山木居士外集》卷二，乾隆四十七年（1782）刻本。
② 陈文和主编《嘉定王鸣盛全集》第 10 册，第 4 页。
③ 常方舟：《清代朴学视域下的"文之资于经者"》，《阜阳师范学院学报》（社会科学版）2016 年第 5 期。

"以考据为古文"的批评与清代中后期文章的发展面貌紧密相关。

因统治者支持汉学考据，"在18世纪晚期的乾隆朝和嘉庆朝，科举考试科目开始逐渐向在南方文士中极为流行的汉学和考证学靠拢"①，许多有汉学背景的士人在科举考试中获隽，成为朝廷精英。一些人担任学政、乡会试考官及致仕后主讲各地书院，培养了一大批善于考据的文士阶层。部分汉学家还以高位扬扢风雅，引领一时风气。在他们的影响下，学者型文人普遍倾向于实证，考证性的学术著作成为学界主流，考据文章也被大量收入他们的别集。这种重视考据、轻视词章的做法引起了一些文人的不满。他们对训诂、考据与文章的关系进行反思，引发了文坛关于训诂与词章之争。"通训故者以词章为空疏而不屑为，工词章者又以训故为饾饤而不愿为，胶执己见，隐然若树敌焉。"② 这在一定程度上也是考据与词章之争。总体而言，汉学家重考据获得压倒性优势，"以考据为古文"成为显著现象。袁枚、姚鼐等人均对此进行过批评。

在乾隆年间，首先对"以考据为古文"现象进行抨击的是袁枚。袁枚曾写过经史考据文章，但他反对将古文与考据相混。袁枚抨击考据入古文主要集中在两方面。其一，袁枚认为古文是创作，考据则属于述作。创作是才气的一种体现，考据则是为他人作嫁衣裳。袁枚强调古文是形而上的，虽然需要学问，但不得罗列铺陈；考据是形而下的，专以博引载籍为务，辞达而已，与古文无涉。这是强调古文的地位高于考据。基于此，他强调古文与考据如水火不相容，反对以考据为古文。其二，袁枚认为考据家古文缺乏文法、缺乏美感是过度融入考据所致。他批评考据家之文为追求客观质实而用笔平淡无奇，缺乏剪裁提挈、烹炼顿挫，叙事往往繁缛拖沓，不讲究文法，无起承转合等变化。例如，杭世骏认为史书中的考据家之文非古文，但杭氏自己也难免此病。袁枚批评《道古堂集》"记序之文，失之容易；序事之文，过于冗杂，全无提挈剪裁"。③ 袁枚认为杭世骏古文不讲究章法、过于冗杂。此外，袁枚在《与程蕺园书》中明确提出古文误于

① 〔美〕艾尔曼：《晚期帝制中国的科举文化史》，高远致等译，北京：社会科学文献出版社，2022，第470页。
② （清）赵怀玉：《亦有生斋集》文卷三，《清代诗文集汇编》第419册，第550页。
③ 王英志编纂校点《袁枚全集新编》第15册，杭州：浙江古籍出版社，2015，第82页。

清朝考据学的观点，也是基于同样的看法。针对当时文坛古文创作的弊病，袁枚撰《古文十弊》予以批评，其中"饾饤成语，死气满纸"，以及所附三弊中"征书数典，琐碎零星，误以注疏为古文"① 均是针对考据而发。袁枚为文重视独创，强调文法，而"以考据为古文"者在这两方面均存在先天不足。因此，袁枚对任何形式的考据入古文都是排斥的。

乾嘉时期，另一位对汉学家烦琐考据入古文持批评意见的是姚鼐。姚鼐的看法与袁枚同中有异，他虽然批评"以考据为古文"，但在一定程度上也有所认同。② 相对而言，袁枚的抨击性多而建设性意见少，姚鼐则多从古文理论建设上着眼。姚鼐撰写过考据类的著作，他对考据的态度发生过两次变化。早年姚鼐受戴震等人影响，经历了由辞章到考据的转变过程，中年离开四库馆后弃考据又回归到辞章。③ 这两个过程与姚鼐如何看待考据与古文的关系紧密相关。对于考据入古文，姚鼐后期是反对烦琐考据的。《述庵文钞序》云："为考证之过者，至繁碎缴绕，而语不可了当，以为文之至美，而反以为病者何哉？其故由于自喜之太过而智昧于所当择也。"④ 姚鼐多次批评汉学家不注重剪裁，过于烦琐。他也认为适度的考据可以更好地阐发义理而有助于文章。因此，与袁枚完全排斥考据的态度不同，姚鼐对考据入古文采取了新的策略，既有批评，也有吸纳，将简洁的考据纳入桐城派古文理论与创作。

乾嘉时期，还有一些学者对考据学做过深入批评，也涉及"以考据为古文"的弊病。比如，章学诚指出："近日学者多以考订为功，考订诚学问之要，然于义理不甚求精，文辞置而不讲，天质有优有劣，所成不能无偏，纷趋风气，相与贬义理而薄文辞。"⑤ 显然这是针对考据学而发。章学诚把考订、义理、文辞三者视为学问要务，与姚鼐的看法接近。他认为乾

---

① 王英志编纂校点《袁枚全集新编》第 15 册，第 74 页。

② 朱曦林《姚鼐〈述庵文钞序〉与乾嘉之际的考据、辞章之辨》（《中州学刊》2022 年第 3 期）注意到乾嘉之际考据与辞章的异趣和分途，但忽视了姚鼐古文理论对考据的有限度吸收。

③ 王达敏：《姚鼐与乾嘉学派》，北京：学苑出版社，2007，第 11～17、59～64 页。

④ （清）姚鼐：《惜抱轩诗文集》文集卷四，上海：上海古籍出版社，1992，第 61 页。

⑤ （清）章学诚：《与朱少白论文》，《章氏遗书》卷二十九"外集二"，北京：文物出版社，1985，第 335 页。

嘉学者过度强调考据，却对义理、文辞不够重视，有所偏废。考订虽然是学问的基础，但个体天赋不同，成就也有差异，不可能全部擅长考据。因此，章学诚对乾嘉学者群趋考据却不重视义理与文采的倾向提出批评，这实际上即批评乾嘉时期"以考据为古文"的现象。

一些文人虽然对"以考据为古文"现象持批评态度，但意识到古文不能完全废弃考据。秦瀛《吴鲁也文集序》强调"尚考据者广摭金石，尊注疏者博征传注，虽所诣之深浅不同，要皆非古人之所以为文者也"①，批评乾嘉汉学家博引金石考据与汉唐注疏为文的现象，认为它们均非唐宋古文家所提倡的古文。当然，秦瀛也反对治古文而废考据的做法。《答陈上舍纯书》："近数十年来，学者多尚考据，古文之学更衰。夫古文中未尝无考据，然考据自考据，古文自古文，治古文而欲废考据，非也，以考据为古文，亦非也。"② 秦瀛的观点相对接近姚鼐的看法，主张古文要以明道致用为先，而非繁缛考据。

这种批评还延续到清代后期。道咸年间，曾国藩《重刻茗柯文编序》总结了乾嘉以降批评汉学家"以考据为古文"的现象："自考据家之道既昌……临文则繁征博引，考一字，辨一物，累数千万言不能休，名曰'汉学'。前者自矜创获，后者附和偏诐而不知返，君子病之。"③ 批评汉学家繁征博引，以考据为古文、过于烦琐的现象，并对后人趋之若鹜的局面表示出忧虑。这反映出清代文人围绕此问题进行过长期的反思与总结。

第三节　王昶的古文创作

同时代或后代选家对王昶古文的重视程度不一，评价也存在差异。其中，吴翌凤《国朝文征》选27篇，姚椿《国朝文录》选36篇，朱琦《国朝古文汇抄初集》选11篇，贺长龄《清经世文编》选7篇，王尊《国朝文述》选6篇，沈粹芬《国朝文汇》选7篇，陈兆麒《国朝古文所见集》卷七选王昶《答惕甫书》1篇论文之作，孙衣言《国朝古文正的》卷三选

①　（清）秦瀛：《小岘山人文集》卷三，《清代诗文集汇编》第407册，第523页。
②　（清）秦瀛：《小岘山人文集》卷二，《清代诗文集汇编》第407册，第481页。
③　（清）曾国藩：《曾文正公文集》卷四，《清代诗文集汇编》第641册，第582页。

王昶《祭朱文端公文》1篇，等等。其中，吴翌凤、姚椿等与王昶过从较密，属于晚辈，他们选王昶的文章相对较多，大概存在交游的因素。而陈兆麒、孙衣言等以桐城派古文的标准选文，故其选本选入王昶的文章较少。当时较重要的选本如徐斐然《国朝二十四家文钞》、孙澍《国朝古文选》、李祖陶《国朝文录》和《国朝文录续编》等均未录王昶文。清末王先谦、黎庶昌二人继姚鼐之后均选有《续古文辞类纂》，黎氏选本下编、王氏选本均是以桐城派古文的标准选录清代著名散文家的古文。其中，王先谦的选本未选王昶文章。到了近代，一些影响较大的介绍清代古文家的书如李崇元《清代古文述传》① 选入79位（另有附见者18人）清代古文家，其中也没有王昶。

在清代，有人认为王昶的古文成就较高。例如，李祖陶《国朝文录》及《国朝文录续编》未选王昶文，但他后来编选的《国朝八家文录》收王昶文七卷，并认为其文"不平不险，以韩、柳、欧、苏为归，合以神而不合以貌，与尧峰并为一代正宗"②，评价颇高，惜此选本今未见。针对王先谦选本未选王昶等人之文，李慈铭就有批评。他认为王选《续古文辞类纂》多门户之见，去取不佳，"若是选所不及，而卓然足名家者，如彭芝庭、朱笥河、王述庵、汪容甫、章实斋……皆足以奴仆朱仕琇、鲁仕骥、吴定、管同辈"。③ 李慈铭从贯通经史的角度而论，认为王昶等人的古文成就远高于朱仕琇等人，对王昶的古文评价也颇高。总体上看，尽管王昶的古文在当时有一定的影响，但他并不足以与第一流的古文名家并称。

《春融堂集》经王昶晚年删订，是其一生著述的精华。其中收文570余篇，涉及赋、书、序、墓志等18种文体，凡40卷。这些文章涵盖较广，以下摘取其论辩类、考证类、序跋类、碑传类、游记类五种文章进行分析，以见王昶古文创作的面貌。

---

① 李崇元：《清代古文述传》，载王云五主编《国学小丛书》，上海：商务印书馆，1940。

② （清）李祖陶：《国朝八家文录序》，载陈卿云纂《重修上高县志》卷十二，同治九年（1870）刻本。

③ （清）李慈铭：《王选〈续古文辞类纂〉跋》，载舒芜等编《中国近代文论选》，北京：人民文学出版社，1962，第342页。

一 论辩类

论辩类文章是古文家较为看重的文体，一般分为理论、政论、史论、文论等几类。王昶的作品中，严格意义上的议论性文章并不多，以"论"为题者凡11篇，以论历史人物为主。在这些文章中，王昶并不仅仅局限于论人物，还借评论历史人物来表达看法，尤其是阐发其所强调的人品、修养。王昶的论辩类文章大多简略峻洁，语言平淡，论述集中而有针对性。其论点一般在文章开头便会亮明，然后集中从重要方面展开论述，以论证其观点。

《阮籍论》是评价晋代著名文学家阮籍的文章。一般人论阮籍多重视其文学成就，对其人品多存恕词，认为在特定的历史条件下，阮籍的所作所为有不得已之处。王昶的看法与此不同。他首先抛出文章的中心论点"晋承汉魏丧乱之后，士大夫知名节者罕矣"，意在强调士大夫应该注重名节，举阮籍为例，就是为了证明此论点。王昶认为阮籍实际有叛逆行为，只不过"籍者特以狂名欺世，而世皆为所欺耳"，这是王昶对阮籍的判断。接下来，王昶引史籍来论证其观点，选的是阮籍写劝进表一事。在王昶看来，在当时的情境下无论有无阮籍之文，司马氏均会篡权。但阮籍作为魏国大臣的后裔，官至高贵乡公散骑常侍，封关内侯，不应为司马氏写劝进文，以致丧失名节。王昶认为阮籍之所以写劝进文，原因在于他早就是司马氏的心腹。文章还引嵇康请司马昭保全阮籍之语为据，这样的分析就推翻了阮籍是被迫写劝进文的传统看法。尽管这只是一种推测，但也属于有一定道理的推论。王昶还进一步论述：

> 钟繇书《大飨受禅碑》，欧阳公尚斥为无耻，至籍以文章翰墨助篡逆之谋，谀之以阿衡，媲之以周、吕，且托之于酒以见其才，以饰其迹，无耻孰甚焉！"无所改窜"者，盖籍与司马父子兄弟包藏祸心，谋移魏祚久矣。其文宿构有年，藏之肺腑，乘时而出，非果率尔操觚以应命也。世以狂而痴目之，又以醉而恕之，又以《咏怀》诗而重之，不知适为所欺。孔子谓"狂而不直，今之狂也荡"，如籍所谓荡者，非

欤？若以放弃礼法与竹林七贤同类而讥，岂足以蔽其辜哉。①

他认为后人皆为阮籍所欺骗。王昶论证阮籍自饰，实际是为论证其核心观点"六朝之士大夫罕知有名节者"。故文章末尾又以此作结，进一步与文章开头相呼应。整篇文章论点鲜明新颖，以小见大，由阮籍以见六朝士大夫多不知坚守名节。王昶论人论文均注重以人品为首，强调植节敦品、教化，其史论文章体现出强烈的现实关怀。

这样的史论文章还有《王羲之论》。王羲之是历史上著名的书法家，也是魏晋风流的代表人物，以兰亭雅集享有盛名。一般人对其评价多是正面的，但王昶的看法颇出心裁。文章开头即提出"尚论古人之品，必观其性情，而性情之纯驳，由其好恶定之。若使拂人之性，则虽文艺甚工，闻望甚重，论者犹将指其失以为戒焉"的论点。② 文章着重论述王羲之的好恶之偏，并举了两例来证明，且每个例子中都有对比。例如，王羲之以有人将兰亭雅集比拟为石崇的金谷雅集而自喜，王昶认为石崇、潘岳等人谄事贾谧，依附权贵，毫无品格，与之相提并论，王羲之应感到羞惭、愤怒，但他反而引以为重，佗然而喜，这是浅陋的表现。文章以王羲之不能与志节高尚的王述相容，不能与之齐心防范桓温，而是选择退隐来论其性情之偏、气度不大、人品不高。文章论点鲜明，说理透彻，并不烦琐。

又如《王安石论》是一篇评论宋代著名政治家、改革家王安石的文章。王安石是历史上著名人物，前人已经撰有不少论辩文。例如，明代商辂《王安石论》从变法实为取民财的角度而论，清初方孝标《王安石论》是为王安石左袒的文章，朱一是《王安石论》则是批评王安石的文章，沈德潜等人也有《王安石论》。评论王安石的文章众多，如何写出一篇有新意的文章，是王昶首先需要面对的问题。王昶的《王安石论》以自设问答的方式引出论点，即从王安石用小人以亡宋的角度立论，认为其变法乱国尚不在首位。文章先辨小人与君子差别，"夫君子小人如冰炭之不相入，熏莸之不同器，而鸾枭之不并栖也"，运用比喻的方法；"且君子刚直，小人和柔；

---

① （清）王昶：《阮籍论》，《春融堂集》卷三十三，第 356 页。
② （清）王昶：《王羲之论》，《春融堂集》卷三十三，第 356 页。

君子木讷，小人便给；君子疏阔而迂缓，小人周密而敏捷；君子方正而诚一，小人工巧而变诈"，运用排比、对偶的方式来比较君子、小人人品的差异。"君子同小人事必形其拙，君子与小人争必至于败。君子败，则君子之类悉以去，不去则窜逐诛戮随之，为小人者乃得悉引其群以踞于朝廷之上。此其人皆贪墨无行，顽钝无耻，以洊被宠遇为荣，以旦夕得志为乐，以富贵权势、声色货利为娱。于祈天永命之谋，子孙黎民之计，非独见所不及，即及之亦嗤以为愚且拙，而必不肯为。浸淫久之，社稷安得不危？国家安得不覆也哉。"① 论述了小人在朝，君子被排挤对朝廷的危害。整篇文章以散行文字为主，偶用排比句式使文章气势增强。文章先说小人与君子人品的差异，小人在朝则必排挤君子，君子必自去，即使君子与其争也必败；次说小人窃据政权后的种种弊端；最后论小人当国必定亡国。论述层层推进，尽管没有举具体的例证，但不影响其论述之有力。文章最后写宋初皇帝以宽大简静来培养国家的元气，但王安石变法引小人以自固，使朝廷上君子绝迹，元气大伤，以致徽、钦二帝被俘时几乎无人致命殉国。文章论述简洁、集中、有力，对王安石任用小人而排挤君子的做法予以否定。这种评价王安石的文字或许还有现实针对性，即对乾隆朝结党营私的和珅等人予以批评。

《张浚论》也是一篇翻案之文。文章开头就抛出"建炎以后称中兴贤相者，以赵鼎、李纲、张浚为首，愚以为浚非君子也，不得与赵、李比"的论点。② 人多认为张浚有相才，是贤相，甚至以诸葛亮为比，王昶对此颇不赞同。文章首先举例证明张浚执管军国大事时刚愎自用，"致四十万人坐丧于娄宿之手"，以致宋朝元气大亏，不能复振；又举例论李纲忠勇果烈，赵鼎荐贤为国，以此来反衬张浚的心胸狭隘。文章层层推进，论证张浚是庸材，无法与李纲、赵鼎相并论。文章在举例时运用排比句式，富有气势。

王昶还有一些策论文也写得不错，如《经义制事异同论》与《唐宋兵制得失论》。这两篇文章皆具有现实针对性，前者属于御试答卷，后者实际上通过论唐宋兵制的优劣来探讨清代兵制的问题。这与王昶久在军营，熟

---

① （清）王昶：《王安石论》，《春融堂集》卷三十三，第 358~359 页。
② （清）王昶：《张浚论》，《春融堂集》卷三十三，第 359 页。

悉军务与兵制有关，也与当时对内对外战争频繁的现实有关。

二　考证类

乾嘉学术的主流是经史考据，这种考据方法不仅在学术领域盛行，对古文创作也产生了影响。王昶是乾嘉汉学的早期代表，重视考据。他的古文效仿韩、柳、欧、曾、归等大家之文，行文注重浅易平淡，并不一味以考据为文，但也创作了少量考据之文。这些文章多属于经史考辨的范畴，对阐释儒家经史原典有较大的意义。例如《齐风汶水考》①是对《诗经·载驱》篇"汶水汤汤，行人彭彭"句中"汶水"方位的具体考释，属于历史地理学范畴。桑钦《水经》曾云汶水出琅琊郡的朱虚县泰山，又言汶水出泰山郡的莱芜县原山，记载有异。《汉书·地理志》颜师古注指出了桑钦记载的差异，推测可能有二汶水。历代治经史学者对此多有解释，如曾旼、王应麟、章潢、胡渭、钱大昕等均有考释，认为有两条汶水。王昶认为汶水有不同的称呼，《诗经》中的汶水大概是指大汶。同时，王昶还认为孔颖达未明确指出的齐襄公入鲁会文姜的地方大致是在清代的宁阳、东平之间，这种考证对于理解《诗经》有较大的帮助。《韦顾昆吾考》②则是对《诗经·商颂》"韦顾既伐昆吾夏桀"的考释，纠正了历来认为豕韦是风姓、刘姓、防姓的错误说法，对成汤伐顾、韦、温、夏桀的策略进行了疏释，为后人研究韦顾、昆吾等氏族的起源、衰败问题提供了资料。

王昶的一些考据文章推翻前代经学家的固有之见，对经史阐释有所突破。比如《九族既睦说》③，历来的经学家与史臣在解释尧舜"禅让"时均认为尧因舜德成，故而相让，并认同尧开创了千古未有之局。王昶不同意这样的看法，他认为尧、舜、禹同在"九族"之内，传位并非传于异姓。这种看法在传统的经史研究上显得独特。类似的文章还有《封建考》《郑氏书目考》《隐公不书即位辨》《子以母贵辨》等，这些是关于儒家经典的考证类文章，考据精审，言之有据，不为空虚之言。王昶一些书信也涉及

---

①　（清）王昶：《齐风汶水考》，《春融堂集》卷三十四，第360页。
②　（清）王昶：《韦顾昆吾考》，《春融堂集》卷三十四，第360~361页。
③　（清）王昶：《九族既睦说》，《春融堂集》卷三十五，第371页。

考据，比如《与惠定宇书》就是与惠栋从文字、音韵、训诂等方面讨论"祢"字是否当作"祧"字。两人的看法不同，惠栋有《与王德甫书》（《湖海文传》卷四十）答复，可以参看。这些考证对于理解经史均有帮助。李慈铭评价王昶考据之文"可考证经史及国朝文献掌故者甚多"①，是比较允洽的评论。但此类文章以考证为中心，相对缺乏文学性。

三 序跋类

王昶的一些书序原本经史，对书的特点源流述说清晰。经史著作的序，如《沈仲方尚书条辨序》②就从《古文尚书》辨伪的历史谈起，依次交代了朱熹、吴澄、郝敬、阎若璩、王鸣盛、程晋芳、江声等对《古文尚书》的怀疑，尤其强调阎若璩考证其伪的精博，指出毛奇龄对《古文尚书》辩护的错误，由此引出沈仲方《尚书条辨》的价值。行文要言不烦，对《古文尚书》之争梳理清晰，显示出王昶的经学造诣。《朱眉洲诗绪辑雅序》中论及《诗经》中"杞"有三见，见于《将仲子》者是杞柳，见于《南山有台》及《湛露》者是梓杞③，见于《四牡》及《四牡》④、《四月》者是枸杞。苢有三见，见于《采苢》者是菜，见于《文王有声》者是草，见于《生民之什》者是谷。荼有三见，见于《谷风》《采苓》者是苦菜；见于《出其东门》《鸱鸮》者是茅秀，即茅、苇一类植物所开的白花；见于《七月》《良耜》者是委叶，即旱田里的杂草。王昶对《诗经》中的草木辨析精确，大概是参考了陈启源《毛诗稽古编》，也显示出王昶精于经术，立言有本。其他如《石午桥律例荟钞序》《李氏家谱序》等也出入经史，指出律例对于治国的重要性、家谱对于收族敬宗的意义。赠序如《送张伟瞻归西华序》⑤等感叹以时文为主的科举选拔制度下人才之难得，有人才而又受贫穷富贵、功名利禄等各种因素影响难以表见。文章先写生才之不易，进而写成才之尤难，反复推阐，最后归于张氏在乡教导人才的意义，以赠

---

① （清）李慈铭：《越缦堂读书记》，第 767 页。
② （清）王昶：《沈仲方尚书条辨序》，《春融堂集》卷三十七，第 375 页。
③ 按，一般称杞梓，此处称"梓杞"，或因王昶行文以"杞"为中心而做了调整。
④ 按，《春融堂集》本原刻有两"四牡"，疑后者为衍文，此处照录。
⑤ （清）王昶：《送张伟瞻归西华序》，《春融堂集》卷四十一，第 421 页。

序的形式抒发了自己对人才与教育的看法。一些诗文集序亦能推原经史，如《张策时华海堂集序》引孔子之言，《赵升之婣雅堂诗集序》引《周礼》之言，《李味亭舍人诗序》引子夏《诗大序》等。在原本经籍上，王昶的这类文章有曾巩古文的影子，在纡徐委婉、平淡自然上又接近欧阳修、归有光散文的风格。

乾嘉汉学兴盛，跋文是学者进行学术上"考镜源流"的一种重要文体，王昶的跋文具有较强的学术性。此类文章或正前人之失，或梳理书籍的演变等，对于研究相关问题均有意义。有关经部的题跋，如《跋周易乾凿度》《周易义海撮要跋》是对"易纬"书价值、疏误的揭示；《易汉学跋》等肯定了惠栋以纬书材料梳理汉代易学的价值。有关集部书跋，如《感旧集跋》纠正卢见曾所刻《感旧集》卷一收入程嘉燧的错误；《书曝书亭集跋危氏云林集后》纠正了朱彝尊关于危素墓志铭中其子"於"下脱"橚"字的错误。书画跋如《淀山唱和长卷跋》是对朱彝尊晚年游览淀山经历的详细考证，包括同游者生平、籍贯等基本情况。

王昶的一些跋文也有疏误，如《书陶渊明传后》是承全祖望《陶渊明世系考》看法，认为陶渊明是陶侃七世孙，这可能是错误的推断。[①] 《书〈文选〉李善注王仲宣〈从军诗〉后》只看到《文选》中王粲《从军诗》诗题下载建安二十年曹操征张鲁凯旋，王粲作五言诗以称颂之文字，而未注意到诗歌正文中李善已明确引《魏志》做了注释，其中四首诗是建安二十一年王粲跟随曹操征东吴所作。王昶以为李善误，实际李善不误，对此朱珔《文选集释》已做了驳正。[②] 《〈山中白云词〉跋》则误将《天目中峰和尚广录》卷二十二《大觉寺无尽灯记》一文中的施财造无尽灯的"梅野居士张公叔夏"视为南宋著名词人张炎（字叔夏），实则宋代有两位姓张字叔夏的人，且并无关联。[③] 当然，这种小的疏误并不影响王昶跋文的学术价值。总体而言，王昶跋文篇幅相对短小，往往集中就某一方面阐发，多能与经史发明，体现出乾嘉考据背景下的题跋文特点。

---

① 顾农：《陶渊明研究札记三题》，《齐鲁学刊》1995年第6期，第93~93页。

② 胡玉缙：《续四库提要三种》，吴格整理，上海：上海书店出版社，2002，第703页。

③ 陈明洁《词人张炎"崇佛"史料辨诬》（《词学》2013年第2期）对此有详尽考证，可参看。

四 碑传类

碑传属于私家撰述，但在功能与体例上又与官方性的"史传"（正史传记）、方志中的"志传"相接近，是传统古文领域常见的文体。自韩愈寓史法于散体文以撰写碑传，后来的古文家往往因其与史传性质相近，颇为重视。王昶精于金石之学，对潘昂霄《金石例》、王行《墓铭举例》等进行钻研，并与古文家探讨碑传类文章的写法，因而颇得规范。

在王昶的散文创作中，数量最多的是碑传类文体，存110篇。这些碑传类文章中，除了《慰忠祠碑》《郭舟山庙碑》等5篇属于碑记外，其他均属于传记类文章。《慰忠祠碑》等文记朝廷为征大小金川死难将士立碑事，对当时战争及死难者等均有详细的记载，具有历史价值。王昶碑传类文章的传主既有朝廷大臣或地方官员，也有乾嘉时期著名学者，还有未取得功名的下层人士，覆盖面颇广。第一类是乾嘉时期官员尤其是高官的传记文章，如阿克敦、梁诗正、阿桂、毕沅等，因这些人影响较大，亲身经历了清政府对内对外重大事件，他们的碑传文章对于了解清政府在政治、经济、军事、教育等方面的政策以及传主本人生平履历均有较大的意义。第二类是关于乾嘉学者生平的文章。王昶在当时以高位引领学术趋向，交游遍及海内，结交了许多乾嘉著名学者，如乾嘉吴派汉学家惠栋、钱大昕，皖派学者江永、戴震等。《春融堂集》中此类学者碑传颇有价值，如《惠定宇先生墓志铭》《江慎修先生墓志铭》《戴东原先生墓志铭》《詹事府少詹事钱君墓志铭》等是乾嘉时期著名学者的墓志铭，其记载比正史更翔实，可以补史书之阙。还有一些在当时享有盛名，后来却声名淹晦的学者。例如，申甫是乾隆元年（1736）举博学鸿词未第的著名学者、诗人，王昶所撰《都察院左副都御史申君墓志铭》对于了解其生平学术及乾隆初的学术思想均有助益。第三类是名位不显或无功名者的传记类文章，如《蔡希真墓志铭》《邵珉高墓志铭》《朱上峨墓志铭》《金诵清墓志铭》《苏州府教授俞君墓志铭》等，对于了解乾嘉时期中下层文人群体的生存境况也有重要价值。

乾嘉时期学术兴盛，有关学人的传记中对其学术的介绍明显增多。以下谈谈王昶为学者及普通人士撰写的碑传，以见其此类文章的特色。乾嘉学者大多在某一个或多个领域取得了重大的成就，此类人物的碑传类文章往往涉及其学术与著述情况等。王昶为乾嘉学者撰写的碑传类文章也体现出这样的特点。例如，《惠定宇先生墓志铭》在叙述惠栋的家世、生平后写道："承其家学，于经、史、诸子、稗官野乘及七经毖纬之学，无不肄业及之。经取注疏；史兼裴、张、小司马、颜籀、章怀之注；诸子若《庄》《列》《荀》《扬》《吕览》《淮南》古注亦并及焉。而小学本《尔雅》，六书本《说文》，余及《急就章》、《经典释文》、汉魏碑碣，自《玉篇》《广韵》而下勿论也。"对惠栋的学术范围做了概括。接着又写惠栋的治学范围及成就：

> 先生尝以顾氏炎武《左传补注》虽取开成石经较其同异，而义有未尽，因发明贾氏、昭氏之学，附以群经，作《补注》四卷。于《尚书》采摭《史记》、前后《汉书》及群经注疏以辨后出古文之伪，定郑康成之二十四篇非张霸伪造，为真古文，梅赜之二十五篇为伪古文。作《古文尚书考》二卷，爬罗剔抉，句梳字栉，摘其伪之由来，皆郝氏敬、阎氏若璩所未及。虽毛氏奇龄之《冤词》，莫能解也。以范蔚宗《后汉书》因华峤而成书，古人嫌其缺略遗误，而《东观汉记》、谢承之书不存，取《初学记》《艺文类聚》《北堂书钞》《太平御览》诸书作《后汉书补注》十五卷。又以汉儒通经有家法，故五经师训诂之学皆由口授，古文古义非经师不能辨也。先生四世传经，恐日久失其句读，成《九经古义》二十卷。于《易》理尤精，著《易汉学》七卷、《周易述》二十卷，凡郑君之"爻辰"、虞翻之"纳甲"、荀谞之"升降"、京房之"世应""飞伏"暨"六日七分""世轨"之说，悉为疏通证明。由李氏之《集解》以及其余，而汉代《易》学灿然。又撰《易微言》二卷、《易例》二卷以阐明之。又因学《易》而悟明堂之法，作《明堂大道录》八卷、《禘说》二卷，发圣人飨帝飨亲之至意。谓古之明堂，治朝、太庙、灵台、辟雍咸在其间，考之《尧典》《春秋》《月令》《王制》无不合也。少嗜新城王尚书《精华录》，为《训

纂》二十四卷，搜采博洽，贯串掌故，亦为世所传。①

文章一一列举了惠栋的治学范围、方法与著述，著作有《左传补注》《古文尚书考》《后汉书补注》《九经古义》等。尤其详细介绍了其精于《易》，并列举其著述篇目及核心内容。这种写法在《江慎修先生墓志铭》中也可见。《戴东原先生墓志铭》《詹事府少詹事钱君墓志铭》则列举了戴震、钱大昕著述中一些重要的观点，以见其学术主张及影响。这种书写范式在唐宋文人碑传中是很少见到的，表明学术成就已成为乾嘉学者生平中值得大书特书的一笔，与传统碑传叙述中传主的道德涵养、有功德于国家或乡里的品行一样，是其名垂后世的重要"资本"。这几乎是乾嘉学者撰写碑传类文章的通例，如杭世骏、钱大昕等为学者撰写的墓志铭体例也是如此，反映出乾嘉学术发展对于墓志铭撰写体例的影响。

一些人在当时颇为著名，如诗人如商盘、梦麟、赵文哲等，王昶为他们撰写的碑传类文章对于了解其生平及当时的社会情况均有帮助。王昶为一些声名不彰的人士所撰的"阐幽发隐"的碑传类文章更难能可贵。例如，《邵珉高墓志铭》中写道："君感激读书，日夜呼愤，思博取科第以昌大先人之业，顾屡试不遇。又陈孺人者，君之淑配也，遇病早殁，君由此益侘傺不得志，时放于佛乘以消其菀结。间常与余道往悼故，被酒高歌，至于泣下。未尝不叹君所望之切，而所遭之不幸也。"② 以较少的笔墨写出了邵氏在科举、家庭方面的不幸，富有同情心。又如《朱上峨墓志铭》："上峨有友曰孙声源，死二载余矣，每言及之，未尝不流涕。已登江阴之少山，见其故里，恸哭而反，作诗以告哀。其诗沉痛幽怆，示予，予不能卒读也。"③ 以简洁的笔法刻画出朱简对亡友的真情与笃念。此类文章因传主本身无丰功伟业可纪，篇幅一般较短，语言醇淡简洁，往往从某一侧面反映出传主性格、品行。王昶为亡妻、亡妾撰写的《亡妻邹氏志略》《芸书志略》《许孺人志略》均简而有法，以小见大，形式上有归有光圹志文的影子。总体而言，王昶的碑传类文章取法广泛，遵循《史记》、《汉书》及唐

---

① （清）王昶：《惠定宇先生墓志铭》，《春融堂集》卷五十五，第543页。

② （清）王昶：《邵珉高墓志铭》，《春融堂集》卷五十八，第568页。

③ （清）王昶：《朱上峨墓志铭》，《春融堂集》卷五十八，第568页。

宋古文家的法度，尤其受欧阳修、归有光的影响较大，以平淡为主，行文流畅，意醇旨洁。

五　记体类

王昶的记体文在其整个古文创作中较为醒目。有的涉及清代制度掌故，如《军机处题名记》对于军机处设立的时间、缘由、直庐、印信、职责、选员、廷寄等均有详细的记载，是研究清代军机处的重要文献；有的则有关教化，如《修长武县学记》《重兴乌镇社学记略》等，揭示兴建儒学学堂的重要性。另外，《毕雨稼行旅图记》以图记的形式载毕大生生平交游情况，对其蹇连不得志、登顿奔走的一生表示惋惜。此文以"记"体为人作传，是比较特别的一篇。

王昶的记体文中，文学性最强的是游记类作品，如《游珍珠泉记》就是佳作：

> 济南府治为济水所经，济性洑而流，抵巘则辄喷涌以上。人斩木剡其首，杙诸土，才三四寸许，拔而起之，随得泉。泉莹然至清，盖地皆沙也，以故不为泥所汩。然未有若珍珠泉之奇。
>
> 泉在巡抚署廨前，甃为池，方亩许，周以石栏。依栏瞩之，泉从沙际出，忽聚忽散，忽断忽续，忽急忽缓。日映之，大者为珠，小者为玑，皆自底以达于面，瑟瑟然，累累然。《亢仓子》云："蜕地之谓水，蜕水之谓气，蜕气之谓虚。"观于兹泉也信。
>
> 是日雨新霁，偕门人吴琦、杨怀栋游焉，移晷乃去。济南泉得名者凡十有四，兹泉盖称最云。①

这篇游记精简凝练，以较短的篇幅写出了济南珍珠泉的特点。文章开始以简练的笔墨写济南的地理方位以及济水的特点，再由济水写到泉。济水"性洑而流，抵巘则辄喷涌以上"，以木插地三四寸便能得泉，写在济南得泉之易。接着写济南泉水的清澈及其成因，为后面写珍珠泉的特点做铺

① （清）王昶：《游珍珠泉记》，《春融堂集》卷四十九，第492页。

垫。"然未有若珍珠泉之奇"是这篇文章的转折，笔锋突转后，就由写普遍的泉水转入写珍珠泉。文章先写珍珠泉的方位、大小及形制，着笔最精彩者当属写珍珠泉的"奇"。泉从沙子间涌出，"忽聚忽散，忽断忽续，忽急忽缓"，以12个字写出了泉水涌出之形态，6个"忽"字与6个意义相对的字组合运用，虚实相济。在日光的照耀下，泉水喷涌而出，大的仿佛珍珠，小的宛若玑，直达水面，点明了珍珠泉得名的原因，笔法简练。"瑟瑟然"写泉水上涌时之声，"累累然"写泉水冒出时的小水泡像珍珠串在一起的形态，6个字就将泉水的声响、形态逼真地描绘出来。文章又引《亢仓子》一书来写泉水的成因，自然恰切，并不突兀。最后交代游览时的天气、同游者、游览时间等，均简洁得体。这篇游记以简胜，颇为雅洁，有柳宗元《永州八记》的影子。

《游龙泉记》也以简单的笔墨写泉之奇特，借友人之口来描述龙泉的景致，着墨不多，游览的过程仅一笔带过，但令人印象深刻。而《游鸡足山记》《雅州道中小记》则记西南地区景物，前者篇幅较长，偶涉考证。《木耳占记》写四川十分奇特的木耳占山的景色：

> 山，蜀最奇，蜀之山，西南徼最奇。西南徼皆山也，木耳占最奇。木耳占盖沃日土司地，自日隆关迤西，山盘盘焉渐高，及是山断，石壁立千仞中，豁十余仞，番民桥其上。水从商角山来，轰激喷搏如雷霆，如雪霰，俯视千仞下，往往飞沫溅衿袖，阴寒中，人毛发皆竦而立。过桥数百步，又有壁焉，色赭，如锋刃，如锯齿；攒而矗者，如列戟；啮而蚀，蚀而殊者，如朽木腐版。①

文章先写国境之内蜀山最奇，尤以蜀西南部之山最奇，而木耳占则是西南最奇的山峰。次写木耳占山的位置、走向、成因。再写江水之奇，瀑布之奇，写绝壁的奇怪形状，写水声、壁形均用比喻，6个"如"字摹写出水声之奇与绝壁之奇形怪状，令人印象深刻。

王昶的其他类文章也有出入经史者，如《与杭大宗书》在写自己作为

---

① （清）王昶：《木耳占记》，《春融堂集》卷四十九，第496~497页。

独子为何远离老母从军西南时，引用《诗经·燕燕》"先君之思，以勖寡人"，《礼记》"孝子不登高，不临深，惧辱亲也。以是乐正子下堂，伤其足而忧"，"战阵无勇，非孝也"，以一正一反两例来说明自己有孝心，但为国征战也是尽孝，体现出原本经术的特点。《与江艮庭论六书书》《答许积卿书》是讨论《说文》"六书"与钟鼎古文字的差异，提出说经不能全凭借《说文》。《与惠定宇书》讨论"祢"字与"祧"字究竟何者正确，援引《春秋公羊传》《毛诗》《说文解字》《经典释文》《玉篇》《广韵》《隶释》等书来说明问题，也能原本经史，颇为典雅。

以上几类作品可以反映出王昶古文创作的基本面貌与特点。王昶的古文创作与其古文主张一致，深受乾嘉汉学的影响。其行文注重经史考据，能超越秦汉、唐宋之争而形成自身特色，是乾嘉学者之文的典型代表。

第三章

王昶的词学与乾嘉词坛

　　王昶是乾嘉间重要的浙派词选家，其词学以南宋为宗，是朱彝尊、厉鹗之后，吴锡麒、郭麐之前的浙派词学领袖。尽管他并不以词的创作鸣世，但通过《琴画楼词钞》《明词综》《国朝词综》等著名的词学选本推阐浙派词学理论，将浙派词学推向了新的广度，实际上是浙派词学中期的过渡性人物，在浙派词学的发展史上起到了承前启后的作用。与朱彝尊、厉鹗等官位较低，更多的是以词人、词学理论家的身份来引领浙派词学不同，王昶并不是以提出词学理论知名，而是以高位引领一时词学风气、编纂了重要的明清两代词学选本而闻名于世。王昶继承了朱彝尊、厉鹗的浙派词学理念，并融入实证、骚雅等时代因素，对浙派词学理论发展做出了新的贡献，体现出浙派词学在乾嘉之际演变的轨迹。其中，《明词综》是王昶在朱彝尊、汪森等人手稿的基础上编订而成，体现出两代浙派词学领袖对明代词学的评价与认识。《琴画楼词钞》、《国朝词综》及《国朝词综二集》等则是王昶在浙派词学理论指导下甄选的清代词作，体现出王昶对浙派词学进行建构的努力。研究王昶的词学理论、词学编选，对于深入了解其词学活动以及乾嘉之际浙派词学的面貌均有意义。在乾嘉词学发展的具体背景下，本章从王昶的词学理论、《明词综》与王昶对明代词学的态度、《国朝词综》与王昶的浙派词学建构等方面来考察其词学活动，对其取得的成就与不足进行梳理，对完整把握乾嘉词学的面貌与走向或有助益。

第一节　王昶的词学理论与中期浙派

与诗歌领域存在学唐宋诗之争相似，词学领域亦存在学南北宋词之争。自南宋姜夔、张炎等开创"清空骚雅"一派后，词分南北宋畛域的局面便逐步形成。① 在词学研究领域，研究者多认为金、元词学不振，多学北宋；明代是词学的衰落时期，特别是从永乐以后起，词人创作多以《草堂诗余》等为标的，"而瞿宗吉、马浩澜之徒，愈趋愈下，词之道浸以衰微。至若正、嘉诸贤号称博洽，强名解事，拾《草堂》之坠绪，为风雅之末流，其沿极于败坏而不可止"②。明代中后期词学上通俗化倾向明显，词格普遍低俗。明末清初词家如云间派的陈子龙、李雯、宋征舆等论词标举南唐、北宋；广陵词坛的邹祗谟、王士禛等尽管肯定过南宋咏物词，但论词总体上多宗五代、北宋，沿袭"花间"传统；以陈维崧为代表的阳羡词派则多重苏、辛豪放一派。朱彝尊创立浙西词派，反对《草堂诗余》等词选影响下的明代词学风气，推尊南宋，标举"骚雅"，在词坛产生了巨大的影响，浙派词学逐渐成为词坛主流。浙派词学的兴起，可以说是在对明代词学的反拨中发展起来的。

早期浙派词学在朱彝尊的倡导下注重"骚雅"的审美风格，同时也强调词学的声律。金元时期，词作为一种文学体裁在当时不太受重视，元代甚至词曲相混，时人对词的声律格调的重视程度相比南宋的姜夔等人相去甚远。自明代以来，学者型词人也不太注重词格律的探讨，创作中失律的现象较为普遍。这种现象在清初词人的创作中仍然存在。"格调之舛，明词为甚，国初诸家亦尚不免，盖奉程、张二家《啸余图谱》为式，踵讹袭陋，如行云雾中。"③ 相对而言，浙籍人士素有注重音韵声律研究的传统，也是较早自觉探讨词律的群体。例如，云间词派分支西泠派的毛先舒（1620—

---

① 关于词学上的南北宋之争已有众多学者论及，如杨海明《唐宋词史》（江苏古籍出版社，1987）、刘扬忠《唐宋词流派史》（福建人民出版社，1999）等。清代词学史上也存在学南北宋之争，可参看孙克强《清代词学的南北宋之争》，《文学评论》1998 年第 4 期。

② （清）汪森：《选明词序》，《小方壶文钞》卷二，《清代诗文集汇编》第 185 册，第 438 页。

③ （清）丁绍仪：《听秋声馆词话》卷一，《续修四库全书》第 1734 册，第 54 页。

1688）就精研词律，撰有《填词名解》等。浙西词人对声律的研究与重视程度更明显，朱彝尊就大力鼓励弟子张士俊刊刻宋本《广韵》等书，其弟子楼俨（1669—1745）精于声韵学，曾参与康熙《钦定词谱》的纂修。楼俨《洗砚斋集》中有《四声二十八调考略》《白云词谱考略》《词韵入声考略》等文，关注词谱、词调的研究。又编有《群雅集》一书，对四声二十八调进行细致的研究，实际上开启了清代浙西词派精研声律的先声。

这种注重声律、强调"清空骚雅"的浙派词学思想经过厉鹗等人的继承与推阐，在雍乾之际蔚为大观。在稍后的乾嘉词人身上，词律进一步走向精细化。声韵学本就是乾嘉经学家研究阐释儒家经典的基础，受到格外的重视，重视声律也成为乾嘉词学研究的显著特点。乾嘉学术使词人在词律词调等形式上的追求日趋精细化。王昶继厉鹗之后，将浙派词学重声律、提倡"清空骚雅"的理念推向新的高度，并编集选本，使浙派词学的影响力不断扩大，在浙派词学的继承发展方面做出了新的贡献。

王昶是继朱彝尊、厉鹗之后浙派词学的领军人物，也是当时词坛操选政的选家。然而在清代浙派词学发展史上，王昶的地位比较尴尬。人们在谈及浙派词学时，一般将其划分为以朱彝尊为代表的前期、以厉鹗为代表的中期、以郭麐为代表的晚期，"浙派词，竹垞开其端，樊榭振其绪，频伽畅其风"①。王昶处在浙派中期，且不以理论见长，他的光辉被厉鹗掩盖了，未受到充分的重视。朱祖谋《乾嘉词坛点将录》也仅将王昶比拟为《水浒传》排第 105 位的"郁保四"，不是十分重视王昶在乾嘉词坛的地位。实则王昶继承与发展了朱彝尊、厉鹗的浙派词学思想，并按照浙派词学标准编选了有较大影响的《明词综》《国朝词综》系列总集，将浙派词学推向了鼎盛，是中期浙派词学重要的过渡性人物。王昶的词学思想主要是以选本的形式呈现出来的，本章先探讨其词学理论（关于其词学选本的讨论见第六章）。

一 沿袭浙派：尊词体，重兴寄，崇教化

王昶在《明词综序》《国朝词综自序》等文中明确指出，他在词学编

---

① （清）蒋敦复：《芬陀利室词话》卷一，《续修四库全书》第 1735 册，第 196 页。

选上继承朱彝尊的词学理念，以南宋为宗。王昶这种词学理念的形成与厉鹗等浙派中期领袖的词学思想在江浙两地广泛传播有关。乾隆前期，王昶刚走上词坛时接触到的词人多宗尚浙派词学。他年轻时在苏州求学、坐馆，与友人在朱昂的苹华水阁探讨四声二十八调词律，与厉鹗等前辈词人交游。在扬州卢见曾幕府时，王昶又接触到寄居于此的浙派词人。受前辈词人的影响，王昶的词学取向从一开始就具有明显的浙派倾向。他在谈及自己的词学道路时云："余弱冠后与海内词人游，始为倚声之学，以南宋为宗，相与上下其议论。"① 道出了其词学取法南宋的趋向。

若仔细考察《明词综》及《国朝词综》等选本，就会发现王昶在坚持浙派词学理念的同时，其选词标准或者说他头脑里的"南宋"与朱彝尊意识中的"南宋"存在细微的区别。王昶所理解的"南宋"更多地继承了厉鹗词学理念中的"南宋"概念，注重姜夔、张炎一派的"清空（虚）骚雅"。朱彝尊《词综》在选南宋词时，对于辛弃疾等豪放派词作并未一概芟除，表明其词学理想中的"南宋"是一个相对具有包容性、较宽泛的概念。但从厉鹗开始，词学中的"南宋"范围出现了变化，主要是限于江湖词派的姜、张"清空骚雅"一派。王昶继承了这种词学理念，在编选词集时，以"清空骚雅"为审美标的，以姜夔、张炎等人词作为范式，几乎不选豪放派的词作。例如，清初阳羡词派领袖陈维崧词以苏、辛为宗，开启了清初豪放一派创作趋势。王昶在编选《国朝词综》时，并未采入陈维崧豪放一类词作，而是选择其相对蕴藉的词作。这体现出乾嘉时期的浙派对"南宋"的理解比清初浙派更狭窄，其优点是对浙派词学的特点限定得更为清晰，其弊端在于风格的单一性与排他性。对于这一点，谢章铤（1821—1904）曾批评道：

　　其选词专主竹垞之说，以南宋为归宿，不知竹垞《词综》无美不收，固不若是之拘也。今不问全集之最胜，而只取结体之相同，则竹垞已云"吾最爱姜、史，君亦厌辛、刘"，而辛、刘之作，何以尚留于《词综》哉？且不独备数而已。稼轩三十五首，改之九首，又何以入

---

① （清）王昶：《国朝词综自序》，《春融堂集》卷四十一，第419页。

选如是之多哉？司寇则不然。同时若蒋藏园、洪北江皆有词名，只以派别不同，蒋第选二首，洪第选一首，皆非其至者。噫，其亦异于竹垞矣。①

谢章铤将《国朝词综》与《词综》选词的具体做法进行比较，指出尽管王昶编选《国朝词综》继承了朱彝尊的词学思想，但在选词方面实际比朱彝尊更严苛，畛域之见似更深。朱彝尊尽管删改辛弃疾的词作达9首，但选入的词作总数仍有35首，肯定了辛弃疾在词学史上的影响力，与其在南宋词坛的地位相吻合。而王昶对同时期著名的豪放派词人蒋士铨、洪亮吉却分别仅仅选2首、1首，这表明王昶的宗派意识更强。实际上，朱彝尊选的是前代词，王昶选的是当代词，在具体的操作上可能有差别。王昶选清初豪放派名家词人陈维崧词作也较多，达30首，只不过选择的多是近浙派风格的词。因此，不能说所有豪放派词人的词他选择都很少。不能将王昶对蒋士铨、洪亮吉词作的选择与朱彝尊选辛弃疾词相类比，因为蒋士铨、洪亮吉的词学成就无法与辛弃疾并论。当然，谢章铤所注意到的王昶选词对并世词人更苛刻也是客观事实。

浙派词学发展到乾嘉年间已经渐趋成熟。受到当时意识形态中重视文学需有裨于风教观念的影响，王昶词学在坚持继承朱彝尊、厉鹗浙派理论的同时，也有自己的拓展。其最突出之处是从词与音乐的关系方面入手，论证词是《诗经》的苗裔，具有重要的教化功能，这与乾隆朝官方意识形态重教化有直接联系。王昶将词提升到与《诗经》《楚辞》相近的地位，是浙派词学"尊体"的延续，但王昶推尊词体的核心在于强调词的教化功能。有学者已经注意到王昶以诗教论词的倾向，认为其"所'尊'者，主要是外在的形式和诗教的传统"。② 王昶确实将传统的儒家诗教理论灌注到词的领域。实际上，南宋胡寅、元代叶曾③已经将词与《诗经》联系起来，

①　（清）谢章铤：《赌棋山庄词话》续编卷二，《续修四库全书》第1735册，第148页。
②　方智范等：《中国词学批评史》，北京：中国社会科学出版社，1994，第244页。
③　胡寅《酒边集序》："词曲者，古乐府之末造也；古乐府者，诗之旁行也。诗出于《离骚》《楚词》，而《离骚》者，变风变雅之意怨而迫，哀而伤者也。"详见光绪十四年（1888）刻宋名家词本《酒边词》卷首题词。叶曾《东坡乐府序》："今之长短句，古三百篇之遗旨也。"详见元延祐七年（1320）刻本《东坡乐府》卷首序。

视词为《诗经》之遗旨。明人杨慎等也有此论。清初丁炜（1627—1696）《词苑丛谈序》云："诗与词，均《三百》之遗也。"① 直接将词与诗歌均视为《诗经》的苗裔。由此可知，王昶并不是最早提出词是《诗经》苗裔的词论家。但王昶特别之处是从音乐的角度出发，将词上继"三百篇"。王昶在《姚莔汀词雅序》中提出：

> 夫词之所以贵，盖《诗》三百篇之遗也。……盖词本于诗，诗合于乐，三百篇皆可被之弦歌，《骚》《辨》而降，汉之郊祀、铙歌，无不然者。齐梁拘以四声，渐启五七言律体，不能协于管弦，故终唐之世自绝句外，其余各体皆非伶人所习，是离诗与乐而二之矣。盛唐后词调兴焉，北宋遂隶于大晟乐府，由是词复合于乐。故曰：词，三百篇之遗也。……予窃叹词之行世千余年矣，未有知其所自来与其所可贵，故举诗乐之源流，以长短句而续三百篇者如此，冠之于简，谂诸当世词人，斯亦竹垞太史所未发之旨也夫。②

在传统观念中，诗庄词媚，诗有言志的传统，词则本是婉媚，为"艳科"，一般并不认为其具有像《诗大序》所言的"诗教"功能。清代从朱彝尊等人推崇《乐府补题》及姜、张之词开始，已经有重视词的比兴寄托的意识，但并未上升到将词视为与诗具备同样功能的程度。王昶则从音乐性角度出发，认为词与《诗》是同样和乐的，可以伴以管弦。他认为诗与乐分道扬镳是从齐梁的近体诗开始，此后近体诗的音乐性丧失，而唐代词体兴起，与音乐紧密结合，反而具备了近体诗无法具备的功能。王昶认为词体可贵，可以起到与儒家诗教相同的作用，故而加以推尊。这种注重词的教化的倾向对清代中后期及晚清的词学教化均产生过影响。③ 注意从教化的角度论词是王昶与朱彝尊、厉鹗的不同之处。当然，这种注重词的"兴寄"，强调其类似于《诗经》中"清婉窈眇"、托物比兴、词文旨远的特质，大概也与乾嘉间"文字狱"频发的政治环境有关。王昶在诗学上不赞

---

① 朱崇才编《词话丛编续编》第 1 册，北京：人民文学出版社，2010，第 229 页。
② （清）王昶：《姚莔汀词雅序》，《春融堂集》卷四十一，第 417~418 页。
③ 陈水云：《论词教：晚清词坛的尊体与教化》，《文艺理论研究》2014 年第 5 期。

同"诗可以怨",强调诗歌要温柔敦厚,在词学领域也是如此。他认为词应该写得蕴藉、委婉,要以清空雅致的方式呈现。需要说明的是,王昶将雅乐与燕乐混为一谈,在清代已经有江顺诒(1822—1889)《词学集成》、谢章铤《赌棋山庄词话》对其提出批评,今人亦多有评论,不再赘述。

王昶认为词是诗之苗裔的观点,大概也受到汪森(1653—1726)的影响。① 汪森推尊词体,认为"谓诗降为词,以词为诗之余,殆非通论矣"。② 但他仍是从"长短"的形式上论,王昶则进一步从音乐性的角度做出推阐。其《国朝词综自序》云:

> 盖词实继古诗而作,而诗本于乐,乐本乎音,音有清浊高下、轻重抑扬之别,乃为五音十二律以著之,非句有长短,无以宣其气而达其音。故孔颖达《诗正义》谓风、雅、颂有一二字为句及至八九字为句者,所以和以人声而无不协也。《三百篇》后,《楚词》亦以长短为声,至汉郊祀歌、铙吹曲、房中歌莫不皆然。苏、李诗出,画以五言,而唐时优伶所歌惟用七言绝句,其余皆不入乐。李太白、张志和始为词,以续乐府之后,不知者谓诗之变,而其实诗之正也。由唐而宋,多取词入于乐府,不知者谓乐之变,而其实词正所以合乐也。……词可入乐,即与《诗》之入乐无异也。是词乃《诗》之苗裔,且以补《诗》之穷,余故表而出之,以为今之词,即古之《诗》,即孔氏颖达之谓长短句。而自明以来,专以词为诗之余,或以小技目之,其不知诗乐之源流,亦已慎矣。③

《诗经》有重要的教化作用,音乐在其中扮演了关键的角色。《诗经》谱上乐后,可以歌咏,便可施于教化。王昶从音乐与诗、词的关系入手,认为词与乐合为一体,同《诗经》、古诗与乐相合是相似的道理。在上古时期,诗、乐、舞一体,诗与乐紧密相连,诗教与乐教可以互相补充。鉴于

---

① 方智范等:《中国词学批评史》,第232~235页。按,此书第二章第二节第243~244页论及王昶(高建中执笔),指出王昶论词的"尊体"比汪森更进一步。
② (清)汪森:《词综序》,《小方壶文钞》卷二,《清代诗文集汇编》第185册,第437页。
③ (清)王昶:《国朝词综自序》,《春融堂集》卷四十一,第419页。

词与音乐关系紧密，王昶认为词也可以像《诗经》一样用于教化，这也是王昶推尊词体，重视词与音乐关系的原因。《礼记·乐记》强调"声音之道与政通"①，君子知乐，由乐以知政。近体诗出现后，除七言绝句可歌外，诗逐渐与音乐脱离了关系，诗教功能慢慢地变为名不副实。词是与音乐紧密联系的文学形式，从与音乐相合而言，或者说从词能入乐以施教，承担传统儒家经典中的诗教、乐教等功能的角度看，王昶认为词是"正"，继承了《诗经》的传统。

王昶认为词可用于教化也可以在他为吴蔚光词集写的序中得到印证。王昶认为康熙重视词学的原因在于"词者，《乐》之条理，《诗》之苗裔，举一端而六艺居其二焉"②，是与儒家传统培养士君子的教育形式紧密联系在一起的。"条理"大概是用《孟子》之语，将词与《乐经》及《诗经》的功能联系起来。词合乐，与礼、乐、刑、政一样具备教化功能。这些主张显示出王昶的词学有较强的意识形态性，与官方重教化的主流倾向一致。当然，王昶提倡词的音乐性，可能还与自清初词的音乐性普遍丧失有关。③重视词的音乐性，将其与教化结合起来，这可以视作王昶对浙派词学理论的深化与发展。

王昶重视词的比兴寄托，认为其可与风骚同指。他说："填词世称小道，此扪龠扣槃之语，非为深知词者。词至碧山、玉田，伤时感事，微婉顿挫，上与风骚同指，可斥为小道乎？故竹垞翁于此深致意焉。"④ 注意到南宋末词人王沂孙、张炎词具备寄托的功能，与《诗经》《离骚》中的比兴相似。王昶还将词的意境与《诗经》中的意境联系起来："且夫太白之'西风残照、汉家陵阙'，《黍离》行迈之意也；志和之'桃花流水'，《考槃》《衡门》之旨也；嗣是温岐、韩偓诸人，稍及闺襜，然乐而不淫，怨而不怒，亦犹是《摽梅》《蔓草》之意。"⑤ 将词中雅正而有兴寄的部分与《诗经》相比附，认为李白之词与《诗经》中《黍离》"行迈"等眷恋故

---

① （清）孙希旦：《礼记集解》卷三十七，第 978 页。
② （清）王昶：《吴竹桥小湖田乐府序》，《春融堂集》卷四十一，第 417 页。
③ 冯班尝云："余尚及闻前辈有歌绝句者，三十年来亦绝矣。宋人长短句，今亦不能歌。"参见（清）冯班《古今乐府论》，《钝吟文稿》，《清代诗文集汇编》第 20 册，第 55 页。
④ （清）王昶：《示长沙弟子唐业敬》，《春融堂集》卷六十八，第 659 页。
⑤ （清）王昶：《国朝词综自序》，《春融堂集》卷四十一，第 419 页。

国的诗相近；张志和的词与《衡门》《考槃》等体现隐士节操及微讽君主的诗相近；温岐、韩偓等人的词也与《摽有梅》《野有蔓草》等"思君之泽""思遇时"的诗旨相近。

强调词与《诗经》《离骚》的比兴功能相近的特性，实际上对浙派词学的审美意蕴也有影响。重视委婉含蓄的表达方式，不直言其事，而是清空骚雅、清婉窈眇，这样的词才符合兴寄要求。这与儒家诗教中"温柔敦厚"的取向相一致。王昶这种将词与风骚精神相比附的做法可能受到了沈德潜的影响。沈德潜强调"论词之工，仍以风雅骚人之旨求之"①，即以《诗经》论词，注重词类似于《诗经》的教化精神。

需要说明的是，这种倾向并非只在浙派词人群体中存在，而是一个普遍存在于清代词坛的现象，从清初一直延续到清末。例如，嘉道年间兴起的常州词派群体词学也呈现出向传统诗教靠近、注重比兴寄托政治功能的趋势。常州词派论词特别注重比兴寄托，与王昶等浙西派词论家主张相似。值得指出的是，张惠言并不满足于从词与音乐关系的角度出发探讨词的教化作用。他依经立义，从词的释义角度出发，注重对词的本义的考察，并以字义揭示词的本质及特征。张惠言注重以比兴寄托释词，并将其与忠君忧国等联系在一起，发掘文字背后词的微旨。据统计，张惠言《词选》中有20余阕评语明显涉及比兴寄托。譬如，评点王沂孙《眉妩》之"渐新痕悬柳"云："碧山咏物诸篇，并有君国之忧。"评《高阳台》之"残雪庭除"云："此伤君臣晏安，不思国耻，天下将亡也。"② 评欧阳修《蝶恋花》之"庭院深深深几许"云："'楼高不见'，哲王又不寤也。"③ 用《诗经》《楚辞》的比兴寄托手法来表现对君主受小人蒙蔽而不醒悟的政治现状的担忧。这种重视词的比兴寄托与忠君忧国思想是常州词派所传承的重要主张，在周济、陈廷焯、况周颐等人身上也有体现。周济评王沂孙《南浦》之"柳下碧粼粼"云："碧山故国之思甚深，托意高，故能自尊其体。"评《齐天

① （清）沈德潜：《清绮轩词选序》，载（清）夏秉衡编《清绮轩词选》卷首，乾隆十六年（1751）华亭夏氏清绮轩刻本。
② 唐圭璋编《词话丛编》，北京：中华书局，1986，第1616页。
③ 唐圭璋编《词话丛编》，第1613页。

乐》之"一襟余恨宫魂断"云："此家国之恨。"① 陈廷焯评王沂孙云："碧山咏物诸篇，固是君国之忧。时时寄托，却无一笔犯复，字字贴切故也。"② 体现出从比兴寄托方面论词的特点，是儒家诗教在清代中后期词学领域的显现。

从王昶到张惠言，再到晚清常州词派其他理论家，他们对词的本质特征的认识逐步深入，但在以诗教论词、重视词的教化作用方面则大体是一致的。清代统治者关于词的教化作用的看法以及沈德潜以诗论词的观念，无疑影响到王昶论词主张。有学者将这种"尊体"与教化视为一种"词教"，其"本质上是通过尊体的方式，弘扬'风骚比兴'之旨，把传统的'诗教'思想引入词学领地"。③ 因此，无论是尊体、重视词品与人品合一，还是对比兴寄托的强调，实际上都体现出儒家诗教说向词学领域的渗透，是用汉儒解经的方式阐释词的一种批评方式，其本质是强调词也像诗一样具有教化功能，是最高统治者文艺思想影响在词学领域的投射。王昶以诗教论词的做法是这种观念演进过程中承上启下的重要一环，对清代中后期词坛产生了深远的影响，值得研究者重视。

二 词品即人品：对词学品格的强调

王昶重视文品与人品的统一，在诗、词、文等领域均是如此。这或许是受到乾隆帝强调人品与文品一致的主张影响，也与受其师沈德潜等直接熏陶有关。杨维桢、钱谦益、龚鼎孳等人文才照耀海内，但因身仕两朝，品行不忠，被乾隆批判，其文学也不被看重。王昶作为军机处的侍从之臣，对此当有所"领会"。沈德潜论文学也注重人品、教化，这在谈王昶古文理论时已有述及。实际上，重视人品与文品统一的看法在乾隆朝十分普遍，很多文学批评家提及。单就词学而言，王昶论词比朱彝尊、厉鹗更严苛。他并非完全从艺术作品本身出发论词，而是论词品先论人品，强调词品与人品统一。基于此，王昶对史达祖、周邦彦均有批评：

① 唐圭璋编《词话丛编》，第 1656 页。
② 唐圭璋编《词话丛编》，第 3809 页。
③ 陈水云：《论词教：晚清词坛的尊体与教化》，《文艺理论研究》2014 年第 5 期。

余常谓论词必论其人，与诗同。如晁端礼、万俟雅言、康顺之，其人在俳优戏弄之间，词亦庸俗不可耐，周邦彦亦未免于此。至姜氏夔、周氏密诸人，始以博雅擅名，往来江湖，不为富贵所熏灼，是以其词冠于南宋，非北宋之所能及。暨于张氏炎、王氏沂孙，故国遗民，哀时感事，缘情赋物，以写闵周哀郢之思，而词之能事毕矣。世人不察，猥以姜、史同日而语，且举以律君。夫梅溪乃平原省吏，平原之败，梅溪因以受黜，是岂可与白石比量工拙哉？①

实际上，王昶此论是针对赵虹为江昱作《梅边琴泛词序》而发。赵虹在序中将姜夔与史达祖并提，"自南宋诸贤播为乐章，以鸣中兴之盛，于时作者如林，独推白石老仙，号称绝调。其次则平原省吏，人地虽卑，而其刻羽引商，故与白石抗手"，并认为江昱"所著《梅边琴泛》一卷，追清姜、史，继响玉田"。②王昶论文学注重人品，不独词为然。其以诗取友时，亦强调人品，"吾诗不传则已，诗苟传，后贤必因诗以考人，考人而人不足称，则鄙其人，因以鄙我之诗，且因鄙吾诗之谀，而吾之为人亦将为所薄"。③王昶认为韩愈的墓志作品谄媚，比不上苏轼同类作品能扶植士气等观点，均是强调文品与人品统一。此处论词重人品，也是出于同样的考量。大概王昶觉得江昱耿介峭冷，志尚清雅，超尘脱俗，与南宋词人中以博雅擅名、志尚高雅的姜夔、周密等相似，不是史达祖等依附权贵之人所能比拟。王昶认为史达祖人品不高，故而其词品也不高。对于晁端礼、万俟雅言、康顺之等近于俳优词人的词作，因其人品不高，王昶也同样否定其词品。

在词品与人品合一方面，王昶对宋代词人的具体评价与朱彝尊、厉鹗有所不同。朱彝尊对史达祖比较推崇，他曾说"吾最爱姜、史"。④厉鹗对周邦彦评价颇高，《吴尺凫玲珑帘词序》云："南宗词派，推吾乡周清真，

---

① （清）王昶：《江宾谷梅鹤词序》，《春融堂集》卷四十一，第416页。
② （清）赵虹：《梅边琴泛词序》，王昶辑《湖海文传》卷三十二，《续修四库全书》第1668册，第682页。
③ （清）王昶：《与顾上舍禄百书》，《春融堂集》卷三十，第329页。
④ （清）朱彝尊：《水调歌头·送钮玉樵宰项城》，《曝书亭集》卷二十五，《清代诗文集汇编》第116册，第221页。

婉约隐秀，律吕谐协，为倚声家所宗。"① 但王昶认为周邦彦亦未免于俳优，因而词品也不会高。雍乾词坛出现了"奉樊榭为赤帜，家白石而户梅溪"的潮流，王昶论词在继承厉鹗、坚持浙派词学理论的同时，在具体词人的品评上与厉鹗观点不同，论词重视人品与词品关系更多地考虑教化因素。

王昶的《西崦山人词话》也注重以人品论词品。如卷一评严嵩："其词庸俗陋劣，备诸恶趣。至次桂洲词云：'夙夜荣承谕，对明良喜奉歌枢。'佯为献媚，阴已中伤，此险谲之尤者。乃云：'君恩报了，五湖重访烟月。'昧心之语，究欲欺谁？"② 批评严嵩的叠韵词庸俗陋劣，实际与严嵩善于谄媚的人品相关，人品不高，词品自然也不高。

王昶的词学理论中也有复杂的一面。比如，在编纂供后人取法的词学选本时，王昶严格按照浙派词学选词。但在具体的词学交往中，王昶对不同的词学主张也能持客观的态度。邵玘词学北宋，兼有旖旎、豪宕风格，王昶为邵玘撰《花韵馆词序》时指出："词章之径，千轨万辙，不可以一迹求，惟其循一途以行，久之遂有各擅其胜者，词虽小艺亦然。盖自五代十国而下，周、柳以绮旎工，苏、辛以豪宕工。至白石导其先，玉田、碧山衍其后，扫淫哇俚俗之习，归于闲雅，如孤云之出岫、寒泉之激石，故与苏、辛、周、柳分道扬镳，不可以同日语也。乃或低昂轩轾其间，岂通人之论欤？尝考吾郡词人，明初如陶南村、邵清溪，犹宗南宋及晚季。湘真、玉樊辈出，复习为周、柳。虽以《湘瑟词》之工，按其体制，若与姜、张有间焉，岂非轨辙互异，有不可以一迹求者欤？"③ 他认为无论是周、柳的旖旎（婉约）一派，还是苏、辛的豪宕（豪放）一派，以至姜夔、张炎等人的清空骚雅一派，均可以分途并进，低昂轩轾其间，非通人之论。王昶对周、柳婉约一派与苏、辛豪放一派均客观评价。此序或出于应酬而撰，未收入《春融堂集》，逗露出其词学的多元化面貌。

---

① （清）厉鹗：《樊榭山房集》卷四，上海：上海古籍出版社，1992，第754页。
② （清）王昶：《西崦山人词话》卷一，上海图书馆藏清稿本。
③ （清）邵玘：《花韵馆词》卷首，上海图书馆藏乾隆四十五年（1780）刻本。

第二节　王昶的词作

　　王昶是乾嘉大儒，与多数学者视词为"小道"不同，他颇重视词的创作。王昶一生创作了不少词，仅收入《春融堂集》中的就有 4 卷 305 阕。[①]在清代中期的词人中，王昶词的艺术成就算不上一流，在浙派内部其词的艺术成就也比不上厉鹗、赵文哲、吴锡麒、郭麐等人。但王昶的词以南宋为法，注重清空骚雅，有其特点，也能体现出乾嘉浙派词人的特色。以下从《琴画楼词》出发，分析王昶词的内容与特色。

　　《琴画楼词》305 阕以中调、长调居多，词调多以姜夔、张炎等人为准，词风也与之相近，这与王昶论词崇尚南宋有关。从创作时段来看，王昶词作以早年最多，中年从军西南、晚年致仕后词作有所减少。王昶是乾嘉学者中对词的兴趣保持得相对稳定的人，他一生游历各地，写了不少山水登临词、咏物词、羁旅词、军旅词、怀古词、题画词等，部分词作有模拟南宋词人的一面，但一些词也有自己的特色。以下摘要述其创作中颇有代表性的咏物词、羁旅词、怀古词，这些词贴合其经历，写出真情实感，且艺术上成就较高，有别于刻意模拟南宋的作品。

一　咏物词

　　咏物词是浙派词人颇为看重的题材。《乐府补题》等流行后，因其有寄托，后世词人多有模仿。有研究者指出，清初浙西词派的形成与《乐府补题》咏物词的出现有关系。[②]咏物词较好地展现出浙派词比兴寄托、清空蕴藉的艺术理想。王昶词作中有较多的咏物词，如《天香·龙涎香》《水龙吟·白莲》《摸鱼儿·莼》《台城路·蝉》《桂枝香·蟹》，一些词直接用《乐府补题》词调进行创作。《乐府补题》的五调五题，清初以来尤侗、陈维崧等众多词人均有和作。尤其是朱彝尊等浙派词人更是推崇《乐府补

　　[①]　另据王初桐《小嫏嬛词话》卷三、黄燮清《国朝词综续编》卷二等载，王昶有《红叶江村词》，今未见。这有可能是王昶早期单刻词集，内容与后来的《春融堂词》有重合。

　　[②]　严迪昌：《乐府补题与清初词风》，载《词学》第 8 辑，上海：华东师范大学出版社，1981。

题》，创作了大量咏物词，朱彝尊有《茶烟阁体物集》两卷。在朱彝尊、厉鹗等人的影响下，这种创作体物词的风气在乾隆年间较为盛行，是浙派词人对南宋咏物词传统继承的一种体现。但从朱彝尊的体物词开始，对家国沦亡的寄托已经较少，更多的是直接刻画物品，部分融入词人的身世之感。①

王昶生活在乾嘉盛世，社会稳定，他的咏物词大多取法《乐府补题》，但少了家国寄托，多是追求清空骚雅的意境，反映出词人的高雅志趣。如《天香·龙涎香》（孤岛蟠云）描述香料的产生、番人入宫进献等，并无深刻寄托。《疏影·梅影》（山房寂静）、《月华清·盆梅》（宫粉香飘）、《天香·烟草和厉太鸿作》二首、《瑶华·新蝶》（烟沉蕙径）、《忆真妃·秋葵》（数枝斜曳疏烟）、《水龙吟·白莲》（玉妃乍换新妆）等也是刻画细致的体物词。客观地说，此类词在意象、词境上都未跳出南宋咏物词的模式，以清虚骚雅、委婉细腻为主，以具体的物品象征士人的品格。王昶用《乐府补题》词牌创作的《天香·龙涎香》《台城路·蝉》等都用典，体现出学人之词的特点。

一些词是王昶结合自身遭遇来创作的，流露出真实的情感，并非机械模拟，成就较为突出。例如，《台城路·蝉》在体物的同时，寄寓着词人追求与蝉一样的高洁情怀：

> 千秋未了齐宫怨，年年断魂谁诉。槐荫当檐，柳丝拂井，又听琴弦如许。故园残暑。想一树无情，三更还举。我亦能清，萧条同饮夜深露。　　西风又送冷雨，柴门倚杖处，落叶满户。野渡秋残，沧洲人远，多少别离情绪。琐窗独苦，向帕子红罗，一双描取。剩有吟蛩，砌苔寒共语。②

这是一首咏蝉的词。"齐宫怨"用崔豹《古今注》中的典故，写蝉声之怨历千年而未了，蝉之断魂仿佛在向谁倾诉。接着以"琴弦"来比喻蝉声，"槐荫当檐，柳丝拂井"写蝉栖之所。"我亦能清，萧条同饮夜深露"

---

① 张宏生：《朱彝尊的咏物词及其对清词中兴的开创作用》，《文学遗产》1994 年第 6 期。
② （清）王昶：《春融堂集》卷二十五，第 294 页。

表达了词人对自我品格的期许，希望自己也能像蝉一样清高自许。"想一树无情"与"我亦能清"等词句化用了李商隐《蝉》诗"一树碧无情"及"我亦举家清"的意境。下阕将蝉声与深秋时节西风吹送冷雨，妻子独倚柴门，望见落叶满户的情景相联系；渡口的送别之人又不知有多少离别的情绪。妻子掩上窗户，独自忍受凄苦，在手帕上画出一双秋蝉。藏在布满苔藓的石阶间的蟋蟀共语做伴。末几句分别化用了武元衡、赵嘏、王建诗句中的典故。整首词与《乐府补题》中王沂孙同题作品相似，用韵也相同。词写晚秋的暮蝉，境界颇为清空。但除了词人高洁品格的寄托与诉求外，不再有家国寄托的情怀。

当然，王昶也有一些词作可能含身世感慨与寄托，如《天香·香楠》：

> 蛮寨蒸云，怒江络石，南荒久余珍干。轮扁谁知，工师未采，一任异香零乱。阴阴翠盖，但绿尽、八关东畔。说是骄阳冻雨，浓芬总盈鼻观。　　依稀瘴云频见。染征衣、病情难浣。闻道浮来琼海，雕陈几案。骦骨于今万里，纵欲溯、金沙路何辨。只供兵厨，晚来炊爨。①

这是一首咏香楠的词，借咏物来寄托词人怀才却被遗弃的伤感。据词前小序，香楠本是一种极其名贵的香料，无论是在骄阳似火的季节，还是在冻雨时节，它都能散发出沁人的香气。朝廷每每从海外进口，实则在云南一带就有许多香楠树，因舟楫不通，故无法输送至内地。当地人以为香楠的香气会致人生病，无人识其为宝物，往往轻视之，士兵也多将其当作柴火烧菜做饭。王昶对此颇有感慨，因而写下了此词。词看似描写平淡，"轮扁谁知，工师未采，一任异香零乱"几句寄寓词人对香楠的同情，也有词人的感慨。王昶因卢见曾"两淮盐运案"被发配到西南边徼充军，虽然怀有才学，却不被朝廷重视，与香楠的境遇有相似之处。写香楠无人能识，实际委婉地表达出朝廷中无人能够认识到自己的才华，以致被发配西南边徼，寂寂无闻。

此类可能含有身世感慨的词作还有一些，比如咏白莲花的《疏帘淡月》：

---

① （清）王昶：《春融堂集》卷二十七，第311页。

荒湾远水，讶濯雪凝冰，亭亭十里。本少红妆采撷，画船迤逦。蛮云已尽寒江外，但相同、蘋花徙倚。谁能相认，纤鳞微度，闲鸥忽起。　　正白羽、初分天际。甚翠盖翻时，幽香如此。不管露凉，波净脂消粉坠。西池迢递知难到，只盈盈、微点清泪。惟应月姊宵分，遥对一查秋意。[1]

此词题下有小序："蛮暮南来，湖外白莲数顷，内地所少，并无有采其花而食其实者，亦不知为莲也。"写西南蛮荒之地，湖上有白莲数顷，内地不常见，当地群众多不认识白莲为何物。平淡写来，实际有一种深意。白莲本是高洁之物，有出淤泥而不染的冰玉之姿，宋以来的文人多以其比喻君子高雅的人格。这种白莲开于西南偏僻之地，无人相识，"幽香如此"却"本少红妆采撷"，甚至令人感叹"谁能相认"，不正是词人被发配到西南的写照吗？"不管露凉，波净脂消粉坠"，白莲花在深秋露凉之季渐趋凋谢，其情境多么令人感伤。"西池"本指西王母的瑶池，此处可能有一种隐含的意义，即借指君王居住的紫禁城。"西池迢递"，白莲难以养在瑶池中，只能偷偷地落下盈盈清泪，深夜遥对清冷之月。白莲的此种境遇，正与被发配西南充军，远离京师的词人相似。此词看似咏秋天的白莲，实际寄寓了词人的身世感慨。钱大昕评价王昶词"缘情体物之作，清新婉约，出入风雅，有一唱三叹之音"[2]，指出其词清新婉约，有诗教的风雅精神，温柔敦厚，醇雅温婉。以上所举咏物词就较好地体现了这个特点。

二　羁旅词

王昶一生漂泊，未仕前坐馆于苏州、扬州等地；出仕后宦游南北，更有从军西南的经历；晚年为官多地，写了不少羁旅词。这些词均有一个明显的主题，即思乡怀亲，写羁旅漂泊的客况。例如，《百字令·秋夜闻芭蕉雨声》：

---

① （清）王昶：《春融堂集》卷二十七，第 311 页。
② （清）王昶：《春融堂集》卷首，第 4 页。

　　一枝冷烛，记春时曾见，斜遮窗户。几日苏台寒信到，添得秋声难数。南浦哀砧，西楼远笛，北渚离鸿语。石阑干外，并教风颤凉雨。

　　何况纸帐残灯，更阑酒醒，恰值人羁旅。便是江乡归梦好，只怕者番无据。罗扇闲来，缄书拆后，忍向林边住。红闺此际，也应题遍愁句。①

　　结合王昶生平推测，此词大约作于他早年客居苏州时。王昶年轻时家贫，需外出坐馆养家，因而长期羁旅漂泊，与心上人两地分离。此词上阕写词人旅夜独对冷烛，回想起春日美好时光。转瞬间秋节已至，寒气降临苏州，平添了无数秋声。"南浦哀砧"指送别的水边响起捣衣声，"西楼远笛"指女子居住的楼上传来笛声，"北渚离鸿语"指北面水涯传来孤雁的叫声，这些意象均属泛指，但都与女子或相思有关，衬托出词人的孤独。更何况这样凄冷的秋夜，石头阑干外正风雨交加。下阕写词人的境况，人在旅途，纸帐残灯，夜深酒醒，更加思念家乡。但只怕是有归乡的好梦，现实中仍无法实现。词的最后，笔触转移到心上人，想象她闲暇时拆开书信，此刻也应当写了满纸的愁句。词中用沈约（《修竹弹甘蕉文》切寻姑苏台甘蕉一丛）、张昱（芭蕉风头石阑干）、杨万里（绕身无数青罗扇）、欧阳炯（笑指芭蕉林里住）作品中关于芭蕉的典故，以显示其博学。整首词清空骚雅，流露出羁旅漂泊时念乡与怀人的情思。这样的作品还有一些，如《剔银灯》四首，其一：

　　袅袅蒹葭波起。旅客孤舟斜舣。隔竹茶槚，横桥酒店，几点微明小市。蓬窗雨细。伴山鬼、纵横清泪。　　回首江乡天际。绿树东村迢递。水驿残更，河梁远梦，谁信此时憔悴。长瓶难醉。只独宿、夜凉相对。②

①　（清）王昶：《春融堂集》卷二十五，第294页。
②　（清）王昶：《春融堂集》卷二十六，第302页。

词前有小序:"予在真州旅舍曾谱灯词四阕,秘置箧衍久矣,青光舟次,灯窗夜坐,忽检及之,悲感横生,再为摹写,匪徒体物,亦以志身世苍凉更甚于昔也。"① 这是一首羁旅词,由《春融堂集》的编排顺序(前一首是《长亭怨慢》,为王昶赴济南前别京师友人之作)及此词小序可知,词约写于乾隆十九年(1754)夏。此时,王昶因中进士后捡看入三等,归班候选。在京师短暂停留后,王昶由金德瑛推荐往济南坐馆,教导山东盐运使吴士功之子吴玉纶(廷韩)。王昶早年旅居扬州时,曾有《灯词》四阕写依人作客之感。此次前往济南,正是王昶失意之时,他在旅途中重读旧作,在天津清光镇旅次写下了这组词,表达出明显的羁旅之思与身世凄凉之感。另外几阕《剔银灯》也表现出思乡的情怀。如第三阕写的就是词人在"十载吟诗看剑,依旧天涯壈坎"的失意境况中仍漂泊异乡,以至词人有"客里寒衣谁念,乡信从今难验"的感慨。王昶性格严谨,诗歌中较少表露这种情感,词体更适合婉曲地表达微妙难言的心境,因而我们得以在其词中看见作者打开心扉的一面。

又如《洞仙歌·和友人作》:

> 水天闲事,早繁华梦断。司马青衫泪痕法。记烧灯巷陌、掘笛楼台,重过处、多是梨花门掩。　　年来憔悴甚,作客江湖,回首寒云故山远。槛外又西风,叶叶芭蕉,搅一片、乱蛩哀雁。向酒醒更阑、自寻思,付老去生涯,佛灯禅版。②

这是和友人词作五首《洞仙歌》的末一首。写的是词人漂泊在外,功名未就时的失意。上阕写暮春时节,词人早已断绝繁华旧梦(或许是功名),漂泊江湖,念及此,不觉悲从中来,泪打衣衫。回忆元宵节游玩过的街道与曾经吹笛的楼台,重访旧迹,梨花满地,重门深掩。下阕交代词人近年来羁旅在外更显憔悴,顾望仍带寒意的暮秋白云,故乡辽远,更加深对家乡的思念。更何况槛外又吹起了西风,一片片芭蕉叶被吹响,惊起了

---

① (清)王昶:《春融堂集》卷二十六,第302页。
② (清)王昶:《春融堂集》卷二十五,第292页。

草虫与孤雁的哀鸣。酒醒之后，意兴阑珊，经历过漂泊江湖之苦，老去生涯，当与佛灯禅版相伴。整首词写出了漂泊江湖而抱负未展时思乡的情绪，也表现出意欲退隐的闲淡心境。

又如《月华清》也是一首写羁旅漂泊的词：

> 雪颭芦花，霜酣枫叶，枯杨摇曳残缕。一片西风，长伴愁人羁旅。宿江程、单枕灯寒，过水驿、横桥月苦。听取。又几番哀雁，几声柔橹。　　篋里征衫如许。望翠黛弯环，故乡何处。矮屋香茅，忍负泖湖烟雨。须收拾、蔗棱瓜膝，重料理、竹溪梅坞。归去。把苕笺吟写，小园词赋。①

题下有小注："长至后，舟过溧阳，天寒岁晚，犹泊江湖，回首故山，凄然欲绝也。"王昶年轻时，因家境贫寒，旅食他乡，坐馆养家，常常年关将至时尚飘零在外，因此他的羁旅词往往写得真挚亲切。上阕首句通过写芦花、枫叶、枯杨在深冬的衰颓气象来烘托自己的旅怀。西风伴愁人羁旅，正是漂泊心境。在江边的旅馆投宿，也是孤枕难眠。经过水上的驿站时，望见横在水上的小桥，月亮似也带着愁苦。在这样的行程中，大雁哀鸣与摇橹之声在耳畔交错，而行李包内装满了旅途用的衣裳。眺望远山，故乡在何处？想到此处，词人有了归隐的想法。

类似的词还有《疏影·溧阳旅舍秋夜》：

> 疏槐坠叶，早苍苔径小，蛩语初歇。驿舍寒深，酒冷更残，乡关梦里难越。西风最是销魂候，那更听、夜声凄咽。但半帘、细雨萧萧，掩尽短窗微月。　　苦忆梅边竹屋，夜凉零露底，阶下刬袜。斗草筹花，蜀纸新词，犹在分香旧篋。断肠已恨秋江远，又恨隔、暮山云叠。待晓来、重觅清愁，镜里鬓丝添雪。②

---

① （清）王昶：《春融堂集》卷二十五，第293页。
② （清）王昶：《春融堂集》卷二十七，第309页。

这是词人在溧阳旅舍秋夜怀念家乡亲人时写下的作品。上阕写词人在驿舍时的境况，下阕想象妻子在家中独守空房的寂寞。深秋时节，漂泊在外的游子本就容易平添思乡愁绪。溧阳旅舍的外面有几棵稀稀疏疏的槐树，叶子不时落下，长满苔藓的小径旁，蟋蟀的鸣叫刚刚停歇。这种环境下，更体现出旅怀的清冷与孤寂。深秋之夜，寒冷袭人，词人独酌，时间流逝。旅舍内寒冷异常，夜将尽时，更显酒冷，此时词人想起家乡的人事，觉得即使在梦里，也难以飞越万重关山。西风凄楚的时节，耳听凄咽之声更添寒冷。透过半卷帘幕，潇潇细雨遮住了月色。下阕想象妻子在梅边的竹屋里，在此夜凉之时，脱了鞋在台阶下徘徊，刚写的词收入旧箧。而自己乘船远去，关山万重，暮山云叠，无法回到妻子身边。等到清晨起床时，重新想起这愁绪，镜中的鬓丝已添白发。整首词写得清空疏脱，写景时多用冷色，蕴藉而有风雅。此外，《忆江南·中秋追忆旧事仿乐天体十二首》等小令中也有一些写羁旅之思，词境清婉可思，不赘述。

三　怀古词

王昶的词作中有一些怀古词，委婉地表达出他游览名胜古迹时的历史情怀。如《月华清·秦淮旧院》（一段清愁）通过废旧院落的荒凉，追想其繁盛时楼台上的歌舞场景以衬托此时衰败下的历史沧桑之感。《高阳台·题版桥杂记后》等也有类似的感怀。再来看其《百字令》：

> 山樵百子，溯当年、居在百花深处。圆海号百子山樵，自题"百花深处咏怀堂"，系长洲门人张修所画。鸣咽秦淮通别渚，微润苍藤老树。旧院沉烟，新亭洒涕，华屋偏如故。诗人偶赁，绿阴犹可销暑。　　已附委鬼茄花，又从瑶草，擢发真难数。燕子春灯遗曲在，恁有才情多许。南渡繁华，东林节概，往事俱千古。咏怀休问，何人更画图谱。①

这是词人与严长明一同过访阮大铖（1587—1646）旧居"咏怀堂"（时为陶湘居所）后写的一首咏怀词，题下小注："同严东有访阮圆海咏怀

---

①　（清）王昶：《春融堂集》卷二十六，第 300 页。

堂，今为陶蘅川居，往访之，感而有作。"词上阕写阮大铖百花深处咏怀堂的位置、环境，"百子山樵"为阮大铖号。"新亭洒涕"用《晋书》与《世说新语》周颙典故，指东晋时过江诸人对国家之难无能为力，只能面对着长江，在新亭陨泪，被王导批评之事。此处指阮大铖等在南京拥立福王时，对国家之难无能为力，房屋却依旧如往日豪华。下阕写阮大铖的罪行及王昶的评论。"委鬼茄花"指魏忠贤、客氏，此处用明万历间民谣"委鬼当朝坐，茄花遍地红"典。"瑶草"指马士英（字瑶草）。这里指阮大铖先依附魏忠贤、客氏，后结交马士英，排挤正人，其罪行多得难以数清。尽管阮大铖有《燕子笺》《春灯谜》等脍炙人口、才情飙举的戏曲存世，但南明王朝的南渡风流与东林党的气节风概等均已成为历史。因为阮大铖人品不佳，故王昶写"咏怀休问，何人更画图谱"。整首词写得清空，多是客观的描述，对阮大铖的罪行、东林党的气节等也是概说，表达得含蓄委婉，并未深入阐发。

王昶在咏吴伟业旧居的《步月》词中也掺入了自己的感慨：

> 承露盘空，临春阁圮，前尘多少荒凉。不堪故里，本已历沧桑。指瘦桤、霜高少叶，认残梅、雪尽犹苍。空传说、水天闲话，彩笔重宫坊。　　茫茫。玉京去，湘弦留怨曲，肠断清商。尚余遗挂，不似在岩廊。溯萧史、魂销北地，念家山、泪尽南唐。伤心处，一樽重为炷名香。[①]

据词前小序，梅村为明代后七子领袖王世贞之子王士骐故居，也是弇园遗址，吴伟业曾买得其地，又建了乐志堂、梅花庵、嫣雪楼、鹿樵溪舍、桤亭等。王昶秋日携同人前往寻访遗迹时则只剩下些颓垣断础，吴伟业裔孙吴履文出梅村遗像见示，王昶有所感触而赋此词。词首句"承露盘空，临春阁圮"写吴伟业旧居废弃的荒凉景象，易代之际，这里经历了兵燹之灾；瘦桤、残梅烘托出一片沧桑。遗迹零落，只空流传吴伟业才情之作，传播宫坊。下阕过片"茫茫"两字实际也是对其遗迹不可寻访的感叹。"玉

---

① （清）王昶：《春融堂集》卷二十八，第321页。

京去，湘弦留怨曲，肠断清商"大概指吴伟业《听女道士卞玉京弹琴歌》，卞玉京离开后留下了一曲清商怨曲，触发了吴伟业身世之感、故国之思、亡国之痛。"溯萧史、魂销北地，念家山、泪尽南唐"指吴伟业《萧史青门曲》借咏宁德公主病逝的哀伤来反映其家国之感，《秣陵春》则借南唐旧事来反映其对故国的眷念。此词借写寻访吴氏旧居遗迹来刻画吴梅村眷恋故国的情怀，也表达出王昶对其敬重之情及对吴氏所遭受的家国命运的感慨。

此外，王昶一些悼亡词写得也颇好，如在军中悼念姜室许云清的《凄凉犯》：

> 冰轮如濯乘秋望，素鸾何处凄泊。相思路断，返生香烬，经年萧索。红丝缘薄，又雪垒、风烟常作。只宵来、如珠秋露，苦伴泪痕落。
>
> 万里京华远，况是吴淞，海天绵邈。玉屏兰笋，应还似、修眉隐约。水暗云荒，更难认、当时妆阁。便梦魂、欲去难度警铃析。①

据词前小序，词作于许云清卒后次年即乾隆三十八年（1773）。许氏过世之时，王昶因从军西南，未能见其最后一面。一年后的中秋节，王昶的伤痛之情仍未消减。词用的是姜夔的自制曲，先写圆月清光下，念及逝去玉人，颇感凄凉，词人远在西南军中，自慨如同失去伴侣的孤鸾一样不知道何处可以栖泊。河山远隔，姜室过世后的一年中，词人常常意兴萧索。与亡妾前世今生的情缘薄浅，更何况有风雪的阻隔，更无常聚之时。深夜里如珍珠般的秋露陪伴词人的泪痕洒落。京城与西南远隔万里，家乡更是海天绵邈，屏风上的笋兰，应该还似亡妾长长的眉毛隐约可见。但在水暗云荒的时节，恐怕亡妾也难认出旧时居住之处，即使词人梦魂想要离开西南，与亡妾相会，也难越那重重的巡逻卡哨。词写自己追念亡妾的伤心之情，尽管情感热切，但颇为节制，清空蕴藉。

王昶还写了不少题画词，是文人雅致生活的体现。如《百字令》（鸳湖放棹）是应阮元之邀题《竹垞图》的词，用的是朱彝尊《百字令》词原

① （清）王昶：《春融堂集》卷二十七，第313页。

韵，以词的形式对朱彝尊的一生进行了精练的概括，是清初以来题《竹垞图》雅事的延续。《解连环·题宋人画孤山处士图》《大圣乐·题文衡山前后赤壁赋画册》《云仙引·题仇十洲画〈西园雅集〉图》等均是不错的题画词。王昶还有不少唱酬赠别词，如《天香·烟草和厉太鸿作》《摸鱼儿·酬升之即用来韵》《踏莎行·送沈学子归华亭》等也颇佳，限于篇幅，不赘述。以上所举词作并不能概括王昶创作的全部，他的写景词成就也较高。另外，词作《大圣乐》（水榭吟鸥）与地域词学演变有关，是以词论词；《声声慢·题若冰〈南楼吟稿〉后》是评价诗人作品之词，以词论诗，也值得留意。

总体而言，王昶的词是以南宋姜、张为宗，词风清空骚雅，用典较为自然，具有学人之词的特点。一些咏物词写出身世寄托之感；羁旅词能与人生行迹相结合，充满真实的感情。他论词重音律、寄托、人品等，强调风骚精神及清空骚雅的风貌，其词作较好地实现了这一理念。

王昶的文学编选与乾嘉文坛

第四章

《湖海诗传》与乾嘉诗学

诗歌选本对了解一时一地的诗学发展状况有着重要的作用。有时候，文学史上的经典常常经由选本得以保存，并经过一段较漫长时间的筛选而产生。诗歌选本一方面起到了保存文献的作用，另一方面也是编选者表现其诗学主张及关注诗坛现状的重要载体。比如，沈德潜的《国朝诗别裁集》就被认为是"格调说"的实践。有时候，某一流派诗歌选本还往往可见地域诗学传统及在具体历史条件下的诗学演变等，因而一些选本兼具文献与诗学观念两方面的价值。

清人普遍注重当代文献的整理，这在诗学领域体现得较为明显。顺康与乾嘉时期是清诗选本编纂的两个高峰，各种诗歌总集呈现出兴盛的态势。大体而言，不外乎两类。一类是编选全国性或地方性诗歌总集，如沈德潜《国朝诗别裁集》就是全国性的，卢见曾《国朝山左诗钞》、阮元《两浙辅轩录》及《淮海英灵集》等是地方性的总集。[①] 另一类则是收集师友交游诗歌的总集，选集中的诗人多享有盛名，在诗坛引领风气，有较强的号召力，能代表当时主流诗人群体。这类取交游所及者作品的总集又大致分为两类：一类是专收门人之作，比如钱谦益的《吾炙集》[②]；另一类则是师友兼收，比如王士禛的《感旧集》、陈维崧的《箧衍集》等。乾嘉时期，毕沅《吴会英才集》专收门客弟子诗作，王昶《湖海诗传》则师友兼收，便

---

① 关于乾嘉间清人选清诗总集的情况，可参见刘和文《清人选清诗总集研究》，博士学位论文，苏州大学，2009。据刘氏统计，乾隆朝清人选清诗总集有 46 种，嘉庆朝有 18 种。

② 《吾炙集》是否为完本，因材料有限，学界目前尚无定论。此处指入选者为钱氏门生，是就今传本而言。

是延续了这种风气。因编选者以高位或诗坛盟主身份引领一时风会，这类总集多能体现出编选者的交游状况及诗学主张。

第一节　《湖海诗传》的基本情况

《湖海诗传》是清代中期较重要的诗歌总集，选诗以唐为宗，兼取宋调，是后期"格调派"的重要选本，反映出诗坛向宋诗缓慢过渡时"格调派"所做出的调整。全书共 46 卷，甄选王昶所交游的诗人 614 位，共 4472 篇诗歌，主要活动在乾嘉间的重要诗人基本收录其中。诗人的排列以科第为先后，入选最早者的科第是康熙五十一年（1712），最晚者的科第是嘉庆七年（1802）。其中也有布衣之诗，以年齿附之，最后附释道诗人。以"诗传"命名，相当于以诗传世，表明王昶珍视交游情谊，也有借选本展露其诗学的意图。

《湖海诗传》基本上囊括了活跃在乾隆年间的重要诗派及著名诗人。如浙派的厉鹗、商盘、诸锦、杭世骏、朱稻孙、胡天游、吴锡麒等，以钱载、金德瑛、王又曾、严遂成、汪孟铜等为代表的秀水派群体，以李重华、沈德潜、赵文哲、曹仁虎、吴泰来等为代表的格调派诗人，以翁方纲、谢启昆为代表的肌理派诗人，以袁枚、赵翼、张问陶为代表的性灵派诗人，以蒋士铨、吴嵩梁、吴照为代表的江西诗人，以姚鼐为代表的桐城诗人等，少数民族诗人有梦麟、法式善，其他著名诗人还有王文治、黎简、黄景仁、洪亮吉、杨芳灿、陈文述、郭麐等。乾嘉时汉学兴盛，很多学者型诗人如王鸣盛、钱大昕、程晋芳等多被收入《湖海诗传》，体现出乾嘉学人之诗与诗人之诗的统一。总体而言，《湖海诗传》所收诗人能反映出乾嘉年间的诗坛主流面貌。乾嘉时期是清代诗学思想及创作由以宗唐为主开始向以宗宋为主缓慢过渡的阶段，是以唐为宗、唐宋并取的阶段。在此阶段，浙派、秀水派、格调派、性灵派、桐城诗派等都在诗坛呈现出各自的面貌，不断融合。《湖海诗传》以宗唐的格调为标准来甄选不同地域与诗派的代表性诗人，尽管实际选入的诗歌不能完全代表这些诗人各自的特色，但王昶对这些诗人诗作的评价相对客观，实际也具备了诗学史的意义。

王昶在编纂此书时曾仿朱彝尊《明诗综》做法，为每位诗人撰写小传，并为其中 304 人撰写诗话，即《蒲褐山房诗话》，其中包含乾嘉间诗人的逸闻掌故，有较高的史料价值。同时，王昶在诗话中还对诗人的诗学渊源、诗歌风格，一些地域诗学流派特点及诗学演变等做了简略介绍，颇有价值。例如，王昶在韦谦恒小传中论及"皖桐诗派"的特点，"皖桐诗派，前推圣俞，后数愚山，以啴缓和平之主"①，见解颇为精准。又如，对于浙派与云间诗派的关系及其演变，王昶引朱彭之言："百余年来，浙中诗派实本云间，至康熙中叶小变其格，继吴孟举、查初白出，始竞为山谷、诚斋之习，槜李学者靡然从之。"② 指出了明末至康熙前期浙中诗派原本云间派宗汉魏盛唐的情形，也点明了康熙中期以后以吴之振、查慎行为代表的诗人学黄庭坚、杨万里等宋代诗人诗风，进而趋于效宋诗，并在桐乡一带产生重大影响的事实。这实际上是对清代中前期浙江诗学流变史的精准概括。虽然是发自朱彭，但也代表了当时的共识。王昶还论及乾嘉间江西诗人群体创作特点和江西诗派的发展，这些均具有诗歌史的性质，对研究清代诗学颇有价值。

《湖海诗传》主要有嘉庆八年（1803）三泖渔庄刻本、同治四年（1865）亦西斋重刊本及绿荫堂重刊本等，后来影印及点校的《湖海诗传》也均由三泖渔庄刻本出。此外，日本人川岛孝于明治十二年（1879）编刊《湖海诗传钞》。《湖海诗传》编选较为得当，在当时受到诗坛的重视，后来还出现了一些接续《湖海诗传》的选本③。《湖海诗传》的小传与诗话部分也曾单行，其中有以《蒲褐山房诗话》行世者，主要有三种抄本。其一，道光元年（1821）郑乔迁抄本《蒲褐山房诗话》。《湖海诗传》共收入诗人 614 位，其中半数只有小传，王昶没有为其撰写诗话。郑乔迁抄本专录其中有诗话者，共 304 位，无诗话者未录。其二，道光三十年（1850）吴县毛庆善重编抄本《蒲褐山房诗话》。此书直接据嘉庆八年刻《湖海诗传》转抄，含小传及诗话，偶有文字改动，间有遗漏。其三，北京大学图书馆藏抄本《蒲褐山房诗话》二卷等。《湖海诗传》的小传与诗话也有以《湖海诗人小

---

① （清）王昶辑《湖海诗传》卷二十八，《续修四库全书》第 1626 册，第 157 页。
② （清）王昶辑《湖海诗传》卷三十八，《续修四库全书》第 1626 册，第 318 页。
③ 吕姝焱：《〈湖海诗传〉的版本、编刊及其续书——兼谈"文在布衣"的先行与"布衣诗学"的延宕》，第 155~169 页。

传》行世者。刻本有光绪六年（1880）上海淞隐阁铅印本《湖海诗人小传》。抄本有周骏富抄《湖海诗人小传》，此书据毛庆善编本《蒲褐山房诗话》重抄，并改名为《湖海诗人小传》，收入《清代传记丛刊》。此外，还有南京图书馆藏清滕堂抄本《湖海诗人小传》46卷等。

朱则杰考证王昶拟纂《湖海诗传》的时间大致在乾隆二十一、二十二年，而且王昶曾在"湖海诗传""江海诗传""湖海诗存"等书名之间斟酌过。① 王昶自言："某年二十，始与海内贤士大夫交，见所作辄采录之，为《湖海诗传》，迄于丁丑，成二十卷。其后积于卷轴，未及编次者，尚牛腰然。"② 约从乾隆八年（1743）20岁起，王昶已开始注意收集友人的诗作，并在乾隆二十二年（1757）34岁时，辑有20卷，大概多是前辈诗人诗作。后收集的诗作陆续增加，而未及编次。乾隆五十三年（1788）冬，王昶在《与袁简斋先生书》中提及："弟选《湖海诗存》已断手……明岁勒成，当以呈教。"③ 王昶任江西布政使时，已将同时人投赠之诗选编为《湖海诗存》，拟次年刊刻，但后又有增补，且对袁枚的评语有所改变。乾隆五十八年（1793），吴照前往青浦拜见王昶，有《王兰泉夫子假归，敬谒里居，恭呈二首》。其一有句："白发编诗《湖海》旧公辑有《湖海诗存》，皆同时人，青灯集古鲁鱼雠。"④ 仍称选本为《湖海诗存》。嘉庆二年（1797）冬，王芑孙至青浦三泖渔庄拜访，行前有书札寄王昶，王昶答书中云："何兰士往日仅见其试帖，余诗尚未之见，足下钞得其诗否？现梓《湖海诗传》，当取以入集……惟船山未得，倘有存者，亦望寄一二十首，集隘不能多采耳。"⑤

① 朱则杰：《清诗考证》，北京：人民文学出版社，2012，第625~630页。
② （清）王昶：《又答彭乐斋观察书》，《春融堂集》卷三十一，第344页。
③ 王英志编纂校点《袁枚全集新编》第19册，第380页。
④ （清）吴照：《听雨斋诗集》卷八，《清代诗文集汇编》第440册，第48页。
⑤ （清）王芑孙：《惕甫未定稿》卷八所附王昶答书，《清代诗文集汇编》第442册，第373页。按，乾隆五十七年，王昶通过许宗彦向黎简索诗，黎简有《寄许周生，周生书来言王少司寇兰泉昶近刻〈江海诗传〉，欲选拙诗寄刻，作短句答之，不必呈司寇也》，得三十二韵》《周生索予诗稿未得，以所与唱酬者二十首录寄王兰泉侍郎，作诗笑周生，亦不必寄侍郎也》，乾隆五十九年有《因许周生寄王兰榭侍郎》。王昶《春融堂集》卷二十三《黎贡生简民简以诗集见示有寄》，有"岭外忽传诗廿卷"句，作于嘉庆四年（1799）。考《湖海诗传》卷三十八所选黎简十八首诗，并非与许宗彦酬唱之作。盖许宗彦寄唱和诗为稍早前情况，而黎简卒前曾寄给王昶一本二十卷的诗集。

向王芑孙索要何道生、张问陶诗作，并称选本为"湖海诗传"，且提及已开始刊刻（实际未刻）。同年，王芑孙《岁暮怀人六十四首》之《张亥白孝廉问安、船山检讨问陶》其一及次年寄王昶书札《又与兰泉先生二》亦提及抄录张问陶诗作入《湖海诗传》事。《张亥白孝廉问安、船山检讨问陶》其一诗作："自古奇才必生蜀，船山在今麟一角。侍郎近葺《湖海诗》，写君少作都付之。时余方录船山庚戌以前之作入兰泉先生所编《湖海诗传》。"《又与王兰泉先生二》云："公前书欲得敝同年张船山、何兰士数君诗，先已写寄，到否未及知。"① 可见嘉庆二年前后，选本的名称已定为"湖海诗传"。而诗选拟用"江海""湖海"命名，可能与人们称王昶为"湖海客""江海客""湖海奇士"等有关。书中收有钱大昕、潘奕隽等多篇庆祝王昶八十寿辰的诗歌，是年为嘉庆八年（1803），而书也于此年冬刻成。

第二节　《湖海诗传》的文献价值

《湖海诗传》作为总集具有较重要的诗学史价值及文献价值。首先值得注意的是其文献价值。据前揭王昶序言及与友朋之往来书信可知，其采录的诗歌很多来自交游寄赠，且多属未刊前写寄②，故《湖海诗传》保存了这些作品未定稿以前的面貌，有些作品甚至是"唯一"的，诗人或其他人在编诗集时因未见而失收，这使《湖海诗传》具有不同于一般选本的文献价值。袁行云评《湖海诗传》："选诗多未据定本，尽诸家删佚，史料价值较高。"③ 例如，其中所收记载乾隆朝对外与缅甸战争、对内平定大小金川战争的诗歌就可视为诗史。同时，《湖海诗传》也具有较高的校勘、辑佚价值。本书以著名诗人诗作为例，梳理《湖海诗传》的文献价值，以期学界对此书在乾嘉诗学研究方面的校勘与辑佚价值给予应有的重视。

---

① （清）王芑孙：《渊雅堂编年诗稿》卷十四，《清代诗文集汇编》第 442 册，第 179 页；（清）王芑孙：《惕甫未定稿》卷八，《清代诗文集汇编》第 442 册，第 374 页。

② 需要说明的是，王昶采诗多据投赠，但也有通过中间人索诗之例，比如前文所举张问陶、黎简等就属于这种情况，且黎简等作品是据定本采入，并不是入选的所有诗作均据初稿采入。

③ 袁行云：《清人诗集叙录》卷三十四，北京：文化艺术出版社，1994，第 1179~1180 页。

一 《湖海诗传》的校勘价值

《湖海诗传》大多是根据手稿或未定稿采选诗歌,与诸家本集定本的文字差异颇多,以下列举较重要者作为代表。

(1)袁枚诗歌的异文。《湖海诗传》卷七选袁枚诗 15 题 23 首,将其与乾隆间刻增修本《小仓山房诗集》对校,有异文者 9 题 10 首,佚诗 2 首(其中一首基本是异文,当佚诗处理,见后)。表 1 是其中异文较明显的诗歌。

表 1 袁枚诗歌的异文

诗题	《湖海诗传》本	《小仓山房诗集》本
《水西亭夜坐》	有客登西亭	有客坐于亭
《雨后步水西亭》	凭栏意清悄	凭栏意悄然
《玉泉观鱼》	回首波纹平	回首波声微
《闻鱼门吏部充四库馆纂修喜寄以诗》	愿抄书目遥寄予	但愿抄其目寄予
《春兴》	呼取樵青作《僮约》	呼与园丁作《僮约》
《春日杂诗》之三	看送春痕上柳条	看送春痕上鹊巢

此外,《湖海诗传》中选袁枚《山中绝句》三首,《小仓山房诗集》题目作《山居绝句》。古人经常会改诗,以使诗更为纯熟,所谓"晚节渐于诗律细"(杜甫《遣闷戏呈路十九曹长》)。袁枚自言"爱好由来落笔难,一诗千改心始安"(《遣兴》),"知非又改诗"(《起早》),可见他有改诗的习惯。对看《湖海诗传》所选袁枚诗与其诗集定本,《湖海诗传》本更为清雅,更具风致,有唐风。如表 1 所示,《水西亭夜坐》"坐于亭"用虚字,也较口语化,而"登西亭"用实字,且更书面。《春兴》"樵青"用典,而"园丁"不用典,前者更雅致。《春日杂诗》之三"看送春痕上柳条"用"柳条",比"鹊巢"更有神韵,意境更佳。古代一些著名的选家在编选诗歌选本时往往会对原作进行删改,并且这是比较普遍的现象。那么《湖海诗传》中的文字差异是因为袁枚自己后来对诗作进行了删改,还是王昶选入《湖海诗传》时做了删改?这两种情况可能均存在。由前揭袁枚自述

其有改诗习惯，辅以其改诗的实际案例①，笔者认为《湖海诗传》所选应该是袁枚早年诗歌的面貌。

（2）钱大昕诗歌的异文。《湖海诗传》卷十六选钱大昕诗22题37首，将其与嘉庆十一年（1806）刻本《潜研堂诗集》及《潜研堂诗续集》相校，有异文者9题21首。《湖海诗传》可用于校勘诗句异文、诗题之异以及诗歌自注之异文等。其中诗句异文举例见表2。

表2 钱大昕诗歌异文

诗题	《湖海诗传》本	《潜研堂诗集》及其续集本
《拟古》其一	"蔽日交繁柯"，"下有芝与苓"，"年岁倏已暮，霜露亦以多。幽人卜居此，松下常高歌"	"蔽日撑交柯"，"下有伏苓芝"，"手植自谁氏？云已千年过。幽人倚树根，日夕常高歌"
《拟古》其二	愁来不能语	形存质已逝
《读汉书》之四	秦坑灰未寒	文网日以密
《宋徽宗画龙歌》	艮岳山成劫灰速，兴废一朝如转毂	榛蓬花花日月促，瞥眼菀枯如转毂
《王汇英家藏古钱歌》	金刀错出布幺幼	金刀契错布幺幼
《题述庵三泖渔庄图》	"扣舷远近歌无腔"，"王郎本是湖海客"	"扣舷乐甚歌无腔"，"王郎湖海一奇士"
《邵伯埭》	"疏钟夜火秦邮驿"，"明朝又下清淮路，愧尔沙鸥宿水蒲"	"疏钟夜火盂城驿"，"波光面面清于镜，得似沙鸥稳宿无"

对于诗句之异文，笔者以《七子诗选》为参照，对比了表2中列举的异文，凡是入选沈德潜所编《七子诗选》的钱大昕诗歌中，绝大部分文字与《湖海诗传》相同，可见《湖海诗传》所选应是钱大昕诗歌早年面貌。《湖海诗传》本与定本存在差异很可能是因钱氏晚年编诗时做了改动，诗题之异与诗歌小注异文等也可证明这一点。

《湖海诗传》可校诗题之异文。如五言古诗《寄述庵用东坡除夕倡和韵》，《潜研堂诗续集》（以下简称《续集》）该诗题作《叠前韵寄王琴德》，因为《续集》前面一篇题为《赵璞庵自永昌寄诗，用东坡除夕倡和

---

① 陈正宏《袁枚全集校补》（《中国文学研究》第3辑，江西教育出版社，2000）、《从单刻到全集：被粉饰的才子文本——〈双柳轩诗文集〉、〈袁枚全集〉校读札记》[《中山大学学报》（社会科学版）2008年第1期]等文考察了袁枚早年单刻本别集与晚年编订全集文字的差异，指出了其删改诗文的现象。

韵，次韵答之》，为避免前后诗歌题目重复，故改后面的一首为今题。这一例子说明《湖海诗传》保留了诗歌原始的面貌。这提醒我们，古人在编诗集时对作品题目做修改的现象是比较普遍的。《湖海诗传》中七古诗《题述庵三泖渔庄图》中"述庵"，《潜研堂诗集》（以下简称《诗集》）作"王琴德"。《同王凤喈过昭庆寺访学公不遇》诗，《诗集》作《过昭庆寺访喆公不遇》，前者表明同访者还有王鸣盛，信息量大于后者。《秋柳和曹来殷韵》《怀述庵》《邵伯埭》诗，《诗集》分别作《秋柳次韵》《怀王兰成》《邵伯湖》。《秋晚访述庵司寇三泖渔庄，因同访圆津禅院慧照上人，即放舟游佘山，适云间汪西村、张坤厚、金冶昆仲亦至，偕入王氏园，登皆山阁久之，复至天马山登周氏山舟堂，还抵万寿道院，归途得诗四首》诗，《续集》在"万寿道院"后，有"道人雪帆留饮"五字。

《湖海诗传》还可校诗歌自注。《宋徽宗画龙歌》"关全董羽妙迹在"句下有小注"见《宣和画谱》"，《诗集》无这条小注。可见《湖海诗传》本是诗歌的较早面貌。

（3）蒋士铨诗歌的异文。《湖海诗传》卷二十一选蒋士铨诗24题29首，将其与嘉庆二十一年（1816）重刻三十卷本《忠雅堂文集》相校，有异文12题12首。表3列举了较重要的差异。

表3 蒋士铨诗歌异文

诗题	《湖海诗传》本	《忠雅堂文集》本
《师竹居待雪用禁体分得竹字》	禁体学欧九	聚星学欧九
《愍忠寺观傅雯画观世音三十二应像》	……或大欢喜或怒瞋，冠珮绂冕缨旒绅……耳根第一文殊云	……或大欢喜或怒瞋，或头丛丛或鼍鼍。冠珮绂冕缨旒绅……无尽意听佛告云
《乞罗两峰画屏》	……楷法写眉黛。而君所嗜殊，高逸颇相类。我每见君作……	……楷法写眉黛。鲁文貌丰下，齐桓癖好内。而君所嗜殊，高逸颇相类。我每见君作……
《题天全杨藏用遗集》	"昔者公年五十二"，"蛮儿肉血飞秋草"，"毒雾着人人立僵"，"得公调护人命长"	"昔者雍正戊申公五十二"，"蛮儿血肉飞秋草，可怜羞煞高招讨"，"毒雾着人人立僵，裂肤堕指六月当"，"得公调护人命长，令严恩重饥寒相"
《吴节母》	"左图右史娘所乐"	"左图右史娘所乐，儿是男儿可无学"

从表 3 可以看出，《湖海诗传》中蒋士铨诗歌异文可分为两类。一是诗歌字数没有差异，仅字词有别，如《师竹居待雪用禁体分得竹字》"禁体学欧九"，"禁体"《忠雅堂文集》（以下简称《文集》）作"聚星"。二是字数上差异明显，《湖海诗传》本比《文集》本少字数、诗句，如《乞罗两峰画屏》"楷法写眉黛"与"而君所嗜殊"间，《文集》有"鲁文貌丰下，齐桓癖好内"两句。《悯忠寺观傅雯画观世音三十二应像》，《文集》诗题无"观"字①，"或大欢喜或怒瞋"下，《文集》有"或头丛丛或鼍鼍"句。《题天全杨藏用遗集》"昔者公年五十二"，《文集》作"昔者雍正戊申公年五十二"；"蛮儿肉血飞秋草"，"肉血"《文集》作"血肉"，且下有"可怜羞煞高招讨"；"毒雾着人人立僵"后，《文集》有"裂肤堕指六月当"；"得公调护人命长"后，《文集》有"令严恩重饥寒相"。《吴节母》"左图右史娘所乐"后，《文集》有"儿是男儿可无学"。蒋士铨是乾隆间著名的诗人，其《忠雅堂文集》已有校笺本，惜未用《湖海诗传》参校。《湖海诗传》与蒋氏诗集定本的文字差异以及王昶对其诗的删节，体现出二人在诗歌认识上的细微差异。比如，《吴节母》删去"儿是男儿可无学"句，可能就与作为经学家的王昶注重"学"，不赞同此句有关。此外，还有一些是诗题有异，如《送王德甫给假归葬二首》，《文集》题作《送王琴德廷尉假还三首》，《湖海诗传》选其中两首。

（4）姚鼐诗歌的异文。《湖海诗传》卷二十八选姚鼐诗 14 题 15 首，将其与嘉庆三年（1798）刻本《惜抱轩诗集》相校，在表 4 中列举了其中文字差异较重要者。

表 4　姚鼐诗歌异文

诗题	《湖海诗传》本	《惜抱轩诗集》本
《元人散牧晚归图》	旁有吹笛声琅琅	或来以笛吹其旁
《阙口阻风》	正及湖水阔，忽起西风吼。停棹入菰蒲，系缆向榆柳。蓬蓬清梦醒，试一凭船牖	正及湖水阔，忽起西风吼。引领吾徒羡，衔尾来舸走。停棹入菰蒲，系缆向榆柳。老翁昼梦醒，试一凭船牖

---

① 按，邵海清校、李梦生笺《忠雅堂集校笺》（上海古籍出版社，1993）第 884 页此诗题下出注："手稿本题'悯忠寺'下多一'观'字"。

续表

诗题	《湖海诗传》本	《惜抱轩诗集》本
《游摄山宿绿云庵二首》其一	穿壁天光窄	穿壁天容峻
《游摄山宿绿云庵》其二	自携孤竹杖	自携孤杖影
《毛俟园用仆看桂前字韵作诗见贻因复答之》	芳树谁知拥［臃］肿年	芳树谁知偃蹇年
《哭鱼门》	几日童乌与《太元》	几日扬乌与《太元》

从表 4 可以看出，《元人散牧晚归图》之"旁有吹笛声琅琅"，用叠音字，接近唐调，《惜抱轩诗集》（以下简称《诗集》）"或来以笛吹其旁"则是散文化句式。《阙口阻风》"蓬蓬清梦醒"亦用叠音字，诗风清雅，而《诗集》作"老翁昼梦醒"，似姚鼐后来改动过。又《诗集》有"引领吾徒羡，衔尾来舸走"，为散文化句式，《湖海诗传》本无此句，或许是姚鼐后来补入。此外，值得一提的是，《哭鱼门》是姚鼐悼念程晋芳的作品，《湖海诗传》所收第六句为"几日童乌与《太元》"，"元"避康熙讳"玄"，太元即《太玄》。"童乌"即扬雄子扬乌，九岁时助父著《太玄》，颖异，早夭，事见扬雄《法言·问神》。后用"童乌"指早慧而夭折者。程晋芳去世时，有子才三岁，姚鼐将程晋芳父子比作扬雄父子，尊敬其才学而同情其不幸。在《诗集》中，"童乌"作"扬乌"。

（5）黄景仁诗歌的异文。《湖海诗传》卷三十四选黄景仁诗歌 26 题 31 首。王昶在《蒲褐山房诗话》中说："传本参差，世虽有爱而梓之者，然去取失宜。今详加决择，存全本于书塾中，以待后之笃嗜者之论定。"① 可以看出王昶非常重视黄景仁的诗集，《湖海诗传》甄选黄景仁诗歌也相当审慎。《湖海诗传》所选黄景仁诗歌与咸丰八年（1858）黄氏家塾刻本《两当轩全集》相校，颇有异词、异句，表 5 列举了其中较重要者。

表 5　黄景仁诗歌异文

诗题	《湖海诗传》本	《两当轩全集》本
《题翁覃溪所藏宋椠〈施注苏诗〉原本》	昆仑星宿溯洪源，紫凤天吴工杂组	天吴紫凤一倒颠，星宿昆仑埶迥溯

---

① （清）王昶辑《湖海诗传》卷三十四，《续修四库全书》第 1626 册，第 242 页。

诗题	《湖海诗传》本	《两当轩全集》本
《退潭舟夜雷雨》	谁知暴雨不终夕	谁知暴雨不终昔
《送稽立亭归梁溪》	野性行当遂鹿菲（见盐铁论）	野性行当遂鹿菲
《黄山松歌》	"黝山三十有六峰"	"黟山三十有六峰"

从表5可知，《题翁覃溪所藏宋椠〈施注苏诗〉原本》"昆仑星宿溯洪源，紫凤天吴工杂组"，《两当轩全集》作"天吴紫凤一倒颠，星宿昆仑孰洄溯"，翁方纲删订的《悔存诗钞》同后者。黄景仁之孙黄志述撰《两当轩集考异》参考《湖海诗传》等，列出大多数异文、异句，对阅读黄景仁诗歌颇有帮助。然偶有遗漏，如《送稽立亭归梁溪》"野性行当遂鹿菲"句下注"见《盐铁论》"，《两当轩全集》无注，黄志述也未予说明。

（6）沈德潜诗歌的异文。《湖海诗传》卷八选沈德潜诗，与乾隆间教忠堂刻本《归愚诗钞》相校，除去玄字缺末笔或作元字等避讳字外，表6列举了一些异文。其中，《张铁桥画鹰》"掉颈独刷毛羽奇"，《归愚诗钞》作"掉颈刷羽乖雄飞"，更具有气势与骨力，也更形象地表现出绘画作品中鹰的神态，惟妙惟肖，可能是后来沈德潜做了修改。

表6 沈德潜诗歌异文

诗题	《湖海诗传》本	《归愚诗钞》本
《登狮子峰望石笋矼》	抗手情岂忍	眷恋犹不忍
《分赋古鼎诗三十韵》	龙文高晃朗云气	龙文烛晃朗云气
《张铁桥画鹰》	掉颈独刷毛羽奇	掉颈刷羽乖雄飞
《济南双忠祠》	大声呵叱如雷霆	大声呵叱如震霆
《鬼车》	寒云漫天暗如漆	玄（缺末笔）云漫天暗如漆
《蔡将军歌》	深入巢穴缚渠魁	深入巢穴缚渠寇
《赠王耘渠丈兼道别》	"龙泉贯斗光难平"，"途穷恸哭年复年"	"龙泉贯斗众眼盲"，"途穷回车年年复年"

（7）杨芳灿诗歌的异文。《湖海诗传》据《吟翠轩初稿》选杨芳灿诗35首，为杨芳灿早年诗作，多未收入《芙蓉山馆全集》，而保存在十卷本《真率斋初稿》中。《湖海诗传》本杨芳灿诗作与《真率斋初稿》异文以下试

举数例。《湖海诗传》本《王氏汉铜印歌》小序与《真率斋初稿》有文字差异，诗中小注"王公讳云锦"，《真率斋初稿》无；"双眸注视屡眴转"之"注视"，《真率斋初稿》作"谛视"。《湖海诗传》本《钱忠懿王金涂塔瓦歌》题下无注，《真率斋初稿》下有小注"背有篆文曰'显德二年乙卯钱王弘俶制'向在西湖寺"，可能是王昶选诗时删去了。《喜汪大容甫中过访长句赠之》诗尾，《湖海诗传》本有小注"时容甫将之浙东，即以赠行"，《真率斋初稿》本无。

（8）吴嵩梁诗歌的异文。《湖海诗传》中吴嵩梁诗与道光间刊刻《香苏山馆诗集》存在异文。例如，《秦良玉锦袍歌》部分诗句，《湖海诗传》本作："匹妇何敢奋螳臂，穷寇乃与相钩连。计日王师大斩获，掷汝鼎镬供炮煎。攻心有术当革面，内地戡乱殊筹边。宣恩一檄定感泣，各习井臼投戈铤。请为将军崇庙祀，祠宫奉职春秋虔。忠义所招魑魅化，一矢不用三军旋。"《香苏山馆诗集》本作："妖妇何敢结群盗，鼎镬未免烦鱼煎。攻心有术当革面，内地戡乱殊筹边。宣恩一檄定感泣，各习井臼投戈铤。请祀将军励忠义，灵旗风送铙歌旋。"对比可知此诗两个版本文字差异很大，且《湖海诗传》本句子明显多于《香苏山馆诗集》本。《九鸟滩》"雪浪倾作山"句，《湖海诗传》作"雪花喷作山"。《礼烈亲王克勒马歌二首》诗序中"今礼王汲修主人"，"王犹问"，《湖海诗传》本分别作"今礼王子汲修主人"，"王世子犹问"。大概吴嵩梁写此诗时，和硕礼亲王永恩尚在人世，其子汲修主人昭梿仍是王子，还未袭封亲王爵位，因此吴嵩梁称其为"今礼王子""王世子"，这是诗歌的初稿，被收入《湖海诗传》。后来，吴嵩梁删订《香苏山馆全集》时，永恩早已过世，昭梿已袭亲王爵位，因此吴氏对诗歌中的称谓做了改动。还有一些诗题存在差异，如《欧阳公南唐官砚用澄心堂纸韵为铁冶亭漕帅作》，《湖海诗传》本诗题作《欧阳公南唐官砚追次居士集中和刘原父澄心堂纸韵》；《银槎杯歌元人朱碧山制，宾谷运使得于江氏颉云》，《湖海诗传》本诗题作《银槎杯元人朱碧山制，宾谷运使得于江氏，属赋》；《舟中自订癸丑甲寅诗卷感怀八首兼寄吴越诸公》，《湖海诗传》本因未全选8首，故诗题作《舟中自订癸丑甲寅诗卷感怀》；《酒醒步月偶书》诗有五绝七绝各一首，《湖海诗传》本只取其七绝部分，题作《瞻园月夜》，其中"临水阑干卍字斜"句，《湖海诗传》本作"临水阑干卧影斜"。

（9）张问陶诗歌的异文。《湖海诗传》选张问陶诗5题13首，为向王芑孙索寄。将其与嘉庆二十年（1815）刻道光间增修本《船山诗草》相校，以下列举数例异文。《黄沙驿》，《船山诗草》题下有小注："郦《注》云，武侯所开；又《志》谓青城道士曾憩此，未几仙去，故又名仙留。"王昶做了精简："武侯所开，又青城道士于此仙去，故又名仙留。"《兴平城楼》，《船山诗草》题作《薄暮登兴平城楼》。《送述庵先生予告南还》，《船山诗草》题作《花朝陶然亭公饯王兰泉昶先生予告归里七律二首》，诗句"莫讶江湖归棹缓"中"缓"字，《船山诗草》作"晚"字。《咏怀旧游》"洞庭恶浪君山碧，樊口轻车我马黄"之"樊口"，《船山诗草》作"岘首"；此外，诗题下所选各诗诗尾所附地名小注与《船山诗草》亦有不同，诗中注释详略亦别，如第五首"两世碑铭余手泽"句下，《船山诗草》有注释"忠臣庙有文端公总督三江时诗碣、通政公令怀宁时匾额"，《湖海诗传》删去了注释。

（10）钱载、陈文述、郭麐等人诗歌的异文。《湖海诗传》卷十四选钱载诗12题12首，将其与乾隆间刻本《萚石斋诗集》相校，除避讳导致的文字差异外，1首诗有异文。《茸屿城丙舍》"嗟予幼失母"，《萚石斋诗集》作"六龄失生母"。陈文述晚年刊定《颐道堂集》，绮丽之作多芟落。《湖海诗传》卷四十二收其诗作4首，很可能是据嘉庆五年刻本《定香亭笔谈》所选，仅有《李广铜印歌》1首见于《颐道堂集》，其中"惟余一印传千秋"之"传千秋"，《湖海诗传》本作"千秋留"；"但以私亲酬卫霍"之"酬"字，《湖海诗传》本作"封"；"但留螭纽旁边字"之"螭"字，《湖海诗传》本作"虎"。《湖海诗传》卷四十四选郭麐诗8题13首，将其与嘉庆间刊本《灵芬馆诗集》相校，有异文的诗作如《钱武肃王小像前有开宝二年四月初七日追封制书后有岳忠武绍兴八年赞》"山头石镜凛髯须"之"髯"字，《灵芬馆诗集》作"眉"。《积雨》第一首"三旬未有几朝晴，称体绵衣尚觉轻"之"尚觉轻"，《灵芬馆诗集》作"寒不轻"。其他《湖海诗传》中收入的知名诗人诗作，如赵文哲的《杨枝十二韵》等，阮元的《登灵峰望五老灵芝诸峰》《月夜过赵北口》《游古永嘉石门观瀑布用欧苏禁体》《试雁荡山茶》《雨后泛舟登汇波楼》，黎简《小园》等也与诗人本集存在诗题或字句差异。这样的例子很多，不再一一列举。

二 《湖海诗传》与诸家定本存在异文的原因

古人诗集定本与诸家选本存在文字差异的情况较为复杂。一般而言，除了文本流传过程中因传抄出现的讹误外，主要存在以下两种情况：一是作者早期手稿与晚年定本之间存在差异；二是选家进行过删改。其中后一种情况往往涉及选家所属流派、诗学观念等，在诗学研究上有重要的意义。古人已注意到选家对原作进行删改是比较普遍的现象，如吴骞提及张为儒《虫获轩笔记》载，朱彝尊《明诗综》选录顾炎武《禹陵》诗时删汰其中大部分语句。① 钱锺书《管锥编》中论及此现象，认为古人选本之精审者，多有删改。② 《湖海诗传》中应该也存在删改的情况。

王昶《湖海诗传》与诸家定本存在文字差异的情况可大致分为两类。一是王昶未做删改，而沿袭其他选本或诗人别集，例如钱大昕的大部分诗歌就是直接据《七子诗选》选入。二是《湖海诗传》做了删改。因《湖海诗传》于王昶暮年正式定稿，他当时因目疾，延请彭兆荪及门人陈兴宗、钱侗、陶梁等校勘，其中可能存在一些删改。如吴骞《拜经楼诗话》指出："王兰泉司寇辑《湖海诗传》，每人列小传，又附《蒲褐山房诗话》，晚始刊成，惜双目已失明，校者多不精审，讹误不胜数。即如选予《龙门山晚眺》颈联云'事往湖楼歌管歇，秋来野寺佛钟凉'，误'凉'为'长'，'长'与'凉'一字之异，优劣判殊，其余类此者当不少矣。"③ 今查吴骞诗集刻本，情况确实如此。大概王昶及参与编纂的门客以为佛寺钟声"长"较"凉"更符合一般听觉感受，实则吴骞原诗用"凉"字，在听觉外更添了一种触觉，类似于通感的手法，既写佛寺寂静，也写秋晚远眺之凉意，意境更佳。这是属于改动失败的例子。

又如《湖海诗传》选秦瀛《循黄公涧至忍草庵》其一："缘岩涉寒涧，苍苍翠微远。偶因孤兴发，高林屡回转。虚景重湖深，连阴众峰变。松间

---

① （清）吴骞：《拜经楼藏书题跋记》卷五，（清）吴寿旸辑，上海：上海古籍出版社，2007，第 195 页。

② 钱锺书：《管锥编》，北京：生活·读书·新知三联书店，2007，第 1689~1694 页。

③ 吴骞《拜经楼诗话》残手稿一卷，上海图书馆藏。此条未刻入刻本《拜经楼诗话》及《拜经楼诗话续编》。

乳泉细，竹里余风善。幽鸟时一鸣，不知山深浅。"《小岘山人集》诗集卷一作："缘崖涉秋涧，盘石屡回转。偶因孤兴发，空山惬幽践。虚景重湖深，连阴众峰变。岩边乳泉细，松际余风善。山鸟时一鸣，不知山深浅。寂寞叩寒扉，遥惊隔林犬。"其二《湖海诗传》作："茅茨荫长松，一龛邻石壁。欲问楞严字，中有跌跏客。清机满空虚，幽篁弄寒碧。夙怀清净退，淹留便终夕。空山少来者，惟见麋麖迹。"《小岘山人集》本作："茅茨结云构，一龛邻石壁。欲问楞严字，焚香礼禅客。阶前罗众芳，零落无人摘。清机满空虚，幽篁弄寒碧。夙怀清净退，淹留便终夕。空山少来者，惟见麋麖迹。"① 经对比可知，《湖海诗传》均删去了二首诗的两句（加波浪线部分）。对比异文部分，第一首中，"苍苍翠微远"比"盘石屡回转"，"高林屡回转"比"空山惬幽践"，"松间乳泉细，竹里余风善"比"岩边乳泉细，松际余风善"的写景更空灵、更有神韵，画面层次感更强；"山鸟"改作"幽鸟"避免了与后面"山深浅"的"山"字重复。第二首中，"茅茨结云构"本意指茅屋位置之高，位于山顶，如同在云端一般，但"结云构"总觉不贴切，改为"茅茨荫长松"，高大的长松看上去如同在茅屋的遮盖之下，以显出茅屋所在位置之高；"中有跌跏客"也比"焚香礼禅客"更虚，不质实，不现禅字，而禅意更深。秦瀛早年诗以王、孟、韦、柳为宗②，但所造仍有未至处。笔者倾向于认为《湖海诗传》本是经王昶删改后的作品，其整体风格更接近王昶所推崇的盛唐山水之作，也接近于王渔洋神韵诗的风格。

《湖海诗传》中的一些删改可能是王昶学术倾向与理念的反映。例如，《湖海诗传》选黄景仁诗《送稽立亭归梁溪》，《黄山松歌》本"黟山三十有六峰"中"黟"字《湖海诗传》作"黝"字。对此，黄志述云："黟，王作'黝'。案《汉书·地理志》：丹阳郡黝县。注：本作'黟'，音同。

---

① 秦瀛两首诗歌分别见（清）王昶辑《湖海诗传》卷三十三，《续修四库全书》第 1626 册，第 229 页；（清）秦瀛《小岘山人诗集》卷一，《清代诗文集汇编》第 407 册，第 141 页。关于《湖海诗传》中秦瀛此二诗与其诗集定本的差异，林友良《王昶词学研究》曾有揭橥，笔者此处做进一步考察，探究出现这种差异的原因。

② 秦瀛自述其早年诗学取向以王、孟、韦、柳为宗。《答杭堇浦先生论诗书》云："顾于唐人中独喜王、孟、韦、柳四家，所谓淳古淡泊者。"参见（清）秦瀛《小岘山人集》文集卷二，《清代诗文集汇编》第 407 册，第 456 页。

东汉以后地志皆作黟，不必易。"① 按，段玉裁《说文解字注》："丹杨有黟县。《地理志》本作'黟'，师古所据作'黝'，乃误本耳。"② 段玉裁指《汉书·地理志》本作"黟"字，但颜师古为《汉书》作注时，所据底本作"黝"字，为误本。实际上王鸣盛、王念孙、王绍兰等皆关注过此问题。王鸣盛《十七史商榷》："黝，师古曰：'音伊，字本作黟，音同。'按，黝，《水经注》卷四十'浙江水'篇引之，正作'黟'。《说文》卷十一上'水'部'浙'字注同。又卷十上'黑'部云：'黟，黑木也，从黑多声。丹阳有黟县。'若从幼，安得有伊音？直传写误耳。"③ 王念孙《读书杂志》看法也与此相近："此因字形相似而误耳，各史志或作'黟'，或作'黝'。其作'黝'者，皆为误本汉志所惑。《玉篇》'黝'字无伊音，《广韵》：黝，于脂切。县名属歙州，误与各史志同。"④ 王绍兰《汉书地理志校注》："续志亦作黝，《说文》：黝，微青黑色，从黑，幼声。黟，黑水也，从黑，多声。丹阳有黟县。是许所见汉志作黟，不作黝。……师古曰：黝音伊，字本作黟。是唐时已有作黝者。"⑤ 应该说，王鸣盛、段玉裁、王念孙诸人判断此字本作"黟"，颜师古所据是误本（因传写致误）的推断是成立的。大概可能是因为"黝"字的右边"幼"常从俗写作上下结构"乡"或"多"，与"黟"字右边的"多"易混淆，在写本时代，抄写时很容易因形近而误。也就是说，在秦代置县时此字原作"黟"，但因在长期的辗转抄写过程中，它与右边的部分从俗写作上下结构的"黝"字相混。考虑到王昶是汉学家，治学尊信汉儒，且通《说文》"六书"之学，不轻易改字，而他的汉书注又以颜师古为本，此处一字之改或许在一定程度上出于其学术倾向。《湖海诗传》中的一些删改是出于减少古诗句子篇幅，以维持诗气贯注。如赵翼《钱充斋观察远饷永昌面，作饼大嚼，诗以志惠》删去"裹餤粗如柱，张皮大于屋"两句，《照阳关》诗也删了"针孔绾众岐"等30句。一些删改则是出于选本精练的要求，对一些过于冗长的诗句小注做了

---

① （清）黄景仁：《两当轩集》，李国章标点，上海：上海古籍出版社，1983，第554页。

② （清）段玉裁：《说文解字注》，上海：上海古籍出版社，1981，第489页。

③ （清）王鸣盛：《十七史商榷》卷二十，上海：上海书店出版社，2005，第143页。

④ （清）王念孙：《读书杂志》卷四，北京：中国书店，1985，第100页。

⑤ （清）王绍兰：《汉书地理志校注》卷下，清光绪二十二年（1896）陈光淞刻本。

删削。例如，选施朝干《舟中观景云客遗诗，景又家杭州，卒于卫辉》，《正声集》本原诗末有百余字注①，选入《湖海诗传》时被删去了。

王昶《湖海诗传》中的诸种删改情况，与诸家别集定本存在文字差异的现象广泛存在于清诗选本与总集中，是选家删改还是作者改定不易辨别，需要仔细推敲，不能一味视为选家删改，值得研究者重视。我们相信，随着清代诗学文献整理及研究逐步走向深入，《湖海诗传》一类诗歌选本的文献价值将会不断显现。

三 《湖海诗传》的辑佚价值

除了校勘价值外，《湖海诗传》还具有辑佚价值。有前辈学者注意到《湖海诗传》的辑佚价值。比如，《湖海诗传》卷十六选有王鸣盛《雪中联句》诗，参与者有钱大昕，陈文和《潜研堂文集补编·诗》据《湖海诗传》辑入此诗。②《湖海诗传》卷三十九选罗聘诗5首，即《登岱顶》《雨中复上岱宗，遇聂二钫归，简朱大赟》《投书涧》《御幛坪》《锁云岩》，均不见于《香草堂诗存》，为集外佚诗，朱则杰曾有辑录。③ 但《湖海诗传》的辑佚价值还未受到应有的重视，其在清诗整理与研究中的价值仍有待展开。以下笔者将就尚未被学者指出者摘要罗列如下，以见《湖海诗传》在清代诗学研究上的辑佚价值。《湖海诗传》卷七收袁枚23首诗歌，其中2首不见于通行本《小仓山房诗集》，也未被目前收录袁枚作品最全的《袁枚全集新编》收入。这两首诗是七律《春柳》。其一："消息江南又隔年，秋千院落碧云天。春心肯落梅花后，青眼常开寒食前。十里烟笼村店小，一枝风压酒旗偏。游缰欲绾愁无力，任尔横陈大道边。"其二："欲诉衷肠万万条，满身香雪未全飘。新丝买得刚三月，旧雨吹来似六朝。绿影自遮南北渡，春痕分护短长桥。五株一入先生传，不学柔枝乱折腰。"④

① 诗注："景云客，名人龙。工五言诗，有'匹马向秋色，断山开夕阳'之句，风骨不减高常侍、岑嘉州。余为搜辑遗集，尚未成书。丙戌之秋，扁舟北上，水窗感旧，赋《齐天乐》一阕，有云：'高台伫立。望山断斜阳，马嘶秋色。'即用云客诗语。又云：'吟魂清夜似诉，信陵朱亥后，都是陈迹。'悼今慨古，黯然伤己。"
② 陈文和主编《嘉定钱大昕全集》第11册，附录，第38页。
③ 朱则杰：《清名家集外诗文辑考》，《杭州师范学院学报》（社会科学版）2002年第6期。
④ （清）王昶辑《湖海诗传》卷七，《续修四库全书》第1625册，第603页。

《小仓山房诗集》卷五《春柳》共四首，第一首："已让梅花一著先，尚传芳讯早春天。骤开青眼如相识，抛得黄金便少年。十里远遮江店小，半生闲抱酒旗眠。东皇有意相怜惜，莫使横陈大道边。"① 这首诗与《湖海诗传》所收同题其一属同一韵部，遣用的某些词语相同，它们之间明显存在初稿与改作的关系，但两首诗整体差异颇大，《湖海诗传》所收可以视为一首佚作。而《春柳》其二不见于《小仓山房诗集》之《春柳》四首中。据《随园先生年谱》"雍正八年"条载："有《咏怀》诗云：'也堪斩马谈方略，还是骑牛读《汉书》。'《春柳》诗云：'新丝买得刚三月，旧雨吹来似六朝。'脍炙人口，先生嫌为少作，集内悉删去。"② 可知《湖海诗传》所收《春柳》第二首作于雍正八年（1730）袁枚15岁时，第一一首大约同时所作；而《小仓山房诗集》卷五所收《春柳》四首之第一首作于乾隆十一年（丙寅，1746）袁枚31岁时。③ 又《随园诗话》卷九袁枚自言："余有诗不入集中者，嫌其少作未工也。然终竟是尔时一种光景，弃之可惜，乃追忆而录之。九岁《咏盘香》云'空梁无燕泥常落，古佛传灯影太孤'。十五岁《咏怀》云'也堪斩马谈方略，还是骑牛读《汉书》'。《题田古农卖书买剑图》云'丈夫穷后疑无路，犹有神仙作退步'。《舟行》云'山云犹辨树，江雨暗移春'。《咏柳》云'新丝买得刚三月，旧雨吹来似六朝'。"④ 袁枚提及有少作未入诗集的情况，其中的《咏柳》诗句即与《湖海诗传》所收《春柳》第二首一致，可见此诗是袁枚删去的少作，属佚诗无疑。《随园诗话》及《随园先生年谱》仅举警句以代指其诗，而《湖海诗传》则完整保留了《春柳》第二首。由《湖海诗传》与《小仓山房诗集》所收诗歌用韵、字词相同的情况，可以揣测袁枚晚年可能曾对部分"少作"依韵改写，并编入《小仓山房诗集》。

《湖海诗传》卷二十三选吴泰来诗78首，其中一些诗不见于通行十卷本《砚山堂集》，《湖海诗传》是据《净铭轩集》《古香堂集》等采选。《湖海诗传》卷二十六赵文哲《乌石滩》诗未收入《媕雅堂诗集》《媕隅

---

① 王英志编纂校点《袁枚全集新编》第 1 册，第 70 页。
② 王英志编纂校点《袁枚全集新编》第 20 册，第 3 页。
③ 王英志编纂校点《袁枚全集新编》第 20 册，第 10 页。
④ （清）袁枚：《随园诗话》，第 313 页。

集》《媵雅堂诗续集》《媵雅堂别集》，为集外佚诗。卷三十三选吴锡麒《师子林歌》《题翁覃溪前辈方纲所藏唐泰山摩崖铭拓本》二首均不见于《有正味斋集》。卷三十五选吴照《赠陈古渔》（跋涉风尘计总非）不见于《听雨斋诗集》。卷四十选阮元《约同里诸子为〈经籍籑诂〉》《晋砖诗和谢苏潭方伯》《补题宗室瑶华主人画〈柳波云舫图〉送述庵少司寇予告南还长卷》均不见于《揅经室集》。卷四十三选徐熊飞诗13首，据袁行云言"有轶出《诗钞》以外者"。① 今后在整理这些诗人的诗集时，可以利用《湖海诗传》进行辑佚。此外，《湖海诗传》卷十二选张岗诗18首，其《鹤健堂诗钞》今难寻觅；卷十二选朱昂诗13首，其《养云亭诗钞》不传；卷十三选黄文莲诗10首，其诗集《听雨集》今已失传，只存沈德潜所选《七子诗选》之《听雨楼集》二卷；卷四十二选邵步瀛诗5首，其《光音诗草》今不传。史国华、蒋炯、周中孚、陆伯焜、徐大容、金慰祖等人诗集今皆难觅，《湖海诗传》则存其诗。由此可见，《湖海诗传》在保存当时诗人诗作方面起到了重要的作用。

综上所述，《湖海诗传》选诗多据师友、门人投赠，与诸家诗集定本存在差异，有着较高的文献校勘价值及辑佚价值，这是其作为诗歌选本最突出的特点，也使其在乾嘉诗人研究中具有重要作用。

第三节　《湖海诗传》与乾嘉诗坛的关系

《湖海诗传》是继《国朝诗别裁集》之后格调派的重要诗歌总集，活动在乾嘉间的著名诗人基本收录其中。该书既展现出王昶与格调派、浙派、性灵派、肌理派等诗人群体的交游景况，也在较大程度上反映出格调派后期的诗学取向。自钱谦益提倡宋诗以纠明前后七子"伪盛唐"流弊，经王士禛等人推动，康熙前期诗坛出现了学宋诗热潮。此后，唐宋诗互有升降，渐分门户。沈德潜论诗宗汉魏盛唐，排斥宋调，以"格调说"引领乾隆前期诗坛。沈德潜过世后，诗坛发生了明显的变化：一是以袁枚为首的性灵派不遵循先辈诗学轨范，提倡抒写自我性灵；二是以钱载为代表的秀水派

---

① 袁行云：《清人诗集叙录》卷四十九，第1728页。

刻意学黄庭坚诗以自开新径，翁方纲等肌理派也取法宋调，推动学宋风潮日益高涨。他们或重视抒发性灵，或强调取法宋诗，本质上均是追求新变，不再注重取法雅正，给唐诗传统带来了巨大的冲击。此外，吴地诗人对沈德潜过度宗唐不乏批评之声，格调派内部也逐渐认知并认可宋诗价值。王昶在格调派面临外在挑战与内在反思的形势下编选《湖海诗传》，重视唐诗传统的同时又改变了独宗唐音的倾向，在一定程度上肯定宋调价值，体现出对格调派诗论的守护与调整，颇有诗学意义。

王昶曾言《湖海诗传》中"百余年中士大夫之风流儒雅与国家诗教之盛，亦可以想见其崖略"。[①] 王昶在当时诗坛影响颇大，以高位、博学引领一时风气，交游广泛。《湖海诗传》共收诗人 614 人，主要活动在乾嘉间的重要诗人大多收录其中。这些诗人的创作与交往活动大体上能反映出乾隆年间及嘉庆初诗坛各流派共存的面貌。

《湖海诗传》以宗唐的格调为主，兼取宋调，对来自不同地域与诗派的诗人诗作进行甄选，尽管采选的诗歌未必能完整反映出诸家的特色，但王昶的甄选去取实际也具备诗学史的意义。它体现出在这个多种诗学主张共存的"繁音叠奏"时期，尤其是在东南诗坛"性灵说"凌腾之际，王昶以"格调说"为标准示范来维护诗学正途的尝试。对于乾嘉诗坛上的格调派、浙派、性灵派诗人群体，王昶主要面对的是如何处理宗唐与宗宋、学问与才情（性灵）的关系。以下先看王昶《湖海诗传》对乾嘉诗派的处理。

一 《湖海诗传》与王昶对乾嘉诗派的处理

在考察《湖海诗传》的选诗倾向前，有必要先简单梳理一下其选诗体例，因为其中涉及王昶对乾嘉诗派的处理问题。《湖海诗传》所录诗歌的范围以诗人与王昶有交游关系为断，无交游者不录。如选汪孟钅喜诗，《蒲褐山房诗话》载他与弟汪仲鈖"咸以诗名江浙。仲鈖有《桐石草堂集》，横空排奡，取径略与康古（汪孟钅喜）同，因先卒，未及与交，故不录"。[②] 交代了王昶采录诗歌的原则。而有些人却似乎未弄清其体例，如谭献云："阅

---

① （清）王昶：《湖海诗传自序》，《春融堂集》卷四十一，第 415 页。
② （清）王昶辑《湖海诗传》卷三十一，《续修四库全书》第 1626 册，第 195 页。

《湖海诗传》。名家如吴西林、王悔生、黄春谷皆未入录，岂未通缟纭邪。《西林家传》即出兰泉，又不得谓之未见其诗矣。"① 实际上《春融堂集》本《吴西林先生小传》后王昶有附记："常恨闻名三十年，不获见以殁，适项君具事状来，故摭之为传如此。"② 明确说了自己与吴颖芳无交游，王昶《湖海诗传》选的是与其有交游者之诗，故而后来即使王昶见到过吴颖芳的诗集，也因不合《湖海诗传》的选诗体例而未收入。因此，谭献的指责过于苛刻，并非王昶有意不选。

值得一提的是，《湖海诗传自序》中提及"向日所录，虫穿鼠蚀，失者十之二三"，即因友人投赠诗稿有残损而未选入《湖海诗传》。当然，也许有一些人是王昶有意不选的，如吴元润、李调元等。王昶青年时与吴元润交游颇密，《七子诗选》本《履二斋集》中就有数首怀吴元润的诗，但因吴元润与吴泰来争家产而兄弟阋墙，王昶认为其人品低下，后来编订的《春融堂集》与《国朝词综》中均未选其作品。李调元也与王昶有交游，蜀中"三李"中李鼎元、李骥元诗王昶皆选入《湖海诗传》，独李调元的诗未选（但《湖海文传》收李调元文 2 篇）。王昶未明言其缘故，可能与李调元刻《金石存》时将作者误作赵摺且提及与王昶告知有关。作为金石专家的王昶知道后颇不悦，特意撰跋正误。③ 这些表明王昶在选择诗人时有一定的标准，并非有交游就选入，也体现出王昶选诗时确实出于一定原因而未选一些诗人的作品。从乾嘉诗学发展的角度来看，《湖海诗传》反映出的王昶对待乾嘉诗派的态度更值得留意。

（一）表彰格调派，贬抑其他诗派

首先，《湖海诗传》以格调派诗学为指导来选交游诗人之诗，从入选的

---

① 郑逸梅、陈左高编《中国近代文学大系：书信日记集》第 2 册，上海：上海书店出版社，1993，第 34 页。

② （清）王昶：《春融堂集》卷六十五，第 632 页。

③ 参见王昶《跋函海所刻〈金石存〉》，《春融堂集》卷四十五，第 462 页；李调元《过西安桌台王兰泉先生昶招饮暑中留别四首》其四，《童山集》诗集卷二十五，《清代诗文集汇编》第 384 册，第 335 页；盛大士《金石存跋》，《蕴愫阁文集》卷七，《清代诗文集汇编》第 501 册，第 325 页；周中孚《郑堂读书记》卷三十四，"《金石存》十五卷"条等，北京：中华书局，1993，第 159 页。

诗作看，格调派诗人入选的诗歌最多。如包含联句诗在内，选赵文哲诗 81 首，沈德潜诗 79 首，吴泰来诗 78 首，钱大昕诗 38 首，曹仁虎诗 38 首，王鸣盛诗 30 首，黄文莲诗 13 首，毕沅诗 27 首，另选有格调派前期诗人李重华诗 16 首，盛锦诗 19 首，周准诗 13 首等，可见王昶选诗以格调派诗人群体为主。其中，吴泰来诗学王士禛，实际属于乾隆间的神韵派诗人，王昶选其诗仅比沈德潜少 1 首，也反映出王昶对"神韵说"诗学的正宗地位的认可，故而十分青睐学王士禛诗歌的吴泰来。蒙古族诗人梦麟是王昶的老师，诗学以汉魏盛唐为宗，尤其是古体诗成就颇高，王昶选其诗 54 首，是对取法汉魏盛唐的格调派的推重。对于诗歌学唐的张岗、过春山，王昶分别选诗 18 首、23 首，也反映出其对学唐一类诗人的肯定。此外，对于浙籍诗人中诗歌以唐为宗或者出入唐宋的，王昶也较为欣赏，选诗较多。例如，诗歌学唐的陈撰（毛奇龄弟子），王昶选其诗 25 首；崇奉沈德潜"格调说"的朱彭，选其诗 23 首。又如，诗歌学唐的陈章，王昶评其诗："上规王、韦，下则钱、郎，非戴石屏等《江湖小集》所可并论也。"① 指出陈章虽然为浙人，但其诗学不被宗南宋的风气所囿，《湖海诗传》选其诗 20 首，数量较多，颇见欣赏之意。这些均表明王昶选诗有推重格调派诗人群体，以其引领乾嘉诗坛的考量。

其次，王昶对浙派的选择。如前所述，浙派有广义、狭义之分。从广义上而言，王昶选商盘诗 46 首，厉鹗、杭世骏诗各 37 首，程梦星诗 28 首，严遂成诗 31 首，符曾诗 10 首，朱稻孙诗 10 首，查岐昌诗 15 首，吴锡麒诗 23 首；狭义的浙派（秀水派）中选金德瑛诗 3 首，诸锦诗 7 首，祝维诰诗 6 首，钱载诗 12 首，王又曾诗 30 首，汪孟铜诗 5 首，朱休度诗 4 首。由此，可以看出王昶对浙派诗人群体的甄选大体符合诗人在诗坛的地位。《湖海诗传》选翁方纲诗 15 首，谢启昆诗 8 首，张埙诗 5 首，相对而言诗作数量较少，这或许与肌理派成员主要活动在嘉庆、道光时期，在王昶编纂《湖海诗传》的嘉庆初影响尚有限相关。《湖海诗传》选性灵派诗人袁枚诗 23 首，赵翼诗 30 首，王文治诗 21 首，张问陶诗 13 首。这些派别代表性诗人相比格调派诗人入选诗作数量明显较少。尤其秀水派、肌理派诗人

---

① （清）王昶辑《湖海诗传》卷六，《续修四库全书》第 1625 册，第 592 页。

中，除王又曾诗作选入稍多外，其他诗人诗作均数量有限。如钱载仅选 12
首，与其诗歌成就不太相符；张埙等专学宋人，诗歌格调过于浅俗者，王
昶选得更少。这表明王昶对专门学宋的秀水派、肌理派诗人带有一种潜在
的批评。

　　还有一些诗人不属于以上派别，但诗歌成就较高，且与王昶交游较密，
王昶选入其诗也较多。如选蒋士铨诗 29 首，严长明诗 32 首，吴省钦诗 25
首，潘奕隽诗 20 首，秦瀛诗 36 首，黄景仁诗 31 首，苏加玉诗 20 首，姚鼐
诗 15 首，杨揆诗 23 首，阮元诗 24 首，吴嵩梁诗 19 首等。这说明王昶编
《湖海诗传》在考虑到交游因素的同时也重视诗人诗歌的艺术成就，其选诗
基本上能反映出这些人在乾嘉诗坛的地位。

（二）对性灵派三家的看法

　　《湖海诗传》还涉及乾隆三大家诗人的诗学成就与排名问题，反映出王
昶对性灵与学问的态度，也涉及后期格调派和性灵派在学问与性灵看法上
的矛盾。《湖海诗传》选袁枚诗作不仅数量颇少，而且取其少作，不录其性
灵之作，通过这种方式有意压低了袁枚在诗坛的地位。对于赵翼、张问陶，
也不选其性灵之作，目的就是降低"性灵说"的影响，以纠正其流弊。王
昶对蒋士铨评价较高，赵翼次之，且选赵翼、蒋士铨诗作数量均多于袁枚。

　　在"江右三家"的排名上，袁枚云："云松才气横绝一代，独王梦楼
不以为然，尝谓余云：'佛家重正法眼藏，不重神通，心余、云松诗专显神
通，非正法眼藏，惟随园能兼二义，故我独头低，而彼二公亦心折也。'"①
在这里袁枚借王文治之口列自己为第一。而赵翼评袁枚"爱宿花为胡蝶梦，
惹销魂亦野狐精"②，指其为"野狐"，评蒋士铨"才大已推香象渡，名高
久压野狐禅"③，实际上是肯定蒋士铨的诗比袁枚的诗更佳，可见三家中，
赵翼也并不同意袁枚居首位。这与王昶的看法大致相似。王昶《湖海诗传》

---

① （清）袁枚：《随园诗话》卷十四，第 491 页。

② （清）赵翼：《偶阅小仓山房诗再题》，《赵翼全集》第 6 册，南京：凤凰出版社，2009，
　　第 1022 页。

③ （清）赵翼：《心余诗已刻于京师，谢蕴山太守觅以寄示，展阅累日，为题三律》其一，
　　《赵翼全集》第 6 册，第 626 页。

通过小传评语，实际已经明确他认为蒋士铨第一，赵翼第二，袁枚第三。王昶评蒋士铨诗："莙生诸体皆工，然古诗胜于近体，七古又胜于五古，苍苍莽莽，不主故常，正如昆阳夜战，雷雨交作，又如洞庭君吹笛，海立云垂，信足以开拓万古之心胸，推倒一时之豪杰也。"① 均为褒语，王昶之所以对蒋士铨评价如此高，除了蒋士铨诗歌本身的艺术成就外，可能还与蒋士铨论诗注重出入唐宋有关，也与蒋氏论诗在注重性灵的同时也重视"忠孝义烈之心，温柔敦厚之旨"② 的儒家诗教有关，这也是王昶主张的。王昶引蒋士铨、袁枚之语③，评赵翼诗奇恣雄丽、亦庄亦谐，稗史方言皆可入诗，实际对赵翼诗隐有批评。当然，王昶也肯定赵翼的学问："清才排奡更峻嶒，袁赵当年本并称。试把《陔馀丛考》读，随园那得比兰陵？"④ 王昶从学问的角度品评，认为袁枚不及赵翼，这些都是客观的评价，与《湖海诗传》对三家的定位是一致的。这其实也反映出王昶在论诗时重视儒家诗教，重视温柔敦厚，注重学问。

（三）对肌理考据派的态度

王昶重视学问诗，《湖海诗传》中也选入了一些书画、金石题跋诗，这类学问诗能体现出乾嘉学者的学问。但《湖海诗传》中对考据诗实际并不过度推崇。翁方纲论诗注重诗歌内部字句、音节、章法的乘承合一与紧密衔接，也注重学问。⑤ 在论诗重学问、重章法以及诗歌创作当以经史为本的方面上，王昶与翁方纲的主张是比较接近的。但王昶相比翁方纲更注重诗歌的艺术性，不赞同专门以考证为诗，诗中满纸夹注，妨害诗歌艺术性的做法。除了《汉建昭雁足灯款拓本为述庵先生赋并序》外，《湖海诗传》并未选翁氏其他考证诗。对于翁氏具有代表性的"博士解经"式诗歌，因

---

① （清）王昶辑《湖海诗传》卷二十一，《续修四库全书》第 1626 册，第 63 页。

② （清）蒋士铨撰，邵海清校，李梦生笺《忠雅堂集校笺》，上海：上海古籍出版社，1993，第 2002 页。

③ 按，蒋士铨、袁枚评赵翼诗歌语，分别见于蒋、袁二人为赵翼诗集所作序，王昶《湖海诗传》予以节引："心余序其诗谓'兴酣落笔，百怪奔集，奇恣雄丽，不可逼视'。子才谓其'忽正忽奇，忽庄忽俳'、'稗史方言，皆可澜入'。"参见（清）王昶辑《湖海诗传》卷二十四，《续修四库全书》第 1626 册，第 103 页。

④ （清）王昶：《常州赵观察云松》，《春融堂集》卷二十四，第 283 页。

⑤ （清）翁方纲：《石洲诗话》卷十，上海图书馆藏手稿。

其近于钉饾捃扯，类似抄书，王昶更是未选。

此外，对于学问与才情的关系，王昶比翁方纲更开明。王昶早年的诗歌中就不乏才情之作，对商盘、黄景仁、杨芳灿等人富有才情的诗多肯定。翁方纲反对骋才藻、无肌理的诗，他认为学李白"不善学者辄徒以驰纵才力为能事，故虽以杨廉夫之雄姿，而不免诗妖之目"。① 这句话未必针对黄景仁而说，但联系到时人以"似李白"推黄景仁，这也可以解释翁方纲删订《悔存斋诗钞》时为何删汰黄景仁大量才情之作。王昶对翁方纲的做法并不赞同，他认为黄景仁诗"传本参差，世虽有爱而梓之者，然去取失宜"②，实际上就是对翁氏等人删选黄氏诗作不当的批评。这表明尽管王、翁都重视诗歌的学问，但在对待学问与才情关系上，二人实际存在差别，这也可以视为王昶诗学与肌理派的差别。翁方纲"肌理说"诗论倾向于写考古博识的诗歌，过于强调诗歌"质实"③ 的一面，使诗歌缺乏生气；王昶注重学问诗，但也重视才情，有"质实"的一面，但不至于抛弃才情。他颇重视以才情驱使学问，这与翁方纲所追求的风格实际上是有差别的。乾嘉初，翁方纲的"肌理说"尚未盛行，肌理派的影响也相对有限。王昶在编选《湖海诗传》时已经注意到翁方纲诗学（尤其是以考据为诗）的弊端，因而对考据诗持谨慎的态度，选择有限。后来随着翁方纲"肌理说"盛行，诗坛慢慢由提倡学问转向了专门注重博学考古的一路，这并非王昶所能预料到的。

二 《湖海诗传》的诗学取向

王昶早年受诗学于沈德潜，继承了沈氏"格调说"，以唐为宗。他曾协助沈德潜采集过部分《国朝诗别裁集》中的诗作，参与部分诗人诗作的论定。王昶《国朝诗萃序》云："因念予从文悫于予告后，得悉其选诗大旨，

① （清）翁方纲：《复初斋文集》卷四，《清代诗文集汇编》第 382 册，第 53 页。
② （清）王昶辑《湖海诗传》卷三十四，《续修四库全书》第 1626 册，第 242 页。按，黄景仁卒后，洪亮吉曾将其遗诗封寄毕沅、王昶，请其删订后刊刻。翁方纲闻讯，寄信给洪氏，劝阻其刊刻黄氏全部诗作，建议刊刻自己删订的《悔存斋诗钞》。参见（清）翁方纲《翁方纲题跋手札集录》，沈津辑，桂林：广西师范大学出版社，2002，第 549 页。后来毕沅等并未在关中刊刻黄氏诗集，而翁氏删订的《悔存斋诗钞》传世。
③ 按，翁方纲《杜诗附记》中大量出现"质实"等评语，可见他颇重视诗歌的质实境界。

其间搜采论断，予亦常助之。"① 这种别裁伪体、辨明正变的诗学思想也在其《唐诗录》《湖海诗传》《青浦诗传》等诗歌选本中得到较好的贯彻。《湖海诗传》选诗对象主要是活跃在乾嘉时期的诗人，与《国朝诗别裁集》基本上相承接。当代的研究者如朱则杰、刘世南、严迪昌、赵杏根等视王昶为沈氏"格调说"的继承者，王玉媛将其视为"格调派副将"②。王昶承沈德潜的诗学，在坚持诗歌的雅正、温柔敦厚方面与沈氏一脉相承，但沈、王二人也有一些差别，王昶相比沈德潜更能接受言情之作。例如，《湖海诗传》选吴烺《效香奁体》等就与沈德潜排斥《疑雨集》一类诗歌的做法有别，显得更宽容。此外，王昶在坚持唐诗格调的前提下，对宋调诗也有所接纳，比沈德潜更宏通。这些沿袭与变化均在《湖海诗传》的编选中体现出来。

（一）以唐为宗，重视格调

研究者在评价《湖海诗传》时，多认为其选诗宗唐③，以唐诗格调为绳尺。笔者读过此选后，认为这种评价大致是成立的。首先，王昶对沈德潜及其门下的格调派诗人的作品甄选最多，且几乎全部以唐诗风格为标准，注重蕴藉闲淡及格调浑雅。即使对其中稍显特别的吴泰来与王鸣盛也是如此。吴泰来在"吴中七子"中相对独特，其论诗与创作本渔洋"神韵说"，与沈氏"格调说"并不完全相同，但在以唐诗为宗的主流取向上，大体与"格调说"一致。王昶并未因其不守沈德潜的"格调说"而对其诗歌予以否定，反而大加赞赏，认为"吴中数十年来，自归愚宗伯外，无能分手抗行者"。④《湖海诗传》选其诗 78 首（含联句），仅次于赵文哲、沈德潜。其中如《虎山夜泊》："月白江气寒，秋波澹容与。征帆投远村，哀雁寻荒渚。惟见打鱼人，隐隐烟中语。"⑤ 此诗写虎山夜泊时的景色，就有唐人山水诗的神韵。其他如《月夜迟过湘云不至》《四宜堂玩月》《湖楼晓起》

---

① （清）潘瑛：《国朝诗萃》卷首，清嘉庆九年（1804）皖城晋希堂刊道光二年（1822）重印本。
② 王玉媛：《论清代格调派副将王昶》，《厦门教育学院学报》2009 年第 4 期。
③ 王兵：《清人选清诗与清代诗学》，第 227~231 页。
④ （清）王昶辑《湖海诗传》卷二十三，《续修四库全书》第 1626 册，第 89 页。
⑤ （清）王昶辑《湖海诗传》卷二十三，《续修四库全书》第 1626 册，第 89 页。

《晚过白云寺》《晚过中峰古公禅院》等诗风格也近唐诗。

王鸣盛早年诗学宗唐,服膺沈氏"格调说",中年后与浙派钱载等人交往,喜好杨万里诗,进而偏于学宋,晚年复返唐调。《湖海诗传》所选王鸣盛诗据言是其自定后写寄。在今天看来,这些入选的诗作中,如《东崦西崦》《江行》《夜归》《天门》多是游览登眺写景之作,也属于唐调。《湖海诗传》中其他前辈诗人如张梁、沈起元、王太岳等也是宗唐诗人。王昶引用沈德潜的话评价沈起元"高者模杜陵,次者近白傅"①;评王太岳"诗宗魏晋,下及唐人,醇古淡泊,可称高格"②。又如后辈诗人吴照早年学诗于王鸣盛,一以唐人为宗,先学盛唐,出入中晚,后又学诗于钱载,诗风接近范成大。尽管王昶认为吴照志节高尚,穿穴经史,学问淹洽,其诗兼备众体,"格律声调之说,岂足为照南论也哉",③ 并不以格律声调之说论吴照之诗,但在《湖海诗传》中,王昶采选的吴照诗作多是其接近唐音的山水之作。即使是诗风接近中晚唐的作品,如查为仁、陈撰等人诗警句多近中晚唐风韵,王昶也采入《湖海诗传》。

一些浙籍诗人的诗歌艺术整体上并非浙派所能覆盖,而是形成了自己独特的风格,王昶多选其近唐音之诗,如商盘、严遂成等即是。王昶对袁枚的诗歌选择也是如此,如《水西亭夜坐》《雨后步水西亭》《玉泉观鱼》《夜过借园见主人坐月下吹笛》等是近唐诗风格的写景之作。对于赵翼、张问陶等人之诗,《湖海诗传》也多选其风格近唐的山水之作,而非刻意抒写性灵者。

王昶论诗注重雅正风教,强调诗要有"端人正士,高冠正笏气象"④,不能仅应世谐俗。王昶创作上很注重这种表率作用,洪亮吉评其诗"如盛服趋朝,自矜风度"⑤,就是从这个角度说的。王昶教人作诗以雅正为规范,孙原湘评价王昶"爱士遍收《湖海集》,论诗专取庙堂声"⑥,指出王

---

① (清)王昶辑《湖海诗传》卷二,《续修四库全书》第 1625 册,第 549 页。

② (清)王昶辑《湖海诗传》卷九,《续修四库全书》第 1625 册,第 623 页。

③ (清)王昶:《吴照南〈听雨斋诗集〉序》,《春融堂集》卷三十九,第 401 页。

④ (清)王昶:《答李宪吉书》,《春融堂集》卷三十二,第 350 页。

⑤ (清)洪亮吉:《北江诗话》卷一,陈迩东点校,北京:人民文学出版社,1983,第 4 页。

⑥ (清)孙原湘:《上王兰泉司寇》其一,《天真阁集》卷十五,《清代诗文集汇编》第 464
   册,第 178 页。

昶《湖海诗传》论诗重庙堂雅正之音，既指其多选在朝为官士大夫之作，也指其论诗有官方诗教色彩，提倡典重雅正。孙氏还评价王昶"以冠冕堂皇之作倡率后进"①，实际上也是一样的意思。这反映出王昶对当时诗坛不注重雅正、偏于浅俗的创作倾向存有忧虑，也透露出他匡扶诗教的努力。如前面所论述，其意主要是纠正袁枚"性灵说"的流弊。事实上，通观《湖海诗传》就可以发现，王昶采选的均是格调平稳、风格雅正之作。

此外，《湖海诗传》选蒋士铨诗，多选其成就最高的七古，如《三峡涧》《开先瀑布》《欧雷山副将画像歌》《赵忠毅公铁如意歌》；蒋士铨五古中杰出的《龙洞山》《师竹居待雪用禁体分得竹字》等学杜、韩，无论是写景还是叙事之作，以古文之法出之，写山水之作雄奇瑰丽、苍苍莽莽，接近唐人风格。吴嵩梁诗出入唐宋，雄奇清丽兼备，才情俊发，尤擅长七古，纵横排奡，王昶选其七古达9首，如《康山草堂歌》《秦良玉锦袍歌》等，均是佳作。王昶采选的吴嵩梁诗歌也多是唐调。即使是以宗宋享有盛名的诗人②，王昶也多选择其接近唐诗风貌的诗歌。比如厉鹗，《湖海诗传》选其诗37首。王昶认为厉鹗诗取法于东晋陶渊明，南朝谢灵运，盛唐的王维、孟浩然，以及中唐的韦应物、柳宗元，有清邃的特点，取宋诗之长而弃其短。王昶《湖海诗传》选入厉鹗的五律、七律、七绝均以情韵见长，接近唐音。

《湖海诗传》选杭世骏的诗37首③，以律诗居多，其中七律13首、五律8首。其中五律《题独漉先生遗像》3首格律谨严，用字精切，学杜诗，

---

① （清）孙原湘：《籁鸣诗草序》，《天真阁集》卷四十一，第446页。

② 按，清代对宋诗的认识存在变化，顺康之际提及宋诗，多以苏轼、陆游等人为代表；康熙中叶及嘉道以后，则多指以苏轼、黄庭坚及杨万里尤其是以黄庭坚诗风为代表的诗歌。还有一种对"宋诗"的理解与唐诗重"兴象"相对，接近严羽批判的"以才学为诗，以学问为诗"，这种重学问的诗风在乾嘉间的学者型诗人群体中较普遍。对这种意义上的宋诗，只要其不伤害诗歌的艺术性，王昶基本是肯定的。但对苏、黄二家，王昶更喜欢苏轼，他对黄诗七律以偏取胜、过于瘦硬枯拗的特点，似乎并不十分欣赏。王昶在选择浙派诗人的诗时，接近黄庭坚瘦硬酸涩诗风的诗歌选得少。

③ 《湖海诗传》选杭世骏诗采自《归耕集》《韩江集》《岭南集》，均是其归田后作品。其中《岭南集》成就最高，模仿杜、韩，诗风沉雄瑰丽，故王昶采择最多，达24首。其中有见于八卷本《岭南集》，而梁同书刻《道古堂集》时未收的诗如《题独漉先生遗像》《赣州伤王总戎涛即题其〈浩气集〉后》等7首，光绪十四年（1888）汪曾唯增修时，作为"外诗"补刻入《道古堂全集》。

风格悲凉雄壮。七绝《咏木绵花》："目极犿犿水乱流，低枝踠地入端州。最怜三月东风急，一路吹红上驿楼。"① 诗写木棉花，语近韵远，近唐音。又如钱载诗，《湖海诗传》选 12 首，多写景之作。如《毗陵晓望》："戚墅平平岸，横林远远村。水清秋更碧，烟澹晓无痕。鱼菜将船卖，鸡豚并舍蕃。九龙山不老，窈窕丽初暾。"② 取法陶诗及王、孟，写清晨于常州眺望所见景色，也是接近盛唐山水田园诗风格的作品。以上诸例体现出王昶以唐为宗的选诗原则。

在《湖海诗传》的编选中，王昶会在诗话部分揭示诗人的总体创作特点，即使诗人创作上学宋，他也会如实交代。例如，王昶为程梦星、诸锦、金德瑛、翁方纲、祝喆、张埙等人所撰的诗话就指出他们对宋诗（江西诗派、黄庭坚）的喜好，但《湖海诗传》在选诗时则尽量选择他们诗作中接近唐诗风貌的作品。比如，选诸锦《天竺三生石》《七夕》《十三夜月》就近唐诗；选金德瑛诗 3 首，仅《朱子六经图碑》是学杜、黄的七古，其余 2 首近唐；选翁方纲诗以古诗为主且多是登临山水之作，其五言诗近唐诗风格，七言古诗则是学杜甫、苏轼，风格也以唐为主。但《湖海诗传》以唐为宗的基本取向也导致诗选不能充分展示诗人创作特点，招致一些批评之声。总之，无论是从入选诗歌的数量还是选诗的风格上看，《湖海诗传》都是以格调派诗人、诗作为主。这体现出王昶注重雅正传统，以唐诗为宗的取向。

（二）兼及"宋调"，取法多元

《湖海诗传》问世后，同时期的人已经开始关注并予以评论。洪亮吉批评王昶"侍郎诗派出于长洲沈宗伯德潜，故所选诗一以声调格律为准。其病在于以己律人，而不能各随人之所长以为去取"③，认为王昶受沈德潜影响，选诗严于格调，过于"宗唐"。有学者指出王昶："用《湖海诗传》来为格调说进行创作示范，强人从己，千篇一律，散发出官方文学观点的气

---

① （清）王昶辑《湖海诗传》卷六，《续修四库全书》第 1625 册，第 586 页。
② （清）王昶辑《湖海诗传》卷十四，《续修四库全书》第 1625 册，第 680 页。
③ （清）洪亮吉：《北江诗话》，第 8 页。

味。"① 这与洪亮吉的批评接近。这种判断是值得商榷的，他们忽略了王昶选诗时也会甄选近宋诗风貌作品的事实，不如法式善评《湖海诗传》"兼收宋派"② 更加全面、公允。近来，有研究者注意到王昶对宋诗的采纳，夏勇认为王昶采纳宋调诗是唐宋兼宗，是"格调派后继者诗学取向的深刻转变"，③ 虽然未仔细区分王昶对不同宋调的态度，但认为其诗学相比沈德潜发生了变化。通过考察可以发现，王昶在继承与守护沈德潜"格调说"，辨明诗学源流的前提下，有选择性地采入了一些重学问、近宋调的诗作，与沈德潜存在一些差别。这种差别与诗坛风气的变化紧密相关。

沈德潜在康熙后期提出宗唐的策略，针对的是苏轼、陆游诗风盛行给唐诗传统带来的巨大挑战。因此，在指导诗学弟子的选本中沈德潜拒绝收入宋调诗。王昶的诗学思想形成于乾隆中期，此时诗坛唐诗、宋诗的对立相对缓和，诗人创作在取法上以唐为宗，唐宋并取，甚至下及元、明、清初大家，批评领域也普遍以创作出入唐宋大家为较高标准。在王昶《湖海诗传》为诗人撰写的小传中，评价程梦星"诗兼法唐宋"（卷一），评沈大成"其诗初学黄中允之隽，后出入唐宋，不名一体"（卷十八），评赵文哲"至苏州又与予及凤喈、来殷互相砥砺，于唐、宋、元、明、本朝大家名家，无所不效，亦无所不工"（卷二十六），评毛上炱"出入唐宋，才情横厉"（卷三十三）等，反映出其时诗人取法的广泛。王昶在为人诗集作序时也肯定他们取法宋、元、明优秀诗人的地方，如为王元勋诗集作序时指其诗："大率引经据史，旁推交通，无不贯也。杜、韩以下，宋之苏、陆，元之虞、杨，明之高、李，无不效也。"④ 肯定了王元勋诗学取法的广博。序吴嵩梁诗集云："子山为诗，上下唐宋，凡所谓名家、大家无不效焉，而于李、杜、韩、苏诸公，尤能登其堂而跻其址。"⑤ 着重谈其取法广泛，兼学唐宋。由此可见，以唐为宗，兼取宋、元、明诗的观念在乾嘉诗坛已得到认同，格调派后期领袖王昶也不例外。在乾嘉诗坛，排斥宋调诗被认为

① 刘世南：《清诗流派史》，第293页。
② （清）法式善撰，张寅彭、强迪艺编校《梧门诗话合校》卷十三，第390页。
③ 夏勇：《王昶〈湖海诗传〉与格调派诗说之嬗变——以唐宋之争为中心》，《河北科技师范学院学报》（社会科学版）2016年第1期，第1~6页。
④ （清）王昶：《族子叔华诗序》，《春融堂集》卷三十九，第404页。
⑤ （清）王昶：《吴子山香苏山馆诗序》，《春融堂集》卷四十，第406~407页。

是十分狭隘的诗学路径。在学宋诗思潮日益高涨，并对唐诗传统产生冲击的背景下，王昶《湖海诗传》在守护唐诗传统的同时，适当选入一些近宋调的佳作，体现出其对宋诗价值的肯定，也是对诗坛变化趋势的某种认同。法式善在评价《群雅集》选诗时，将其与《湖海诗传》做了比较："王柳村以所选《群雅集》四十卷见寄，予细加校勘，去取皆具卓识，足与述庵侍郎《湖海诗传》并行。第侍郎所选，兼收宋派，此选独收唐音，蹊径微不同耳。"① 指出了两种选本的差异。王豫是沈德潜的弟子，其《群雅集》严守沈德潜"格调说"，采入诗作全是唐调；王昶《湖海诗传》兼采宋调，取径与《群雅集》稍有不同。这也表明格调派后期选家出现了一些分化。

　　法式善的判断是正确的，在《湖海诗传》中王昶确实选了部分近宋调的作品。比如，在卷一的程梦星小传中，王昶就指出其诗兼取唐宋。选入的《登看山楼观残雪用东坡聚星堂雪韵》《同人携茶集张渔川斋中试惠山泉，用山谷谢黄司业寄惠山泉韵》《雨后两明轩看盆荷，再用山谷韵》等诗不仅用苏轼、黄庭坚诗作之韵，诗歌整体上也接近宋诗风格。王昶诗宗唐，登上仕途后，受到诗坛重视苏、陆诗歌风气的影响，他也用东坡、放翁等人的诗韵作诗。王昶好友中毕沅、翁方纲等人也酷嗜苏轼，王昶多次组织或参与纪念苏轼生日的宴集并作诗，如《苏文忠公生日再集终南山馆作》等。《湖海诗传》中也有曹仁虎《消寒第三集遇雪用东坡聚星堂雪诗韵》等约20首用苏轼诗韵的诗歌。王昶诗中也偶有化用黄庭坚诗句者②，说明他对黄庭坚的诗也颇熟悉。《湖海诗传》选入数首用黄庭坚诗韵的诗歌，如前举程梦星诗作。同时也选入少量效仿"山谷体"的诗作，如卷十三黄文莲《寄怀王德甫效山谷体》、卷三十六选汪如洋《夏虫篇戏仿山谷〈演雅〉体》等，均是学黄庭坚的古诗。

　　王昶对学问诗是持肯定态度的。王昶论诗首重学问，强调以学辅诗，对偏宋调的学问诗持肯定态度，如他评厉鹗"撷宋诗之精诣而去其疏芜"，就肯定了厉鹗诗有宋诗学问、细密之长，而无浅陋芜杂之弊。精诣是宋诗

---

① （清）法式善撰，张寅彭、强迪艺编校《梧门诗话合校》，第390页。

② 王昶《春融堂集》卷十四《朱明府梓见示帐房诗颇工次韵》"饕虱行时舍屡迁"即化用黄庭坚《观伯时画马》"太常［仪鸾］供帐饕虱行"句；卷十六《奉命总修一统志》"笔力何由富括囊"即化用黄庭坚《以团茶洮州绿石研赠无咎文潜》"晁子智囊可以括四海"句。

的一大特点，与学问紧密相关，"宋人精诣，全在刻抉入里。而皆从各自读书学古中来"。① 在王昶的好友中，大部分诗人是乾嘉学者，受考据学影响，他们的诗中大量融入学问、典故。譬如，翁方纲论诗以杜甫、韩愈、苏轼、黄庭坚及元好问、虞集为宗，主张唐宋兼取。对宋诗尤其是江西诗派的取法使翁方纲诗歌有较强的学问特色。《湖海诗传》选其七古7首，其中《汉石经残字歌》《汉建昭雁足灯款拓本为述庵先生赋并序》便是以文为诗，以学为诗，尤其后者序言涉及考证，是典型的考据入诗，其序言实际上相当于一篇考据小文，是学问诗的代表。

此外，《湖海诗传》中还有少量"禁体诗"，如程梦星《登看山楼观残雪用东坡聚星堂雪韵》，王又曾《上元县斋上元夜雪同用东坡聚星堂诗韵并效其体》，翟灏《禁体咏雪用东坡聚星堂韵》《晓起雪止再用前韵》，蒋士铨《师竹居待雪用禁体分得竹字》，曹仁虎《消寒第三集遇雪用东坡聚星堂雪诗韵》（另有叠韵8题9首），阮元《游古永嘉石门观瀑布用欧苏禁体》《大龙湫歌用禁体》等，选入这些诗体现出王昶对学问诗的偏好。此外，王昶还选入了较多书画、金石题跋诗，如程梦星《布泉歌》、金德瑛《朱子六经图碑》、杭世骏《南汉金涂铁塔歌》、沈德潜《分赋古鼎诗三十韵》、钱大昕《王汇英家藏古钱歌》、诸锦《桂林党籍碑拓本》、朱方蔼《东方未明之砚歌有序》、李文藻《惠定宇〈九经古义〉刻成寄示周书仓二十韵》、阮元《约同里诸子为〈经籍纂诂〉》等。吴泰来《题山夫兄所撰〈金石存〉卷尾》、金德瑛《朱子六经图碑》等诗歌骋才铺展，学杜、韩、苏、黄，大量学问入诗。贾虞龙《题伏生授经图》用大段文字叙述从西周初至秦焚书坑儒时期经学的发展过程；薛龙光《题钟鹤汀〈古钱谱〉》叙述古钱的发展变化，均涉及学问入诗。此类金石、书画题跋诗多是七古长篇，最能体现学问与才情，带有"宋调"的色彩。

《湖海诗传》在坚持诗学正宗的基础上有条件地选了少量宋调诗，与沈德潜相比，有了一些变化。批评家对此有两种不同的评价，谭献云："兰泉宦成，诗学日退，皮附韩、苏，已非复'吴下七子'面目，故所录诸家，

---

① （清）翁方纲：《石洲诗话》卷四，北京：人民文学出版社，1981，第120页。

既多率意。其中名家又未尽所长，外似绍述《别裁》，实已与师说背驰。"①
指出王昶晚年致身通显后诗学沾染宋调，选诗时未能谨守师说，看似绍述
《国朝诗别裁集》，实际已经与沈德潜"格调说"相背驰。大概谭献也注意
到王昶选诗时兼采宋调，与沈德潜"别裁"诗选有别。但也有人对此持赞
赏态度，徐长发云："湖海谈诗有总持，未遗北宋与南施。"②"北宋"指宋
琬，以雄健磊落、才情俊发的风格著称，偏于宋诗；"南施"指施闰章，以
啴缓典雅、温柔敦厚著称，偏于学唐。此处既指王昶选诗不拘南北，兼容
不同风格，也指其兼取唐宋。除了受诗坛整体趋向变化影响外，王昶兼取
宋调，可能还有另一原因，即与诗人身份的沈德潜相比，作为乾嘉大儒的
王昶在学问上更为渊博，更能理解与接受清人学宋诗中重学问这一面。

　　王昶有限度地接受了宋调诗，有着重要的诗学意义。他论诗主张由源
及流，辨明正变，在确立汉魏三唐的诗学根基后，兼取优秀的宋、元、明
诗，这也是诗坛风气变化在选本上的反映。王昶以近唐诗雅正风格的作品
为主，再适当吸纳少量近宋调又不乖于风雅诗作的选诗策略，能够避免偏
执的指责，也与诗坛总体上由宗唐向以唐为宗、唐宋并取发展的趋势相一
致。在宗唐的基础上，广泛地学习宋以后各代的优秀诗学遗产，注重诗歌
的学养，是乾嘉时期诗学的主流形态。这正是《湖海诗传》出现在乾嘉诗
坛上的意义，它表明以王昶为代表的格调派后期领袖在诗坛总体向唐宋并
取、取法广泛转变的趋势下，主动进行调整，对宋以后诗风有所采纳，以
回应诗坛的变化。这是一种与诗坛变化趋向相一致的调整。格调派对宋诗
较为模糊的态度在王昶身上慢慢变得清晰，这也是"格调说"在乾嘉之际
的一种变化与发展。

---

① 郑逸梅、陈左高编《中国近代文学大系：书信日记集》第 2 册，第 46 页。
② （清）王昶辑《湖海诗传》卷三十二，《续修四库全书》第 1626 册，第 218 页。

第五章

《湖海文传》与乾嘉古文

　　王昶辑《湖海文传》是清中期重要的文章选本。这部书在清代的古文选本中颇为特别，朱琦以为"乾隆一朝所由文之卓然独彰显者也"（卷首序）。全书共75卷，选入王昶生平交接的181位作者，共823篇文章，涉及文体28种①。文体以考证类的论、辨、序、跋、书以及学者的传记最为重要，文学性选文相对较少，形成以学者之文、学术之文为主的特色，反映出乾嘉时代的文章风气。此书汇集了大量学术性文章，与乾嘉学术有着紧密的联系，被阮元誉为"实与《诗传》并重，而尤重于诗，有明三百年无此作也"②。此书成于嘉庆十年（1805）仲夏，因"滇铜"赔款，王昶家无余赀鸠集人手校勘，书成后未及刊刻，王昶即于次年过世。后由其嗣孙王绍基与邑人陈鏻等于道光十九年（1839）刊刻③。后因太平天国战乱有

---

①　部分相近文体进行了适当合并。其中赋13篇，颂7篇，讲义15篇，论32篇，释5篇，解12篇，答问（对）2篇，考（证）18篇，辩13篇，议15篇，说37篇，原4篇，序200篇，记58篇，书88篇，碑24篇，墓表4篇，墓碣4篇，墓志铭51篇，行状（述）16篇，传46篇，书事8篇，祭、哀辞、诔6篇，赞58篇，铭6篇，书后30篇，跋43篇，杂著8篇。

②　阮元致王肇和书，详见（清）王昶辑《湖海文传》卷首，《续修四库全书》第1668册，第377页。按，阮元虽然在信中推誉《湖海文传》，然以年老多病为由婉拒为此书作序，可能与他《文言说》等提倡骈文，文学思想并不以唐宋古文为重有关。如《书梁昭明太子〈文选〉序后》云："然则今人所作之古文，当名之为何？曰：凡说经讲学，皆经派也；传志记事，皆史派也；立意为宗，皆子派也。惟沉思翰藻，乃可名之为文也。非文者尚不可名为文，况名之曰古文乎？"这种文学观对古文界定严格，认为说经、考证之文乃至唐宋古文均非真"古文"，这与王昶《湖海文传》的选文思想有别。（清）阮元：《擎经室集·三集》卷二，北京：中华书局，1993，第609页。

③　古籍书目多著录此书为道光十七年丁酉（1837）刻本，经训堂本牌记记载"道光丁酉年镌"，且姚椿序文署款时间也是道光丁酉年季秋。实际上，此书开雕于道光（转下页注）

残缺，有同治五年（1866）补刻本及民国间上海文瑞楼石印本等。

《湖海文传》多半据诸家文章的早期面貌甄选，与诸家文集定本存在文字差异，因而有重要的校勘价值。尤其《湖海文传》收录的文章与诸家定本存在的文字差异往往与乾嘉学术上重要的问题相关，可以帮助认识相关问题。一些入选者并无文集传世，或者文集刊刻后印刷不多，又经历太平天国战乱等被毁坏而不存于世，故而此书又具有重要的辑佚价值。以下先述其文献价值。

第一节 《湖海文传》的文献价值

历史上的文章总集，因为甄选的人数、文章较多，在保留文献上或多或少有价值。由于战乱灾害以及文集流传中自然淘汰等原因，一些作品的散佚在所难免，成书时代较早的总集往往会成为后世辑佚与校勘的渊薮。《湖海文传》作为乾嘉时期知名的古文选本，就具有重要的辑佚与校勘价值。

一 辑佚价值

王昶在编辑《湖海文传》时，注意网罗文献，他曾说："至其人本无专集，偶见他书，必急为采取，盖吉光片羽，弥足宝贵。"[①] 正因为王昶珍视文献，《湖海文传》保存了一些时人的佚作，具有重要的辑佚价值，这主要体现在两方面。首先，《湖海文传》选文的主体对象是乾嘉学者、文人，其中大部分人有文集传世，但也有一些文章见于《湖海文传》，却并未收入诸家文集的定本。其次，一些作者并无文集传世，其部分文章得以通过《湖海文传》保存下来，其中不乏一些著名学者。一些乾嘉文人的别集已经当代学者整理出版，其中一些整理本便据《湖海文传》辑入佚文。如《湖

（接上页注③）丁酉，但历时三年，至道光十九年（1839）方刻竣。书首朱珔序、王绍基《识语》（其中提及"三历寒暑乃付梓人"）及二者均署道光十九年可证。详细内容可参阅道光十九年刻同治间补刻本《湖海文传》卷首相关序跋题识，《续修四库全书》第1668册，第378~379页。

① （清）王昶辑《湖海文传》卷首，《续修四库全书》第1668册，第381页。

海文传》中收有戴震《九数通考序》《读淮南子洪保》两篇文章，不见于
《东原文集》，已经被《戴震全集》的编者辑入。① 惠栋的书信《与王德甫》
不见于《松崖文钞》，漆永祥将其辑入《东吴三惠诗文集》②。王鸣盛晚年
所撰文较多未收入《西沚居士集》文部 16 卷，《湖海文传》所收《秦室汪安
人墓志铭》（另有 2 篇序见于他书书首）即是此类，陈鸿森据以辑入《王鸣
盛西庄遗文辑存》③。钱大昕《黄忠节公年谱序》、《续外冈志序》、《与王德
甫书》（两通）等 4 篇文章不见于《潜研堂文集》，《嘉定钱大昕全集》的
编者据以辑入。④ 丁杰《驺虞考》《首饰考》《华严字母说》《嫁娶》等 4 篇
文章，江声《与焦理堂论宫室书》一文（王欣夫辑入《艮庭杂著补遗》），
陈鸿森分别辑入《丁杰遗文小集》《江声遗文小集》⑤。江藩的书信《与焦
里堂书》，王欣夫辑入《炳烛室杂文补遗》，漆永祥又将其收入《江藩
集》⑥。以上诸例均显示出《湖海文传》的辑佚价值。《湖海文传》所收诸
家文章仍有被忽略的，例如，蒋士铨的《罗两峰登岱诗跋》，《忠雅堂集校
笺》就未收入⑦，以后再版时可考虑据以辑入。除此之外，《湖海文传》还
有不少具有辑佚价值的时人佚作，以下择要述及。

陈宏谋是清中期的理学名臣，《湖海文传》选其文 5 篇，其中《伐蛟
说》《节妇传序》不见于《培远堂偶存稿》，为集外佚文。翁方纲《王莽大
泉五十考》是关于王莽居摄变制时所造货币"大泉"的考证之文，驳唐代
贾公彦之说，文不见于《复初斋文集》及《复初斋外集》⑧。郑虎文的诗文

---

① 《戴震全集》第 6 册，"补遗"，北京：清华大学出版社，1991，第 3232~3233、3338~3339 页。
② （清）惠周惕、惠士奇、惠栋：《东吴三惠诗文集》，第 418 页。
③ 陈鸿森辑《王鸣盛西庄遗文辑存》，《大陆杂志》2000 年第 1 期，第 18 页。又收入陈文和
  主编《嘉定王鸣盛全集》第 11 册，北京：中华书局，2010，第 399~477 页。
④ 陈文和主编《嘉定钱大昕全集》第 10 册，第 10~11、28~30 页。
⑤ 陈鸿森：《丁杰遗文小集》，《经学研究集刊》第 4 期，2008 年 5 月，第 195~205 页；陈
  鸿森辑《江声遗文小集》，《中国经学》第 4 辑，桂林：广西师范大学，2009，第 25 页。
⑥ 王欣夫《炳烛室杂文补遗》一卷，漆永祥整理《江藩集》（上海古籍出版社，2006）时收
  入附录一，第 265~268 页。
⑦ （清）蒋士铨撰，邵海清校、李梦生笺《忠雅堂集校笺》，上海：上海古籍出版社，2012。
⑧ 按，刘承干《民国嘉业堂丛书》本《复初斋外集》文卷第二据《湖海文传》辑入《铜柱
  考》，然未收《王莽大泉五十考》。陈鸿森《翁方纲复初斋遗文辑存》（上海交通大学经
  学文献研究中心《经学文献研究集刊》第 13 辑，上海书店出版社，2015，第 262~263
  页）已收入，今后编翁氏全集时可据以辑录。

集由冯敏昌刊刻，《湖海文传》选其《国子监生吕君家传》《翰林院编修邵公墓志铭》均不见于《吞松阁集》。鲁九皋《书曾文定公移沧州过阙上殿札子后》不见于《山木居士集》、《山木居士外集》及《翠岩杂稿》。武亿《晋刘府君墓志跋》不见于道光二十三年（1843）武未重刊本《授堂遗书》。梁同书《频罗庵遗集》由其嗣子梁玉绳编刊，较多文章未入集，《湖海文传》所收《蒋君修隅墓志铭》（墓主是蒋士铨长子蒋知廉）即是。于敏中《文渊阁大学士谥文定刘公墓碑》不见于《素余堂集》。赵文哲《复王德甫书》《再复王德甫书》不见于《婳雅堂集》《婳雅堂别集》。余庆长的《无逸论》《君牙冏命吕刑论》不见于《习园藏稿》。

吕泰是王昶结交的前辈学者，撰有《十学薪传》一书，是论述《诗》《书》《礼》等儒家经典的著作，惜未存世。《湖海文传》收其《十学薪传序》，对于研究者了解此书的面貌有帮助。罗聘《登岱诗》今不传，朱孝纯无文集传世，他的《罗两峰登岱诗小叙》亦属于佚文，对了解罗聘诗颇有帮助。韦谦恒《传经堂文集》稀见，其《重建贵阳府学名宦乡贤祠记》《书〈旁搜集〉后》、《祀施黄二先生记》（见于道光《济南府志》卷六十六，题作《五贤祠记》）对了解其文章特色颇有价值。褚寅亮精通《仪礼》，文集未见，《与王德甫书》是与王昶讨论《易》学的书信，吉光片羽，弥足珍贵。汪大经《借秋山居文钞》稀见，《湖海文传》收其《沈沃田先生行状》是篇佚文，对于了解经学家、诗人沈大成的生平有较大的价值。金垙、申兆定文集未见，《湖海文传》收金垙《五十三参象记》《孝节夏孺人传》，申兆定《巽邱记》《瓦当跋》，对于了解诸家文章特色颇有帮助。韦协梦是乾嘉间知名学者，通《礼》学，有《仪礼蠡测》十七卷传世，但《周官汇说》《仪礼集解》均不传，其文集《带草轩文钞》（不分卷）孤本存世，极为罕见。《湖海文传》选其《秦康公论》《先轸论》《无算爵考》《俭说》《原气上》《原气中》《原气下》《周官汇说序》《仪礼集解序》《读仪礼》10篇文章，均有重要的学术价值。

此外，孙灏、沈清任、赵虹、严翼、雅尔哈善、沈业富、周震荣、尹壮图、钱坫、沈世焘、姚令仪、鞠逊行、程敦等诸家似无文集传世，其文多赖《湖海文传》以传（见表1）。

《湖海文传》中有些文章是相应作家本集未收，但见于其他书。此类情况，今日学者已经据他书辑入，如阮元《三统术衍序》《十驾斋养新录序》是为钱大昕著作所作序言，陈鸿森已据《三统术衍》《十驾斋养新录》书首辑入《阮元揅经室遗文辑存》①。洪亮吉《关中金石记跋》，不见于洪氏文集，而收在毕沅《关中金石记》末，《洪亮吉北江遗文辑存》据以收入②。但今人整理古籍时容易忽视这种见于他书卷首的情况，故予以举例指出。彭元瑞生前刊有《恩余堂全集》5 种 49 卷，为经进诗文、策问及题跋，剩下的诗文则由其孙彭邦畴辑为《恩余堂辑稿》四卷。《湖海文传》卷二十一收其《论语广注序》，此文是为毕宪曾所撰《论语广注》写的序言，未收入《恩余堂辑稿》，见于《论语广注》书首。《湖海文传》卷二十二收罗有高《古韵标准序》，不见于《尊闻居士集》及《补遗》，见于乾隆三十六年（1771）潮阳县衙刊本《古韵标准》卷首。毕沅文集中存者多为奏稿，《湖海文传》收其《仓颉篇序》《晋太康三年地志王隐晋书地道记总序》《重雕墨子序》《吕氏春秋新校正序》均于各见书卷首。《湖海文传》卷三十五所收黄易《创汉武氏祠记》，不见于《秋盦遗稿》，见于翁方纲《两汉金石记》。《湖海文传》收录的吴兰庭《三国疆域志后序》不见于《胥石诗文存》，收录于洪亮吉《补三国疆域志》卷首。《湖海文传》卷三十所收朱珪《梅崖居士文集序》，《知足斋集》未收，见于《梅崖居士文集》卷首。雷铉《仪礼易读序》，《宝纶堂诗文钞》未收，见于马骕《仪礼易读》卷首。齐召南《仪礼易读序》，《经笥堂文钞》未收，见于马骕《仪礼易读》卷首。《湖海文传》所收冯敏昌《魏故南秦州刺史司马使君墓志铭考》《魏故宁朔将军固州镇将镇东将军渔阳太守宜阳子司马元兴墓志铭跋》《韩昶自为墓志铭跋》《大唐故朝议郎行兖州都督府方与县令上护军独孤府君碑跋》，《小罗浮草堂文集》均未收，见于乾隆《孟县志》卷八及抄本《河阳金石记》等（王昶《金石萃编》曾节引其跋文）。以后出版诸家文集时，可据以辑入。

　　表 1 罗列了部分见于《湖海文传》而作者本集未收（或无集传世）的文章，以便今后研究者据以辑佚。

---

① 陈鸿森：《阮元揅经室遗文辑存》，《大陆杂志》2001 年第 1 期，第 44～47 页。又见于杨晋龙编《清代扬州学术》，台北："中研院"中国文哲研究所，2005。

② 陈鸿森：《洪亮吉北江遗文辑存》，《中国文哲研究通讯》2013 年第 4 期，第 217 页。

表1 《湖海文传》选入篇名但诸家本集未收者举隅

作者	篇名	卷次	备注
陈宏谋	伐蛟说	18	《培远堂偶存稿》未收
	节妇传序	27	
彭元瑞	论语广注序	21	《恩余堂全集》《恩余堂辑稿》未收
余庆长	无逸论	5	《习园藏稿》未收
	君牙冏命吕刑论		
	先轸论		
翁方纲	王莽大泉五十考	12	《复初斋文集》《复初斋外集》未收
焦循	复李尚之言天文推步书	43	《焦循诗文集》未收
	与某论汉儒品行书	45	
于敏中	文渊阁大学士谥文定刘公墓碑	48	《素余堂集》未收
郑虎文	翰林院编修邵公墓志铭	56	《吞松阁集》未收
	国子监生吕君家传	65	
鲁九皋	书曾文定公移沧州过阙上殿札子后	70	《山木居士集》《山木居士外集》《翠岩杂稿》未收
武亿	晋刘府君墓志跋	72	《授堂遗书》未收
蒋士铨	罗两峰登岱诗跋	73	《忠雅堂集校笺》未收
朱文藻	释梦英书说文偏旁跋	71	今存诗集,《碧溪文集》未见
	云麾将军李秀残碑拓本跋	72	
	南宋石经跋	74	
褚寅亮	与王德甫书	41	无文集传世
赵文哲	复王德甫书	42	《媕雅堂集》《媕雅堂别集》未收
	再复王德甫书		
吕泰	十学薪传序	23	无文集传世
朱孝纯	罗两峰登岱诗小叙	32	无文集传世
韦谦恒	重建贵阳府学名宦乡贤祠记	35	无文集传世;《祀施黄二先生记》见于道光《济南府志》卷六十六,题名《五贤祠记》
	祀施黄二先生记	36	
	书《旁搜集》后	70	
汪大经	沈沃田先生行状	60	《借秋居杂文草稿》一卷稀见,仅有抄本存于中国国家图书馆
金姓	五十三参象记	36	无文集传世
	孝节夏孺人传	66	

作者	篇名	卷次	备注
申兆定	巽邱记	37	无文集传世
	瓦当跋	74	
孙灏	古树诗续集序	32	无文集传世
沈清任	生秋阁遗集序	32	无文集传世
赵虹	梅边琴泛词序	32	无文集传世
严翼	送学博易畴程同年归新安序	33	无文集传世
雅尔哈善	吴县陶氏义庄记	37	无文集传世
沈业富	天台万年寺杲明禅师塔铭	58	无文集传世
周震荣	永清金石叙	29	无文集传世
	金轮石幢跋	72	
尹壮图	顾母过太恭人家传	66	无文集传世
钱坫	上王述庵先生书	42	无文集传世
沈世焘	继室陈恭人小传	66	无文集传世
姚令仪	金川崇化屯新建愍忠祠碑	47	无文集传世
鞠逊行	胡孝子传	65	无文集传世
程敦	致孙编修渊如书	46	无文集传世
韦协梦	秦康公论	6	乾隆七年刊本《带草轩文钞》不分卷孤本存世，藏于中国科学院图书馆
	先轸论		
	周官汇说序	20	
	仪礼集解序		
	无算爵考	11	
	俭说		
	原气上	18	
	原气中		
	原气下		
	读仪礼		
钱侗	建元类聚考跋	71	
邵志纯	明张忠烈公墓石记	35	
	书潘孝子	66	
	书王贞妇		

注：已经学者指出者，如戴震《九数通考序》等文，不复列入。

资料来源：笔者据王昶辑《湖海文传》整理制作。

二 校勘价值

关于《湖海文传》所选文章与诸家文集定本的差异，王昶在《湖海文传》凡例中指出："《文传》所录，有集行世者十之四五，其或有集未刊，或刊而未见，则皆录其平昔寄示之作。"① 王昶指出，《湖海文传》中有较大一部分作品是据文人寄给他的文章采入，收入时作者的文集或尚未刊刻，或刊刻而未见。道光间，王绍基请姚椿负责主持校勘《湖海文传》，姚椿也意识到此问题。姚椿云："因出向时所录副本相勘雠，颇有得失。而原书所改正讹谬，签字脱落。又文集之未刻、刻而未及见，与夫刻本之互有异同者……窃以今兹所编，悉仍原本，用述斯事本末，存公旧观。"② 姚椿曾将自己早年过录的《湖海文传》副本携往校勘，发现颇有得失。王昶原书上改正错误的签条又有脱落等情况，实际上很难校勘。因此，姚椿决定"悉仍原本""存公旧观"，保存了王昶手订本的面貌。道光十九年（1839），吴淮撰《刻〈湖海文传〉缘起》时指出："所载一百八十二〔一〕家，有刊集行世者，并从本集校对，间与本集不符，并系司寇增删。其或本无专集与有集而未及见者廿余家，并录呈泾县朱兰坡宫詹鉴定。"③ 注意到《湖海文传》所选文本与已刻诸家文集定本的差异，并将其归结为王昶增删，这种判断恐怕过于武断。其一，王昶提及大约有一半的入选者有刻本，一半左右则属于刊而未见或有集未刊的情况，这部分则据诸家平昔所寄初稿而选。其二，嘉庆十年（1805）至道光十七年（1837）的30多年间，陆续有人刊刻文集。因此，吴淮校勘时所见之刻本比王昶多出不少，仅有20余家无文集或有集未刻。尽管王昶在选文时存在删削的情况，比如一些论学书札的套语、序文的违碍语等，但这并不意味着《湖海文传》所收有文集刊刻者的文章与其本集的文字差异全是王昶增删所致，因为嘉庆十年到道光十七年出版的诸家文集在刊刻时也会有自行删订的情况。

王昶《湖海文传》约有一半的文章是采自初稿，与诸家文集定本存在

---

① （清）王昶辑《湖海文传》卷首，《续修四库全书》第 1668 册，第 381 页。
② （清）王昶辑《湖海文传》卷首，《续修四库全书》第 1668 册，第 379 页。
③ 阳海清：《中华大典·文学典·明清文学分典》第 2 册，南京：凤凰出版社，2005，第 66 页。

差异，因而此书存在较高的校勘价值。例如，有学者利用《湖海文传》所收戴震佚文以及其他选文与戴震文集定本的差异来研究戴震学术的变化等。① 下文以乾嘉时期著名学者的作品为例，探讨《湖海文传》的校勘价值。

（一）章学诚《言公》的异文

《言公》是著名史学家章学诚的重要文章，收入《文史通义》"内篇"。《文史通义》在章学诚生前未及完全编辑成书，现行《文史通义》的各种版本均非章学诚亲订。章氏在临终前将所著文稿托付于友人王宗炎，请其代为编订。王宗炎将其编为三十卷《章氏遗书》，《文史通义》被编在"内篇"，未及定稿刊刻。后来，章学诚的次子章华绂见到王宗炎编订的目录，认为与其父本意有出入，便请姚椿等重新校订，道光十二年（1832）在开封另行编次刊印了《章氏遗书》。其中，收有《文史通义》之"内篇"5卷、"外篇"3卷，以及《校雠通义》3卷，即所谓的"大梁本"。此后，伍崇曜的《粤雅堂丛书》本、同治二年（1863）谭献于杭州书局刊刻的"浙刻本"、光绪四年（1878）本《文史通义》均源出"大梁本"。1919年，刘承干从沈曾植处获得王宗炎编30卷抄本，又增入20卷，于1922年刻成《章氏遗书》50卷本。此外，关于章氏的遗书还有武昌柯氏抄本、北京大学图书馆藏章华绂抄本②、翁同龢旧藏朱氏椒花吟舫抄本等。平步青《〈文史通义杂篇〉〈实斋文略外篇〉跋》云："章先生文自《妇学》别行刻入《艺海珠尘》，《言公》篇刻入《湖海文传》《经世文编》外，姚氏

---

① 蔡锦芳《读戴震〈九数通考序〉和〈读淮南子洪保〉》研究了《湖海文传》所收戴震佚文的研究。其中对《九数通考序》撰写的年份推断恐误，据书首戴震序文署题"乾隆癸巳日在箕初，休宁戴震撰"，撰写年份当为乾隆三十八年（1773）农历十一月。《试论戴震一批文章初稿的学术价值》则通过《湖海文传》所收戴震文章初稿与其文集定本的比勘来探究戴震文章的修改及学术思想的变化等。详见蔡锦芳《戴震生平与作品考论》，桂林：广西师范大学出版社，2006，第265~271、272~281页。

② 按，此本钱穆曾见过，详见《八十忆双亲师友杂忆》合刊（1986年10月东大图书公司印行，第162页），又见于《记钞本章氏遗书》一文，收入《中国学术思想史论丛》（《钱宾四先生全集》第22册，台北：联经出版社，1998，第421~430页），但钱先生只言"此本确系章氏家传"，并未说其中包含章学诚的自刻本。梁继红认为章华绂所抄副本《章氏遗书》中保存了章学诚部分被拆分的《文史通义》自刻本，详见梁继红《章学诚〈文史通义〉自刻本的发现及其研究价值》，载中国历史研究会编《章学诚国际学术研讨会论文集（2003）》，北京：北京图书馆出版社，2004，第199~213页。

《国朝文录》仅八篇，朱氏《国朝古文汇钞初集》仅七篇，皆由稿草流传。"① 这些文章初稿多与通行定本存在明显差异，《湖海文传》本《言公》也不例外。它是与王宗炎编《章氏遗书》本、章华绂编"大梁本"内容差异较大的版本，在章学诚及《文史通义》研究上具有特殊的价值。

在《文史通义》传世诸本中，主要是"大梁本"与刘承干嘉业堂刻《章氏遗书》两种系统，两者编订次序与目录均有差别。② 在源于"大梁本"的《粤雅堂丛书》本《文史通义》中，《言公》位于"内篇"卷三；在嘉业堂《章氏遗书》本《文史通义》中，《言公》位于"内篇"卷四。笔者经过校勘发现，单就《言公》上、中篇而言，《粤雅堂丛书》本与嘉业堂本内容大致相同，仅有几处小的差异③。但《湖海文传》本（以下简称《湖》本）中所收《言公》与两者的文字存在明显的区别。其中最明显的是，《湖》本中缺少几段通行本中的文字。而这些差别尚未有研究者关注到。④ 以下先梳理《湖》本与通行本（源出于"大梁本"的叶瑛《文史通义校注》）的差异。

（1）内容互有缺失，这可分两类情况。第一类是《湖》本有而通行本无。例如，《言公》上篇⑤，《湖》本"静言庸违，其言必有当矣。帝尧屏斥而不用，则所贵不在言辞也"⑥，通行本无；《言公》中篇，《湖》本"费直之《易》虽亡，而郑、王之学出费氏，今王《易》具存，而费氏之《易》未亡也"⑦，通行本无。第二类是《湖》本无而通行本有。例如，《言公》上篇，通行本有"司马迁曰……故曰：古人之言，所以为公也，未尝矜于

---

① （清）平步青：《樵隐昔瘝》卷十五，《清代诗文集汇编》第720册，第329~330页。
② 学界围绕着《章氏遗书》（含《文史通义》）的编目、体例等存在不同的看法。早在清末，萧穆《记章氏遗书》就对旧抄本与刊本进行过对比，详见（清）萧穆《敬孚类稿》卷九，《清代诗文集汇编》第729册，第689~690页。
③ 如嘉业堂本"亦以其人而定为其家之学"，"而"字，《粤雅堂丛书》本作"为"，叶瑛《文史通义校注》均未出校。
④ 另有《国朝文汇》卷四十四、《皇朝经世文编》卷五收《言公》篇，内容大致相同，与《湖海文传》本也颇为接近，可能两者源出于《湖海文传》或与其同源的本子，其校勘不详列。
⑤ 按，《湖海文传》本《言公》并未分上、中篇，作为一篇整体收入，内容与今通行本的上、中篇内容有重合。此处"《言公》上篇"及稍后的"《言公》中篇"是据今通行本《言公》篇目而言。
⑥ （清）王昶辑《湖海文传》卷七十五，《续修四库全书》第1669册，第287页。
⑦ （清）王昶辑《湖海文传》卷七十五，《续修四库全书》第1669册，第290页。

文辞，而私据为己有也"① 一段 181 字，《湖》本无。《言公》中篇，通行本有"古未有窃人之言以为己有者……呜呼！若韩氏者，可谓知古人言公之旨矣"及"窃人之所言以为己有者，好名为甚，而争功次之。功欺一时，而名欺千古也……大道隐而心术不可复问矣"② 两段共 674 字，《湖》本无。此外，通行本有"今有细民之讼……求工于文字之末，而欲据为一己之私者，其亦不足与议于道矣""或曰：指远辞文，《大传》之训也。……即六艺之辞，犹无所取，而况其他哉""文，虚器也；道，实指也。……适燕与粤，未可知也"③ 三段 540 字，《湖》本无。

（2）文字差异。除互有缺失部分，《湖》本与通行本《言公》篇存在明显的初稿与改订上的差异，表 2 列举其中较为重要者。

表 2　《言公》篇《湖》本与通行本文字差异

《文史通义校注》本	《湖海文传》本
……必于试功而庸服……曾氏巩曰：典谟载尧、舜之功绩……	……要在试功而庸以车服……静言庸违，其言必有当矣。帝尧屏斥而不用，则所贵不在言辞也……曾氏巩曰：典谟之文，岂止载尧舜之功绩……
夫子曰：述而不作……《论语》则记夫子之言矣，"不恒其德"，证义巫医，未尝明著《易》文也。"不忮不求"之美季路……	夫子曰：述而不作……《易》有大传，夫子之言也。然用古人成说而未尝有所识别焉。元善之训，先诵于穆姜是也。诵《易》之言而不标为《易》，恒三之辞，证义于巫医是也，"不忮不求"之美季路……
周衰文弊……《幼官》《弟子》之篇，《月令》《土方》之训是也。《管子·地圆》《淮南·地形》，皆土训之遗。辑其言行不必尽其身所论述者……	周衰文弊……管氏《弟子》之职，《孔丛子》《尔雅》之篇是也。记其言行而非其身所论述者……
是乃无可如何，譬失祀者，得其族属而主之，亦可通其魂魄尔。非喻言公之旨，不足以知之	若迁《史》之于古文《尚书》，《说文》之于韩婴《诗传》，则其无可如何，而赖有是之仅存耳。然迁《史》未尝不参合今文，而《说文》未尝不参齐、鲁之说焉，是又在乎专门绝学、辨析微茫、心领神会，所以贵乎知言之士也

注：省略之文有一些细小文字差异，为免烦琐，此表中不一一罗列。

资料来源：（清）章学诚撰，叶瑛校注《文史通义校注》，北京：中华书局，1985，第 169~172、182~186 页；（清）王昶辑《湖海文传》，《续修四库全书》第 1669 册，上海：上海古籍出版社，2002，第 287~290 页。

① （清）章学诚撰，叶瑛校注《文史通义校注》，北京：中华书局，1985，第 169~170 页。
② （清）章学诚撰，叶瑛校注《文史通义校注》，第 183~184 页。
③ （清）章学诚撰，叶瑛校注《文史通义校注》，第 185~186 页。

如前文所述《湖海文传》选文所据大半是初稿，《湖》本与通行本《言公》文字差异颇大即缘于此因，也就是说《湖》本《言公》保留了章学诚早期文章的面貌。以下尝试探讨《言公》与《文史通义》自刻本之关系、章学诚改订《言公》的原因。

1. 《言公》与《文史通义》自刻本之关系

《言公》与《文史通义》自刻本有着密切的联系。关于《言公》的撰写时间，章学诚《再答周筤谷论课蒙书》（癸卯）云："近日生徒散去，荒斋阒然，补苴《文史通义》内篇，撰《言公》上、中、下三篇。"① 癸卯为乾隆四十八年（1783），胡适据此认为《言公》撰于此年，并附于《癸卯通义草》。② 这只是《言公》的初稿。嘉庆元年（1796），章学诚在《与汪龙庄书》中说："拙撰《文史通义》，中间议论开辟，实有不得已而发挥，为千古史学辟其榛芜。然恐惊世骇俗，为不知己者诟厉，姑择其近情而可听者，稍刊一二，以为就正同志之质，亦尚不欲遍示于人也。"③ 提及在嘉庆元年刊刻过《文史通义》中的部分篇章，但流传范围不广。同年，章学诚在给孙星衍的信中说："近刻四卷，附呈校正。本不自信，未敢轻灾梨枣，无如近见名流议论，往往假借其言而失其宗旨，是以先刻一二，恐其辗转，或误人耳。"④ 信中提及刻书四卷，虽未明言是不是《文史通义》，不过从语气判断其内容应该与《文史通义》颇为接近——或许就是此书。

嘉庆四年（1799），章学诚订正《言公》等文的初稿。此年，章学诚在《又与朱少白》中云："《通义》书中，《言公》《说林》诸篇，十余年前旧稿，今急取订正付刊。"⑤ 朱少白即朱锡庚，朱筠次子。学界倾向于认为《言公》《说林》等收录于嘉庆元年（1796）刊刻的初刻本《文史通义》。例如，钱穆《章实斋文字编年要目》将《言公》《说林》等4篇文章附于嘉庆元年之下。⑥ 梁继红在此基础上，指出《言公》《说林》诸篇收录

---

① （清）章学诚：《章学诚遗书》，北京：文物出版社，1985，第88页。
② 胡适：《清章实斋先生学诚年谱》，姚名达订补，载王云五主编《新编中国名人年谱集成》第7辑，台北：台湾商务印书馆，1980，第55页。
③ （清）章学诚：《章学诚遗书》，第82页。
④ 陈烈主编《小莽苍苍斋藏清代学者书札》，北京：人民文学出版社，2013，第227~228页。
⑤ （清）章学诚：《章学诚遗书》，第643页。
⑥ 钱穆：《中国近三百年学术史》，北京：商务印书馆，1997，第469页。

于《文史通义》自刻本，但未明确指出《言公》等的刊刻时间。[①] 据章氏自述，可知《言公》《说林》在章学诚生前确曾刊刻，且在小范围内传播，但刊刻时间可能并非嘉庆元年（1796）。在前揭《又与朱少白》中，章学诚明确说《言公》《说林》是十余年前旧稿，嘉庆四年（1799）"急取订正付刊"，说明嘉庆元年（1796）的《文史通义》自刻本中尚未收入这两篇文章。嘉庆四年（1799），章学诚才对《言公》《说林》等篇进行修订，补入先前自刻的《文史通义》。

张述祖认为至晚在乾隆六十年（1795）前，《文史通义》自刻本就有部分篇章已刊刻。[②] 可以推测，或许限于章氏的经济条件及其他因素（如担心其观点被学界猛烈批评），他的一些文章在写成后多以抄本的形式在师友间流传，并未及时刊刻。《文史通义》并不是一次性刻完，而是存在部分篇章先刻、部分后刻的情况，这对于了解此书自刻本成书过程颇有意义。

综上，《湖》本所收《言公》是章学诚的初稿，且并非全本。上文提及的通行本《言公》上篇的一段文字以及中篇的五段文字可能就是在嘉庆四年（1799）修订时补入。章学诚晚年修改著作的例子还有一些。例如，《质性》篇原名《庄骚》（王宗炎曾改为《性情》），朱锡庚抄本《章氏遗著》中《庄骚》篇的内容与嘉业堂本《质性》相比少近 300 字，就是因为章学诚修订时又增加了一些内容，并改题为《质性》。[③] 此外，通行本《说林》《假年》《感遇》与嘉业堂本也存在文字差异，这是《文史通义》撰写过程中值得注意的地方。

2. 章学诚改订《言公》的原因探析

章学诚撰《文史通义》的一个重要目的在于纠正当时的学风，他对《言公》进行修订即与此相关。乾嘉之际，汉宋之争日趋明显，学术界出现区分门户、好名争胜的不良风气，颓风日甚。章学诚对此表示出深重的忧虑。他试图通过《文史通义》来匡正这种不良风气，"得吾说而通之，或有以开其枳棘，靖其噬毒，而由坦易以进窥天地之纯、古人之大体也，或

---

① 梁继红：《章学诚〈文史通义〉自刻本的发现及其研究价值》，第 199~213 页。
② 张述祖：《文史通义版本考》，《史学年报》1939 年第 1 期。
③ 梁继红：《朱锡庚抄本章氏遗著及其利用价值》，《文献》2005 年第 2 期。

于风俗人心不无小补欤"，① 表现出挽救学风的自觉意识。这在章学诚对
《言公》的修订中也有所体现，如上篇补入："司马迁曰：'《诗》三百篇，
大抵贤圣发愤所为作也。'则男女慕悦之辞，思君怀友之所托也。征夫离妇
之怨，忠国忧时之所寄也。必泥其辞，而为其人之质言，则《鸱鸮》实鸟
之哀音，何怪鲋鱼忿诮于庄周，《苌楚》乐草之无家，何怪雌风慨叹于宋玉
哉？夫诗人之旨，温柔而敦厚，主文而谲谏，言之者无罪，闻之者足戒，
舒其所愤懑而有裨于风教之万一焉，是其所志也。"表达的是章学诚认同
"舒其所愤懑而有裨于风教之万一焉，是其所志也"。章学诚反对好名无实、
文道分离的做法。他认为著述能体现出"道"，就应该秉持"言公"的态
度，不应过多在意署名是谁。章学诚在《与邵二云论学》（1788）中指出：
"生平所得，无不见于言谈，至笔之于书，亦多新奇可喜。其间游士袭其谈
锋，经生资为策括，足下亦既知之，斯其浅焉者也。近则邀游南北，目见
耳闻，自命专门著述者，率多阴用其言，阳更其貌，且有明翻其说，暗剿
其意……鄙昔著《言公》篇，久有谢名之意，良以立言垂后，无非欲世道
之阐明，今既著有文辞，何必名出于我？"② 指出自己平时言说有被游谈之
人抄袭剽窃，虽然感慨士风败坏，但著述是为了世道之阐明，而不是为了
争名，因此章学诚撰写《言公》，意在阐明著述"言公"的道理。

章学诚修订《言公》篇或许还与他当时的遭遇有关。章学诚倡导"言
公"，主要是着眼于史书修撰可以因袭、删削旧文而言。有意思的是，乾隆
五十九年（1794）章学诚在毕沅幕府修成《湖北通志》后，他却受到了删
削旧志、掠人之美的指责。为了回应这种指责，章学诚在改订的《说林》
篇中引孔子、司马迁删改旧史的例子来论证史学写作不同于一般的文人创
作，史书应以沿袭旧文为主，并秉持"言公"的做法。这是借"言公"来
论证其编纂史书时因袭前文的合理性。值得注意的是，《言公》的修改很可
能与章学诚陷入"盗卖《史籍考》"的舆论风波有关。《史籍考》是清代
学术史上重要的著作，颇受史学界关注。章学诚是《史籍考》的最重要编
纂人员之一，毕沅卒后，章学诚将书稿转给谢启昆继续编纂。章学诚为写

① （清）章学诚：《章学诚遗书》，第 643 页。
② （清）章学诚：《章学诚遗书》，第 82 页。

亡友邵晋涵别传，曾向邵秉华索要邵氏遗著。邵秉华怀疑他有掠夺亡父著述以谄媚谢启昆的意图，从而拒绝了他的索书要求，并指责其盗卖毕沅《史籍考》一书。这给章学诚带来了巨大的舆论压力。① 因此，章学诚于嘉庆四年（1799）在《又与朱少白》中用了大段文字解释自己并非盗卖者。

章氏在写给朱锡庚的信中写到自己的言论常被人窃取，邵晋涵的《尔雅义疏》未成之时，有人窃得其平时观点先行刊刻成书，又有人窃取钱大昕平时言论以成篇，将其观点据为己有。李调元借朱筼藏宋本秘笈刊刻，转借之人借以挖改，伪造成自己所藏宋本……凡此种种，均属于世风日下的表现。章学诚虽然推崇"言公"，且久有谢名之意，但当有人窃取他的言论且与其本意大相径庭时，他颇为痛恨。章学诚在信中批评盗名之人："大者不过穿窬，细者直是肤箧。彼郭象之袭庄注，齐邱之冒纪书，已具田常盗齐之力，犹未能掩千古耳目，况此区区鬼蜮不直一笑者哉！"② 这与今本《言公》中有而《湖》本无的两段论述到的"古未有窃人之言以为己有者"的内容正好相关联，且今通行本《言公》中有"齐邱窃《化书》于谭峭，郭象窃庄注于向秀"等句③，更与上引《又与朱少白》的内容颇为接近。从其语气可知，这些相关联的文字应是嘉庆四年（1799）修改《言公》时增加，也可能是对指责他"盗卖《史籍考》"者的回应。在章学诚看来，恰恰是这些人未真正明白"言公"的含义。

修订《言公》时所补文字与《又与朱少白》中的内容相印证，表明章学诚在批判学风、世风时，结合了自己的切身遭遇。他在《又与朱少白》中特意强调《文史通义》"其中多有为之言，不尽为文史计者，关于身世有所枨触，发愤而笔于书"，指自己著书不全为文史考虑，而是融入对自身遭遇的感慨。"盗卖《史籍考》"风波是章学诚晚年令他十分烦恼之事。毕沅去世后，章学诚曾持《史籍考》呼吁朱珪、阮元等刊刻，未能实现。嘉庆三年（1798）谢启昆从章学诚处得到《史籍考》稿本，已有将其攘为己有的计划，并重新组织人编纂，将章学诚排除在外。此年五月，在撰写

---

① 林存阳：《〈史籍考〉编纂始末辨析》，《故宫博物院院刊》2006 年第 1 期。
② （清）章学诚：《章学诚遗书》，第 643 页。
③ （清）章学诚撰，叶瑛校注《文史通义校注》，第 183 页。

完《史考释例》后，章学诚很快离开了谢氏幕府，脱离了《史籍考》的编纂。① 由此可见，身处"盗卖"舆论压力与受人排挤的夹缝中，章学诚必定有难以言说的苦闷。然则"窃人之所言以为己有者，好名为甚，而争功次之"等言论，或许也有对谢启昆等人言说的意味。

乾嘉之际汉学兴盛，学术门户之争加剧，章学诚撰《文史通义》对此现象进行批判。由于自身性格及学术环境等因素，他曾与汪中、洪亮吉等发生过争论，受人排挤，心怀怅触。其治学方式不为学界认可，颇为寂寞。② 在经历了这种苦闷后，章学诚有意识地将其融入《文史通义》的写作，并将此书蕴含的愤懑之感与杜诗的沉郁相提并论。"尝谓百年而后，有能许《通义》文辞与老杜歌诗同其沉郁，是仆身后之桓谭也"③，生怕后人不理解其著述的苦心，故意于此逗露出来。章学诚改订《言公》等篇，就有借此抒发内心愤懑的意图，是一种批判外在学风与宣泄内心怅触的"复调"言说。尽管章学诚在修订《文史通义》时删削了骂人的言语、模糊了所针对的对象，以显得温柔敦厚，但一些篇章中仍然保留了能反映他晚年心境及当时学术生态的文字。梳理此类文章的修改过程对于了解《文史通义》的成书、章氏的遭遇及其与乾嘉学术环境之关系等均有助益。

（二）钱大昕文章的异文

《湖海文传》卷七十一收钱大昕《荀子跋》一文，与《潜研堂文集》卷二十《跋荀子》内容相近，字数多寡不同。《湖海文传》所收为初稿，《潜研堂文集》为定稿，今将二者录于下方，以见其差异：

《湖海文传》本《荀子跋》：

> 荀卿子书，世所传唯杨倞注本，明人所刊，字句踳讹，读者病之。少宗伯嘉善谢公视学江苏，得余姚卢学士抱经手校本，叹其精审，复与往复讨论，正杨注之误者若干条，付诸剞劂氏，而此书始有善本矣。盖自仲尼既殁，儒家以孟、荀为最醇，太史公叙列诸子，独以孟、荀

---

① 乔治忠：《〈史籍考〉编纂问题的几点考析》，《史学史研究》2009 年第 2 期。
② 余英时：《论戴震与章学诚》，北京：生活·读书·新知三联书店，2012，第 69~72 页。
③ （清）章学诚：《章学诚遗书》，第 643 页。

标目。韩退之于荀氏虽有"大醇小疵"之讥，然其云"吐辞为经，优入圣域"，则与孟氏并称，无异词也。宋儒所訾议者，唯《性恶》一篇，愚谓孟言性善，欲人之尽性而乐于善；荀言性恶，欲人之化性而勉于善，立言虽殊，其教人以善则一也。宋儒言性虽主孟氏，然必分义理与气质而二之，则已兼取孟、荀义。至其教人以变化气质为先，实暗用荀子"化性"之说，然则荀子书讵可以小疵訾之哉？古书"伪"与"为"道［通］，荀子所云"人之性，恶其善者伪也"，此"伪"字即作为之"为"，非诈伪之"伪"。故又申其义云"不可学，不可事而在人者，谓之性；可学而能，可事而成之在人者，谓之伪"。《尧典》"平秩南讹"，《史记》作"南为"，《汉书·王莽传》作"南伪"，此"伪"即"为"之证也。因读公序，辄为引伸其说以告将来之读是书者。①

《潜研堂文集》本《跋荀子》：

　　《荀子》三十二篇，世所共訾謷之者，惟《性恶》一篇，然多未达其旨趣。夫《孟子》言性善，欲人之尽性而乐于善；《荀子》言性恶，欲人之化性而勉于善。言性虽殊，其教人以善则一也。世人见篇首云"人之性恶，其善者伪也"，遂掩卷而大诟之，不及读之终篇。今试平心而读之，《荀子》所谓"伪"，只作为善之"为"，非诚伪之"伪"，故曰"不可学，不可事而在人者，谓之性；可学而能，可事而成之在人者，谓之伪"。古书"伪"与"为"通，《尧典》"平秩南讹"，《史记》作"南为"，《汉书·王莽传》作"南伪"，此其证也。若读"伪"如"为"，则其说本无悖矣。后之言性者，分义理之性与气质之性而二之，而戒学者以变化气质为先，盖已兼取《孟》《荀》二义，而所云变化气质者，实暗用《荀子》化性之说，是又不可不知也。②

---

① （清）王昶辑《湖海文传》卷七十一，《续修四库全书》第1669册，第262页。
② 陈文和主编《嘉定钱大昕全集》第9册，第453~454页。

　　《湖海文传》本（以下简称《湖》本）《荀子跋》是钱大昕在读到礼部侍郎谢墉所刊卢文弨手校本《荀子》的序言时有感而发，撰写的一篇跋文，属于早期初稿（此文后来被王先谦采入《荀子集解》）。文章开头交代了礼部侍郎谢墉得卢文弨所校勘杨倞注本《荀子》，并与卢文弨往复商榷，驳正杨注若干条的事情。还提及司马迁、韩愈等人对荀、孟的看法，大致是孟、荀并提，并无明显轩轾。但在《潜研堂文集》本（以下简称《潜》本）《跋荀子》中，这些内容均被删去。大概是出于行文简洁的考虑，文章改后文法简洁，老练许多。两文还有一处明显的差异：《湖》本中提及"宋儒所訾议者，唯《性恶》一篇"，明确指出宋儒对《荀子·性恶》篇的批评。从跋文中可以看到，作为汉学家的钱大昕并不赞同宋儒的看法。在《潜》本中，这句话变成了"世所共訾謷之者，惟《性恶》一篇"，将"宋儒"换成了"世"。又《湖》本"宋儒言性虽主孟氏，然必分义理与气质而二之"，在《潜》本中改为"后之言性者，分义理之性与气质之性而二之"，将"宋儒"改成了"后之言性者"。由此可以看出，《湖》本《荀子跋》反映出钱大昕较明显的汉学家身份意识，直接批评的对象是宋儒。联系到程颢、程颐、朱熹均批评过荀子的"性恶"说，钱大昕早期文章可能就是针对以程、朱为代表的理学家而发；而在《潜》本《跋荀子》中，批评对象模糊了许多，删去了"宋儒"字样，语气也相对平缓，更为温柔敦厚。这表明钱大昕晚年编订文集时为了避免引起宋学家的非议，做了删改。

　　姚鼐《复蒋松如书》曾批评汉学家"然今世学者，乃思一切矫之，以专宗汉学为至，以攻驳程、朱为能，倡于一二专己好名之人，而相率而效者，因大为学术之害"①，对汉学家攻击宋儒的做法表示出不满。《湖》本钱大昕跋文保留了其早年跋《荀子》时对宋儒表现出明显不满的痕迹，但钱氏在晚年编订文集时，对行文语气与措辞均有调整。如果据《潜》本来看，只能看到一个温柔敦厚、平和谈论的钱大昕，而据《湖》本文字则可以看到具有明确汉学家身份意识的钱大昕，这种文字的修改对于我们了解钱大昕文集的前后面貌有助益。

---

　　① （清）姚鼐：《惜抱轩诗文集》文集卷六，第95～96页。

《湖海文传》卷五十一选钱大昕《赠儒林郎翰林院检讨彦杰曹公墓碣》一文，《潜研堂文集》中此文标题"碣"作"表"。二者最明显的差异在于《湖》本比《潜》本多近百字。例如，《潜》本王宜人"后君□岁卒"①，《湖》本作"后公二十岁卒"。《潜》本"孙男若干人。曾孙若干人"，《湖》本则一一记载："孙男六人：延龄、乔龄、锡龄、鹤龄、祝龄、保龄。曾孙十五人②：汝廉、汝淳、汝澜、汝涧、汝俭、汝淦、汝洵、汝勤、汝涵、汝清、汝直、汝藻、汝浩、汝淳。"《潜》本不载王宜人赠封号事，对于曹彦杰落葬也只是说"葬以某年月日"。《湖》本对此则清楚地记载道："王宜人赠安人。葬在本村之西原，以乾隆十八年岁次癸酉正月二十六日。"③《湖》本的记载相比《潜》本更详细而具体，对于了解墓主的家庭情况更加有用。又，墓志铭一类文字，对于墓主的后人多只记载每个儿子的名字，除非有名人物，孙辈、曾孙辈的具体情况一般省略不载，对于落葬的情况通常也不要求详细记述。《潜》本所收正是这种通例的文本。而《湖》本不仅写了墓主儿子的名字，而且一一罗列孙子、曾孙的名字，对于落葬的地点和时间也详细记载，这是比较少见的。许多墓志中有诸如"若干人""葬以某年月日"这样的句子，从前一般认为，作者可能对有关情况不甚了解，留下这些内容（如人数、姓名、地点、时间）让死者的亲人自己去填入。现在从钱大昕撰写的这篇墓碣可知，情况未必如此，也有可能作者将有关情况都写清楚了（古人一般根据死者亲人提供的行状写墓志，而其亲人向作者求文时一般也会讲清楚落葬的时间、地点，所以作者对于这些内容应当是了解的），然而在编文集时，可能觉得不必再保留某些内容，就将它们删去了。钱大昕以上这篇墓碣的不同文本，《潜》本是对《湖》本的修改，就足以说明这个问题，也可以帮助我们认识墓志铭的这一现象。

（三）王引之文章的异文

《湖海文传》卷二十二收《周秦名字解故序》，此文在罗振玉辑本《王文简公文集》（以下简称《文集》本）卷三题为《春秋名字解诂叙》，标题、

---

① 陈文和主编《嘉定钱大昕全集》第9册，第813页。
② 按，原文作"曾孙十五人"，实则正文所列只十四人。
③ （清）王昶辑《湖海文传》卷五十一，《续修四库全书》第1669册，第93~94页。

内容均有改动。以下分列两文以兹对比。

《湖海文传》本《周秦名字解故序》：

> 名字者，自昔相承之诂言也。其所用者，不越方俗之恒，而义相
> 比附，文相注释，三代诂训于是乎存。疏通而证明之，学者之事也。
> 夫诂训之要，在声音不在文字。声之相同相近者，义每不甚相远。故
> 名字相沿，不必皆其本字，其所假借，今韵复多异音。画字体以为说，
> 执今音以测义，斯于古训多所未达，不明其要故也。今之所说，多取
> 古音相近之字以为解，虽今亡其训，犹将罕譬而喻，触类而长焉。爰
> 考义类，定以五体。一曰同训，予字子我、常字子恒之属是也；二曰
> 对文，没字子明、宛字子恶之属是也；三曰连类，括字子容、侧字子
> 反之属是也；四曰指实，丹字子革、启字子间之属是也；五曰辨物，
> 针字子车、鳣字子鱼之属是也。因斯五体，测以六例：一曰通作，徒
> 字为都，偃字为仈之属是也；二曰互注，籍字子禽，兀字子籍之属是
> 也；三曰辨讹，虔字为黔，高字为克之属是也；四曰比例，得字子玉，
> 贻字子金之属是也；五曰合声，徐言为成然，疾言为旃之属是也；六
> 曰双声，结字子期［綦］，达字子姚之属是也。训诂列在上编，名物分
> 为下卷。众著者不为赘设之词，难晓者悉从阙疑之例。上稽典文，旁
> 及谣俗，亦欲以究声音之统贯，察训诂之会通云尔。至于解释不明，
> 援引鲜当，大雅宏达其有以教之矣。①

《王文简公文集》本《春秋名字解诂叙》：

> 名字者，自昔相承之诂言也。《白虎通》曰："闻名即知其字，闻
> 字即知其名。"盖名之与字，义相比附，故叔重《说文》屡引古人名、
> 字，发明古训，莫箸［著］于此。触类而引申之，学者之事也。夫诂
> 训之要，在声音不在文字。声之相同相近者，义每不甚相远，故名字
> 相沿，不必皆其本字，其所假借，今韵复多异音，画字体以为说，执

---

① 　（清）王昶辑《湖海文传》卷二十二，《续修四库全书》第 1668 册，第 596 页。

今音以测义，斯于古训多所未达，不明其要故也。今之所说，多取古音相近之字以为解，虽今亡其训，犹将军譬而喻，依声托义焉。爰考义类，定以五体。一曰同训，予字子我、常字子恒之属是也；二曰对文，没字子明、偃字子犯之属是也；三曰连类，括字子容、侧字子反之属是也；四曰指实，丹字子革、启字子闾之属是也；五曰辨物，针字子车、鳣字子鱼之属是也。因斯五体，测以六例：一曰通作，徒字为都，籍字为鹊之属是也；二曰辨讹，高字为克、狄字为秋之属是也；三曰合声，徐言为成然、疾言为旃之属是也；四曰转语，结字子綦、达字子姚之属是也；五曰发声，不狃为狃、不畏为畏之属是也；六曰并称，乙喜字乙、张侯字张之属是也。训诂列在上编，名物分为下卷。众箸［著］者不为赘设之词，难晓者悉从阙疑之例，上稽典文，旁及谣俗，亦欲以究声音之统贯，察训诂之会通云尔。至于解释不明，援引鲜当，大雅宏达其有以教之矣。①

此文是王引之继承其父王念孙实际也是上承戴震"因声求义"的训诂学理论而做出的归纳与总结。《湖》本"其所用者，不越方俗之恒，而义相比附，文相注释，三代诂训于是乎存。疏通而证明之"，《文集》本作"《白虎通》曰：'闻名即知其字，闻字即知其名。'盖名之与字，义相比附。故叔重《说文》屡引古人名、字，发明古训，莫箸［著］于此。触类而引申之"。定本引《白虎通》之文，举《说文》之例以佐证自己的观点，更符合汉学家的著述方式，体现出言必征实的特点。又其中"六例"，《湖》本顺序为通作、互注、辨讹、比例、合声、双声，而《文集》本顺序为通作、辨讹、合声、转语、发声、并称，顺序明显不同，且"六例"的名称有变化，所举的具体例子也有明显的不同，改动颇大。比如，《湖》本"三曰辨讹"条举"虔字为黔"之例，"虔"与"黔"音（"虔"字在上古属"元"部，音以 n 收尾；"黔"字在上古属"侵"部，音以 m 收尾，两字在上古属于不同韵部，读音相差较大）与形皆不相近，用作讹误的例子显然不妥，也与"因声求义"的主旨不符，因此《文集》本中例子改为

---

① （清）王引之：《王文简公文集》卷三，《续修四库全书》第 1490 册，第 384 页。

"狄字为秋"（两字形近），相对而言更符合因音形相近而讹误的情况。这表明王引之对此问题的思考在不断完善。这对我们研究王引之"因声求义"不断走向成熟的过程有较大的帮助。《春秋名字解诂》成书于王引之25岁时，《湖》本所收为初稿，时间或更早，均属于少作，可能后来王引之编订文集时对此文做了修改，故而初本与定本之间呈现出这样的差异。

（四）汪中文章的异文

《湖海文传》卷十收汪中《妇人无主问答》，篇后附有汪中自识："方苞侍郎家庙不为妇人作主，以为礼也，中谨据《礼》正之如此。夫生则共事宗庙，没乃不沾一食，葬而不祭，既馂其母，祭而不配，又鳏其父，于五刑莫大之罪，盖无所逃焉。其为不学，又不足言矣。"① 在汪氏文集的一些刻本如无锡孙氏藏本中，此自识作"方苞侍郎家庙不为妇人作主，以为礼也，中谨据《礼》正之如此"②，删去了后面讥贬方苞学问的文字。《湖海文传》所据应是初本，而《述学》刊刻时，当出于为前辈尊者讳的原因，删略识语中讥贬文字。方苞是具有理学背景的学者，以《礼》学著称，他主张家庙中"妇人无主"，偏于保守，汪中则据《礼》驳之。汪中好骂人，孙星衍《汪中传》云："中于诸君（按，指钱大昕等名流）为后进，皆辩难无所让。别自书当代名人姓字，品核高下，人愈嫉之，以为汪中善骂人。"③ 言及汪中的个性。凌廷堪《汪容甫墓志铭》引汪中自言："吾所骂皆非不知古今者，盖恶莠恐其乱苗也。若方苞、袁枚辈，岂屑屑骂之哉。"④ 钱大昕、汪中等均批评过方苞，由《湖海文传》本后面所附录的这段初稿文字，可以更清晰地了解汪中在写此文时对方苞《礼》学的不屑态度，对其年少时恃才傲物、博学狷介的性格也可以有更深入的体察。

此外，《湖海文传》所收汪中《自序》（此文当为骈文）与其文集刻本也存在文字差异。例如，《湖》本"余作配兴公，终伤覆水"⑤，无锡孙氏

① （清）王昶辑《湖海文传》卷十，《续修四库全书》第1668册，第490页。
② （清）汪中：《述学》内篇卷一，《清代诗文集汇编》第410册，第40页。
③ （清）孙星衍：《五松园文稿》卷一，《清代诗文集汇编》第436册，第185页。
④ （清）凌廷堪：《校礼堂文集》卷三十五，北京：中华书局，1998，第319页。
⑤ （清）王昶辑《湖海文传》卷七十五，《续修四库全书》第1669册，第291页。

藏本作："余受诈兴公，勃溪累岁，里烦言于乞火，家构衅于蒸犁，蹀躞东西，终成沟水。"① 又如，《明堂通释》篇"《说文》：'台，从土高省。'"②后，无锡孙氏藏本有 "《金縢》：'为三坛同墠。' 马融注：'墠，土堂。'"③一句，《湖》本无。《湖》本中所收《左氏春秋释疑》与其本集相校勘，也有文字差异，此不赘述。

（五）戴震一篇书信的异文

《湖海文传》所收戴震文章与其本集文字存在差异的问题，已经有学者进行了考察。这里只谈戴震一篇致王鸣盛书札的异文问题，近藤光男、陈鸿森、井上亘等学者对此均有论及，它反映出戴震与王鸣盛在治学理念上的差别，在一定程度上也可以视为吴派与皖派学术理念的区别。

戴震的文集（乾隆四十三年孔继涵刻微波榭本《东原文集》、乾隆五十七年段玉裁刻经韵楼本《戴东原集》）收《与王内翰论学书》，此文是与王鸣盛讨论古本《尚书·尧典》"光被四表"中"光"字与"横"字问题的书信。当时王鸣盛正在撰写《尚书后案》，故与戴震论及《尧典》。钱大昕、姚鼐、汪中等著名学者对此也有关注，汪中还专门引《毛诗·噫嘻》郑注"光被四表"指出戴震的疏漏④。他在《蛾术编》卷四"光被"条中节取了戴震信札中的内容予以辩驳。《蛾术编》所节录戴震书信，与《东原文集》所收《与王内翰凤喈书》（乙亥年秋）存在文字差异；王昶《湖海文传》卷四十也收入此信，题作《与王编修凤喈书》，与《与王内翰凤喈书》也有明显的文字差异。如《湖海文传》本"诂训之体远而近之，不几废近索远"，"如光不直云显，必曲云充"，"古字盖横桄通，六经中用横不用桄"，"《后汉书·冯异传》：永初六年，安帝诏有'横被四表、昭假上下'之语。班孟坚《西都赋》：'横被六合。'其宜有所自矣"等，⑤ 不见于微波榭本《东原文集》、经韵楼本《戴东原集》之《与王内翰凤喈书》。其

① （清）汪中：《述学》补遗，《清代诗文集汇编》第 410 册，第 72 页。
② （清）王昶辑《湖海文传》卷八，《续修四库全书》第 1668 册，第 471 页。
③ （清）汪中：《述学》内篇卷一，《清代诗文集汇编》第 410 册，第 35 页。
④ （清）汪中：《述学·别录》，《清代诗文集汇编》第 410 册，第 80 页。
⑤ （清）王昶辑《湖海文传》卷四十，《续修四库全书》第 1668 册，第 737 页。

中《后汉书·冯异传》与班固《西都赋》的例子大概因微波榭本《东原文集》的编订者认为这两个内容分别是钱大昕与姚鼐告知戴震，后文补记中戴震已经有按语说明，故删去。这也正好可以证明戴震此篇书信后来改动过，《湖海文传》本戴震文后附记"丁丑仲秋钱编修晓征更为余举一证曰"，而微波榭本《东原文集》、经韵楼本《戴东原集》作"丁丑仲秋钱太史晓征为余举一证曰"①，"编修"改为"太史"，无关紧要，但"更为"与"为"一字之差，体现出此种改动背后的心态。

《湖海文传》所选《与王编修凤喈书》当是戴震写给王鸣盛书信的早期面貌。上述钱大昕、姚鼐所举之例在《湖海文传》所录书信正文中已有记载，这两件事情发生在乾隆二十二年丁丑（1757）仲秋，属于追记（因《与王内翰凤喈书》作于乙亥年秋），因而有"更为余举一证曰"之言。戴震还在附记中提及族弟为其举《汉书·王莽传》及王子渊《圣主得贤臣颂》作为考证材料，此事在乾隆二十七年壬午（1762）。故揆之情理，戴震原信中应该没有钱、姚、戴（受堂）三人所举材料。《湖海文传》本也不是戴震信札的最早面貌，已经过戴震改订，微波榭本《东原文集》的编订者则做了进一步修改，将书札正文内钱大昕、姚鼐提供的材料删除，经韵楼本沿袭了微波榭本。

王鸣盛在《蛾术编》写到自己未收到戴震的书札，刻意淡化当时戴震与自己讨论的情况，这反映出其微妙的心态。二人围绕"光"与"横"的争论反映出他们在治学理念上的差异。② 戴震在信中说："余独谓病在后人不遍观尽识，轻疑前古，不知而作也"，"信古而愚，愈于不知而作，但宜推求，勿为拘守"，③ 实际上就是反对王鸣盛过度尊信汉儒。因语中颇带讥讽，故王鸣盛在《蛾术编》中讥讽戴震未见《毛诗·噫嘻》疏引郑注已作

---

① 《戴震全集》第5册，北京：清华大学出版社，1997，第2236页。
② 陈鸿森《考据的虚与实》提及日本学者近藤光男推测王鸣盛有意隐瞒了戴震早年写信给他讨论此问题的事实，王鸣盛实际上是据戴震原札节录内容，并非《东原文集》。详见陈鸿森《考据的虚与实》，《经学研究集刊》第2期，2007，第125～139页。关于王、戴的学术差异，还可参见〔日〕井上亘《"疑古"与"信古"：基于戴震〈与王内翰凤喈书〉》，《〈古史辨〉第一册出版八十周年国际学术检讨会论文集》，山东大学文史哲研究院，2006年10月。日文载于《人文科学》第13号，大东文化大学人文科学研究所，2008年3月。
③ （清）王昶辑《湖海文传》卷四十，《续修四库全书》第1668册，第737页。

"光"解（按，此与汪中举例同），未遍检《十三经注疏》而轻于立论，且轻于改经文，狂而几于妄。王鸣盛自负颇高，年轻时被戴震批评，晚年学成后又批评已经过世的戴震。陈垣《书〈十七史商榷〉第一条后》云："王西庄好骂人，昔贤每遭其轻薄，如谓刘向为西汉俗儒；谓李延寿学浅识陋，才短位卑；谓杜元凯剽窃，蔡九峰妄缪；又谓陈振孙为宋南渡后微末小儒，王应麟茫无定见。其于时贤如顾亭林、戴东原，亦力斥之。又谓朱竹垞学识不高，皆见其所著《蛾术篇》及《十七史商榷》。"① 其中批评戴震处，大概就是此一段公案。戴震此信作于乾隆二十年（1755）秋，若"信古而愚，愈于不知而作，但宜推求，勿为拘守"等是戴震当时所写，未经删改，则表明戴震当时并不认同吴派汉学治学方法。

（六）焦循文章的异文

《湖海文传》卷四十三收《上钱竹汀少詹问七政诸轮书》，此文在焦循《雕菰集》（以下简称《雕》本）中作《上钱辛楣少詹事论七政诸轮书》，《湖》本内容稍多于《雕》本。《湖》本"并作叙文，揄扬太过，不胜愧谢之至"②，《雕》本无"揄扬太过"，"作"字为"给"字③。《湖》本接下来为："所教正弟五十五图，细审乃循之误，当即于灯下改正，盖戴君用矢半，较捷于用加减，非梅君之说不可据也。循家于扬郡之北乡，孤陋无师学，拘执之见，得大儒不弃，进而教之，尤所感而自庆耳。"《雕》本中没有这段话。大概焦循晚年学问造诣日深，不便于将自己这样较为低级的错误继续保留在与钱大昕的书信中，故而做了删节。但通过《湖》本，我们可以知道钱大昕曾纠正了焦循《释弧》所绘第五十五图之误。又《湖》本"以有数处未能了然，尚未脱稿，敢以所疑就正有道"，《雕》本作"以有数条未能以旧说为信，请以就正有道"。这种改动实际上是焦循晚年学问精进后所为，大概早年时有不能"了然"之问题，因而"尚未脱稿"，则求

---

① 陈垣：《书〈十七史商榷〉第一条后》，天津《大公报·文史周刊》第 1 期，1946 年 10 月 16 日，又见于陈垣《历史文献学论文》，《陈垣全集》第 7 册，合肥：安徽大学出版社，2009，第 684 页。

② （清）王昶辑《湖海文传》卷四十三，《续修四库全书》第 1669 册，第 19 页。

③ （清）焦循：《雕菰集》卷十四，《清代诗文集汇编》第 472 册，第 154 页。

教于钱大昕；晚年编集时将其改为"未能以旧说为信"，删去了"尚未脱稿"，似乎他早年在此问题上是有见解的，只不过不敢确信。《湖》本中所记"尚未脱稿"，《雕》本中所记似已写成，从这种改动可以了解焦循晚年修订文集时的心态。而由《湖》本可以了解焦循早年在考证"七政诸轮"问题时得到过钱大昕的指点，以去疑惑，《雕》本有意淡化了这种痕迹。又《湖》本书信题目中的"问"字，在《雕》本中改为"论"字，前者显示出早年虔诚的问学请教，后者展现与钱大昕"论"学的姿态，一字之差，其意有别，这种改动也反映出焦循晚年编订文集时的微妙心理，值得玩味。此外，《湖》本书信末道："往往始见觉其易明，再三思之，荆棘顿起，惟望大儒指其迷而予之以大道，洁己以进，圣人所内，望明教之，幸甚。又赐教称李君锐推步之学甚精，循冬月回扬过吴时，当请见之，幸为道及鄙意。循叩头叩头。"①《雕》本作："梅、江之说有不能了然于心，惟明教之幸甚。"少了请钱大昕为之介绍，去苏州拜会钱大昕弟子李锐（尚之）的一段内容。后焦循有书信致李锐讨论推步之学（二人书信见李斗《扬州画舫录》卷五）。由上所述，可知《湖》本中的书信更接近原貌，信息更多，对于了解乾嘉著名学者的私人交往及其关系也有帮助。

《湖海文传》中所收焦循《复江艮庭处士书》与其《雕菰集》相校，也偶有异文，较重要者如《湖》本中"位宁、门臬、荣溜"，《雕》本作"位宁、荣溜、门臬"；《湖》本中"犹当依依在后也"，《雕》本作"犹当宸为负宸也"。《湖》本中"知为门之中，非枨闑之中也"，《雕》本作"知为门之中，非枨臬之间，枨与臬之间非正也"等。小注中有一句涉及江永的话，《湖》本作"路门之间为宁，此说似亦近迂"②，而《雕》本作"路门之间为宁，江氏慎修之说迂矣"③，加上了江永的名字。大概江声比较尊敬江永，焦循信的初稿中不便明指其名，且"似亦近迂"的表述相对委婉，以避免被认为妄议前辈。后来编订文集时，焦循已无此顾忌，故而直道江永之名。这种细微的差别，也可见时人讨论学术时的微妙心态，对于我们了解乾嘉学者的个人交游以及其学术关系乃至学术演进历程都有不可替代

---

① （清）王昶辑《湖海文传》卷四十三，《续修四库全书》第 1669 册，第 20 页。
② （清）王昶辑《湖海文传》卷四十三，《续修四库全书》第 1669 册，第 23 页。
③ （清）焦循：《雕菰集》卷十四，《清代诗文集汇编》第 472 册，第 150 页。

的价值。

综上所述，《湖海文传》中所收学者书信与相应学者文集之间的文字差异能反映出学人之间的微妙关系，对乾嘉学术研究也有较大的意义。此类问题，还有待研究者犀燃烛照，细细推敲。

因《湖海文传》是选本，所收个人文章不多，如入选文章最多的钱大昕也仅有38篇，占其全部文集的比例偏小，点校者往往未将其纳入校勘的备选版本，一些问题就因此被忽略了。比如，前揭章学诚的《言公》篇收入其名著《文史通义》，此书的整理版本已有不少，但均未注意到利用《湖海文传》进行校勘。又如，汪中《述学》一书篇幅不大，但影响巨大，今人已经整理出版《述学校笺》①，汇集了《述学》数种不同版本进行校笺，对不同版本的一些文字差异做了校勘，对研究者利用此书颇有帮助。如前文所引《湖海文传》所收汪中《妇人无主问答》篇后附有汪中自识，《述学校笺》整理者就据文选楼本、问礼堂本做了校注，指出此两本有而底本无的汪中批评方苞的一段文字。这对读者了解汪中的性格及此文的本来面貌无疑是有意义的。《湖海文传》收有汪中8篇文章，若研究者将《湖海文传》作为参校本，将其与底本的文字差异列出，或许对研究汪中会更有帮助。这样的例子还有很多，如卢文弨、袁枚、武亿、胡虔、阮元、法式善、孙星衍、姚鼐、洪亮吉等人的文章均存在此类情况，不一一罗列。

此外，前文已述《湖海文传》所选文章与诸家定本存在差异，有的可能是初稿与定稿的差异，具有辑佚和校勘价值，有的则是《湖海文传》的错误。以下举例谈谈《湖海文传》中存在的此类问题。

（1）篇名错误。比如，沈德潜《唐太宗贞观六年冬大有年》，"六年"误，查《归愚文钞》卷五作"四年"。钱大昕《赠儒林郎翰林院检讨彦杰曹公墓碣》，《潜研堂文集》"碣"作"表"；《处士陈先生墓表》，《潜研堂文集》作《布衣陈君墓碣》。有的文章后有铭，但《湖海文传》本题目中并无铭字，如阮元《重修会稽大禹陵庙碑》，姚今仪《金月崇化屯新建慰忠祠碑》，张远览《刘公祠碑》，张九钺《重修毕氏先茔飨堂碑》，于敏中《文渊阁大学士谥文定刘公墓碑》，袁枚《太子少傅工部尚书裘文达公神道

---

① （清）汪中撰，李金松校笺《述学校笺》，北京：中华书局，2014。

碑》《文华殿大学士太傅朱文端公神道碑》，汪中《通议大夫湖北提刑按察使司按察使兼管驿传冯君神道碑》，彭绍升《卓行碑》，刘纶《文渊阁大学士太保史文靖公墓碑》，汪由敦《光禄大夫礼部尚书吴文简公神道碑》等标题应加"铭"字。

值得注意的是，作为古文选本的《湖海文传》中也收了少量骈文，如汪中《自序》、阮元《重修会稽大禹陵庙碑》是当时颇为传诵的骈体文，王昶在采入时，并未仔细审核。

（2）作者错误。《湖海文传》卷七十一收罗有高《感应篇阴骘文跋》，此文内容实际是盛百二《书感应篇后》文的一部分（字句偶有差异），并非以独立篇目见于《尊闻居士集》。罗有高《尊闻居士集》卷一《书济阳张子立命说辩后》一文颇长，在申说了自己的观点后，他在文后附引了盛百二《书感应篇后》与《书阴骘文后》二文的内容（均见于《柚堂文存》卷三）。《湖海文传》收有盛百二 6 篇文章，王昶应该见过其《书感应篇后》与《书阴骘文后》，不至于出现文章系名错误。大概是后来的编辑者因粗心将罗有高文章中所附盛百二《书感应篇后》单独节选出来，当作罗有高的作品，王昶晚年目盲，无法亲自核检，故而致误。平步青《书〈尊闻居士集·书济阳张子立命说辨后〉后》云："标目已与集异，文首删去'允矣哉'三字，又删去'其《文昌阴骘文》叙曰'一段，则首句不可解，且《叙感应篇》全是秦川文字，不得嫁名台山，兰泉司寇何至贻谬如是？殆编次出门客手，未一审正也。"① 对这种编排错误的原因做了推测。《光禄大夫赠太子太傅文渊阁大学士文定刘公墓志铭》实际为陆锡熊代作（见《宝奎堂集》卷十二），梁诗正《钱录序》《西清古鉴跋》实际上是裴曰修代作（分别见《裴文达公文集》卷三、卷四），陈兆仑《光禄大夫吏部尚书协办大学士谥文恪刘公墓志铭》（见《紫竹山房诗文集》文集卷十六）实际是代史贻直作。《湖海文传》中并未指明这些文章真正的作者。古人捉刀之文收入文集时一般会注明代谁而作，而实际署名者有时也会将其收入自己的文集。惠栋、顾栋高就曾替卢见曾代笔，如卢见曾《山左诗钞序》

---

① （清）平步青：《樵隐昔癙》卷十五，《清代诗文集汇编》第 720 册，第 329 页。同参《群书斠识·湖海文传》，《香雪庵丛书》丙集，清光绪二年（1876）刻本。

实际上是顾栋高代作,卢氏只是略做改动。比如"见其诗之仿佛用以上继遗山、宗伯之遗绪"①,卢氏将"宗伯"改为"诸公"②。因为乾隆年间钱谦益名列"贰臣传",文集遭禁毁,卢见曾出于政治原因做了这样的处理。此类他人代作的文章,卢见曾大多收入了《雅雨堂文集》。洪亮吉、汪中等都替毕沅写过文章。例如,洪亮吉代写《释名序》(《卷施阁集》文甲集卷十)、《传经表序》(《更生斋集》文续集卷一)等;汪中代写《黄鹤楼记》(即《黄鹤楼铭并序》,《述学》外篇卷一)等。这种代写的文章收入捉刀者文集并说明是代写,在当时也是被大家接受的。一些达官贵人将捉刀者的文章收入自己的文集,当时人普遍也能接受。但从今天研究的角度出发,还是有必要将创作署名权归于代写者名下。

(3)字词舛误。《复社姓氏录序》"大率联敦盤之会"③,"盤"应是"槃"之讹,沿袭自《小岘山人文集》;卷四十一《与段若膺书》"有别不可通之韵"④,《潜研堂文集》卷三十三"别"字作"必"字⑤。

《湖海文传》约有近一半文章是据作者手稿采选,与诸家别集刻本的定稿及后世文章总集存在差异,有校勘价值。《湖海文传》选入的皆为与王昶同时代的乾嘉学者之文,一些文章的手稿对研究乾嘉学者学术变化等颇有价值。《湖海文传》还保留了乾嘉学者的一些佚作,具有辑佚价值。随着乾嘉学术、文学研究不断深入,《湖海文传》的文献价值将不断显现出来。

第二节 《湖海文传》与乾嘉汉学家古文的考据倾向

《湖海文传》所选之文多作于乾隆朝,是一部与乾嘉学术有着紧密关系的散文选本,也是一部相对能够真实地反映出乾嘉古文面貌的选本,其中所选文章以学术类文章及与学者生平相关的文章为主。这样的编选特点体现出乾嘉考据学在文章领域的影响,它对于我们了解乾嘉古文面貌有着较

---

① (清)顾栋高:《山左诗选叙二(代)》,《万卷楼文稿》第四本,中国国家图书馆藏稿本。
② (清)卢见曾:《雅雨堂文遗集》卷二,《清代诗文集汇编》第 268 册,第 52 页。
③ (清)王昶辑《湖海文传》卷二十七,《续修四库全书》第 1668 册,第 632 页。
④ (清)王昶辑《湖海文传》卷四十一,《续修四库全书》第 1668 册,第 751 页。
⑤ 陈文和主编《嘉定钱大昕全集》第 9 册,第 568 页。

大的意义。以下先来看其编选特点。

一　《湖海文传》的编选特点

乾嘉时期的古文创作主流是征实的考据类文章，刘师培曾概括此时期的古文创作倾向："及乾嘉之际，通儒辈出，多不复措意于文，由是文章日趋于朴拙，不复发于性情，然文章之征实，莫盛于此时。"[①] 刘氏从当时盛行的"纯文学"的角度出发而论，指出乾嘉文章的文学审美性相对较低，而学术性则大为增强的特点。这种面貌在《湖海文传》一书中便可看到。作为乾嘉汉学背景下的著名古文选本，其编选理念与乾嘉学术理念紧密相关。

（一）以学术类文章为主，兼及文学性

《湖海文传》的编纂体例与《湖海诗传》接近，选入与王昶有交往者的文章，注重以文存人。王昶在《湖海文传》凡例中指出，他本拟仿照吕祖谦《宋文鉴》之例，纂辑清嘉庆以前的古文，但因家塾所藏清初人别集不多，且已有钦定《皇清文颖》一书，故王昶退而求其次，仿《湖海诗传》之例，编为此书。这表明《湖海文传》既吸收了前代古文选本的体例，也有自身特色。乾嘉汉学重视经史考据，这种学风也影响到当时文章的创作。王昶是吴派汉学的重要代表，《湖海文传》的编选反映出汉学派重考据、征实的特点。

王昶多选乾嘉学者之文，使得此书有着明显的学术化、重经史考据的倾向。这从《湖海文传》凡例及选文比例就可以看出来。比如，赋、颂、讲义等文体选进御之作，以便学子学习。赠序与寿序、寺庙园亭的游记、哀祭文等文体，或"间为采录"，或"所收从略"，或"各取数篇，以备一格"，[②] 于经史考据无所发明，与甄选标准不符，均是聊以充数。与此相对，王昶对经史考据之文及阐述经史源流的序跋类文章则采入较多。例如，说经论史之文的体裁主要是论、辨、考、释、解、说，"皆学有本原，辞无

---

① 刘师培：《论近世文学之变迁》，载刘师培《中国中古文学史讲义》，南京：凤凰出版社，2011，第 255 页。
② （清）王昶辑《湖海文传》卷首，《续修四库全书》第 1668 册，第 381 页。

枝叶，正足资学者疏通而证明焉"① 的有根柢之作。此类文章凡 138 篇，若加上论学的 88 篇书信、99 篇经史文序（不含年谱序等）、11 篇经史"书后"，以及跋文中的经史（含金石类）部分，经史类选文超过 350 篇。这种编选策略体现出明显的以学术为主的倾向。

《湖海文传》选文以乾嘉学者之文为主，重视学术性。例如，选入的钱大昕、杭世骏等人的文章多是经史考据类及学者传纪类文章。其中，钱大昕与戴震、袁枚、姚鼐、洪亮吉、孙星衍、梁玉绳等人的论学书札，及其所撰各类经、史、子书的序跋等，均辨析透彻，呈现出浓烈的学术色彩。顾栋高、卢文弨、孙星衍、焦循、王引之、段玉裁、桂馥等人，基本上选其学术类文章。《湖海文传》所收墓志铭、墓表、传等文体的主人公大部分是乾嘉时期大学者、名臣，也有少量不为人熟知者。比如，江藩所撰《毛乾乾传》就是明末清初江西学者毛氏的传记，文中提及毛氏精推数之学，梅文鼎曾向其问业。此文未收入《炳烛室杂文》，赖《湖海文传》保存，有较高的价值。

这种倾向在"记"一类文体中也有所体现。王昶《湖海文传》所选记体文与唐宋古文传统中的记体文相比具有明显的学术化倾向。例如，吴省钦《重修成都府学大成殿记》中关于"礼殿"制度的考证云："古释奠有合无尸，故立学不尽有庙。庙之堂曰庙堂，《史记》'适鲁，登孔子庙堂'是已。礼殿不著于史，宋祁、董逌谓文翁作，欧阳修、席益、吕陶谓高朕作。而初平五年《殿柱记》有'修旧筑周公礼殿'及'烈火飞炎，独留文翁石室、庙门两观'之文，盖翁立学于先，文参增吏寺二百余间于其继，朕特起而修之。其制低屋方柱，柱上狭下广，初平《记》实刻其上，欧阳修以为石柱者，误也。"② 文中对礼殿的建造者及经过等进行考索，也论证了礼殿的形制，指出欧阳修之误，体现出明显的考据色彩。

又如，盛百二《任城书院学海楼释奠先贤任子记》中也有大量考证。此文先简要叙述姚立德等人于乾隆三十年（1765）建立任城书院，有在学海楼祭祀任不齐等事。鉴于任不齐生平不详，盛百二据《通志·氏族略》

---

① （清）王昶辑《湖海文传》卷首，《续修四库全书》第 1668 册，第 380 页。
② （清）王昶辑《湖海文传》卷三十四，《续修四库全书》第 1668 册，第 691 页。

关于任氏起源的三种说法，判断任不齐为任城之任氏，是风姓之后，并引史书及《任氏家谱》等进行考证。在考证任氏源流时，盛百二花费近 700字篇幅，体现出浓厚的据经史以祛疑惑的精神。盛氏依据《春秋》中女子称姓，男子不称姓的记载，推断任不齐是任国人，至唐代才被追封为"任城伯"。进而考证桃乡的位置及后人误会任子曾迁居当阳之原因：

> 按郑夹漈《姓氏略》，任氏有三宗……余则断以任子为任城之任，风姓之后无疑者。盖《春秋》二百四十年之间，惟女子称姓，男子无称姓者，昔人论之详矣。任子果为薛国之后，应为薛姓，不称任矣。且惟其为任国之任，是以唐追封曰任城伯，而宋之赐田庙户亦并在任城。又《谱》云任子居桃乡，卒于此。母南宫氏，亦葬于此。按两《汉书志》，桃乡亦曰桃聚，前汉为侯国，属泰山郡；后汉属任城。《庞萌传》：桃乡在任城北六十里，此其凿凿可据者。宋时因郑康成谓任子为楚人，改封当阳侯，后人遂附会任子曾徙当阳，而不知非也。盖春秋之末，越与鲁邻，及楚灭越，皆为楚地，故庄子居濮，陶朱居定陶，皆以为楚人。①

文中还据《春秋》指出后世传闻任子为"广平之任"导致的混乱，并考证薛定侯封仲子于桃乡说的错误。此类烦琐的考证约占据全文 4/5 的篇幅，类似于用"记"体来做考据，即"以考据为记"。这在讲究用语简洁、注重行文章法、强调起承转合的唐宋"记"体文中是比较少见的。它突出了文章的学术性，文学审美性方面则明显存在不足。

《湖海文传》注重实用性，选入的游记类文章很少，而且多征实、重考据。所谓征实，如游记中对于地理方位的表达必求精确。在唐宋散文中，游记多以写景的文学性见长，如《游褒禅山记》等，只是在文章末尾点出道理，文学性内容为多。王昶在《湖海文传》中选了朱筠《和州梅豪亭记并铭》。这本是一篇游记，但朱筠以较大的篇幅考证了宋代诗人杜默的生平行迹：

---

① （清）王昶辑《湖海文传》卷三十五，《续修四库全书》第 1668 册，第 697~698 页。

按石先生介集载《三豪诗送杜默归历阳》，乐史《太平寰宇记》：历阳县属和州，然则先生实和人，而厉鹗《宋诗纪事》以为濮州人，非也。先生字师雄，《宋史》无传，今州志亦不为立传，仅以石先生介、欧阳先生修赠先生归历阳二诗考之。二诗之作，当在仁宗康定元年庚辰。石先生诗序"本朝八十年"，按宋太祖以建隆元年庚申代周，至康定庚辰，八十一年矣。《欧阳先生年谱》：是春范文正公起为陕西经略、招讨安抚使，辟公掌书记，辞不就。六月，自权武成军节度判官召还，复充秘阁校勘。故欧阳先生赠诗云"杜子来访我"，又云"河北新点兵"也。按石先生亦以是时服除，召入国子监直讲。《墓志》：先生直讲岁余，荐拜太子中允，是庆历元年辛巳。又荐直集贤院。三年癸未，作《庆历圣德诗》。岁余，去太学，通判濮州。五年乙酉七月卒矣。然则康定庚辰，正石先生入太学岁也。盖先此一年，石先生或未直讲太学，而欧阳先生并未入京邑，故不得曰己卯，而断之曰庚辰也。欧阳先生诗云"来时上师堂，再拜辞先生"，石先生序云"师雄学于予"，辞归历阳诗云："师雄二十二"，然则康定庚辰，杜先生年二十有二也。是年二十有二，则先生之生当在真宗天禧三年己未。《杜氏家谱》：先生生于明道元年。按明道元年壬申至庚辰仅九岁，《谱》说非也。

《谱》又云"年六十三卒"。先生当卒于神宗元丰四年辛酉，《宋诗纪事》：先生"熙宁末特奏名，仕新淦尉"。按熙宁之末改元元丰，先生卒于元丰四年，是先生为尉，越四五年而卒也。按石先生卒于庆历五年乙酉，年四十有一，作序及诗之年实三十有六。欧阳先生卒于熙宁五年壬子，年六十有六，是年实三十有四。《宋史》石先生传：介卒，夏竦言介诈死，请发棺。诏下，提点刑狱吕居简曰："介死，必有亲族门生会葬及棺敛之人，苟召问无异，即令具军令状保之，亦足应诏。"于是众数百保介已死，乃免斫棺。是时杜先生必具军令状之一人也。没后二十一年，其家将葬石先生，子师讷与门人杜默、姜潜、徐遁等走告请铭于欧阳先生，其年英宗之治平二年乙巳也。欧阳先生五十有九，而杜先生四十有七，其思所以表彰其师，愈久而未之敢忘，

所谓生死不相背负者，可想已。又按先生以康定庚辰还历阳，越六年
庆历己酉，欧阳先生出知滁州，在滁者二年。滁与历阳密迩，绝不闻
先生过从赠答踪迹，意者是时先生方跋涉左右于其师之殡余谤焰，久
留京东、沈岱之间，以是无过滁之隙。然则具军令状保师死者，先生
盖身先焉而名不闻，至今七百年后，又信可考而知也。①

　　在"记"一类文体中插入大段的考证文字，无疑会影响文章的形式
美，让读者感觉琐碎拖沓，缺乏美感。这显示出乾嘉考据学兴盛时，考据
本身对传统古文创作产生的影响，既有内容上的，也有形式上的。从内容
上而言，乾嘉考据之文不再注重反复抽绎，铺陈其"理"，而是条列考证，
以说明事实。在形式上，大段的考据人文改变了传统古文的文章结构比
例，打破了唐宋八大家古文传统的起承转合的篇章布局、典雅洁净的语言
追求。②

　　再如，《湖海文传》选入的查礼《莎题上方二山游纪》中亦有大段考
证文字，如引《元史》以考"金玉局石匠提控"属于低微的官职，"又有
武安王庙，庙有元天历三年碑。……碑言：'金亡，庐舍荡尽，惟存此庙。'
末云：'金玉局石匠提控王伯林刊。'考《元史·百官志》：'中统二年，初
立金玉局，秩正五品。至元三年，改总管府，置总管一员，经历、提控案
牍各一员。'是提控亦官之微者"。③又如对"清宁"年号的考证："《东都
事略》于道宗初年失载清宁，至此又以咸雍为咸宁，误矣。《辽史》于
《太宗纪》大同元年，称建国大辽；于《圣宗纪》不载，称大契丹；于
《道宗纪》不载，复称大辽，颇为疏漏。此碑称大契丹清宁四年，益见
《东都事略》之有据。"④在游记中，查礼对所见碑文进行了详细的考证，
以证明碑文所记真实客观，可补《辽史》之缺漏，印证《东都事略》记载

---

① （清）王昶辑《湖海文传》卷三十七，《续修四库全书》第 1668 册，第 715~716 页。
② 笔者把汉学家以考据人文的这种做法看作一种"破体"。这可以视为乾嘉汉学家主动探索
　适合学术表达的文章形式，他们不太留意甚至有些抵触唐宋八大家古文中受时文影响的
　"起承转合"的刻意经营与文章布局的方式。在他们看来，完整地呈现出事情的真实过程
　与结果即文章较高的审美境界。这与讲究文法，传播"道"的桐城派文章是明显不同的。
③ （清）王昶辑《湖海文传》卷三十八，《续修四库全书》第 1668 册，第 722 页。
④ （清）王昶辑《湖海文传》卷三十八，第 723 页。

是否可靠。将其与谢振定的长篇游记《游上方山记》① 对读，可以更加明显地感受到两者的巨大差异。同样是游上方等山，谢氏文章写游览所见，重写景，对于残碑则以描述性的语句简短总结，并不做烦琐考据；查礼文章则重考据，对于所见碑文则结合史书予以详细考证。其他《湖海文传》所收游记中尚有此类考证，不一一列举。郭预衡曾指出清人游记一类文章"重考据，尚征实"② 是颇有见地的。诸如此类，均反映出《湖海文传》所收文章体现出明显的学问色彩，文章以学术性为主兼及文学性是《湖海文传》的重要特点。

在乾嘉之际，一些人既擅长考据，其古文亦享有盛名，即学者与古文家的统一。遇到此类情况，即使是以古文鸣世者，若其学术上有造诣，王昶也多选其经史考据之文，表3对《湖海文传》中较重要的古文家的选文情况进行了统计。

表3 《湖海文传》选入的著名古文家文章情况

单位：篇

作家	篇数	学术类	文学类	作家	篇数	学术类	文学类
钱大昕	38	18	20	袁枚	27	3	24
杭世骏	36	11	25	罗有高	5	2	2
沈彤	8	7	1	彭绍升	11	0	11
蒋恭棐	4	0	4	王芑孙	6	0	6
王太岳	6	0	6	鲁九皋	13	2	11
戴震	23	21	2	张远览	9	0	9
朱筠	13	1	12	秦瀛	8	0	8
姚鼐	8	5	3	汪中	8	6	2
鲁嗣光	2	2	0	阮元	14	12	2

注：有关人物的史论，一般不将其视为学术性文章，涉及经部中的具体篇目的考论性文章则视为学术性文章，此处史论、经史、子部、诗文集序也视为文学类文章。另外，需说明的是，《湖海文传》中收入署名为"罗有高"的文章5篇，《感应篇阴骘文跋》实际是节录盛百二《书感应篇后》文的一部分，因而不应将其视为罗有高文。

① （清）朱琦编《国朝古文汇钞初集》卷一百四十二，道光二十六年（1846）吴江沈氏世美堂刊本。
② 郭预衡编选《明清散文精选》，南京：江苏古籍出版社，1992，第276页。

　　其中，姚鼐是乾嘉之际享有盛名的古文家，以义理、考据、辞章为论文核心，真正构建了清代文学史上著名的桐城派。《湖海文传》选其文8篇，单从数量上看偏少，与其文坛地位不符。这与后来注重唐宋八大家古文传统尤其是桐城派古文的选家如姚椿《国朝文录》、陈兆麒《国朝古文所见集》、孙衣言《国朝古文正的》等大量选入姚鼐文章的做法不同。其中《管叔监殷说》《斯干说》《媒氏会男女说》《孔子闲居说》4篇"说"类文是解释经传的作品，《复谈孝廉书》是与钱大昕辩论"秦三十六郡"的书札，均是学术类文章。其文学性古文仅有《内阁学士张公墓志铭》《武义大夫贵州提标右营游击何君墓志铭》《书货殖传后》3篇。姚鼐经史研究在桐城古文家中属第一流，他说经兼采汉宋，著有《惜抱轩九经说》。《惜抱轩文集》中也有少量涉及考证的文章，如《郡县考》《汉庐江九江二郡沿革考》《项羽王九郡考》等是涉及史地沿革的考证类文章，但这并非姚鼐古文的主流。他的古文遵循唐宋八大家的传统，注重"文以载道"，不以考据见长。王昶选其学术类文章多于其文学类文章，注重学术性与文学性的结合。

　　姚鼐论文强调雅洁，以简短为主，尤其以碑传类文章负盛名，但王昶仅选其2篇墓志铭。其中《内阁学士张公墓志铭》的墓主张廷璐（1681—1764）为张廷玉（1672—1755）之弟，《湖海诗传》卷二选其诗；《武义大夫贵州提标右营游击何君墓志铭》的墓主何道深于乾隆三十二年（1767）随明瑞（？—1768）入滇征缅，王昶时在阿桂幕府，两人有交游。入选的2篇墓志铭的墓主皆与王昶相识，可见王昶在选文时也考虑了交游因素。

　　汪中是当时以经学与古文并享盛名的学者，其古文兼有六朝骈文特点，骈散兼用，颇受时人推崇。《湖海文传》选其文8篇，其中文学性文章只有《通议大夫湖北提刑按察使司按察使兼管驿传冯君神道碑》等2篇，其他皆是经史考据之文。在古文的文学性与学术性两者中，王昶的选择偏向于学术性。

　　王昶在选择学者学术性文章的同时，也会兼取文学性，① 并非一味排

---

① 学术性文章与文学性文章的界限较难清晰划分，笔者此处取这两个概念是鉴于《湖海文传》选文与传统的唐宋古文有区别。这里的"学术性"是指其与乾嘉学术紧密相关的部分，即乾嘉汉学家的考据之文反映出来的面貌；"文学性"则指以塑造人物形象、描绘事件、山川游记等描写性、抒情性语言为主的文章，如桐城派古文等。

斥。在以学术性文章为主的前提下，对于具体的作者，尤其是作者经史考据类文章很少或考据成就并不突出，王昶选入其文学性文章。比如，王昶选袁枚文 27 篇，其中真正的学术类文章大概只有《答金震方先生问律例书》《答滋圃中丞论推命书》《自撰古文凡例》3 篇，其他 24 篇均属于文学类（《高欢宇文泰论》《徐有功论》属于史论，亦符合唐宋古文的传统，此处将其视为文学类文章）。彭绍升、孙星衍等均曾批评过袁枚所撰行状、墓志类文章失实，王昶选入这些文章反映出他在一定程度上肯定了袁枚古文的艺术性。

朱筠是乾嘉间著名的古文家，《湖海文传》选其文 13 篇，其中《与贾云臣论史记书》论及《史记》之名的起源，可算作宽泛意义上的学术类文章。《和州梅豪亭记并铭》涉及考证诗人生平，有较强的考据性。其他入选者则多属于文学类文章。朱筠是知名学者，重视文字、音韵、训诂等与考证相关的基础之学，但其文集中考据类文章不多，经史考据成就并不突出。今检十六卷本《笥河文集》，其中除卷六《汉西岳华山庙碑跋尾》《书居摄坟坛二刻石后》《焦山无专鼎跋尾》等涉及以金石证史、考察文字变迁趋势等可算是考据之文外，其他皆属于传统的唐宋古文范畴。可以看出，王昶在编选《湖海文传》时应考虑了朱筠古文家的身份，选其文学性文章居多。

秦瀛在乾嘉间以古文知名，《湖海文传》选其文 8 篇，多是与表彰忠孝气节、治民理政等相关的文章。王昶老师辈的蒋恭棐、王太岳，友人辈的鲁九皋、彭绍升，学生辈的张远览、王芑孙等也以古文知名，《湖海文传》选择他们的文章是从文学性或有益教化等角度进行考量。此外，沈德潜并不以学术与古文见长，王昶选其文达 27 篇，可能有师生之情的因素，在入选的文章中，几乎没有严格意义上的学术性文章。因此，王昶《湖海文传》在选文时以他所交接的学者之文为主，着重选择与乾嘉汉学紧密相关的考证类文章，也兼顾文学性。对于古文成就较高，而经史考据造诣并不突出的古文家，王昶也会考虑甄选其文学性文章，以学者传记或有关经世致用、培植学风、忠孝节义等为主。

（二）选文广泛性与集中性

《湖海文传》选文范围比较广泛，有儒家经史考据类文章，有经筵讲义，也有《老子》《荀子》《墨子》《吕氏春秋》等诸子类的序跋文章，还有河道、海防、历算等方面的文章。从作者身份来看，既有汉学家、理学家，也有提倡儒释融合的学者如罗有高、彭绍升、王元启。例如，《湖海文传》卷四十五收入的王元启《与杨观察书》、陆耀《与王惺斋论佛教书》等是讨论佛教经典与儒家关系的书信。乾嘉时期汉学盛行，但也有学者提倡儒释兼济，如吴颖芳、罗有高、彭绍升、周永年、汪大绅等。围绕儒、释的关系，学者之间进行过争论。王元启精宋学，通佛学，主张调和儒释，《与杨观察书》即持类似的观点。陆耀是乾隆间程朱理学的代表，坚持儒学传统，总体上对佛教持排斥态度，其《与王惺斋论佛教书》即针对《与杨观察书》一信而发，认为佛教是窃取儒学词语概念。王昶通佛学，主张"外服儒风，内宗梵行"，将持不同意见的书信一并收入，体现出《湖海文传》选文包容性的一面。[1] 读者可由此一窥乾嘉时期儒、释两派之间的关系。又如，杂著类中收鲁九皋《性命》与《气质》、张镛《道术》等是关于理学的文章，王昶并未排斥。

从入选古文的风格来看，《湖海文传》也未拘泥于门户之见，既选入考据家杭世骏、钱大昕、程梦湘、孙星衍、洪亮吉等人的考据之文，也选入鲁九皋、秦瀛、张远览等取法唐宋接近桐城派古文面貌的文章，还有骈散并用，取法《文选》的汉魏六朝派文章，如汪中《自序》、阮元《重修会稽大禹陵庙碑》和《明堂论》、邵齐焘《宗人府主事孙君墓志铭》等。此外，《湖海文传》选入袁枚、彭绍升等具有自身特色的文章。可见在古文风貌的选择上，王昶是兼取的，并不狭隘。

《湖海文传》的编纂体例还体现出集中性。除了以文体为纲外，每类文体下的文章编排均较为集中。例如，探讨、争辩某类学术问题的文章被集中编辑在一起，其中尤以论学书札最能体现出这个特点。学者集中就某个

---

[1] 按，王昶编订王元启《祇平居士集》时，并未删去《与杨讱庵观察书》，且将其选入《湖海文传》，可见王昶是赞同王元启对佛教的看法的。

问题辩论与探讨，反映出其时的学术风气，也最有学术价值。卷四十二选钱大昕《答谈阶平书》《再与谈阶平书》，姚鼐《复谈孝廉书》、钱大昕《与姚姬传书》，就是围绕钱大昕《汉书考异》中"说秦三十六郡"一条的论辩。姚鼐曾认为："《史记》分郡在始皇二十六年，而略取南海诸郡乃在三十三年，不当列于三十六郡之数"，驳钱氏之说。但钱氏认为"三十六郡之分，本非一年中事"，且司马迁并未明言三十六郡，班固却有明指。"盖汉魏以前，未有别南海诸郡于三十六之外者，别之自裴骃始"，并认为裴骃的说法不如班固说法可信。① 钱、姚二人就此展开争论，在学界产生了反响，金榜、洪亮吉也加入讨论。② 大概姚鼐的辩驳意见最有代表性，故王昶将其书信收入《湖海文传》，以存当时一段公案。关于此问题的争论，姚鼐曾在《与陈硕士》中云："至其（指钱大昕）必欲以秦桂林四郡，置初立三十六郡之内，及不许庐江郡本在江南，窥其意似有坚执己见，不复求审事实之病。……鼐于莘楣先生处，已不更作复，聊与吾石士言之耳。"③ 尽管不再争辩，且论辩的双方均未说服对方接受自己的观点，但姚鼐数年后仍然提及此事，可见实际未能忘怀。这些争论反映出作为汉学家的钱大昕与带有理学色彩的姚鼐在治学理念上的差别。

（三）注重教化性、实用性

《湖海文传》选择的一部分文章具有教化性。比如"书事"类文体，邵志纯《书潘孝子》是表彰孝子的文章；张庚《书焦存儿事》，朱筠《书罗烈妇李事》《书烈妇景事》《少妇周纪事》，邵志纯《书王贞妇》，杭世骏《书赵氏老婢事》等是表彰节妇的文章。而吴省钦《重建潼川府学尊经阁记》、阮元《西湖诂经精舍记》、盛百二《任城书院学海楼释奠先贤任子记》等与书院教育相关，表明王昶颇注重文章的教化性。尤其是书院、学宫、先贤祠、义田、义庄一类"记"文，王昶是按照"学宫书院诸记，皆所以正人心、培学殖，而先贤祠、义田、义庄之作，尤足励名节而厚风俗"

---

① （清）王昶辑《湖海文传》卷四十二，《续修四库全书》第 1669 册，第 8 页。
② 陈文和主编《嘉定钱大昕全集》第 9 册，第 605~607 页。
③ （清）姚鼐：《惜抱轩尺牍》卷五，第 80~81 页。

的编选标准来选。① 而传统散文中流连风景、文学性较强的小品游记类文章王昶选得很少。这种编选理念与王昶"师儒"的身份相符，与他注重培植士类的主张一致，也与乾嘉间最高统治者强调儒家忠孝节烈等意识形态相关。

《湖海文传》中一些选文注重实用性。比如，陈黄中《边防议》《练兵议》《养兵议》是军事上关于练兵的文章，《京东水利议》《论导河疏三首并序》是关于水利河渠的文章，均有助于国防、农事；袁枚《答门生王礼圻问作令书》，乔光烈《上慧方伯书》，秦瀛《上抚军书》《答李石农书》等是关于吏治、治安的文章，可经世致用。《湖海文传》不仅选有戴震《在璇玑玉衡以齐七政解》，钱大昕《答大兴朱侍郎书》《与孙渊如书》《答孙渊如观察书》《与戴东原书》等解释儒家经典中天文历法的文章，也选有戴震《周髀北极璇玑四游解》等对《周髀算经》中的天文现象进行解释的文章，以及焦循《上钱竹汀少詹问七政诸轮书》《复李尚之言天文推步书》等是讨论天文推步之学的文章。有关星象、节候的推算解说与当时的农业关系颇大，选入此类文章体现出《湖海文传》注重实用性。《湖海文传》选文还比较重视涉及西方现代科学的文章，如凌廷堪《答孙符如同年书》是讨论"斜弧三角"（即三角函数）的文章。这些介绍或研习西方基础科学的文章能够体现出当时汉学家对西方科学的关注，表明他们并非一味埋头于经史考据，一些优秀的学者具有开放的眼光，也在围绕近代西方科技、基础科学相关问题进行探究，这在清代科技思想史上具有重要意义。选入这些科技性、实用性颇强的文章也体现出王昶的眼光。

值得一说的是，研究者大多认为乾嘉汉学家只专注于文字、音韵、训诂等领域，经世致用思想不足。从 20 世纪 80 年代起，已有王俊义、周积明、漆永祥、黄爱平、彭林、郭康松等学者对此提出过不同意见，注意到乾嘉学者也存在经世思想与事功之学。② 仅就王昶《湖海文传》选文来看，

---

① （清）王昶辑《湖海文传》卷首，《续修四库全书》第 1668 册，第 381 页。
② 参见黄爱平《百年来清代汉学思想性问题研究述评》，《清史研究》2007 年第 4 期。按，漆永祥在其《乾嘉考据学研究》的基础上，对乾嘉汉学家的经世思想做了进一步的研究与思考，具体可参阅漆永祥《乾嘉考据学新论》，《北京大学学报》（哲学社会科学版）2013 年第 3 期，第 104~111 页。

除经史考证文章外，也有前揭陈黄中等涉及边防、水利，戴震、焦循、凌廷堪等研究天文历法、数学的文章，尽管数量有限，依然体现出经世致用的思想。若将《湖海文传》与王昶所编《天下书院总志》《云南铜政全书》等与清朝教育制度、铜矿开采密切相关的著作结合起来看，更能见其中的经世思想。

二 《湖海文传》编选与乾嘉学术的关系

由前揭《湖海文传》的编选特点，可知此书与乾嘉主流学术思想存在紧密的关系。王昶集汉学家、乾嘉大儒、古文选家身份于一身，他的选文重征实，偏好考据，带有明显的学术色彩。《湖海文传》选文较多是学术类文章，能够较好地反映出时代的学术特点及当时古文在学术影响下的新面貌。

乾嘉时期考据学盛行，学者普遍以经史考证成果相竞，推崇实证的学风，反映在文章领域就是大家普遍倾向于写考据类文章。梁启超对此阶段的学术曾做出评价："家家许、郑，人人贾、马，东汉学烂然如日中天。"[①]指出东汉学术对乾嘉学者的影响。翻阅乾嘉学人的文集，可知当时创作的主流是征实的考据类文章，对学问的强调要超过审美与情感的表达。

王昶在乾嘉时期以古文知名，论文也重视唐宋传统，但为何在编纂选本时会挑选大量考据类、学术性文章呢？在王昶的创作与选本之间存在一定的距离。与同时期其他的古文选本不同，《湖海文传》并不拘泥于古文宗派意识，而是博采众长，选入了不同风格的古文，是一部能够反映出乾嘉学术风貌的古文选本。这主要表现在以下几个方面。

首先，《湖海文传》的编选与乾嘉汉学重考据的整体学风紧密相关。乾嘉汉学重视经史学问，强调实事求是，对儒家原典的理解常常以文字、音韵、训诂等小学为基础，通过考据对经史著作进行阐释。乾嘉文人的文集中有很多涉及儒家经典的序跋、书信等考证之文。这种在文章中花费大量笔墨进行考证的现象，与当时的学风、文人心态、价值取向等均有紧密关系。梁启超指出："乾、嘉间之考证学，几乎独占学界势力……所以稍微时

---

① 梁启超：《清代学术概论》，朱维铮校订，北京：中华书局，2011，第111页。

髦一点的阔官乃至富商大贾，都要'附庸风雅'，跟着这些大学者学几句考证的内行话。"① 此类风气也影响到一般的文学创作。在乾嘉汉学家看来，朴实精确的考证能体现出学问，可使文章流传后世。因此，乾嘉文人创作时有一种普遍的心理预期：学问是能否预流的标志，而考据是彰显学问的重要方法。在此观念熏染下，乾嘉学人创作了大量考、辨、释类文章，其他体裁的文章中也会融入大段的考证性文字。

在清代书院制度下成长起来的一批青年才俊，大部分是博学兼通的学者，他们的文章创作会不自觉地流露出经史学问。乾嘉汉学强调"实"，文学理论与创作也受其影响。汉学家认为文章应该平实精核，更多地关注文章的学问，对专门讲求文法的传统唐宋古文并不刻意强调。在唐宋八大家中，他们更欣赏能够将经学与文章合一的曾巩等人的文章。对经史考据的强调是乾嘉时期古文创作的一大特色，与唐、宋、元、明古文存在差异。汉学家认为考据之文言之有据，考证经籍的文章有功经学，能阐明圣人之道；考证史籍的文章有功于史学，能通古今之变，资于致用，这样的文章才是真正的文章。因此，考据成为乾嘉学术的主流，不仅一流的学者重视，普通的士子也以考证体现学问，成为一种风气。"乾隆以来，鸿生硕彦稍厌旧闻，别启涂轨，远搜汉儒之学，因有所谓考据之文。一字之音训，一物之制度，辨论动至数千言，曩所称义理之文淡远简朴者，或屏弃之，以为空疏不足道，此又习俗趋向之一变已。"② 在这样的学术风气下，学者在从事考据时，常常需要大篇幅引用儒家经典以及前人著述，以求实为主，思维方式上注重理性，感性与形象思维慢慢减少，其结果就是产生了大量考据之文。当它成为一种群体性选择，乾嘉古文家创作的散文就自然地打上了时代的烙印。《湖海文传》就是在说经考史文章大量出现的背景下出现的文章选本，反映出当时文章在学术影响下的真实面貌，有重要价值。

其次，《湖海文传》的编选与王昶汉学家的身份有关。吴派汉学是在惠栋、沈彤、顾栋高等人的推动下形成的，但真正将这种学术思想推广到全国的是王鸣盛、钱大昕、王昶等高中进士的汉学家，他们是在学界具有实

---

① 梁启超：《中国近三百年学术史》，第 25 页。
② （清）曾国藩：《曾文正公文集》卷四，《清代诗文集汇编》第 641 册，第 589～590 页。

际影响力的领袖，尤其是王昶晚年以高位引领文坛，对汉学的推广起到重要的作用。王昶治学以汉学为宗，尽管其《春融堂集》中考辨文章只有 9 篇，在其古文中所占比例不大，但所编《金石萃编》贯穿着以金石证经史的思想。如前所论，王昶的古文理论很注重经史的作用，他说"湛于经史以养其本"，注重古文需阐发经史以裨于世用。因此，《湖海文传》选文以乾嘉学者经史考证类文章为主，可以说是此时期代表性文章的集中展示。作为选本，它既有保存文献的作用，也明显呈现出当时文章领域的学术倾向。它以学者考据之文为主，兼顾文学性，与吴翌凤《国朝文征》、姚鼐《古文辞类纂》、朱琦《国朝古文汇抄》、李祖陶《国朝文录》、姚椿《国朝文录》等古文选本均有明显不同。《湖海文传》与朱琦《国朝经师文钞》等相近，是介于传统唐宋八大家古文与纯粹经学家说经之文（如《清经解》）之间的一种选本。乾嘉学者的文章实际是以韩、欧之笔阐发经史之蕴，王昶以选本的形式将这一种趋向反映出来，表明他作为选家具有独特的眼光。《湖海文传》的编选反映出王昶试图将经史考据与古文合一的理念。

《湖海文传》的编选真实反映出经史考据对传统古文产生影响的趋势。今天看来，《湖海文传》是较早有意识地选择乾嘉学者考据之文的选本，至少有三个方面的意义。一是《湖海文传》通过甄选乾嘉学者的古文，真实地反映出此时期考据学问对于传统古文写作的影响。乾嘉学者在创作古文时有一种普遍的趋势，就是尝试将古文与学术性（考据学问）结合起来。传统的唐宋古文尽管重视学问，强调以经史为根本，但相对而言更注重文以载道，注重文章的章法气脉，而乾嘉学者的考据之文平铺直叙，有损于古文的气脉。因此，以桐城派为代表的宗尚唐宋的古文家并未像乾嘉学者那样不厌其烦地将考据学问大量注入古文，几乎每一种文体中均有考据的影子。《湖海文传》以学术性为主的选文倾向与乾嘉学术主流面貌一致，与当时文章创作的整体面貌总体相符，这对于我们了解乾嘉学者之文的特色、古文在乾嘉时期的总体面貌等均有帮助。二是《湖海文传》注重经史考据类文章，对后来文章选本重视说经之文也产生了影响。《湖海文传》对诸如朱琦《国朝诂经文钞》（未刊）、阮元《清经解》等专门收经学家考据疏解之文的总集、选本起到了导夫先路的作用。《湖海文传》的选文倾向与专注章法气脉、注重阐发古文道统的选本存在差别，真实地反映出乾嘉时期文坛创作重视考据的现实。三是《湖海文传》选择的古文以学术类文章为主，也兼顾文学性文章，实现了古文文学性与学术性的结合。乾嘉汉学家用韩、欧之笔阐发经史的文章实际是将散文史上的秦汉派、唐宋派散文有机融合到一起，试图消除两派隔阂。《湖海文传》既关注经史考据等学术性文章，也注重实用性文章，对不同派别与风格等文章均有甄选，总体上呈现出一种博通的特点。通过《湖海文传》这一选本可以发现乾嘉之古文有别于秦汉与唐宋文章的新面貌——兼容并包、集其大成。

《湖海文传》是以乾嘉汉学家为主体的学者文章的一次结集，也是代表乾嘉古文主流的选本，能够反映出乾嘉学者型古文面貌。刘奕曾将其与姚鼐《古文辞类纂》对比，认为它是与桐城古文家文选相对的经学家的文选。① 这种看法大体是正确的，但不全面。《湖海文传》的选文比较广泛，有的作者是文人，有的是史学家，有的是经学家，或者二者兼备，并不限于只选经学家文章。有的作者并不以经史考据见长，比如沈德潜、袁枚等人。即使其中较重要的学者型作者，如选文最多的钱大昕、杭世骏等人本质上是史学家，均以史学成就享誉后世，经学成就并非最突出。因此，"经学家的文选"尚不能完全包含《湖海文传》的选文，将《湖海文传》定义为以乾嘉学者的学术性文章为主的古文选本或许更贴切。

三　《湖海文传》与桐城派古文的差异

谈到清代的古文，不能回避桐城派古文。自乾隆间姚鼐树帜建派，桐城古文学派就受到学界的密切关注。民国间刘声木《桐城文学渊源撰述考》试图建立覆盖全国的桐城派古文传承脉络，几乎将清代较重要的古文家全部纳入桐城派体系。但这种囊括式的追认并不能完全真实地反映出清代古文发展的脉络。仔细梳理乾嘉时期古文的发展面貌，可以发现桐城古文派实际是在对汉学家古文创作的反驳中逐渐形成与壮大的，它并非一开始就

---

① 刘奕：《乾嘉汉学家古文观念与实践之探析——义法说的反动与"说经之文"的提出》，载曹虹、蒋寅、张宏生主编《清代文学研究集刊》第1辑，北京：人民文学出版社，2008，第286~342页。

是乾嘉文章学领域的主流。

乾嘉时期的古文创作取向广博，呈现出多样化格局。有乾隆初年的学韩愈艰涩文风的胡天游，有乾隆中期后学诸子及韩愈之文的朱仕琇，有自成一派的袁枚，有取法六朝《文选》一派的汪中、阮元等，也有坚守唐宋八大家古文传统的桐城派文人。但提到乾嘉时期古文领域的主流，恐怕还得以汉学家群体的学者型古文为代表。其特点是追求实证，以考据入文，不刻意划分秦汉、唐宋畛域，而是综合博大，形成了学者之文的特色。在方苞过世后直到姚鼐正式建立桐城派的一段时间内，这种学者之文实际上把持着乾嘉文坛主流。

胡天游、朱仕琇等人的古文创作取向相对方苞的古文而言都有突破，曾产生过短暂的影响，但乾嘉年间真正有影响的由姚鼐创立的桐城派主要就是在与汉学家竞争中逐渐壮大的，并在嘉道间逐渐占据文坛主流。若要探讨乾嘉时期的古文，汉学家古文群体与桐城派古文群体是把握这个时代古文面貌的关键。《湖海文传》可以视为汉学家学者型古文的代表，而《古文辞类纂》可以看作桐城派古文的范本。尽管二者选文的目的、体例、范围等都有区别，《湖海文传》选当代文，以交游者为主，重在存一代文献，《古文辞类纂》多选前代文，以阐明古文道统源流、文章正脉为主，门派意识强烈，但因两家选本面世时间相近，选文区别颇大，因此人多将二者并提。《国朝文汇例言》云：“国朝古文选本最伙，如《湖海文传》之类但存交契，如《古文辞类纂》则又拘于宗派，论者病之。”① 大体上指出了《湖海文传》选文在于存交游，《古文辞类纂》在于树宗派。实际上，两书与乾嘉古文的演进关系紧密。将二者加以对比，可从中略窥汉学家之文与桐城派古文的区别。

首先，可以从两书的编选凡例看出差别。这方面已经有刘奕等学者做了分析，以下简要述之。《湖海文传》选文有明显的学术化倾向，因此对于考、辨、论、序、跋等文体多选择学术性文章，多近汉代学者文章风貌；《古文辞类纂》则是以传统的唐宋古文为主，多注重文章的“道”与文学性的结合，文章风貌总体上以平易浅显，简洁为主，接近理学风貌。其次，

---

① （清）沈粹芬：《清文汇》，北京：北京出版社，1996，第1页。

两书的编选目的存在差异。《湖海文传》成书于嘉庆十年（1805）四月（刊刻则在道光间），是乾嘉汉学鼎盛时期的文章选本，与乾嘉汉学重考据的风气紧密相关，其选文以反映乾嘉学术风貌为主要目标，因而带有明显的学术化倾向。《古文辞类纂》一书编于乾隆四十四年（1779）七月，出版时间则早于《湖海文传》。[①] 姚鼐对收入篇目不断增删，主要是以唐宋古文传统"载道"、反映文章流变之极致的标准来选文，也有重新振兴唐宋古文传统以与汉学家所提倡的考据之文相抗衡的考量。

如前所述，以大段考据入文，实际上是一种打破传统唐宋古文写作范式的"破体"行为，这是乾嘉汉学家尝试的一种适合乾嘉汉学著述的表现方式，因其明显有别于传统的唐宋八大家古文，受到了以道统、文统自任的古文家的反对。因《湖海文传》所收多为学者考据之文，有着明显的学术化倾向，凡是以传统唐宋八大家古文立场来审视此书者，对其评价皆不高。胡玉缙《〈湖海文传〉书后》为其做了辩护："昶意主考证掌故，所采大率义据闳深，事实详核，而掉弄词锋之作，在所必屏，与古文家之必立间架、必分流派者不同，而论者往往弗喜。朱一新《无邪堂答问》直以为不佳，谭献《复堂日记》亦云'文多可传，不尽可读'，不知此非选本，不过借以存故旧之文。其时考据之学正盛，如日中天，故所录皆炳炳琅琅，并以见国家之气运，阮元推为有明三百年来所无，此盖提倡实学者之言，实未足为论古文者之标准，而议者必欲以古文派相责难，则于知人论世之识，抑何缺如也。"[②] 道出了王昶《湖海文传》并非以唐宋八大家的古文传统为标准选文，而是选择对于经史考据有所发明、具有实用性的文章。

实际上，王昶选文接近于吕祖谦《宋文鉴》、苏天爵《元文类》的做法，多释经史、裨实用之文，以存一时文章的真实风气与面貌。姚鼐选文的要求颇高，他曾在《与陈硕士》中评价姚椿的《国朝文录》云："闻松

---

① 《古文辞类纂》初本刻于嘉庆二十五年（1820），要早于《湖海文传》。但姚鼐身前曾向姚椿询问有没有《湖海文传》的抄本。《与姚春木》云："闻王述庵有《湖海文传》，想未刻，足下见其钞本不？其文集当已刻。吾昔为作序寄之，然竟未得其刻本，幸觅一部见寄。"（清）姚鼐：《惜抱轩尺牍》补编卷一，第 65 页。后姚椿曾将《春融堂集》刻本相寄，《湖海文传》姚鼐是否获见，则未见记载。但这表明姚鼐是关注过《湖海文传》的，这为二者的对比也提供了意义。

② 胡玉缙：《续四库提要三种》，第 773 页。

江姚春木选《国朝文》，然此不过如唐《粹》、宋《鉴》之类，备一朝之人才典章，不可以为论文之极致。"① 姚椿的《国朝文录》在存掌故等方面借鉴了王昶《湖海文传》的做法，姚鼐对姚椿《国朝文录》的评价，从侧面也可以反映出他对《湖海文传》的态度。

这种编选理念上的差异，实际上也与王昶、姚鼐的古文观存在差异有关，尤其是在对待考据的态度上。关于这一点，可以先从姚鼐应邀为王昶《述庵文钞》撰写的一篇序言谈起：

> 鼐尝论学问之事，有三端焉：曰义理也，考证也，文章也。是三者苟善用之，则皆足以相济；苟不善用之，则或至于相害。今夫博学强识而善言德行者，固文之贵也；寡闻而浅识者，固文之陋也。然而世有言义理之过者，其辞芜杂俚近，如语录而不文；为考证之过者，至繁碎缴绕，而语不可了当，以为文之至美，而反以为病者何哉？其故由于自喜之太过，而智昧于所当择也。夫天之生才虽美，不能无偏，故以能兼长者为贵，而兼之中又有害焉。岂非能尽其天之所与之量，而不以才自蔽者之难得与？②

王昶生前曾将《述庵文钞》寄至南京请姚鼐校订，并请撰序。然而《春融堂集》刻本并未采用姚序，姚鼐对此流露出不满的情绪。《与姚春木》云："《春融堂集》得观极荷。鼐昔作《述庵文序》，今其集中乃不载，岂述庵以序内称誉之犹不至而不录邪？抑其后人择取而遗之邪？此不可解也。"③ 对于王昶不用姚序，王达敏认为有三方面原因，"一是学贵专精，是汉学诸家普遍奉持的信念。王昶作为汉学名流，不以三者兼收为妥；二是王昶对姚鼐表彰自己之文做到了三者兼收不敢承受；三是姚序提出三者兼收说，有意与从戴震到孙星衍等汉学家争衡，令王昶不安不快"。④ 对此，蔡锦芳做了不同的解释，尤其是辩明"学贵专精"与古文的关系，认

---

① （清）姚鼐：《姚惜抱尺牍》，第 71 页。
② （清）姚鼐：《惜抱轩诗文集》文集卷四，第 61 页。
③ （清）姚鼐：《惜抱轩尺牍》补编卷一，第 166 页。
④ 王达敏：《姚鼐与乾嘉学派》，北京：学苑出版社，2007，第 177 页。

为王昶的古文取向颇广。① 在两位学者观点的基础上，笔者对王昶不用姚序的原因聊做补充。首先，姚序对考据之文过于烦琐的缺点进行了批评，即"为考证之过者，至繁碎缴绕，而语不可了当"，这确实是汉学家文章的不足。而王昶晚年编《湖海文传》，中间采入大量考据之文，可见王昶的古文观与姚鼐存在差别，姚鼐所论，王昶并不能接受。其次，姚鼐论考证之过度，有"自喜之太过"等语，批评汉学家，可能还涉及钱大昕、戴震等人，王昶及其后人不便在文集中收入姚序。

姚鼐在序中将学问分为义理、考证、辞章三种，实际上可以看作对戴震"或事于义理，或事于制数，或事于文章"② 与王鸣盛"有义理之学，有考据之学，有经济之学，有词章之学"③ 之论的改造。在戴震看来，汉儒文章得制数而失义理，宋儒文章得义理而失制数，均偏于一途，未能兼得。王鸣盛认为四者皆天下之所不可少，亦不能兼备。姚鼐则力图将其统一，将义理与考据结合起来，使文章有适度的考据，以便更好地阐发义理，即"考据有助于文"。在汉学大兴的乾嘉时期，汉学家惠栋、孙星衍、凌廷堪、章学诚等与袁枚曾就考据之文与文人之文进行过激烈的辩论。袁枚认为，"古文之道形而上，纯以神行，虽多读书，不得妄有撢拾"，"考据之学形而下，专引载籍，非博不详，非杂不备，辞达而已，无所为文，更无所为古也"。他还认为古文与考据如同水火不能相容。考据家之文往往"非序事噂沓，即用笔平衍，于剪裁、提挈、烹炼、顿挫诸法，大都懵然"，不注重叙事的笔法、篇章的布局与剪裁等。④ 在袁枚看来，这正是考据损害文思的表现。同样，袁枚见孙星衍后期作品才华不如早年，将其原因归为考据，故写信劝孙星衍放弃考据。⑤ 在对古文的看法上，姚鼐比较接近袁枚，他一开始也是反对考据家之文的。

汉学家不满于桐城派古文的空疏与机轴气，反对他们过于追求文章的

---

① 蔡锦芳：《清代学人王昶诗文述论》，第 166 页。
② （清）戴震：《与方希原书》，《东原文集》卷九，第 247 页。
③ 陈文和主编《嘉定王鸣盛全集》第 10 册，第 300 页。
④ 王英志编纂校点《袁枚全集新编》，第 593~594 页。
⑤ 参见漆永祥《乾嘉考据学研究》，北京：中国社会科学出版社，1998，第 221~230 页；王达敏《姚鼐与乾嘉学派》，第 164~169 页。另，日本学者近藤光男《清朝考证学的研究》（研文出版，1987）等书亦有涉及。

波澜意度，谈道而实际无学问；同时也反对文人之文的掉弄机锋，无学问根柢。汉学家强调文章要实，考据就是重要的征实方式。这种主张在当时盛极一时，为绝大多数乾嘉学者所坚持。袁枚等人坚持以唐宋八大家古文注重文法的主张来批判汉学家群体，但实际收效甚微。他想要劝说的孙星衍、洪亮吉等人均在时趋中跟随大流，写作均以汉学家考证之文为本，不屑于学习唐宋八大家之文。在这种形势下，面对强大的汉学家群体，姚鼐想要表彰桐城派古文无疑将面临巨大的困难。他在袁枚过世后继续与汉学家论争，试图建构桐城文派，恢复唐宋八大家以来的古文传统，受到了来自汉学家的巨大压力。他在坚持提倡桐城派古文的同时，对考据的态度也慢慢改变，对简洁的考据有所采纳。

如前所述，占据乾嘉文坛统治地位的是汉学家的考据之文，姚鼐虽然在乾隆后期有意识地构建桐城文派，但并未打破汉学家古文如日中天的局面。直到嘉庆后期，特别是道光年间，姚鼐的古文理论主张才由其弟子传播开，并形成巨大影响力。《古文辞类纂》的编订及出版均早于《湖海文传》，但姚鼐曾写信给姚椿索要《湖海文传》，颇关注此书的编选情况。这两部书或者说乾嘉汉学家古文与桐城派古文之间在嘉道年间存在一种潜在的"对话"关系。这与清代中后期文坛的走向密切相关。

《古文辞类纂》出版后，桐城派的古文理论迅速传播开，并在嘉道以降形成了巨大的势力，对汉学家古文造成了明显的冲击。道光十九年（1839），王昶的后人及友朋决定集资出版《湖海文传》，虽未明确表示与桐城派争夺文坛话语权的意图，但应有呈现乾嘉汉学家考证之文的意愿。然而历史往往出人意料，道光年间清政府面临内忧外患，以考证为主的学风开始受到有识之士批评，经世致用的思潮逐渐上升为主流。在此背景下，桐城派古文更受统治者及广大知识阶层的欢迎。注重义理与经世致用的桐城派古文逐步取代了注重实证考据的汉学家之文，并成为清代后期占统治地位的古文流派。其中既有社会现实变化的影响，也有文学自身发展的因素。桐城派古文在与汉学家古文竞争的过程中，吸收了简洁的考据，反映出清代中后期古文领域的演进轨迹。

第三节　《湖海文传》与清代中后期古文理论之建构

上文考察了《湖海文传》与桐城派古文的异同及其相互关系，其中有几个重要的问题值得思考：《湖海文传》重视考据之文的编选倾向对于清代中后期古文的演进是否存在影响？如果存在影响的话，那么它对于清代古文理论建构又有何意义？

清初文人曾经在继承明代唐宋派理论的基础上对唐宋古文典型进行了重构，并倡导根本经术、自成一家的创作途径，使清初古文逐步走向醇雅。[①] 物有两面，清初文人为避免文章空疏浅薄的弊病，特别注重文章的经术，古文领域也逐渐出现了强调经史考据的倾向。特别是到了清中期，随着考据学兴起，这种现象更为明显，乾嘉文人更加推崇考据入文。目前，有关考据学与清代古文理论（尤其是桐城派古文理论）建构之关系的讨论似乎还不够深入。实际上，推崇考据学风的《湖海文传》对清代古文的创作、理论及批评均产生过影响，尤其对清代学者型古文模式的确立、桐城派文论的建构与完善等方面有重要意义。以下就此展开梳理，揭示其意义。

首先，《湖海文传》推崇考据文章对于确立清代学者型古文模式具有重要意义。清代学者尤其是乾嘉学人在著述中普遍重视学问，这使得他们的文章呈现出浓厚的学者化气息。汉学家注重学问、强调考据的文章偏于晦涩、繁缛，确实与唐宋古文平淡浅易的风格不同，更接近沉博深奥的汉代注疏体，这在《湖海文传》的考、辨、释类文章中就体现得较为明显。考据是清代学者型古文的重要组成部分，它与以注疏、训诂为核心的说经之文并列于乾嘉文坛，标志着一种能代表清代学者之文特色、与当时学术风气紧密相关的文章范式的形成。笔者认为，以考据为核心、以学问为特色的清代学者型古文，与宋代文人以议论为文的做法相似，都是破体为文的尝试，这是乾嘉学者群体在唐宋古文的传统范式下探索新的写作模式，《湖海文传》所选文章就呈现出这个倾向。乾嘉汉学家的古文创作虽存在不足与弊病，但毕竟是在经历了秦汉派与唐宋派长久争论后，清代文人在古文

---

① 　郭英德：《唐宋古文典型在清初的重构》，《中国社会科学》2021 年第 5 期。

领域迈出的尝试步伐。乾嘉汉学家古文的出现有利于古文领域挣脱秦汉、唐宋两派之争的束缚，形成具有清代学者之文特色的美学范式，使文坛具有多元化走向的可能性。从这个意义上看，王昶敏锐地注意到受乾嘉学风影响的以考据入古文现象，并将这种倾向以文章选本的方式呈现出来，对于清代学者型古文的确立以及清代古文审美风貌的建构均有意义。

其次，《湖海文传》推重的考据学风对清代桐城派古文理论的建构具有重要意义。姚鼐的古文理论继承了唐宋古文经世致用的精神，相对而言比《湖海文传》推崇的汉学家古文更具有社会现实性。虽然他批评以考据为文现象，但在考据学如日中天的背景下，他有限度地接受了"考据"，将其纳入桐城派古文理论，与义理、辞章并提。姚鼐认同简洁的考据有助于文章，是对汉学派推重考据的一种选择性认可。出生于乾隆中期，主要活跃在嘉庆、道光文坛的陈用光是姚鼐古文理论的重要传人。他在发挥姚鼐观点时指出："今之为汉学者破碎穿凿，令人不乐观，虽仆亦以为然，足下议之当矣。顾舍是而使人得以空疏诮我徒以机轴气体为古文辞，虽明之茅鹿门，今之朱梅崖，皆深有所得于古文者，而不免病是也。故用光奉姬传先生考证之说，而愿与足下讲习者，意在此也。"① 这表明姚鼐并不排斥简洁的考据入古文，所谓义理、考证、辞章三位一体，可证明桐城派古文家对考据的采纳。并且这种对简洁的考据入文以有助于文章的看法在姚鼐的弟子辈中得到了很好的继承。在他们看来，如果文章徒有机轴气体，而缺乏真学问，呈现出空疏的缺点，恰恰是没有在文章中处理好考据的缘故。这在某种程度上可视为对清初以来重构唐宋古文典型的一种反思与完善，即反对片面在文章中融入烦琐的考证以体现学问，但又接受简洁有力的考证以避免文章的空疏浅陋与主体性缺失，并注重文章的道德涵养与经世致用。

姚鼐本人的创作中也有简洁的考证。除《汉庐江九江二郡沿革考》《书夫子庙堂碑后》等考据文外，在一些游记中他也有对简洁考证的借用。比如，《登泰山记》中就有"中谷绕泰安城下，郦道元所谓环水也"，"东谷者，古谓之天门溪水"，② 化用郦道元《水经注》确指中谷即环水，并考

---

① （清）陈用光：《答宾之书》，《太乙舟文集》卷五，《续修四库全书》第 1493 册，第 337 页。

② （清）姚鼐：《惜抱轩诗文集》文集卷十四，第 220、221 页。

证东谷即古代的天门溪水，这就是简洁的考证。姚鼐认为古文应有考证，只不过需以简洁的方式来写，以散文化的语言来表达，而非长篇累牍、引经据典的繁缛考证，这样才不至于使读者读之味同嚼蜡。这种主张在桐城派中得到了较好的传承，可在姚鼐门人后学的记载中得到验证。陈用光《复宾之书》云："无学则无以辅其气，定其识，世人以古文学者多空疏，职是故也。且能以考证入文，其文乃益古。吾师尝语用光云：太史公《周本纪》赞'所谓"周公葬我毕"，毕在镐东南杜中'，此史公之考证也。其气体何其高古，何尝如今人繁称博引，刺刺不休，令人望而生厌乎？史公此等境诣，吾师文中时时有之，此固非百诗、竹垞之所能知也。然则以考证佐义理，义理乃益可据；以考证入词章，词章乃益茂美。"[1] 信中陈用光谈到简洁的考据之于义理、词章的重要性，即义理精确可靠、词章更加丰茂优美。他同时强调了这种行文之法是阎若璩、朱彝尊等考据家所不能知晓的，借以批评以烦琐考据入文的汉学家。这实际也是姚鼐对考据的态度，它反映出桐城派古文家在面对汉学家考据文之挤压时做出的适度改变，是有条件的接受与调整。

　　当然，姚鼐的调整或许是期待汉学家认同他的古文理论。有学者指出姚鼐之所以兼重考据，有来自学界考据学风的压力，也是试图弥补方苞"义法"说的不足。[2] 乾嘉时期汉学家势力强大，姚鼐在与汉学派抗争的过程中势单力薄，为了获得更多认可，扩大桐城派影响，他有条件地认同了考据入文的做法，不失为一种积极有效的策略。类似的策略，姚鼐不止一次使用过，如有意模糊"古文辞"的混成意趣以获得骈文家的好感。[3] 姚鼐认为历史上杰出的古文作品中也存在精确简洁的考证，如司马迁《史记》等名作中即常有考证，值得吸纳入桐城古文创作范例。有条件地接纳简洁的考据入古文，体现出姚鼐试图构建集大成古文理论的意愿。这大概与他晚年在坚持宋学的基础上，部分接受汉学，持汉宋兼采的学术理念相关，也与姚鼐试图纠正清初以来重构唐宋古文典型的不足有关。陈用光继承了

①　（清）陈用光：《复宾之书》，《太乙舟文集》卷五，《续修四库全书》第 1493 册，第 336~337 页。

②　陈居渊：《清代朴学与中国文学》下册，南昌：百花洲文艺出版社，2010，第 235 页。

③　曹虹：《异辙合轨——清人赋予"古文辞"概念的混成意趣》，《文学遗产》2015 年第 4 期。

姚鼐的理论，祁隽藻《太乙舟文集序》曾转引陈用光的话："研精考订、泽以文章，姬传师之家法也。"① 从侧面表明陈用光对姚鼐提倡简洁考据的重视。这种重视简洁考据有助于文章的理论也经陈用光等人传播到江西、广西、湖南等地的桐城派后期古文家群体。陈用光多次强调适度的考证不仅不会有害文辞，还能成为文章之助。如《龚海峰文集序》指出："世或谓考证之学足以累文辞，是不然。"② 肯定考证之学对文章写作的重要性。换言之，《湖海文传》所选乾嘉汉学家古文与桐城派古文之间既存在差异性，也存在相关性，汉学家的考据方式客观上影响了桐城派的古文理论建构与创作方式。

综上，推崇考据的《湖海文传》对清代中后期古文创作、理论建构均意义深远。它不仅标志着清代学者型古文范式的确立，其推重的考据之文也对桐城派古文理论产生了影响。桐城派既对汉学家考据进行批评，又将考据有限度地吸收入其古文理论，反映出《湖海文传》所推崇的考据之文与桐城派古文之间既存在明显的差异甚至是矛盾，但同时也存在微妙的联系。无论是汉学家古文还是桐城派古文都反映了清代古文理论的演进过程，在乾嘉文坛背景下梳理《湖海文传》与清代古文理论建构之关系，有助于研究者深入了解清代古文的发展面貌与进程。

---

① （清）陈用光：《太乙舟文集》卷首，《续修四库全书》第 1493 册，第 254 页。
② （清）陈用光：《龚海峰文集序》，《太乙舟文集》卷六，《续修四库全书》第 1493 册，第 363 页。

第六章

《明词综》《国朝词综》系列与乾嘉词坛

文学选本对于文学理论的传播具有重要的作用，有时候文学思想的变化就在于文学选本的盛衰。清代由朱彝尊建立的浙派词学一个很重要的特点就是注重通过选本来树立词学理念，如《词综》就是通过对五代、宋、金、元诸家词进行甄选来体现其浙派词学思想。康熙年间，朱彝尊完成《词综》的纂辑后，有甄选明词的设想，并由汪森等人付诸实施，惜最终未刊刻成书。主要由汪森编选的明词选稿本一直以家藏的形式保存。《明词综》刊刻出版到嘉庆年间才由王昶完成。《明词综》是王昶在继承朱彝尊、厉鹗词学思想的基础上，对明代词学发展过程进行的一种"主观"建构，反映出两代浙派词学家的明词观，带有明显的浙派倾向。下文以《明词综》为例，考察王昶对明词的态度，并着重分析其改词现象及原因。

第一节　《明词综》的编纂与王昶对明代词学的态度

一　王昶与《明词综》的渊源

《明词综》是由朱彝尊初辑、王昶续辑的一部关于明代词学的选本，全书共 12 卷。编书构想在康熙间朱彝尊编辑《词综》的后期就已经形成，全书真正完成刊刻出版已经是嘉庆七年（1802）。在《明词综》最初编选的康熙年间，正是以朱彝尊为代表的浙派词学逐渐壮大的时期，其成书的嘉庆年间已是经过王昶推阐的浙派词学臻于鼎盛的时期。可以说这部词选是两代浙派词学家在相近的词学理念下编纂而成，体现出清代浙派词学家对明代词学的评价与接受态度。全书编纂以浙派的清空骚雅词学思想为指导，具有词史的意识。朱彝尊对《花间集》《草堂诗余》两部词选影响下的明代词学流弊明确表示出不满，他倡导浙西词学，除了坚持南宋以来的浙派词学的地域传统外，很大程度上也是试图对明代词学做出的一种反驳，以摆脱明词庸俗化对清代词学的影响。朱彝尊在编纂《词综》时就已经有了编辑明词选的打算：

> 明初作手，若杨孟载、高季迪、刘伯温辈皆温雅芊丽，咀宫含商，李昌祺、王达善、瞿宗吉之流，亦能接武，至钱唐马浩澜以词名东南，陈言秽语，俗气熏入骨髓，殆不可医。周白川、夏公谨诸老，间有硬语，杨用修、王元美则强作解事，均与乐章未谐。然三百年中，岂无合作？当遍搜文集，发其幽光，编为二集，继是编之后。①

从以上《词综发凡》倒数第二条"凡例"来看，朱彝尊对明代前期、中期的词学形态做了基本的评价。他认为明初词人之作尚具备南宋词的一些传统，但中后期的词人渐趋浅俗，词律不协，总体上成就不高。这是朱彝尊在接触到一些明代知名词人词作后对明词做出的基本判断，同时流露出他广收明代词人文集，编成《词综》二集的设想。实际上，朱彝尊也组织人收集明词，并辑有稿本。② 汪森、沈进（1628—1691）就是这项工作的具体操作者。据汪森说，编辑时，"由洪、永以迄启、祯，阅集千余，旁搜选本，并题画、书册、刻石、镵壁，不可指屈，仅得词若干卷。中间如夏公谨、杨梦羽、周白川、姚公绶诸家，虽伤腕弱，尚犹合格。其他单词只调，聊以存一代之人物，使起衰者得从是以追蹑前人"。③ 汪氏所辑《明词综》成稿数卷，实际未刊刻。王昶云："予友桐乡汪康古又谓竹垞太史于明词曾选有数卷，未及刊行，今其本尚存汪氏。频访之而不得。嘉庆庚申，

---

① （清）朱彝尊、汪森编《词综》，李庆甲校点，上海：上海古籍出版社，1978，第15页。
② 关于《明词综》的编纂过程，可参看陈水云《〈明词综〉编纂考》，《文献》2014年第5期，第162~166页。
③ （清）汪森：《选明词序》，《小方壶文钞》卷二，《清代诗文集汇编》第185册，第438~439页。

遇汪小海于武林，则太史未刻之本在焉。"① 汪康古即著名诗人、藏书家汪
孟锅，汪森嗣曾孙，汪继焕孙；汪小海即汪淮（1746—1817），汪森嗣玄
孙。王昶在杭州遇见汪淮，在他那里见到了朱彝尊、汪森等所选明词初稿。
这种说法可以在汪筼②诗文集中得到印证。汪筼《校〈明词综〉三首有序》
云："先大父碧巢先生既偕竹垞朱先生有《词综》之刻，后数年，复偕蓝
村沈先生取有明一代之词搜逸订讹，仍质诸竹垞，以续前辑，犹虑甄综未
备，迟之晚年，竟愆剞劂。暇日出手钞本重校之，愿有以成先志也，因书
其后。"③ 据汪筼言，此明词选是在《词综》刊刻完成的康熙十七年（1678）
"后数年"，由汪森与沈进（号蓝村）所搜集，以质于朱彝尊。实际搜集工
作开始于康熙二十一年（1682）前后，但因考虑所搜未备，故迟至晚年尚
未刊刻。④ 结合汪森《选明词序》及汪筼《校〈明词综〉三首有序》等来
看，汪森、沈进所选的明词时间范围是从明初到明崇祯，采词的题材范围
也较广，遍及石刻、题画等，但因采择较严格，仅得数卷。王昶正是得到
朱彝尊、汪森的明词选稿本后，结合自己数十年搜集的词作而编辑成《明
词综》一书。《明词综》在编纂体例上继承了《词综》，这从二书均首列帝
王之词即可以看出。

　　《明词综》主要有嘉庆七年（1802）青浦王氏三泖渔庄初刻本、同治
四年（1865）亦西斋重校刻本、光绪二十八年（1902）金匮浦氏重修本
（苏州绿荫堂鉴记）、民国二十三年（1934）上海中华书局《四部备要》
本、民国二十七年（1938）上海商务印书馆本、赵尊岳《明词汇刊》本
（惜阴堂汇刻本）、辽宁教育出版社"新世纪万有文库"本（王兆鹏点校）
以及《续修四库全书》影印本等数种。其中，金匮浦氏重修本含《词综》

① （清）王昶：《明词综自序》，《春融堂集》卷四十一，第419页。
② 汪筼（1715—?），字珊立，一字翰翁，号谦谷。汪继焕幼子，汪森嗣孙。寄籍秀水。乾
　隆元年（1736）举鸿博不第，由监生官光禄寺署正。出为甘肃安西厅同知，官至长沙知
　府。与钱载等友善。著有《谦谷集》《玉叶词》等。
③ （清）汪筼：《谦谷集》卷三，《四库未收书辑刊》第10辑第21册，北京：北京出版社，
　2000，第98页。
④ 据汪森在《沈蓝村小传》中言："壬戌，馆余勤有居，助余续辑《词综补遗》，并搜录明
　人词。《词综》之补人补词既就梓，而明人词笥谷携之京师，被友人取去，不复返，竟未
　获成书。"壬戌为康熙二十一年（1682），汪森选明词约始于此年。参见（清）汪森《沈
　蓝村小传》，《小方壶文钞》卷六，《清代诗文集汇编》第185册，第468~469页。

38 卷、《明词综》12 卷、《国朝词综》48 卷、《国朝词综二集》8 卷，即《历朝词综》本。

《明词综》收明代词人 391 家，词 598 阕。① 《明词综》选词以晚明（万历以后）为主②，这主要表现在两个方面：一是词家以晚明词人为多；二是词作数量较多者以晚明词人为主。从卷数来看，若从万历元年（1573）开始算作"晚明"，则从卷四后半开始，所选已多是晚明词人之作。若做更严格区分，即以朱彝尊所认为的明词兴盛在崇祯间为标准计算，从卷六崇祯元年（1628）拔贡的冯鼎位算起，自其以下也多是崇祯年间及其后的词人，除了陈子龙、夏完淳等明末词人，还有大量遗民词人，如卓人月、邵梅芬、沈谦、灵一（屈大均）、韩纯玉、周篔、方以智、今释（金堡）、计南阳等。笔者经过统计，发现从冯鼎位以下算起，共有 223 位词人，占全书的 57%。仅崇祯年间及其后词人就占全书的一半以上。从词作数量来看，选词排在前 10 位的分别是陈子龙 17 首、邵梅芬 12 首、沈谦 11 首、杨慎 11 首、刘基 8 首、王世贞 8 首、施绍莘 8 首、叶小鸾 8 首、一灵 7 首、文徵明 6 首。其中，晚明（有的甚至入清）6 家。另有词作数量为 5 首以上，排名靠前者，如韩纯玉 6 首、周篔 6 首、冯鼎位 5 首、夏完淳 5 首、沈宜修 5 首，这些人也都是明末词人（有人生活在清朝），可见《明词综》选词确实是偏于晚明。

王昶在选词时还带有较强的乡邦意识，如陈子龙、邵梅芬、冯鼎位、施绍莘、夏完淳均是上海人，为王昶所敬仰，在其作品集中多有提及③，王昶选词时选入他们的词作也较多。在王昶选入的明末词人中有的已入清，他是以词人的仕履来判断其作是否属于明词范畴。比如，韩纯玉、冯鼎位、沈谦、周篔等人尽管已经入清，韩纯玉甚至在康熙中期仍在世，但因为其

---

① 林友良《王昶词学研究》（第 80 页）一书统计，得词家 387 人，词 598 阕。王兆鹏点校的《明词综》出版说明统计得词人 387 家，词 604 首。按，刘婷婷《王昶〈明词综〉与〈国朝词综〉研究》（硕士学位论文，浙江大学，2009，第 8 页）统计词人数与本书同，本书统计词阕数则与林友良同。统计词人时，乩仙、女鬼等亦算在其中。王昶云"三百八十家"，盖举成数，或刊刻时有删节。

② 张仲谋指出了王昶选词"轻前重后"的现象，详见张仲谋《〈明词综〉研究》，载《中华文史论丛》第 78 辑，上海：上海古籍出版社，2004，第 262~274 页。

③ 王昶有《皇甫林吊陈黄门子龙故居》《七贤诗》《题夏内史完淳玉樊堂集》《寻西余花影庵追悼明施子野绍莘》等诗，表达对乡贤陈子龙、夏完淳、施绍莘的仰慕。

并未出仕清朝且入选的作品作于明末，故王昶将其视为明人；而龚鼎孳、梁清标等人因曾出仕清朝，故《明词综》内均未收入其作。这与朱彝尊编选《明诗综》时以仕履为选择标准是一样的，可能《明词综》稿本的原貌也是如此。

《明词综》为何以晚明词人为主？这实际上与明末清初词人尤其是浙派词人对明词的认识有关。明代前期的刘基等人词作尚温雅芊丽。但永乐以后，词坛创作多以《草堂诗余》为标的，词格低俗，被认为偏离了宋词尤其是南宋词的创作方向。如朱彝尊《水村琴趣序》云："夫词自宋元以后，明三百年无擅场者，排之以硬语，每与调乖；窜之以新腔，难与谱合。至于崇祯之末，始具其体。"[1] 明确指出了明代词学不振的现实，并且认为明词到崇祯末年方有起色，大概是指陈子龙等学《花间集》作香奁词，重视比兴寄托，带来了词学复兴，从而带动了明末清初以曹尔堪等人为代表的柳洲词派创作之兴起。他多次提及类似的观点，如"崇祯之季，江左渐有工之（词）者"[2]。朱彝尊标举南宋姜夔骚雅一派的词学思想，强调词需具有《诗经》《楚辞》中所蕴含的比兴寄托功能，以之衡量明词，当然会偏爱晚明词。明词确实以晚明词人成就最高，这符合明代词学发展实际。可以想见，朱彝尊、汪森在搜集明代词集时，便以崇祯以后词人作品为主。王昶续辑《明词综》，明确表示继承朱氏的词学理念，故而选词也以晚明为主。当然，这里还涉及词品问题。明末清初出现了许多志行高洁的词人，他们以词作寄寓家国之思、黍离之悲，如同南宋末年的江湖词人以及《乐府补题》词人等所体现出的品格一样，"诵其词，可以观志意所存，虽有山林友朋之娱，而身世之感，别有凄然言外者"[3]。这种类似《诗经》变雅及《离骚》、《橘颂》遗音的词作所寓含的词品是朱彝尊、王昶所推崇的。

《明词综》编选继承了朱彝尊"宗南宋"的理念，提出"悉以南宋名家为宗"[4]。张仲谋认为王昶此论未尽可信，或者所论颇难贯彻，理由是明

① （清）朱彝尊：《水村琴趣序》，《曝书亭集》卷四十，《清代诗文集汇编》第 116 册，第 333 页。
② （清）朱彝尊：《柯寓匏振雅堂词序》，《曝书亭集》卷四十，第 332 页。
③ （清）朱彝尊：《乐府补题序》，《曝书亭集》卷三十六，第 303 页。
④ （清）王昶：《春融堂集》卷四十一，第 419 页。

代词人多宗北宋，尚婉约，故可观者小令为多，慢词佳者颇少。《明词综》对沿元人之旧、宗法南宋的明初词选得并不多，而对取法南唐北宋、与南宋词大异其趣的晚明词却选得特别多，如陈子龙等。因而他认为王昶"悉以南宋名家为宗"是虚，崇雅黜俗是实。① 应该说，此判断颇有见地。不过需要指出的是，"悉以南宋名家为宗"并不等同于悉以慢词为宗。实际上，南宋的名家如姜夔等也写小令。朱彝尊指出："予尝持论谓小令当法汴京以前，慢词则取诸南渡。"② 肯定小令当取法北宋以前。选词时不可能全选慢词，而不选小令、中调。浙派词人中，朱彝尊尚取北宋小令，至厉鹗开始才专法南宋，③ 偏好慢词。王昶选明词时的"南宋"概念与朱彝尊的看法实际并不矛盾。

这里说的"悉以南宋名家为宗"，其中自有慢词长调等体制因素，但也不全局限于此，题中之义还应该理解为一种雅的风格。王昶在编选《明词综》时，在面对明人慢词创作数量少、合乎词律的佳作少且品格相对低俗的情况，在抉择时有难处。他本人也明白这样的困境："盖明初词人犹沿虞伯生、张仲举之旧，不乖于风雅。及永乐以后，南宋诸名家词皆不显于世，惟《花间》《草堂》诸集盛行。至杨用修、王元美诸公，小令、中调颇有可取，而长调则均杂于俚俗矣。"④《花间集》词艳，易致词风纤靡；《草堂诗余》词俗，易致粗率浅陋，总体上均导致词风格调卑下，给明中期以来词人创作带来了很大的弊病。⑤ 若词家有慢词且格调不庸俗，王昶则尽量选择，比如选入刘基《瑞龙吟》、韩守益《苏武慢》、贝琼《水龙吟·春思》、

---

① 张仲谋：《〈明词综〉研究》，第262~274页。

② （清）朱彝尊：《水村琴趣序》，《曝书亭集》卷四十，《清代诗文集汇编》第116册，第333页。

③ 丁绍仪《听秋声馆词话》卷六："我朝竹垞太史常言小令当法五代，故所作尚不拘一格，逮樊榭老人专以南宋为宗，一时靡然从之，遂成浙派。"注意到朱彝尊对小令的重视。见《续修四库全书》第1734册，第97页。

④ （清）王昶：《明词综自序》，《春融堂集》卷四十一，第418~419页。

⑤ 当然，也有况周颐等人不同意明词纤靡伤格的看法，认为是《倚声初集》开启了这种风气："世讥明词纤靡伤格，未为允协之论。明词专家少，粗浅芜率之失多，诚不足当宋元之续。唯是纤靡伤格，若祝希哲、汤义仍（义仍工曲，词则敝甚）、施子野辈，偻指不过数家，何至为全体诟病？……词格纤靡，实始于康熙中，《倚声》一集有以启之。集中所录，小慧侧艳之词十居八九。"参见（清）况周颐《蕙风词话》卷五，上海：上海古籍出版社，2009，第130页。

高启《沁园春》、刘炳（王昶误作"昺"）《满江红》与《木兰花慢》、马洪《满庭芳》与《东风第一枝》等。王昶在编选《明词综》时，选小令要多于慢词，对晚明词家也是如此，这恰恰反映出王昶作为选家具备的词史意识。王昶通过编选《明词综》来反映明词小令、中调创作要优于长调的事实，并经由选词梳理出晚明时期从崇祯间陈子龙等人开始才有成就较高的慢词出现的发展脉络。即使明词中优秀的慢词不多，从明词史的角度看，这些慢词也具有价值。当然，王昶在求雅思想的指导下将明代一些香艳词与低俗词做了"过滤"，这是有意为之，是由其"清空骚雅"的词学思想决定的。此外，还应该注意到，王昶曾得到过汪森所辑经朱彝尊审定的《明词综》稿本。鉴于朱、汪二人尤其是朱彝尊对五代北宋小令有较高评价的事实，有可能《明词综》稿本原来就选有较多小令、中调（如选明初刘基词小令、中调多就可能是原稿面貌），而王昶在编辑《明词综》时继承了稿本之旧，不便予以改变。当然，这也是明代词坛的真实反映，即明词小令、中调杰出，慢词佳作颇少。这样的选词较客观地反映出明词的发展面貌，在一定程度上体现出选本的词史意识。

二　《明词综》的错误举隅

从王昶得到朱、汪二人稿本，到《明词综》刊刻成书，不到三年时间。其间王昶在杭州敷文书院任山长，嘉庆七年（1802）因病目辞讲席返乡后，方得招集门生陶梁等人协助编纂，时间是较为仓促的，因而不免有一些明显的错误。比如，目录所载收词数与正文实际收词数不同。卷二目录载章懋词一首，实则正文中并未选章懋。卷十选方文席①《河满子·客归》一首，小注言所录是据《东白堂词选》，今通行本《东白堂词选初集》未录此词，若王昶所据无别本（或许王昶所见有未刊刻本），则此亦是偶误。此外，目录卷一载刘基词9首，正文只有8首；目录载高启4首，实则仅选2首；杨基题7首，实则仅有5首；谢应芳题3首，实则仅2首；张肯题6首，实际仅选5首；卷二顾潜，卷三陈铎，卷五汪膺，卷十一灵（屈大

---

① 　按，宋如林《（嘉庆）松江府志》卷四十七载方文席为顺治八年（1651）选贡生，中顺天乡试，不知何以编入《明词综》。《全清词·顺康卷》选有其词。

均）题 8 首，实则均仅有 7 首；卷十二杨宛题 3 首，实际只选 2 首，王微题 4 首，实则仅 3 首等。也有正文所选实际多于目录所题者，如目录卷二题史鉴 1 首，正文实际选有 5 首；卷十一目录题叶小鸾 7 首，正文实际选有 8 首；等等。① 这有可能是王昶在定稿时对朱彝尊、汪森原稿有所增删的缘故。

值得注意的是，《明词综》选词亦有明显错误者。有一些是词人与词作张冠李戴的错误。例如，卷二铁铉《浣溪沙》（晚出闲庭看海棠）实为五代时期词人李珣的作品②；商辂《一丛花·初春》（今年春浅腊侵年），实为苏轼词③。吴宽《采桑子》（纤云尽卷天如水），实为吴子孝作④。《西崦山人词话》亦将此词归在吴宽名下，卷一载："吴原博宽，以硕德耆旧退归吴下，所流传之词不过十余首，而完善者颇少，惟《菩萨蛮》之'咏宫人图'、《采桑子》之'十一月十一夜泛舟白公堤'，差可取尔。"⑤ 此类错误还有一些，研究者多未留意其因袭自前人选本⑥，下文举几个较重要的例子。

卷一所录解缙《长相思·寄友》："吴山深，越山深，空谷佳人金玉音。有谁知此心？ 夜沉沉，漏沉沉，闲却梅花一曲琴。高松对竹林。"⑦ 即为误录，此词实际上是宋代词人汪元量寄友人徐雪江之作，有遗民之思（见《湖山类稿》卷五）。二者文字几乎相同，仅最后一句四库本《湖山类稿》作"月高松竹林"⑧。据《钦定词谱》，此句格律为"中平中仄平"（若第

---

① 参见林友良《王昶词学研究》，第 81~82 页。

② （清）丁绍仪：《听秋声馆词话》卷九，《续修四库全书》第 1734 册，第 123 页。

③ 按，王兆鹏在《明词综》校勘记中指出此词为苏轼作。沈际飞《草堂诗余新集》卷三、《兰皋明词汇选》卷二等均作商辂词，显误。《明词综》沿袭了沈际飞等选本的错误。《历代诗余》卷四十九此词作者为苏轼，是正确的，可惜王昶及协助采词的陶梁未据以校勘。

④ 此问题见于明嘉靖刻本《玉霄仙明珠集》卷一。《历代诗余》卷十系于吴子孝名下，是正确的。而明钱允治编、陈仁锡笺释《类编笺释国朝诗余》卷一系词作者为"吴原博"，即吴宽，误。《明词综》很可能是据《类编笺释国朝诗余》选此词，而未以词人词集校勘。

⑤ （清）王昶：《西崦山人词话》卷一，上海图书馆藏清稿本。

⑥ 林友良《王昶词学研究》（第 124~125 页）已注意到《明词综》沿袭前选的现象，并举解缙《长相思》、边贡《踏莎行》、姚绶《玉楼春》、徐士俊《好事近》、卓人月《瑞鹧鸪》、杨基《浣溪沙》《清平乐》、杨慎《满江红》《转应曲》《浪淘沙》、王世贞《重叠金》等 11 例，可看。

⑦ （清）王昶辑《明词综》卷一，《续修四库全书》第 1730 册，第 630 页。

⑧ （宋）汪元亮：《湖山类稿》卷五，影印文渊阁四库全书本。按，清鲍廷博知不足斋刻本末句作"月高松竹林"，与文渊阁四库全书本同。

一字用仄，则第三字须平，以避免孤平），两种版本的词句皆合词律。查明末清初成书的《兰皋明词汇选》，知此句已作"高松对竹林"。康熙间沈辰垣等编《历代诗余》卷三也收录了此词，系于汪元量名下，题为"前调（《长相思》）越上寄雪江"，末句作"月高松竹林"。① 按理说王昶不应该弄错，比较合理的解释是王昶编《明词综》时沿袭了时间更早的《兰皋明词汇选》（王昶塾南书库藏书中有《兰皋明词汇选》）将此词归于解缙之作的做法。②

又如卷六所收题为方以智的《忆秦娥》词："花如雪，东风夜扫苏堤月。苏堤月，香销南国，几回圆缺？　钱塘江上潮声歇，江边杨柳谁攀折？谁攀折，西陵渡口，古今离别。"③ 此词不是方氏作品。方以智《浮山集》文集前编卷八《岭外稿》中收有《临黄崔林泉读书图书其后》一文：

> 东日堂观叔明所作《林泉读书图》，自题曰："虎斗龙争万事休，五湖明月一扁舟。绿蓑衣上雪飕飕，雪月光中垂钓钩。""钓得鲈鱼春酒熟，一缕青烟燃楚竹。蓬窗晓对洞庭山，七十二峰青似玉。"又题曰："《邵氏闻见录》：宋南渡后，汴京故老于废圃中饮，歌太白秦楼月一阕，坐中皆悲感莫能仰视。良由此词乃北方怀古，故遗老易垂泣也。余亦尝填《忆秦娥》一阕，以道南方怀古之意：'花如雪，东风夜扫苏堤月。苏堤月，香销南国，几回圆缺？　钱塘江上潮声歇，江边杨柳谁攀折？谁攀折，西陵渡口，古今离别。'"由前观之，太受用哉！由后观之，真悲感矣。嗟乎！生死夙定，功名难居，读书而享林泉，人生之至乐也。离别不无，且看今日，在碧簪林立之处，为鉴在临此，亦非容易。它日傍官军还故乡，扁舟自由，丹青在此手矣。因抄其语，遂成长卷。戊子冬，宓山愚道人识。④

---

① （清）沈辰垣等编《历代诗余》卷三，上海：上海书店出版社，1985，第 44 页。
② 按，后来陶梁将此词系于汪元量名下（实际上《词综》卷三十二汪森已补录此词），纠正了错误。参见（清）陶梁《词综补遗》卷十四，《续修四库全书》第 1730 册，第 537 页。遗憾的是，《全明词》未予剔除。
③ （清）王昶辑《明词综》，《续修四库全书》第 1730 册，第 671 页。
④ （明）方以智：《浮山文集》前编卷八，《四库禁毁书丛刊》集部第 113 册，北京：北京出版社，1997，第 614 页。

　　由方氏之文，可以看出前录有王蒙题跋，他是"抄其语"，故而此词应是元代画家王蒙的作品。在《明词综》之前，蒋景祁《瑶华集》卷三已收此词，将其系于方以智名下，词牌作《忆秦娥·江南怀古》。《瑶华集》刊于清康熙二十五年（1686），早于《明词综》。王昶《明词综》有可能即据《瑶华集》采选此词。王昶在收词时，往往比较青睐遗民词中满怀家国之思的词作。《明词综》就有意选了具有家国寄托的晚明人词作，如陈子龙《江城子·病起春尽》（一帘病枕五更钟）、《山花子》（杨柳凄迷晓雾中）、《天仙子》（古道棠梨寒恻恻）等①，朱一是《二郎神·登燕子矶秋眺》（岷峨万里），吴易《满江红》（斗大江山），夏完淳《卜算子》（秋色到空闺）等5首②，蒋平阶③《浣溪沙·红桥即事》（柳外高楼一带遮），计南阳《如梦令·纪事》（长乐晨钟初动），魏允枏《金明池·金陵怀古》（燕子矶边），胡介《满江红》（走马归来），俞汝言《浪淘沙》（芳草遍天涯），一灵（屈大均）《满庭芳·蒲城惜别》（金粟堆边）、《浪淘沙·春草》（嫩绿似罗裙）、《一落索》（杜宇催春从汝）等7首。王昶选入这些晚明人的寄托之作，正是其词学理论重视小雅、《离骚》中家国黍离"寄托"情怀的印证，大概也有以《明词综》来寄寓其历史意识的考量。

　　单就前引《忆秦娥》来看，其中有明显的遗民家国之思，方以智在明亡后流落岭南的境况与王蒙相似，大概是出于同样的感触，故而抄录了这首词。王昶在将此词收入《明词综》时未细核而致误。④

---

① 陈子龙也有一些带有明显家国意识的词作，如《唐多令·寒食》《二郎神·清明感旧》《点绛唇·春闺》等，王昶编《陈忠裕公全集》中收录，但并未选入《明词综》。

② 关于《明词综》所选夏完淳词有家国之思，可参看彭国忠《试论王昶词论对浙派的发展——以稿本〈西崦山人词话〉为论》，《兰州大学学报》（社会科学版）2011年第3期。

③ 按，《倚声初集》作者作"蒋阶"，即蒋平阶（1616—1714）。初名雯阶，字驭闳，一名平阶，字大鸿、斧山，别号杜陵生，江苏华亭人，明诸生。曾入几社，师事陈子龙。入闽事唐王，负责兵部事务，晋御史。闽破，亡命，服黄冠，漂泊齐鲁、吴越间。生平见李亨特《绍兴府志》卷六十三，乾隆五十七年（1792）刻本。

④ 按，王昶的学生陶梁《词综补遗》卷十九将此词归在了王蒙名下，纠正了这个错误，参见（清）陶梁《词综补遗》卷十九，《续修四库全书》第1730册，第601页。饶宗颐所编《全明词》第1册据《湖州词征》卷二十三将《忆秦娥》收在王蒙名下，但第6册又据《明词综》将此词系于方以智名下，明显矛盾，应以前者为准，参见《全明词》第1册，北京：中华书局，2004，第142页；《全明词》第6册，第2550页。

此外，一些词家的籍贯、名字也存在讹误，如卷一刘炳误作刘昺；① 卷五汪膺，正文作江膺，或为刻工偶误，也有可能是板片残脱所致（目录则作汪膺，是正确的）；卷八邵梅芬，误作邵梅芳，对费元禄、徐渭等籍贯也存在错误记载②。还有一些错误是将同一人分为二人，盖沿袭旧选之误。例如，《明词综》卷七选有蒋平阶词。蒋平阶为松江人，是陈子龙门人，也是云间词派后期代表，其号为"杜陵生"，《明词综》卷十又依据《兰皋明词汇选》录入《南歌子》（草熳鸳鸯泊），以致同一词人分作两处，这可能因其晚年目疾，假手门生而未及仔细校勘。

三　《明词综》删改原作及原因探析

若将《全明词》所选词与有词集传世的词人词作相校勘，就会发现其中存在较大的文字差异。学界一般认为其中绝大部分文字差异属于编者擅改。关于《明词综》选词时擅改原作的现象，清代已有人提及，如丁绍仪提及王昶选彭孙遹《生查子》（薄醉不成欢），将"枕席"改为"鸳枕"③。今天的研究者也就此现象进行了较细致的研究，如王兆鹏《〈明词综〉校勘记》④、张仲谋《〈明词综〉研究》、叶晔《清代词选集中的擅改原作现象——以〈明词综〉为中心的考察》、刘婷婷《王昶〈明词综〉与〈国朝词综〉研究》、林友良《王昶词学研究》等。由此大致形成了王昶选词会对原作进行大量删改的认识。以下先谈王昶《明词综》对前人明词选本的因袭问题，这尚未引起研究者足够的重视。

（一）《明词综》对前人选本的因袭

关于《明词综》删改词作问题，大多数研究者将其视为王昶的删改，看法似乎过于简单化。叶晔认为："按《明词综》的体例，无别集可见的词人，若其作品据前人选本辑出，则统一归入卷十。如此，则卷一至卷九

---

① 张仲谋：《明词史》，北京：人民文学出版社，2002，第75页。
② 按，丁绍仪《听秋声馆词话》卷八云："《明词综》误以铅山人费元禄为锡山，并误以山阴徐渭为江阴，均刊时讹错，未曾校正。"见《续修四库全书》第1734册，第115页。
③ （清）丁绍仪：《听秋声馆词话》卷二，《续修四库全书》第1734册，第68～69页。
④ （清）王昶辑《明词综》，王兆鹏校点，沈阳：辽宁教育出版社，1997，第191～195页。

的作品确是选家从经眼的明人别集中筛选而来，而非从其它选本而来，则王昶当为此类改动负全责。"① 事实上，除卷十外，《明词综》中的一些词作是据明代或清初的词选采词，这些选本有的已对原作做过删改，《明词综》所选词同诸家定本的一些差异即沿袭了这些选本，这往往为研究《明词综》者所忽略，误以为是王昶所删改，实则不然。②

林友良曾对《明词综》与前代词选重收作品进行过详细的统计。③ 以下据其所列表格，以朱有燉、文徵明、胡介、杨慎等人的词作为例进行说明。比如，朱有燉《诚斋录》有《鹧鸪天·咏绣鞋》："花簇香钩浅沁尘，轻风微露绛罗裙。金莲自是怜三寸，难载盈盈一段春。　仙已去，事犹存。阳台何处访朝云？相思携手游春日，尚带年时草露痕。"④ 此词与《古今词统》所选同。但《历代诗余》卷一二〇"词话"载其据《兰皋集》录此词，将"轻风微露绛罗裙"改作"轻风微露石榴裙"。这里的《兰皋集》应该是指《兰皋明词汇选》。《明词综》选此词时，同作"石榴裙"。按《钦定词谱》，《鹧鸪天》此处的格律当为"中平中仄仄平平"。词人本集作"绛罗裙"、《兰皋集》作"石榴裙"，均是"仄平平"，词律皆可。王昶《明词综》可能是沿袭了《历代诗余》《兰皋明词汇选》的用法，这种与原作的文字差异并不是王昶主动删改。

文徵明《满江红》（漠漠轻阴）一阕，《文徵明集》的点校者以明写刻四卷本《甫田集》副页为底本录此词，并收集了数种书画所见此词不同版本，诸如《吴越所见书画录》《耕霞溪馆法帖》《岳雪楼鉴真法帖》《日本书苑》，同《明词综》相校勘，揭橥此词的下半阕异文。其中，除了《吴越所见书画录》年代早于《明词综》外，其他年代均较晚。笔者所见年代早于《明词综》者，尚有钱允治编、陈仁锡笺释《类编笺释国朝诗余》本，潘游龙辑《精选古今诗余醉》本，卞永誉《式古堂书画汇考》本等，罗列

---

① 叶晔：《清代词选集中的擅改原作现象——以〈明词综〉为中心的考察》，《中国文化研究》2006 年春之卷。
② 王昶编纂《明词综》是在汪森、沈进所辑稿本基础上完成的，《明词综》与词人本集的差异有些可能是汪、沈等删改，但其中具体情况已无法详考。因此，笔者述及因袭前选、删改词作时均以王昶为论。
③ 林友良：《王昶词学研究》，第 207~223 页。
④ （明）朱有燉：《诚斋录》卷四，明嘉靖十二年（1533）同藩刻本。

如下，以便进行比较（为简便，只列下阕）。《类编笺释国朝诗余》本作：

> 一点点，杨花雪。一片片，榆钱荚。渐日隐西垣，晚凉清绝。池面盈盈清浅水，柳梢头淡淡黄昏月。是何人吹彻玉参差，情凄切。①

卞永誉《式古堂书画汇考》卷三十七据文徵明手稿过录此词，文字同《类编笺释国朝诗余》。陆时化《吴越所见书画录》卷三大致相同，仅"是何人吹彻玉参差"中"吹"字作"吟"字。②另有明潘游龙辑《精选古今诗余醉》卷二录此词，"柳梢头淡淡黄昏月"句，无"头"字③。因明代词多受元曲影响，疑手稿中"头"字属曲中衬字。叶应旸《耕霞溪馆法帖》年代较晚，"是何人吹彻玉参差"句作"是谁家吹彻玉参差"，又做了改动。其他年代较晚者，不复列入。

此词下阕，《甫田集》本作："看碧沼，田田叶。怀绣幌，翩翩蝶。更绿阴庭院，晚凉清绝。谁言难得黄昏到？黄昏正自添凄切。"④文字与前文所举诸本差异颇大，相当于重新创作，可以推测《甫田集》本所载或是文徵明晚年删订文集时的改定版。《明词综》在选入此词时，文字与《类编笺释国朝诗余》本等大致相同，只是"渐日隐西垣"作"渐西垣日隐"。由此推测，《明词综》大概是据比较常见的《国朝诗余》采选。从卞永誉《式古堂书画汇考》等据文徵明手稿本录词的情况来看，《明词综》所选的词应该就是文徵明早期手稿的面貌，只是略有改动而已。从这个意义上说，王昶《明词综》选此词既有因袭前选，也偶有改动，并不能全部归于王昶删改。

又如胡介（1616—1664）《满江红》词，康熙刻本《旅堂诗文集》中，题作"沈四定山重还湖上，赋《满江红》寄之"。词云："走马归来，西陵下、残阳满树。人如昨、酒垆犹昔，河山非故。旧国重寻成异域，还乡游

---

① （清）钱允治编，陈仁锡笺释《类编笺释国朝诗余》卷四，明万历四十二年（1614）刻本。

② （清）陆时化：《吴越所见书画录》卷三，清乾隆怀烟阁刻本。

③ （明）潘游龙辑《精选古今诗余醉》卷二，梁颖校点，沈阳：辽宁教育出版社，2003，第88页。

④ （明）文徵明：《文徵明集》，周道振辑校，上海：上海古籍出版社，1987，第1234~1235页。

子同更戌。听啼鹃、也道不如归，归何处。　　　草玄阁，兰台署。扬州梦，秦淮渡。走人间未遍，怆然日暮。那是辽阳丁令鹤，这回已恨黄粱误。去来兮、莫负故人心，三生路。"① 胡介是明末遗民，入清后眷恋故国，不参加科举，作品中常怀故国之思，上引《满江红》便是此类作品。康熙间佟世南编《东白堂词选初集》卷十选入此词，副题作"定山沈四重还湖上，赋寄"，内容上也做了很大改动。例如，将"残阳"改成"斜阳"，"人如昨、酒垆犹昔"改成"回首处、酒垆犹在"，"旧国重寻成异域，还乡游子同更戌"改为"久客不知家远近，重来却怪人惊顾"，"怆然日暮"改为"苍凉日暮"，"那是辽阳丁令鹤，这回已恨黄粱误"改为"惆怅辽东丁令鹤，当年华表谁为主"，"去来兮"改为"但相逢"。另有"草玄阁"中"玄"字，因避讳，改"元"字。② 原作与改动处均合词律。佟世南在选入此词时，可能鉴于其中有明显的眷恋故国情怀，如"旧国重寻成异域，还乡游子同更戌"，前半句直接写故国之思。"那是辽阳丁令鹤，这回已恨黄粱误"稍显口语化，后半句改为"当年华表谁为主"，两句皆用《搜神后记》丁令鹤化鹤归辽，停于城门华表柱的典故，改后显得更恰切雅致。《明词综》选入此词，除了删去题文外，内容完全与《东白堂词选初集》一致，很可能即据《东白堂词选初集》采选。这种大范围的改动也不能视为王昶所删改，属于因袭前而成。

又如《明词综》卷三选入杨慎《满江红》（露重风香）一词，93 字，此词明嘉靖本《升庵长短句》、万历本《类编笺释国朝诗余》均 91 字，《历代诗余》卷五十六选此词，93 字。按《钦定词谱》，《满江红》正调为 93 字，偶有双调 91 字者，如吕渭老词，前段 8 句四仄韵，后段 10 句五仄韵，与正调不同者在于前段第三句减二字，杨慎所仿正是此体，故少 2 字。《历代诗余》选此词时，在"谁剪碎琼瑶，满园蝴蝶"句上填入 2 字，作"谁剪碎、遍地琼瑶，满园蝴蝶"③，以符合正体词律。《明词综》中此词与

---

① （明）胡介：《旅堂诗文集》诗集，《四库未收书辑刊》第 7 辑第 20 册，北京：北京出版社，1997，第 735 页。

② （清）佟世南编《东白堂词选初集》卷十，《四库全书存目丛书》集部第 424 册，济南：齐鲁书社，1996，第 686 页。

③ （清）沈辰垣等编《历代诗余》卷五十六，第 786 页。

《历代诗余》同，大概就是据《历代诗余》所选，这也属于对前选的因袭。《明词综》选入边贡《踏莎行》（露湿春莎），上阕"斜阳明灭照村墟"，《华泉集》《历代诗余》等均作"斜光明灭照村墟"①，卓回《古今词汇》作"斜阳明灭照村墟"，王昶《明词综》可能沿袭了《古今词汇》的错误，此处当以《华泉集》等的"斜光"为准。

　　《明词综》在词调上对原作的改动也有一些是因袭前人词选，并非王昶改动。如焦源溥《醉花阴·四时词》："红缀枝头燕声巧，岸柳迎风嫋嫋。玉壶满伴儿闲，踏遍南皋，欲卧恰铺嫩草。"② 此词本是单调，《倚声初集》卷八收入此词时却作双调，且有文字改动："红缀繁枝莺语巧，弱柳和烟嫋。玉勒漫寻芳，踏遍东皋，满眼青青草。　　烟岫重重霞气表，无数山花绕。古寺梵音深，曲径疏篱，才信郊居好。"③《历代诗余》收入此词时，内容大致同《倚声初集》（"烟岫"，《历代诗余》本作"远岫"④），作者题为刘基⑤。王昶《明词综》收入此词，唯"古寺梵音深"中"深"字作"沉"字，大概是据《倚声初集》采选。实际上，据《钦定词谱》，《醉花阴》为双调52字，焦源溥本集中此词为单调，明显不符合词律。邹祗谟、王士禛辑《倚声初集》时对此词做了加工，删掉衬字，补全下阕。王昶则沿袭了《倚声初集》。

　　又如袁彤芳《长相思·旅思》，康熙间刊本《林下词选》作："风满楼，月满楼。月白风清动客愁。征鸿声且留。　　灯半篝，香半篝。灯烬香沉残梦悠，归舟天尽头。"⑥ 时间略晚的《众香词》亦收入此词，内容有些改动。例如，"征鸿声且留"，"灯烬香沉残梦悠，归舟天尽头"，《众香词》本分别作"旅况不堪留"，"香沉灯烬漫凝眸，天际问归舟"⑦，今核王

---

① （明）边贡：《华泉集》卷八，明崇祯刻本。
② （明）焦源溥：《四时词醉花阴四首》，《逆旅集》卷十一，《四库未收书辑刊》第6辑第30册，第184页。
③ （清）邹祗谟、王士禛辑《倚声初集》卷八，《续修四库全书》第1729册，第292页。
④ （清）沈辰垣等编《历代诗余》卷二十三，第342页。
⑤ 按，饶宗颐所编《全明词》第1册据《历代诗余》将此词系于刘基名下，又在第3册焦源溥名下据《明词综》收此词，这导致同一首词分系在两人名下，前后未能照应，应将此词归属于焦源溥。参见《全明词》第1册，第107页；《全明词》第3册，第1378页。
⑥ （清）周铭辑《林下词选》卷六，《续修四库全书》第1729册，第597页。
⑦ （清）徐树敏、钱岳编《众香词》"御集"，康熙二十九年（1690）锦树堂刊本。

昶《明词综》本，其文字同《林下词选》。从词律来看，上片末句的词律当为"中平中仄平"，《林下词选》本与《明词综》本符合词律，《众香词》本不合词律。王昶《明词综》选此词很可能是据年代稍早的《林下词选》，而非《众香词》。其中与《众香词》的文字差异，也并非王昶删改，而是沿袭了前人选本中的某一版本。

《明词综》也有纠正前人词调之误者，有可能也是沿袭前选。例如，《明词综》选入陈继儒《摊破浣溪沙》（梓树花香月半明），陈继儒"宝颜堂秘笈"本《岩栖幽事》有"增减字浣溪沙"，《致富奇书》卷三将词调定作"减字浣溪沙"。据《钦定词谱》，"浣溪沙"又名"减字浣溪沙"，正体双调42字，又有双调44字、双调46字两体。但陈继儒原作是双调48字，肯定不是"减字浣溪沙"，而应该是《梅苑》中的"添字浣溪沙"，即《乐府雅词》中所命名的"摊破浣溪沙"。因此，《历代诗余》卷一二〇"词话"在引及《岩栖幽事》时将词牌订正为"摊破浣溪沙"，《明词综》收入此词，词牌也作"摊破浣溪沙"，或许就是参考了《历代诗余》。这种情况在《明词综》中有几处，是需要注意的。

此外，《明词综》中一些词很可能据本集所选，因不同版本出现文字差异。例如，卷一刘昺［炳］《满江红·寄水北山人徐宗周》（水北幽居）"柴桑三径多松菊"句，王昶很可能是据四库全书本《鄱阳五家集》卷十四刘炳《春雨轩集》采选，词的文字完全一致。四库本《刘彦昺集》卷八亦收此词，但此句作"桑麻三径多松菊"，从词律来看，"桑麻""柴桑"均可，这种情况可能因选词时所据版本不同，不能算作王昶的主观改动。这样的情况还有一些，不一一罗列。

（二）《明词综》删改原作

在编选《明词综》时，王昶也主动对一些词做了较大幅度的删改。古代文坛操选政颇为人重视，在编选时往往会删改原作，原因是多方面的。有的是出于避讳，有的则是选家有意识删改。而有意识的删改往往体现出选家的文学观念，对于了解一个选家乃至其所属流派的文学观念具有较大的价值。钱锺书在《管锥编》中对此问题也有较长的论述，他认为古人选本之精审者多有削改原作的做法，并列举姚铉《唐文粹》、吕祖谦《皇朝文鉴》、李攀龙《诗删》、陈子龙《皇明诗选》、沈德潜三种别裁集、刘大櫆《历朝诗约选》、王闿运《湘绮楼词选》等著名选本，指出其中均存在删改现象。① 单就词而言，明清人改词的现象就颇为突出。比如，王彦泓喜欢改前人之词②，朱彝尊编选《词综》时出于词律、审美等考量也对辛弃疾等人的作品进行过删改。王昶作为选家，也继承了朱彝尊等人的做法。如前所述，关于《明词综》一书删改明人词句者，已经有王兆鹏、张仲谋、叶晔、刘婷婷、林友良等人做了研究，其中以林友良《王昶词学研究》一书列举最为详细。笔者在分析《明词综》删改词作现象时，力求做更为深入细致的梳理，在讨论一些词作时参考了以上诸位的论著，不一一出注。

以下主要从词律与审美两个方面来考察王昶编纂《明词综》时的改词现象。

1. 词律上的修改

杨基《多丽》（问莺花）词，《眉庵集》原词凡 137 字，据《钦定词谱》，此词正体当为双调 139 字（平、仄韵皆可），双调 137 字、138 字、140 字（用仄韵）均为别体。其中双调 137 字，前段 15 句七平韵，后段 12 句五平韵。代表作有李子申《多丽》（好人人）词③。杨基词作押入声"药"部韵，起首 3 字不入韵，与李子申词押平韵者不合。大概王昶据杨基词押仄韵的情况，认为此词当以双调 139 字为佳，因而对原作进行了字词调整，有增有减。"向人憔悴、未开一尊"一句④，杨基有可能是仿聂冠卿《多丽》词，此处聂词作"绿阴摇曳、荡春一色"⑤，属于"四、四"的 8 字句，万树、丁绍仪等曾对此进行批评，《明词综》将其改为"向人憔悴未舒尊"，是 7 字句；又"管多少残梦、梅花惊落"，依词律应作 7 字句，类似七言诗句用法，故王昶删去了"残梦"，以符合词律。又"摇曳珠箔"，据词律当为 5 字，故王昶增补 1 字改为"摇曳映珠箔"。"不似柳花、长任恁漂泊"，据《钦定词谱》，此处当为"平平仄、中平中仄，中仄平平"，

① 钱锺书：《管锥编》，第 1689~1694 页。
② 邹祗谟评王次回："词不多作，而善改昔人词，殊有加毫颊上之致。"参见贺裳《皱水轩词筌》，载唐圭璋编《词话丛编》第 1 册，第 713~715 页。
③ 唐圭璋编《全宋词》第 5 册，北京：中华书局，1965，第 3598 页。
④ （明）杨基：《眉庵集》卷十二，成化二十年（1485）张羽刻本。
⑤ 唐圭璋编《全宋词》第 1 册，第 10 页。

原作少二字，故王昶改作"天涯路、计程难定，长恁漂泊"①，以合词律。

《明词综》卷三选杨慎《水调歌头》（春宵微雨后）一词，此词下阕，《升庵长短句》作："席上欢，天涯恨，雨中姿。向人如诉，粉泪半低垂。九十春光堪惜，万种心情难写，欲将彩笔寄相思。晓看红湿处，千里梦佳期。"②《类编笺释国朝诗余》中此词下阕文字同此。由《钦定词谱》看，此词为正体双调95字，原作字数虽然为95字，但词律不符。"粉泪半低垂"正体当为7字，原作少2字；"欲将彩笔寄相思"正体当为5字，原作多出2字。明人词作多不合词律，可能与受到元曲的影响有关，杨慎为明词大家，尚且如此。康熙间《历代诗余》选此词时，将"粉泪半低垂"与"欲将彩笔寄相思"两句位置互调。移动至前面的"欲将彩笔寄相思"句平仄虽然符合"⊙●◎●●○○"③（中仄中仄仄平平）的宽泛要求，但仍不完美，在十分注重音律的王昶看来，这不是最佳选择，且整首词境尚显不联。王昶在选此词时，在"粉泪半低垂"前加"漂泊"二字，"欲将彩笔寄相思"句删"欲将"二字。④ 这样一来，整首词的词意比《历代诗余》显得更为浑然一体。

《明词综》卷八选沈懋德《菩萨蛮·江游》："江声汹汹鱼龙老，云情烟色从空绕。千里一扁舟，看完无限秋。　苹花随浪急，白鹭迎风立。天外倚高楼，有人添暮愁。"⑤ 此词下阕，《历代诗余》本作："苹花随浪急，白鹭迎风立。独有倚楼人，凝眸语不闻。"⑥《菩萨蛮》相传为李白所作，双调44字，每半阕两仄韵两平韵，每两句押一韵。《历代诗余》的"独有倚楼人，凝眸语不闻"，用韵虽无问题，但词律有宽严之分。据《钦定词谱》，此词正格为李白《菩萨蛮》，最后两句的平仄为"⊙●●○○，⊙○○●○"（中仄仄平平，中平中仄平）。但在《钦定词谱》中有典范意义的朱敦儒、楼扶的词作，此两句的平仄均为"仄仄仄平平，仄平平仄平"。若从宽泛意义上说，下句第三字应平可仄；但若从严格意义上说，

---

① （清）王昶辑《明词综》卷一，《续修四库全书》第1730册，第629页。
② （明）杨慎：《升庵长短句》卷一，明嘉靖刻本。
③ "○"表示平声，"●"表示仄声，"⊙"表示应平可仄，◎表示应仄可平。
④ （清）王昶辑《明词综》卷三，《续修四库全书》第1730册，第643页。
⑤ （清）王昶辑《明词综》卷八，《续修四库全书》第1730册，第682~683页。
⑥ （清）沈辰垣等编《历代诗余》卷九，第142页。

"语"字是仄声，此处最好用平声字，王昶大概觉得《历代诗余》用仄声字在词律上仍不够精确，便改为平声字，因此《明词综》对此二句做了调整，改为"天外倚高楼，有人添暮愁"，格律更精确。这显示出浙派词学家对词律的要求很严格。刘炳《浪淘沙·寒食》（野径土墙斜）上阕，四库本《刘彦昺集》、豫章丛书本《鄱阳五家集·春雨轩集》均作："野径土墙斜，桃李桑麻。纸钱飞处乱啼鸦。祭余携酒去，寒食野人家。"按照《钦定词谱》，此词正体上阕后二句当为"◎●◎○○●●，◎●○○"（中仄中平平仄仄，中仄平平）句式，即"七四"式，而原作为"五五"式，不合词律，王昶选此词时，改为"闲趁斜阳携杯去，寒食人家"①。陈冉《卖花声》词："愁压远山低，此恨谁知。吴绫浅碧湿胭脂。无限秋光憔悴意，残叶疏枝。　　多病损腰肢。檀袖双垂纱窗，月上影迟迟。漏冷莲花人静也，寒雁来时。"② 此词大概是据《众香词》采选，删去了副标题"秋后"，且有较大改动。③ 如将"鲛绡帕上"改为"吴绫浅碧"，"无限秋光偏着意，似醉如痴"改为"无限秋光憔悴意，残叶疏枝"，"憔悴损腰肢"改为"多病损腰肢"，"嘹呖数声塞雁也，玉漏沉时"改为"漏冷莲花人静也，寒雁来时"。"嘹呖数声塞雁也"平仄有误，此句当为"⊙●◎○○●●"（中仄中平平仄仄），"塞"字仄声，不合词律，王昶改为"漏冷莲花人静也，寒雁来时"，合词律。

卷三蔡宗尧《点绛唇》："寒雨溪桥，卷帘半醉春风好。早莺来了，疏影梅花老。　　吟破狂愁，燕落江天渺。山城小，马蹄多少，露湿王孙草。"④ 其中"早莺来了，疏影梅花老"，"山城小"，明刻本《龟陵集》所附词分别作"春事若何，莺语梅花老"，"山城外"⑤。据《钦定词谱》，此词正体上片第三句平仄为"◎○⊙●"（中平中仄），而"春事若何"的平仄为"平仄仄平"，不合词律，改为"早莺来了"，平仄为"仄平平仄"合词律。

《明词综》中收录的一些词的格律有多种样式，王昶通过更换词中句子

---

① （清）王昶辑《明词综》卷一，《续修四库全书》第 1730 册，第 629 页。
② （清）王昶辑《明词综》卷十二，《续修四库全书》第 1730 册，第 709 页。
③ （清）徐树敏、钱岳编《众香词》"数集"，康熙二十九年（1690）锦树堂刊本。
④ （清）王昶辑《明词综》卷三，《续修四库全书》第 1730 册，第 648 页。
⑤ （明）蔡宗尧：《龟陵集》卷二十一，《明别集丛刊》第 2 辑第 77 册，合肥：黄山书社，2016，第 595 页。同参《全明词》第 2 册，第 960 页。

或字的位置来让词作符合《钦定词谱》中常见的词律。如卷五施绍莘《谒金门》："春欲去，如梦一庭空絮。墙里秋千人笑语，花飞撩乱处。　　无计可留春住，只有断肠诗句。万种消魂多寄与，斜阳天外树。"① 施绍莘《花影集》卷五此词上、下片末句分别作"撩乱花飞处"，"芳草斜阳树"。② 此词上、下片词律在五代、北宋时期也有"◎⊙○◎●"（中中平中仄），如韦庄《谒金门》（空相忆）等，且属于正格，明末清初学《花间集》盛行，施绍莘之词很可能就是学韦庄。但《钦定词谱》选入具有典范意义的孙光宪、周必大的《谒金门》作品，格律均作"平平平仄仄"，只有程过《谒金门》（江上路）上片用"仄仄平平仄"，下片用"仄平平仄仄"，均属于变体。大概王昶所据正是《钦定词谱》中孙、周二人的变体格，调整了上片"撩乱""花飞"的位置，将下片"斜阳"的位置也做了调整，且将"芳草"改换为"天外"。

2. 因审美做删改

王昶承南宋姜夔词学，美学上追求清空骚雅的风格，在编选词集时对一些不符合此要求的词作做了调整。比如，钱继章《浣溪沙·闺情》（睡损眉黄澹未添）下阕，卓人月《古今词统》卷四作："柳束狂莺频欲断，竹妨归燕戏相黏，斜风细雨隔疏帘。"③《倚声初集》卷三选此词，内容与《古今词统》一致，后有王士禛评点："字法妍绝"。④ 因此是写闺情之词，词风接近《花间集》，整体上妍丽，颇有柔靡之嫌，这正是浙派词学家尽量避免的。"柳束狂莺频欲断，竹妨归燕戏相黏"类似直写，造句也颇为质实，略带粗俗，不够蕴藉。王昶在选入此词时，将其改为"柳外疏莺声睍睆，竹边归燕语呢喃"⑤，整体上显得更为清空蕴藉，"狂""断""戏"等较为通俗字眼被替换，其中"睍睆"出自《诗经·凯风》。经过删改后，词境蕴藉骚雅，不似《花间集》浓艳的风格。

《明词综》卷二选祝允明《蝶恋花·赠妓》（闹蝶窥春花性浅），《明词

---

① （清）王昶辑《明词综》卷五，《续修四库全书》第 1730 册，第 662 页。
② （明）施绍莘：《花影集》卷五，明末刻本。
③ （明）卓人月编《古今词统》卷四，《续修四库全书》第 1728 册，第 537 页。
④ （清）邹祗谟、王士禛辑《倚声初集》卷三，《续修四库全书》第 1729 册，第 238 页。
⑤ （清）王昶辑《明词综》卷六，《续修四库全书》第 1730 册，第 667 页。

汇刊》所选祝允明《枝山先生词》原词词调作《凤栖梧》，题下无"赠妓"二字①，"未了妆梳，小颗唇朱点"②作"试重含轻，未放风流点"。从词境上说，原词颇为通俗直白，口语化很浓，也有佚荡之嫌，王昶改句则要典雅蕴藉许多。③单恂《浣溪沙》："豆蔻花红满眼明。小帘贴燕雨如尘。踏青时节又因循。　倦蝶有情随鬓弹，远山无赖学眉鬟。冷清清地奈何春。"④《倚声初集》卷三、《东白堂词选初集》卷二均选入此词，首句作"豆蔻花红满眼春"，下片头两句作"蓦地一团愁到了，怎生图个不眉鬟"，末句作"冷清清地奈何人"。⑤原词"蓦地一团愁到了，怎生图个不眉鬟"写人，带有口语化，比较浅俗。王昶改为"倦蝶有情随鬓弹，远山无赖学眉鬟"，写物，语句对仗，更为典雅，词境也更显清空，更符合浙派词学"骚雅"的审美理想。

葛一龙《忆王孙》词："春风吹后满天涯，系马高楼春日斜。归梦悠扬隔柳花，不如他一路青青直到家。"⑥此词见于崇祯本《葛震甫诗集》之《艳雪篇》，其中"春风"作"东风"，"悠扬"作"离披"。⑦《词的》《倚声初集》《东白堂词选初集》《历代诗余》等词选均选入此词，内容同《艳雪篇》。《古今词统》亦选此词，其中"系马高楼"作"醉藉芳茵"。⑧经过比勘，可以发现是王昶《明词综》将"东风"改成"春风"，"离披"改作"悠扬"，原词与改动处均符合词律，可见属于审美意义上的改动。王昶可能是据莫少虚《浣溪沙》"归梦悠扬见未真，绣衣恰有暗香熏，五更分得楚台春"所改。⑨从实际效果来看，"离披"改成"悠扬"显得清空灵动许多，更符合柳花随风摇摆的轻灵之态。而将"东风"改成"春风"并

① 按，顾璟芳《兰皋明词汇选·附兰皋诗余近选》（辽宁教育出版社，1998，第85页）卷四收此词，此句同《明词汇刊》本，但题下有"赠妓"。
② （清）王昶辑《明词综》卷二，《续修四库全书》第1730册，第637页。
③ 张仲谋《明词史》谈及此词文字差异时，也怀疑是王昶改动。参见张仲谋《明词史》，第167页。
④ （清）王昶辑《明词综》卷六，《续修四库全书》第1730册，第670页。
⑤ （清）邹祗谟、王士禛辑《倚声初集》卷三，《续修四库全书》第1729册，第238页；（清）佟世南编《东白堂词选初集》卷二，《四库全书存目丛书》集部第424册，第560页。
⑥ （清）王昶辑《明词综》卷六，《续修四库全书》第1730册，第665页。
⑦ （明）葛一龙：《艳雪篇》，《明别集丛刊》第4辑第92册，第529页。
⑧ （明）卓人月编《古今词统》卷三，《续修四库全书》第1728册，第503页。
⑨ （清）徐釚：《词苑丛谈》卷十，清康熙刻本。

不高明，因下句中有"春日"，连续出现"春"字显得重复。《西崦山人词话》卷二评葛一龙"其词不多作，惟咏草一阕，颇饶意味"①，可见王昶较欣赏此词。

施绍莘《满庭芳·初夏》原作下阕："日长。真似岁，轻施冰簟，破梦西堂。正王瓜供馔，菰米输粮。且喜黄梅过也，建兰开、啰芥茶香。东斋晚，一壶村酒，月在松窗。"②《花影集》原题作"夏景"。《明词综》对下阕改动较大，将"破梦西堂"改为"闲梦羲皇"，"正王瓜供馔，菰米输粮"改为"正孤蝉吟树，乳燕依梁"，"月在松窗"改为"新月上松窗"。③下阕最后一句，王昶有添字。《满庭芳》有平韵、仄韵二体。平韵正体为双调95字，上下阕各四平韵，变体为上阕四平韵，下阕五平韵。仄韵体又名《转调满庭芳》，双调96字，上下阕各四仄韵。万树《词律》则以93字为《满庭芳》，以95字为《满庭霜》。施绍莘此词为平韵，当为95字。而原作仅94字，依韵推测，原作下阕最后一句少一字，故王昶添一"新"字。又，"破梦西堂"尽管合词律，但"破"字显得突兀，与词中表现的"闲适"状态不符，故王昶改为"闲梦羲皇"，"羲皇"用陶渊明典，以更好地表现施绍莘布衣隐居的闲适心境，改得较为成功。④又，"正王瓜供馔，菰米输粮"，指田居生活的清淡，但用在词中皆属于实指，过于质实。王昶将其改为"正孤蝉吟树，乳燕依梁"，与躺在席上的词境正好符合，且意境空灵幽远，更符合浙派词清空的特点。"月在松窗"之"在"字属于静止的状态，指月亮挂着窗户旁边，而"新月上松窗"之"上"字是一个动态的过程，表现出月亮慢慢上升的状态，更生动形象。

又如边贡《蝶恋花·留别吴白楼》："亭外潮生人欲去。为怕秋声，不近芭蕉树。芳草碧云凝望处，何时重话巴山雨？　　三板轻船频唤渡。秋水疏杨，欲折丝千缕。白雁横天江馆暮，醉中愁见吴山路。"⑤此词又见于

---

① （清）王昶：《西崦山人词话》卷二，上海图书馆藏清稿本。

② （明）施绍莘：《花影集》卷五，明末刻本。

③ （清）王昶辑《明词综》卷五，《续修四库全书》第1730册，第662页。

④ 林友良认为，改为"羲皇上人"之典是强调词人的隐士形象，参见林友良《王昶词学研究》，第133页。

⑤ （清）王昶辑《明词综》卷二，《续修四库全书》第1730册，第638页。原作参见（明）边贡《华泉集》卷八，明崇祯刻本。

《华泉集》卷八（《东白堂词选初集》卷七亦选此词，个别字有异），题目略有不同。经对比，可以发现《华泉集》与《明词综》中此首词文字差异很大。改动处与原词皆合词律，但王昶将原词"亭上雨来"改为"亭外潮生"，潮生，则表示已在海边或江边入海口，更符合赠别的情境，且词境更为清空远阔。原作"为怕离声"，"万叠衷情那可赋"过于写实，属于直抒胸襟，分别改为"为怕秋声"，"三板轻船频唤渡"，以客景映衬主人心情，含蓄蕴藉。原作"荡漾丝千缕""白雁嗷嗷江馆暮"中"荡漾""嗷嗷"等词均不雅致，尤其后者属于直写，过于发露叫嚣，将"荡漾"改为"欲折"，写主人折柳寄别，"嗷嗷"改为"横天"，意境清空。古人常说诗、词、曲之辨，原作用词更接近诗、曲，不是过于质实，就是流于"俗"，与词的清空骚雅、蕴藉含蓄有一定距离。修改后的版本则更符合词的意境。这些均是从浙派词审美的角度出发进行删改。王昶《西崦山人词话》卷一云："余阅《怀麓堂集》，中有词数首，皆庸俗不足存。继少师而起者，如空同、大复、迪功，又不见词章，惟边华泉贡送别之作，体格清稳，存之。"[1]王昶对边贡的送别词评价较高，其中所言边贡送别词作，盖指此阕。实际上，被收入《明词综》的边贡词作经过了王昶的删改。

　　《明词综》还据《众香词》等采入了一些女性词家的词作，其中一些词受《花间集》《尊前集》的影响，词风颇为妍丽，王昶在选入时，对这样的词进行了删改，以符合雅正的规范。[2] 以下举两例，以见其概。沙宛在《醉花阴》原作："翡翠楼头风几阵，断送残红尽。薄暮掩罗帏，独步无聊，不识初来径。　　起来云鬟欹慵整，恰似醒初醒。雨过近黄昏，拨动痴肠，怎耐伤春病。"王昶改作："翡翠楼头风几阵，断送残红尽。薄暮掩罗帏，睡鸭香寒，冷却沉檀印。　　梦回宝枕垂云鬟，愁压蛾弯损。窗外雨声疏，响入芭蕉，又是黄梅信。"[3] 可以看到沙氏之作有学李清照词的影子，但颇为直露。"独步无聊"写女性在闺房踱步时的落寞与无聊，但过于

---

[1] （清）王昶：《西崦山人词话》卷一，上海图书馆藏清稿本。

[2] 关于《明词综》中收入的女词人词作与其原作的文字差异，林友良《王昶词学研究》（第128~129页）曾以《全明词》为参校，将有一句以上改易者列为一表，较为详细，可参看。

[3] （清）徐树敏、钱岳编《众香词》"数集"，清康熙二十九年（1690）锦树堂刊本；（清）王昶辑《明词综》卷十二，《续修四库全书》第1730册，第711页。

写实，王昶改为"睡鸭香寒"，通过间接写香炉的香气和闺房的冷清来写女子的无聊与孤独，以环境来烘托人的心境，更为出色。"起来云鬟欹慵整"写女性初醒时的情态，有艳词的影子，王昶改为"梦回宝枕垂云鬟"，显得含蓄虚空，将过于质实的语句改换为"虚"的词语。王昶将"恰似醒初醒"改为"愁压蛾弯损"，"拨动痴肠"改为"响入芭蕉"，"怎耐伤春病"改为"又是黄梅信"等均有相似的效果，虽然未直写，但表达出女性伤春的意境，更有言外之意，显得清空骚雅，更符合浙派词学的审美。

有一些词作直抒情感，字词感情色彩强烈，过于直白。比如《众香词》收景翩翩《忆秦娥》一首："秋风恶。年年吹我罗衫薄。罗衫薄。小楼闷坐，半垂帘幕。　　满阶明月梧桐落。近来何事添萧索。添萧索。菱花强对，鬓云私掠。"① 王昶将其选入《明词综》时做了明显删改："秋萧索。西风一夜吹香阁。吹香阁。挑灯独坐，半垂帘幕。　　满阶明月梧桐落。满窗凉露吴衫薄。吴衫薄。菱花闲对，鬓云斜掠。"② 原词"年年吹我罗衫薄"直写秋风吹薄衫，"近来何事添萧索"直写感受，王昶分别改为"西风一夜吹香阁"，"满窗凉露吴衫薄"，属于间接描写，且不至过于发露，较为蕴藉。"菱花闲对，鬓云斜掠"中"闲""斜"两字比"强""私"两字清空灵动。又如选马如玉《凤凰台上忆吹箫》（清夜无眠）词，"望断天涯芳讯，人寂寞、偏觉更长"③，原词作"何事玉郎不至，情索莫、偏觉更长"④。原词以女性口吻抒发期待心上人来看望自己而未得的寂寞无聊心境，语言直白浅俗，王昶改后词境变得清空蕴藉。

朱彝尊辑《词综》时，认为宋人词本无题，大概是后人编词集爱以"闺情"等题分类，是坊刻书的弊病，因而予以剔除。朱彝尊云："宋人词集，大约无题，自《花庵》、《草堂》，增入闺情、闺思、四时景等题，深为可憎，今俱准集本删去。"⑤ 王昶编选《明诗综》继承了此做法，如陈子龙词，删词题者 13 阕，刘基、文徵明词，删词题者各 4 阕。删词题对于理

---

① （清）徐树敏、钱岳编《众香词》"数集"，清康熙二十九年（1690）锦树堂刊本。
② （清）王昶辑《明词综》卷十二，《续修四库全书》第 1730 册，第 710 页。
③ （清）王昶辑《明词综》卷十二，《续修四库全书》第 1730 册，第 708 页。
④ （清）徐树敏、钱岳编《众香词》"数集"，清康熙二十九年（1690）锦树堂刊本。
⑤ （清）朱彝尊、汪森编《词综》，第 15 页。

解词的影响还不大，但大量删除词序影响对词的解读。《明词综》中收有刘基《临江仙》一阕，但删去了此词的序。后来陈廷焯《白雨斋词话》就此发了一通感慨，认为此词已有胡惟庸之祸的征兆，实际就是未读原作的小序，存在时间错位。① 前引胡介《满江红》（走马归来）一阕，此词收入康熙刻本《旅堂诗文集》中《诗集》部分，题作"沈四定山重还湖上，赋《满江红》寄之"，实际上可将之视为词序。《东白堂词选初集》选此词时，尚保留"定山沈四重还湖上，赋寄"，虽有改动，但基本不影响词的理解，但《明词综》收入此词时将这些全部删去，不利于后人了解此词的本事。

值得指出的是，王昶在总体继承朱彝尊浙派词学理念的同时，在选词上也有不同于朱彝尊看法的地方。如朱彝尊批评马洪："马浩澜以词名东南，陈言秽语，俗气熏入骨髓，殆不可医。"② 马洪以词名，有《花影集》三卷，杨慎《词品》称之。马洪词以妍丽著称，多艳词冶语，朱彝尊对其评价很低。王昶《明词综》选其词 4 阕，均见于杨慎《词品》"马浩澜著《花影集》"条，有可能《明词综》即据《词品》采选。王昶仅对其词作个别字词做了删改，以符合雅正风格。4 阕在《明词综》中数量已不算少。与朱彝尊极力否定马洪不同，王昶从词学发展的历史出发，选其词中较雅者 4 阕，较客观地反映出马洪在当时词坛的地位。

综上，尽管王昶《明词综》选词与作者本集的文字差异有些是因袭前人词选所致，但他继承朱彝尊等人对明词发展的总体判断，选择明词以晚明为主，符合明代词学发展的总体面貌。王昶以浙派词学为指导，从词律（平仄、字数）、审美（清空骚雅）等角度对明词进行了较多删改，使词选中所收词作与词人本集的面貌差异较大，甚至给后人研究明代词学带来了"不可靠"的版本，导致后人所引明词有误。③ 从这个意义上看，王昶《明词综》的文献意义相对较小，而更多的是文学批评意义，体现出他以浙派词学标准来批评与建构明代词学的努力。尽管这种以一家词学思想来衡量一代词学的做法具有狭隘性，但也反映出乾嘉之际浙派词学的主流思想面貌。

---

① 张仲谋：《〈明词综〉研究》，载《中华文史论丛》第 78 辑，上海：上海古籍出版社，2004。
② （清）朱彝尊、汪森编《词综》，第 15 页。
③ 关于王昶《明词综》对后来的诸多明词选本及鉴赏词典等误引产生的影响，林友良做了梳理，详见林友良《王昶词学研究》，第 159~162 页。

第二节 《国朝词综》系列与王昶的浙派词学建构

《明词综》是王昶以浙派词学思想对明代词学的甄选，体现了清代浙派词人对明代词学的总体认识与接受，而《国朝词综》《国朝词综二集》是王昶以浙派词学思想对清代嘉庆以前词人词作进行的甄选，同样体现出清代浙派词人对嘉庆以前词学发展的认识。《琴画楼词钞》是王昶在编纂《国朝词综》前对同时代所交游者的风格近于浙派词人词作的汇选，且其中大部分人成为《国朝词综》《国朝词综二集》中雍正、乾隆、嘉庆词人的主体，后两者中的相应词作也多是据《琴画楼词钞》直接转录，以下一并将《琴画楼词钞》纳入《国朝词综》系列选本来考察。

一 词学理念的实践：从《琴画楼词钞》到《国朝词综》

王昶作为乾嘉时期浙派词学的中坚力量，并不是以提出新颖且重要的词学理论见长，他对浙派词学的建构与拓展是通过一些重要的词学选本来实现的。尤其是他以朱彝尊、厉鹗等倡导的浙派词学理论来选词，使浙派词学经历了一个由江浙地区向全国拓展的过程。《琴画楼词钞》可以视为对江浙两地浙派词学的建构，而《国朝词综》《国朝词综二集》则使浙派词学推广到全国，系列选本的刊刻流传使浙派词学在王昶那里逐渐到达趋于一尊的地位。以下先简单介绍《琴画楼词钞》《国朝词综》《国朝词综二集》三部选本及其选择词家词作的倾向。

（一）《琴画楼词钞》与《国朝词综》的基本情况

《琴画楼词钞》共 25 卷，乾隆四十三年（1778）辑成，吴泰来刊刻。此书是王昶任陕西按察使期间编订的一部词选，选其生平所交接的 25 家词人的词作，每人一卷。入选词人以江浙两地（含流寓）为主，多是清代中期优秀的词人。其中，卷一张梁（38 阕）、卷二厉鹗（63 阕）、卷三陆培（63 阕）、卷四张四科（63 阕）、卷五陈章（34 阕）、卷六朱方蔼①（50

---

① 朱方蔼为朱彝尊族孙，汪森外孙。

阕）、卷七王又曾（71 阕）、卷八吴烺（76 阕）、卷九汪士通（33 阕）、卷十吴泰来（81 阕）、卷十一江昱（63 阕）、卷十二储秘书①（45 阕）、卷十三赵文哲（71 阕）、卷十四张熙纯（45 阕）、卷十五陆文蔚（23 阕）、卷十六过春山（31 阕）、卷十七朱昂（62 阕）、卷十八江立（56 阕）、卷十九朱泽生（41 阕）、卷二十吴元润②（46 阕）、卷二十一王初桐③（62 阕）、卷二十二宋维藩（29 阕）、卷二十三吴锡麒（54 阕）、卷二十四吴蔚光（45 阕）、卷二十五杨芳灿（56 阕）。尽管一些人的创作存在前后变化，比如储秘书、吴蔚光、吴元润、杨芳灿等人的创作就不仅仅限于浙派风格。王昶在甄选上述诸人的词作时，有选择的标准，带有宗派性。严迪昌曾指出："王昶选辑的标准是带有强烈的'浙派'倾向的，所以，这实际上又只能说是中期'浙派'的名家词钞。除了储秘书等个别词人不能限称为'浙派'外，基本上包罗了该派中期的代表人物。至于吴锡麒其时仅三十三岁，《词钞》选辑的是这位'浙派'中期向后期转折的名词人的早年作品。吴蔚光、杨芳灿也尚年轻，他们后来词创作的实践已渐脱出了'浙派'的路数。"④ 注意到个别词人的创作非早期浙派所能覆盖，后期浙派词人如吴锡麒等的创作对浙派词学的改变。但《琴画楼词钞》选择的均是这些词人近于浙派风格的词作，如厉鹗、储秘书等人词集中有一些豪放词作，王昶均未收入《琴画楼词钞》。这些词人也成为王昶后来编纂《国朝词综》及《国朝词综二集》时浙派中期的主体成员。

《国朝词综》48 卷，清嘉庆七年（1802）三泖渔庄刻本。这是王昶继朱彝尊《词综》及自己续编的《明词综》后的一部选本，由门人陶梁等人协助编订。该选本选清初至嘉庆七年前过世的词人词作，词人凡 725 家，其中男性（含释道）670 家⑤，分布于卷一至卷四十六，女性词家 55 家，

---

① 储秘书是储方庆曾孙，储在文孙，与宜兴陈氏有姻亲。

② 吴元润为吴泰来弟，后因兄弟阋墙，吴泰来被迫往关中依毕沅。王昶《国朝词综》中未选吴元润词，《七子诗选》中有一些王昶怀吴元润的诗，《春融堂集》也未收。

③ 王初桐，字竹阳，号竹所、罐甃山人等。初名王丕烈，字耿仲，嘉定人。监生。官齐河县丞。有《杯湖欸乃》，词又见于《练川五家词钞》。

④ 严迪昌：《清词史》，第 331 页。

⑤ 符樱《清词综系列研究》（硕士学位论文，武汉大学，2004，第 5 页）、刘婷婷《王昶〈明词综〉与〈国朝词综〉研究》（硕士学位论文，浙江大学，2009，第 36 页）等均作 669 家，恐误。

分列卷四十七至四十八。该选本在编选体例上仿《词综》，但未列帝王类。卷四十六中有一部分词人词作是据清初词选《倚声初集》、《东白堂词选初集》以及各种地方志等采录，但词人生平不能详考。① 此书另有光绪二十八年（1902）金匮浦氏重刻本、《词综系列》本，又有同治四年（1865）亦西斋刻本、民国二十三年（1924）中华书局出版《四部备要》本等。

《国朝词综二集》8 卷，收 62 家词人。此书是王昶应从孙王绍成之请，于嘉庆八年（1803）孟冬编订。虽然王昶因眼疾无法亲自从事于此，但《国朝词综二集》的编选无疑是在其口授指导下完成的。因《国朝词综》在编纂时被选入者绝大多数已经亡故，为可以论定者，存世者不收（也有个别例外，如吴蔚光卒于嘉庆八年八月，但收入其词），即王绍成所说的"惟现在朋游尚余二三十家，并有零章小集填溢箧衍"②，这些词人皆入《国朝词综二集》。例如，钱大昕卒于嘉庆九年（1804），在《国朝词综》纂成的嘉庆七年（1802）十月尚健在，不属于可以论定的行列，因此未收入；一些年辈晚于王昶但已前卒者如黄景仁等，均采入《国朝词综》。而《国朝词综二集》所收者嘉庆八年时均健在，如钱大昕、吴锡麒、曾燠等，而年辈与王昶同时的钱大昕被列入卷首。这是二者在采选标准上的一个区别。严迪昌认为："《国朝词综二集》所收大多为王昶后辈，王氏齿爵俱尊，高自身份，不便把这些词家作品录入前编，所以托言从孙王绍成请。"③ 大概是疏于细核。《国朝词综二集》另有一些版本，与《国朝词综》本同，不再赘述。

（二）《琴画楼词钞》与《国朝词综》的关系

王昶编纂词选的实践比较早，《琴画楼词钞》并非其最早编纂词集的尝试。王昶早年在苏州朱昂家坐馆时就与赵文哲、吴泰来及朱氏子侄等有过诗词唱和。乾隆二十二年（1757）前后，王昶曾有编"五家"词选的打

---

① "兰泉司寇辑《国朝词综》，凡未详里居、时代者，均汇列四十六卷中。"参见（清）丁绍仪《听秋声馆词话》卷十二，《续修四库全书》第 1734 册，第 142 页。

② （清）王绍成：《国朝词综二集序》，载（清）王昶辑《国朝词综二集》卷首，《续修四库全书》第 1731 册，第 370 页。

③ 严迪昌：《清词史》，第 332 页。

算，选王鸣盛、赵文哲、吴泰来、钱大昕及他本人的词为"五家"词。赵文哲《金缕曲》（十载清吟瘦）词小序记载了王昶当时的构想："兰泉有《五家词》之选，贻书索予旧稿，并见示礼堂、辛楣词卷，赋此却寄。"①至于是否刊刻五家词，则不得而知。这表明至迟在乾隆二十二年（1757），王昶已经开始有意识地从事选词工作，这是他从事《琴画楼词钞》《国朝词综》等当代词选编纂的前期实践。

《琴画楼词钞》与《国朝词综》及《国朝词综二集》在编选时间上相差近30年，二者存在联系与区别。宋良容、林友良分别对《琴画楼词钞》《国朝词综》有关25家词人作品进行过统计。②从《琴画楼词钞》选词数量来看，入选词作最多的是吴泰来，达81阕，这可能与《琴画楼词钞》是由吴泰来代为出资刊刻有关。其次是吴烺、赵文哲、王又曾。厉鹗词只有63阕，与陆培、张四科、江昱、朱昂等不相上下，这体现出《琴画楼词钞》具有明显的以交游亲疏为选词标准的特点。在《国朝词综》里，厉鹗词最多，达54阕，其次是赵文哲，选46阕，吴锡麒选36阕，吴泰来词只有16阕，明显少于厉鹗、赵文哲二人，甚至少于《国朝词综二集》里吴锡麒、杨芳灿等人的词作。这表明《国朝词综》及《国朝词综二集》的选词尽管也与交游因素有关，但更看重艺术标准，词作优秀者入选方多。被后世称为浙派词家代表的厉鹗、赵文哲、吴锡麒入选词数量与其名声地位相匹配。

从入选词家看，《琴画楼词钞》选入的词人主要活动在江、浙二省，但籍贯不限于此二省。例如，张四科原籍陕西，吴烺原籍安徽，均寄居扬州等地；汪士通原籍安徽，官于浙江。可见浙派更多的是以风格相同为准，并不限于具体的籍贯，这与朱彝尊对浙派词人的定义相近。③值得一说的

---

① （清）赵文哲：《娵雅堂词集》卷二，《北京师范大学图书馆藏稀见清人别集丛刊》第11册，桂林：广西师范大学出版社，2007，第242页。

② 参见宋良容《王昶与乾嘉时期环太湖词坛研究》，硕士学位论文，华东师范大学，2011，第20~21页；林友良《王昶词学研究》，第72~74页。

③ 关于浙派词人并不以地域为限的问题，朱彝尊已有所揭示："在昔都阳姜石帚、张东泽，弁阳周草窗，西秦张玉田咸非浙产，然言浙词者必称焉，是则浙词之盛亦由侨居者为之助，犹夫豫章诗派不必皆江西人，亦取其同调焉尔矣。"参见朱彝尊《鱼计庄词序》，《曝书亭集》卷四十，《清代诗文集汇编》第116册，第332页。

是,《琴画楼词钞》中词人除吴元润外①,其他词人均选入《国朝词综》或《国朝词综二集》。《琴画楼词钞》中的大部分词人在《国朝词综》及《国朝词综二集》中也是入选词作较多的词家。其中,有 9 人入选词作在 20 阕以上,厉鹗、赵文哲、张四科、吴锡麒在《国朝词综》中的词作甚至在 30 阕以上。这反映出《国朝词综》中的乾嘉间词人主体实际上就是以《琴画楼词钞》为核心构成的。

在梳理《琴画楼词钞》与《国朝词综》及《国朝词综二集》的区别与联系后,再附带简略谈谈《琴画楼词钞》的文献价值及其删改现象,这些删改现象大多也在《国朝词综》及《国朝词综二集》中保留下来(偶有小的改动,详后),这也可以看作《琴画楼词钞》与《国朝词综》及《国朝词综二集》的一种联系。王昶注重收集当代词人的词作,因此《琴画楼词钞》保留了一些稀见词人词作,有着较重要的文献价值。② 实际上,经过战乱等因素,乾嘉词人词集亡佚不少。《琴画楼词钞》也正如王昶所期望的那样,起到了保存词家词作的作用,尤其是保存了一些清中期重要词家的词作。例如,吴泰来的部分词作就不见于《古香堂集·词》(华东师范大学图书馆藏本),此本的词作实际由王昶收集并寄给吴泰来之子进行刊刻,《琴画楼词钞》中有 10 余阕词作未收入该词集。又如,扬州著名词人江昱,原有《梅鹤词》4 卷,今已不能得见,赖《琴画楼词钞》存其词 63 首。江立、汪士通、储秘书、宋维藩、陆文蔚等人的词作也因《琴画楼词钞》得以保存大概。

《琴画楼词钞》中还收录了一些词人同作词,一些词人的词集并未传世,其词作吉光片羽,赖《琴画楼词钞》得以保存。例如,《琴画楼词钞》选陆培《白蕉词》中有《南浦》词一阕,后附有盐官刘锡勇、秀水沈廷陛、陆大复同作词各 1 阕,其中沈廷陛、陆大复词分别收入《国朝词综》卷二十三、卷二十七,刘锡勇词则未收入,也未见于他选。再如,《琴画楼

---

① 吴元润词近北宋,"王兰泉司寇初集同时师友谓为《琴画楼词钞》,后辑《国朝词综》无不录入,独遗吴兰汀大令元润《香溪瑶翠词》,岂因其中岁阋墙,薄而屏之耶? 大令长洲人,官卫辉知县,为竹屿中翰弟。词体柔媚,颇似秦柳"。参见丁绍仪《听秋声馆词话》卷十八,《续修四库全书》第 1734 册,第 191 页。

② 李庆霞:《〈琴画楼词钞〉的文献学及词学价值》(《嘉兴学院学报》2014 年第 4 期)一文已有简要介绍。

词钞》收入朱方蔼《小长芦渔唱》中所附吴廷采《浪淘沙·题春桥桐溪垂钓图》等。这表明《琴画楼词钞》具有珍贵的文献价值。

值得指出的是，《琴画楼词钞》在收集词人的词作时，王昶也做过删改。比如，张梁《曲游春·阑干》"一曲花梢亚，便绮窗雕槛，无限深静。万里芳心"①，《琴画楼词钞》本作"曲曲花梢亚，便绮窗雕槛，深院幽静。一片芳心"②，存在明显不同。陆培的词被改动得更大，如《齐天乐·蝉》"西风消息凭伊说，骚人最怜凄调"，"歔语谁唱巷陌"，"浅约山眉，鬓边慵斗巧"③，《琴画楼词钞》分别作"为谁说尽西风信，丝丝最怜凄调"，"占年曾记谚语"，"梦雨无踪，晓梳慵斗巧"④。《琴画楼词钞》中对词作的删改在《国朝词综》及《国朝词综二集》中大多保留下来。

但也有《国朝词综》本删改《琴画楼词钞》的例子，如《琴画楼词钞》选入《白蕉词》中所附陆大复《南浦》词一首："分手路三千，最相思、茆店鸡声催晓。且缓唱骊歌，红螺酒、一醉离愁都扫。清商早被，旗亭谱入秦筝小。此际秋怀差不恶，休赋美人香草。 吟窗曾共疏灯，算他年，肯把盟鸥忘了。笑我但萧疏，青毡破、曾是日边能到。秦淮渺渺，片帆径渡烟波悄。为问凌云新献赋，藤纸价添多少。"⑤ 这是一阕送别陆培的词，用的是南宋张炎《南浦》（波暖绿粼粼）的原韵，词也有模仿张炎原作的痕迹。此词收入《国朝词综》卷二十七，王昶将"休赋美人香草"的"美人"改为"灵均"。照张炎词，"休赋美人香草"句平仄为"中仄仄平平仄"，"灵均"反而不如"美人"合词律。另外，"笑我但萧疏"改为"笑我太疏狂"。这样的例子表明《国朝词综》对《琴画楼词钞》中收入的词作也有改动。可见，王昶在编选词集时对同一词作有多次改动的情况。

（三）《琴画楼词钞》与《国朝词综》的选词倾向

王昶选词时带有明显的浙派倾向，无论是《琴画楼词钞》还是《国朝

---

① （清）张梁：《幻花庵词钞》卷一，《清代诗文集汇编》第 253 册，第 581 页。
② （清）王昶辑《琴画楼词钞》卷一，乾隆四十三年（1778）三泖渔庄刻本。
③ （清）陆培：《白蕉词》，雍正八年（1730）平湖陆氏刻本。
④ （清）王昶辑《琴画楼词钞》卷三，乾隆四十三年（1778）三泖渔庄刻本。
⑤ （清）王昶辑《琴画楼词钞》卷三，乾隆四十三年（1778）三泖渔庄刊本。

词综》及《国朝词综二集》，在选词时均注重声律，以南宋词学为归，强调骚雅。这表现在两个方面：首先，入选词数量最多者是浙派重要词人；其次，入选词人（无论其是否为浙派）的词作以浙派风格为准。

刘婷婷、林友良将《国朝词综》《国朝词综二集》入选词作 20 阕及以上者制作成表①，以江浙两地的词人为主（含流寓）。其中朱彝尊（65 阕）、李符（33 阕）、李良年（31 阕）、沈岸登（24 阕）、沈皞日（22 阕）为康熙间浙西词派的代表人物，属于浙派早期词人代表；厉鹗（54 阕）、吴锡麒（36 阕）等为武林词人，可以视为浙派中后期词人的代表；而张四科（37 阕）、江昉（37 阕）、江昱（28 阕）、江炳炎（27 阕）等人为广陵浙派词人，赵文哲（46 阕）、王时翔（45 阕）、王策（35 阕）、毛健（26 阕）、朱昂（24 阕）、林蕃钟（21 阕）、过春山（20 阕）等是活动在苏州、太仓等地的词人，属于吴中浙派词人。非浙派词人只有纳兰性德（31 阕）、陈维崧（30 阕）、任曾贻（23 阕）入选词较多。

由入选词人的地域来源看，入选人数较多的地方大多是词学传统比较发达的地区。例如，平湖、桐乡、嘉兴等地是康熙年间著名浙派词人的故乡，雍乾间这些地方的词学传统得以延续；扬州地区是顺康间著名的广陵词人群体聚集之地，到了雍乾间又继之以厉鹗等浙派中期词人群体；上海、苏州等吴中地区则是明末清初云间词派的重要活动地域，到了雍乾之间又继之以吴中浙派词人群体，这一地区还有以陈维崧为代表的阳羡派。值得注意的是，随着康熙后期至雍正、乾隆间浙派词学影响扩大，原来云间、阳羡、广陵词坛的后人在创作上均受到了浙派的影响。例如，因厉鹗等人长期活动在扬州地区，广陵词坛就具有明显的浙派倾向。上海、太仓、苏州等地方的词人创作亦倾向于以浙派为主。关于这种倾向，王昶在《大圣乐》（水榭吟鸥）的小序中谈到太仓一地的词学创作："娄水百余年词学，鹿樵生体综北宋，未极幽妍，至小山、汉舒、今培、同怀、素威、颖山出，乃能上继浙西六子。同时作者，武林则樊榭、授衣，广林［陵］则渔川、橙里，阳羡则淡存及位存兄弟，槜李则南芗、春桥、谷原，吴中则企晋、

---

① 参见刘婷婷《王昶〈明词综〉与〈国朝词综〉研究》（第 40~41 页）、林友良《王昶词学研究》（第 88~89 页）相关表格。

湘云、策时、升之，共二十余家，各擅其工，即南宋未有其盛也。"① 虽然所举之人的创作未必尽能以浙派概括，但王昶也大致指出了当时词坛普遍学浙派的倾向，这段时间实际也是浙派词学发展最为鼎盛的时期。从这个意义上看，至少王昶所勾勒的清中期倾向于浙派词学的词人群体是存在的，他则以选本的形式反映出当时浙派词学的面貌。

除了入选词数量较多者以江浙两地的词人为主外，王昶在选择词人词作时也有强烈的浙派倾向。比如，陈维崧是阳羡词派的领袖，其词以北宋为宗，风格豪放，但王昶在采其词的时候，几乎未选其豪放之作，甚至对其词作做了删改，以尽量接近浙派风格。这种情况在同样来自阳羡词派的史承谦词作上也存在。史承谦是阳羡词派后继者，但词的创作已经逐渐走出阳羡词派的藩篱，既有近于浙派风格清空骚雅的词作，也有继承阳羡词派的豪放之作，还有五代北宋言情小词，创作风格多样化，并非浙派词学所能覆盖。王昶《国朝词综》选其词 28 阕，在入选词人中排第 14 位，超过沈岸登、沈皞日等早期浙西词派代表人物，也超过了朱昂、朱方蔼等与王昶交游紧密的同时代词人，在阳羡派词人中也仅次于陈维崧。由此可以看出王昶对史承谦的词学成就与词学地位是充分肯定的。但值得指出的，《国朝词综》所选史承谦词作是近浙派风格的词。谢章铤云："其词选入《国朝词综》将三十首，然亦取其近于浙派者，佳篇固不止此。"② 指出了《国朝词综》选史承谦的词存在审美偏好，未尽其长。

这样的现象在《国朝词综》中比较普遍。例如，吴伟业的词作以北宋为宗，部分词作有花间的影子，王昶在采词时，此类作品选得较少，且有润色，尽量雅化。王时翔是雍乾间重要的词人，他最初创作词并不是以南宋为宗的。谢章铤《赌棋山庄词话》云："雍正乾隆间，词学奉樊榭为赤帜，家白石而户梅溪矣。惟王小山太守时翔及其侄汉舒秀才策独倡温、李、晏、秦之学，其时和之者，顾玉停行人陈垿、毛鹤汀博士健、徐冏怀秀才庚，又有素威辂、颖山嵩、存素愫三秀才，皆王门一姓之俊。笙磬同音，埙篪迭奏，欲语羞雷同，诚所谓豪杰之士矣。"③ 指出了王时翔早年词学五

---

① （清）王昶：《春融堂集》卷二十五，第 296 页。
② （清）谢章铤：《赌棋山庄词话》续编卷三，《续修四库全书》第 1735 册，第 163 页。
③ （清）谢章铤：《赌棋山庄词话》卷十一，《续修四库全书》第 1735 册，第 124 页。

代北宋。王昶实际也注意到这一点，他在《国朝词综》小传中引王时翔《小山词自跋》来呈现王时翔学词的历程，跋云："词至南宋始称极盛，诚属创见，然笃而论之：细丽密切，无如南宋，而格高韵远，以少胜多，北宋诸公往往高拔南宋之上。余年十五爱欧文忠、晏小山、秦淮海之作，摹其艳制，得二百余首。年来与里中毛博士鹤汀、顾孝廉玉停举词社，二君皆仿南宋，余亦强效之，弗能工也。"① 这表明王昶也注意到王时翔早年词学五代北宋，尤其是写情的小词颇涉艳冶。在《国朝词综》中，王昶选了一些王时翔此类情词，但这些词写得比较委婉，不显露，与浙派风格的冲突并不严重。例如，王时翔《小山诗余》卷四《初禅绮语》是以《浣溪沙》为词牌依韵写的 30 阕词，其中绝大部分是绮艳之语。王昶挑选其中相对较雅的四首编入《国朝词综》，其中《浣溪沙》："半是含娇半是慵，宝钗欲堕翠鬟松。锦窝情态为谁浓？　　春浅花新招蛱蝶，夜寒香烬绣芙蓉。一弯愁思驻螺峰。"② 此作就有《花间集》色彩，也与晏几道、秦观的词风颇近。虽然王昶在编选时并未删汰此类小令，但选入的大部分王时翔词作是近南宋风格的。又如，王策（约 1663—约 1708）③ 是康熙年间太仓地区杰出的词人，其创作以婉约为主，兼具豪放一体。王昶认为王策"所著《香雪词》，一以张炎、王沂孙为宗，偶效辛弃疾、刘过及柳耆卿、周邦彦，非其至者也"。④ 实际上，王策也并非全学南宋，只不过王昶多选其近南宋风格之作。再如，储秘书是阳羡人，词风以南宋为主，但一些词作仍反映出阳羡词派传统的影响，有着明显的豪放风格，对于这一类作品，王昶亦不予采入。蒋士铨、洪亮吉在当时词学苏、辛，以豪放见长，王昶也因二人词作与浙派风格不一样，选入颇少，蒋士铨选 2 阕，洪亮吉仅选 1 阕。⑤

最后，有必要提及《练川五家词》。这是关于嘉定一地词人词作的选本，收王丕烈（初桐）、诸廷槐、王元勋、钱塘、汪景龙（汪照）五家词。

---

① （清）王昶辑《国朝词综》卷二十四，《续修四库全书》第 1731 册，第 186 页。同参（清）王时翔《小山文稿》卷三，《清代诗文集汇编》第 236 册，第 474 页。

② （清）王时翔：《小山诗余》卷四，《清代诗文集汇编》第 236 册，第 438 页。

③ 关于王策生卒年，祁宁锋《王策及其〈香雪词钞〉考略》（《中国韵文学刊》2014 年第 1 期）考证为约生于康熙二年（1663），卒于康熙四十八年（1709）。

④ （清）王昶：《直隶太仓州志》卷三十六，清嘉庆七年（1802）刻本。

⑤ （清）谢章铤：《赌棋山庄词话》续编卷二，《续修四库全书》第 1735 册，第 148 页。

《练川五家词》并未严格地以浙派词学理念来选词。除王初桐有词集存世外，其他人的词集似已亡佚。除王元勋外，王昶曾将他们的部分词作采入《国朝词综》《国朝词综二集》。其中，王初桐入选词作最多，达 8 阕，诸廷槐、汪景龙、钱塘各 2 阕。《练川五家词》比较有价值的地方在于保留了五家的词作及时人对词作的评语，对于研究乾嘉时期嘉定地区的词学面貌有较大的价值。从入选词作及评语看，诸人的创作风格较为多样化，既有豪放风格，也有婉约风格。例如，王鸣盛总评汪照的词云："《金荃》《握兰》本是《国风》苗裔，即东坡、稼轩英雄本色语，何尝不令人欲歌欲泣？文章能感人，便是可传，何必扫尽艳粉香脂与铜琶铁板乎？渔洋山人著《花草蒙拾》，称董文友善写闺裙之致，邹程村独标广大之称，岑华其兼之矣。"① 实际上就注意到汪照词以言情感人为本，兼有豪放劲爽与婉约绮艳的风格，颇为可贵。又如，钱塘《夜游宫》（今夜华堂欢宴）词，张孝则评"放翁、稼轩之流"②，认为钱塘的词具有豪放派的风格。大概 5 人中王初桐的词学成就较高，以南宋为宗，风格多近浙派词，王昶选入《国朝词综》及《国朝词综二集》相对较多，其他人则并不以词名，所以王昶选入较少（或未选）。这也表明王昶编选《练川五家词》与《国朝词综》及《国朝词综二集》的标准存在差别。王昶编选《练川五家词》更多的是为了保留词学文献，反映嘉定一地词学的真实面貌；而编选《国朝词综》及《国朝词综二集》更多的是从浙派词学理念出发，两者的考量不一样。王昶另有《青浦诗传》附录词三卷，大多以浙派词学理论为指导甄选，所谓"亦皆清虚骚雅，微婉顿挫"③，多是近雅之词，限于篇幅，不再展开论述。

二 沿袭或删改：《国朝词综》与诸家词集的文字差异

前面在谈《明词综》时已提及其文字与诸家词集存在差异，其中一部分是沿袭前代词选，而较大一部分是王昶做的删改。这种选本与诸家词集存在差异的现象在王昶编选的当代词集《琴画楼词钞》《国朝词综》《国朝词综二集》中也存在。当然，这并不是说所有的文字差异都是王昶删改所

---

① （清）王昶编《练川五家词》卷四，上海图书馆藏清抄本。
② （清）王昶编《练川五家词》卷五，上海图书馆藏清抄本。
③ （清）王昶：《青浦诗传自序》，《春融堂集》卷四十一，第 415 页。

致，有些可能是词家后来编订词集时做了删改，特别是在王昶的同辈与后辈词家词作差异上，这种可能性更大。实际上，有研究者已注意到《国朝词综》所选词与本集的文字差异，如林友良举例对《国朝词综》中吴伟业（《南乡子·新浴》）、龚鼎孳（《东风第一枝·春夜同秋岳作》）等与两家词集文字做了对比。①

本书以《国朝词综》等为中心来探讨选本与诸家词集的文字差异，进而分析其原因，并探讨王昶改词的现象。以下先以著名词人为例，梳理《国朝词综》及《国朝词综二集》选词与本集的文字差异，为避免重复，个别词作只录文字差异部分（见表1）。

表1　《国朝词综》选词与相关词人本集的差异举隅

（1）曹溶

词名	国朝词综	静惕堂词
满江红·钱唐观潮	浪涌蓬莱，高飞撼、宋家宫阙。谁荡激，灵胥一怒，惹冠冲发。点点征帆都卸了，海门急鼓声初发。似万群，风马骤银鞍，争超越。　江妃笑堆成雪。鲛人舞圆如月。正危楼湘转，晚来愁绝。城上吴山遮不住，乱涛穿到严滩歇。是英雄未死，报仇心秋时节	浪拥蓬莱，斜飞过、宋家双阙。飘桂子，水晶宫里，谁冲怒发。点点征帆都卸了，海门急鼓声初发。似万群，风马骤银鞍，青山裂。　江妃笑堆成雪。鲛人舞圆如月。正危楼惊起，晚来愁绝。痛饮高歌留不住，乱涛穿到蛟门歇。看英雄未死，报恩心秋时节

注：《曝书亭集》卷二十六朱彝尊同题词后附曹溶《满江红》原作，内容同《国朝词综》，盖王昶据《曝书亭集》采曹溶词，且朱彝尊已对曹溶词做过删改，王昶因袭了这种改动。

（2）曹贞吉

词名	国朝词综	珂雪词
卖花声·秋夜	孤枕梦难成。怕听声声。一天黄叶雁纵横。搔首自怜霜满鬓，又唤愁生	无计破愁城。梦断魂惊。一天黄叶雁纵横。不待成霜霜满鬓，短发星星

（3）顾贞观

词名	国朝词综	弹指词
南乡子·捣衣	廊上月华清，廊下霜花结渐成。今夜戍楼归梦里，分明，人在回廊曲处迎	片石冷于冰，两袖霜华旋欲凝。今夜戍楼归梦里，分明，纤手频呵带月迎

---

① 林友良：《王昶词学研究》，第122页。

续表

词名	国朝词综	弹指词
柳初新·水仙祠下柳	当日别离无据，知他可忆长亭语。零铃唱罢，酒醒残月，只在踏青归处。添得倚风凝伫。念天涯，有人羁旅	当日别离无据，知他可忆长亭语。狂踪约略，酒醒残月，多在乱莺啼处。添得倚风凝伫。念天涯，有人羁旅
双双燕·用史邦卿韵	碧甃。生怜苔润。伴欲折垂条，越加轻俊。为他萦系，絮语一帘烟暝。容易雕梁占稳，待二十四番风信。重来唤取疏狂，半刻玉肩偷凭	香径。芹泥犹润。只一缕红丝，误他娇俊。几多恩怨，絮彻杏梁烟暝。传语别来安稳，待二十四番风信。那时重试清狂，肯放雕阑独凭
念奴娇	冷清清地，便欢场也只，不情不绪。况是鬓丝禅榻畔，禁得几番秋雨。兰炧微沉，桃笙半叠，瘦尽炉烟缕。香深醉浅，此愁何减羁旅。　不过絮断柔肠，乱蛩多事，切切空阶语。二十五声清漏永，浑是碎人心处。翠湿云鬟，凉侵雪腕，莫更催机杼。知他睡否，慢怜别梦无据	冷清清地，便逢欢也则，不情不绪。况是宵长孤枕侧，挨得几番秋雨。兰炷微沉，桃笙半叠，送尽炉烟缕。香浓醉薄，此愁何减羁旅。　不过絮断柔肠，乱蛩枉却，费许多言语。二十五声清漏永，尽彀滴残双箸。翠湿云鬟，凉侵玉腕，那复催砧杵。由他梦醒，别来和梦难据

注：《柳初新》一阕，《弹指词》中词牌下作“本章用梅溪韵”；《念奴娇》一阕，《弹指词》中词牌作“念奴娇”，《明词综》作“百字令”。

（4）尤侗

词名	国朝词综	百末词
满江红·余淡心初度和梅村韵	对酒当歌，君休说，麒麟图画。行乐耳，柳枝竹叶，风亭月榭。满目凄凉汾水雁，半生憔悴章台马。问何如，变姓隐吴门，吹箫者	对酒当歌，君休说，麒麟图画。行乐耳，柳枝竹叶，风亭月榭。满目山川汾水雁，半头霜雪燕台马。问何如，变姓隐吴门，吹箫者

（5）陈维崧词

词名	国朝词综	迦陵词
东风第一枝·踏青和蘧庵先生原韵	篱杏糁，红飘尘土。溪柳毵，绿凝门户。画完江左亭台，酿成花朝节序。为欢并日，况渐逼、韶光百五。约钿车、来日重游，又听小楼宵雨	篱杏糁，如尘鬓缕。溪柳毵，带烟朱户。画完江左亭台，酿成花朝节序。为欢并日，况渐逼、韶光百五。约钿车、来日重游，又听小楼宵雨
齐天乐·绿水亭观荷	分明一幅江南景，恰是凤城深处。野翠罗罗，嫩晴历历，扑到生香万缕。隔花人语。认双桨堤边，采莲儿女。稻叶菱丝，隔纱长作打窗雨。　亭亭波面斜袅……	分明一幅江南景，恰是凤城深处。野翠罗罗，嫩晴历历，扑到空香万缕。早村人语。是柳下沟塍，离边儿女。稻叶菱丝，隔纱长作打窗雨。　莲房箭靫簇簇……

词名	国朝词综	迦陵词
庆春泽·春影	已近花朝，未过春社，小楼尽日沉沉。暝色连朝，江南倦客燕禁。门前绿水昏如梦，粉云遮，失却遥岑。怎湔裙，不到溪边，佳约空寻。　年时恰是莺花候，正黄归柳靥，红人桃心。舞扇歌衫，参差十里园林。东风吹织丝丝满，做半寒半暖光阴。问何时，日上花梢，细弄鸣禽	已近花朝，未过春社，小楼尽日沉吟。暝色连朝，江南倦客难禁。门前绿水昏如梦，粉云遮，失却遥岑。谢桥边，冻了梅魂，结了春阴。　年时恰是莺花候，正黄归柳靥，红入桃心。舞扇歌衫，参差十里园林。东风吹得韶光换，讵料人真个如今。问何时，日上花梢，细弄鸣禽

（6）黄景仁词

词名	国朝词综	两当轩诗余
摸鱼子·归鸦	曾相识。谁傍朱门贵宅。上林谁更栖息。几丛枯木惊霜重，我是归飞倦翮。飞暂歇。却好趁，渔船小坐秋帆侧。旧巢应忆，笑画角声中，暝烟堆里，多少未归客	曾相识。谁傍朱门贵宅。上林谁更栖息。郎君柘弹休抛洒，我是归飞倦翮。飞暂歇。却好趁，江船小坐秋帆侧。啼还哑哑，笑画角声中，暝烟堆里，多少未归客

注：此词，《两当轩全集》题作《买陂塘·归鸦同蓉裳、少云作》。

资料来源：笔者根据王昶《国朝词综》和相关词人词集整理制作。参见（清）王昶辑《国朝词综》，《续修四库全书》第 1731 册，上海：上海古籍出版社，2002；（清）曹溶《静惕堂词》，《清代诗文集汇编》第 45 册，上海：上海古籍出版社，2010；（清）曹贞吉《珂雪词》，《清代诗文集汇编》第 133 册，上海：上海古籍出版社，2010；（清）顾贞观《弹指词》卷下，《续修四库全书》第 1725 册，上海：上海古籍出版社，2002；（清）尤侗《百末词》，《清代诗文集汇编》第 65 册，上海：上海古籍出版社，2010；（清）陈维崧《陈迦陵词全集》，《续修四库全书》第 1724 册，上海：上海古籍出版社，2002；（清）黄景仁《两当轩全集》，《清代诗文集汇编》第 424 册，上海：上海古籍出版社，2010。

　　尚有不少清初知名词家词作文字差异未列入表格，摘要罗列如下。

　　龚鼎孳《薄幸》（碧帘风绾），"恨凤佩星遥，玫筝屏隔，不耐啼莺冷暖"中的"玫筝"，"劝烟篘、彩缆多情，莫负金樽满"中的"劝烟篘、彩缆多情"①，《国朝词综》本分别作"琼筝""对烟篷、彩缆多情"②。李雯《凤凰堂上忆吹箫》（漏咽铜龙），"一庭芳草半只帘钩"，"凤锁云稠应"，"江流下落花飞絮"句③，《国朝词综》本分别作"一庭芳草懒上帘钩"，

---

① （清）龚鼎孳：《定山堂诗余》卷二，《清代诗文集汇编》第 51 册，第 154 页。
② （清）王昶辑《国朝词综》卷一，《续修四库全书》第 1731 册，第 11 页。
③ （清）李雯：《蓼斋集》卷三十二，《清代诗文集汇编》第 23 册，第 633 页。

"烟锁云稠应"，"东风系落花飞絮"①。曹尔堪《点绛唇·陆舫春思》（沙暖蒲香），《南溪词》本"似补梨花瘦"②，《国朝词综》本作"赢得梨花瘦"③。纳兰性德《凤凰台上忆吹箫·守岁》（锦瑟何年）"还向烛花影里"之"烛"字，"冠儿侧、斗转蛾儿"④，《国朝词综》分别作"灯"字，"重帘畔、又转蛾儿"⑤。吴绮《点绛唇·春情》（几度莺啼）"扑损菱花"，"无情山色"⑥，《国朝词综》分别作"瘦损菱花"，"无情云树"⑦。杜诏《台城路·秣陵感秋》（石头城下长千里）"小有狂歌，何多狎客"⑧，《国朝词综》本作"北里歌喉，南朝狎客"⑨，且删去了词中小注。即使是一些不出名的词家，将他们的词集与《国朝词综》相校勘，也有明显的文字差异，如熊文举《南乡子》，这样的例子不胜枚举，不一一述及。

《国朝词综》中收入的同王昶交游的词人词作与词人本集相校勘，也存在较大差异，有可能是初稿与定稿之间的差异。例如，卷二十选张梁词，《暗香》（石湖春色）、《壶中天》（相思才了）的小序；《高阳台》（笔冢凄凉）、《壶中天》（五茸西北）词末小注，《国朝词综》本均有删节。卷三十张四科《忆旧游》（问重来倦旅）小序中"戊辰七月既望王谷原秀才"⑩，《响山词》卷四作"癸酉秋夜王谷原又曾比部"⑪，时间所记不一致，似乎是张四科后来编订词作时对时间做了修改，《国朝词综》本留下的是初稿的记载。卷三十六选王又曾词，如《东风第一枝》（树暗南徐）题下注，《丁辛老屋词集》作"雪霁，渡江归舟作"⑫，《国朝词综》本作"雪霁，同沃田、镜香渡江归舟作"⑬，《国朝词综》本信息量比王又曾别集丰富，可能

---

① （清）王昶辑《国朝词综》卷一，《续修四库全书》第 1731 册，第 13 页。
② （清）曹尔堪：《南溪词》卷一，康熙五年（1666）留松阁刻本。
③ （清）王昶辑《国朝词综》卷一，《续修四库全书》第 1731 册，第 18 页。
④ （清）纳兰性德：《通志堂集》卷九，《清代诗文集汇编》第 194 册，第 493 页。
⑤ （清）王昶辑《国朝词综》卷六，《续修四库全书》第 1731 册，第 50 页。
⑥ （清）吴绮：《艺香词钞》卷一，乾隆四十一年（1776）刻本。
⑦ （清）王昶辑《国朝词综》卷四，《续修四库全书》第 1731 册，第 36 页。
⑧ （清）杜诏：《云川阁集·浣花词》，《四库全书存目丛书》集部第 266 册，第 131 页。
⑨ （清）王昶辑《国朝词综》卷二十，《续修四库全书》第 1731 册，第 154 页。
⑩ （清）王昶辑《国朝词综》卷三十，《续修四库全书》第 1731 册，第 234 页。
⑪ （清）张四科：《响山词》卷四，《清代诗文集汇编》第 331 册，第 641 页。
⑫ （清）王又曾：《丁辛老屋集》卷二十，《清代诗文集汇编》第 305 册，第 493 页。
⑬ （清）王昶辑《国朝词综》卷三十六，《续修四库全书》第 1731 册，第 276 页。

是王昶据手稿选词，王又曾后来编订词集时有删汰。卷三十九选赵文哲词，如《倦寻芳》（柳遮翠馆），《婍雅堂词集》"漫惜侵帘莺语滑，可怜入耳鹃啼苦"①，《国朝词综》本作"漫惜侵帘莺语滑，可怜隔浦鹃啼苦"②。卷四十四选吴蔚光词 18 首，其《小湖田乐府自序》言："卷一曾锓于木，王述庵少司寇复选入《琴画楼词钞》中，有数调未合，赖鲍生叔冶为书副本来，摘其讹，因而改正。"③可见吴蔚光的词作原稿有词律错误，其门人鲍份指出其误，吴蔚光做了改正。如《小湖田乐府》本《西江月》（对面绣棚坐处）"幽梦却无枕觉，闲愁或有灯知"④，《国朝词综》本作"幽梦却无枕觉，闲愁还怕灯知"⑤，就与本集存在差异。将王昶友人王鸣盛、吴省钦等人本集中的词作与《国朝词综》相校勘，也存在一些文字差异，为避免烦琐，不一一列举。

《国朝词综二集》所选词与词人本集相校，也存在类似的情况，如选吴锡麒、杨揆、吴翌凤、郭麐等人之词即是（见表 2）。比较吴锡麒《凤凰台上忆吹箫》、吴翌凤《高阳台》《长亭怨慢》《春从天上来》的小序与《国朝词综二集》，可知诸家别集内容更多，信息更丰富，可能是王昶在选词时做了删改，以显得简练；而郭麐词小序则内容明显多于《浮眉楼词》，大概王昶是据郭麐词的初稿采选，后来郭麐在编订词集时做了删改。

《国朝词综》《国朝词综二集》与诸词人本集在文字上的差异值得研究者重视。今天编辑《全清词》等大型词学选本时，多是据选本直接采入，即使有别集可供校勘者，限于编纂体例，也无暇取之精校。实际上，一些词作在采入选本时已经过编选者的修改，也有部分词选中的词作可能是据稿本采选，因而与定本存在差异。无论如何，若利用词作进行作家作品的研究，则需要进行校勘，因为有些选本可能遮蔽了词作的本来面貌，而有些词选可能保存了词作的原貌。

---

① （清）赵文哲：《婍雅堂词集》卷一，《北京师范大学图书馆藏稀见清人别集丛刊》第 11 册，第 234 页。
② （清）王昶辑《国朝词综》卷三十九，《续修四库全书》第 1731 册，第 299 页。
③ （清）吴蔚光：《小湖田乐府》卷首，《清代诗文集汇编》第 406 册，第 2 页。
④ （清）吴蔚光：《小湖田乐府》卷一，《清代诗文集汇编》第 406 册，第 5 页。
⑤ （清）王昶辑《国朝词综》卷四十四，《续修四库全书》第 1731 册，第 338 页。

表 2　《国朝词综二集》选词与相关词人本集差异举隅

（1）吴锡麒

词名	国朝词综二集	有正味斋词
摸鱼儿·平望	光阴好，记得吴船唤渡，年年来往沙渚。可怜莺脰湖心水，重照鬓丝如许。风飐处，认几点，青帘挂在江南树。渔歌唱暮，早清逼疏钟，冷窥断塔，新月一眉吐	光阴换，约略吴船唤渡，当时来往沙渚。可怜莺脰湖心水，重照鬓丝如许。风飐处，认几点，青帘挂在冥冥树。渔歌唱暮，早清逼疏钟，冷窥断塔，新月一眉吐
凤凰台上忆吹箫	小序：城东瓦子巷，本南宋时勾栏	小序：城东瓦子巷，本南宋时勾栏，梦窗《玉楼春》词有云"问称家住城东陌，欲买千金应不惜，归来困顿珊珊春眠，犹梦婆娑斜趁拍"盖指此也。今则委巷萧然，知者殆寡。余以秋日经行其间，弥觉衰草夕阳，黯然怀抱矣

（2）杨芳灿

词名	国朝词综二集	芙蓉山馆词钞
摸鱼儿·韩大景图有句云"归来坐深林，误［悟］到秋生处"余爱之，作此寄韩	据胡床，深林独坐，微茫天色催暮。碧云几叶流空影，窣地感秋无据。秋欲语，道还叩，骚人识我家何处。君应不误，想篱豆花边，凉蝉声里，依约认来路	据胡床，深林独坐，微茫天色催暮。碧云几叶流无影，窣地感秋成悟。秋有语，道还叩，骚人识我家何处。君应不误，想篱豆花边，凉蝉声里，依约认前路

注：《真率斋初稿·词》本"依约认来路""正露沁池莲"二句同《国朝词综二集》，余同《芙蓉山馆词钞》。

（3）吴翌凤

词名	国朝词综二集	曼香词
齐天乐	杜郎愁思多少，新霜看乍染，双鬓如许。望里斜阳，烟鬟数点，缥缈碧云何处。离情待诉。向暖翠帘阴，静调鹦鹉。甚日归来，夜深听俊语	文园近来多病，风怀都减尽，秀句难赋。桃叶江空，回潮乍咽，目断水天归路。秦筝漫抚，对曲曲屏山，水沉一缕。夜色闲庭，露凉蛩自语
倦寻芳	碧云向晚，倚遍危栏，谁伴孤寂。恻恻寒轻，可惜谢池春色。凉雨乍催花去，东风只有重帘隔。料闲愁，有画梁双燕，似曾相识。　记那日、蘼芜小院，罗幕香中，歌扇轻拍。露浅花深，相对细倾春碧。缥缈惊鸿何处所，夜寒空照西楼月。恁相思，对清灯、又成凄绝。	乱云向夕，独倚危阑，芳思如织。恻恻寒轻，可惜谢池春色。凉雨又催花事去，东风只有重帘隔。燕归来，认巷口斜阳，好春无迹。又谁向、尊前起舞，争奈枝头上，声声啼鴂。折取残英，笑与强簪巾帻。芳草天涯幽梦远，夜来还照西楼月。掩重门，那更听、一声邻笛

词名	国朝词综二集	曼香词
征招	流水。谢桥湾，垂杨畔、当年画楼何似。燕子得泥归，甚重门深闭。锁窗灯影里。有谁识、夜凉情味。待归也，赋尽相思，[奈]月明千里	别馆。谢桥湾，芳堤晓、当年玉骢游地。飞絮扑晴空，似飘零身世。华年同逝水。纵心事、万千难寄。楚天远，归梦无凭，奈月明千里
高阳台	小序：嶛城王介翁，以明经试吏，不得志，归年冉冉老矣，营菟裘于石湖之滨，将移家终焉。今春，复有钱江之行，余饯之郊外。酒半，索余度曲，为赋此解	小序：嶛城王介翁，以明经试吏，不得志，归年冉冉老矣，营菟裘于石湖之滨，将移家终焉。今春，复有钱江之行，余饯之郊外。酒半，余度曲。夫石湖为范文穆栖隐处，而白石老仙游衍佳处也。年时尝与二三友荡舟其间，渚烟汀草，弥望无际，山花自笑，水禽乱飞，恍与词客吟魂相酬答，惜采云飞尽，无复作山灵主人者。今君以风流宏长继主其地，佗时吟屐归来，草堂无恙，余将驾短篷，道横塘，款关访君，授简征歌，有足乐者。故倚声赋此，以当折柳赠行之曲
长亭怨慢	不过枫香馆一年矣，主人垂问近况，漫调此词示之。 经几度、画檐疏雨，柳下人家，燕巢先冷。润绝琴丝，落红庭院晚风劲。倦怀谁省，知消减、看花心性。梦绕屏山，又早被、箫声吹醒。　人静。向苔阴小立，试把玉钿重问。柔情未定，谁扶上、江南烟艇。想当初罗袜侵阶，有几处雾深花暝。到人去庭空，一片露华凉浸	壬辰春，旅寓鹿城，况味寥落，有怀旧游。沈赟渔自都门以诗来云："倚遍阑干冷不禁，洛川旧梦苦萦心。海棠莫便风吹却，留待银缸照夜深。"三千里外，亦同此感也。 经几度、画檐疏雨，柳下人家，燕巢先冷。润绝琴丝，落红庭院晚风劲。旅怀畴省，知消减、看花心性。梦破黄昏。又听到、断钟零磬。　春尽。问吟魂何自，犹恋旧时芳景。银屏梦醒，谁扶上、江南烟艇。想当初罗袜侵阶，有几处雾深花暝。到人去庭空，一片露华凉浸
春从天上来	小序：答陶静葊见怀之作。	小序：答两峰见怀之作。自乾隆癸巳春与君会于西湖后，聚散不常，别来又复十余年矣，余流宕湖湘，君亦羁栖吴下，停云念远，不胜黯然

注：《齐天乐》一阕，《曼香词》本作《台城路·秣陵归思》。其中，上海图书馆藏稿本《与稽斋丛稿》本《曼香词》"回潮似咽"作"潮回似咽"。《倦寻芳》中，"无痕""更听"《与稽斋丛稿》本《曼香词》作"无迹""便听"。《征招》中，"谢桥湾""楚天远""归梦无凭"，《与稽斋丛稿》本《曼香词》作"野桥边""楚天杳""短寐无凭"。《春从天上来》一阕，《曼香词》小序中，"两峰"即吴翌凤好友陶磐。陶磐，字静葊，号两峰，杭州人。与沈起凤、吴翌凤、戴延年、林蕃钟等9人结"水村诗社"。"两峰"，上海图书馆藏稿本《曼香词》作"陶净葊"。

（4）郭麐

词名	国朝词综二集	浮眉楼词
国香慢	小序：梦华以媚兰小影属题，云前尘影事不能去心，且他日寻春，欲依此求之也	小序：媚兰小影为梦华题

资料来源：笔者根据王昶《国朝词综二集》和相关词人词集整理制作。参见（清）王昶辑《国朝词综二集》卷二，《续修四库全书》第1731册，上海：上海古籍出版社，2002；（清）吴锡麒《有正味斋词集》卷一，《清代诗文集汇编》第415册，上海：上海古籍出版社，2010；（清）杨芳灿《芙蓉山馆全集·词钞》卷一，《清代诗文集汇编》第435册，上海：上海古籍出版社，2010；吴翌凤《与稽斋丛稿》卷十七《曼香词》上，《清代诗文集汇编》第402册，上海：上海古籍出版社，2010；（清）郭麐《浮眉楼词》卷一，《清代诗文集汇编》第485册，上海：上海古籍出版社，2010。

　　《国朝词综》与《国朝词综二集》也有辑佚价值。尤其是与王昶生活年代相近的雍正、乾隆、嘉庆时的词人，选本中有一些词作未收入其词集，因而可据以辑佚，以下列举一些具有代表性的词作。张梁《洞仙歌·为王述庵题照》（吴绡蘸粉）不见于八卷本《幻花庵词钞》。王又曾《东风第一枝》（欲起翻眠）与《扫花游·绿阴二首和中仙韵》（凄绵苍曲）未收入《丁辛老屋集》。杨芳灿词《双调望江南》（人去也）、《双调望江南》（轻寒峭）、《满江红·芦花》（十月江南）、《小重山》（一桁珠帘小绮疏）、《凤凰台上忆吹箫》（细雨凝愁）、《蝶恋花·春寒》（片片轻冰凝绿井）、《临江仙》（最是恼人桃叶渡）、《唐多令》（露彩淡高空）、《齐天乐·秋雨沉沉，游山滞约，作此以柬淙云》（泄云一片筛寒雨）、《临江仙·寄仲则》（兰露娟娟清欲滴）、《摸鱼子·丙申七夕》（水明帘）、《临江仙·平望》（澄碧奁中红一抹）等12阕不见于《芙蓉山馆词钞》。杨揆《摸鱼儿·九日同人小集作》（淡长空）、《江神子·题玉簪小幅》（一丛秋影色香兼）、《金缕曲·题三泖渔庄图》（结屋临三泖）、《百字令·六月初七夜对月即事，与三弟同作》（纤云乍敛）、《百字令·初九夜寄怀伯兄，次初七夜对月韵》（去年今夜）等5阕不见于《桐华吟馆词稿》。郭麐《忆少年》（三巡渌酒）1阕不见于《灵芬馆词》。吴翌凤《桂枝香》（苹香吹晚）、《曲游春》（花冷春江夜）2阕不见于清嘉庆刻《与稽斋丛稿》本《曼香词》。今后编纂整理诸人词集以及《全清词》时可据以辑佚。

三 删改清词：浙派词学理念的当代实践

如前所述，《国朝词综》《国朝词综二集》收入的清初至清中期词人的绝大部分词作与诸家词集定本存在文字差异，有的差异还比较大。一般而言，这种选本与本集文字存在差异的情况主要有三方面原因：一是作者初稿与定稿的差别，即选家据词人词集初稿采选，与词人词集定本存在文字差异；二是作品在流传过程中因刊刻、抄写等出现文字讹误，这种情况下一般文字差异不会太大；三是选家的删改，操选政的选家在编选作品时出于流派主张、格律、审美偏好等考虑会有意识地对原作加墨，这往往体现出选家的文学审美等，具有重要的价值。

在《国朝词综》《国朝词综二集》的编选过程中，与《明词综》的编选相似，第三种情况比较明显。尤其是清初词家的词作已有定本，且多与清初的各类选本诸如《倚声初集》《东白堂词选初集》《历代诗余》等文字相同。大多数情况下王昶应是据前人词选或词人词集定稿采选词作。《国朝词综》收入的词作与词人本集的文字差异除沿袭诸家词选旧貌的情况外，基本上可以认定是王昶所改，比如龚鼎孳、曹贞吉、彭孙遹、陈维崧等大家本集中的词作与《国朝词综》本存在的文字差异就属于这种情况。丁绍仪云：

> 彭羡门少宰孙遹，康熙中由主事举鸿博第一人，官至侍郎。所著《延露词》，或推为本朝第一，或訾为浪得才名，皆非笃论。其旨趣颇近欧、晏，微乏风骨，且未精纯耳。王氏《词综》录其《生查子》云："薄醉不成欢，转觉春寒重。鸳枕有谁同？夜夜和愁共。 梦好恰如真，事往翻如梦。起立悄无言，残月生西弄。""鸳枕"本作"枕席"，兰泉司寇为易"鸳"字，诗词之辨，正在乎此，非深得词家三昧者不解。司寇所录各家词，每多点窜，甚且改至二三十字，如李笠湖渔《浪淘沙》词后阕四句，竟全易之，若照原本，不堪入选。惜调舛字脱未校改者，尚不胜枚举，如少宰《宴清都》《花心动》《绮罗香》三阕，悉沿《啸余》之讹，殊不合格。仇山村所谓"言顺律乖"

者是也。①

丁氏指出了王昶在编选《国朝词综》时从审美、词律的角度对彭孙遹、李渔词作进行过删改，尤其是彭孙遹是清初享有盛名的词人，词作仍然受到明代词谱《啸余谱》的影响，词调时有舛误。实际上，这是明末清初词人的共同倾向。在王昶之前，已有选家在编选作品时对前代词作进行删改。如朱彝尊编选《词综》时，对辛弃疾词作就有删改润色，使其符合浙派词学审美。王昶对此有所继承，从前文所举例子可知《国朝词综》在甄选其他清初词人词作时此类删改现象也普遍存在。吴观礼云："余闻王兰泉司寇选《国朝词综》，于同人之作，多所窜改。"② 指出王昶在选词时对与其交游之人的词作做删改的情况，比如对于后辈吴蔚光、杨芳灿、黄景仁等人词作，王昶在选入时就有删改。以下基于对王昶删改词作的确认，从词律、词学审美等两个方面分析他的删改行为，并尝试探求其原因及词学意义，揭示其局限性。

（一）词律上的删改

清初词人沿明人之习，格律未精纯处不时见于词集。对于《国朝词综》及《国朝词综二集》中收录的词作，以下分为清初词学大家、浙派领袖、王昶同辈和晚辈三部分论述。首先，从清初词学大家来看，彭孙遹《延露词》本《绮罗香·春尽日有寄》（翠远如空）前两句"翠远如空，黛浓欲滴"③，《国朝词综》作"翠远浮空，红残欲滴"；"春色总归尘土"之"总"字，"红泪缄题"之"红"字，《国朝词综》分别作"半""珠"④。据《钦定词谱》，此调首句平仄为"◎●○○，○○●●"，"翠远如空"之"如"字可以是上平的"鱼"部，也可以是去声的"御"部，问题尚且不大；但"黛浓欲滴"之"黛"字属于去声的"队"部，不符合词律，因此王昶改为"红残"，合词律。此词《瑶华集》《东白堂词选初集》等也选

---

① （清）丁绍仪：《听秋声馆词话》卷二，《续修四库全书》第 1734 册，第 68~69 页。

② （清）谢章铤：《赌棋山庄词话》续编卷二，《续修四库全书》第 1735 册，第 148 页。

③ （清）彭孙遹：《松桂堂全集》卷四十，影印文渊阁四库全书本。

④ （清）王昶辑《国朝词综》卷七，《续修四库全书》第 1731 册，第 57 页。

入，文字同《延露词》，可见王昶做了改动。前揭纳兰性德《凤凰台上忆吹箫·守岁》（锦瑟何年）"还向烛花影里"之"烛"字，根据《钦定词谱》，此词属于双调95字押平韵体，此句平仄当为"○●○○●●"（平仄平平仄仄），第三字当为平声字，而"烛"字仄声，不合词律，因此王昶将其改为"灯"字，以合词律。

陈维崧《迦陵词全集》本《琵琶仙》（暝色官桥）"记醉惹"，"许多往事"，"待来春翠荚"①，《国朝词综》分别作"记醉倚"，"一番春恨"，"待来春榆荚"②。《琵琶仙》为姜夔自创词调，据《钦定词谱》的《琵琶仙》词律，"待来春榆荚"句平仄为"●○○○●"（仄平平平仄），合词律，"待来春翠荚"为仄平平仄仄，不合词律。王昶应是据姜夔《琵琶仙》"与空阶榆荚"修改。对彭孙遹、纳兰性德、陈维崧等清初大家不合词律处，王昶做了改动，体现出他对浙派词学重词律的主张颇为强调。

其次来看浙派领袖的词作。振绮堂本《樊榭山房集》中厉鹗《声声慢·题停琴士女图》："帘垂有影，院静无声，谁家待月阑干？两点深蟾，分付次第眉山。薄妆乍脱，便低鬟、更自幽妍。心事远，看转将瑶轸，尚怯春寒。　　只有梅花知得，爱香生弦外，韵在丝前。小立徘徊，肯教流响空烟？人间尚留粉本，不愁他、轻误华年。凝望处，想参、横依约未眠。"③这阕词的词牌为《声声慢》，用较为普遍的平声韵。据《钦定词谱》，此词当为双调97字，厉鹗原词为95字，少了2字，即"薄妆乍脱"处少了2字，《国朝词综》卷二十一选入此词时在"薄妆乍脱"前加上"婵娟"④，以符合词律。

最后来看王昶同辈或晚辈的词作。如前所举吴蔚光《小湖田乐府》本《西江月》（对面绣棚坐处）"闲愁或有灯知"之"或有"⑤，《国朝词综》作"还怕"⑥。据《钦定词谱》，此句词律为"⊙○⊙●○○"，从较宽泛的角度看，"或"字应平可仄，吴蔚光词平仄尚可，但《钦定词谱》选入具

①　（清）陈维崧：《迦陵词全集》卷十九，清康熙二十八年（1689）陈宗石患立堂刻本。
②　（清）王昶辑《国朝词综》卷九，《续修四库全书》第1731册，第76页。
③　（清）厉鹗：《樊榭山房集》续集卷九，上海：上海古籍出版社，1992，第1651~1652页。
④　（清）王昶辑《国朝词综》卷二十一，《续修四库全书》第1731册，第171页。
⑤　（清）吴蔚光：《小湖田乐府》卷一，《清代诗文集汇编》第406册，第5页。
⑥　（清）王昶辑《国朝词综》卷四十四，《续修四库全书》第1731册，第338页。

有典范意义的吴文英词作，此句平仄为"●○○●○○"，第三字是平声，故王昶改为"还怕"，词律更为精确，但首字未改。吴锡麒《国香慢》（水竹摇妍）"听梢梢古韵"之"听"字①，《国朝词综二集》改作"写"字②。据《钦定词谱》此句平仄当为"●⊙○◎●"，"听"字有下平、上声、去声三种读音，大概王昶觉得不免混淆，将其改为只读上声的"写"字，词律更精确。吴锡麒《高阳台·秋雨》（荷网粘珠）"听打芭蕉"之"听"字③，《国朝词综二集》作"乱"④。据《钦定词谱》，此句平仄为"◎●○○"，"听"字虽有三种读法，此处当作平声字，从较宽泛的角度说，首字应仄可平，"听"字尚可。但前一句"是愁人、听到愁深"中已有"听"字，再用"听"字有重复之嫌，王昶改成"乱"字，属仄声，更合词律。

　　值得指出的是，《国朝词综》词调也有一些改动并不完全符合词律。如前引吴翌凤《齐天乐》（苹花不暖鸳鸯梦）过片词律为"⊙○○●◎●"，但词家一般用"○○○●●●"（如吴文英）或"○○●●●●"（如姜夔），吴翌凤《曼香词》作"文园近来多病"，王昶改作"杜郎愁思多少"，均在词律上从宽，仍有一定声律错误。据《钦定词谱》，原词第 55 字"来"，第 58 字"风"应仄；第 77 字"水"，92 字"一"应平。王昶删改时，将第 58 字改为"新"，第 77 字改为"碧"，仍然未合词律。这种改动应属于审美意义上的。

（二）因审美风格而做删改

　　王昶好以浙派清虚骚雅的审美风格来改词，这在他对非浙派词人词作的处理上体现得尤为明显。例如，吴伟业《南乡子·新浴》⑤ 一词写沐浴的瘦弱女子，《梅村词》下阕（《瑶华集》等同）作"扶起骨珊珊，裙衩风来怯是单"⑥，用"骨"字刻意突出女子的纤瘦，在视觉上有较强的冲击力，尚显直露滞碍，是外在的直接描绘，不够空灵含蓄，尚有花间艳体的

---

①　（清）吴锡麒：《有正味斋词集》卷一，《清代诗文集汇编》第 415 册，第 486 页。
②　（清）王昶辑《国朝词综二集》卷二，《续修四库全书》第 1731 册，第 385 页。
③　（清）吴锡麒：《有正味斋词集》卷五，《清代诗文集汇编》第 415 册，第 519 页。
④　（清）王昶辑《国朝词综二集》卷二，《续修四库全书》第 1731 册，第 385 页。
⑤　另可参见林友良《王昶词学研究》，第 122 页。
⑥　（清）吴伟业：《梅村家藏稿》卷二十一，《清代诗文集汇编》第 29 册，第 105 页。

影子。《国朝词综》本此句作"扶起意珊珊，生怕微风漾翠纨"①，用"意"字来突出女子慵懒的情态，由外在的视觉深化为内心情态的描写，显得含蓄骚雅。词律上"裙钗"是平平，"生怕"是平仄，此词有三格，此处中平、中仄皆可，但南宋词人此处多用"中仄"，如张先词，王昶宗南宋词格，改动大概就是以张先词为参照。"生怕微风漾翠纨"与前面的"偷看一树梨花露未干"相应，"偷看"与"生怕"都是以女子为主描写，原作"裙衩风来怯是单"稍有跳跃，王昶改后，更含蓄地写出了女子瘦弱怕风的心理轨迹。"翠纨"用词更雅，也更符合词境。这种改动就体现出浙派词学注重骚雅的一面。当然，这种改动也与乾嘉年间的具体文学教化有关，或者说与沈德潜"格调说"重视教化的影响有关。沈德潜晚年的定本"别裁"系列中，特别是《国朝诗别裁集》对于类似王彦泓《疑雨集》"艳诗"风格者均不入选，体现出儒家诗教方面的考量。王昶从具体的功用方面以《诗经》论词，推尊词体，强调词与《诗经》《楚辞》一样有比兴寄托功能、教化作用，因此他删改此类带"艳体"风格的词作也不排除强调雅正教化方面的意图。

又如李渔《浪淘沙》："飞絮又飘飐，散却春光。等闲失去旧池塘。无数绿萍遮水面，何处流觞。　　蜂蝶一齐忙，生恐无香，名园从此让村庄。万顷菜花黄不了，人在中央。"②　这是一首写乡村景物的词，下阕属于直接描写，显得质实，词境较浅俗，明显有受明代词作影响的痕迹。王昶选入此词时，改为："柳絮忽飞扬，散却春光。等闲绿遍旧池塘。无数浮萍遮水面，何处流觞。　　蜂蝶一生忙，尚恋余香，踏青散后倦梳妆。又是恹恹人病也，天气初长。"③经过修改后，下阕写女子踏青后懒于梳妆，有感于春光易逝，情致写得更细腻，用词更为雅致，词境也更为清空。

类似的还有顾贞观的《归国遥》，《弹指词》本作："呼女伴，斗草斗花轮日换。相约罗衣同浣，略嫌天气暖。　　几折才开筠扇，莫教题便满。空却回文一半，有人亲落款。"④《国朝词综》本改作："舒玉腕，斗草昨赢

---

① （清）王昶辑《国朝词综》卷一，《续修四库全书》第 1731 册，第 419 页。
② 《李渔全集》第 2 册，杭州：浙江古籍出版社，1991，第 433 页。
③ （清）王昶辑《国朝词综》卷二，《续修四库全书》第 1731 册，第 27 页。
④ （清）顾贞观：《弹指词》卷上，《续修四库全书》第 1725 册，第 70 页。

缠臂换。明日湔裙谁伴，问他伴不管。　　几叠才开罗扇，莫教题字满。空却回文一半，有人亲落款。"① 改动颇大，相当于新的创作。对比二者，可以明显看出不同的审美取向。原作"呼女伴，斗草斗花轮日换。相约罗衣同浣"等句直白浅俗，且显得质实，不够蕴藉骚雅。改换成"舒玉腕，斗草昨赢缠臂换。明日湔裙谁伴"，更显雅致蕴藉。龚鼎孳《东风第一枝·春夜同秋岳作》"旗亭蕊榜，讶批抹、双鬟何据。趁好春，安顿心情"②，《国朝词综》改作"东风力软，便逗起、春愁无数。趁踏青，好赋闲情"③。原作描写显得俗气直露，且质实，改后则较为蕴藉，骚雅清空。

又如曹贞吉的《卖花声·秋夜》，《珂雪词》本下阕作"无计破愁城。梦断魂惊。一天黄叶雁纵横。不待成霜霜满鬓，短发星星"④。《国朝词综》本改作"孤枕梦难成。怕听声声。一天黄叶雁纵横。搔首自怜霜满鬓，又唤愁生"⑤。除了"一天黄叶雁纵横"一句未改外，其余均做了改动，相当于重新创作。"无计破愁城。梦断魂惊"写秋夜下词人的愁绪难以消除，以至梦断魂惊，稍显直露突兀。而"孤枕梦难成。怕听声声"则含蓄骚雅，在清空的意境中委婉地表现出词人因愁绪难眠的情境。尤侗《天香·咏龙涎香》（云气盘山）"烟鬟雾髻，仿佛见、织绡娘子"之"织绡娘子"⑥，《国朝词综》作"织绡泉底"⑦，与后面"鲛人玉盘珠泪"呼应，显得典雅。又如陈维崧《夏初临·本意》（中酒心情）"一亩池塘，绿阴浓扑帘衣"之"扑"字⑧，《迦陵词全集》原作"触"字⑨。据《钦定词谱》，"触""扑"均为入声字，陈维崧原作、王昶改处均合词律，但"扑"字更灵动清空，将绿阴拟人化，词境更佳。龚鼎孳、顾贞观、曹贞吉等人均是清初著名的词人，王昶对其词作不合浙派清空骚雅审美风格处做了删改，可见其词学宗尚。

① （清）王昶辑《国朝词综》卷五，《续修四库全书》第 1731 册，第 43 页。
② （清）龚鼎孳：《定山堂诗余》卷二，《清代诗文集汇编》第 51 册，第 152 页。
③ （清）王昶辑《国朝词综》卷一，《续修四库全书》第 1731 册，第 11 页。
④ （清）曹贞吉：《珂雪词》卷上，《清代诗文集汇编》第 133 册，第 303 页。
⑤ （清）王昶辑《国朝词综》卷三，《续修四库全书》第 1731 册，第 29 页。
⑥ （清）尤侗：《百末词》卷四，《清代诗文集汇编》第 65 册，第 590 页。
⑦ （清）王昶辑《国朝词综》卷七，《续修四库全书》第 1731 册，第 61 页。
⑧ （清）王昶辑《国朝词综》卷九，《续修四库全书》第 1731 册，第 76 页。
⑨ （清）陈维崧：《迦陵词全集》卷十五，《续修四库全书》第 1724 页，第 277 页。

值得指出的是，王昶对于浙派领袖词作的删改较少，这可以从他对朱彝尊词作的处理上看出。校勘《曝书亭词》与《国朝词综》选词，发现王昶几乎没有因词律与审美对朱彝尊词作做删改的情况，偶有一些差异，可能也是因文字相近偶误，如朱彝尊《探春慢·河豚》（晓日孤帆）"鬬鸭阑边路"①，"鬬"字，《国朝词综》作"門"，因与"鬥"字形近偶误。《暗香·红豆》（凝珠吹黍）下片"休逗人苔裙"②，《曝书亭集·词》作"休逗人茜裙"③，若照姜夔《暗香》词，此句平仄当为"仄仄仄仄平"，"茜"字合词律，"苔"字上平声，不合词律。大概是因字形相近，《国朝词综》校勘者或刊刻时手民偶误。王昶对厉鹗词的删改也是偶尔现象，并不突出。

第三节　王昶的词学活动对清代词坛的意义

王昶是乾嘉时期著名的词学选家，也是浙派中期的代表人物之一。他从年轻时期就开始留意收集前代及当代词人作品，并受朱彝尊、厉鹗等人词学理念的影响，编选了《琴画楼词钞》《练川五家词》《明词综》《国朝词综》《国朝词综二集》等一系列重要的选本。此外，他从步入词坛起就与重要词人群体交游，为浙派词人群体网络的形成做出了贡献。从某种程度上看，王昶的词学活动对清代词坛产生了重要的影响。

一　王昶与清中期浙派词人群体的呈现

王昶从青年时期起，就嗜好填词，并以结交词人、总结整理一代词学为职志。在他一生的词学活动中，苏州、扬州是两个重要的场所，在这两个地方他结识了很多重要的词人。王昶弱冠后因家贫，外出坐馆养家。苏州是王昶早年坐馆与求学之地，友人朱昂的萍华水阁是当时词人重要的唱和之地。乾隆十八年（1753）前后，王昶应朱昂之邀，坐馆于疏雨楼，教导其子侄辈（朱莅恭、朱履长、朱用雨等）。朱氏为苏州殷实之家，乐善好

---

① （清）朱彝尊：《曝书亭集》卷二十九，《清代诗文集汇编》第 116 册，第 256 页。
② （清）王昶辑《国朝词综》卷八，《续修四库全书》第 1731 册，第 72 页。
③ （清）朱彝尊：《曝书亭集》卷二十九，《清代诗文集汇编》第 116 册，第 251 页。

施，常有文人前来访问，多有诗酒之会，众多词人以倚声填词、相互唱和为乐，经常参与者有朱昂、朱研、朱方蔼、朱泽生、朱莅恭、赵文哲、吴泰来、曹仁虎、张熙纯、沙维杓等人，著名词人厉鹗经过苏州时也多次访问朱氏苹华水阁（《湖海诗传》卷二"厉鹗"条），或许对诸人的词学唱和等有过指导。今查诸人词集，可知其中有《祝英台近》等多首与苹华水阁相关的唱和之作。王昶《琴画楼词钞自序》云："余少好倚声，壬申、癸酉间，寓朱氏苹华水阁，益研练于四声二十八调，海内知交以词投赠者甚伙。"① 提及了苹华水阁的词学交游活动。大约在此时期，王昶曾有编辑王鸣盛、赵文哲、吴泰来、钱大昕及本人词为"五家"词选的打算。可见当时王昶与友人的词学唱和必定较为频繁。

王昶词学交游的另一个重要场所是扬州。扬州是乾隆间浙派词人的大本营，因两淮盐运使卢见曾及盐商马曰琯、马曰璐兄弟等颇具财力，喜提唱风雅，故而很多文士得以寄居在扬州，从事编书及著书活动。乾隆二十二年（1757）冬，卢见曾邀请王昶留扬州，编辑《红桥小志》，并教导其孙卢荫文等。其间，马曰琯、马曰璐、江昱、江恂、江昉、江炎、汪棣、张四科等经常诗酒高会，有倚声唱和之乐。严荣《述庵先生年谱》乾隆二十二年丁丑条载："运使使其子及孙受业，时程午桥编修梦星、马秋玉同知曰琯、佩兮曰璐两兄弟、江宾谷贡生昱、于九恂两兄弟及其家橙里昉、圣言炎、汪对琴秀才棣、临潼张榆山贡生四科为地主，酒坐诗场，于斯为盛。"② 描绘了王昶在扬州与著名浙派词人江昱、张四科等唱和的情景。

此外，王昶还在京师及任官地主持过诗词唱和，一些词学弟子也在其幕下参与活动，较著名的是他在蒲褐山房及三泖渔庄组织的词学唱和。据不完全统计，《国朝词综二集》中王昶后学弟子题咏三泖渔庄者有汪端光、吴锡麒、杨揆、徐云路、陶梁、赵怀玉、那彦成、张兴镛、沈星炜、姚椿等人，在当时均是知名词人。当然，与王昶词学唱和的不止以上诸人，还有邵玘、王初桐、诸廷槐、王元勋、钱塘、汪景龙等。王昶晚年辞去敷文书院山长之职后，延请陶梁、彭兆荪等人编纂《国朝词综》及《国朝词综

① （清）王昶：《春融堂集》卷四十一，第418页。
② （清）严荣：《述庵先生年谱》卷上，载（清）王昶《春融堂集》，附录，第664页。

二集》等书，参与其事者与前来三泖渔庄拜访王昶的当代词人如吴锡麒、郭麐、倪稻孙等常有诗词唱和，也体现出王昶对乾嘉之际词学的实际影响。王昶在主持编纂词选的过程中，实际上也培养了新的词学力量，为浙派后期词学群体的凝聚做出了重要贡献。譬如，协助王昶编纂《续词综》的陶梁后来就继承了王昶词学的衣钵，辑有《词综补遗》二十卷，体现出王昶词学活动的延续性。以上所列，仅举其重要者而言，也能大体反映出王昶晚年词学活动的面貌。

需要说明的是，王昶除了与诸人进行词学唱和外，还有意识地保存唱和词作。他通过编选地方性词集如《练川五家词》，或将友人词集汇编成《琴画楼词钞》。后来，王昶又将这些词人词作与搜集的清初至雍正间词人的词集一并收入《国朝词综》及《国朝词综二集》，形成了清代中前期浙派词人群体的基本架构。从这个意义上看，王昶的词学活动在清代浙派词人群体的聚集方面有重要的意义，对清代词学史产生了深远影响。

二　王昶词学编选的影响

如前所述，《明词综》《国朝词综》等系列选本的选词有较多删改现象，这种现象在自宋代以来的选本中即已出现，但王昶在编选过程中在词律、审美上进行删改的做法对后世产生了影响，在一定程度上也影响了我们对明清两代词学基本面貌的判断。仅以清人选清词为例，因《国朝词综》系列选本在嘉庆以降颇受词坛关注，因而其中的删改现象在嘉庆后期的词选中也可以见到，这表明王昶的改词活动对后来的词学选本产生了重要影响。[①]

首先，《国朝词综》及《国朝词综二集》的编选体例对后来编选清词者有明显影响。潘曾莹《国朝词综续编序》云："取乾嘉以来《词综》未及登者，蔚成巨编，其规式悉依竹垞、兰泉两先生选本，故名之曰《词综续编》。"[②] 指出朱彝尊《词综》、王昶《国朝词综》在编选体例、审美风格等方面对其《国朝词综续编》存在影响。丁绍仪《听秋声馆词话》卷六

---

① 林友良：《王昶研究》，新北：花木兰出版社，2011，第157~158页。
② （清）黄燮清编《国朝词综续编》卷首，《续修四库全书》第1731册，第437页。

云："余所见专辑本朝人词者，前有宜兴蒋京少《瑶华集》，后有华亭姚苣汀《词雅》。吴江沈时栋、吴门蒋重光二家词选，均不免雅俗糅杂。惟青浦王兰泉司寇《国朝词综》，选择最为美备。然其书成于嘉庆初元，迄今已六十余年，即乾嘉以前，亦多遗漏。余念兵燹后，文字摧残不少，词虽无适于用，亦一时风雅所系，爰就耳目所及，凡司寇未入选而其人堪论定者，汇录为《国朝词综补》六十卷，计得一千二百余家。生存各家，未忍屏置，亦仿王氏例，汇为二集十二卷。"① 指出自己编《国朝词综补》是延续王昶的选本，且体例也与其相同。此外，还有一些以"词综"或相近词命名的词选，如刘会恩《曲阿词综》、薛绍徽《国朝闺秀词综》、沈宗畸《今词综》、郑道乾《国朝杭郡词辑》等，这些词选意在搜采一地或一类群体的词作，体例不完全同于《国朝词综》，但也或多或少受到王昶编选《国朝词综》的影响。

其次，《国朝词综》及《国朝词综二集》删改词作的现象也为后世词选所继承。黄燮清《国朝词综续编》及丁绍仪《国朝词综补》等对《国朝词综》进行续选、补遗者均存在改字的情况。此外，吴地的词学后进也对词律严格要求，甚至超过王昶。例如，"后吴中七子"代表人物戈载选辑《宋七家词选》时出于对词的格律的追求，也有对原词改动的情况，且对词律的要求更为严苛细致，甚至对王昶等人选词时未发现的失律现象表现出不满。② 此类改词现象直到晚清民国时仍然存在，如王闿运《湘绮楼词选》也有改字。这种词律与审美上的改动在给清词研究带来弊病（如不可靠的版本）的同时，也为研究者留下了探究编选者词学审美取向的痕迹。

正因为通过选本传播的词作存在文字讹误的情况，晚清民国时期的词学家颇重视词学中文字校勘。杜文澜、王鹏运、朱孝臧等就借鉴乾嘉学者在经史研究中普遍运用的校勘之法，广泛地对唐五代以来的诸家词别集进行校勘，以尽量恢复词作的本来面目。即使是不太重视校词的词学家如况周颐在编纂《薇省词钞》时，若遇到《国朝词综》与诸家词集有文字差

---

① （清）丁绍仪：《听秋声馆词话》卷六，《续修四库全书》第 1734 册，第 98 页。

② 参见赵修霈《戈载"就词制韵、因韵改字"的词学理论与实践》，《东方人文学志》2003 年第 1 期，第 109~131 页。

异，也会以词人别集为准。① 这种重视词学校勘现象的兴起，在一定程度上也是对清代词选中改字现象的反驳。已有研究者集中对清词选本与词人本集的文字差异进行研究②，随着清词研究不断走向精深，其价值将会逐步显现。

王昶是继朱彝尊、厉鹗之后重要的浙派词选家与领军人物，他以高位推广浙派词学理念，受乾嘉时期重视教化、考证、征实理念的影响。他与弟子在编选词学选本时从词律精确、词风骚雅这两个方面对明词、清词有较多的删改，使浙派词学在沿袭朱彝尊、厉鹗词学理念的同时，又呈现出一些乾嘉时期的特点。虽然其中部分删改是沿袭前选，但总体上反映出清代词学在词律上日趋严谨，在词风上日益雅化的面貌。王昶的这些词学编选活动壮大了浙派词学的队伍，扩大了浙派词学的实际影响，为浙派词学在乾嘉间走向鼎盛奠定了坚实的基础，并对吴锡麒、郭麐等浙派后期词学家产生了影响，可以说王昶是乾嘉时期使浙派词学声势达到顶峰的实际贡献者。

但王昶为推广浙派词学而进行的改词活动，在扩大浙派词学影响的同时也带来了危害。王昶在《国朝词综》等选本中过多地展现了词坛的浙派风格，选词人词作只选近浙派词学理念者，有意识地减少或削弱了学五代北宋、豪放一派的影响（实际这一派在当时也不乏其人）。陈锐《裒碧斋词话》云："王兰泉祖述竹垞，以南宋为极诣，其词综率人录一二首，尤多咏物之作，不足以知升降也。"③ 明确指出了《国朝词综》以南宋为标准选词，多采咏物词，不能完整客观地反映出清代词学的流变。实际上，《国朝词综》若作为单个流派或地域性的选本，这种选择问题尚且不大，但其作为全国性的断代选本，在这个问题上就显现出不足。因此，这是一部"浙派"风格很强的选本，未能真实客观地展现出清代嘉庆以前词学发展的全貌，并不利于词坛的良性健康发展。

《国朝词综》系列选本影响颇大，具有示范性作用，其中呈现出来的对

---

① （清）况周颐：《薇省词钞》卷四，桂林：广西师范大学出版社，2012，第6页。
② 关于清初词选与词人本集文字差异的集中考察，另可参阅闵丰《清初清词选本中的异文形态与词学流变》，《词学》第18辑，2007。
③ 唐圭璋编《词话丛编》第5册，北京：中华书局，2005，第4200页。

于词律、骚雅的要求，在开始的一段时间内确实具有意义。但是，后继者过于株守王昶等人选本所树立的"典范"，使浙派词学内部出现了程式化、模拟化的词学创作倾向，风格过于单一。例如，咏物词所用的意象及主旨基本上与南宋《乐府补题》词作完全一致，这就类似于诗学领域明代复古派的机械模拟，虽然作品形式、风格上具备了南宋词作的样貌，但缺乏词人自身的真实性情。浙派后期代表性词人吴锡麒、郭麐、吴翌凤等曾意识到这种弊病，尝试过进行挽救，收效并不十分理想。① 简言之，王昶为浙派树立的"典范"性词学选本为浙派后期词学的衰落与突变、常州词派的兴起埋下了伏笔。因此，应该放在具体历史环境下辩证地看待王昶等人的词学活动尤其是词学编选，既要看到其积极的一面，也要注意到其给清代词学带来的弊病。

---

① 实际上，浙西词派内部在乾嘉之际出现了以吴锡麒等为代表的补救本派词学弊病的倾向，后期的词人甚至有借鉴常州词派理论的举动，详参莫崇毅《衰病与自救：浙西词派发展中的转关与进境》，《文学遗产》2017 年第 2 期。

结　语

由于文化制度因素的影响，中国古代学术与文学关系较为紧密。纵观中国古代学术的发展脉络，各个历史时期都出现了相应的学术思潮，诸如先秦的诸子学、汉代的经学、魏晋的玄学、隋唐的佛学、宋明的理学等，这些学术大多能够反映出各自的时代特点，并对其时的文学产生不同程度的影响。清代是中国古代最后一个封建王朝，也是思想文化的总结时期，历史上不同时期出现过的学术思想与流派在清代均有不同程度的回响，使清代学术呈现出集大成的面貌。因此，要找出一种具有独特性且能完整代表清代学术的学问，具备这样资格的应该是乾嘉考据学。乾嘉时期处于清代历史的中段，在整个清代学术史的发展进程中十分重要。此时期出现了众多学问渊博的著名学者，如汉学吴派学者惠栋、钱大昕、王鸣盛与皖派学者戴震、王念孙、段玉裁等，这些学人群体在传统经史考据领域取得的成就代表了清代学术的最高峰。这批学者及其所秉持的研究方法使乾嘉时期成为清代学术思想发生巨大变化的转折点。乾隆前期朴学逐渐兴起，学者治学上重考证、重学问，强调征实的学风，这种学风对清代中后期的学术思想及文学发展均产生了深远影响。

王昶是乾嘉汉学早期的代表人物，也是将吴派汉学由江南推广到京师的重要人物，是 18 世纪最有影响力的汉学家之一。他学术上受惠栋等人的影响，在治学方法上坚持汉学的传统，如经史考据及重视纬书资料对经学研究的价值，体现出其汉学家身份。同时，王昶的视野比较开阔，在具体的经史研究中对一些汉学方法也有质疑。他无门户意识，兼采佛学与宋明理学，甚至赞同彭绍升、罗聘等人主张的儒释互补理论，这与当时典型的汉学家（如王鸣盛等）片面排斥宋明理学以及严辨儒释之异（如戴震、卢文弨等）的做法明显不同。王昶的身上体现出部分乾嘉学者博取汇通的格局与面貌，他在学术上遵循汉学传统，但博采兼通，其学术的某些方面又非"汉学"可以完全笼罩。这与乾嘉学术集大成的总体面貌相符，也体现出王昶在乾嘉学者中独特的意义——汉学家中有融合汉宋、主张儒释互补等一类学者存在，其汉学家身份也具有多样性。

王昶是乾嘉学术的有力推动者，他被后世所瞩目的成就在于金石学与文学。本书重点梳理了王昶以选家身份对乾嘉文学产生的实际影响。王昶以学者身份积极从事文学活动，以高位执文坛之柄，并通过自己的文学活动如批评、编选等来影响乾嘉文坛。王昶是从微观视角研究乾嘉文坛来以小见大的一个颇为合适的对象，他在乾嘉诗学、古文、词学领域都有重要的选本，这些选本呈现出乾嘉文学的总体面貌与发展趋势。如前所述，乾嘉文学无论是在理论上，还是在创作与批评上均受到考据学的影响。当时的诗学、文章、词学等均在学术思潮的影响下缓慢演变，呈现出明显的过渡性。这是诗坛由清代前期以宗唐为主向道、咸之后以宗宋为主过渡的阶段。这一阶段诗学上多流派竞争并存，总体取向是打破唐宋隔阂，以唐为宗，兼取宋调，甚至下及元、明、清初大家，取法广泛。受汉学风气的影响，这一时期的诗歌理论与创作均重视学问、征实，与宋诗中注重学问的部分取向相合，使诗坛在兼容并取的基础上慢慢走向宗宋。王昶一生的诗学交游广泛，早年从沈德潜学诗，传承其"格调说"，后又与学宋的浙派、秀水派、肌理派等流派的代表性诗人交往，对宋调也有所濡染。他的诗学交游囊括了乾嘉时期最杰出的诗人群体，能够真实地反映出乾嘉诗坛的主流面貌。他坚持"格调说""神韵说"相融合，闲淡清雅、沉雄豪放两种风格并举。他选诗坚持雅正，也采纳延续唐诗审美传统的宋调，是格调派选家中接纳宋调并认识到宋诗价值的重要代表。王昶对袁枚的"性灵说"及浙派与秀水派学宋调中瘦硬浅俗的取向进行了批评，接受诗坛重学问的学宋倾向。他是使格调派后期诗学发生调整与新变的领袖。这种调整与诗坛由以唐为宗、唐宋并取向宗宋过渡的趋势一致。王昶以格调派后期领袖身份从事的诗学编选活动及其诗学取向均具有重要的诗学意义。

乾嘉汉学注重考据实证的学风对当时的古文理论与创作产生了影响。当时的古文家大多强调经史学问，注重征实，对传统的唐宋八大家古文的波澜法度等的重视程度已不如早期。这一时期围绕古文应该重视考据与朴实，还是应该强调起承转合等行文的波澜意度，一些文人与汉学家之间展开了论争。先是以袁枚为代表的文人反对汉学家考据入文，继之姚鼐等桐城派文人对汉学家展开批评。但在声势浩大的汉学家面前，这些批评的效果有限，批评者也显得应对乏力。姚鼐后来将考据纳入其古文理论，表明他在一定程度上受到了乾嘉考据学的影响。王昶作为汉学家文人，论文原本经史，也注意兼取唐宋古文家法度。《湖海文传》选文以乾嘉学者的学术类文章为主，选入了当时一批杰出学者的经史考据类文章，呈现出乾嘉文章的主流面貌。这种选文倾向体现出汉学家文章与乾嘉考据学紧密相关。重视考据实证的风气对古文文体也产生了较大的影响，许多文体（如"记"一类文章）中有大量的考据植入，总体上显示出此时文章征实的面貌。王昶兼有汉学家与古文家身份，推崇学术类文章多于文学类文章，其古文编选较好地呈现出乾嘉学术对古文产生的影响。他与桐城派姚鼐的差异则体现出乾嘉古文家对古文面貌的认识存在多元化取向。

乾嘉考据注重"实"，浙派词学反对"质实"，但两者并不矛盾。通过考察王昶的词学活动可见乾嘉学术对词学产生的影响，主要表现在对词的格律的精确要求与对作者生平、词调等的考证上。这也是乾嘉学术重考据实证思想在词学领域的反映。王昶在词学理论上继承了朱彝尊、厉鹗的主张，以南宋姜夔、张炎等为宗，推崇词体，注重词律的精确、审美上的清虚骚雅、词品与人品的统一。王昶以诗教论词，注重词的教化作用，体现出王昶词学与官方意识形态的紧密关系，也体现出这一时期浙派词学的发展与新变。王昶以浙派词学思想为宗旨，编选《琴画楼词钞》《明词综》《国朝词综》等系列词学总集，使浙派词学在乾嘉词坛占据主导地位，并臻于鼎盛。但王昶偏好浙派，排斥其他流派的词风，有明显的宗派意识。这导致《国朝词综》等词选不能完整地展示乾嘉词学发展的面貌，具有局限性。《国朝词综》等选本呈现出的重词律、重骚雅倾向既推动了词学的发展，也为浙派词学的衰落埋下了隐患。从这个意义上说，王昶是浙派词学的重要分水岭，既推动浙派词学走向兴盛，又为浙派词学走向衰落埋下伏笔。在考据学风的影响下，乾嘉时期的诗学、古文、词学领域发生着缓慢的演变，其演变态势均可以在王昶的文学编选活动中窥见。

　　乾嘉时期的学者型文人群体在文学上大多数呈现出"学"的色彩。这一时期的学者型文人多学问赅博，淹贯经史，在经史、小学、诗文词、金石、天文、历法等某一个或数个领域有不同程度的建树，但在诗学、古文、词学、金石学等众多领域均有重大建树且对当时产生较大影响的人则不多。甚至可以说，在乾嘉时期的诗、文、词等文学领域与以金石学为核心的经史考据上同时取得重大成就与产生较大影响的人，王昶是最佳的人选。这是王昶在乾嘉众多学者型文人中最独特的地方。例如，尽管同属于"吴中七子"之列的王鸣盛、钱大昕等经史考据卓绝一世，但其精力并不在文学领域，因此在文学上的影响力远不如王昶；钱载、袁枚、朱筠、姚鼐等在诗歌、古文、骈文等领域有重大成就，但不具备广泛的覆盖性，他们均无法替代王昶的角色，也无法取代他在当时文坛的地位。

　　王昶以文学著名而兼擅经史、金石之学，是同时在学术与文学上取得重大成就的学者。他对文学兴趣盎然，非众多以余事作诗人、文人、词人的乾嘉学者可比。他在具体的诗学、词学、金石学领域取得的成就并未达到当时的最高水平，比如诗学上受沈德潜"格调说"的笼罩，被认为是沈德潜诗学的继承人；词学上受朱彝尊、厉鹗成就的掩盖，因袭过多；古文编选在后世的影响也无法与姚鼐等桐城派相提并论。但王昶在诗学领域对沈德潜理论的新变，在词学领域对朱彝尊、厉鹗等浙西词派理论的推进与发展，在古文领域对乾嘉学者考据之文的表彰及其影响皆有意义。同时，王昶在诗歌、古文、词学领域均编有重要的选本，对乾嘉时期的文坛产生了实质性推动作用。通过王昶可以较完整地覆盖和观照乾嘉诗歌、古文、词学领域的发展面貌与演变趋势。

　　王昶一生交游广泛，是当时学界重要的领袖。他早年结交前辈硕学，中年在京师主持骚坛，晚年以高位引领学术潮流，致仕后主讲江浙书院，门生著录达两千多人。他一生重视文教，汲引后学，倾力培植，造士甚多。其门生中汉学造诣精深的有孙星衍、江藩、许宗彦等，诗学成就较高的有吴嵩梁、黄景仁、杨芳灿等，词学领域有陶梁等人接续，金石学方面也有孙星衍等继承。总之，王昶在当时诗学、词学、古文、金石学领域都有推进之力与贡献。他对文学与学术的影响以选本或专书的形式呈现，《湖海诗传》《湖海文传》《明词综》《国朝词综》等文学选本或据原稿甄选而保留了作品早期的面貌，或经过了王昶的删改而成为新的文本样式，这对于研究乾嘉学者前后期文学的变化乃至乾嘉文学的演进均有独特价值。尤其《湖海文传》多选乾嘉学者之文，其中文章与诸家定本的差异对于深入研究乾嘉学术具有独特的意义，这是诸家定本文集所不具备的。这些文学选本反映出来的乾嘉文学演变趋势则更具价值。

综上所述，王昶在诗学、古文、词学等众多领域的"多栖"身份使他在乾嘉学者型文人中颇为独特，具备重要的研究价值。通过王昶的文学与学术活动，可以较完整地把握乾嘉学术对文学的影响，也能观察到乾嘉诗学、古文、词学的演变趋势。这是王昶在乾嘉文学研究中的价值与意义所在，也是本书研究的出发点与重心所在。笔者相信，通过细致的文献梳理与理论总结，以王昶文学编选为中心的深入考察会为乾嘉文学研究带来新的视野与认识。

主要参考文献

一 古籍文献

（汉）毛亨注，（汉）郑玄笺，（唐）孔颖达疏《毛诗正义》，北京：北京大学出版社，2000。

（汉）郑玄注，（唐）孔颖达疏《礼记正义》，北京：北京大学出版社，2000。

（晋）释支遁：《支道林集》，明末吴家凤刻本。

（唐）白居易撰，朱金城笺校《白居易集笺校》，上海：上海古籍出版社，1988。

（唐）杜牧撰，吴在庆校注《杜牧集系年校注》，北京：中华书局，2008。

（唐）李商隐撰，刘学锴、余恕诚集解《李商隐诗歌集解》，北京：中华书局，2004。

（宋）苏轼：《苏轼诗集》，（清）王文诰辑注，孔凡礼点校，北京：中华书局，1982。

（明）陈子龙：《陈忠裕公全集》，清嘉庆间斡山草堂刻本。

（明）陈子龙等：《唱和诗余》，顺治七年（1650）刻本。

（明）方以智：《浮山文集》，《四库禁毁书丛刊》集部第113册，北京：北京出版社，1997。

（明）葛一龙：《艳雪篇》，沈乃文主编《明别集丛刊》第4辑第92册，合肥：黄山书社，2016。

（明）胡介：《旅堂诗文集》，《四库未收书辑刊》第7辑第20册，北京：北京出版社，2000。

（明）焦源溥：《逆旅集》，《四库未收书辑刊》第6辑第30册，北京：北京出版社，2002。

（明）潘游龙辑《精选古今诗余醉》，梁颖校点，沈阳：辽宁教育出版社，2003。

（明）文徵明：《文徵明集》，周道振辑校，上海：上海古籍出版社，1987。

（明）朱有燉：《诚斋录》，明嘉靖十二年（1533）同藩刻本。

（明）卓人月编《古今词统》，《续修四库全书》第1728册，上海：上海古籍出版社，2002。

（清）曹溶：《静惕堂词》，《清代诗文集汇编》第45册，上海：上海古籍出版社，2010。

（清）曹贞吉：《珂雪词》，《清代诗文集汇编》第133册，上海：上海古籍出版社，2010。

（清）陈康祺：《郎潜纪闻》，晋石点校，北京：中华书局，1984。

（清）陈廷敬、王奕清等编《钦定词谱》，康熙五十四年（1715）刊本。

（清）陈维崧：《迦陵词全集》，康熙二十八年（1689）陈宗石忠立堂刻本。

（清）陈文述：《颐道堂集》，嘉庆十二年（1807）刻道光增修本。

（清）陈用光：《太乙舟诗文集》，《续修四库全书》第1493册，上海：上海古籍出版社，2002。

（清）陈兆麒编《国朝古文所见集》，道光二年（1822）一枝山房刻本。

（清）戴震撰，杨应芹编《东原文集》（增编本），合肥：黄山书社，2008。

（清）丁绍仪：《听秋声馆词话》，《续修四库全书》第1734册，上海：上海古籍出版社，2002。

（清）杜诏：《云川阁集》，《四库全书存目丛书》集部第266册，济南：齐鲁书社，1997。

（清）法式善撰，张寅彭、强迪艺编校《梧门诗话合校》，南京：凤凰出版社，2005。

（清）方苞：《方望溪先生全集》，上海涵芬楼藏戴氏刊本。

（清）方濬师：《蕉轩随录·续录》，盛冬铃点校，北京：中华书局，1995。

（清）冯班：《钝吟文稿》，《清代诗文集汇编》第20册，上海：上海古籍出版社，2010。

（清）龚鼎孳：《定山堂诗余》，《清代诗文集汇编》第51册，上海：上海古籍出版社，2010。

（清）顾璟芳等编《兰皋明词汇选》，王兆鹏校点，沈阳：辽宁教育出版社，1998。

（清）顾炎武：《亭林诗文集》，上海：上海古籍出版社，2011。

（清）顾贞观：《弹指词》，《续修四库全书》第1725册，上海：上海古籍出版社，2002。

（清）郭麐：《浮眉楼词》，《清代诗文集汇编》第485册，上海：上海古籍出版社，2010。

（清）杭世骏：《道古堂诗文集》，《清代诗文集汇编》第282册，上海：上海古籍出版社，2010。

（清）洪亮吉：《洪亮吉集》，刘德权点校，北京：中华书局，2001。

（清）洪亮吉：《北江诗话》，陈迩冬点校，北京：人民文学出版社，1981。

（清）黄景仁：《两当轩集》，李国章校点，上海：上海古籍出版社，1983。

（清）黄燮清：《国朝词综续编》，《续修四库全书》第1731册，上海：上海古籍出版社，2002。

（清）惠周惕、惠士奇、惠栋：《东吴三惠诗文集》，漆永祥点校，台北："中研院"中国文哲研究所，2006。

（清）江藩撰，漆永祥笺释《汉学师承记笺释》，上海：上海古籍出版社，2006。

（清）江藩：《汉学师承记（外二种）》，北京：生活·读书·新知三联书店，1998。

（清）江潘：《国朝汉学师承记》，北京：中华书局，1983。

（清）蒋敦复：《芳陀利室词话》，《续修四库全书》第1735册，上海：上海古籍出版社，2002。

（清）蒋景祁编《瑶华集》，北京：中华书局，1982。

（清）蒋士铨撰，邵海清校，李梦生笺《忠雅堂集校笺》，上海：上海古籍出版社，1993。

（清）焦循：《雕菰集》，《清代诗文集汇编》第472册，上海：上海古籍出版社，2010。

（清）李慈铭：《越缦堂读书记》，由云龙辑，北京：中华书局，1963。

（清）李调元撰，詹杭伦、沈时蓉校正《雨村诗话校正》，成都：巴蜀书社，
　　2006。

（清）李斗：《扬州画舫录》，北京：中华书局，1960。

（清）李赓芸：《稻香吟馆诗文集》，《清代诗文集汇编》第 435 册，上海：
　　上海古籍出版社，2010。

（清）李渔：《李渔全集》，杭州：浙江古籍出版社，1991。

（清）李祖陶编《国朝文录》，《续修四库全书》第 1669～1670 册，上海：
　　上海古籍出版社，2002。

（清）厉鹗：《樊榭山房集》，上海：上海古籍出版社，1992。

（清）梁同书：《频罗庵遗集七种》十六卷，《续修四库全书》第 1445 册，
　　上海：上海古籍出版社，2002。

（清）林昌彝：《射鹰楼诗话》，上海：上海古籍出版社，1988。

（清）凌廷堪：《校礼堂文集》，北京：中华书局，1998。

（清）鲁九皋：《山木居士外集》，乾隆四十七年（1782）刻本。

（清）鲁仕骥：《鲁山木先生文集》，道光十四年（1834）刻本。

（清）陆培：《白蕉词》，雍正八年（1730）平湖陆氏刻本。

（清）罗聘：《正信录》，上海：国光印书局，1931。

（清）潘瑛：《国朝诗萃》，嘉庆九年（1804）皖城晋希堂刊道光二年（1822）
　　重印本。

（清）彭绍升：《二林居集》，《清代诗文集汇编》第 397 册，上海：上海古
　　籍出版社，2010。

（清）彭兆荪：《小谟觞馆诗文集》，《清代诗文集汇编》第 492 册，上海：
　　上海古籍出版社，2010。

（清）平步青：《樵隐昔寱》，《清代诗文集汇编》第 720 册，上海：上海古
　　籍出版社，2010。

（清）钱谦益：《列朝诗集小传》，上海：上海古籍出版社，1983。

（清）钱谦益：《牧斋初学集》，钱曾笺注，钱仲联校，上海：上海古籍出
　　版社，2009。

（清）钱允治编，陈仁锡笺释《类编笺释国朝诗余》，明万历四十二年（1614）
　　刻本。

（清）钱载：《萚石斋诗集·萚石斋文集》，丁小明整理，上海：上海古籍出版社，2012。

（清）秦蕙田：《五礼通考》，复旦大学图书馆藏乾隆初无锡秦氏抄稿付刻本。

（清）秦瀛：《小岘山人集》，《清代诗文集汇编》第 407 册，上海：上海古籍出版社，2010。

（清）阮元、王先谦：《清经解·清经解续编》，上海：上海书店出版社，1988。

（清）阮元：《揅经室集》，邓经元点校，北京：中华书局，1993。

（清）阮元编《诂经精舍文集》，北京：中华书局，1985。

（清）商盘：《质园诗集》，《清代诗文集汇编》第 296 册，上海：上海古籍出版社，2010。

（清）邵玘：《花韵馆词》，上海图书馆藏乾隆四十五年（1780）刻本。

（清）沈辰垣、王奕清辑《历代诗余》，上海：上海书店，1985。

（清）沈大成：《学福斋集》，《清代诗文集汇编》第 292 册，上海：上海古籍出版社，2010。

（清）沈德潜编《七子诗选》，乾隆十八年（1753）写刻本。

（清）沈德潜编《清诗别裁集》，上海：上海古籍出版社，1984。

（清）沈德潜编《宋金三家诗选》，济南：齐鲁书社，1983。

（清）沈德潜编《唐宋八家文读本》，乾隆十五年（1750）苏州小郁林刻本。

（清）沈德潜：《沈德潜诗文集》，潘务正、李言校点，北京：人民文学出版社，2011。

（清）沈德潜：《说诗晬语》，霍松林校注，北京：人民文学出版社。1979。

（清）盛大士：《竹间诗话》，天津图书馆藏初稿本。

（清）施朝干：《正声集》，《清代诗文集汇编》第 379 册，上海：上海古籍出版社，2010。

（清）舒位：《乾嘉诗坛点将录》，清宣统三年（1911）长沙叶德辉刻本。

（清）孙希旦：《礼记集解》，北京：中华书局，1989。

（清）孙星衍：《五松园文稿》，《清代诗文集汇编》第 436 册，上海：上海古籍出版社，2010。

（清）孙衣言编《国朝古文正的》，光绪七年（1881）独山莫氏木活字本。

（清）孙原湘：《天真阁集》，《清代诗文集汇编》第 464 册，上海：上海古籍出版社，2010。

（清）陶梁编《词综补遗》，《续修四库全书》第 1730 册，上海：上海古籍出版社，2002。

（清）佟世南编《东白堂词选初集》，《四库全书存目丛书》集部 424 册，济南：齐鲁书社，1997。

（清）汪森：《小方壶文钞》，《清代诗文集汇编》第 185 册，上海：上海古籍出版社，2010。

（清）汪士铎：《汪梅村先生集》，《续修四库全书》第 1531 册，上海：上海古籍出版社，2002。

（清）汪中：《述学》，《清代诗文集汇编》第 410 册，上海：上海古籍出版社，2010。

（清）汪中撰，李金松校笺《述学校笺》，北京：中华书局，2014。

（清）汪祖绶：《光绪青浦县志》，上海：上海书店出版社，2010。

（清）王昶编《金石萃编》，《续修四库全书》第 886～891 册，上海：上海古籍出版社，2002。

（清）王昶编《练川五家词》，上海图书馆藏清抄本。

（清）王昶编《琴画楼词钞》，乾隆四十三年（1778）三泖渔庄刻本。

（清）王昶编《唐诗录》，北京大学图书馆藏清稿本。

（清）王昶：《春融堂集》，《清人诗文集汇编》第 358 册，上海：上海古籍出版社，2010。

（清）王昶：《春融堂集》，陈明洁等校点，上海：上海文化出版社，2013。

（清）王昶：《春融堂杂记》，嘉庆十三年（1808）塾南书屋自刻本。

（清）王昶辑《明词综》，王兆鹏校点，沈阳：辽宁教育出版社，1997。

（清）王昶辑《明词综》，《续修四库全书》第 1730 册，上海：上海古籍出版社，2002。

（清）王昶辑《国朝词综》《国朝词综二集》，《续修四库全书》第 1731 册，上海：上海古籍出版社，2002。

（清）王昶辑《湖海诗传》，《续修四库全书》第 1625～1626 册，上海：上海古籍出版社，2002。

（清）王昶辑《湖海文传》，《续修四库全书》第 1668～1669 册，上海：上海古籍出版社，2002。

（清）王昶：《履二斋尺牍》，南开大学图书馆藏清抄本。

（清）王昶：《蒲褐山房诗话新编》，周维德辑校，济南：齐鲁书社，1988。

（清）王昶：《述庵论文别录》，上海图书馆藏清金学莲刻本。

（清）王昶：《述庵诗钞》，乾隆五十五年（1790）经训堂刻本。

（清）王昶：《王昶存稿》，上海图书馆藏清抄本。

（清）王昶：《西崦山人词话》，上海图书馆藏清稿本。

（清）王鸣盛：《蛾术编》，上海：上海书店出版社，2012。

（清）王鸣盛：《西庄始存稿》，《续修四库全书》第 1434 册，上海：上海
　　古籍出版社，2002。

（清）王培荀：《听雨楼随笔》，魏尧西点校，成都：巴蜀书社，1987。

（清）王芑孙：《惕甫未定稿》《渊雅堂编年诗稿》，《清代诗文集汇编》第
　　442 册，上海：上海古籍出版社，2010。

（清）王时翔：《小山诗余》，《清代诗文集汇编》第 236 册，上海：上海古
　　籍出版社，2010。

（清）王士禛：《带经堂诗话》，北京：人民文学出版社，1963。

（清）王豫编《群雅集》，清嘉庆十二年（1807）种竹轩刻本。

（清）翁方纲：《复初斋诗文集》，《清代诗文集汇编》第 382 册，上海：上
　　海古籍出版社，2010。

（清）翁方纲：《复初斋外集》，《清代诗文集汇编》第 382 册，上海：上海
　　古籍出版社，2010。

（清）翁方纲：《石洲诗话》，上海图书馆藏手稿。

（清）吴骞：《拜经楼诗话续编》，南京图书馆藏清抄本。

（清）吴嵩梁：《石溪舫诗话》，台北：新文丰出版公司，1987。

（清）吴伟业：《梅村家藏稿》，《清代诗文集汇编》第 29 册，上海：上海
　　古籍出版社，2010。

（清）吴蔚光：《小湖田乐府》，《清代诗文集汇编》第 406 册，上海：上海
　　古籍出版社，2010。

（清）吴锡麒：《有正味斋集》，《清代诗文集汇编》第 415 册，上海：上海
　　古籍出版社，2010。

（清）吴翌凤编《国朝文征》，咸丰元年（1851）吴江沈氏世美堂刻本。

（清）吴翌凤：《与稽斋丛稿》，《清代诗文集汇编》第 402 册，上海：上海古籍出版社，2010。

（清）萧穆：《敬孚类稿》，《清代诗文集汇编》第 729 册，上海：上海古籍出版社，2010。

（清）谢堃：《春草堂诗话》，清道光十年（1830）扬州书局刻本。

（清）谢章铤：《赌棋山庄词话》，《续修四库全书》第 1735 册，上海：上海古籍出版社，2002。

（清）徐树敏、钱岳编《众香词》，清康熙二十九年（1690）锦树堂刊本。

（清）严荣：《述庵先生年谱》，《续修四库全书》第 1438 册，上海：上海古籍出版社，2002。

（清）严遂成：《海珊诗钞》，乾隆二十二年（1757）骥溪世纶堂刻本。

（清）杨芳灿：《芙蓉山馆全集》，光绪十七年（1891）活字印本。

（清）姚椿编《国朝文录》，咸丰元年（1851）张祥河刻本。

（清）姚鼐：《惜抱轩尺牍》，卢坡点校，合肥：安徽大学出版社，2014。

（清）姚鼐：《姚惜抱尺牍》，龚复初标点，何铭校阅，上海：上海新文化书社，1935。

（清）姚鼐：《惜抱轩诗文集》，刘季高校，上海：上海古籍出版社，1992。

（清）叶燮：《原诗》，霍松林校注，北京：人民文学出版社，1979。

（清）易宗夔：《新世说》，台北：文海出版社，1968。

（清）永瑢等：《四库全书总目》，北京：中华书局，1965。

（清）袁枚：《随园诗话》，顾学颉校点，北京：人民文学出版社，1982。

（清）袁枚：《小仓山房诗文集》，周本淳校，上海：上海古籍出版社，1988。

（清）曾国藩：《曾文正公文集》，《清代诗文集汇编》第 641 册，上海：上海古籍出版社，2010。

（清）张四科：《响山词》，《清代诗文集汇编》第 331 册，上海：上海古籍出版社，2010。

（清）张问陶：《船山诗草》，北京：中华书局，1986。

（清）张祥河：《关陇舆中偶忆编》，台北：新文丰出版公司，1997。

（清）章学诚：《文史通义校注》，叶瑛校注，北京：中华书局，1985。

（清）章学诚：《章学诚遗书》，北京：文物出版社，1985。

（清）昭梿：《啸亭杂录》，何英芳点校，北京：中华书局，1980。

（清）赵怀玉：《亦有生斋集》，《清代诗文集汇编》第419册，上海：上海古籍出版社，2010。

（清）赵文哲：《媕雅堂词集》，《北京师范大学图书馆藏稀见清人别集丛刊》第11册，桂林：广西师范大学出版社，2007。

（清）赵翼：《赵翼全集》，曹光甫校点，南京：凤凰出版社，2009。

（清）周铭辑《林下词选》，《续修四库全书》第1729册，上海：上海古籍出版社，2002。

（清）朱琦编《国朝古文汇抄》，道光二十七年（1847）吴江沈氏世美堂刻本。

（清）朱仕琇：《梅崖居士文集》，《清代诗文集汇编》第336册，上海：上海古籍出版社，2010。

（清）朱庭珍：《筱园诗话》，《续修四库全书》第1708册，上海：上海古籍出版社，2002。

（清）朱孝纯：《海愚诗钞》，《清代诗文集汇编》第338册，上海：上海古籍出版社，2010。

（清）朱彝尊：《曝书亭集》，《清代诗文集汇编》第116册，上海：上海古籍出版社，2010。

（清）朱彝尊、汪森编《词综》，李庆甲校点，上海：上海古籍出版社，1978。

（清）邹祗谟、王士禛辑《倚声初集》，《续修四库全书》第1729册，上海：上海古籍出版社，2002。

陈文和主编《嘉定钱大昕全集》，南京：江苏古籍出版社，1997。

陈文和主编《嘉定王鸣盛全集》，北京：中华书局，2010。

程千帆编《全清词·顺康卷》，北京：中华书局，2002。

《戴震全集》，北京：清华大学出版社，1991～1999。

丁福保编《清诗话》，上海：上海古籍出版社，1978。

《国家图书馆藏钞稿本乾嘉名人别集丛刊》，北京：国家图书馆出版社，2010。

胡玉缙：《续四库提要三种》，吴格整理，上海：上海书店出版社，2002。

《黄宗羲全集》，杭州：浙江古籍出版社，1993。

《旧唐书》，北京：中华书局，1975。

柯劭忞：《续修四库全书总目提要》，北京：中华书局，1993。

《南齐书》，北京：中华书局，2011。

钱仲联主编《清诗纪事（乾隆朝卷）》，南京：江苏古籍出版社，1989。

《乾隆帝起居注》，桂林：广西师范大学出版社，2002。

饶宗颐编《全明词》，北京：中华书局，2004。

舒芜编《中国近代文论选》，北京：人民文学出版社，1962。

唐圭璋编《词话丛编》，北京：中华书局，1986。

王水照编《历代文话》，上海：复旦大学出版社，2007。

王英志编纂校点《袁枚全集新编》，杭州：浙江古籍出版社，2015。

吴宏一、叶庆炳编《清代文学批评资料汇编》，台北：成文出版社，1979。

吴孟复、蒋立甫主编《古文辞类纂评注》，合肥：安徽教育出版社，2004。

《新唐书》，北京：中华书局，1975。

《虞集全集》，王颋点校，天津：天津古籍出版社，2007。

《御选唐诗》，康熙五十二年（1713）内府朱墨套印本。

袁世硕主编《王士禛全集》，济南：齐鲁书社，2007。

张宏生主编《全清词·嘉道卷》（上编、下编），南京：南京大学出版社，2020。

张宏生主编《全清词·顺康卷补编》，南京：南京大学出版社，2008。

张宏生主编《全清词·雍乾卷》，南京：南京大学出版社，2008。

赵尊岳辑《明词汇刊》，上海：上海古籍出版社，1992。

周明初、叶晔编《全明词补编》，杭州：浙江大学出版社，2007。

朱崇才编纂《词话丛编续编》，北京：人民文学出版社，2010。

二　研究论著

（一）专著

蔡锦芳：《戴震生平与作品考论》，桂林：广西师范大学出版社，2006。

曹虹：《阳湖派研究》，北京：中华书局，1996。

陈岸峰：《沈德潜诗学研究》，济南：齐鲁书社，2011。

陈居渊：《清代朴学与中国文学》，南昌：百花洲文艺出版社，2010。

陈水云：《清代词学发展史论》，北京：学苑出版社，2005。

陈水云：《清代前中期词学思想研究》，武汉：武汉大学出版社，1999。

陈祖武、朱彤窗：《乾嘉学派研究》，石家庄：河北人民出版社，2005。

陈祖武、朱彤窗：《乾嘉学术编年》，石家庄：河北人民出版社，2005。

邓之诚：《清诗纪事初编》，北京：中华书局，1965。

丁放：《金元明清诗词理论史》，合肥：安徽大学出版社，2000。

方智范等：《中国词学批评史》，北京：中国社会科学出版社，1994。

付琼：《清代唐宋八大家散文选本考录》，北京：商务印书馆，2016。

郭绍虞：《中国文学批评史》（下册），北京：商务印书馆，2010。

郭预衡：《中国散文史》，上海：上海古籍出版社，2000。

胡适撰，姚名达订补《章实斋先生年谱》，台北：商务印书馆，1987。

黄爱平：《朴学与清代社会》，石家庄：河北人民出版社，2003。

黄保真等：《中国文学理论史》第4册，北京：北京出版社，1991。

简有仪：《袁枚研究》，台北：文史哲出版社，1998。

江庆柏：《清代人物生卒年表》，北京：人民文学出版社，2005。

蒋寅：《清代诗学史（第二卷）：学问与性情（1736—1795）》，北京：中国社会科学出版社，2019。

蒋寅：《清代诗学史》（第一卷），北京：中国社会科学出版社，2012。

柯愈春：《清人诗文集总目提要》，北京：北京古籍出版社，2001。

来新夏：《清代目录提要》，济南：齐鲁书社，1997。

李灵年、杨忠：《清人别集总目》，合肥：安徽教育出版社，2000。

梁启超：《中国近三百年学术史》，北京：东方出版社，2004。

梁启超著，朱维铮校订《清代学术概论》，北京：中华书局，2011。

林申清：《中国藏书家印鉴》，上海：上海书店出版社，1997。

林友良：《王昶词学研究》，新北：花木兰出版社，2011。

刘诚：《中国诗学史》（清代卷），厦门：鹭江出版社，2002。

刘和文：《清人选清诗总集研究》，苏州：苏州大学出版社，2017。

刘声木：《桐城文学渊源撰述考》，徐天祥点校，合肥：黄山书社，1989。

刘师培：《国学发微（外五种）》，万仕国点校，扬州：广陵书社，2013。

刘师培：《中国中古文学史讲义》，南京：凤凰出版社，2011。

刘世南：《清诗流派史》，台北：文津出版社，1995。

刘奕：《乾嘉经学家文学思想研究》，上海：上海古籍出版社，2012。

马积高：《清代学术思想的变迁与文学》，长沙：湖南出版社，1996。

闵丰：《清初清词选本考论》，上海：上海古籍出版社，2008。

漆永祥：《乾嘉考据学研究》，北京：中国社会科学出版社，1998。

钱穆：《国学概论》，北京：商务印书馆，1997。

钱穆：《中国学术思想史论丛》，《钱宾四先生全集》第22册，台北：联经出版社，1998。

钱锺书：《谈艺录》（补订本），北京：中华书局，1993。

钱仲联：《梦苕庵清代文学论集》，济南：齐鲁书社，1983。

钱仲联：《梦苕庵论集》，北京：中华书局，1993。

沙先一：《清代吴中词派研究》，北京：人民文学出版社，2004。

尚小明：《清代士人游幕表》，北京：中华书局，2005。

尚小明：《学人游幕与清代学术》，北京：社会科学文献出版社，1999。

沈津：《翁方纲年谱》，台北："中研院"中国文哲研究所，2002。

孙克强：《清代词学》，北京：中国社会科学出版社，2004。

孙克强：《清代词学批评史论》，上海：上海古籍出版社，2008。

唐长孺：《山居存稿》，北京：中华书局，1989。

王兵：《清人选清诗与清代诗学》，北京：中国社会科学出版社，2011。

王达敏：《姚鼐与乾嘉学派》，北京：学苑出版社，2007。

王宏林：《乾嘉诗学研究》，南昌：百花洲文艺出版社，2018。

王宏林：《沈德潜诗学思想研究》，北京：人民出版社，2010。

王绍曾：《清史稿艺文志拾遗》，北京：中华书局，2000。

王顺贵：《清代格调论诗学研究》，北京：中国社会科学出版社，2010。

王炜：《〈清诗别裁集〉研究》，上海：上海古籍出版社，2010。

王英志：《清代唐宋诗之争流变史》，北京：人民文学出版社，2012。

王玉媛：《清代格调派研究》，合肥：安徽大学出版社，2022。

邬国平、王镇远：《中国文学批评通史·清代卷》，上海：上海古籍出版社，1995。

吴宏一：《清代文学批评论集》，台北：联经出版事业公司，1998。

吴熊和：《清词别集知见目录汇编·见存书目》，台北："中研院"中国文哲研究所筹备处，1997。

夏勇：《清诗总集通论》，北京：中国社会科学出版社，2016。

辛德勇：《读书与藏书之间》，北京：中华书局，2005。

徐中玉主编《中国古典词学理论史》，上海：华东师范大学出版社，2005。

严迪昌：《清词史》，南京：江苏古籍出版社，1990。

严迪昌：《清诗史》，杭州：浙江古籍出版社，2002。

严迪昌：《阳羡词派研究》，济南：齐鲁书社，1993。

阳海清：《中华大典·文学典·明清文学分典》，南京：凤凰出版社，2005。

姚蓉：《明清词派史论》，桂林：广西师范大学出版社，2007。

余英时：《论戴震与章学诚》（增订本），北京：生活·读书·新知三联书店，2000。

袁行云：《清人诗集叙录》，北京：文化艺术出版社，1994。

张健：《清代诗学研究》，北京：北京大学出版社，1999。

张舜徽：《清人文集别录》，武汉：华中师范大学出版社，2004。

张仲谋：《明词史》，北京：人民文学出版社，2002。

张仲谋：《清代文化与浙派诗》，北京：东方出版社，1997。

赵杏根：《乾嘉代表诗人研究》，首尔：新星出版社，2001。

朱则杰：《清诗考证》，北京：人民文学出版社，2012。

朱则杰：《清诗史》，南京：江苏古籍出版社，2000。

（二）译著

〔美〕艾尔曼：《从理学到朴学——中华帝国晚期思想与社会变化面面观》，赵刚译，南京：江苏人民出版社，1995。

〔美〕艾尔曼：《晚期帝制中国的科举文化史》，高远致等译，北京：社会科学文献出版社，2022。

〔美〕哈罗德·布鲁姆：《影响的焦虑》，徐文博译，北京：生活·读书·新知三联书店，1989。

〔法〕丹纳：《艺术哲学》，傅雷译，合肥：安徽文艺出版社，1998。

〔日〕青木正儿：《清代文学评论史》，杨铁婴译，北京：中国社会科学出版社，1988。

（三）论文

曹虹：《清嘉道以来不拘骈散论的文学史意义》，《文学评论》1997 年第
　　3 期。

陈恒舒：《王昶学术研究初探》，硕士学位论文，北京大学，2009。

陈恒舒：《王昶著述考》，载《国学研究》第 28 卷，北京：北京大学出版
　　社，2011。

陈鸿森辑《王鸣盛西庄遗文辑存》，《大陆杂志》2000 年第 1 期。

陈明洁：《〈春融堂杂记〉内容版本及校勘述略》，《历史文献研究》2014
　　年第 1 辑。

陈明洁：《词人张炎"崇佛"史料辨诬》，《词学》2013 年第 2 期。

陈水云：《嘉庆年间词学思想的新变》，《武汉大学学报》1999 年第 2 期。

陈水云：《论词教：晚清词坛的尊体与教化》，《文艺理论研究》2014 年第
　　5 期。

陈水云：《乾嘉学派与清代词学》，《文艺研究》2007 年第 5 期。

陈正宏：《从单刻到全集：被粉饰的才子文本——〈双柳轩诗文集〉、〈袁
　　枚全集〉校读札记》，《中山大学学报》（社会科学版）2008 年第 1 期。

戴扬本：《清虚骚雅、微婉顿挫——清前期词风与〈琴画楼词〉》，《词学》
　　2008 年第 2 期。

高敏：《从〈金石萃编〉卷 30〈敬史君碑〉看东魏、北齐的僧官制度》，《南
　　都学坛》2001 年第 3 期。

江照斌：《王昶及其诗观研究》，硕士学位论文，新加坡国立中文大学，1999。

蒋寅：《论清代诗文集的类型、特征及文献价值》，《河北师范大学学报》
　　2004 年第 1 期。

蒋寅：《乾嘉之际诗歌自我表现观念的极端化倾向——以张问陶的诗论为中
　　心》，《复旦学报》（社会科学版）2014 年第 1 期。

蒋寅：《再论王渔洋与清初宋诗风之消长》，载卢盛江等编《罗宗强先生八
　　十寿辰纪念文集》，北京：中华书局，2009。

李金松：《王昶幕府集会文学活动及其幕宾考述》，《古典文献研究》第 24

辑下，南京：凤凰出版社，2021。

李庆霞：《论王昶词学理论的新变及其影响》，《合肥学院学报》（社会科学版）2013 年第 6 期。

李庆霞：《〈琴画楼词钞〉的文献学及词学价值》，《嘉兴学院学报》2014 年第 4 期。

李学勤：《影印〈八琼室金石补正〉序》，《古籍整理出版情况简报》第 134 期，1985。

林秀蓉：《王昶诗论探研》，《辅英学报》1994 年第 14 期。

刘婷婷：《王昶〈明词综〉与〈国朝词综〉研究》，硕士学位论文，浙江大学，2009。

刘奕：《乾嘉汉学家古文观念与实践之探析——义法说的反动与"说经之文"的提出》，载曹虹编《清代文学研究集刊》第 1 辑，北京：人民文学出版社，2008。

吕姝焱：《〈湖海诗传〉的版本、编刊及其续书——兼谈"文在布衣"的先行与"布衣诗学"的延宕》，载《中国诗学》第 26 辑，人民文学出版社，2018。

莫崇毅：《衰病与自救：浙西词派发展中的转关与进境》，《文学遗产》2017 年第 2 期。

彭国忠：《试论王昶词论对浙派的发展——以稿本〈西崦山人词话〉为论》，《兰州大学学报》2011 年第 3 期。

漆永祥：《乾嘉考据学家与桐城派关系考论》，《文学遗产》2014 年第 1 期。

孙克强：《清代词学的南北宋之争》，《文学评论》1998 年第 4 期。

王顺贵：《沈德潜与〈宋金三家诗选〉》，《文学遗产》2006 年第 6 期。

王玉媛：《论清代格调派副将王昶》，《厦门教育学院学报》2009 年第 4 期。

王兆鹏、姚蓉：《作品意义的展现与作家意图的遮蔽——以陈子龙〈点绛唇·春日风雨有感〉为例》，《南开学报》2004 年第 6 期。

卫新：《清代吴门学派和吴中诗派研究》，博士学位论文，苏州大学，2013。

邬国平：《清诗的优势与研究》，《苏州大学学报》2005 年第 3 期。

邬国平：《赵执信〈谈龙录〉与康雍乾诗风转移》，《徐州师范大学学报》（哲学社会科学版）2012 年第 1 期。

武云清：《论王昶与袁枚之争》，《文艺评论》2014 年第 4 期。

夏勇：《王昶〈湖海诗传〉与格调派诗说之嬗变——以唐宋之争为中心》，
　　《河北科技师范学院学报》（社会科学版）2016 年第 1 期。

严迪昌：《乐府补题与清初词风》，载《词学》第 8 辑，上海：上海古籍出
　　版社，1981。

杨晋龙：《从〈四库全书总目〉对明代经学的评价析论其评价内涵的意义》，
　　《中国文哲研究集刊》第 16 期，2003。

叶晔：《清代词选集中的擅改原作现象——以〈明词综〉为中心的考察》，
　　《中国文化研究》2006 年春之卷。

张宏生：《词学反思与强势选择——马洪的历史命运与朱彝尊的尊体策略》，
　　《文学遗产》2007 年第 4 期。

张宏生：《朱彝尊的味物词及其对清词中兴的开创作用》，《文学遗产》
　　1999 年第 6 期。

张家欣：《王昶著作年表》，载《古典文献研究》第 9 辑，南京：凤凰出版
　　社，2006。

张仲谋：《〈明词综〉研究》，载《中华文史论丛》第 78 辑，上海：上海古
　　籍出版社，2004。

张仲谋：《论明词的价值及其研究基础》，《西北师大学报》2002 年第 5 期。

郑谊慧：《王昶词学思想及其〈明词综〉探析》，《东方人文学志》2004 年
　　第 1 期。

朱惠国：《从王昶词学思想看中期浙派的新变》，《中山大学学报》（社会科
　　学版）2009 年第 4 期。

朱则杰：《毕沅"苏文忠公生日设祀"集会唱和考论》，《江南大学学报》
　　2014 年第 2 期。

后 记

时光荏苒，岁月如梭，距离博士学位论文撰写完成已过去整整 8 年。2011 年起，我硕士毕业后在复旦大学中文系跟随邬国平教授攻读中国文学批评史。2013 年 10 月前后，经与邬老师商量选择"王昶研究"作为博士学位论文题目。经过繁忙的资料搜集、撰写、修改，2015 年 3 月完成写作。

博士毕业后，我入职南昌大学，最初在新闻与传播学院从事教学科研工作，并于 2016 年获批主持江西省社会科学基金青年项目"王昶与乾嘉文学演变研究"。那段时间忙于备课、上课，教学与科研基本脱节，几乎没有时间继续深入研究相关课题。2018 年初，我转岗到人文学院中文系，回归熟悉的专业领域，科研环境逐步变好。寻即参与各类项目，总觉时间精力有限，无暇董理博士学位论文，迁延至今方出版此书。

论文原题为"王昶研究"，分为两编，共八章。上编为"王昶及其文学思想与创作"，从生平、思想与著述，诗学与创作，古文理论与创作，词学宗尚与词作四个部分展开；下编为"王昶专书研究"，从《湖海诗传》研究，《湖海文传》研究，《明词综》、《国朝词综》系列研究，《金石萃编》研究等几个方面展开。此次出版，以王昶的文学选本与乾嘉文坛主流为核心，主要着眼于考察选家选本中呈现出的乾嘉文学演进轨迹，出于著述体例考量，略微调整了书稿结构，对内容做了一些修订，并删去了第八章《金石萃编》研究相关部分。

博士学位论文是在邬国平老师的指导下完成的，教研室的其他老师及论文答辩委员会老师也多有教正。撰写论文期间，在查阅资料时得到了梁颖、连文萍、王亮等先生的帮助。学友孟羽中、严程、余治平、王风丽曾帮助复制、过录王昶的部分文章与书札。在书稿编辑过程中，社会科学文献出版社编辑团队出力良多，在此一并致谢。限于学力，文章谬误当不少，敬请读者教正。笔者另编有《王昶年谱长编稿》及《王昶集外佚文》，目前均未及董理，不附入。

刘彦和云："方其搦翰，气倍辞前，暨乎篇成，半折心始。"我对博士学位论文的写作与修改亦有相似的感慨。今书稿剞劂在即，仿佛与老友临别，颇为不舍。姑且以此书与许多憔悴暗消磨的青椒时光告别吧。本书有幸获得南昌大学"中国哲学与江右人文"一流学科建设经费资助出版，对学校与院系的善意，永怀感念。是为记。

龙　野

2023 年 3 月 5 日于南昌

作者简介

　　龙野，文学博士，南昌大学人文学院副教授、硕士研究生导师，"赣江青年学者"。主要从事明清近代文学与中国文学批评史研究。主持一项国家社会科学基金项目，在《文献》《文艺理论研究》《中国文学研究》等刊物上公开发表学术论文 20 余篇，与人合作整理出版《方百川时文》《方灵皋全稿》（分别收录于陈维昭编《稀见清代科举文集选刊》第 2 册、第 3 册，复旦大学出版社，2022）等。

图书在版编目（CIP）数据

王昶与乾嘉文坛研究：选家眼中的文学图景／龙野
著. -- 北京：社会科学文献出版社，2023.12
（致远学术文丛）
ISBN 978-7-5228-2639-4

Ⅰ.①王… Ⅱ.①龙… Ⅲ.①王昶（1724-1806）-
文学研究 Ⅳ.①I206.49

中国国家版本馆 CIP 数据核字（2023）第 200634 号

致远学术文丛
王昶与乾嘉文坛研究
——选家眼中的文学图景

著　　者／龙野

出 版 人／冀祥德
组稿编辑／祝得彬
责任编辑／郭红婷
责任印制／王京美

出　　版／社会科学文献出版社·当代世界出版分社（010）59367004
　　　　　地址：北京市北三环中路甲 29 号院华龙大厦　邮编：100029
　　　　　网址：www.ssap.com.cn
发　　行／社会科学文献出版社（010）59367028
印　　装／三河市东方印刷有限公司

规　　格／开　本：787mm×1092mm　1/16
　　　　　印　张：21.25　字　数：336 千字
版　　次／2023 年 12 月第 1 版　2023 年 12 月第 1 次印刷
书　　号／ISBN 978-7-5228-2639-4
定　　价／128.00 元

读者服务电话：4008918866